De vallei van de paarden

D1672049

De serie *De Aardkinderen* bestaat uit de volgende delen:

Bezoek onze internetsite www.awbruna.nl
voor informatie over al onze boeken en dvd's.

JEAN M. AUEL

De vallei van de paarden

Deel 2 van De Aardkinderen

A.W. Bruna Uitgevers B.V., Utrecht

Oorspronkelijke titel
The Valley of Horses
© 1982 by Jean M. Auel
Vertaling
G. Snoey
Omslagontwerp
Studio Jan de Boer
© 2011 A.W. Bruna Uitgevers B.V., Utrecht

ISBN 978 90 229 9972 1
NUR 302

Zevenenveertigste druk, maart 2011

Behoudens de in of krachtens de Auteurswet van 1912 gestelde uitzonderingen mag niets uit deze uitgave worden verveelvoudigd, opgeslagen in een geautomatiseerd gegevensbestand, of openbaar gemaakt, in enige vorm of op enige wijze, hetzij elektronisch, mechanisch, door fotokopieën, opnamen of enige andere manier, zonder voorafgaande schriftelijke toestemming van de uitgever. Voor zover het maken van reprografische verveelvoudigingen uit deze uitgave is toegestaan op grond van artikel 16 h Auteurswet 1912 dient men de daarvoor wettelijk verschuldigde vergoedingen te voldoen aan Stichting Reprorecht (Postbus 3060, 2130 KB Hoofddorp, www.reprorecht.nl). Voor het overnemen van gedeelte(n) uit deze uitgave in bloemlezingen, readers en andere compilatiewerken (artikel 16 Auteurswet 1912) kan men zich wenden tot de Stichting PRO (Stichting Publicatie- en Reproductierechten Organisatie, Postbus 3060, 2130 KB Hoofddorp, www.cedar.nl/pro).

Voor Karen, die het eerste concept van beide boeken heeft gelezen, en voor Asher, met veel liefs.

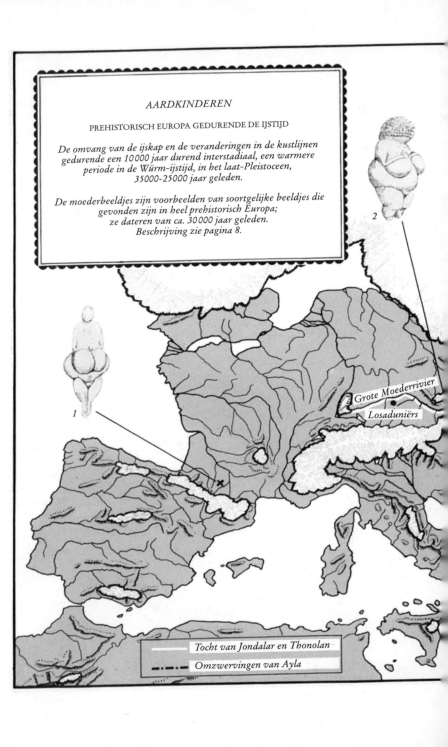

AARDKINDEREN

PREHISTORISCH EUROPA GEDURENDE DE IJSTIJD

De omvang van de ijskap en de veranderingen in de kustlijnen gedurende een 10000 jaar durend interstadiaal, een warmere periode in de Würm-ijstijd, in het laat-Pleistoceen, 35000-25000 jaar geleden.

De moederbeeldjes zijn voorbeelden van soortgelijke beeldjes die gevonden zijn in heel prehistorisch Europa; ze dateren van ca. 30000 jaar geleden. Beschrijving zie pagina 8.

2

1

Grote Moederrivier

Losaduniërs

——— *Tocht van Jondalar en Thonolan*
- - - *Omzwervingen van Ayla*

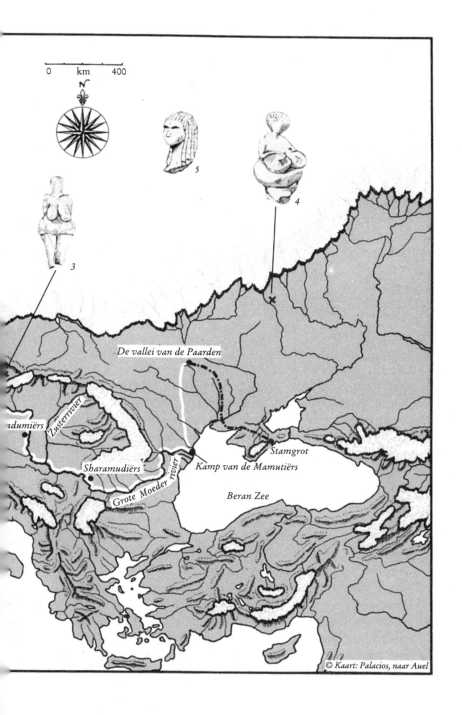

0   km   400

5

4

3

De vallei van de Paarden

Zusterrivier

dumiërs

Sharamudiërs

Grote Moeder rivier

Kamp van de Mamutiërs

Stamgrot

Beran Zee

© Kaart: Palacios, naar Auel

Zie kaart op pagina 6 en 7

1. 'Venus' van Lespugue. Ivoor (gerestaureerd). Hoogte 14,7 cm.
   Gevonden bij Lespugue (Haute-Garonne), Frankrijk.
   Musée de l'Homme, Parijs.
2. 'Venus' van Willendorf. Kalksteen met sporen rode oker.
   Hoogte 11 cm.
   Gevonden bij Willendorf, Wachau, Neder-Oostenrijk.
   Naturhistorisches Museum, Wenen.
3. 'Venus' van Vestonice. Gebakken leem (met beenderas).
   Hoogte 14,4 cm.
   Gevonden bij Dolni Vestonice, Mikulov, Moravië, Tsjecho-
   Slowakije.
   Moravisch Museum, Brno.
4. Vrouwenbeeldje. Ivoor. Hoogte 5,8 cm. Gevonden bij Gagarino,
   Oekraïne.
   Etnografisch Instituut, Leningrad.
5. Vrouwe van Brassempouy. Ivoor (brokstuk). Hoogte 3,2 cm.
   Gevonden bij de Grotte du Pape, Brassempouy (Landes),
   Frankrijk.
   Musée des Antiquités Nationales, St.-Germain-en-Laye.

1

Ze was dood. Wat deed het ertoe of een ijzige, striemende regen haar huid geselde? De jonge vrouw kneep haar ogen dicht tegen de wind en trok de kap van veelvraatbont dichter om haar hoofd. Woeste rukwinden zwiepten de omslag van berenvacht tegen haar benen.

Waren dat bomen in de verte? Ze meende zich te herinneren dat ze eerder een onregelmatige rij bosachtige begroeiing aan de horizon had gezien en wilde maar dat ze beter had opgelet, of dat haar geheugen net zo goed was als dat van de rest van de Stam. Ze beschouwde zichzelf nog steeds als lid van de Stam, hoewel ze dat nooit was geweest, en nu was ze dood.

Ze boog haar hoofd en leunde in de wind. De storm, die vanuit het noorden aan kwam razen, had haar plotseling overvallen en ze móést een schuilplaats vinden. Maar ze was ver weg van de grot en ze kende de streek niet. De maan had een volledige cyclus doorlopen sinds ze was weggegaan, maar ze had nog steeds geen flauw idee waarheen ze op weg was.

Naar het noorden, naar het vasteland achter het schiereiland, dat was alles wat ze wist. De nacht dat ze stierf, had Iza haar gezegd dat ze moest weggaan; ze had haar gezegd dat Broud een manier zou bedenken om haar te kwetsen wanneer hij leider werd. Iza had gelijk gehad. Broud had haar inderdaad gekwetst, erger dan ze zich ooit had voorgesteld.

Hij had geen enkele reden om me Durc af te nemen, dacht Ayla. Hij is mijn zoon. Broud had ook geen enkele reden om me te vervloeken. Hij heeft de geesten vertoornd. Hij heeft de aardbeving veroorzaakt. Deze keer wist ze tenminste wat haar te wachten stond. Maar het was zo snel gegaan dat zelfs de Stam een poosje nodig had gehad om het te accepteren, om haar buiten hun gezichtsveld te sluiten. Maar ze konden niet verhinderen dat Durc haar wel zag, ook al was ze voor de rest van de Stam dood.

Broud had haar in een vlaag van woede vervloekt. De eerste keer, toen Brun haar had vervloekt, had hij hen voorbereid; hij had er reden toe gehad. Ze wisten dat hij het moest doen en hij had haar een kans gegeven.

Ze hief haar hoofd op in een nieuwe ijzige rukwind en merkte dat het al schemerig was. Het zou gauw donker zijn en ze had geen gevoel meer in haar voeten. IJskoude papsneeuw lekte door haar leren voetomhulsels, ondanks de isolerende zegge die ze erin had gepropt. Ze was opgelucht toen ze een kwijnende kromme den zag. Bomen waren zeldzaam op de steppen; ze groeiden alleen op plaatsen waar genoeg vocht was om ze in leven te houden. Een dubbele rij dennen, berken of wilgen, door de wind vervormd tot dwergachtige, asymmetrische gestalten, duidde meestal op een stroompje. In droge jaargetijden boden ze een welkome aanblik in gebieden waar het grondwater schaars was. Als er vanaf de grote noordelijke ijskap stormen loeiden over de open vlakten, boden ze bescherming, al was die nog zo ontoereikend.

Met nog een paar stappen was de jonge vrouw bij de rand van een smal stroompje tussen met ijs bedekte oevers. Ze boog af naar het westen om het stroomafwaarts te volgen, op zoek naar dichtere begroeiing die meer beschutting zou geven dan het struikgewas in de buurt.

Ze zwoegde verder, haar kap naar voren getrokken, maar ze keek op toen de wind abrupt ging liggen. Aan de overkant van het stroompje werd de oever beschermd door een lage rotswand. De zegge hielp helemaal niet om haar voeten warm te houden toen het ijzige water bij het oversteken naar binnen sijpelde, maar ze was dankbaar dat ze uit de wind was. De aarden oeverwal was op één plaats uitgehold, waardoor een afdakje was ontstaan, bedekt met een wirwar van graswortels en verstrengelde oude planten, met een tamelijk droog plekje eronder. Ze maakte de doorweekte riemen los waarmee haar draagmand op haar rug zat en liet hem van haar schouders zakken. Toen haalde ze een zware oerossenhuid tevoorschijn en een stevige tak waar de twijgen vanaf waren gestroopt. Ze zette een laag, schuin lopend tentje op dat ze op de grond vastzette met stenen en blokken drijfhout. De tak hield het aan de voorkant open.

Met haar tanden trok ze de riempjes van haar handomhulsels los. Het waren min of meer ronde stukken met bont gevoerd leer, die bij de pols werden samengebonden, met een gleuf in de palm om haar duim of hand door te steken als ze iets wilde vastpakken. Haar voetomhulsels waren op dezelfde manier gemaakt, zonder gleuf, en ze had moeite om de doorweekte leren veters om haar enkels los te krijgen. Ze lette op dat de natte zegge bewaard bleef toen ze ze afdeed.

Ze legde haar omslag van berenvacht uit op de grond in de tent, met de natte kant naar beneden, legde de zegge en de hand- en voetomhulsels erbovenop en schoof toen naar binnen. Ze wikkelde de vacht om zich heen en trok de draagmand overeind om de opening af te sluiten. Ze wreef haar koude voeten, en toen het warmer werd in haar klamme bontnestje, trok ze haar benen op en deed haar ogen dicht.

De winter deed een laatste, ijzige poging om zich te handhaven, maar moest tegen wil en dank wijken voor de lente. Maar dat prille jaargetijde gedroeg zich grillig. Tussen barre wintertemperaturen die deden denken aan de gletsjerkou, beloofden verlokkelijke vleugjes warmte de hitte van de zomer. In een impulsieve ommekeer nam de storm in de loop van de nacht af.

Ayla werd wakker bij het weerkaatsende licht van een verblindende zon, die op plekken sneeuw en ijs langs de oever glinsterde, en een stralende, helblauwe lucht. Rafelige wolkenflarden trokken ver naar het zuiden weg. Ze kroop haar tent uit en rende op blote voeten met haar waterzak naar de waterkant. Zonder zich te bekommeren om de ijzige kou vulde ze de met leer overtrokken blaas, nam een diepe teug en holde terug. Nadat ze naast de oever had geplast, kroop ze in haar vacht om weer warm te worden.

Ze bleef niet lang. Ze wilde te graag buiten zijn nu het gevaar van de storm geweken was en de zon wenkte. Ze wikkelde de omhulsels, die door haar lichaamswarmte waren gedroogd, om haar voeten en bond de berenvacht over de met bont gevoerde leren omslag waarin ze had geslapen. Ze nam een stuk gedroogd vlees uit de mand, pakte vervolgens de tent en handomhulsels in en ging op weg, kauwend op het vlees.

Het stroompje liep tamelijk recht en enigszins omlaag, en het was gemakkelijk te volgen. Ayla neuriede zachtjes een eentonig wijsje. Ze zag vlekjes groen op het struikgewas vlak bij de oevers en af en toe moest ze glimlachen als een bloempje dapper zijn kleine kopje door de smeltende sneeuwplekken omhoogstak. Een klomp ijs brak los, kloste een tijd met haar mee en schoot toen vooruit, meegesleurd door de snelle stroming.

De lente was al begonnen toen ze van de grot wegging, maar op de zuidpunt van het schiereiland was het warmer en het jaargetijde begon er eerder. De bergketen vormde een barrière voor de gure, van de ijskap afkomstige winden en de wind die van de binnenzee kwam, verwarmde en bevochtigde de smalle kuststrook en de zuidelijke hellingen en zorgde voor een gematigd klimaat.

De steppen waren kouder. Ze was langs de oostkant van de keten gelopen, maar toen ze naar het noorden trok, over de open vlakten, leek de komst van de lente gelijke tred met haar te houden. Het leek nooit warmer te worden dan in het vroege voorjaar.

Het schorre gekrijs van visdiefjes trok haar aandacht. Ze keek op en zag een aantal van de kleine vogels die op meeuwen leken moeiteloos met gestrekte vleugels zweven en rondcirkelen. Ik moet vlak bij de zee zijn, dacht ze. Er zullen wel al vogels nestelen; dat betekent eieren. Ze versnelde haar pas. En misschien wel mosselen op de rotsen, en strandgapers, en schaalhorens, en bij laagwater poelen vol anemonen.

De zon naderde zijn hoogste punt toen ze bij een beschutte baai aankwam, gevormd door de zuidkust van het vasteland en de noordwestelijke flank van het schiereiland. Ze was eindelijk bij de brede doorgang gekomen die de landtong met het vasteland verbond.

Ayla liet de draagmand van haar schouders glijden en klauterde op een verweerde rots, die zich hoog verhief boven het landschap eromheen. Aan de zeekant had een beukende branding puntige happen uit de massieve rots gekliefd. Een zwerm zwarte zeekoeten en visdiefjes liet een boos gekrijs horen toen ze eieren raapte. Ze brak er een paar open en slurpte ze, nog warm van het nest, naar binnen. Voor ze naar beneden klauterde, stopte ze er nog wat weg in een plooi van haar omslag.

Ze deed haar schoeisel af en waadde de branding in om het zand van de mosselen te wassen die ze op waterhoogte van de rotsen had geplukt. Op bloemen gelijkende zeeanemonen trokken hun schijnblaadjes in toen ze haar hand uitstrekte om ze te plukken uit de ondiepe poelen die door het zakkende getij op het strand waren achtergebleven. Maar deze hadden een kleur en vorm die ze niet kende. In plaats daarvan beëindigde ze haar lunch met een paar strandgapers, uitgegraven uit het zand op plaatsen waar een licht kuiltje ze verried. Ze deed het zonder vuur en at haar geschenken van de zee rauw.

Verzadigd van eieren en schaaldieren ontspande de jonge vrouw zich aan de voet van de hoge rots en klauterde er toen weer op om een beter uitzicht te hebben over de kust en het vasteland. Ze zat met haar armen om haar knieën geslagen boven op de grote rots uit te kijken over de baai. De wind in haar gezicht bracht een zuchtje met zich mee van het rijke leven in de zee.

De zuidkust van het continent boog in een flauwe bocht naar het westen. Achter een smalle rand van bomen zag ze een breed steppegebied, niet anders dan de koude vlakte van het schiereiland, maar geen enkel teken dat het door mensen werd bewoond.

Daar is het, dacht ze, het vasteland achter het schiereiland. Waar moet ik nu heen, Iza? Jij zei dat de Anderen daar waren, maar ik zie helemaal niemand. Terwijl ze uitkeek over het uitgestrekte, lege land, dwaalden Ayla's gedachten terug naar die vreselijke nacht dat Iza stierf, drie jaar geleden.

'Je behoort niet tot de Stam, Ayla. Je bent bij de Anderen geboren, je hoort bij hen. Je moet hier weggaan, je moet je eigen mensen zoeken.'
'Weggaan! Waar moet ik dan heen, Iza? Ik ken de Anderen niet, ik zou niet eens weten waar ik ze moest zoeken.'
'Naar het noorden, Ayla. Ga naar het noorden. In het noorden, op het vasteland achter het schiereiland wonen er veel. Je kunt hier niet blijven. Broud zal een manier bedenken om je kwaad te doen. Ga ze zoeken, kind. Zoek je eigen volk, zoek je eigen metgezel.'

Toen was ze niet weggegaan, dat kon ze niet. Nu had ze geen keus. Ze móést de Anderen zoeken, ze had niemand anders. Ze kon nooit meer terug, ze zou haar zoon nooit meer zien.

De tranen stroomden Ayla over de wangen. Daarvóór had ze nog niet gehuild. Haar leven had op het spel gestaan toen ze wegging, en verdriet was een luxe die ze zich niet kon veroorloven. Maar nu de barrière eenmaal doorbroken was, kon ze zich niet meer inhouden.

'Durc... mijn kleintje,' snikte ze terwijl ze haar gezicht in haar handen begroef. 'Waarom heeft Broud je van me afgenomen?' Ze huilde om haar zoon en om de Stam die ze had achtergelaten; ze huilde om Iza, de enige moeder die ze zich kon herinneren, en ze huilde om haar eenzaamheid en angst voor de onbekende wereld die haar te wachten stond. Maar niet om Creb, die veel van haar had gehouden. Dat verdriet was nog te vers; daar wist ze nog geen raad mee.

Toen ze niet meer huilde, merkte Ayla dat ze naar de beukende branding ver onder zich zat te staren. Ze zag de aanrollende golven in schuimfonteinen opspatten en daarna rond de puntige rotsen kolken.

Het zou zo gemakkelijk zijn, dacht ze.

Nee! Ze schudde haar hoofd en rechtte haar rug. Ik heb hem gezegd dat hij me mijn zoon kon afnemen, dat hij me kon dwingen weg te gaan, dat hij me met de dood kon vloeken, maar dat hij me niet kon dwingen dood te gaan!

Ze proefde zout en er gleed een pijnlijke glimlach over haar gezicht. Iza en Creb waren altijd van streek geraakt door haar tranen. De ogen van de mensen van de Stam traanden niet, tenzij ze geïrriteerd werden. Zelfs die van Durc niet. Hij had veel van haar, hij

kon zelfs stemgeluiden maken, net als zij, maar Durcs grote, bruine ogen waren die van de Stam.
Ayla klauterde vlug naar beneden. Terwijl ze haar draagmand op haar rug sjorde, vroeg ze zich af of haar ogen echt zwak waren of dat alle Anderen tranende ogen hadden. Toen speelde een andere gedachte door haar hoofd: zoek je eigen volk, zoek je eigen metgezel.

De jonge vrouw trok langs de kust naar het westen en stak veel beekjes en kreken over die naar de binnenzee stroomden, tot ze bij een tamelijk grote rivier kwam. Toen wendde ze zich naar het noorden en volgde de snelstromende waterloop landinwaarts, op zoek naar een plaats om over te steken. Ze kwam door de kustzoom van dennen en lariksen, bossen met hier en daar een reuzenboom die boven zijn dwergachtige neefjes uitstak. Toen ze de steppen van het continent bereikte, werden de gedrongen coniferen die de rivier omzoomden, aangevuld met wilgen, berken en espenstruiken.
Ze volgde iedere kronkel en slinger in de bochtige stroom en werd met de dag ongeruster. De rivier voerde haar terug naar het oosten, ruwweg in noordoostelijke richting. Ze wilde niet naar het oosten. Sommige stammen jaagden in het oostelijk deel van het vasteland. Het was haar bedoeling geweest op haar noordwaartse tocht af te buigen naar het westen. Ze wilde niet het risico lopen mensen van de Stam tegen te komen – niet nu er een doodvloek op haar rustte! Ze moest een manier vinden om de rivier over te steken.
Toen de rivier breder werd en zich splitste om een met kiezels bedekt eilandje vol kreupelhout dat zich aan de rotsachtige oevers vastklampte, besloot ze de oversteek te wagen.
Een paar grote rotsblokken in de geul aan de andere kant van het eilandje brachten haar op het idee dat het misschien ondiep genoeg was om te waden. Ze kon goed zwemmen, maar ze wilde niet dat haar kleren of de mand nat werden. Het zou te lang duren voor ze weer droog waren, en de nachten waren nog koud.
Ze liep langs de oever heen en weer en keek naar het snelstromende water. Toen ze had bekeken welke weg het minst diep was, trok ze haar kleren uit, gooide alles in haar mand, hield hem omhoog en stapte het water in. De rotsen onder haar voeten waren glibberig en ze dreigde haar evenwicht te verliezen in de stroming. Halverwege de eerste geul kwam het water tot haar middel, maar ze wist zonder ongelukken het eilandje te bereiken. De tweede geul was breder. Ze wist niet zeker of hij wel doorwaadbaar was, maar ze was al bijna halverwege en ze wilde het niet opgeven.

Ze was ruim voorbij het midden toen de rivier zo diep werd dat ze op haar tenen moest lopen met het water tot aan haar hals. Ze hield de mand boven haar hoofd. Plotseling voelde ze geen bodem meer. Ze ging kopje-onder en slikte onwillekeurig water naar binnen. Het volgende ogenblik was ze aan het watertrappelen, terwijl haar mand boven op haar hoofd rustte. Ze hield hem met één hand op zijn plaats, terwijl ze probeerde om met de andere vooruit te komen naar de overkant. De stroom kreeg vat op haar en voerde haar mee, maar slechts een klein eindje. Ze voelde rotsen onder haar voeten en enkele ogenblikken later liep ze aan de overkant de oever op.

Ayla liet de rivier achter zich en trok weer over de steppen. Nu de zonnige dagen de regenachtige in aantal begonnen te overtreffen, haalde het warme jaargetijde haar eindelijk in op haar tocht naar het noorden. De knoppen aan bomen en struiken werden blaadjes, en zachte, lichtgroene naalden strekten zich uit aan de uiteinden van takken en twijgen van coniferen. Ze plukte ze af om er onderweg op te kauwen, genietend van de enigszins wrange dennensmaak.

Ze geraakte in een ritme van de hele dag trekken tot ze, tegen de schemering, een kreek of stroompje vond, waar ze haar kamp opsloeg. Water was nog steeds gemakkelijk te vinden. Lenteregens en wegsmeltende wintersneeuw verder uit het noorden deden stroompjes overlopen en vulden waterlopen en ondiepe plekken, die later droge greppels of op z'n best trage, modderige stroompjes zouden worden.

Haast van de ene dag op de andere stond het land vol bloemen, wit, geel en paars – minder vaak levendig blauw of hel rood –, die in de verte opgingen in het overheersende jonge groen van nieuw gras. Ayla genoot van de schoonheid van het jaargetijde; ze vond de lente altijd de mooiste tijd.

Naarmate het leven op de open vlakten verder uitbotte, verliet ze zich steeds minder op de karige voorraad gedroogd voedsel die ze bij zich had, en begon van het land te leven. Het vertraagde haar tempo nauwelijks. Iedere vrouw van de Stam leerde onderweg blaadjes, bloemen, knoppen en bessen te plukken, haast zonder stil te blijven staan. Ze stroopte bladeren en twijgen van een stevige tak, sneed er aan één kant een punt aan met een scherpe steen en gebruikte de graafstok om wortels en knollen al even vlug omhoog te wroeten. Het verzamelen ging gemakkelijk. Ze hoefde alleen zichzelf maar te voeden.

Maar Ayla had een voordeel op de vrouwen van de Stam. Ze kon jagen. Weliswaar alleen met een slinger, maar zelfs de mannen gaven toe – toen ze alleen het idee al dat ze jaagde eenmaal hadden geaccepteerd – dat ze de bekwaamste slingerjager van de Stam was. Ze had het zichzelf aangeleerd en ze had er zwaar voor moeten boeten. Nu de opschietende kruiden en grassen de in holen levende gestreepte eekhoorns, reuzenhamsters, grote woestijnspringmuizen, konijnen en hazen uit hun winternesten lokten, begon Ayla haar slinger weer te dragen, weggestopt in de riem waarmee ze haar bontomslag dichthield. Ze had de graafstok ook tussen haar riem gestoken, maar haar medicijnbuidel droeg ze, zoals altijd, aan haar onderomslag.

Er was voedsel in overvloed; het was iets moeilijker om aan vuur en hout te komen. Ze kon vuur maken, en struikgewas en kleine boompjes wisten zich langs sommige van de aan het seizoen gebonden stroompjes staande te houden, waar dan vaak sprokkelhout lag. Als ze droge takken of mest tegenkwam, verzamelde ze die ook steeds. Maar ze maakte niet iedere avond vuur. Soms was het juiste materiaal niet voorhanden, of was het groen, of nat; of ze was moe en was het haar gewoon te veel moeite. Maar ze vond het niet prettig om in de openlucht te slapen zonder de veiligheid van een vuur. Het uitgestrekte grasland werd bevolkt door grote aantallen grazende dieren en hun gelederen werden uitgedund door allerlei viervoetige jagers. Vuur hield hen meestal op een afstand. Bij de Stam was het normaal gebruik dat een man van hogere rang een kooltje meedroeg als ze op reis waren, om het volgende vuur aan te steken, en aanvankelijk was het niet bij Ayla opgekomen om materiaal mee te nemen om vuur te maken. Later vroeg ze zich af waarom ze het niet eerder had gedaan. De stok die ze op het platte stukje hout moest draaien, maakte het ook niet veel gemakkelijker om vuur te maken wanneer het licht ontvlambare materiaal te groen of te vochtig was. Toen ze het skelet van een oeros vond, dacht ze dat haar problemen waren opgelost.

De maan had weer een complete cyclus doorlopen en de natte lente werd warmer en ging langzaam over in de vroege zomer. Ze trok nog steeds door de brede kustvlakte, die zacht omlaagglooide naar de binnenzee. Door de overstromingen van de lente meegevoerd slib vormde vaak langgerekte estuaria, gedeeltelijk of geheel afgesloten door zandbanken, waardoor lagunen of poelen werden gevormd.

Ayla had haar kamp opgeslagen op een plek zonder water en hield halverwege de ochtend stil bij een kleine poel. Het water zag eruit alsof het stilstond en niet te drinken was, maar haar waterzak begon leeg te raken. Ze dompelde haar hand erin om het te proeven en spuugde de brakke vloeistof uit. Vervolgens nam ze een klein slokje uit haar waterzak om haar mond te spoelen.

Ik vraag me af of die oeros dit water heeft gedronken, dacht ze toen ze de verbleekte botten en schedel met de lange, spits toelopende horens zag. Ze keerde zich af van de stilstaande poel met dat spookbeeld van de dood, maar ze kon de botten maar niet uit haar gedachten zetten. Ze zag steeds die witte schedel en de lange horens, de gekromde, holle horens, voor zich.

Rond het middaguur hield ze stil bij een stroompje en besloot vuur te maken en het konijn te roosteren dat ze had geveld. Terwijl ze in de warme zon zat en de vuurstok tussen haar handpalmen liet ronddraaien op het platte stuk hout, wenste ze dat Grod zou verschijnen met het kooltje dat hij in...

Ze sprong op, gooide de vuurstok en het plankje in haar mand, legde het konijn erbovenop en liep haastig terug langs de weg die ze was gekomen. Toen ze bij de poel aankwam, zocht ze naar de schedel. Grod droeg meestal een gloeiend kooltje verpakt in gedroogd mos of korstmos in de lange, holle horen van een oeros. Met één horen kon ze vuur meedragen.

Maar terwijl ze aan de horen sjorde, voelde ze haar geweten knagen. Vrouwen van de Stam droegen geen vuur, dat was niet toegestaan. Wie zal het voor mij dragen als ik het zelf niet doe, dacht ze, en ze brak met een harde ruk de horen los. Ze vertrok vlug, alsof alleen al het denken aan de verboden handeling waakzame, afkeurende blikken had opgeroepen.

Een tijdlang had haar overleven ervan afgehangen dat ze zich aanpaste aan een manier van leven die vreemd was aan haar natuur. Nu hing het af van de mogelijkheid om dat aangeleerde automatisme af te leren en zelfstandig te denken. De oeroshoren was een begin, en hij gaf goede hoop voor haar kansen. Maar er kwam meer bij de hele kwestie van vuur-dragen kijken dan ze had beseft. De volgende ochtend zocht ze naar droog mos om haar kooltje in te verpakken. Maar mos, dat in de bosrijke streek bij de grot zo overvloedig groeide, was op de droge, open vlakte niet te vinden. Ten slotte besloot ze het maar te doen met gras. Tot haar ontsteltenis was het kooltje uitgedoofd toen ze haar kamp weer op wilde slaan. En toch wist ze dat het kon; ze had vaak vuren afgedekt zodat ze de hele nacht bleven branden. Ze bezat de benodigde kennis. Het kostte vele pogingen en veel uitgedoofde kooltjes voor ze een manier ontdekte om een stukje van het vuur van het ene kamp te bewaren voor het volgende. De oeroshoren droeg ze ook aan haar gordel.

Ayla vond altijd wel een manier om de stroompjes op haar pad wadend over te steken, maar toen ze op een grote rivier stuitte, wist ze dat ze iets anders moest bedenken. Ze volgde die nu al een aantal dagen stroomopwaarts. Hij maakte een scherpe bocht naar het noordoosten en werd niet smaller.

Hoewel ze dacht dat ze niet meer in het gebied zat waar misschien leden van de Stam zouden jagen, wilde ze niet naar het oosten. Naar het oosten gaan betekende teruggaan, richting Stam. Ze kon niet terug en ze wilde zelfs die kant niet op. En ze kon niet blijven waar ze nu haar kamp had opgeslagen: in het open veld naast de rivier. Ze moest naar de overkant, een andere weg was er niet.

Ze dacht dat ze het wel kon halen – ze had altijd al goed kunnen zwemmen, maar niet als ze een mand met al haar bezittingen boven haar hoofd moest houden. Dat was het probleem.

Ze zat naast een klein vuurtje in de luwte van een omgevallen boom waarvan de kale takken door het water sleepten. De middagzon glinsterde in de voortdurende beweging van de snelle stroom. Af en toe kwam er wat drijfhout voorbij. Het deed haar denken aan de rivier die in de buurt van de grot stroomde en aan het vissen naar zalm en steur op de plaats waar hij uitmondde in de binnenzee. Toen zwom ze altijd graag, hoewel het Iza had verontrust. Ayla kon zich niet herinneren dat ze ooit had leren zwemmen; het leek gewoon alsof ze het altijd al had gekund.

Ik vraag me af waarom niemand anders het prettig vond te zwemmen, peinsde ze. Ze vonden me maar vreemd omdat ik graag zo ver ging... tot die keer dat Ona bijna verdronk.

Ze herinnerde zich dat iedereen haar dankbaar was geweest omdat ze het kind het leven had gered. Brun had haar zelfs uit het water geholpen. Ze had toen een warm gevoel van acceptatie gehad, alsof ze er echt bij hoorde. Lange, rechte benen, een te mager en te lang lijf, blond haar en blauwe ogen en een hoog voorhoofd deden er niet toe op dat moment.

Sommige stamleden hadden daarna geprobeerd te leren zwemmen, maar ze bleven niet goed drijven en waren bang voor diep water.

Ik vraag me af of Durc het zou kunnen leren? Hij was nooit zo zwaar als de kleintjes van de andere vrouwen en hij zal nooit zo gespierd worden als de meeste mannen. Ik denk dat hij het wel zou kunnen...

Wie zou het hem leren? Ik ben er niet en Oeba kan het niet. Ze zal voor hem zorgen, ze houdt evenveel van hem als ik, maar ze kan niet zwemmen. En Brun kan het ook niet. Maar Brun zal hem leren jagen en hij zal Durc beschermen. Hij zal niet toestaan dat Broud mijn zoon kwaad doet, dat heeft hij beloofd – ook al mocht hij me eigenlijk niet zien. Brun was een goede leider, heel anders dan Broud...

Zou Broud Durc in mij hebben kunnen laten beginnen? Ayla rilde bij de herinnering hoe Broud haar had verkracht. Iza zei dat mannen dat deden met vrouwen die ze aantrekkelijk vonden, maar Broud deed het alleen omdat hij wist hoe afschuwelijk ik het vond. Iedereen zegt dat totemgeesten kleintjes laten beginnen. Maar niet één van de mannen heeft een totem die sterk genoeg is om mijn Holenleeuw te verslaan. Ik ben pas zwanger geworden toen Broud zich iedere keer met mij verlichtte, en iedereen was verbaasd... Niemand dacht dat ik ooit een kleintje zou krijgen... Ik wou dat ik hem kon zien opgroeien. Hij is al groot voor zijn leeftijd, zoals ik. Hij wordt de langste man van de Stam. Dat weet ik zeker...

Of niet! Ik zal het nooit weten. Ik zal Durc nooit meer zien.

Laat ik maar niet meer aan hem denken, dacht ze, terwijl ze een traan wegpinkte. Ze stond op en liep naar de oever van de rivier. Het is nergens goed voor om aan hem te denken. En ik kom er niet mee aan de overkant van deze rivier!

Ze was zo in gedachten verzonken geweest dat ze het gevorkte stuk hout dat vlak langs de oever dreef niet in de gaten had. Afstandelijk, maar alert staarde ze voor zich uit terwijl het verstrikt raakte in de in elkaar gestrengelde takken van de omgevallen boom. Een tijdlang keek ze toe hoe het blok stootte en rukte in een poging om los te komen, zonder er aandacht aan te schenken. Toen drongen plotseling de mogelijkheden ervan tot haar door.

Ze waadde de ondiepe plek in en sleepte het stuk hout het strandje op. Het was het bovenste gedeelte van een flinke boomstam, pas afgebroken door hevige overstromingen verder stroomopwaarts, en het had nog niet al te veel water opgezogen. Met een stenen vuistbijl, die ze in een plooi van haar leren omslag droeg, hakte ze de langste van de twee takken die de vork vormden op ongeveer gelijke hoogte met de andere tak af en snoeide in de weg zittende twijgen, zodat er twee tamelijk lange stronken overbleven.

Na een snelle blik in het rond liep ze op een groepje berkenbomen af die begroeid waren met klimplanten. Door een ruk aan een jonge, houtige rank kwam er een lange, sterke stengel los. Terwijl ze terugliep trok ze er de blaadjes vanaf. Toen spreidde ze haar leren tent op de grond uit en kiepte haar draagmand leeg. Het was tijd om te inventariseren en de boel opnieuw in te pakken.

Haar bonten beenwikkels en handomhulsels legde ze onder in de mand, en ook de met bont gevoerde omslag, nu ze haar zomeromslag droeg; ze zou ze de volgende winter pas weer nodig hebben. Ze vroeg zich even af of ze er de volgende winter nog wel zou zijn, maar daar stond ze liever niet bij stil. Ze pakte in gedachten de zachte, soepele leren mantel op die ze had gebruikt om Durc op haar heup te ondersteunen als ze hem droeg.

Ze had hem niet nodig om te overleven. Ze had hem alleen meegenomen omdat het iets was dat in nauw contact met hem was geweest. Ze hield hem tegen haar wang en vouwde hem toen heel voorzichtig op en legde hem in de mand. Daarbovenop legde ze de zachte, absorberende repen leer die ze had meegenomen om tijdens haar menstruatie te dragen. Vervolgens ging haar extra paar voetomhulsels in de mand. Ze liep nu op blote voeten, maar droeg nog steeds een paar voetomhulsels als het nat was, of koud, en ze begonnen te slijten. Ze was blij dat ze een tweede paar had meegenomen.

Vervolgens controleerde ze haar voedsel. Er was nog één berkenbasten pakje ahornsuiker over. Ayla maakte het open, brak een stukje af en stopte het in haar mond. Ze vroeg zich af of ze ooit nog ahornsuiker zou proeven als deze op was.

Ze had nog steeds een aantal reiskoekjes, het soort dat de mannen meenamen als ze op jacht gingen, gemaakt van uitgesmolten vet, gemalen, gedroogd vlees en gedroogde vruchten. Ze watertandde bij de gedachte aan het kostelijke vet. De meeste dieren die ze met haar slinger had gedood, waren mager. Zonder het plantaardige voedsel dat ze verzamelde kon ze uiteindelijk niet in leven blijven, omdat haar dieet te eenzijdig uit eiwitten zou bestaan. Vetten of koolhydraten, in de een of andere vorm, waren onmisbaar.

Ze deed de reiskoekjes in de mand zonder toe te geven aan haar eetlust en bewaarde ze voor noodgevallen.

Ze deed er een paar repen gedroogd vlees bij – zo taai als leer, maar voedzaam – een paar gedroogde appels, wat hazelnoten, een paar buidels graan, geplukt van de grassen van de steppen in de buurt van de grot, en gooide een verrotte wortel weg. Boven op het voedsel legde ze haar kop en kom, haar kap van veelvraatbont en de versleten voetomhulsels.

Ze maakte haar medicijnbuidel los van de riem om haar middel en streek met haar hand over de gladde waterdichte vacht van otterhuid en voelde de harde botjes van de pootjes en de staart. Het koord waarmee de buidel werd dichtgetrokken, was langs de halsopening geregen en de vreemd afgeplatte kop, die nog aan de nek vastzat, diende als klep. Iza had hem voor haar gemaakt en had zo de erfenis van moeder op dochter overgedragen, toen ze medicijnvrouw werd van de Stam.

Toen dacht Ayla voor het eerst in vele jaren aan de eerste medicijn-buidel die Iza voor haar had gemaakt, de buidel die Creb had verbrand toen ze de eerste keer werd vervloekt. Brun moest het doen. Het was vrouwen niet toegestaan wapens aan te raken en Ayla gebruikte haar slinger al een paar jaar. Maar hij had haar de kans gegeven om terug te komen – als ze in leven wist te blijven. Misschien heeft hij me wel een betere kans gegeven dan hij wist, dacht ze. Ik vraag me af of ik nu nog in leven zou zijn als ik niet had geleerd hoe een doodvloek maakt dat je ook wilt sterven. Behalve dat ik nu Durc moest achterlaten, was het de eerste keer moeilijker, geloof ik. Toen Creb al mijn spullen verbrandde, wilde ik sterven.

Ze had niet aan Creb kunnen denken; het verdriet was te nieuw, de pijn te schrijnend. Ze had van de oude tovenaar al net zoveel gehouden als van Iza. Hij was Iza's bloedverwant geweest, en ook die van Brun. Omdat hij een oog miste, en een deel van een arm, had Creb nooit gejaagd, maar hij was de belangrijkste heilige man van alle stammen. Als Mog-ur, gevreesd en geëerbiedigd, met zijn oude gezicht vol littekens en met maar één oog, kon hij de dapperste jager vrees inboezemen, maar Ayla kende zijn zachtmoedige kant. Hij had haar beschermd, voor haar gezorgd, van haar gehouden als van het kind van de gezellin die hij nooit had gehad. Ze had tijd gehad om te wennen aan Iza's dood, drie jaar geleden, en hoewel ze om de scheiding had getreurd, wist ze dat Durc nog leefde. Maar ze had niet getreurd om Creb. Plotseling wilde de pijn die ze had binnengehouden sinds de aardbeving waarbij hij was gedood, niet meer binnen blijven. Ze schreeuwde zijn naam uit.

'Creb... O, Creb...' Waarom ben je de grot weer in gegaan? Waarom moest je sterven?

Ze snikte heftig in de waterdichte vacht van de buidel van otterhuid. Toen welde er van heel diep een hoogtonige jammerklacht op in haar keel. Ze wiegde heen en weer terwijl ze haar smart, haar verdriet, haar wanhoop uitkermde. Maar er was geen liefhebbende Stam om zijn jammerklachten bij de hare te voegen en in haar ellende te delen. Ze treurde alleen en ze treurde om haar eenzaamheid.

Toen haar jammerklachten bedaarden, voelde ze zich uitgeput maar ook opgelucht. Na een poosje ging ze naar de rivier en waste haar gezicht. Toen deed ze haar medicijnbuidel in de mand. Ze hoefde de inhoud niet te controleren. Ze wist precies wat erin zat.

Ze pakte haar graafstok en gooide hem weer neer omdat haar verdriet had plaatsgemaakt voor woede en het vaste besluit dat Broud haar niet zou laten sterven.

Eindelijk haalde ze diep adem en dwong zichzelf met al haar wilskracht om de mand verder in te pakken. Ze legde het materiaal om vuur te maken en de oeroshoren erin en haalde toen een paar stenen werktuigen uit de plooien van haar omslag. Uit een andere plooi haalde ze een ronde kiezelsteen, gooide hem in de lucht en ving hem weer op. Iedere willekeurige steen van de juiste afmetingen kon met een slinger worden geworpen, maar je bereikte grotere nauwkeurigheid met gladde, ronde projectielen. De paar die ze had, bewaarde ze.

Daarna pakte ze haar slinger, een reep hertenhuid met een uitstulping in het midden voor de steen en lange, taps toelopende uiteinden, helemaal verwrongen door het vele gebruik. Het stond buiten kijf dat ze die zou houden. Ze maakte een lange leren veter los die zo om haar zachte, gemzenleren omslag gewikkeld zat dat er plooien ontstonden waarin ze allerlei dingen bewaarde. De omslag viel van haar af. Ze was nu naakt, op de kleine leren buidel na die aan een koordje om haar hals hing – haar amulet. Ze liet het over haar hoofd glijden en huiverde. Zonder haar amulet voelde ze zich naakter dan zonder omslag, maar de kleine, harde voorwerpen die erin zaten, waren geruststellend. Dat waren al haar bezittingen, alles wat ze nodig had om te overleven, behalve kennis, vaardigheid, ervaring, intelligentie, vastberadenheid en moed.

Vlug rolde ze haar amulet, gereedschap en slinger in haar omslag en stopte ze in de mand, deed de berenhuid eromheen en zette die vast met de lange veter. Ze wikkelde de bundel in de tent van oeroshuid en bond hem met de stengel van de klimplant achter de vork in het stuk hout.

Ze staarde een poosje naar de brede rivier en de tegenoverliggende oever en dacht aan haar totem. Toen schopte ze zand op het vuur en duwde het blok hout met al haar kostbare bezittingen even voorbij de boom de rivier in zodat het niet kon vastlopen. Ayla vatte post aan het gevorkte uiteinde, greep de uitstekende stronken van vroegere takken beet en liet haar vlot met een duw te water. Het ijzige water, dat nog steeds werd afgekoeld door het gletsjerwater, sloot zich om haar naakte lichaam. Ze hapte naar lucht, nauwelijks in staat te ademen, maar toen ze aan het intens koude element gewend raakte, trad er een zekere verdoving in. De krachtige stroming greep het blok hout, in een poging het verder mee te voeren naar zee. Het dobberde op de deining, maar door de gevorkte takken kon het niet omkiepen. Ze sloeg flink haar benen uit en worstelde om zich een weg te banen door de golven, schuin op de overkant aansturend.

Maar ze kwam tergend langzaam vooruit. Iedere keer dat ze keek, was de overkant van de rivier verder dan ze verwachtte. Ze werd veel sneller stroomafwaarts gesleurd dan dat ze naar de overkant kwam. Tegen de tijd dat de rivier haar had meegesleurd voorbij de plek waar ze had gedacht uit te komen, was ze moe en begon ze bevangen te raken door de kou. Ze huiverde. Haar spieren deden pijn. Ze had het gevoel alsof ze al eeuwen haar benen uitsloeg met blokken steen aan haar voeten gebonden, maar ze dwong zichzelf door te gaan. Eindelijk gaf ze zich uitgeput over aan de onverbiddelijke kracht van de stroom. De rivier profiteerde van zijn overwicht en sleurde het geïmproviseerde vlot met de stroom mee terwijl Ayla zich wanhopig vastklampte, aangezien het blok hout nu haar beheerste.

Maar verderop veranderde de loop van de rivier. Hij slingerde zich op zijn zuidelijke koers in een scherpe bocht naar het westen, om een uitstekende landtong heen. Ayla had al meer dan driekwart van de weg door de jachtende stroom afgelegd voor ze zich aan haar vermoeidheid had overgegeven en toen ze de rotsachtige oever zag, nam ze met een resolute krachtsinspanning het heft weer in handen.

Ze dwong zich om haar benen uit te slaan en deed haar uiterste best het land te bereiken voor de rivier haar om de punt sleurde. Ze deed haar ogen dicht en concentreerde al haar aandacht erop om haar benen in beweging te houden. Plotseling voelde ze het blok hout met een schok over de bodem schrapen en tot stilstand komen.

Ayla kon zich niet bewegen. Ze bleef half onder water liggen, zich nog steeds vastklampend aan de stompjes tak. Een deining in de woeste stroom tilde het blok hout van de scherpe rotsen op en vervulde de jonge vrouw met paniek. Ze dwong zichzelf op haar knieën en duwde de gebeukte boomstam vooruit, zodat hij veilig op het strandje kwam te liggen, en viel toen terug in het water.

Maar ze kon niet lang blijven liggen. Hevig rillend in het koude water, dwong ze zichzelf de rotsige landtong op te kruipen. Ze modderde met de knopen in de klimplant en toen die wat losser kwam te zitten, hees ze de bundel op het strand. Met haar trillende vingers was de veter zelfs nog moeilijker los te krijgen. Het geluk was met haar. De veter brak op een zwakke plek. Ze schoof de lange reep leer weg, duwde de mand opzij, kroop op de berenvacht en sloeg die om zich heen. Tegen de tijd dat het rillen was opgehouden, sliep de jonge vrouw.

Na haar hachelijke overtocht over de rivier trok Ayla ongeveer noordwestwaarts. Terwijl ze het open steppegebied afzocht naar

23

een teken van mensen, werden de zomerdagen steeds warmer. De kruidachtige bloesem die de korte lente had opgefleurd, was verbleekt en het gras kwam al bijna tot haar middel.

Ze voegde luzerne en klaver aan haar voeding toe en was blij met de melige, enigszins zoete aardnoten. Ze vond de wortels door over de bodem kruipende stengels te volgen. Hokjespeulen zwollen op tot rijen ovale groene groenten, naast eetbare wortels en ze had er geen moeite mee ze te onderscheiden van de giftige soorten. Toen de tijd van de daglelieknoppen voorbij was, waren de wortels nog zacht. Een vroegrijpende soort laagkruipende bes begon te kleuren en er waren altijd wel een paar jonge blaadjes van de rode ganzenvoet, mosterd of brandnetels als groente.

Het ontbrak haar slinger niet aan doelwitten. Het wemelde op de vlakte van steppe-pika's, soeslik-marmotten, grote woestijnspringmuizen, diverse soorten hazen – nu grijsbruin in plaats van winters wit – en af en toe een allesetende, op muizen jagende reuzenhamster. Laagvliegende korhoenders en sneeuwhoenders vormden een speciale attractie, hoewel Ayla nooit sneeuwhoen kon eten zonder zich te herinneren dat de vette vogels met hun gevederde poten altijd Crebs lievelingskostje waren geweest.

Maar dat waren alleen de kleinere dieren die zich aan de zomerse overvloed van de vlakten tegoed deden. Ze zag kudden herten – elanden, edelherten en reuzenherten met geweldig grote geweien – gedrongen steppepaarden, ezels en onagers, die op allebei leken. Af en toe kruiste een reusachtige bizon of een familie saiga-antilopen haar pad. Bij de kudde roodbruin wild vee, met stieren die een schofthoogte hadden van wel een meter tachtig, liepen kalveren die uit de volle uiers van de koeien dronken. Ayla watertandde bij de gedachte aan deze kalveren, maar haar slinger was niet het geschikte wapen om op oerossen te jagen. Ze zag heel even een glimp van wolharige mammoeten op doortocht, zag muskusossen in slagorde, met hun jongen achter zich, het hoofd bieden aan een roedel wolven, en meed zorgvuldig een familie kwaadaardige wolharige neushoorns. Ze herinnerde zich dat het Brouds totem was en het had gewerkt.

Toen ze verder noordwaarts trok, begon de jonge vrouw een verandering in het terrein op te merken. Het werd droger en verlatener. Ze had de vage noordgrens bereikt van de natte, sneeuwrijke steppen van het continent. Voorbij die grens, helemaal tot aan de loodrechte wanden van de onmetelijk grote, noordelijke ijskap, lagen de droge löss-steppen, een milieu dat alleen bestond toen het land overdekt was met gletsjers, tijdens de ijstijd.

Gletsjers, massieve, bevroren ijsvlakten die het hele continent om-spanden, bedekten het noordelijk halfrond. Bijna een kwart van het aardoppervlak lag begraven onder hun onmetelijke, verpletterende gewicht. Door het water dat binnen hun begrenzingen was ingeslo-ten, zakte het peil van de oceanen, waardoor kustlijnen zich verder uitstrekten en landvormen veranderden. Geen enkel deel van de aardbol was van hun invloed gevrijwaard, gebieden rond de eve-naar werden door regens overspoeld, woestijnen krompen ineen, maar vlak langs de rand van het ijs was de uitwerking het grootst.

Door het uitgestrekte ijsveld koelde de lucht erboven af, waardoor vocht in de atmosfeer condenseerde en als sneeuw naar beneden kwam. Maar dichter bij de kern stabiliseerde de hoge druk zich, waardoor een extreem droge kou ontstond die sneeuwval naar de randen wegduwde. De reusachtige gletsjers groeiden aan hun gren-zen; de uitgestrekte ijsvlakte was bijna overal even dik, een ijslaag van anderhalve kilometer dikte.

Terwijl de meeste sneeuw op het ijs viel en de gletsjer voedde, was het land ten zuiden ervan droog en bevroren. De constant hoge luchtdruk boven het centrum veroorzaakte een stroming van koude droge lucht naar gebieden met een lagere luchtdruk zodat er altijd een noordenwind over de steppe blies. Die varieerde alleen zo nu en dan in kracht. Onderweg voerde hij stof mee van de verpulverde rotsen aan de voet van de gletsjer, die steeds van vorm veranderde. De zwevende deeltjes werden gezeefd tot een substantie, iets gro-ver dan klei – löss – en in metersdikke lagen, over honderden kilo-meters afstand, neergelegd.

In de winter joeg de huilende wind nog wat sneeuw over het kale bevroren land. Maar de aarde draaide nog steeds om zijn schuine as en de jaargetijden bleven elkaar afwisselen. Wanneer de gemiddel-de jaartemperatuur maar een paar graden lager was, ontstond er een gletsjer; een paar warme dagen hebben geen invloed wanneer ze het gemiddelde niet veranderen.

In de lente smolt de schaarse sneeuw die op het land viel, en werd de gletsjerkorst warmer en lekte omlaag, de steppen over. Het smeltwater liet de bovenlaag van de permanent bevroren grond voldoende ontdooien om snelwortelende grassoorten en kruiden te doen opschieten. Het gras groeide snel in de wetenschap dat het le-ven maar kort was. Tegen het midden van de zomer stond het als droog hooi te veld, een heel continent van grasland, met – dichter bij de oceanen – hier en daar geïsoleerde stukken arctisch bos en toendra.

In de streken dichter bij de grenzen van het ijs, waar maar een dunne laag sneeuw lag, leverde het gras het hele jaar door voedsel voor ontelbare miljoenen grasetende en zaadetende dieren, die zich hadden aangepast aan de gletsjerkou en roofdieren die zich aan ieder klimaat kunnen aanpassen waar hun prooi leeft.

Een mammoet kon aan de voet van een glimmende, blauwwitte wand grazen die wel anderhalve kilometer of meer boven hem uitsteeg.

De aan de lente gebonden stroompjes en rivieren, die werden gevoed door het smeltwater van de gletsjer, doorkliefden de diepe lösslaag en vaak het afzettingsgesteente tot op de kristallijne granietlaag die de onderlaag vormde van het continent. Diepe ravijnen en steile rivierdalen waren een gewoon verschijnsel in het open landschap, maar rivieren leverden vocht en dalen boden beschutting tegen de wind. Zelfs in de droge löss-steppen kwamen groene valleien voor.

Het jaargetijde werd warmer en met het verstrijken van de dagen kreeg Ayla genoeg van het trekken, genoeg van de grauwe eentonigheid van de steppen, genoeg van de meedogenloze zon en de onophoudelijke wind. Haar huid werd ruw, barstte en vervelde. Ze had kloofjes in haar lippen, haar ogen schrijnden, haar keel zat steeds vol gruis. Af en toe stuitte ze op een rivierdal, groener en meer bebost dan de steppen, maar niet een bracht haar in de verleiding om te blijven en in elk ontbrak menselijk leven.

Hoewel de luchten gewoonlijk helder waren, bezorgde de vruchteloze speurtocht haar angst en zorgen. Altijd regeerde de winter het land. Zelfs op de heetste dag van de zomer kon je de wrede gletsjerkou niet vergeten. Er moest voedsel worden opgeslagen en bescherming gezocht om het lange, bittere jaargetijde te overleven. Sinds het begin van de lente zwierf ze nu al rond en ze begon zich af te vragen of ze gedoemd was eeuwig over de steppen te zwerven – of toch te sterven.

Ze sloeg op een avond weer een kamp op zonder water in de buurt en de ene dag was gelijk aan de andere. Ze had een dier gedood, maar haar kooltje was uitgedoofd en het hout werd schaarser. Ze nam liever een paar happen rauw vlees dan moeite te doen een vuur aan te leggen, maar ze had geen trek. Ze gooide de marmot aan de kant, hoewel het wild ook schaarser leek te worden, of ze lette niet scherp genoeg op. Het verzamelen van voedsel werd ook moeilijker. De grond was hard en bedekt met dorre planten. En dan altijd die wind.

Ze sliep slecht, geplaagd door angstige dromen en toen ze wakker werd voelde ze zich moe. Ze had niets te eten; zelfs de marmot die ze had weggegooid was er niet meer. Ze dronk wat, maar het smaakte haar niet. Ze pakte haar draagmand in en ging op weg naar het noorden.

Tegen de middag kwam ze bij de bedding van een rivier met een paar ondiepe poelen. Het water had een wat bittere smaak; toch vulde ze haar waterzak ermee. Ze groef een paar wortels van kattenstaarten op; ze waren dun en flauw, maar ze kauwde erop terwijl ze verder sukkelde. Ze wou niet verder, en ze wist ook niet wat ze dan moest.

In haar ontmoedigde en apathische bui lette ze niet erg op waar ze liep. Ze had de troep holenleeuwen die zich in de middagzon lagen te koesteren, pas in de gaten toen een van hen waarschuwend brulde.

Een vlaag van angst joeg door haar heen en bracht haar met een tintelend gevoel bij haar positieven. Ze deinsde terug en ging westwaarts om om het territorium van de leeuwen heen te trekken. Ze was ver genoeg naar het noorden getrokken. De géést van de Holenleeuw beschermde haar, niet het grote beest zelf in levenden lijve. Dat hij nou toevallig haar totem was, wilde nog niet zeggen dat ze gevrijwaard was van een aanval.

Daardoor wist Creb juist dat haar totem de Holenleeuw was. Ze droeg nog vier lange, evenwijdige littekens op haar linkerdij en had een steeds terugkerende nachtmerrie van een reusachtige klauw die in een kleine grot graaide, die ze, als kind van vijf, was in gerend om zich te verstoppen. Ze had de afgelopen nacht nog van die klauw gedroomd, herinnerde ze zich. Creb had haar verteld dat ze op de proef was gesteld om te zien of ze waardig was en ze was gemerkt om te laten zien dat ze was uitverkoren. Afwezig voelde ze aan de littekens op haar been. Ik vraag me af waarom de Holenleeuw mij zou hebben uitverkoren, dacht ze.

De zon was verblindend toen hij in het westen laag aan de hemel wegzakte. Ayla trok nu al een tijdje langs een lange helling omhoog op zoek naar een plek om haar kamp op te slaan. Alweer een kamp zonder water, dacht ze, en ze was blij dat ze een volle waterzak had. Maar ze zou gauw meer water moeten vinden. Ze was moe, ze had honger, en ze was van streek dat ze zo dom was geweest zo dicht bij de holenleeuwen te komen.

Was het een teken? Was het gewoon een kwestie van tijd? Hoe kwam ze op het idee dat ze aan een doodvloek kon ontsnappen?

De gloed aan de horizon was zo fel dat ze bijna de abrupte rand van het plateau over het hoofd zag. Ze hield haar hand boven haar ogen en bleef op de rand staan. Ze keek omlaag in een ravijn. Beneden was een klein riviertje met sprankelend water, aan weerskanten geflankeerd door bomen en struikgewas. Een rotsige kloof liep uit in een koele, groene, beschutte vallei. Halverwege de afdaling midden op een veld vielen de laatste, lange zonnestralen op een kleine kudde paarden, die vredig graasden.

2

'En, waarom heb je besloten met me mee te gaan, Jondalar?' zei de jongeman met het bruine haar, terwijl hij een tent afbrak die was gemaakt van verschillende aan elkaar geregen huiden. 'Je hebt tegen Marona gezegd dat je alleen bij Danalar langsging om mij de weg te wijzen. Gewoon een korte Tocht zou maken voor je kalmer aan ging doen.

Je zou met de Lanzadoniërs naar de Zomerbijeenkomst gaan op tijd voor de Verbintenisceremonie. Ze zal woedend zijn en ik zou bepaald niet graag willen dat díé vrouw boos op me was. Weet je zeker dat je niet gewoon voor haar op de loop bent?' Thonolans toon was luchtig, maar de ernst in zijn ogen verried hem.

'Broertje, hoe kom je erbij dat jij de enige in onze familie bent met de drang om te reizen? Je dacht toch niet dat ik je er alleen op uit zou laten gaan? En dan thuiskomen en over je lange Tocht opscheppen? Er moet iemand mee om te zorgen dat je verhalen eerlijk blijven en te voorkomen dat je in moeilijkheden komt,' antwoordde de lange, blonde man en hij bukte zich om de tent binnen te gaan.

Binnen was deze hoog genoeg om gemakkelijk op de knieën of hurken te zitten, maar niet om te staan, en groot genoeg voor hun twee slaaprollen en uitrusting. Hij steunde op drie stokken op een rij in het midden en bij de middelste, langste stok zat een gat met een flap die kon worden dichtgeregen om de regen buiten te sluiten, of kon worden geopend om rook te laten ontsnappen als ze vuur in de tent wilden aansteken. Jondalar trok de drie stokken uit de grond en kroop er achteruit de opening mee uit.

'Voorkomen dat ík in moeilijkheden kom!' zei Thonolan. 'Ik zal ogen in mijn achterhoofd nodig hebben om op te passen dat je niet in de rug wordt aangevallen. Wacht maar tot Marona erachter komt dat je niet bij Dalanar en de Lanzadoniërs bent als ze op de Bijeenkomst komen. Ze zou wel eens kunnen besluiten zich in een donii te veranderen en over de gletsjer die we net zijn overgestoken te komen vliegen om je te halen, Jondalar.' Ze begonnen samen de tent op te vouwen. 'Die vrouw heeft al een hele tijd een oogje op je en net nu ze dacht dat ze je had, besluit jij dat het tijd is om een Tocht te maken. Ik geloof dat je gewoon je hand niet in de riem wilt laten glijden en Zelandoni de knoop niet wilt laten leggen. Ik geloof dat mijn grote broer bang is zich te binden aan een vrouw.' Ze legden de tent naast de draagstellen. 'De meeste mannen van jouw leeftijd hebben al een of twee kleintjes bij hun vuurplaats,' voegde Thonolan eraan toe terwijl hij wegdook voor een schijnuitval van zijn oudere broer. De lach stond nu ook in zijn grijze ogen.

'De meeste mannen van mijn leeftijd! Ik ben maar drie jaar ouder dan jij,' zei Jondalar met gemaakte woede. Toen lachte hij, een luide, hartelijke lach, waarvan de ongeremde uitbundigheid des te meer verbaasde omdat die zo onverwachts kwam.

De twee broers verschilden van elkaar als dag en nacht, maar de kleinste, donkerharige broer was het luchthartigst. Thonolans vriendelijke aard, aanstekelijke grijns en goedlachsheid maakten dat hij overal graag gezien was. Jondalar was ernstiger, zijn voorhoofd was vaak gefronst door concentratie of zorgen, en hoewel hij vlot glimlachte, vooral tegen zijn broer, lachte hij zelden voluit. Als hij dat wel deed, kwam de pure ongedwongenheid als een verrassing.

'En hoe weet jij dat Marona niet al een kleintje zal hebben om naar mijn vuurplaats mee te nemen, tegen de tijd dat we terugkomen?' zei Jondalar terwijl ze het leren gronddoek begonnen op te rollen, dat met een van de palen als kleinere tent kon worden gebruikt.

'En hoe weet je dat ze niet zal besluiten dat mijn ongrijpbare broer niet de enige man is die haar bekende charmes waardig is? Marona weet echt hoe ze een man moet behagen – wanneer ze dat wil. Maar die opvliegende aard van haar... Jij bent de enige die haar ooit heeft kunnen aanpakken, Jondalar, hoewel er, Doni weet, meer dan genoeg zijn die haar zouden willen hebben, met haar opvliegendheid op de koop toe.' Ze stonden tegenover elkaar met het gronddoek tussen hen in. 'Waarom ben je geen verbintenis met haar aangegaan? Iedereen verwacht dat al jaren.'

Thonolans vraag was serieus. Er kwam een bezorgde blik in Jondalars levendige blauwe ogen en er verschenen rimpels in zijn voorhoofd.

'Misschien gewoon omdát iedereen het verwacht,' zei hij. 'Ik weet het niet, Thonolan. Om eerlijk te zijn, verwacht ik ook een verbintenis met haar aan te gaan. Met wie anders?'

'Met wie? O, gewoon met wie je maar wilt, Jondalar. Er is in alle grotten niet een ongebonden vrouw – en een paar die dat wel zijn – die niet met beide handen de kans zou aangrijpen om een verbintenis aan te gaan met Jondalar van de Zelandoniërs, broer van Joharran, leider van de Negende Grot, om nog maar te zwijgen van broer van Thonolan, voortvarende en dappere avonturier?'

'Je vergeet zoon van Marthona, voormalig leider van de Negende

Grot van de Zelandoniërs, en broer van Folara, schone dochter van Marthona, althans, dat zal ze zijn als ze volwassen wordt,' glimlachte Jondalar. 'Als je mijn verwanten wilt opnoemen, vergeet de gezegenden van Doni dan niet.'

'Wie kan hen vergeten?' zei Thonolan terwijl hij zich naar de slaaprollen omdraaide. Die waren elk gemaakt van twee huiden die zo waren uitgesneden dat ze de twee mannen pasten, en ze waren langs de zijkanten en onderkant aan elkaar geregen, met een trekkoord langs de opening. 'Waar heb je het over? Ik denk dat zelfs Joplaya zich aan je zou willen binden, Jondalar.'

Ze begonnen allebei de stijve, op dozen gelijkende draagstellen in te pakken. Die liepen naar boven toe wijder uit. Ze waren gemaakt van stijf, ongelooid leer en bevestigd aan houten latjes. Ze werden gedragen aan leren schouderriemen die te verstellen waren met behulp van een reeks uitgesneden ivoren knoopjes. De knoopjes werden vastgezet door een veter door een gat in het midden te rijgen en aan de voorkant vast te knopen aan een tweede veter die door hetzelfde gat terugliep, en zo door naar het volgende knoopje.

'Je weet dat we geen verbintenis kunnen aangaan. Joplaya is mijn bloedverwante. En je zou haar niet serieus moeten nemen. Ze is een vreselijke pestkop. We zijn goede vrienden geworden toen ik bij Dalanar ging wonen om mijn ambacht te leren. Hij heeft het ons tegelijk geleerd. Ze is een van de beste steenkloppers die ik ken. Maar vertel haar nooit dat ik dat heb gezegd. Ze zou het me altijd onder de neus blijven wrijven. We probeerden steeds elkaar voorbij te streven.'

Jondalar tilde een zware buidel op met gereedschap om werktuigen te maken en een paar extra klompen steen, en dacht aan Dalanar en de Grot die hij had gesticht. De Lanzadoniërs groeiden in aantal. Sinds zijn vertrek hadden zich meer mensen bij hen gevoegd en de families breidden zich uit. Er zal wel gauw een Tweede Grot van de Lanzadoniërs komen, dacht hij. Hij deed de buidel in zijn draagstel, vervolgens het kookgerei, voedsel en andere uitrusting. Zijn slaaprol en de tent gingen bovenop en twee van de tentstokken in een houder aan de linkerkant van zijn draagstel. Thonolan droeg het gronddoek en de derde stok. In een speciale houder rechts aan hun draagstellen droegen ze allebei een paar speren.

Thonolan vulde een waterzak met sneeuw. Hij was van een dierenmaag gemaakt en overtrokken met bont. Als het erg koud was, zoals het op de uitgestrekte gletsjer in het hoogland was geweest, droegen ze de waterzakken onder de jakken op hun huid, zodat de sneeuw kon smelten door hun lichaamswarmte. Op een gletsjer was geen brandstof voor een vuur. Ze waren er nu overheen, maar nog te hoog om stromend water te vinden.

'Zal ik je eens wat vertellen, Jondalar,' zei Thonolan terwijl hij opkeek. 'Ik ben blij dat Joplaya niet mijn bloedverwante is. Ik denk dat ik mijn Tocht zou opgeven om met die vrouw een verbintenis aan te gaan. Je had me helemaal niet verteld dat ze zo knap was. Ik heb nog nooit iemand zoals zij gezien, je kunt je ogen niet van haar afhouden. Het maakt me dankbaar dat Marthona mij kreeg nadat ze een verbintenis was aangegaan met Willomar, niet toen ze nog gebonden was aan Dalanar. Dat geeft me tenminste een kans.'

'Ze zal ook wel knap zijn. Ik heb haar drie jaar lang niet gezien. Ik verwachtte dat ze nu wel een verbintenis zou zijn aangegaan. Ik ben blij dat Dalanar heeft besloten deze zomer met de Lanzadoniërs naar de Bijeenkomst van de Zelandoniërs te gaan. Met maar één Grot heb je niet veel keus. Het zal Joplaya gelegenheid geven eens wat andere mannen te leren kennen.'

'Ja, en het zal Marona wat concurrentie bezorgen. Ik vind het haast jammer dat ik er niet bij ben als die twee elkaar ontmoeten. Marona is gewend de mooiste van de groep te zijn. Ze zal Joplaya wel niet mogen. En nu jij niet komt opdagen, heb ik een vermoeden dat Marona het dit jaar niet leuk zal vinden op de Zomerbijeenkomst.'

'Je hebt gelijk, Thonolan. Ze zal zich gekwetst voelen en boos zijn, en ik kan het haar niet kwalijk nemen. Ze is opvliegend, maar ze is een goede vrouw. Het enige wat ze nodig heeft, is een man die goed genoeg voor haar is. En ze weet inderdaad hoe ze een man moet behagen. Als ik bij haar ben, zou ik zo een verbintenis met haar willen aangaan, maar als ze er niet is... dan weet ik het niet, Thonolan.' Er verschenen weer rimpels in Jondalars voorhoofd toen hij een riem om zijn jak aansnoerde, nadat hij zijn waterzak eronder had gestopt.

'Vertel me eens,' vroeg Thonolan, weer ernstig. 'Hoe zou je het vinden als ze besloot zich aan iemand anders te binden tijdens onze afwezigheid? Dat is heel waarschijnlijk, weet je.'

Jondalar knoopte de riem dicht en dacht na. 'Ik zou me gekwetst voelen, of mijn trots, ik weet niet zeker welke van de twee. Maar ik zou het haar niet kwalijk nemen. Ik vind dat ze een beter iemand verdient dan mij, iemand die haar niet op het laatste ogenblik in de steek zou laten om aan een Tocht te beginnen. En als zij gelukkig is, dan zou ik blij voor haar zijn.'

'Dat dacht ik al,' zei de jongere broer. Toen brak er een grijns door op zijn gezicht. 'Nou, grote broer, als we die donii die je achterna-komt voor willen blijven, moesten we maar op weg gaan.' Hij stopte de laatste spullen in zijn draagstel, trok toen zijn bontjak omhoog en liet een arm uit een mouw glijden om de waterzak over zijn schouder eronder te hangen.

De jakken waren volgens een eenvoudig model uitgesneden. De voor- en achterkant bestonden uit min of meer rechthoekige lappen die aan de zijkanten en schouders op elkaar waren geregen, met twee kleinere rechthoeken, die waren dubbelgevouwen en tot kokers genaaid, aangezet als mouwen. Kappen, eveneens aangezet, hadden een rand van veelvraatbont om het gezicht, opdat ijs van het vocht in de adem zich er niet in vastzette. De jakken waren rijk versierd met kralenborduursel van botjes, stukjes ivoor, schelpjes, dierentanden en witte hermelijnstaarten met zwarte punt. Ze werden over het hoofd aangetrokken en hingen als tunieken wijd tot ongeveer halverwege de dij. Ze werden met een gordel om het middel gebonden.

Onder de jakken droegen ze zachte hemden van hertenleer, gemaakt volgens een soortgelijk patroon, en broeken van bont, met een flap vanvoren en met een trekkoord om het middel opgehouden. Hun met bont gevoerde wanten zaten aan een lang koord dat door een lus aan de achterkant van hun jak liep, zodat ze snel uitgetrokken konden worden zonder dat ze vielen of wegraakten. Hun laarzen hadden dikke zolen die om de voet omhoogliepen als mocassins en waren vastgemaakt aan zacht leer dat precies om het been paste, en met veters werd omwikkeld. Binnenin zat een wijdvallende vilten voering, gemaakt van moeflonwol die was natgemaakt en gestampt tot hij in elkaar klitte. Als het erg nat weer was, werden waterdichte dierlijke ingewanden, die op maat waren gemaakt, over de laarzen getrokken, maar ze waren dun, sleten snel en werden alleen gebruikt als het nodig was.

'Thonolan, hoe ver wil je nou echt gaan? Je meende het toch niet toen je zei helemaal tot het eind van de Grote Moederrivier, hè?' vroeg Jondalar terwijl hij een stenen bijl, voorzien van een kort, stevig handvat opraapte en hem door een lus aan zijn gordel stak, naast het stenen mes met het benen handvat.

Thonolan hield midden onder het aantrekken van een sneeuwschoen op en kwam overeind. 'Ik meende het wel degelijk, Jondalar,' zei hij zonder een spoor van zijn gebruikelijke scherts.

'Dan zijn we misschien niet eens terug voor de Zomerbijeenkomst van volgend jaar!'

'Begin je terug te krabbelen? Je hoeft niet met me mee te komen, broer. Ik meen het. Ik ben niet boos als je teruggaat. Voor jou was het toch maar een plotselinge opwelling. Je weet net zo goed als ik dat we misschien wel nooit meer thuiskomen. Maar als je wilt gaan, moest je het maar liever nu doen, anders kom je nooit die gletsjer over voor de volgende winter.'

'Nee, het was geen plotselinge opwelling, Thonolan. Ik liep er al heel lang over te denken om een Tocht te maken, en dit is er het juiste ogenblik voor,' zei Jondalar op besliste toon en met een zweem van onverklaarbare verbittering in zijn stem, vond Thonolan. Alsof hij het wilde wegwuiven, ging Jondalar vervolgens op een luchtiger toon over: 'Ik heb nog nooit een echte Tocht gemaakt en als ik het nu niet doe, doe ik het nooit. Ik heb gekozen, broertje, je zit met me opgescheept.'

De lucht was helder en de zon, die op de uitgestrekte, maagdelijk witte sneeuwvlakte weerkaatste, was verblindend. Het was lente, maar op de hoogte waarop zij zich bevonden, bleek dat totaal niet uit het landschap. Jondalar stak zijn hand in een buidel aan zijn gordel en haalde een sneeuwbril tevoorschijn. Die was van hout gemaakt en wel zo dat hij, op een smalle, horizontale spleet na, de ogen helemaal bedekte. Hij werd om het hoofd gebonden. Toen wikkelde hij met een snelle draai van zijn voet de riem als een bevestigingspunt voor zijn sneeuwschoen om zijn teen en enkel. Hij stapte in zijn sneeuwschoenen en pakte zijn draagstel.

Thonolan had de sneeuwschoenen gemaakt. Hij was heel goed in het maken van speren en hij had het geschikte gereedschap om de schachten recht te krijgen bij zich. Het was gemaakt van een gewei waarvan hij de vertakkingen had verwijderd en hij had er aan een kant een gat in gemaakt. Hij had er allerlei dieren en voorjaarsbloemen in uitgesneden om de Grote Aardmoeder te eren en haar te bewegen hem de geesten te geven van de dieren die met de speren werden geraakt die met dit gereedschap waren gemaakt, maar ook omdat Thonolan het uitsnijden graag deed. Het was onvermijdelijk dat ze tijdens de jacht speren verloren en dan moesten ze onderweg nieuwe kunnen maken. Het gereedschap werd vooral gebruikt om de schacht aan het eind recht te maken, want daar lukte het niet met de hand. Als je de schacht door het gat stak, kon je ook meer kracht zetten. Thonolan wist hoe je het hout veerkrachtiger kon maken, met hete stenen of stoom, om een schacht recht te krijgen of te buigen voor het maken van een sneeuwschoen. Het waren verschillende kanten aan dezelfde vaardigheid.

Jondalar draaide zich om om te zien of zijn broer klaar was. Met een knikje gingen ze beiden op weg en sjokten de lichte helling af in de richting van de boomgrens beneden. Rechts van hen, achter bebost laagland, zagen ze de met sneeuw bedekte uitlopers van de bergen, met in de verte de spitse, ijzige toppen van de meest noordelijke rand van de massieve keten. Meer naar het zuidoosten schitterde één top hoog boven zijn broeders uit.

Het hoogland dat ze waren overgetrokken, leek daarnaast nauwelijks meer dan een heuvel, een massief dat de stompe rest vormde van geerodeerde bergen die veel ouder waren dan de toppen die zich in het zuiden zo hoog verhieven. Maar hij was wel zo hoog en wel zo dicht bij de ruige keten met zijn massieve gletsjers – die de bergen niet alleen bekroonden, maar ze tot veel lager in hun greep hielden – dat de betrekkelijk platte top het hele jaar door onder een ijslaag lag.

Eens, wanneer de continentale gletsjer zich heeft teruggetrokken tot het arctische gebied, zal dat hoogland bedekt zijn met wouden. Nu is het een ijskap, een kleine uitgave van de enorme, wereldwijde ijsvelden in het noorden.

Toen de twee broers bij de boomgrens kwamen, deden ze hun sneeuwbrillen af; ze beschermden de ogen wel, maar verminderden het zicht. Iets verder de helling af ontdekten ze een klein stroompje dat begonnen was als door rotsspleten sijpelend, ondergronds stromend smeltwater van de gletsjer, en dan gefilterd en van slib gezuiverd ontsprong in een sprankelende bron. Het kabbelde tussen besneeuwde oevers zoals zoveel andere kleine gletsjerbeekjes.

'Wat denk je?' vroeg Thonolan met een gebaar naar het stroompje. 'Dit is ongeveer waar Dalanar zei dat ze zou zijn.'

'Als dat de Donau is, zouden we dat gauw genoeg moeten merken. We weten dat we de Grote Moederrivier volgen als we bij drie riviertjes komen die samenvloeien en oostwaarts stromen. Dat heeft hij gezegd. Ik zou denken dat elk van deze stroompjes ons uiteindelijk bij haar zou brengen.'

'Goed, laten we nu op de linkeroever blijven. Later zal ze niet zo gemakkelijk over te steken zijn.'

'Dat is waar, maar de Losaduniërs wonen op de rechteroever en we kunnen bij een van hun grotten langsgaan. Ze zeggen dat er op de linkeroever platkoppen zitten.'

'Jondalar, laten we niet bij de Losaduniërs langsgaan,' zei Thonolan met een ernstige glimlach. 'Je weet dat ze erop aan zullen dringen dat we blijven en we zijn al te lang bij de Lanzadoniërs gebleven. Als we veel later waren vertrokken, hadden we de gletsjer helemaal niet over kunnen trekken. Dan hadden we eromheen moeten trekken, en ten noorden van de gletsjers zitten echte platkoppen. Ik wil op weg en zo ver naar het zuiden zullen er wel niet veel platkoppen zitten. En al zaten ze er, je bent toch niet bang voor een paar platkoppen? Je weet wat ze zeggen: een platkop doden is net zoiets als een beer doden.'

'Ik weet het niet,' zei de grootste en hij kreeg weer zorgelijke rimpels. 'Ik weet niet of ik wel met een beer zou willen vechten. Ik heb gehoord dat platkoppen slim zijn. Sommigen zeggen dat ze op mensen lijken.'

'Misschien wel slim, maar ze kunnen niet praten. Het zijn gewoon dieren.'

'Over de platkoppen maak ik me niet ongerust, Thonolan. De Losaduniërs kennen deze streek. Ze kunnen ons op de goede weg helpen. We hoeven niet lang te blijven, net lang genoeg om ons te oriënteren. Ze kunnen ons een paar oriëntatiepunten geven, enig idee van wat ons te wachten staat. En we kunnen met hen spreken. Dalanar zei dat een aantal van hen Zelandonisch spreekt. Weet je wat, als jij ermee instemt er nu langs te gaan, stem ik ermee in de volgende Grotten pas op de terugweg aan te doen.'

'Best. Als je het echt wilt.'

De twee mannen keken uit naar een plaats om de in ijs gevatte stroom, die nu al te breed was om erover te springen, over te steken. Ze zagen een boom die over het beekje was gevallen en zo een natuurlijke brug vormde, en liepen erop af. Jondalar ging voor. Hij zette een voet op een van de blootliggende wortels en zocht houvast. Thonolan keek even om zich heen terwijl hij op zijn beurt wachtte.

'Jondalar! Pas op!' riep hij plotseling.

Er suisde een steen rakelings langs het hoofd van de lange man. Terwijl hij zich bij de waarschuwingskreet op de grond liet vallen, greep hij naar een speer. Thonolan had er al een in zijn hand en hurkte laag, met zijn gezicht de kant op vanwaar de steen was gekomen. Hij zag iets bewegen achter de wirwar van takken van een bladerloze struik en smeet hem weg. Hij greep net een andere speer toen zes gestalten uit het nabijgelegen struikgewas tevoorschijn stapten. Ze waren omsingeld.

'Platkoppen!' riep Thonolan terwijl hij zijn arm terugtrok en mikte.

'Wacht, Thonolan!' schreeuwde Jondalar. 'Zoveel kunnen we niet aan.'

'Die grote ziet eruit als de aanvoerder van de groep. Als ik hem te pakken neem, gaat de rest er misschien vandoor.' Hij trok zijn arm weer naar achteren.

'Nee! Ze kunnen zich wel op ons storten voor we een tweede speer kunnen pakken. Ik geloof dat we ze op dit ogenblik op een afstand houden, ze verroeren zich niet.' Jondalar kwam langzaam overeind, zijn wapen in de aanslag. 'Verroer je niet, Thonolan. Laat hen de volgende stap doen. Maar houd die grote in de gaten. Hij kan zien dat je op hem aanlegt.'

Jondalar nam de grote platkop op en had het onthutsende gevoel dat de grote, bruine ogen hem ook aanstaarden. Hij had er nog nooit een van zo dichtbij gezien; hij was verbaasd. Deze platkoppen waren helemaal niet zoals hij ze zich altijd had voorgesteld. De ogen van de grote platkop werden overschaduwd door uitstekende wenkbrauwbogen, die nog werden geaccentueerd door borstelige wenkbrauwen. Hij had een grote, smalle neus als een snavel, waardoor zijn ogen nog dieper weggezonken leken. Zijn baard, dik en met de neiging te krullen, verborg zijn gezicht. Bij een jongere, wiens baard nog maar net opkwam, zag hij dat ze geen kin hadden, alleen naar voren stekende kaken. Hun haar was bruin en ruig, net als hun baarden en ze hadden over het algemeen meer lichaamshaar, vooral rond de bovenste helft van de rug.

Hij kon zien dat ze meer haar hadden, omdat hun bontomslagen voornamelijk hun romp bedekten, maar ondanks het feit dat de temperatuur haast onder het vriespunt lag de schouders en armen bloot liet. Maar hun minder toereikende kledij verbaasde hem lang niet zo erg als het feit dát ze kleren droegen. Hij had nog nooit dieren gezien die kleren droegen, en zeker geen dieren die wapens droegen. En toch had elk van deze platkoppen een lange houten speer – kennelijk niet bedoeld om te werpen, maar om te steken en de scherpe punten zagen er gevaarlijk genoeg uit – en sommige droegen zware benen knotsen, de voorpoten van grote, grasetende dieren.

Hun kaken lijken eigenlijk niet op die van een dier, dacht Jondalar. Ze steken alleen wat meer naar voren, en hun neuzen zijn gewoon grote neuzen. Het verschil zit 'm in de hoofden.

In plaats van volledig ontwikkelde, hoge voorhoofden, zoals die van hem en van Thonolan, waren hun voorhoofden laag en welfden boven hun zware wenkbrauwbogen naar achteren tot een grote uitstulping aan de achterkant. Het leek net of hun achterhoofd afgeplat en naar achteren gedrukt was, en hij kon met gemak de bovenkant van hun hoofden zien. Als Jondalar zich tot zijn volle een meter vijfennegentig uitstrekte, torende hij meer dan dertig centimeter boven de grootste uit. Zelfs Thonolan leek met zijn onnozele een meter tachtig een reus naast degene die kennelijk hun aanvoerder was, maar alleen qua lengte.

Jondalar en zijn broer waren twee stevig gebouwde mannen, maar naast de krachtig gespierde platkoppen voelden ze zich schriel. Deze hadden een grote, ronde borstkas en dikke, gespierde armen en benen, allebei iets naar buiten gebogen, maar ze liepen even kaarsrecht en met evenveel gemak rechtop als iedereen. Hoe meer hij keek, hoe meer ze eruitzagen als mensen, hoewel niet als mensen die hij ooit had gezien.

Een gespannen ogenblik lang verroerde niemand zich. Thonolan zat in elkaar gedoken met zijn speer, klaar om hem te werpen. Jondalar stond, maar hij had zijn speer stevig vast. De zijne kon die van zijn broer ogenblikkelijk volgen. De zes platkoppen die hen omsingeld hielden, stonden zo roerloos als steen, maar Jondalar had geen enkele twijfel hoe snel ze in actie konden komen. Het was een impasse, elk bewaarde afstand en Jondalar probeerde snel een oplossing te bedenken.

Plotseling maakte de grote platkop een grommend geluid en zwaaide met zijn arm. Thonolan wierp haast zijn speer, maar ving nog net op tijd het gebaar op waarmee Jondalar hem weerhield. Alleen de jonge platkop had zich bewogen. Hij rende terug de struiken in waaruit ze zojuist tevoorschijn waren gestapt, kwam vlug terug met de speer die Thonolan had geworpen, en bracht hem die tot zijn stomme verbazing. Daarna liep de jonge platkop naar de rivier bij de boombrug en viste een steen op. Hij liep ermee terug naar de aanvoerder en leek zijn hoofd te buigen en berouwvol te kijken. Het volgende ogenblik verdwenen ze alle zes haast ongemerkt geruisloos in het struikgewas.

Thonolan slaakte een zucht van verlichting toen het tot hem doordrong dat ze verdwenen waren. 'Ik dacht niet dat we daar heelhuids uit zouden komen! Maar ik was vast van plan er een te doden. Ik vraag me af wat het allemaal te betekenen had.'

'Ik weet het niet zeker,' antwoordde Jondalar, 'maar ik heb zo'n vermoeden dat die jonge platkop iets begon dat de aanvoerder niet wilde afmaken, en niet omdat hij bang was, geloof ik. Er was lef voor nodig om daar te blijven staan met jouw speer tegenover zich en dan een dergelijk initiatief te nemen.'

'Misschien wist hij gewoon niet beter.'

'O, jawel. Hij zag je die eerste speer werpen. Waarom zou hij die jonge platkop anders zeggen dat hij hem moest gaan halen en aan jou teruggeven?'

'Denk je nou heus dat hij hem heeft gezegd dat hij dat moest doen? Hoe dan? Ze kunnen niet praten.'

'Ik weet niet hoe, maar op de een of andere manier zei die grote platkop tegen de jonge dat hij jou je speer moest teruggeven en zijn steen moest ophalen. Alsof we op die manier quitte zouden staan.

Er is niemand gewond, dus ik neem aan dat dat inderdaad het geval is. Weet je, ik ben er niet zo zeker van dat platkoppen gewoon beesten zijn. Dat was slim bekeken. En ik wist niet dat ze vachten droegen en wapens, en net als wij lopen.'

'Nou, ik weet in ieder geval wel waarom ze platkoppen heten! En ze zagen eruit als een gemeen zootje. Ik zou het niet graag rechtstreeks met een van hen aan de stok krijgen.'

'Dat weet ik. Ze zien eruit alsof ze je arm kunnen breken alsof het een brandhoutje is. Ik heb altijd gedacht dat ze klein waren.'

'Kort misschien, maar niet klein. Bepaald niet klein. Grote broer, ik moet toegeven dat je gelijk had. Laten we bij de Losaduniërs langsgaan. Ze wonen hier zo dicht in de buurt dat ze vast meer over platkoppen weten. Bovendien lijkt de Grote Moederrivier een grens te zijn en ik geloof niet dat de platkoppen ons op hun oever willen hebben.'

De twee mannen trokken verscheidene dagen verder, uitkijkend naar herkenningspunten die Dalanar hun had gegeven. Ze volgden de stroom, die in dit stadium niet van karakter verschilde van de andere stroompjes, beekjes en riviertjes die langs de helling stroomden. Alleen op grond van een algemeen gebruik werd speciaal deze als de bron van de Grote Moederrivier beschouwd. De meeste ervan kwamen bij elkaar om het begin te vormen van de grote rivier die zich over een lengte van drieduizend kilometer langs heuvels omlaag zou storten en door vlakten zou slingeren voor ze haar lading water en slib ver naar het zuiden in de binnenzee zou lozen.

De kristallijne rotsen van het massief waaruit de machtige rivier ontsprong, behoorden tot de oudste op aarde, en waren door enorme drukgolven tot ruige bergen omhooggestoten en geplooid. Ze schitterden in een overvloedige pracht. Meer dan driehonderd – vaak grote – zijrivieren zorgden voor de afwatering van de bergketens overal langs haar bedding en werden in haar omvangrijke watermassa opgenomen. Eens zou haar roem over de hele wereld worden verspreid en het modderige, slibrijke water zou blauw worden genoemd.

De invloed van de oceaan was voelbaar in het westen en op het oostelijke continent, al werd die getemperd door bergmassieven. De flora en fauna waren een mengsel van de westelijke toendra-taiga en de steppen in het oosten. Op de hogere hellingen leefden de steenbok, de gems en de moeflon en in de bossen waren de herten algemener. De tarpan, een wild paard dat eens tam zou worden, graasde in de beschutte dalen langs de oevers van de rivieren. Wolven, lynxen en sneeuwluipaarden slopen geruisloos in de schaduw van de bossen. De allesetende bruine beren ontwaakten uit hun winterslaap en de enorme, plantenetende holenbeer kwam pas later tevoorschijn. Veel kleine zoogdieren staken hun neus buiten het winterverblijf.

De hellingen waren voornamelijk begroeid met pijnbomen, hoewel ook sparren, zilversparren en lariksen voorkwamen. Elzen waren algemener bij de rivier, vaak samen met wilgen en populieren en soms heel kleine eiken en beuken die nauwelijks groter werden dan een struikje.

De linkeroever glooide geleidelijk omhoog. Jondalar en Thonolan beklommen hem tot ze de top van een hoge heuvel bereikten. Toen ze over het landschap uitkeken, zagen de twee mannen een ruig, woest en prachtig gebied, dat werd verzacht door het witte dek dat holtes en rotsaders effende. Maar de teleurstelling maakte het verder trekken moeilijk.

Ze hadden nog geen van de groepen mensen gezien – dergelijke groepen werden beschouwd als Grotten, of ze nu in een grot woonden of niet – die zich de Losaduniërs noemden. Jondalar begon al te denken dat ze hen waren misgelopen.

'Kijk!' wees Thonolan.

Jondalar volgde de richting van zijn uitgestrekte arm en zag een sliert rook opstijgen uit een kreupelbosje. Ze liepen haastig verder en kwamen algauw bij een kleine groep mensen die waren verzameld rond een vuur. De broers stapten de kring binnen en hielden hun handen voor zich uitgestrekt, met de palmen omhoog, in de algemeen aanvaarde begroeting van openheid en vriendschap.

'Ik ben Thonolan van de Zelandoniërs. Dit is mijn broer Jondalar. We zijn op onze Tocht. Spreekt iemand hier onze taal?'

Een man van middelbare leeftijd stapte naar voren. Hij hield zijn handen op dezelfde manier uitgestrekt. 'Ik ben Laduni van de Losaduniërs. Welkom, in de naam van Duna, de Grote Aardmoeder.' Hij greep Thonolans beide handen met de zijne en begroette vervolgens op dezelfde wijze Jondalar. 'Komt u bij het vuur zitten. We gaan dadelijk eten. Eet u mee?'

'U bent uiterst gastvrij,' antwoordde Jondalar formeel.

'Ik ben op mijn Tocht westwaarts getrokken en ben een tijd bij een Grot van de Zelandoniërs geweest. Dat is alweer een aantal jaren geleden, maar Zelandoniërs zijn altijd welkom.' Hij leidde hen naar een groot blok hout bij het vuur. Er was een afdakje boven geconstrueerd als beschutting tegen weer en wind. 'Hier, rust wat, doe uw bepakking af. U komt zeker net van de gletsjer af?'

'Sinds een paar dagen,' zei Thonolan terwijl hij zijn draagstel van zijn schouders liet glijden.

'U bent laat met oversteken. De föhn kan nu elk ogenblik opsteken.'

'De föhn?' vroeg Thonolan.

'De lentewind. Warm en droog, uit het zuidwesten. Hij waait zo hard dat bomen ontworteld worden, takken afgerukt worden. Maar hij laat de sneeuw wel heel snel smelten. Binnen enkele dagen kan dit alles verdwenen zijn en kunnen er knoppen aan de bomen komen,' legde Laduni uit met een breed gebaar van zijn arm naar de sneeuw. 'Als hij je op de gletsjer overvalt, kan dat dodelijk zijn. Het ijs smelt zo snel dat zich gletsjerspleten openen. Sneeuwbruggen en overhangende sneeuwranden zakken onder je voeten weg. Beken, ja rivieren, beginnen over het ijs te stromen.'

'En hij brengt altijd de Malaise met zich mee,' voegde een jonge vrouw eraan toe, de draad van Laduni's verhaal oppakkend.

'Malaise?' Thonolan richtte zijn vraag tot haar.

'Boze geesten die op de wind vliegen. Ze maken iedereen geprikkeld. Mensen die nooit ruziemaken, beginnen plotseling te kibbelen. Gelukkige mensen huilen de hele tijd. De geesten kunnen je ziek maken, of, als je al ziek bent, kunnen ze maken dat je wilt sterven. Het scheelt als je weet wat je te wachten staat, maar iedereen is dan in een slecht humeur.'

'Waar heb je zo goed Zelandonisch leren spreken?' vroeg Thonolan en hij glimlachte waarderend tegen de aantrekkelijke jonge vrouw.

De jonge vrouw beantwoordde Thonolans blik al net zo openhartig, maar in plaats van te antwoorden keek ze naar Laduni.

'Thonolan van de Zelandoniërs, dit is Filonia van de Losaduniërs, de dochter van mijn vuurplaats,' zei Laduni, die haar verzoek om formeel te worden voorgesteld meteen begreep. Thonolan begreep dat haar gevoel van eigenwaarde haar belette een gesprek te beginnen met vreemdelingen zonder behoorlijk te zijn voorgesteld, zelfs niet wanneer het knappe, opwindende vreemdelingen op doortocht waren. Hij stak zijn handen uit in de formele groet. Zijn ogen namen haar op en gaven blijk van goedkeuring. Ze aarzelde een ogenblik alsof ze erover nadacht en legde toen haar handen in de zijne. Hij trok haar dichter naar zich toe. 'Filonia van de Losaduniërs, Thonolan van de Zelandoniërs is vereerd dat de Grote Aardmoeder hem heeft begunstigd met de gave van uw aanwezigheid,' zei hij met een veelbetekenende grijns.

Filonia bloosde een beetje om de brutale toespeling op de Gave van de Moeder, ook al waren zijn woorden even formeel als zijn gebaar leek te zijn. Ze voelde een tinteling van opwinding en haar ogen fonkelden uitnodigend.

'Vertel me eens,' vervolgde Thonolan, 'waar heb je Zelandonisch geleerd?'

'Mijn neef en ik gingen op onze Tocht over de gletsjer en hebben een poosje bij de Zelandoniërs gewoond. Laduni had ons al wat geleerd – hij praat vaak met ons in jullie taal om die niet te vergeten. Hij gaat er om de paar jaar heen om te handelen. Hij wou dat ik meer leerde.'

Thonolan hield haar handen nog vast en glimlachte tegen haar. 'Vrouwen maken niet vaak lange, gevaarlijke tochten. En als Donii jullie had vervloekt?'

'Zo ver was het nu ook weer niet,' zei ze, gestreeld door zijn duidelijke bewondering. 'Ik zou het gauw genoeg hebben geweten of ik terug moest gaan.'

'De tocht was net zo lang als een die vele mannen maken,' hield hij vol.

Jondalar, die zag hoe ze elkaar aanvoelden, wendde zich tot Laduni. 'Het is hem weer eens gelukt,' zei hij grijnzend. 'Mijn broer slaagt er altijd weer in de aantrekkelijkste vrouw van het gezelschap eruit te pikken en haar binnen de kortste keren in te palmen.'

Laduni grinnikte. 'Filonia is nog jong. Ze heeft afgelopen zomer pas haar Riten van het Eerste Genot gevierd, maar ze heeft sindsdien al genoeg bewonderaars gehad om overmoedig te worden. Ach, was ik maar weer jong en nog onbekend met de Genotsgave van de Grote Aardmoeder. Niet dat ik er niet meer van geniet, maar ik ben tevreden met mijn gezellin en heb niet vaak meer die drang om nieuwe opwinding te zoeken.' Hij draaide zich naar Jondalar om. 'We zijn maar een jachtgezelschap en hebben niet veel vrouwen bij ons, maar het zal u wel niet moeilijk vallen een van onze gezegenden van Duna te vinden die bereid is de Gave met u te delen. Mocht er niemand naar uw gading zijn, we hebben een grote Grot en gasten zijn altijd een aanleiding voor een feest om de Moeder te eren.'

'Ik ben bang dat we niet met u naar uw Grot gaan. We zijn net op weg. Thonolan wil een lange Tocht maken en wil graag op pad. Misschien op de terugweg, als u ons de weg wijst.'

'Het spijt mij dat jullie niet op bezoek komen, we hebben de laatste tijd niet veel gasten gehad. Hoe ver zijn jullie van plan te gaan?'

'Thonolan heeft het erover om de Donau helemaal tot het eind te volgen. Maar iedereen heeft het aan het begin over een lange Tocht, wie zal het zeggen?'

'Ik dacht dat de Zelandoniërs vlak bij het Grote Water woonden? Daar woonden ze tenminste toen ik mijn Tocht maakte. Ik ben een heel eind naar het westen getrokken en toen naar het zuiden. U zei toch dat u net op weg was?'

'Dat moet ik uitleggen. U hebt gelijk, het Grote Water is maar een paar dagen gaans van onze Grot, maar toen ik werd geboren, was Dalanar van de Lanzadoniërs de metgezel van mijn moeder, en ook zijn Grot is als een thuis voor mij. Ik heb daar drie jaar gewoond, terwijl hij mij mijn ambacht leerde. Mijn broer en ik hebben een tijdje bij hem doorgebracht. Sinds ons vertrek zijn we alleen nog maar over de gletsjer gekomen, plus de paar dagen om die te bereiken.'

'Dalanar! Natuurlijk! Ik dacht al dat u mij bekend voorkwam. U bent vast een kind van zijn geest, u lijkt zoveel op hem. En nog steenklopper ook. Als u net zoveel op hem lijkt als je op het eerste gezicht zou zeggen, dan zult u wel goed zijn. Hij is de beste die ik ooit heb meegemaakt. Ik wilde hem volgend jaar opzoeken om wat steen van de Lanzadonische mijn te halen. Er is geen betere steen.'

De mensen begonnen zich met houten kommen rond het vuur te verzamelen en de heerlijke geuren die daarvandaan kwamen, maakten Jondalar ervan bewust dat hij honger had. Hij pakte zijn draagstel op om het weg te zetten, en kreeg toen een ingeving.

'Laduni, ik heb Lanzadonische steen bij me. Ik wilde hem gebruiken om gebroken gereedschap onderweg te vervangen, maar hij is zwaar om te dragen, en ik heb er geen bezwaar tegen om me van een paar stenen te ontdoen. Ik zou ze graag aan u geven als u daar prijs op stelt.'

Laduni's ogen lichtten op. 'Ik zou u er met alle plezier van ontlasten, maar ik zou u er iets voor terug willen geven. Ik wil er bij een ruil best goed af komen, maar de zoon van Dalanars vuurplaats zou ik niet willen oplichten.'

Jondalar grijnsde. 'U biedt al aan mijn last te verlichten en me een warme maaltijd te geven.'

'Dat is nauwelijks genoeg voor goede Lanzadonische stenen. U maakt het te gemakkelijk, Jondalar. U kwetst mijn trots.'

Er begon zich een vrolijke menigte om hen heen te verzamelen en toen Jondalar lachte, lachten de anderen mee.

'Best, Laduni, ik zal het niet gemakkelijk maken. Op dit ogenblik wil ik niets hebben, ik probeer mijn last te verlichten. Ik zal u icts voor de toekomst vragen. Bent u daartoe bereid?'

'Nu wil hij mij oplichten,' zei de man grijnzend tegen de menigte. 'Noem het dan tenminste.'

'Hoe kan ik het noemen? Maar ik zal het op de terugweg komen ophalen, afgesproken?'

'Hoe weet ik of ik het kan geven?'

'Ik zal u niet iets vragen dat u niet kunt geven.'

'U geeft niet gauw op, Jondalar, maar als ik kan, zal ik u geven wat u maar vraagt. Afgesproken.'

Jondalar maakte zijn draagstel open, nam de spullen die bovenop lagen eruit en haalde toen zijn buidel tevoorschijn. Hij gaf Laduni twee klompen reeds voorbewerkte steen. 'Dalanar heeft ze uitgekozen en het voorbereidende werk al gedaan,' zei hij.

Laduni's gezicht maakte het overduidelijk dat hij er geen bezwaar tegen had twee stukken te krijgen die door Dalanar voor de zoon van zijn vuurplaats waren uitgekozen en voorbewerkt, maar hij prevelde luid genoeg dat iedereen het kon horen: 'Waarschijnlijk ruil ik mijn leven voor twee stukjes steen.' Niemand zei iets over de waarschijnlijkheid dat Jondalar ooit terug zou komen om te innen.

'Jondalar, ben je van plan eeuwig te blijven staan praten?' zei Thonolan. 'We zijn uitgenodigd het maal te delen, en dat wildbraad ruikt goed.' Hij had een brede grijns op zijn gezicht en Filonia stond naast hem.

'Ja, het eten is klaar,' zei ze, 'en de jacht is zo goed geweest dat we nog niet veel hebben gebruikt van het gedroogde vlees dat we hadden meegenomen. Nu u uw last hebt verlicht, hebt u wel ruimte om er wat van mee te nemen, hè?' voegde ze er met een listige glimlach naar Laduni aan toe.

'Het zou bijzonder welkom zijn. Laduni, u moet me nog voorstellen aan de lieftallige dochter van uw vuurplaats,' zei Jondalar.

'Het is een vreselijke dag wanneer de dochter van je eigen vuurplaats je handel ondermijnt,' mopperde hij, maar hij glimlachte vol trots. 'Jondalar van de Zelandoniërs, Filonia van de Losaduniërs.'

Ze draaide zich om, keek naar de oudste broer en raakte verlegen onder de vriendelijke blik van een paar onweerstaanbare, heldere, blauwe ogen. Ze bloosde als gevolg van de gemengde gevoelens nu ze zich aangetrokken voelde tot de andere broer en boog haar hoofd om haar verwarring te verbergen.

'Jondalar! Denk niet dat ik die glans in je ogen niet zie. Denk erom, ik zag haar het eerst,' zei Thonolan schertsend. 'Kom, Filonia, ik neem je mee. Ik waarschuw je, blijf uit de buurt van mijn broer. Geloof me, ik weet dat je niets met hem te maken wilt hebben.' Hij wendde zich tot Laduni en zei quasi-beledigd: 'Dat doet hij altijd. Eén blik is genoeg. Was ik maar geboren met de gaven van mijn broer.'

'Jij hebt meer gaven dan nodig is, broertje,' zei Jondalar met zijn luide, brede en warme lach.

Filonia draaide zich weer om naar Thonolan en leek opgelucht omdat ze hem nog net zo aantrekkelijk vond als daarvoor. Hij legde zijn arm om haar schouder en leidde haar naar de andere kant van het vuur, maar ze keek nog wel een keer om naar de andere man. Ze glimlachte meer zelfverzekerd en zei: 'We vieren altijd feest ter ere van Duna als er bezoekers naar de Grot komen.'

'Ze komen niet naar de Grot, Filonia,' zei Laduni. De jonge vrouw leek even teleurgesteld, maar ze keek Thonolan aan en glimlachte.

'Ach, was ik nog maar jong.' Laduni grinnikte. 'Maar de vrouwen die Duna de meeste eer bewijzen, schijnen vaker met kleintjes gezegend te worden. De Grote Aardmoeder glimlacht degenen toe die haar gaven waarderen.'

Jondalar zette zijn draagstel achter het blok hout en liep toen ook op het vuur af. Er werd hertenvlees gekookt in een leren pot op een onderstel van botten die aan elkaar waren gebonden. Hij hing vlak boven het vuur. De kokende vloeistof was heet genoeg om het vlees te koken, maar de temperatuur van de pot bleef te laag om vlam te vatten. De ontbrandingstemperatuur van leer was veel hoger dan die van het vlees.

Een vrouw overhandigde hem een kom van de geurige soep en ging naast hem op het blok hout zitten. Hij gebruikte zijn stenen mes om de brokken vlees en groente eruit te prikken – gedroogde stukken wortel, die ze hadden meegebracht – en dronk het vocht uit de kom. Toen hij het op had, bracht de vrouw hem een kleinere kom kruidenthee. Hij glimlachte naar haar om haar te bedanken. Ze was een paar jaar ouder dan hij, genoeg om de knapheid van de jeugd te hebben ingeruild voor de ware schoonheid van de volwassenheid. Ze glimlachte terug en ging weer naast hem zitten.

'Spreekt u Zelandonisch?' vroeg hij.

'Weinig spreken, meer verstaan,' zei ze.

'Moet ik Laduni vragen om ons aan elkaar voor te stellen of mag ik uw naam vragen?'

Ze glimlachte weer met dat minzame van de oudere vrouw. 'Alleen jonge meisjes moeten voorgesteld worden. Ik, Lanalia. U, Jondalar?'

'Ja,' antwoordde hij. Hij voelde de warmte van haar been en zijn ogen verraadden de opwinding die dat veroorzaakte. Ze beantwoordde zijn hete blik. Hij stak zijn hand uit naar haar dij. Ze boog naar hem toe met een beweging die hem aanmoedigde en op ervaring wees. Hij beduidde haar met een knikje dat hij haar uitnodiging aannam, hoewel dat overbodig was. Zijn ogen beantwoordden de uitnodiging. Ze keek over zijn schouder. Jondalar volgde haar blik en zag dat Laduni naar hen toe kwam. Ze bleef rustig naast hem zitten. Ze zouden wachten met het nakomen van de belofte.

Laduni voegde zich bij hen en kort daarna kwam Thonolan met Filonia terug naar de kant van het vuur waar zijn broer zat. Algauw had iedereen zich om de twee bezoekers geschaard. Er werden grappen gemaakt en er werd geschertst; voor degenen die het niet konden verstaan, werd alles vertaald. Eindelijk besloot Jondalar een ernstiger onderwerp aan te snijden.

'Weet u veel over de mensen stroomafwaarts, Laduni?'

'Vroeger kwam er nog wel eens iemand van de Sarmuniërs op bezoek. Die wonen ten noorden van de rivier, stroomafwaarts, maar dat is jaren geleden. Zo gaat het nu eenmaal. Soms gaan jonge mensen op hun Tocht allemaal dezelfde kant op. Dan raakt de weg bekend en is niet meer zo opwindend, dus gaan ze een andere kant op. Na een generatie of zo herinneren alleen de ouderen hem zich nog, en wordt het een avontuur om de eerste weg weer te gaan. Alle jonge mensen denken dat hun ontdekkingen nieuw zijn. Het doet er niet toe of hun voorouders hetzelfde hebben gedaan.'

'Voor hen is het wel nieuw,' zei Jondalar, maar hij borduurde niet voort op het filosofisch stramien. Hij had graag wat betrouwbare informatie voor hij betrokken raakte in een discussie, die misschien wel leuk was maar nu niet direct nuttig. 'Kunt u mij ook iets over hun gebruiken vertellen? Kent u ook woorden van hun taal? Begroetingen? Wat zouden we moeten vermijden? Wat zou aanstoot kunnen geven?'

'Ik weet niet veel en de laatste tijd heb ik helemaal niets gehoord. Er is een paar jaar geleden iemand naar het oosten gegaan, maar hij is niet teruggekomen. Wie weet, misschien heeft hij wel besloten zich ergens anders te vestigen,' zei Laduni. 'Ze zeggen dat ze hun dunai uit leem maken, maar dat is gewoon kletspraat. Ik weet niet waarom iemand heilige beelden van de Moeder van leem zou maken. Het zou gewoon verkruimelen als het opdroogde.'

'Misschien omdat het dichter bij de aarde staat. Sommige mensen nemen om die reden graag steen.'

Onder het spreken ging Jondalars hand onwillekeurig naar de buidel aan zijn gordel en zocht het kleine stenen figuurtje van een zwaarlijvige vrouw. Hij voelde de vertrouwde, reusachtige borsten, haar grote, naar voren stekende buik en haar meer dan overvloedige billen en dijen. De armen en benen waren onbetekenend. Belangrijk waren de Moederaspecten, en de ledematen aan het stenen figuurtje waren alleen gesuggereerd. Het hoofd was een bult met iets dat op haar moest lijken langs het gezicht, maar zonder gelaatstrekken.

Niemand kon in het ontzagwekkende gezicht kijken van Doni, de Grote Aardmoeder, Eerste Moeder, Schepster en Voedster van alle leven, Zij die alle vrouwen zegende met Haar vermogen leven voort te brengen. En niet één van de kleine beeldjes van Haar, die Haar Geest droegen, de donii, waagde het ooit Haar gezicht af te beelden. Zelfs als Zij Zich in dromen openbaarde, bleef Haar gezicht meestal vaag, hoewel mannen Haar dikwijls zagen met een jong huwbaar lichaam. Sommige vrouwen beweerden dat ze Haar geestesvorm konden aannemen en konden vliegen als de wind, om geluk te brengen of wraak te oefenen, en Haar wraak kon vreselijk zijn. Als Ze vertoornd was of oneerbiedig werd bejegend kon Ze vreselijke dingen doen, maar het grootste gevaar school in de onthouding van Haar wonderlijke Gave van Genot, die kwam wanneer een vrouw verkoos zich te openen voor een man. De Grote Moeder en, zoals beweerd werd, sommigen van Haar Dienaressen, konden een man het vermogen schenken Haar Gave te delen met zoveel vrouwen als hij wenste óf hem doen verdrogen, zodat hij niemand Genot kon schenken en het zelf ook niet beleefde.

Jondalar streelde afwezig de stenen hangborsten van de donii in zijn buidel en wenste dat zij een voorspoedige Tocht zouden mogen hebben. Het was waar dat sommigen nooit meer terugkwamen, maar dat hoorde bij het avontuur. Toen stelde Thonolan Laduni een vraag waardoor hij er in één klap weer helemaal bij was.

'Wat weet u van de platkoppen hier in de buurt? We stuitten een paar dagen geleden op een troep. Ik was ervan overtuigd dat we ter plekke aan het eind van onze Tocht waren gekomen.' Plotseling had Thonolan ieders aandacht.

'Wat gebeurde er?' vroeg Laduni met gespannen stem. Thonolan vertelde van het incident met de platkoppen.

'Charoli!' brieste Laduni.

'Wie is Charoli?' vroeg Jondalar.

'Een jongeman uit de Grot van Tomasi en de aanstichter van een bende schurken die op het idee zijn gekomen de platkoppen te sarren. We hadden nooit moeilijkheden met ze. Zij bleven aan hun kant van de rivier, wij aan de onze. Als we wel overstaken, bleven ze uit de buurt, tenzij we te lang bleven. Dan maakten ze alleen maar duidelijk dat ze ons in de gaten hielden. Dat was genoeg. Een mens wordt zenuwachtig als een groep platkoppen je staat aan te staren.'

'En of!' zei Thonolan. 'Maar wat bedoelt u met "de platkoppen sarren"? Ik zou niet graag narigheid met ze uitlokken.'

'Het is allemaal als baldadigheid begonnen. De een daagde de ander uit om ernaartoe te rennen en een platkop aan te tikken. Ze kunnen behoorlijk fel zijn als je ze lastigvalt. Vervolgens vormden de jongemannen groepjes om iedere willekeurige platkop die ze alleen aantroffen het leven zuur te maken. Dan gingen ze in een kring om hem heen staan en treiterden hem om te proberen hem zover te krijgen dat hij achter hen aan ging. Platkoppen raken niet gauw buiten adem, maar ze hebben korte benen. Een man kan hen meestal voorblijven, maar hij moet wel blijven lopen. Ik weet niet zeker hoe het is begonnen, maar de volgende stap was dat Charoli's bende ze afranselde. Ik vermoed dat een van die platkoppen die ze aan het treiteren waren, iemand te pakken kreeg en dat de rest erbovenop sprong om hun vriend te verdedigen. Hoe dan ook, ze begonnen er een gewoonte van te maken, maar zelfs met z'n allen tegen één platkop, kwamen ze er niet zonder een paar flinke blauwe plekken vanaf.'

'Dat geloof ik graag,' zei Thonolan.

'Wat ze daarna deden, was nog erger,' voegde Filonia eraan toe.

'Filonia! Het is walgelijk! Ik wil niet hebben dat je erover praat!' zei Laduni en hij was echt boos.

'Wat deden ze dan?' vroeg Jondalar. 'Als we platkoppengebied door moeten, moesten we het eigenlijk weten.'

'U zult wel gelijk hebben, Jondalar. Ik praat er alleen niet graag over waar Filonia bij is.'

'Ik ben een volwassen vrouw,' bracht ze ertegen in, maar er klonk niet veel overtuiging in haar stem.

Hij keek naar haar, bedacht zich en kwam toen tot een besluit. 'De mannen begonnen alleen in paren of in groepen naar buiten te komen en dat was te veel voor de bende van Charoli. Dus probeerden zij de vrouwen te treiteren. Maar platkopvrouwen vechten niet. Er is geen lol aan ze er speciaal uit te pikken; ze krimpen gewoon in elkaar en rennen weg. Dus besloot zijn bende ze voor een ander soort sport te gebruiken. Ik weet niet wie het eerst wie heeft uitgedaagd, waarschijnlijk heeft Charoli ze aangezet. Dat is net iets voor hem.'

'Hen heeft aangezet om wat te doen?' vroeg Jondalar.

'Ze begonnen platkopvrouwen te verkr...' Laduni kon zijn zin niet afmaken. Hij sprong op, buiten zichzelf van woede. Hij was razend. 'Het is een gruwel! Het onteert de Moeder, is een belediging van haar Gave. Beesten! Erger dan beesten! Erger dan platkoppen!'

'Bedoelt u dat ze hun genot namen met platkopvrouwen? Met geweld? Met een platkopvrouw?' zei Thonolan.

'Ze gingen er prat op!' zei Filonia. 'Ik zou geen man bij me laten komen die zijn genot had genomen bij een platkopvrouw.'

'Filonia! Je hoort niet over zulke dingen te praten! Ik wil niet dat je zo'n smerige, walgelijke taal uitslaat!' zei Laduni. Hij was buiten zichzelf van woede; zijn ogen straalden hardheid uit.

'Goed, Laduni,' zei ze en ze boog beschaamd het hoofd.

'Ik vraag me af wat die ervan vonden,' merkte Jondalar op. 'Misschien is dat wel de reden waarom die jonge platkop me aanvloog. Ik zou zo denken dat ze kwaad zijn. Ik heb wel horen zeggen dat ze menselijker zijn dan ze eruitzien, en als dat inderdaad zo is...'

'Ik heb dat soort praatjes ook gehoord!' zei Laduni. Hij probeerde tot bedaren te komen. 'Geloof ze maar niet.'

'De aanvoerder van die groep waar we op stuitten, was behoorlijk slim, en ze lopen op twee benen, net als wij.'

'Beren lopen soms ook op hun achterpoten. Platkoppen zijn beesten! Intelligente beesten, maar beesten.' Laduni worstelde om zijn zelfbeheersing te hervinden, beseffend dat het hele gezelschap zich onbehaaglijk voelde. 'Zolang je ze met rust laat, doen ze over het algemeen geen kwaad,' vervolgde hij. 'Ik geloof niet dat het iets met de vrouwtjes te maken heeft, ik betwijfel of ze begrijpen hoe erg het de Moeder onteert. Het zit 'm in al het sarren en ranselen. Als beesten maar genoeg getergd worden, bijten ze van zich af.'

'Ik denk dat de bende van Charoli het ons moeilijk heeft gemaakt,' zei Thonolan. 'We wilden naar de rechteroever oversteken, zodat we niet bang behoefden te zijn dat we haar later, als ze de Grote Moederrivier is, moesten oversteken.'

Laduni glimlachte. Nu ze op een ander onderwerp waren overgestapt, verdween zijn woede even snel als die was opgekomen.

'De Grote Moederrivier heeft zijrivieren die heel groot zijn, Thonolan. Als u van plan bent haar helemaal tot het einde te volgen, dan zult u eraan moeten wennen om rivieren over te steken. Mag ik een voorstel doen? Blijf tot na de grote draaikolk aan deze kant. Er komt straks een vlak gebied waar ze zich in verschillende geulen splitst, en kleinere vertakkingen zijn gemakkelijker over te steken dan een grote rivier. Dan is het onderhand ook warmer. Als u bij de Sarmuniërs langs wilt gaan, ga dan noordoostwaarts nadat u bent overgestoken.'

'Hoe ver is het naar de draaikolk?' vroeg Jondalar.

'Ik zal een kaart voor u uitkrassen,' zei Laduni en hij pakte zijn stenen mes. Toen zei hij tegen de vrouw naast Jondalar, die hem zijn soep had gegeven: 'Lanalia, geef me dat stuk schors eens. Misschien kunnen anderen verderop er herkenningspunten aan toevoegen. Ermee rekening houdend dat jullie onderweg rivieren moeten oversteken en jagen, zouden jullie tegen de zomer bij de plaats moeten komen waar de rivier naar het zuiden afbuigt.'

'Zomer,' mijmerde Jondalar. 'Ik heb zo genoeg van sneeuw en ijs, ik kan nauwelijks wachten tot het zomer is. Ik zou wel wat warmte kunnen gebruiken.' Hij voelde Lanalia's been weer tegen het zijne en legde zijn hand op haar dij.

3

De eerste sterren braken door de avondhemel toen Ayla zich heel voorzichtig een weg omlaag zocht langs de steile, rotsige kant van het ravijn. Zodra ze over de rand was, ging de wind abrupt liggen, en ze bleef een ogenblik staan om van de zalige stilte te genieten. Maar de wanden namen ook het wegstervende licht weg. Tegen de tijd dat ze helemaal beneden was, vormde het dichte struikgewas langs het riviertje een warrig silhouet dat afstak tegen de bewegende weerspiegeling van de ontelbare lichtpuntjes boven haar.

Ze nam een diepe, verfrissende dronk uit de rivier en zocht zich toen op de tast een weg naar het donkerder zwart bij de wand. Ze liet de tent maar zitten, spreidde alleen haar vacht uit en rolde zich erin op. Met een wand in haar rug voelde ze zich veiliger dan op de open vlakte in haar tent. Voor ze in slaap viel, zag ze de maan zijn bijna volle gezicht boven de rand van het ravijn vertonen.

Gillend werd ze wakker.

Ze zat stijf rechtop. Volslagen doodsangst voer door haar heen, bonsde in haar slapen, en deed haar hart hameren. Ze staarde naar de vage silhouetten in de inktzwarte leegte voor haar. Ze sprong op van een droge knal en tegelijkertijd werd ze verblind door een lichtflits. Huiverend keek ze toe hoe een hoge den, door de verzengende bliksem getroffen, in tweeën spleet en langzaam op de grond viel, zich nog steeds vastklampend aan zijn afgescheurde helft. Het was spookachtig, de brandende boom, die zijn eigen doodsscène verlichtte en groteske schaduwen wierp op de wand erachter.

Het vuur sputterde en siste toen een stortbui het doofde. Ayla kroop dichter naar de wand, zich nog steeds niet bewust van haar warme tranen of van de koude druppels die op haar gezicht spatten. De eerste donderslag in de verte, die deed denken aan het gerommel van een aardbeving, had een andere, steeds terugkerende droom uit de as van weggestopte herinneringen nieuw leven ingeblazen, een nachtmerrie die ze zich nooit precies kon herinneren als ze wakker werd, die haar altijd achterliet met een misselijkmakend gevoel van onbehagen en een overstelpend verdriet. Nog een bliksemschicht, gevolgd door een luide donderslag, vervulde de zwarte leegte heel even met een griezelig, fel licht dat haar in een flits een glimp liet zien van de steile wanden en de puntige boomstam, die als een takje was afgeknapt door de krachtige streep licht uit de lucht.

Ze rilde al even erg van angst als van de natte, doordringende kou en omklemde haar amulet met haar handen, reikend naar alles wat maar bescherming bood. Het was een reactie die maar gedeeltelijk werd veroorzaakt door de donder en de bliksem. Ayla had niet veel op met onweersbuien, maar ze was eraan gewend; vaak waren ze eerder nuttig dan schadelijk. Ze voelde nog steeds de emotionele nawerking van haar nachtmerrie over de aardbeving. Ze had de meeste angst voor aardbevingen, omdat die altijd grote verwoestingen aanrichtten en grote invloed op haar leven hadden gehad.

Ten slotte drong het tot haar door dat ze nat was, en ze haalde haar leren tent uit haar draagmand. Ze trok hem als een deken over haar vacht en begroef haar hoofd eronder. Lang nadat ze het weer warm had gekregen, lag ze nog steeds te beven. Maar naarmate de nacht langzaam verstreek, nam de vreselijke bui af en ten slotte viel ze in slaap.

Vogels vulden de vroege ochtendlucht met gekwetter, getsjilp en schor gekras. Ayla trok het dek van zich af en keek verrukt om zich heen. Een wereld van groen, nog nat van de regen, glinsterde in de ochtendzon. Ze zat op een breed rotsstrand op een plek waar een riviertje in zijn kronkelige zuidelijke koers een bocht naar het oosten maakte.

Aan de overkant reikte een rij donkergroene dennen tot boven aan de wand erachter, maar niet verder. Met iedere aarzelende poging om boven de rand van de rivierkloof uit te komen werd korte metten gemaakt door de snijdende winden van de steppen erboven. Het gaf de hoogste bomen een merkwaardige aanblik; in hun groei beknot, waren ze gedwongen tot dichte vertakkingen. Een hoog opgaande reus was bijna volmaakt symmetrisch, wat alleen werd bedorven door de gebogen top, die weer hoekig in de richting van de stam groeide. Ernaast stond een verkoolde, versplinterde stronk die tegen de gebroken top was blijven hangen. De bomen groeiden op een smalle strook grond tussen de oever en de rotswand. Sommige stonden zo dicht bij het water dat hun wortels waren blootgespoeld. Aan haar kant, stroomopwaarts ten opzichte van het rotsstrandje, bogen soepele wilgen zich voorover en weenden lange, lichtgroene bladtranen in de stroom. De afgeplatte stelen aan de hoge espen deden de blaadjes trillen in de zachte bries. Berken met witte basten groeiden in groepjes bij elkaar terwijl hun neven, de elzenbomen, niet meer waren dan hoge struiken. Klimplanten slingerden zich om de bomen omhoog en diverse struiken, die volledig uitgebot waren, verdrongen elkaar dicht bij de stroom.

Ayla had zo lang over de dorre, uitgedroogde steppen getrokken, dat ze was vergeten hoe mooi groen kon zijn. De kleine rivier sprankelde uitnodigend. Haar angsten voor de bui waren vergeten en ze sprong op en rende het strandje over. Drinken was haar eerste gedachte, toen knoopte ze impulsief de lange veter van haar omslag los, deed haar amulet af en plonsde het water in. De oever liep heel steil af en ze dook onder. Toen zwom ze naar de steile overkant.

Het water was koel en verfrissend en het was een welkom genot het stof en vuil van de steppen weg te wassen. Ze zwom stroomopwaarts en voelde de stroming sterker worden en het water kouder naarmate de loodrechte wanden dichter bij elkaar kwamen en de rivier versmalden. Ze liet zich op haar rug rollen en liet zich, wiegend op de opwaartse kracht van het water, op de stroom terugdrijven. Ze staarde omhoog naar het intense azuurblauw dat de ruimte tussen de hoge rotsen vulde, en toen viel haar oog op een donker gat in de wand tegenover het strandje aan de bovenstroom. Zou dat een grot zijn, dacht ze met een golf van opwinding. Ik vraag me af of hij moeilijk te bereiken is.

De jonge vrouw waadde terug naar het strandje en ging op de warme stenen zitten om zich in de zon te laten drogen. Haar oog werd getrokken door de vlugge, brutale bewegingen van vogels die in de buurt van het kreupelhout over de grond hupten, wormen omhoogtrokken die door de nachtelijke regen naar de oppervlakte waren gekomen en van tak tot tak fladderden, voedsel zoekend aan struiken die zwaar waren van de bessen.

Moet je die frambozen zien! Wat een grote, dacht ze. Toen ze dichterbij kwam werd ze verwelkomd door een levendig gefladder van vleugels. De vogels streken vlak bij haar neer. Ze propte haar mond vol sappige zoete frambozen. Toen ze genoeg had, spoelde ze haar handen af en deed haar amulet om, maar ze trok haar neus op voor haar groezelige, zweterige omslag die onder de vlekken zat. Ze had geen andere. Toen ze, vlak voor ze wegging, de grot weer was ingegaan die door de aardbeving erg rommelig was geworden, om kleding, voedsel en een tent te halen, was haar eerste gedachte geweest dat ze moest proberen in leven te blijven en niet of ze ook dunnere omslagen voor de zomer moest meenemen.

En ze dacht weer aan haar overlevingskansen. Haar sombere gedachten over de dorre naargeestige steppen werden verdreven door de frisse groene vallei. De frambozen hadden haar eetlust eerder opgewekt dan gestild. Ze wou iets stevigers en liep naar haar slaapplaats om de slinger te pakken. Ze spreidde haar natte leren tent en de vochtige vacht uit op de door de zon verwarmde stenen, deed toen haar smoezelige omslag weer om en begon naar gladde, ronde kiezels te zoeken. Een nauwgezette inspectie bracht aan het licht dat er meer op het strandje lag dan stenen. Het lag ook vol met dof, grijs drijfhout en verbleekte, witte botten, voor een groot deel tot een grote berg opgestapeld tegen een naar voren springende wand. Hevige overstromingen hadden in de lente bomen ontworteld en niets-vermoedende dieren onverhoeds meegesleurd, ze door de engte tussen de loodrechte rotswanden aan de bovenstroom geslingerd en ze tegen een inham in de dichtstbijzijnde wand gesmeten toen het kolkende water om de bocht joeg. Ayla zag reuzengeweien, lange bizonhorens en verschillende enorme, gekromde ivoren slagtanden in de hoop: zelfs de grote mammoet was niet bestand tegen de kracht van de vloed. Er lagen ook grote rotsblokken tussen, maar de vrouw kneep haar ogen samen toen ze verschillende tamelijk grote krijtkleurige stenen zag.

Dat is het soort steen waar je werktuigen van maakt, zei ze in zichzelf toen ze ze nader had bekeken. Ik ben er zeker van. Ik heb een klopsteen nodig om er een open te breken, maar ik ben er gewoon zeker van. Opgewonden speurde Ayla het strand af, zoekend naar een gladde, ovale steen die gemakkelijk in haar hand zou liggen. Toen ze er een vond, sloeg ze tegen de buitenkant van de kalkachtige steenklomp. Een stuk van de buitenste laag brak af, zodat de doffe pracht van het donkergrijze steen binnenin bloot kwam te liggen.

Het is inderdaad het goede soort steen! Ik wist het wel! Haar hoofd tolde van gedachten aan het gereedschap dat ze kon maken. Ik kan zelfs wat extra maken. Dan hoef ik ook niet zo bang te zijn dat ik iets breek. Ze sjorde nog een paar van de zware stenen naar zich toe, die uit de krijtafzetting ver stroomopwaarts waren weggespoeld en door de stuwende stroom waren meegesleurd tot ze aan de voet van de stenen wand tot rust waren gekomen. De ontdekking moedigde haar aan verder op speurtocht te gaan.

De wand, die in tijden van overstromingen een barrière vormde tegen de snelle stroom, stak een stuk de binnenbocht van de rivier in. Als het water binnen de oevers bleef, stond het laag genoeg om er gemakkelijk bij te komen, maar toen ze naar de overkant keek bleef ze staan. Daar lag het dal dat ze van bovenaf al even had gezien.

Voorbij de bocht werd de rivier breder en bruiste over en om rotsen die door het minder diepe water bloot waren komen te liggen. Aan de voet van de steile wand aan de overkant van de kloof stroomde het water oostwaarts. Langs de linkeroever groeiden bomen en kreupelhout, tegen de snijdende wind beschut, uit tot hun volle, weelderige lengte. Links van haar, voorbij de stenen barrière, draaide de kloofwand weg, werd geleidelijk aan minder steil en ging ten slotte in het noorden en oosten glooiend over in de steppen. Voor haar uit vormde de brede vallei een sappig veld van rijp hooi dat op en neer golfde in de windvlagen die over de noordelijke helling kwamen aanwaaien, en halverwege graasde de kleine kudde steppepaarden.

Ayla, die de schoonheid en rust van het tafereel inademde, kon nauwelijks geloven dat een dergelijke plaats midden in de droge, winderige vlakten kon bestaan. De vallei was een ongerijmde oase, verborgen in een barst in de dorre vlakten, een microkosmos van overvloed, alsof de natuur, op de steppen gedwongen tot uiterste zuinigheid, haar gaven met extra kwistige hand uitstrooide waar de gelegenheid dat toestond.

De jonge vrouw bestudeerde de paarden in de verte. Ze intrigeerden haar. Het waren stevige, gedrongen dieren met tamelijk korte benen, dikke nekken en zware hoofden met gekromde neuzen die haar deden denken aan de grote, gekromde neuzen van sommige mannen van de Stam. Ze hadden dikke, ruige vachten en korte, stijve manen. Hoewel sommige haast grijs waren, hadden de meeste een bruinig gele tint die varieerde van het neutrale beige van het stof tot de kleur van rijp hooi. Iets terzijde stond een hooikleurige hengst en Ayla zag verscheidene veulens van dezelfde kleur. De hengst tilde zijn hoofd op, schudde zijn korte manen en hinnikte.

'Je bent trots op je stam, hè?' gebaarde ze glimlachend.

Ze begon het veld door te lopen, vlak langs de struiken dicht aan de oever. Ze zag de begroeiing zonder er bewust aandacht aan te besteden. Ze lette meer op de voedingswaarde dan op de geneeskrachtige werking. Als medicijnvrouw had ze geleerd geneeskrachtige planten te verzamelen en ze herkende ze bijna allemaal onmiddellijk. Maar deze keer was ze op zoek naar voedsel. Op een plekje zag ze de bladeren en gedroogde, schermdragende bloemstengel die op wilde wortels wezen, vlak onder de grond, maar ze scheen er geen aandacht aan te besteden. Dat leek echter maar zo. Ze zou zich de plaats net zo goed kunnen herinneren als wanneer ze hem had gemarkeerd, maar planten bleven wel staan. Haar scherpe ogen hadden sporen ontdekt van een haas en op dat moment wou ze proberen vlees te krijgen. Op de stille, steelse manier van een ervaren jager volgde ze verse keutels, een geknakt grassprietje, een lichte afdruk in het stof en ontwaarde vlak voor zich uit het silhouet van het dier, dat zich onder camouflerende begroeiing schuilhield. Ze trok haar slinger uit haar gordel en pakte twee stenen uit een plooi in haar omslag. Toen het dier op de vlucht sloeg, stond ze klaar. Met de onbewuste gratie van jaren oefening slingerde ze een steen weg en meteen daarna nog een tweede. Ze hoorde een bevredigend pok, pok. Beide projectielen troffen doel.

Ayla raapte haar buit op en dacht aan de keer toen ze zichzelf die techniek met de twee stenen had geleerd. Een overmoedige poging om een lynx te doden had haar geleerd hoe kwetsbaar ze was. Maar het had lange middagen oefenen gekost om een volmaakte manier te vinden om tijdens de neerzwaai na de eerste worp een tweede steen op zijn plaats te leggen, zodat ze twee stenen vlak na elkaar kon afvuren.

Op de terugweg kapte ze een tak van een boom, maakte er aan een kant een scherpe punt aan en gebruikte hem om de wilde wortels op te graven die ze had gezien. Ze stak ze in een plooi van haar omslag en sneed, voor ze naar het strandje terugkeerde, twee gevorkte takken af. Ze legde de haas en de wortels neer en pakte uit haar mand de stok en het plankje om vuur te maken, begon toen droog drijfhout vanonder de grotere stukken in de hoop botten bij elkaar te zoeken, en sprokkelhout vanonder de beschermende takken van bomen. Met hetzelfde werktuig dat ze had gebruikt om de graafstok aan te scherpen, dat met een V-vormige inkeping in de scherpe rand, schraapte ze krullen van een droge tak. Vervolgens pelde ze de losse, harige bast van de oude stengels van een saliestruik en gedroogd dons van de zaaddozen van het wilgenroosje.

Ze zocht een gemakkelijk plekje om te zitten en sorteerde toen het hout op grootte en rangschikte het tondel, het aanmaakhout en de grotere stukken hout om zich heen. Ze bekeek het plankje en een stuk droge rank van de clematis, maakte met behulp van de stok aan een kant een kuiltje en stak er een stuk droge kattenstaart in. Het maken van vuur eiste alle aandacht. Ze legde het dons van het wilgenroosje in een nestje van draderige schors.

Ze legde haar handen tegen de punt van de stok en begon snel te draaien terwijl ze hem naar beneden drukte. Al draaiende gleden haar handen langzaam naar beneden tot ze het plankje bijna raakten. Wanneer ze hulp had gehad, zou een ander op dat moment weer boven aan de stok moeten beginnen. Maar nu ze alleen was, moest ze even ophouden en snel weer bovenaan beginnen en zorgen dat de stok bleef draaien zonder dat de druk afnam of de hitte die door de wrijving werd opgewekt verloren ging zonder het hout te doen smeulen. Het was zwaar werk en je kon niet even rusten.

Ayla ging helemaal op in het ritme van de beweging en negeerde het zweet dat zich op haar voorhoofd vormde en haar in de ogen liep. Door de voortdurende beweging werd het gat dieper en vormde zich een hoopje poeder op het plankje. Ze rook dat het hout begon te gloeien en zag het nestje zwart worden, terwijl er een rookpluimpje opsteeg. Dat was een aanmoediging om door te gaan, hoewel haar armen pijnlijk werden. Ten slotte viel er een stukje vuur door het plankje op het nestje van droog aanmaakhout dat eronder lag. Het volgende moment was nog kritieker. Als het vuurtje doofde, moest ze weer van voren af aan beginnen.

Ze boog voorover zodat ze de hitte met haar gezicht kon voelen en begon te blazen. Ze zag het vuurtje bij elke uitademing groter worden en weer afzakken als ze weer inademde. Ze hield kleine houtkrullen bij het stukje smeulend hout en zag dat ze gingen gloeien en weer uitdoofden zonder echt te gaan branden. Een klein vlammetje laaide op. Ze blies harder, voedde het met nieuwe houtkrullen en toen ze een klein stapeltje aan het branden had, voegde ze er een paar stukjes aanmaakhout aan toe.

Ze nam pas rust toen de grote blokken drijfhout gloeiden en het vuur flink brandde. Ze zocht nog wat stukken hout bij elkaar en legde ze op een stapeltje bij zich en schraapte toen, met een ander werktuig, dat een iets grotere inkeping had, de bast van de groene tak die ze had gebruikt om de wilde wortels op te graven. Ze zette de gevorkte takken rechtop aan weerszijden van het vuur, zodat de tak met de punt er gemakkelijk tussen paste, en begon toen de haas te villen.

Tegen de tijd dat het vuur was geluwd tot gloeiende kolen, was de haas aan het spit geregen, klaar om te worden geroosterd. Ze begon de ingewanden in de vacht te wikkelen, om die, zoals ze dat steeds op haar tocht had gedaan, weg te gooien, en bedacht zich toen.

Ik zou de vacht wel kunnen gebruiken, dacht ze. Het zou maar een dag of twee kosten...

Ze spoelde de wortels in de rivier af en wikkelde ze in weegbreebladeren. Ze waste het bloed van haar handen. De grote vezelachtige bladeren waren eetbaar, maar ze dacht alleen aan de mogelijkheid ze te gebruiken als stevig, genezend verband bij sneden of blauwe plekken. Ze legde de wilde wortels die in blad gerold waren bij het vuur.

Ze leunde achterover, ontspande zich een ogenblik en besloot toen de bontvacht schoon te maken. Terwijl de haas werd geroosterd, schrapte ze het bloed, de haarzakjes en vliezen van de huid met de gebroken schrapper en vond dat ze een nieuwe moest maken. Onder het werk neuriede ze zachtjes en haar gedachten dwaalden af. Misschien moest ik hier maar een paar dagen blijven om deze vacht af te maken. Ik moet hoe dan ook wat gereedschap maken. Ik zou kunnen proberen om bij dat gat in die wand stroomopwaarts te komen. Die haas begint lekker te ruiken. Een grot zou me droog houden, maar misschien is hij wel niet bruikbaar.

Ze stond op en draaide het spit. Toen begon ze de huid van een andere kant te bewerken. Ik kan trouwens niet te lang blijven. Ik moet voor de winter mensen vinden. Ze liet de vacht even rusten en staarde in het gloeiende vuur. Haar gedachten bepaalden zich plotseling tot de innerlijke onrust die ze nog altijd voelde. Waar waren ze? Iza had gezegd dat er veel Anderen in het binnenland waren. Waarom vind ik ze dan niet? Wat moet ik doen, Iza? Ze liet spontaan haar tranen de vrije loop. O, Iza, ik mis je zo. En Creb. En Oeba ook. En Durc, mijn kleintje... mijn kleintje. Ik wou je zo graag hebben, Durc, en het was zo moeilijk. Je bent niet mismaakt, alleen een beetje anders, net als ik.

Nee, niet als ik. Jij hoort bij de Stam, je wordt alleen wat groter en je hoofd is een beetje anders. Eens word je een groot jager die goed met de slinger kan omgaan en sneller kan lopen dan wie ook. Je zult alle wedstrijden winnen op de bijeenkomsten van de Stam. Misschien niet bij het worstelen, mogelijk word je niet zó sterk, maar wel sterk.

Maar wie zal met je praten en gelukkig met je zijn?

Ik moet ermee ophouden, dacht ze boos en ze veegde haar tranen weg. Ik hoop dat er mensen zijn die van je houden, Durc. En als je ouder wordt, krijg je Oera als gezellin. Oda heeft beloofd haar op te leiden tot een goede vrouw voor jou. Oera is ook niet mismaakt. Ze is alleen anders, net als jij. Ik vraag me af of ik ooit een levensgezel zal vinden.

Ayla sprong op om haar eten te controleren, alleen om haar gedachten af te leiden. Het vlees was nog niet zo gaar als ze het graag had, maar ze besloot dat het zo wel goed was. De wilde gele wortels waren zacht en hadden een pittige, zoete smaak. Ze miste het zout dat ze bij de binnenzee altijd bij de hand had gehad. Maar de honger maakte het pittig genoeg. Ze liet de rest van de haas nog wat langer boven het vuur hangen terwijl ze de vacht verder afschraapte. Na het eten voelde ze zich beter.

De zon stond al hoog toen ze besloot het gat in de wand te onderzoeken. Ze kleedde zich uit en zwom de rivier over. Via de boomwortels klauterde ze uit het diepe water. Het was moeilijk om langs de haast verticale wand omhoog te klimmen en ze begon zich af te vragen of het wel de moeite waard zou zijn, ook al vond ze een grot. Hoe dan ook, ze werd teleurgesteld toen ze bij een smalle richel voor het donkere gat kwam en ontdekte dat het amper meer was dan een uitholling in de rots. De uitwerpselen van een hyena in een donkere hoek deden haar begrijpen dat er een gemakkelijker manier moest zijn om van de steppen hier te komen. Maar voor grotere dieren was er niet veel ruimte.

Ze draaide zich om om naar beneden te gaan, en draaide toen nog iets verder door. Stroomafwaarts, iets lager in de andere wand, kon ze de bovenkant zien van de rotsbarrière die in de bocht van de rivier uitstak. Het was een brede richel en achteraan leek er nog een gat te zijn in het rotsoppervlak, een veel dieper gat. Vanaf haar uitkijkpunt zag ze een steile, maar begaanbare weg omhoog. Haar hart klopte van opwinding. Als het een grot van ook maar een beetje behoorlijke afmetingen was, had ze een droog plekje om te overnachten. Ongeveer halverwege de afdaling sprong ze in de rivier, zo graag wilde ze op onderzoek uit.

Ik moet er gisteravond, op weg naar beneden, langs gekomen zijn, dacht ze toen ze aan de klim begon. Het was alleen te donker om hem te zien. Toen bedacht ze dat een onbekende grot altijd voorzichtig moest worden benaderd; ze ging terug om haar slinger en een paar stenen te halen.

Hoewel ze zich heel voorzichtig op de tast een weg naar beneden had gezocht, ontdekte ze dat ze zich bij voldoende daglicht niet hoefde vast te houden. In de loop der millennia had de rivier zich dieper uitgesneden in de tegenoverliggende oever aan deze kant was de wand niet zo steil. Toen ze dichter bij de richel kwam, hield Ayla haar slinger klaar en naderde behoedzaam.

Al haar zintuigen waren gespitst. Ze luisterde of ze ook het geluid kon horen van ademhaling, of zacht geschuifel; keek of er ook veelzeggende tekenen te zien waren dat de grot onlangs nog bewoond was geweest; snoof de lucht op of ze ook de kenmerkende geuren van vleesetende dieren kon ruiken, of verse uitwerpselen, of wild. Ze deed haar mond open zodat haar smaakpapillen konden helpen de lucht op te vangen, liet haar blote huid een eventueel gevoel van warmte ontdekken dat uit de grot kwam en liet zich door haar intuïtie leiden terwijl ze geruisloos de opening naderde. Ze bleef dicht langs de wand, sloop naar het gat en keek naar binnen. Ze zag niets.

De opening, op het zuidwesten, was klein. Ze kon er net onderdoor lopen, maar als ze haar hand uitstrekte, kon ze de bovenkant aanraken. De vloer liep bij de ingang schuin af en werd dan vlak. De löss die door de wind naar binnen was gewaaid en het vuil dat was binnengebracht door de beesten die de grot in het verleden hadden gebruikt, hadden een laag aarde gevormd. Hoewel hij van oorsprong oneffen en rotsachtig was, lag er op de bodem van de grot een stevig aangestampte laag aarde.

Toen Ayla om de hoek naar binnen gluurde, kon ze niets bespeuren dat erop wees dat de grot onlangs nog was gebruikt. Ze glipte stilletjes naar binnen en wachtte tot haar ogen waren gewend aan het schemerlicht binnen. Het viel haar op hoe koel het was vergeleken bij de hete, zonnige richel. Er was meer licht in de grot dan ze had verwacht, en toen ze verder naar binnen liep en zonlicht door een gat boven de ingang naar binnen zag stromen, begreep ze hoe dat kwam. Ze begreep ook een meer praktisch nut van het gat. Het zou rook naar buiten laten zonder dat deze in de bovenste regionen van de grot zou blijven hangen, een duidelijk pluspunt.

Toen haar ogen eenmaal gewend waren, ontdekte ze dat ze verbazend goed kon zien. Een goede lichtval was ook belangrijk! De grot was niet groot, maar ook niet klein. De wanden weken bij de ingang uiteen tot ze bij een tamelijk rechte achterwand kwamen. De ruimte was vrijwel driehoekig, de oostwand was langer dan de westwand. De donkerste plek was de oostelijke hoek achterin, díé plek moest ze het eerst onderzoeken.

Ze sloop langzaam langs de oostelijke wand, op haar hoede voor spleten of gangetjes die naar diepere nissen met verborgen bedreigingen konden leiden. Vlak bij de donkere hoek lagen stukken rots die van de wanden naar beneden waren.gekomen, in een ongeordende hoop op de grond. Ze klom op de stenen, voelde een richel en daarachter leegte.

Ze overwoog even een fakkel te halen, maar veranderde van gedachten. Ze had geen enkel teken van leven gehoord, geroken of gevoeld en ze kon wel wat zien. Ze nam haar slinger en de stenen in de ene hand en wou dat ze haar omslag had aangedaan zodat ze plaats voor haar wapens had gehad. Ze trok zich op naar de richel.

De donkere opening was laag, ze moest zich bukken om naar binnen te gaan. Maar het was slechts een nis, die ophield waar het dak schuin afliep naar de vloer van de nis. Achterin lag een hoop botten. Ze pakte er een, klom toen omlaag en legde het hele stuk langs de achterwand af, en langs de westelijke wand terug naar de ingang. De grot liep dood en had, afgezien van de kleine nis, geen andere kamers of tunnels die naar onbekende plekken voerden. Hij voelde knus en veilig aan.

Ayla beschutte haar ogen tegen het schelle zonlicht toen ze naar buiten liep naar het uiterste randje van de richel voor de grot, en keek om zich heen. Ze stond boven op de naar voren springende wand. Recht onder haar waren de hoop drijfhout en botten en het rotsige strandje. Links kon ze ver het dal in kijken. In de verte boog de rivier weer naar het zuiden en slingerde zich om de voet van de steile wand aan de overkant, terwijl de linkerwand overging in vlakke steppen.

Ze bekeek het bot in haar hand. Het was het lange bot van de voorpoot van een reuzenhert, oud en verdroogd, met een duidelijke afdruk van tanden op de plaats waar het was opengereten om bij het merg te komen. Het patroon van de tanden, de manier waarop het bot was afgeknaagd, kwam haar bekend voor, en toch ook niet. Dat was het werk van een katachtige, daar was ze van overtuigd. Ze kende vleeseters beter dan wie ook van de stam. Ze had haar jachtvaardigheid op hen ontwikkeld, maar alleen op de kleinere en middelgrote soorten. Deze sporen waren door een grote kat gemaakt, een heel grote kat. Ze draaide zich met een ruk om en keek weer naar de grot.

Een holenleeuw! Dat was vast eens het hol van een holenleeuw geweest. Die nis zou voor een leeuwin een perfecte plaats zijn om haar jongen te werpen, dacht ze. Misschien zou ik er niet in moeten overnachten. Het zou wel eens onveilig kunnen zijn. Ze keek weer naar het bot. Maar dit is zo oud, en de grot is in geen jaren meer gebruikt. Trouwens, een vuur bij de ingang zal de beesten op een afstand houden.

Het is een fijne grot. Er zijn er niet veel die zo fijn zijn. Een heleboel ruimte binnen, een goede aarden vloer. Ik denk niet dat het binnen nat wordt. Het water stijgt niet zo hoog in de lente. Er is zelfs een rookgat. Ik denk dat ik mijn vacht en mand maar ga halen, en wat hout. Dan breng ik het vuur naar boven. Ayla haastte zich terug naar beneden, naar het strandje. Toen ze terugkwam, spreidde ze het tentleer en haar vacht uit op de warme stenen richel en zette de mand in de grot. Vervolgens bracht ze verschillende ladingen hout naar boven. Misschien haal ik ook wel een paar haardstenen, dacht ze, toen ze weer op weg ging naar beneden.

Toen bleef ze staan. Waar heb ik haardstenen voor nodig? Ik blijf maar een paar dagen. Ik moet naar mensen blijven zoeken. Ik moet ze voor de winter vinden...

En als ik nu geen mensen vind? Die gedachte zweefde haar al een hele tijd door het hoofd, maar ze had er nog niet eerder zo over nagedacht, de consequenties waren te beangstigend. Wat moet ik doen als het winter wordt en ik nog steeds geen mensen heb gevonden? Dan heb ik geen voedsel opgeslagen, dan heb ik geen droog en warm onderkomen, uit de wind en sneeuw. Geen grot om...

Ze keek weer naar de grot, vervolgens naar de prachtige, beschutte vallei en de kudde paarden ver weg op de vlakte, en weer terug naar de grot. Voor mij is deze grot volmaakt, zei ze in zichzelf. Het zou lang duren voor ik er een vond die net zo goed is. En de vallei. Ik zou kunnen gaan jagen en voedsel verzamelen en opslaan. Er is water, en meer dan genoeg hout om de winter mee door te komen, vele winters. Er is zelfs steen voor gereedschap. En geen wind. Alles wat ik nodig heb, is hier op deze plek – op mensen na.

Ik weet niet of ik er wel tegen zou kunnen, de hele winter alleen te zijn. Maar het is al zo laat in het seizoen. Als ik voldoende voedsel wil opslaan, zal ik gauw moeten beginnen. Als ik tot nu toe nog niemand heb gevonden, hoe weet ik dan of ik ooit iemand zal vinden? Hoe weet ik of ze me zouden laten blijven, als ik de Anderen inderdaad vond? Ik ken ze niet. Sommigen van hen zijn net zo erg als Broud. Kijk maar wat die arme Oda is overkomen. Ze zei dat de mannen die zich met geweld met haar verlichtten – net zoals Broud zich met mij verlichtte – mannen van de Anderen waren. Ze zei dat ze er net zo uitzagen als ik. Als ze nou eens allemaal zo zijn, wat dan? Ayla keek weer naar de grot en vervolgens naar de vallei. Ze liep de hele richel langs, schopte een los stuk steen over de rand, staarde naar de paarden in de verte en nam toen een besluit.

'Paarden,' zei ze, 'ik blijf een poosje in jullie vallei. Volgend voorjaar kan ik weer op zoek gaan naar de Anderen. Zoals het er nu voor staat, ben ik volgend voorjaar niet meer in leven als ik me niet op de winter voorbereid.' Ayla's toespraak tot de paarden werd met maar een paar geluiden gemaakt en die klonken afgebeten en kelig. Ze gebruikte klanken alleen voor namen, of om de rijke, complexe en allesomvattende taal te benadrukken die ze met de sierlijke, vloeiende bewegingen van haar handen sprak. Het was de enige taal die ze zich herinnerde.

Toen haar besluit eenmaal genomen was, voelde Ayla zich opgelucht. Ze had er vreselijk tegen opgezien deze aangename vallei te verlaten en nog meer afmattende dagen lang door de uitgedroogde, winderige steppen te trekken. Ze zag er zonder meer al tegen op om verder te trekken. Ze rende naar beneden naar het rotsstrandje en bukte zich om haar omslag en amulet op te rapen. Toen ze haar hand uitstrekte naar het leren buideltje, zag ze een klein stukje ijs glinsteren.

Hoe kan er midden in de zomer nou ijs zijn, vroeg ze zich af terwijl ze het opraapte. Het was niet koud, het had harde, scherpe randen en gladde vlakken. Ze draaide het alle kanten op en zag de facetten fonkelen in de zon. Toen draaide ze het toevallig in precies de juiste stand, zodat het prisma het zonlicht opsplitste in het volledige kleurenspectrum en haar adem stokte bij het zien van de regenboog die ze op de grond liet schijnen. Ayla had nog nooit eerder doorzichtig kwartskristal gezien.

De kristallen waren hier niet gevormd, net zomin als de andere zwerfstenen en rotsblokken die op het strand lagen. De glinsterende steen was door nog grotere krachten aangevoerd dan het ijs, waar het op leek, tot het in de alluviale klei van de gletsjermorene was blijven liggen.

Plotseling voelde Ayla een rilling kouder dan ijs over haar rug lopen en ze ging zitten, te beverig om te staan, terwijl ze nadacht over de betekenis van de steen. Ze herinnerde zich iets dat Creb haar lang geleden had verteld, toen ze nog een meisje was...

Het was winter en de oude Dorv had verhalen zitten vertellen. De legende die Dorv net had verteld, had haar aan het denken gezet en ze had Creb erover gevraagd. Dat had geleid tot een uitleg over totems.

'Totems willen een vaste woonplaats. Ze zouden mensen die zonder een vaste woonplaats rondzwierven, waarschijnlijk verlaten. Je zou toch niet willen dat je totem je verliet?'

Ayla greep naar haar amulet. 'Maar mijn totem heeft mij ook niet verlaten toen ik alleen was en geen thuis had.'

'Dat was omdat hij je op de proef stelde. Hij heeft toch een thuis voor je gevonden? De Holenleeuw is een sterke totem, Ayla. Hij heeft je uitgekozen, hij zal misschien besluiten je altijd te beschermen omdat hij je nu eenmaal uitgekozen heeft, maar een totem is altijd gelukkiger als hij een vast thuis heeft. Als je naar hem luistert, zal hij je helpen. Hij zal je vertellen wat je het best kunt doen.'

'Hoe weet ik dat dan, Creb?' vroeg Ayla. 'Ik heb nog nooit de geest van een Holenleeuw gezien. Hoe weet je dat je totem je iets vertelt?'

'Je kunt de geest van je totem niet zien, omdat hij binnen in je is, een deel van jezelf is. Toch zal hij het je laten weten. Je moet alleen leren hem te verstaan. Als je een besluit moet nemen, zal hij je helpen. Hij zal je een teken geven als je de juiste keuze doet.'

'Wat voor teken?'

'Dat is moeilijk te zeggen. Het is gewoonlijk iets bijzonders of ongebruikelijks. Het kan een steen zijn zoals je er nog nooit een gezien hebt, of een wortel met een speciale vorm, die voor jou betekenis heeft. Je moet leren luisteren met je hart en met je verstand, niet met je ogen en je oren, dan zul je het weten. Maar wanneer het zo-

ver is en je een teken vindt dat je totem voor je heeft achtergelaten, stop het dan in je amulet. Het zal je geluk brengen.'

Holenleeuw, bescherm je me nog steeds? Is dit een teken? Heb ik de juiste beslissing genomen? Vertel je me dat ik in deze vallei moet blijven?

Ayla hield het fonkelende stuk kristal in de kom van haar handen en sloot haar ogen. Ze probeerde te mediteren zoals Creb altijd deed. Ze probeerde een manier te vinden om te geloven dat haar totem haar niet had verlaten. Ze dacht aan de manier waarop ze was gedwongen weg te gaan en aan de lange, vermoeiende dagen van haar reis, op zoek naar haar eigen mensen, op weg naar het noorden, zoals Iza haar had gezegd. Naar het noorden, tot...

De holenleeuwen! Mijn totem heeft ze me gestuurd om me te vertellen dat ik naar het westen moest gaan, om me naar deze vallei te leiden. Hij wilde dat ik die vond. Hij heeft genoeg van het trekken en wil ook dat dit zijn thuis wordt. En de grot, daar hebben al eerder holenleeuwen gewoond. Het is een plek waar hij zich op zijn gemak voelt. Hij is nog steeds bij me! Hij heeft me niet verlaten!

Dit begrip bracht een verlichting van een spanning waarvan ze niet had geweten dat ze eronder leed. Ze glimlachte terwijl ze tranen wegknipperde en worstelde om de knopen los te maken in de veter die het buideltje dichthield. Ze schudde het zakje leeg en raapte de stenen die erin zaten een voor een op.

De eerste was een brok rode oker. Iedereen van de Stam droeg een stuk van deze heilige rode steen bij zich. Het was het eerste dat iedereen in zijn amulet kreeg, en werd gegeven op de dag dat Mog-ur je totem onthulde. Totems werden gewoonlijk bekendgemaakt als je nog een kleintje was, maar Ayla was vijf toen ze de hare leerde kennen. Creb maakte hem bekend niet lang nadat Iza haar had gevonden, toen ze haar in de Stam opnamen. Ayla wreef over de vier littekens op haar been terwijl ze naar het volgende voorwerp keek: het fossiele afgietsel van een weekdiertje.

Het leek de schelp van een zeewezen, maar het was steen, het eerste teken dat haar totem haar had gegeven om haar besluit goed te keuren om met haar slinger te gaan jagen. Alleen op roofdieren, niet op dieren die tot voedsel strekten, dat zou verspilling zijn, want ze kon ze niet mee terugbrengen naar de grot. Maar roofdieren waren sluwer en gevaarlijker, en door op hen te oefenen, was haar vaardigheid tot het uiterste verfijnd. Het volgende voorwerp dat Ayla pakte, was haar jachttalisman, een klein, met oker bevlekt ovaal van de slagtand van een mammoet. Ze had het van Brun persoonlijk gekregen tijdens de angstaanjagende, fascinerende ceremonie waarmee ze de Vrouw Die Jaagt was geworden. Ze raakte het littekentje in haar hals aan, waar Creb een klein sneetje had gegeven om bloed op te vangen als offer aan de Alleroudste Geesten. De volgende steen had een heel speciale betekenis voor haar en bracht bijna weer tranen tevoorschijn. Ze hield de drie glinsterende brokjes pyriet, die aan elkaar vastzaten, stevig in haar hand geklemd. Haar totem had het haar gegeven om haar te laten weten dat haar zoon in leven zou blijven. Het laatste was een stuk zwart mangaandioxide. Mog-ur had het haar gegeven toen ze medicijnvrouw werd, en daarmee een stukje van de geest van ieder lid van de Stam. Opeens kreeg ze een zorgelijke gedachte. Betekent dat dat wanneer Broud mij vervloekt hij iedereen vervloekt? Toen Iza stierf, nam Creb de geesten terug zodat ze ze niet mee kon nemen naar haar geestenwereld. Niemand heeft ze mij afgenomen. Ze kreeg plotseling een voorgevoel. Sinds de Stambijeenkomst, waar Creb haar op een onduidelijke manier had laten voelen dat ze anders was, had ze af en toe dat vreemde, verwarde gevoel gehad, alsof hij haar had veranderd. Het was een tintelend, prikkelend gevoel. Ze voelde zich slap en misselijk en het bezorgde haar kippenvel als ze er met grote angst aan dacht wat haar dood voor de hele Stam zou betekenen.

Ze probeerde het gevoel van zich af te zetten. Ze pakte het leren buideltje, stopte haar verzameling er weer in en voegde het stuk kwartskristal eraan toe. Ze bond het amulet weer dicht en bekeek de veter nauwgezet op tekenen van slijtage. Creb had haar verteld dat ze zou sterven als ze het ooit kwijtraakte. Ze voelde een heel klein verschil in gewicht toen ze het weer omdeed.

Terwijl ze daar alleen op het rotsstrandje zat, vroeg Ayla zich af wat er was gebeurd voor ze was gevonden. Ze kon zich niets van haar leven daarvoor herinneren, maar ze was zo anders. Te lang, te bleek, haar gezicht heel anders dan de gezichten van de rest van de Stam. Ze had haar spiegelbeeld gezien in de stilstaande vijver. Ze was lelijk. Broud had haar dat vaak genoeg gezegd, maar iedereen vond het. Ze was een grote, lelijke vrouw, geen man wilde haar hebben.

Ik wilde ook niemand van hen hebben, dacht ze. Iza zei dat ik mijn eigen man nodig had, maar zal een man van de Anderen me eerder willen hebben dan een man van de Stam? Niemand wil een grote, lelijke vrouw hebben. Misschien is het wel zo goed dat ik hier blijf. Hoe weet ik nou of ik een metgezel zou vinden, ook al vond ik de Anderen?

4

Jondalar zat diep in elkaar gedoken en sloeg de kudde gade door een scherm van goudgroen gras dat doorboog onder het gewicht van onrijpe aren. Er hing een sterke paardengeur. Dit kwam niet door de droge wind in zijn gezicht, die hun hete, sterke lucht aanvoerde, maar door de onwelriekende mest waarmee hij zijn lichaam had ingewreven en die hij onder zijn oksels had zitten om zijn eigen geur te maskeren als de wind draaide.

De hete zon glinsterde op zijn bezwete, gebronsde rug en een stroompje transpiratievocht druppelde langs de zijkanten van zijn gezicht omlaag. Het maakte het door de zon gebleekte haar dat op zijn voorhoofd plakte donker. Een lange lok was uit een leren bandje achter in zijn nek losgeraakt en de wind blies die hinderlijk in zijn gezicht. Vliegen gonsden om hem heen en streken af en toe op hem neer om te steken. Hij begon kramp te krijgen in zijn linkerdij van de gespannen, ineengehurkte houding waarin hij zat.

Het waren onbetekenende ergernissen, en hij merkte ze nauwelijks op. Zijn aandacht was gericht op een zenuwachtig snuivende, steigerende hengst die op een of andere geheimzinnige wijze aanvoelde dat er gevaar dreigde voor zijn harem. De merries graasden nog, maar in hun ogenschijnlijk willekeurige bewegingen hadden de moeren zich tussen de veulens en de mannen geplaatst.

Thonolan zat een paar meter verderop in dezelfde gespannen houding gehurkt, een speer ter hoogte van zijn rechterschouder in de aanslag en een tweede in zijn linkerhand. Hij keek even in de richting van zijn broer. Jondalar tilde zijn hoofd op en gaf met zijn ogen een seintje in de richting van een muiskleurige merrie. Thonolan knikte, verschoof zijn speer een heel klein stukje om een betere balans te krijgen, en maakte aanstalten om toe te springen.

Alsof ze elkaar een teken hadden gegeven, sprongen de twee mannen tegelijkertijd overeind en sprintten op de kudde af. De hengst steigerde, gaf een schreeuw en steigerde nog een keer. Thonolan slingerde zijn speer naar de merrie, terwijl Jondalar regelrecht op het mannetjespaard afrende, schreeuwend en joelend, in een poging zijn aandacht af te leiden. De list werkte. De hengst was niet gewend aan roofdieren die lawaai maakten; viervoetige jagers vielen in alle stilte aan. Hij hinnikte, deed een paar stappen in de richting van de man, sprong toen opzij en galoppeerde achter zijn vluchtende kudde aan.

De twee broers draafden erachteraan. De hengst zag de merrie achteropraken en beet haar in de flank om haar voort te drijven. De mannen schreeuwden en zwaaiden met hun armen, maar deze keer week de hengst geen duimbreed. Hij wierp zich tussen de mannen en de merrie in om hen op een afstand te houden, terwijl hij haar een duwtje gaf om haar aan te sporen. Ze deed nog een paar aarzelende stappen en bleef toen met hangend hoofd staan. Thonolans speer stak in haar zij en helrode straaltjes bevlekten haar grijzige vacht en druppelden van aaneengekleefde strengen ruig haar.

Jondalar kwam dichterbij, mikte en wierp zijn speer. Er ging een siddering door de merrie, ze struikelde en viel toen; de tweede spies trilde in haar dikke hals onder de stugge, borstelige manen. De hengst draafde naar haar toe, besnuffelde haar zacht, steigerde toen met een uitdagende schreeuw en rende zijn kudde achterna om de levenden te beschermen.

'Ik zal de draagstellen halen,' zei Thonolan toen ze op een sukkeldrafje naar het gevallen dier holden. 'Het is vast gemakkelijker water hierheen te brengen dan het paard terug te sjouwen naar de rivier.'

'We hoeven niet het hele beest te drogen. Laten we wat we nodig hebben meenemen naar de rivier, dan hoeven we geen water hierheen te slepen.'

Thonolan haalde zijn schouders op. 'Waarom niet? Ik haal wel een bijl om de botten door te hakken.' Hij ging naar de rivier toe.

Jondalar trok zijn mes met benen heft uit de schede en gaf een diepe snee in de hals. Hij trok de speren los en keek toe hoe zich een poel van bloed verzamelde om het hoofd van de merrie.

'Als je terugkeert tot de Grote Aardmoeder, dank Haar dan,' zei hij tegen het dode paard. Hij stak zijn hand in zijn buidel en streelde in een onbewust gebaar het beeldje van de Moeder. Zelandoni heeft gelijk, dacht hij. Als de Aardkinderen ooit vergeten wie voor hen zorgt, worden we vandaag of morgen misschien wakker met de ontdekking dat we geen thuis meer hebben. Toen greep hij zijn mes en maakte aanstalten om zijn aandeel van Doni's gaven te nemen.

'Ik zag een hyena op de terugweg,' zei Thonolan. 'Het ziet ernaar uit dat er meer gevoed worden dan wij alleen.'

'De Moeder ziet niet graag dat er iets verloren gaat,' zei Jondalar, die tot zijn ellebogen onder het bloed zat. 'Het komt op de een of andere manier allemaal bij Haar terug. Help me even.'

'Het is een risico, weet je,' zei Jondalar terwijl hij nog een tak op het vuurtje gooide. Wat vonken dwarrelden op de rook omhoog en verdwenen in de avondlucht. 'Wat doen we als het winter wordt?'

'Het is nog lang geen winter. Voor die tijd komen we beslist mensen tegen.'

'Als we nu teruggaan, weten we zeker dat we mensen tegenkomen. We zouden op z'n minst de Losaduniërs kunnen halen voor de winter op z'n ergst is.' Hij draaide zich om en keek zijn broer aan. 'We weten niet eens hoe de winters zijn aan deze kant van de bergen. Het is meer open, er is minder beschutting, er zijn minder bomen voor vuur. Misschien hadden we de Sarmuniërs moeten proberen te vinden. Die hadden ons een idee kunnen geven van wat ons te wachten staat, wat voor mensen er deze kant op wonen.'

'Jij kunt teruggaan als je dat wilt, Jondalar. Ik zou deze Tocht sowieso al alleen maken... niet dat ik niet blij ben geweest met je gezelschap.'

'Ik weet het niet... misschien zou ik dat inderdaad moeten doen,' zei hij. Hij wendde zijn gezicht af en staarde weer in het vuur. 'Ik besefte niet hoe lang deze rivier is. Moet je zien.' Hij wuifde naar het glinsterende water dat het maanlicht weerspiegelde.

'Zij is de Grote Moeder van de rivieren en al net zo onberekenbaar. Toen we op weg gingen, stroomde ze naar het oosten. Nu gaat ze zuidwaarts en splitst zich zo vaak dat ik me soms afvraag of we de goede rivier nog wel volgen. Ik kon het niet geloven dat je haar helemaal tot het eind wil volgen, hoe ver dat ook is. Bovendien, hoe weet je of de mensen die we misschien ontmoeten vriendelijk zullen zijn?'

'Zo loopt een Tocht nu eenmaal. Grijp je kans, grote broer. Als je terug wilt, kun je gaan. Ik meen het.'

Jondalar staarde weer in het vuur en sloeg ritmisch met een stuk hout in de palm van zijn hand. Plotseling sprong hij op en wierp het op het vuur, waardoor er weer een hele verzameling vonken opdwarrelde. Hij liep naar de van in elkaar gedraaide vezels gemaakte koorden toe die laag bij de grond tussen paaltjes waren gespannen. Er hingen dunne repen vlees aan te drogen, en die bekeek hij. 'Wat heb ik om naar terug te gaan? Wat heb ik trouwens om naar uit te zien?'

'De volgende bocht in de rivier, de volgende zonsopgang, de volgende vrouw bij wie je slaapt,' zei Thonolan.

'Is dat alles? Verlang jij niet iets meer van het leven?'

'Wat is er verder? Je wordt geboren, je leeft zo goed als je kunt, zolang je hier bent, en op een goede dag ga je terug naar de Moeder. Daarna, wie weet?'

'Er zou meer moeten zijn, een of andere reden om te leven.'
'Als je er ooit achter komt, laat het me dan weten,' zei Thonolan gapend. 'Op dit ogenblik kijk ik uit naar de volgende zonsopgang, maar een van ons zou op moeten blijven, of we zouden meer vuren moeten aanleggen om aaseters op een afstand te houden. Als we tenminste willen dat het vlees er morgenochtend nog hangt.'
'Ga maar naar bed, Thonolan. Ik blijf wel op. Ik zou toch maar wakker liggen.'
'Jondalar, je piekert te veel. Wek me maar als je moe wordt.'

De zon was al op toen Thonolan de tent uit kroop, in zijn ogen wreef en zich uitrekte. 'Ben je de hele nacht op geweest? Ik heb je gezegd dat je me moest wekken.'
'Ik heb zitten denken. Ik had geen zin om naar bed te gaan. Er is hete saliethee als je daar trek in hebt.'
'Graag,' zei Thonolan en hij schepte de dampende vloeistof in een houten nap. Hij hurkte voor het vuur en legde allebei zijn handen om de nap. De vroege ochtendlucht was nog koel, het gras was nog nat van de dauw en hij had alleen een lendendoek om. Hij keek naar de vogeltjes die door het armetierige kreupelhout en de bomen bij de rivier schoten en rondfladderden. Ze kwetterden luidruchtig. Een zwerm kraanvogels, die op een eilandje met wilgen midden in de rivier nestelde, deed zich tegoed aan vis als ontbijt. 'En, is het je nog gelukt?' vroeg hij ten slotte.
'Is wat me nog gelukt?'
'Achter de betekenis van het leven te komen. Maakte je je daar niet druk over toen ik naar bed ging? Waarom je daar de hele nacht voor moet opblijven, zal ik echter nooit snappen. Als er nou een vrouw in de buurt was... Je hebt toch niet toevallig een van de gezegenden van Doni tussen de wilgen verborgen...?'
'Dacht je dat ik dat jou zou vertellen als dat zo was?' zei Jondalar grijnzend. Toen werd zijn glimlach milder. 'Je hoeft geen flauwe grapjes te maken om me te paaien, broertje. Ik ga met je mee, helemaal tot het eind van de rivier als je dat wilt. Alleen, wat ga je daarna doen?'
'Dat hangt ervan af wat we daar vinden. Ik vond het maar het beste om naar bed te gaan. Je bent niet zulk prettig gezelschap wanneer je in zo'n stemming bent. Ik ben blij dat je hebt besloten mee te gaan. Ik ben zo'n beetje aan je gewend geraakt, compleet met sombere buien.'
'Wie zou er anders moeten voorkomen dat je in moeilijkheden kwam?'

'Ik? Op dit ogenblik zou ik wel wat moeilijkheden kunnen gebruiken. Dat zou beter zijn dan hier maar rond te hangen tot dat vlees gedroogd is.'

'Als dit weer aanhoudt, duurt dat maar een paar dagen. Maar ik weet nu niet zo zeker of ik je wel moet vertellen wat ik heb gezien.' Jondalars ogen fonkelden.

'Vooruit, broer. Je weet dat je het toch zult vertellen...'

'Thonolan, er zit een steur in die rivier, zo groot... Maar het is zinloos te proberen hem te vangen. Je zou niet willen blijven rondhangen tot die vis ook gedroogd was.'

'Hoe groot?' zei Thonolan. Hij kwam al overeind, zijn gezicht gretig naar de rivier toe gekeerd.

'Zo groot dat ik er niet zeker van ben dat we hem met ons tweeën wel aan land kunnen krijgen.'

'Geen enkele steur is zo groot.'

'Die ik heb gezien wel.'

'Laat zien.'

'Wie denk je dat ik ben? De Grote Moeder? Denk je soms dat ik een vis kan dwingen voor jou te komen pronken?' Thonolan keek teleurgesteld. 'Maar ik kan je wel laten zien waar ik hem heb gezien,' zei Jondalar.

De twee mannen liepen naar de rand van de rivier en bleven bij een omgevallen boom staan, die zich voor een deel in het water uitstrekte. Als om hen in verleiding te brengen, zwom een groot, schimmig silhouet tegen de stroom in en hield, vlak op de bodem van de rivier, onder de boom stil. Hij golfde een beetje tegen de stroom.

'Dat moet de grootmoeder van alle vissen zijn!' fluisterde Thonolan.

'Maar kunnen we hem op het droge krijgen?'

'We kunnen het proberen!'

'Hij zou genoeg voedsel opleveren voor een Grot, en nog wel meer ook. Wat zouden we ermee moeten doen?'

'Was jij niet degene die zei dat de Moeder nooit iets verloren laat gaan? De hyena's en veelvraten kunnen een deel krijgen. Laten we de speren halen,' zei Thonolan, die zich graag met het dier wilde meten.

'Met gewone speren lukt het niet. We hebben vissperen nodig.'

'Tegen de tijd dat wij vissperen hebben gemaakt, is hij verdwenen.'

'Als we het niet doen, krijgen we hem nooit het water uit. Dan glijdt hij gewoon van de speer af. We hebben iets nodig met een haak. Het zou niet zoveel tijd kosten om er een te maken. Zie je die boom daar? Als we eens takken afsneden vlak onder een stevige vork – we hoeven ons er niet druk over te maken om ze te versterken, we gebruiken ze maar één keer.' Jondalar zette zijn beschrijving kracht bij met gebaren in de lucht. 'En de tak dan kort afsnijden, dan hebben we een haak...'

'Maar wat hebben we daaraan als hij verdwenen is voor we ze klaar hebben?' viel Thonolan hem in de rede.

'Ik heb hem daar twee keer gezien, het is kennelijk een geliefd rustplekje. Waarschijnlijk komt hij wel terug.'

'Maar wie weet hoe lang dat nog kan duren.'

'Heb jij zo gauw iets beters te doen?'

Thonolan glimlachte zuur. 'Best, jij je zin. Laten we vissperen gaan maken.'

Ze draaiden zich om en wilden teruggaan, maar bleven toen verbaasd staan. Ze waren omsingeld door verschillende mannen, die hen bepaald onvriendelijk aankeken.

'Waar komen die vandaan?' fluisterde Thonolan schor.

'Ze moeten ons vuur gezien hebben. Wie weet hoe lang ze daar al zitten. Ik ben de hele nacht op geweest, op wacht voor aaseters. Misschien hebben ze wel gewacht tot we iets stoms deden, onze speren achterlaten bijvoorbeeld.'

'Ze lijken niet al te gezellig, niemand van hen heeft een welkomstgebaar gemaakt. Wat doen we nu?'

'Zet je vriendelijkste gezicht, broertje, en maak jij het gebaar maar.'

Thonolan probeerde zichzelf moed in te praten en glimlachte naar hij hoopte vol vertrouwen. Hij stak zijn beide handen uit en deed een stap in hun richting. 'Ik ben Thonolan van de Zelan...'

Hij werd tot staan gebracht door een speer die trillend voor zijn voeten in de grond bleef staan.

'Heb je nog meer goede voorstellen, Jondalar?'

'Ik vind dat het hun beurt is.'

Een van de mannen zei iets in een vreemde taal en twee anderen sprongen op hen af. Ze werden vooruitgeduwd met de punten van de speren.

'Je hoeft niet zo vervelend te doen, vriend,' zei Thonolan, die een prik voelde. 'Ik ging die kant al uit toen je me keerde.'

Ze werden naar hun kampvuur teruggebracht en gedwongen ervoor te gaan zitten. Degene die al eerder iets had gezegd, blafte weer een commando. Er kropen een paar mannen de tent in en ze sleepten alles eruit. De speren werden van de draagstellen gehaald en de inhoud werd over de grond uitgespreid.

'Wat doen jullie daar?' riep Thonolan, die wilde gaan staan. Hij werd er hardhandig aan herinnerd dat hij moest blijven zitten en voelde een druppel bloed langs zijn arm lopen.

'Rustig, Thonolan,' waarschuwde Jondalar. 'Ze zien er kwaadaardig uit. Ik geloof niet dat ze in de stemming zijn om tegenstand te dulden.'

'Is dat een manier om bezoekers zo te behandelen? Hebben ze geen begrip van het recht om door te trekken voor degenen die op reis zijn?'

'Jij was degene die het zei, Thonolan.'

'Wat heb ik gezegd?'

'Grijp je kans, dat hoort allemaal bij een Tocht.'

'Bedankt,' zei Thonolan, die aan de prikkende snee in zijn arm voelde en zijn vingers bekeek waar bloed aan zat. 'Daar zat ik net op te wachten.'

Degene die de leider scheen te zijn, stootte weer een paar woorden uit en de twee broers werden overeind getrokken. Thonolan, die alleen maar een lendendoek droeg, werd slechts vluchtig bekeken, maar ze zochten bij Jondalar alles na en namen hem zijn stenen mes af. Een van de mannen stak zijn hand uit naar het zakje dat aan zijn riem hing en Jondalar greep het vast. Het volgende moment voelde hij een felle pijn in zijn achterhoofd en zakte in elkaar.

Hij was maar even verdoofd, maar toen hij weer tot zijn positieven kwam lag hij languit op de grond en zag Thonolans bezorgde blik. Zijn handen waren met riemen op zijn rug gebonden.

'Jij hebt het gezegd, Jondalar.'

'Wat?'

'Dat ze geen tegenspraak dulden.'

'Bedankt,' merkte Jondalar op, die een pijnlijk gezicht trok nu hij opeens die hevige hoofdpijn voelde. 'Daar zat ik net op te wachten.'

'Wat zouden ze met ons van plan zijn?'

'We leven nog. Als ze ons wilden doden, hadden ze het al gedaan, of niet?'

'Misschien hebben ze iets bijzonders met ons voor.'

De twee mannen lagen op de grond te luisteren naar de stemmen en zagen de vreemdelingen in hun kamp heen en weer lopen. Ze roken eten dat op het vuur stond, en hun maag rammelde. Naarmate de zon hoger aan de hemel kwam te staan, werd door de gloeiende hitte de dorst een ernstiger probleem. Met het verstrijken van de dag dommelde Jondalar in. Zijn tekort aan slaap in de afgelopen nacht begon hem parten te spelen. Hij werd met een schok wakker door geschreeuw en rumoer. Er was iemand gearriveerd.

Ze werden overeind gesleurd en zagen met open mond van verbijstering een forse man op hen af komen met een witharige, verschrompelde oude vrouw op zijn rug. Hij liet zich op handen en voeten zakken en de vrouw werd met kennelijke eerbied van haar menselijke ros geholpen.

'Wie ze ook mag zijn, ze moet wel behoorlijk belangrijk zijn,' zei Jondalar. Een adembenemende stoot in zijn ribben legde hem het zwijgen op.

Ze liep naar hen toe, leunend op een knoestige staf met een uitgesneden knop. Jondalar staarde haar aan. Hij geloofde vast dat hij nog nooit van zijn leven iemand had gezien die zo oud was. Ze was niet groter dan een kind, in elkaar geschrompeld van ouderdom en haar roze hoofdhuid schemerde door haar dunne witte haar. Haar gezicht was zo gerimpeld dat het haast niet menselijk leek, maar haar ogen vielen vreemd uit de toon. Hij zou doffe, waterige, seniele ogen hebben verwacht bij iemand die zo oud was. Maar de hare stonden helder en intelligent en straalden gezag uit. Jondalar was onder de indruk van de kleine vrouw en ook een beetje bang wat Thonolan en hemzelf betrof. Ze zou niet zijn gekomen als het niet heel belangrijk was.

Ze sprak met een stem die kraakte van ouderdom, maar nog verbazingwekkend krachtig klonk. De leider wees naar Jondalar en ze richtte een vraag tot hem.

'Het spijt me, ik versta het niet,' zei hij.

Ze zei weer iets, klopte met een hand die al even knoestig was als haar staf, op haar borst en zei een woord dat klonk als: 'Haduma.' Vervolgens wees ze met een knobbelige vinger op hem.

'Ik ben Jondalar van de Zelandoniërs,' zei hij, hopend dat hij begreep wat ze bedoelde.

Ze hield haar hoofd scheef alsof ze iets had gehoord. 'Zee-lan-do-nie-jer?' herhaalde ze langzaam.

Jondalar knikte en likte zenuwachtig langs droge, dorstige lippen.

Ze staarde hem peinzend aan en zei toen iets tegen de leider. Zijn antwoord klonk kortaf en ze snauwde een bevel, draaide hem toen de rug toe en liep naar het vuur. Een van de mannen die hen had bewaakt, trok een mes. Jondalar wierp een blik op zijn broer en zag een gezicht waarop diens emoties te lezen stonden. Hij zette zich schrap, deed een schietgebedje en sloot zijn ogen.

Hij opende ze met een golf van opluchting toen hij voelde hoe de riemen om zijn polsen werden losgesneden. Een man kwam naderbij met een blaas die gevuld was met water. Hij nam een diepe teug en gaf hem door aan Thonolan, wiens handen ook waren losgemaakt. Hij deed zijn mond open om een woord van waardering uit te spreken en bedacht zich toen. Hij herinnerde zich de blauwe plek op zijn ribben nog.

Ze werden naar het vuur geëscorteerd door bewakers, die met dreigende speren vlak in de buurt rond bleven hangen. De forse man die de oude vrouw had gedragen, bracht een blok hout, legde er een bontmantel over en ging er toen naast staan met zijn hand op zijn mes. Ze nam op het blok plaats en Jondalar en Thonolan moesten voor haar komen zitten. Ze pasten op dat ze geen bewegingen maakten die zouden kunnen worden uitgelegd als een gevaar voor de oude vrouw. Ze twijfelden niet wat hun lot zou zijn als een van de mannen zelfs maar dacht dat ze misschien zouden proberen haar kwaad te doen.

Ze staarde Jondalar weer aan, zonder een woord te zeggen. Hij keek haar recht in de ogen, maar begon in de war te raken en zich slecht op zijn gemak te voelen toen het zwijgen aanhield. Plotseling stak ze een hand in het gewaad dat ze droeg en hield hem met een woedende blik en een vloed van scherpe woorden, die geen twijfel liet bestaan over hun strekking, zij het misschien wel over hun betekenis, een voorwerp voor. Hij sperde zijn ogen wijd open van verbazing. Ze hield het uitgesneden beeldje van de Moeder, zijn donii, in haar hand.

Vanuit zijn ooghoek zag hij de bewaker naast hem ineenkrimpen. Er was iets met de donii dat hem niet aanstond.

De vrouw beëindigde haar tirade, hief haar arm dramatisch op en smeet het beeldje op de grond. Jondalar sprong onwillekeurig op om het te grijpen. Zijn woede om de ontwijding van zijn heilige voorwerp stond op zijn gezicht te lezen. Zonder acht te slaan op het prikken van de speer, raapte hij het op en koesterde het beschermend in zijn handen.

Een scherp woord van haar zorgde ervoor dat de speer werd teruggetrokken. Tot zijn verbazing zag hij een glimlach op haar gezicht, en een fonkeling van geamuseerdheid in haar ogen, maar hij wist niet helemaal zeker of ze glimlachte uit vrolijkheid of uit boosaardigheid.

Ze stond op van het blok en kwam dichterbij. Staand was ze niet veel langer dan hij zittend was, en oog in oog met hem staarde ze hem strak aan. Toen stapte ze achteruit, draaide zijn hoofd naar links en naar rechts, bevoelde de spieren in zijn arm en inspecteerde hoe breed zijn schouders waren. Ze gebaarde dat hij moest gaan staan. Toen hij het niet helemaal begreep, bracht de bewaker het hem met een por aan het verstand. Ze legde haar hoofd in haar nek om naar zijn volle één meter vijfennegentig omhoog te kijken, liep toen om hem heen en porde in zijn harde beenspieren. Jondalar had het gevoel of hij werd bekeken als eersteklas koopwaar en bloosde toen hij zichzelf erop betrapte dat hij zichzelf afvroeg of hij aan de verwachtingen voldeed.

Daarna inspecteerde ze Thonolan, gebaarde dat hij moest gaan staan en richtte haar aandacht toen weer op Jondalar. Zijn roze blos werd dieprood toen de betekenis van haar volgende gebaar tot hem doordrong. Ze wilde zijn geslachtsdeel zien.

Hij schudde zijn hoofd en wierp de grijnzende Thonolan een vuile blik toe. Op een woord van de vrouw greep een van de mannen hem van achter vast terwijl een ander met kennelijke verlegenheid prutste om zijn broek los te maken.

'Ik geloof niet dat ze in de stemming is voor tegenwerpingen,' zei Thonolan met een vette grijns.

Jondalar schudde de man die hem vasthield boos van zich af en ontblootte zich voor de oude vrouw, terwijl hij boos naar zijn broer keek die zijn buik vasthield en het uitproestte na een vergeefse poging om zich te beheersen. De oude vrouw keek naar hem, hield haar hoofd schuin en raakte hem toen met een knokige vinger aan. Jondalars dieprood veranderde in paars toen hij om de een of andere onverklaarbare reden zijn geslachtsdeel voelde opzwellen. De vrouw giechelde en er klonk gegrinnik van de mannen die erbij in de buurt stonden, maar ook een vreemde, onderdrukte ondertoon van ontzag. Thonolan barstte in een bulderend gelach uit. Hij stampvoette en sloeg dubbel terwijl hij tranen in zijn ogen kreeg van het lachen. Jondalar bedekte haastig zijn aanstootgevende lid. Hij voelde zich voor aap staan en was boos.

'Grote broer, je moet wel erg omhoogzitten, dat je van die oude heks een stijve krijgt,' spotte Thonolan. Hij hapte naar adem en veegde een traan weg. Toen barstte hij weer in een bulderend gelach uit.

'Ik mag lijden dat het nu jouw beurt is,' zei Jondalar. Hij wenste dat hij een of andere gevatte opmerking kon bedenken om hem de mond te snoeren.

De oude vrouw gaf de leider van de mannen die hen hadden vastgehouden een teken en zei iets tegen hem. Een verhitte woordenwisseling volgde. Jondalar hoorde de vrouw 'Zeelandoniejer' zeggen en zag de jongeman wijzen naar het vlees dat aan de touwen te drogen hing. Het eindigde met een op gebiedende toon uitgesproken bevel van de vrouw. De man wierp een duistere blik op Jondalar en wenkte toen een jongen met krulhaar. Na een paar woorden ging de jongeman er in vliegende vaart vandoor.

De twee broers werden teruggeleid naar hun tent en hun draagstellen kwamen terug, maar niet hun speren of messen. Eén man bleef steeds op korte afstand rondhangen en hield hen kennelijk in het oog. Er werd hun voedsel gebracht en toen de nacht viel kropen ze in hun tent. Thonolan was zeer opgewekt, maar Jondalar was absoluut niet in de stemming voor een gesprek met een broer die telkens als hij hem aankeek, in de lach schoot.

Er hing iets van verwachting in het kamp, toen ze wakker werden. Ongeveer halverwege de ochtend arriveerde onder luidkeelse begroetingen een groot gezelschap. Er werden tenten opgezet, mannen, vrouwen en kinderen installeerden zich en het sobere kamp van de twee mannen begon een beetje het aanzien te krijgen van een Zomerbijeenkomst. Jondalar en Thonolan keken met belangstelling toe hoe een groot cirkelvormig bouwwerk in elkaar werd gezet met rechte wanden die bedekt waren met huiden en een koepelvormig strodak. De verschillende onderdelen waren van tevoren al in elkaar gezet en het bouwsel kwam verrassend snel van de grond. Vervolgens werden er bundels en afgedekte manden naar binnen gedragen.

Er kwam een pauze in de bedrijvigheid terwijl het eten werd bereid. 's Middags begon zich een menigte te verzamelen rond het grote, ronde bouwwerk. Het blok hout van de oude vrouw werd gebracht. Het werd vlak voor de ingang neergezet en de bontmantel werd eroverheen gedrapeerd. Zodra ze verscheen, werd de menigte stil en stelde zich in een cirkel om haar op. De plaats in het midden bleef open. Jondalar en Thonolan zagen haar iets tegen een man zeggen en op hen wijzen.

'Misschien wil ze wel dat je weer laat zien hoe je naar haar verlangt,' spotte Thonolan terwijl de man wenkte.

'Dan zullen ze me eerst moeten doden!'

'Je bedoelt dat je er niet naar snakt om met die schoonheid naar bed te gaan?' vroeg Thonolan, quasi-onschuldig. 'Gisteren leek het anders wel zo.' Hij begon weer te grinniken. Jondalar draaide zich om en stapte naar de groep.

Even later werden ze naar het midden van de kring geleid en de oude vrouw gebaarde dat ze weer voor haar moesten gaan zitten.

'Zee-lan-do-nie-jer?' zei ze tegen Jondalar.

'Ja,' knikte hij, 'ik ben Jondalar van de Zelandoniërs.'

Ze tikte op de arm van een oude man naast haar.

'Ik... Tamen,' zei hij. Daarop volgden een paar woorden die Jondalar niet verstond. '... Hadumiërs. Lang geleden...Tamen', weer een onbekend woord, 'westen... Zelandoniërs.'

Jondalar luisterde gespannen en besefte toen plotseling dat hij sommige woorden van de man had begrepen. 'Uw naam is Tamen, iets over de Hadumiërs. Lang geleden... lang geleden hebt u... naar het westen... een Tocht gemaakt? Naar de Zelandoniërs? Spreekt u Zelandonisch?' vroeg hij opgewonden.

'Tocht, ja,' zei de man. 'Spreken niet... lang geleden.'

De oude vrouw greep de man bij de arm en zei iets tegen hem. Hij richtte zich weer tot de twee broers.

'Haduma,' zei hij terwijl hij naar haar wees, '... moeder...'

Tamen aarzelde en maakte toen een breed gebaar met zijn arm, dat iedereen omvatte.

'U bedoelt net als Zelandoni, Iemand Die de Moeder Dient?'

Hij schudde het hoofd. 'Haduma... Moeder...' Hij dacht een ogenblik na, wenkte toen een paar mensen en zette ze in een rij naast hem. 'Haduma... moeder... moeder... moeder... moeder,' zei hij en hij wees eerst naar haar, vervolgens naar zichzelf en vervolgens om de beurt naar de andere personen.

Jondalar nam de mensen op en probeerde de demonstratie te begrijpen. Tamen was oud, maar niet zo oud als Haduma. De man naast hem was even voorbij de middelbare leeftijd. Naast hem stond een jonge vrouw die een kind bij de hand hield. Plotseling zag Jondalar het verband.

'Wilt u zeggen dat Haduma vijfmaal moeders moeder is?' Hij stak zijn hand op met vijf vingers omhoog. 'De moeder van vijf generaties?' zei hij vol ontzag.

De man knikte heftig. 'Ja, moeders moeder... vijf... generaties,' zei hij en hij wees alle personen weer aan.

'Grote Moeder! Weet je hoe oud ze wel moet zijn?' zei Jondalar tegen zijn broer.

'Grote Moeder, ja,' zei Tamen. 'Haduma... moeder.' Hij klopte op zijn buik.

'Kinderen?'

'Kinderen,' knikte hij. 'Haduma moeder kinderen...' Hij begon streepjes in de aarde te trekken.

'Een, twee, drie...' Jondalar noemde bij elk het telwoord. '... zestien! Haduma heeft het leven geschonken aan zestien kinderen?'

Tamen knikte en wees weer op de streepjes in de aarde.

'...Veel zoon... veel... meisje?' Hij schudde weifelend het hoofd.

'Dochters?' opperde Jondalar.

Tamen klaarde op. 'Veel dochters...' Hij dacht een ogenblik na. 'Leven... allemaal leven. Allemaal... veel kinderen.' Hij stak één hand en één vinger op. 'Zes Grotten... Hadumiërs.'

'Geen wonder dat ze klaarstonden om ons te doden als we haar zelfs maar kwaad aankeken,' zei Thonolan. 'Ze is de moeder van hen allemaal, een Eerste Moeder in levenden lijve!'

Jondalar was al net zo onder de indruk, maar begreep er nog minder van. 'Het is mij een eer Haduma te leren kennen, maar ik begrijp het niet. Waarom worden we vastgehouden? En waarom is ze hierheen gekomen?'

De oude man wees op hun vlees dat aan touwen te drogen hing en toen op de jongeman die hen aanvankelijk had vastgehouden. 'Jeren... jagen. Jeren maken...' Tamen tekende een cirkel op de grond met twee uiteenwijkende strepen in een brede V-vorm vanaf de kleine ruimte die was opengelaten. 'Zelandoni-man laten... laten rennen...' Hij dacht lang na en glimlachte toen: 'Laat rennen paard.'

'Dat is het dus!' zei Thonolan. 'Ze hebben vast een omheining gebouwd en wachtten tot die kudde dichterbij kwam. Wij hebben de paarden verjaagd.'

'Ik kan me indenken waarom hij zo boos was,' zei Jondalar tegen Tamen. 'Maar wij wisten niet dat wij ons op uw jachtgronden bevonden. Wij blijven natuurlijk hier om te jagen, om schadeloosstelling te geven. Maar dat is evengoed nog geen manier om Bezoekers te behandelen. Begrijpt hij de passagegebruiken voor hen die op een Tocht zijn, dan niet?' zei hij, om zijn eigen boosheid te luchten.

De oude man snapte niet ieder woord, maar genoeg om de bedoeling te vatten. 'Niet veel Bezoekers. Niet... westen... lang geleden. Gebruiken... vergeten.'

'Nou, u mag hem er wel eens aan herinneren. U hebt een Tocht gemaakt, en misschien wil hij er op een dag zelf nog wel eens een maken.' Jondalar was nog steeds nijdig over hun behandeling, maar wilde er niet te zwaar aan blijven tillen. Hij wist nog steeds niet zeker wat er aan de hand was en hij wilde ze niet met zoveel woorden beledigen. 'Waarom is Haduma gekomen? Hoe kunt u haar toestaan op haar leeftijd nog zo'n lange reis te maken?'

Tamen glimlachte. 'Niet... toestaan Haduma. Haduma zeggen. Jeren... vinden dumai. On... ongeluk?' Jondalar knikte om aan te geven dat het woord juist was, maar begreep niet wat Tamen probeerde te zeggen. 'Jeren geven... aan man... renner. Zeggen Haduma maken ongeluk weggaan. Haduma komen.'

'Dumai? Dumai? U bedoelt mijn donii?' zei Jondalar en hij haalde

78

het gesneden beeldje uit zijn buidel. De mensen om hem heen hapten naar adem en weken achteruit toen ze zagen wat hij in zijn hand had. Een boos gemompel steeg op uit de menigte, maar Haduma voer tegen hen uit en ze bedaarden weer.

'Maar deze donii brengt juist geluk!' protesteerde Jondalar.

'Geluk... voor vrouw, ja. Voor man...' Tamen zocht in zijn geheugen naar een woord, '... heiligschennis,' zei hij.

Jondalar liet zich op zijn hielen zakken, verbijsterd. 'Maar als het een vrouw geluk brengt, waarom gooide ze haar dan op de grond?' Hij maakte een woest gebaar alsof hij de donii op de grond smeet en lokte zo uitroepen van bezorgdheid uit. Haduma zei iets tegen de oude man.

'Haduma... leven lang... veel geluk. Veel... toverkracht. Haduma mij zeggen Zelandoni-gebruiken. Zeggen... Zelandoni-man niet Hadumiër... Haduma zeggen... Zelandoni-man slecht?'

Jondalar schudde het hoofd.

Thonolan nam het woord. 'Ik geloof dat hij zegt dat ze je op de proef stelde, Jondalar. Ze wist dat de gebruiken niet hetzelfde waren, en ze wilde zien hoe je zou reageren als ze oneer...'

'Oneer, ja,' viel Tamen hem in de rede bij het horen van het woord. 'Haduma... weten niet alle man goede man. Willen weten Zelandoni-man oneer Moeder.'

'Hoort u eens, dat is een heel bijzondere donii,' zei Jondalar een beetje verontwaardigd. 'Ze is heel oud. Mijn moeder heeft haar mij gegeven, ze is generaties lang van moeder op kind doorgegeven.'

'Ja, ja,' knikte Tamen hevig. 'Haduma weten. Wijs... veel wijs. Leven veel lang. Grote toverkracht maken ongeluk weggaan. Haduma weten Zelandoni-man goede man. Wil hebben Zelandoni-man. Willen... eren Moeder.'

Jondalar zag de grijns op Thonolans gezicht oplichten en werd bekropen door een gevoel van onbehagen.

'Haduma willen,' Tamen wees op Jondalars ogen, 'blauwe ogen. Moeder eren. Zelandoni... geest maken kind, blauwe ogen.'

'Het is je weer eens gelukt, grote broer!' flapte Thonolan eruit. Hij grijnsde van boosaardige pret. 'Met die grote blauwe ogen van je. Ze is verliefd!' Hij schokte en probeerde zijn lachen in te houden, uit angst dat het beledigend zou zijn, maar het lukte hem niet. 'O, Moeder! Ik heb bijna geen geduld om naar huis te gaan en alles te vertellen. Jondalar, de man op wie elke vrouw gek is! Wil je nog wel terug naar huis? Voor zo een zou ik het eind van de rivier laten schieten.' Hij kon niets meer uitbrengen. Hij lag dubbel, stampte op de grond en probeerde niet te luid te lachen.

Jondalar slikte een paar keer. 'Ah... ik... gghm... denkt Haduma dat de Grote Moeder... gghm... haar nog steeds... met een kind zou kunnen zegenen?'

Tamen keek Jondalar verbijsterd aan en zag Thonolan kronkelen. Toen spleet een brede grijns zijn gezicht in tweeën. Hij zei iets tegen de oude vrouw en het hele kamp barstte in een daverend gelach uit. Het gegiechel van de oude vrouw klonk boven alles uit. Met een zucht van verlichting stootte Thonolan een enorme schreeuw uit van plezier, terwijl de tranen hem over de wangen rolden.

Jondalar zag niet in wat er zo grappig was.

De oude man schudde het hoofd en probeerde te spreken. 'Nee, nee, Zelandoni-man.' Hij wenkte iemand. 'Noria, Noria...'

Een jonge vrouw stapte naar voren en glimlachte verlegen naar Jondalar. Ze was haast nog een meisje, maar had dat frisse sprankelende van iemand die nog maar net vrouw is geworden. Eindelijk bedaarde het gelach.

'Haduma grote toverkracht,' zei Tamen. 'Haduma zegenen. Noria... vijf generaties.' Hij stak vijf vingers op. 'Noria maken kind, maken... zes generaties.' Hij stak nog een vinger op. Haduma willen Zelandoni-man... eren Moeder...' Tamen glimlachte toen hij zich de woorden herinnerde: 'Eerste Riten.' De zorgenrimpels verdwenen van Jondalars voorhoofd en het begin van een glimlach deed zijn mondhoeken omhoogkrullen. 'Haduma zegenen. Maken geest gaan naar Noria. Noria maken... kind, Zelandoni-ogen.'

Jondalar barstte in lachen uit, al evenzeer van opluchting als van genoegen. Hij keek zijn broer aan. Thonolan lachte niet meer.

'Wil je nog steeds naar huis om iedereen te vertellen over de oude heks met wie ik naar bed ben geweest?' vroeg hij.

Jondalar wendde zich tot Tamen. 'Zegt u Haduma alstublieft dat het mij een genoegen zal zijn de Moeder te eren en Noria's Eerste Riten te delen.'

Hij glimlachte vriendelijk tegen de jonge vrouw. Ze glimlachte terug, eerst aarzelend, maar onder invloed van het onbewuste charisma van zijn levendige blauwe ogen werd haar glimlach breder.

Tamen praatte met Haduma. Ze knikte, beduidde Jondalar en Thonolan te gaan staan en bekeek de lange blonde man nog eens nauwkeurig. Hij bleef vriendelijk glimlachen en toen Haduma hem in de ogen keek, grinnikte ze zachtjes en ging de grote ronde tent in. De menigte verspreidde zich lachend en pratend over het misverstand.

De twee broers bleven om met Tamen te praten; zijn beperkte vermogen om te communiceren was altijd nog beter dan niets.

'Wanneer hebt u de Zelandoniërs bezocht?' vroeg Thonolan. 'Herinnert u zich nog welke Grot het was?'

'Lang geleden,' zei hij. 'Tamen jonge man, hield van Zelandoniërs.'

'Tamen, dit is mijn broer Thonolan en ik heet Jondalar, Jondalar van de Zelandoniërs.'

'Jullie... welkom, Thonolan, Jondalar.' De oude man glimlachte. 'Ik Tamen, drie generaties Hadumai. Lange tijd geen Zelandonisch gesproken. Vergeten. Niet goed praten, jullie praten, Tamen...?'

'Weet u het nog?' vroeg Jondalar. De man knikte. 'Derde generatie? Ik dacht dat u Haduma's zoon was,' voegde Jondalar eraan toe.

'Nee.' Hij schudde het hoofd. 'Wil dat de Zelandoni-man Haduma, moeder kent.'

'Mijn naam is Jondalar, Tamen.'

'Jondalar,' verbeterde hij. 'Tamen niet zoon Haduma. Haduma maakt dochter.' Hij hield één vinger omhoog met een vragende blik.

'Eén dochter?' vroeg Jondalar. Tamen schudde zijn hoofd.

'Eerste dochter?'

'Ja, Haduma maakt eerste dochter. Dochter maakt eerste zoon.' Hij wees op zichzelf. 'Tamen. Tamen... metgezel?' Jondalar knikte. 'Tamen metgezel van moeder, Noria moeder.'

'Ik geloof dat ik het begrijp. U bent de eerste zoon van Haduma's eerste zoon van Haduma's eerste dochter en uw gezellin is Noria's grootmoeder.'

'Grootmoeder, ja. Noria maken... grote eer Tamen... zes generaties.'

'Ik ben ook vereerd om gekozen te worden voor haar Eerste Riten.'

'Noria maakt... baby, Zelandoni-ogen. Haduma gelukkig maken.' Hij glimlachte omdat hij zich het woord herinnerde. 'Haduma zegt grote Zelandoni-man maakt... grote... sterke geest, maakt sterke Hadumai.'

'Tamen,' zei Jondalar met gefronst voorhoofd, 'misschien krijgt Noria geen baby van mijn geest.'

Tamen glimlachte. 'Haduma grote toverkracht. Haduma zegenen, Noria maken. Grote toverkracht. Vrouw geen kinderen. Haduma...' Hij wees met zijn vinger op Jondalars lies.

'Aanraken?' Jondalar sprak het woord aarzelend uit en voelde zijn oren rood worden.

'Haduma aanraken, vrouw maakt baby. Vrouw geen... melk. Haduma aanraken, vrouw maakt melk. Haduma doen Zelandoni-man grote eer. Veel mannen willen Haduma aanraken hen. Maken lange tijd man. Maken man... behagen?' Ze glimlachten alle drie. 'Behagen vrouwen, steeds, veel vrouwen, veel tijd. Haduma grote toverkracht.'

Hij wachtte even en zijn glimlach verdween. 'Niet maken Haduma... boos. Haduma slechte toverkracht, boos.'

'En ik lachte nog wel,' zei Thonolan. 'Denk je dat ik haar zover zou kunnen krijgen dat ze mij aanraakte? Jij en die blauwe ogen van je, Jondalar.'

'Broertje, de enige toverkracht die jij ooit nodig had was de uitnodigende blik van een knappe vrouw.'

'Zo. Ik heb nooit gemerkt dat je hulp nodig had. Wie deelt de Eerste Riten? Niet je broertje, met zijn saaie grijze ogen.'

'Arm broertje. Een kamp vol vrouwen en hij blijft vannacht alleen. Ik ben wel wijzer.' Ze lachten en Tamen, die de strekking van het geplaag begreep, lachte mee.

'Tamen, misschien kunt u nu beter jullie gebruiken bij de Eerste Riten vertellen,' zei Jondalar serieus.

'Voor u daarmee begint,' zei Thonolan. 'Zou u onze speren en messen terug kunnen krijgen? Ik heb een idee. Terwijl mijn broer die jonge schoonheid verleidt met zijn grote blauwe ogen, geloof ik dat ik een manier weet om jullie boze jager tevreden te stellen.'

'Hoe dan?' vroeg Jondalar.

'Met een grootmoeder natuurlijk.'

Tamen leek perplex, maar hij schoof het af op het taalprobleem.

Jondalar zag die avond en de volgende dag maar weinig van Thonolan, want hij had het te druk met de reinigingsritvelen. Zelfs met Tamens hulp bleef de taal een handicap en als hij alleen was met de somber kijkende oudere vrouwen, was het nog erger. Alleen als Haduma erbij was, voelde hij zich wat meer ontspannen en hij was er zeker van dat ze een paar onvergeeflijke blunders gladstreek.

Haduma heerste niet over haar mensen, maar het was duidelijk dat ze haar niets konden weigeren. Ze werd met een welwillende eerbied en een tikje angst bejegend. Het moest wel toverkracht zijn dat ze zo lang had geleefd en haar volle geestelijke vermogens volledig had behouden. Ze had er een zesde zintuig voor om aan te voelen wanneer Jondalar in moeilijkheden zat. Eén keer, toen hij er zeker van was dat hij zonder het te weten een of ander taboe had geschonden, mengde ze zich erin met ogen die vonken schoten van woede en ranselde verschillende vrouwen met haar stok, die maakten dat ze wegkwamen. Ze duldde geen tegenstand tegen hem; haar zesde generatie zou Jondalars blauwe ogen hebben.

's Avonds, toen hij ten slotte naar het grote, cirkelvormige bouwwerk werd geleid, wist hij pas zeker dat het zover was toen hij naar binnen ging. Toen hij binnenstapte, bleef hij even bij de ingang staan om rond te kijken. Twee stenen lampen met komvormige bekkens gevuld met vet waarin een pit van gedroogd mos brandde, verlichtten één kant. De grond was bedekt met vachten en aan de wanden hingen weefsels van schorsvezel met ingewikkelde patronen. Achter een met vachten overdekte verhoging hing de dikke, witte vacht van een albino paard, versierd met de rode koppen van jonge bonte spechten. Op het uiterste randje van de verhoging zat Noria zenuwachtig naar haar handen in haar schoot te staren.

Aan de andere kant was een stukje tent afgescheiden met hangende leren huiden waarop esoterische symbolen waren aangebracht en een gordijn van veters – een van de huiden die aan smalle repen was gesneden. Er zat iemand achter het gordijn. Hij zag een hand een paar repen opzij schuiven en keek heel even in Haduma's verschrompelde oude gezicht. Hij slaakte een zucht van verlichting. Er hield altijd op z'n minst één vrouw toezicht, om te getuigen dat de overgang van meisje tot vrouw volledig was en om ervoor te waken dat de man onnodig ruw was. Als vreemdeling was hij een beetje bang geweest dat er misschien een hele verzameling afkeurende vrouwen zou toezien. Tegen Haduma had hij geen bezwaar. Hij wist niet of hij haar moest begroeten of negeren, maar besloot tot het laatste toen het gordijn dichtviel.

Toen Noria hem zag, stond ze op. Hij liep glimlachend naar haar toe. Ze was tamelijk klein, met zacht, lichtbruin haar dat los langs haar gezicht viel. Ze was blootsvoets; een rok van een of andere geweven vezel was om haar middel gebonden en viel in kleurige banen tot over haar knieën. Een hemd van zacht hertenleer, dat was geborduurd met geverfde pennen van een stekelvarken, zat aan de voorkant stevig dichtgeregen. Het zat strak genoeg om haar lichaam om te onthullen dat ze al helemaal een vrouw was, hoewel ze nog niet al haar meisjesachtige molligheid was kwijtgeraakt.

Hoewel ze probeerde te glimlachen, kwam er een angstige blik in haar ogen toen hij haar naderde. Maar toen hij geen plotselinge bewegingen maakte, gewoon op de rand van de verhoging ging zitten en glimlachte, leek ze zich wat te ontspannen en ging naast hem zitten, zo ver van hem vandaan dat hun knieën elkaar niet raakten.

Het zou beter gaan als ik haar taal sprak, dacht hij. Ze is zo bang. Geen wonder, ik ben totaal vreemd voor haar. Er ging ook een zekere aantrekkingskracht van uit dat ze zo bang was. Hij kreeg het gevoel dat hij haar moest beschermen en vond het wel opwindend.

Hij zag een uitgesneden houten schaal met een paar kopjes op een verhoging staan en stak zijn hand uit. Maar Noria zag het en sprong op om in te schenken.

Toen ze hem een kopje met geelbruine vloeistof gaf, raakte hij haar hand aan. Ze schrok ervan. Eerst trok ze haar hand terug, maar toen liet ze het toe. Hij gaf haar een zacht kneepje, nam het kopje aan en begon te drinken. De vloeistof had een zoete, sterk gefermenteerde smaak. Niet onaangenaam, maar hij wist niet precies hoe sterk het was en besloot er voorzichtig van te drinken.

'Dank je, Noria,' zei hij en hij zette het kopje neer.

'Jondalar?' vroeg ze toen ze opkeek. Bij het licht van de lampen zag hij dat ze lichte ogen had, maar hij kon niet goed zien of ze grijs waren of blauw.

'Ja, Jondalar. Van de Zelandoniërs.'

'Jondalar... Zelandoni-man.'

'Noria, Hadumai-vrouw.'

'Vrouw?'

'Vrouw,' zei hij en hij raakte een stevige borst aan. Ze sprong achteruit.

Jondalar maakte de veter los die zijn kleed boven afsloot, trok het open en liet haar zijn krullende borsthaar zien. Hij probeerde te glimlachen en wees op zijn borst. 'Geen vrouw.' Hij schudde zijn hoofd. 'Man.'

Ze giechelde even.

'Noria vrouw,' zei hij terwijl hij zijn hand weer uitstak naar haar borst. Dit keer liet ze hem zijn gang gaan zonder terug te trekken en haar glimlach was minder gespannen.

'Noria vrouw,' zei ze en ze kreeg een schalkse glans in haar ogen. Ze wees op zijn liezen, maar raakte ze niet aan. 'Jondalar man.' Opeens keek ze weer angstig alsof ze misschien te ver was gegaan en stond op om de kopjes weer te vullen. Haar handen trilden, ze morste en scheen verlegen. Haar hand beefde toen ze hem het kopje aanreikte. Hij steunde haar hand, pakte het kopje aan en nam een teug. Toen bood hij haar een slokje aan. Ze knikte. Maar hij hield het kopje tegen haar mond zodat ze haar handen eromheen moest sluiten om te drinken. Toen hij het kopje had neergezet, pakte hij haar handen weer, draaide ze en drukte zachtjes een kus op haar handpalmen. Ze sperde haar ogen open van verbazing, maar ze trok haar handen niet terug. Hij legde zijn handen op haar bovenarmen, boog voorover en kuste haar hals. Ze wachtte gespannen en ook wat angstig op wat hij vervolgens zou doen.

Hij schoof naar haar toe, kuste haar hals weer en liet zijn hand om een borst glijden. Hoewel ze nog bang was, begon ze te reageren op zijn strelingen. Hij duwde haar hoofd achterover en kuste haar hals. Toen gleden zijn lippen langs haar oor, haar wang en vonden haar mond. Hij opende zijn mond en stak zijn tong tussen haar lippen. Toen die iets van elkaar weken, drukte hij zachtjes om ze verder te openen.

Toen week hij iets terug, met zijn handen op haar schouders en glimlachte. Ze had haar ogen gesloten, maar haar mond open en ze ademde sneller. Hij kuste haar weer, met een hand om haar borst en trok met de andere een veter los. Ze verstijfde iets. Hij wachtte even en keek haar aan; toen glimlachte hij en trok de veter behoedzaam verder los. Ze verroerde zich niet en keek hem aan terwijl hij de veter steeds verder lostrok tot de hertenhuid aan de voorkant helemaal openhing.

Hij boog zich voorover terwijl hij de huid van haar schouders trok en haar spitse jonge borsten met de gezwollen tepels ontblootte. Hij voelde zijn mannelijkheid kloppen. Hij kuste haar schouders met geopende mond en strelende tong en voelde dat ze huiverde. Hij streelde de armen terwijl hij de huid uittrok. Zijn handen gleden over haar rug en zijn tong gleed langs haar hals, haar borst en draaide om de tepel, die harder werd toen hij er zachtjes aan zoog. Ze hapte naar adem, maar week niet terug. Hij zoog aan de andere borst, zocht haar mond weer op en duwde haar kussend achterover. Ze lag op de vachten naar hem te kijken. Haar pupillen waren groter geworden en ze glansden. De zijne waren zo diepblauw en onweerstaanbaar dat ze haar blik niet kon afwenden. 'Jondalar man, Noria vrouw,' zei ze.

'Jondalar man, Noria vrouw,' zei hij hees. Hij ging rechtop zitten en trok zijn kleed over het hoofd. Hij voelde dat zijn mannelijkheid tot het uiterste gespannen was. Hij boog zich over haar heen, kuste haar weer en voelde dat ze haar mond opende om met haar tong de zijne te ontmoeten. Hij streelde haar borst en gleed met zijn tong over haar hals en schouder. Hij vond haar tepel weer en zoog harder toen hij haar hoorde kreunen en hij begon sneller te ademen.

Het was al zo lang geleden dat hij met een vrouw naar bed was geweest, peinsde hij, en hij zou haar meteen wel willen nemen. Maar hij bedacht dat hij kalm aan moest doen en haar niet moest laten schrikken. Het is haar eerste keer. Je hebt de hele nacht nog, Jondalar. Wacht tot je weet dat ze er klaar voor is.

Hij streelde haar naakte huid van haar borsten tot haar middel en zocht de riem die om haar rok zat. Hij trok eraan en legde zijn hand op haar buik. Ze verstijfde, maar ontspande zich weer. Zijn hand gleed verder naar beneden, naar de binnenkant van haar dij, over haar venusheuvel. Ze spreidde haar benen toen zijn hand over haar lies gleed.

Hij trok zijn hand weg, ging zitten, trok haar rok naar beneden en liet hem op de grond vallen. Toen ging hij staan en keek naar haar ronde, zachte, slanke vormen. Ze glimlachte hem toe met een blik vol vertrouwen en verlangen. Hij maakte de riem om zijn broek los en liet hem zakken. Haar adem stokte toen ze zijn stijve lid zag dat omhoogstond en er kwam weer een zweem van angst in haar ogen.

Noria had geboeid de verhalen van de andere vrouwen aangehoord die vertelden over hun Eerste Riten van Genot. Sommige vrouwen hadden het niet zo'n genot gevonden. Die zeiden dat het Genot voor de mannen was en dat vrouwen het vermogen hadden gekregen mannen te laten genieten om ze aan hen te binden; zodat de mannen op jacht gingen en voedsel en huiden brachten om kleren te maken wanneer een vrouw in verwachting was of een kleintje aan de borst had. Noria was gewaarschuwd dat ze pijn zou lijden bij haar Eerste Riten. Het ding van Jondalar was zo groot en zo stijf, hoe zou die in haar passen? Haar angst was heel gewoon. Het was een kritiek moment; ze moest weer even aan hem wennen. Hij genoot ervan om een vrouw voor de eerste keer het genot van de Gave van de Moeder te laten beleven, maar het eiste tederheid en tact. Hij wou wel dat hij een vrouw eens voor de eerste keer kon laten genieten zonder dat hij zich er zorgen over hoefde te maken of hij haar ook pijn deed. Hij wist dat dat onmogelijk was. De Riten van het Eerste Genot waren voor een vrouw altijd een beetje pijnlijk.

Hij ging naast haar zitten en wachtte even om haar wat tijd te gunnen. Haar ogen waren op zijn kloppende lid gevestigd. Hij pakte haar hand, leidde hem eromheen en voelde een schok. Het was of zijn mannelijkheid op zo'n moment een eigen leven leidde. Noria voelde de zachtheid van de huid, de warmte en hoe stijf hij was. Terwijl zijn lid begerig in haar hand bewoog, kreeg ze een hevig tintelende, prettige gewaarwording en voelde ze het vocht tussen haar benen. Ze probeerde te glimlachen, maar haar ogen verraadden nog angst.

Hij ging naast haar liggen en kuste haar teder. Ze opende haar ogen en keek hem aan. Ze zag zijn bezorgdheid, zijn begeerte en een onnoemelijke, onweerstaanbare kracht. Ze werd overweldigend aangetrokken en raakte verloren in de onmogelijk blauwe diepte van zijn ogen. Ze kreeg opnieuw die heftige, heerlijke gewaarwording. Ze wou hem hebben. Ze vreesde de pijn, maar ze wou hem hebben.

Ze trok hem naar zich toe, sloot haar ogen en opende haar mond. Hij kuste haar, liet haar tong binnendringen, kuste haar hals en streelde teder haar buik en haar dijen. Hij stelde haar geduld op de proef door dicht bij de gevoelige tepel te komen en weer terug te trekken, tot ze zijn mond erop drukte. Op dat moment schoof hij zijn hand in de warme spleet tussen haar dijen en vond het zwellende knobbeltje. Ze stootte een kreet uit. Hij zoog en beet zachtjes in haar tepel terwijl hij zijn vinger bewoog. Ze kreunde en schokte met haar heupen. Hij ging naar beneden en voelde dat ze haar adem inhield toen zijn tong haar navel vond, en toen hij nog lager kwam, voelde hij de spanning in haar spieren. Hij liet zich op zijn knieën op de grond zakken. Toen duwde hij haar benen uit elkaar en proefde voor het eerst de scherpe, zoute smaak. Noria gaf een huiveringwekkende schreeuw. Ze kreunde bij elke ademhaling, sloeg met haar hoofd en duwde haar heupen omhoog om hem te ontvangen.

Hij opende haar schaamlippen met zijn handen, likte haar warme plooien, vond haar knobbeltje met zijn tong en streelde het. Terwijl zij het uitschreeuwde en haar heupen op en neer bewoog, nam zijn opwinding snel toe. Hij deed zijn uiterste best zich te beheersen. Toen hij haar snelle ademhaling hoorde, ging hij op zijn knieën zitten om zo goed mogelijk bij haar binnen te dringen en leidde de kop van zijn stijve orgaan haar maagdelijke opening binnen. Hij zette zijn tanden op elkaar om zich te beheersen terwijl hij de warme, vochtige en nauwe opening binnendrong.

Terwijl ze haar benen om zijn middel sloeg, voelde hij de tegenstand binnen in haar. Met zijn vinger vond hij haar knobbeltje weer en bewoog voorzichtig wat heen en weer tot ze weer begon te kreunen en haar heupen omhoogduwde. Toen trok hij terug, duwde hard naar voren en voelde dat hij de hindernis had genomen terwijl ze schreeuwde van pijn en genot. Hij hoorde zijn eigen geforceerde kreet terwijl hij met huiverende schokken klaarkwam.

Hij bewoog nog een paar keer heen en weer en drong zo diep bij haar binnen als hij durfde terwijl hij de rest van zijn zaad voelde wegstromen. Toen liet hij zich op haar vallen. Het was voorbij. Hij bleef even met zijn hoofd op haar borst liggen en ademde zwaar. Ze bleef slap liggen met haar hoofd opzij en de ogen dicht. Hij trok zich terug en zag bloedvlekken op de witte vacht onder haar. Hij kroop naast haar en zakte weg in de vachten.

Terwijl zijn ademhaling rustiger werd, voelde hij een hand op zijn hoofd. Hij opende zijn ogen en zag het oude gezicht met de heldere ogen van Haduma. Noria bewoog zich naast hem. Haduma glimlachte, knikte goedkeurend en begon te zingen. Noria opende haar ogen en was blij dat ze de oude vrouw zag, vooral toen die haar handen van Jondalars hoofd naar haar buik verplaatste. Haduma maakte bewegingen boven haar buik terwijl ze zong en trok toen de vacht met de bloedvlekken onder hen vandaan. Er zat voor een vrouw bijzondere toverkracht in haar bloed van de Eerste Riten. Vervolgens keek de oude vrouw Jondalar weer aan, glimlachte en stak een knobbelige vinger uit om zijn slappe lid te strelen. Hij voelde de opwinding weer even terugkomen, zag dat het weer stijf wou worden, maar het lukte niet. Haduma grinnikte zachtjes en strompelde de tent uit. Ze liet hen alleen.

Jondalar rustte uit naast Noria. Na een poosje ging ze zitten en keek met een hete, smachtende blik op hem neer.

'Jondalar man, Noria vrouw,' zei ze, hoewel ze nu echt wel voelde dat ze een vrouw was. Ze boog over hem heen om hem te kussen. Hij was verbaasd dat hij zo gauw alweer een opgewonden gevoel kreeg en vroeg zich af of het strelen van Haduma er iets mee te maken had. Hij vergat de twijfel terwijl hij de begerige jonge vrouw rustig leerde hoe ze hem kon doen genieten en haar eigen genot weer kon opwekken.

Tegen de tijd dat Jondalar de volgende ochtend opstond, lag de reusachtige steur al op het droge. Thonolan had al eerder zijn hoofd binnen de tent gestoken om hem een stel vissperen te laten zien, maar Jondalar had hem weggewuifd, had zijn arm om Noria geslagen en was weer gaan slapen. Toen hij later wakker werd, was Noria verdwenen. Hij trok zijn broek aan en liep naar de rivier. Hij zag Thonolan, Jeren en nog een paar anderen in een pasgevonden kameraadschap staan lachen, en wilde eigenlijk dat hij met hen was gaan vissen.

'Kijk daar eens wie er heeft besloten op te staan,' zei Thonolan toen hij hem zag. 'Laat het maar aan mijn grote broer over om te luieren terwijl verder iedereen zich in het zweet werkt om die oude Haduma uit het water te hijsen.'

Jeren ving de zinsnede op. 'Haduma! Haduma!' schreeuwde hij lachend en hij wees op de vis. Hij stapte er trots omheen en bleef toen voor de primitieve, haaiachtige kop staan. De voelsprieten op zijn onderkaak duidden erop dat het zijn gewoonte was om zijn voedsel op de bodem te zoeken en dat hij dus ongevaarlijk was, maar alleen zijn afmetingen al maakten het een uitdaging om hem te vangen. Hij was ruim vierenhalve meter lang. Met een schalkse grijns bewoog de jonge jager zijn bekken in een erotisch gebaar op en neer voor de neus van de grote, oude vis, terwijl hij 'Haduma! Haduma!' schreeuwde alsof hij smeekte om te worden gestreeld. De anderen barstten los in een storm van vet gelach en zelfs Jondalar moest glimlachen. Ze begonnen om de vis te dansen en met hun bekken te wiegen en 'Haduma!' te roepen. Door het dolle heen duwden ze elkaar opzij in wedijver om de plek voor de kop. Eén man werd in de rivier geduwd. Hij waadde terug, greep de man die het dichtst bij hem stond, en trok hem in het water. Algauw waren ze allemaal bezig elkaar in het water te duwen, Thonolan voorop.

Hij ploeterde doornat de oever op, kreeg zijn broer in de gaten en greep hem beet. 'Denk maar niet dat je er droog vanaf komt!' zei hij toen Jondalar zich verzette. 'Vooruit, Jeren, laten we die grote broer van mij eens kopje-onder laten gaan!'

Jeren hoorde zijn naam, zag de worsteling en kwam aanrennen. De anderen volgden. Trekkend en duwend sleurden ze Jondalar naar de rand van de rivier en kwamen ten slotte allemaal lachend in het water terecht. Ze kwamen druipend op het droge, nog steeds grijnzend, tot een van hen in de gaten kreeg dat de oude vrouw bij de vis stond.

'Haduma, hè?' zei ze terwijl ze hen streng aankeek. Ze keken elkaar steels aan en stonden er schaapachtig bij. Toen giechelde ze verrukt, ging bij de vissenkop staan en wiegde met haar oude heupen. Ze lachten en renden naar haar toe. Iedereen liet zich op handen en voeten zakken en smeekte haar om op zijn rug plaats te nemen.

Jondalar glimlachte om het spelletje, dat ze kennelijk al eerder met haar hadden gespeeld. Haar stamleden vereerden hun oude voormoeder niet alleen, ze hielden ook van haar en ze leek plezier te hebben in hun grapjes. Haduma keek om zich heen en toen ze Jondalar zag, wees ze op hem. De mannen wenkten hem en het viel hem op hoe behoedzaam ze haar op zijn rug hielpen. Hij ging voorzichtig staan. Ze woog haast niets, maar hij was verbaasd hoe sterk haar greep was. De broze vrouw had nog steeds een zekere taaiheid.

Hij begon te lopen, maar de rest rende voor hen uit en ze bonkte op zijn schouder om hem tot spoed aan te zetten. Ze renden over het strand op en neer tot ze allemaal buiten adem waren. Toen liet Jondalar zich zakken om haar gelegenheid te geven af te stappen. Ze rechtte haar rug, zocht haar staf en liep met grote waardigheid naar de tenten.

'Ongelooflijk, hè, die oude vrouw,' zei Jondalar vol bewondering tegen Thonolan. 'Zestien kinderen, vijf generaties, en nog weet ze

niet van ophouden. Ik twijfel er niet aan dat ze haar zesde generatie ook nog zal meemaken.'
'Zij meemaken zesde generatie, dan zij doodgaan.'
Bij het horen van de stem draaide Jondalar zich om. Hij had Tamen niet zien naderen. 'Hoe bedoelt u, dan gaat ze dood?'
'Haduma zeggen, Noria maken zoon met blauwe ogen, Zelandoni-geest, dan Haduma doodgaan. Zij zeggen, lange tijd hier, tijd gaan. Zien kind, dan doodgaan. Kind heten Jondal, zesde generatie Hadumiërs. Haduma gelukkig Zelandoni-man. Zeggen goede man. Vrouw genot geven Eerste Riten niet gemakkelijk, Zelandoni-man, goede man.'
Jondalar was vervuld van gemengde gevoelens. 'Als het haar wens is om te gaan, dan gaat ze ook, maar het stemt me bedroefd,' zei hij.
'Ja, alle Hadumiërs veel bedroefd,' zei Tamen.
'Mag ik Noria zo snel na de Eerste Riten weer zien? Heel even maar? Ik ken uw gebruiken niet.'
'Gebruik, nee. Haduma zeggen ja. U gauw gaan?'
'Als Jeren zegt dat de steur onze verplichting vanwege het verjagen van de paarden inlost dan denk ik van wel. Hoe wist u dat?'
'Haduma zeggen.'

Het kamp smulde die avond van de steur en vele handen hadden er eerder in de middag licht werk van gemaakt er repen af te snijden om te drogen. Jondalar zag een keer een glimp van Noria in de verte, toen ze door verschillende vrouwen naar een plek verder stroomafwaarts werd begeleid. Pas na het donker werd ze naar hem toe gebracht. Ze liepen samen naar de rivier, met twee vrouwen discreet achter hen. Het verbrak de traditie al genoeg dat ze hem zo onmiddellijk na de Eerste Riten weer zag, en alleen zou te veel zijn. Ze bleef bij een boom staan, zonder iets te zeggen, haar hoofd gebogen. Hij schoof een lok haar opzij en tilde haar kin op zodat ze hem aankeek. Er stonden tranen in haar ogen. Jondalar wiste met een knokkel een glinsterende druppel uit haar ooghoek en bracht die toen naar zijn lippen.
'O... Jondalar,' riep ze en ze strekte haar armen naar hem uit. Hij hield haar tegen zich aan, kuste haar teder, toen hartstochtelijker.
'Noria,' zei hij. 'Noria vrouw, prachtige vrouw.'
'Jondalar maken Noria vrouw,' zei ze. 'Maken... Noria... maken...'
Ze gaf een snik, wensend dat ze de woorden kende om hem te vertellen wat ze wilde zeggen.
'Ik weet het, Noria, ik weet het,' zei hij en hield haar in zijn armen.
Toen deed hij een stap achteruit, pakte haar bij haar schouders,

glimlachte tegen haar en klopte haar op haar buik. Ze glimlachte door haar tranen heen.

'Noria maken Zeelandoniejer...' Ze raakte zijn ooglid aan. 'Noria maken Jondal... Haduma...'

'Ja,' knikte hij. 'Tamen heeft het me verteld. Jondal zesde generatie Hadumiërs.' Hij stak zijn hand in zijn buidel. 'Ik heb iets dat ik je wil geven, Noria.' Hij haalde de stenen donii tevoorschijn en legde hem in haar hand. Hij wilde dat hij haar op de een of andere manier kon vertellen welke speciale betekenis deze voor hem had, haar kon vertellen dat hij hem van zijn moeder had gekregen, haar kon vertellen hoe oud hij was, hoe hij van generatie op generatie was doorgegeven. Toen glimlachte hij. 'Deze donii is mijn Haduma,' zei hij. 'Jondalars Haduma. Nu is het Noria's Haduma.'

'Jondalar Haduma?' zei ze vol verbazing terwijl ze naar het gesneden vrouwenfiguurtje keek. 'Jondalar Haduma, Noria?' Hij knikte en ze barstte in tranen uit, omklemde de donii met haar beide handen en bracht hem naar haar lippen. 'Jondalar Haduma,' zei ze. Haar schouders schokten van het snikken. Plotseling sloeg ze haar armen om hem heen, kuste hem en rende terug naar de tenten. Ze huilde zo dat ze nauwelijks kon zien waar ze liep.

Het hele kamp liep uit om afscheid van hen te nemen. Haduma stond naast Noria toen Jondalar bij hen kwam. Haduma glimlachte en knikte goedkeurend, maar er rolden tranen langs Noria's wangen. Hij ving er een op met zijn hand, bracht hem naar zijn mond en ze glimlachte door haar tranen heen. Hij draaide zich om, maar zag nog net dat de jonge Jeren, met het krulhaar, verliefde blikken op Noria wierp.

Ze was nu een vrouw, gezegend door Haduma en ervan verzekerd een gelukkig kind naar de vuurplaats van een man te brengen. Het was algemeen bekend dat ze had genoten bij de Eerste Riten en iedereen wist dat zulke vrouwen de beste levensgezellen krijgen. Noria zou heel gemakkelijk een levensgezel vinden, ze was buitengewoon begeerlijk.

'Geloof je echt dat Noria zwanger is en een kind krijgt met jouw geest?' vroeg Thonolan nadat ze het kamp achter zich hadden gelaten.

'Dat zal ik nooit te weten komen, maar die Haduma is een wijze oude vrouw. Ze weet meer dan je zou denken. Ik geloof dat ze echt een "grote toverkracht" heeft. Wanneer iemand ervoor kan zorgen is zij het.'

Ze liepen een poosje zwijgend langs de rivier en toen zei Thonolan: 'Grote broer, ik zou je iets willen vragen.'

'Vraag maar op.'

'Wat voor toverkracht heb jij? Ik bedoel, iedere man praat erover als hij wordt gekozen voor de Eerste Riten. Maar er zijn er heel wat die er bang voor zijn. Ik ken er een paar die ervoor bedankten en om eerlijk te zijn, ik voel me altijd wat onhandig. Maar ik zou het nooit weigeren. Maar jij, jij wordt altijd gekozen. En ik heb het nooit zien mislukken. Ze worden allemaal verliefd op je. Hoe doe je dat? Ik heb je op feesten tekeer zien gaan, maar ik zie er niets bijzonders aan.'

'Ik weet het niet, Thonolan,' zei hij, wat verlegen. 'Ik probeer gewoon de dingen niet overhaast te doen.'

'Wie zou dat dan wel doen? Er moet meer zijn. Wat zei Tamen ervan? "Niet gemakkelijk om vrouwen genot te geven bij Eerste Riten." Hoe laat jij een vrouw dan genieten? Ik ben al blij als ze niet te veel pijn heeft. En het is ook niet zo dat jij maar een kleintje hebt of zo, om het gemakkelijker te maken. Kom, geef je broertje eens een goede raad. Ik zou het niet erg vinden wanneer ik een troep knappe meisjes achter me aan kreeg.'

Jondalar vertraagde zijn pas en keek Thonolan aan. 'Ja, dat is zo. Ik geloof dat dat een van de redenen is waarom ik Maroni de belofte heb gedaan, opdat ik een excuus zou hebben.'

Jondalar fronste zijn voorhoofd. 'De Eerste Riten zijn heel bijzonder voor een vrouw. Voor mij ook. Maar veel jonge vrouwen zijn in zeker opzicht nog meisjes. Ze hebben het verschil niet geleerd tussen achter jongens aan lopen en een man uitnodigen. Hoe vertel je een jonge vrouw, waar je net een heel bijzondere nacht mee hebt beleefd, op een tactvolle wijze dat je liever met een meer ervaren vrouw naar bed gaat wanneer ze je voor zich alleen heeft gehad? Grote Doni, Thonolan! Ik wil ze niet kwetsen, maar ik word niet verliefd op iedere vrouw met wie ik naar bed ga.'

'Jij wordt helemaal niet verliefd, Jondalar.'

Jondalar begon sneller te lopen. 'Wat bedoel je? Ik heb van zoveel vrouwen gehouden.'

'Van ze gehouden, ja. Dat is niet hetzelfde.'

'Hoe zou jij dat weten? Ben je wel eens verliefd geweest?'

'Een paar keer. Het duurde misschien niet lang, maar ik weet het verschil. Kijk, broer, ik wil me er niet mee bemoeien, maar ik maak me zorgen over jou, vooral als je humeurig bent. En je hoeft niet harder te gaan lopen. Ik houd mijn mond wel als je dat wilt.'

Jondalar ging langzamer lopen. 'Misschien heb je wel gelijk. Misschien ben ik nooit verliefd geweest. Misschien ligt het niet in mijn aard om verliefd te worden.'

'Wat scheelt eraan? Wat missen de vrouwen die je kent?'

'Als ik het wist, denk je niet...' begon hij nijdig. Toen wachtte hij even. 'Ik weet het niet Thonolan. Ik denk dat ik alles wil hebben. Ik wil een vrouw zoals ze bij de Eerste Riten is – ik geloof dat ik dan, tenminste voor die nacht, verliefd word op iedere vrouw. Maar ik wil een vrouw, geen meisje. Ik wil dat ze echt naar me verlangt, onvoorwaardelijk, maar ik wil niet dat ik zo voorzichtig met haar hoef te zijn. Ik wil dat ze temperament heeft, weet wat ze wil, jong is of oud, naïef en verstandig, alles tegelijk.'

'Dat is nogal wat, broer.'

'Nou, je vroeg het toch?'

Ze liepen een poos zwijgend verder.

'Hoe oud zou Zelandoni zijn?' vroeg Thonolan. 'Iets jonger dan Moeder, misschien?'

'Hoezo?' vroeg Jondalar stuurs.

'Ze zeggen dat ze werkelijk knap was toen ze jong was, tot een paar jaar geleden. Sommige oudere mannen zeggen dat er niet één zo knap was als zij, in de verste verte niet. Ik vind het moeilijk om erover te praten, maar ze zeggen dat ze wel jong is om de Eerste te zijn onder Degenen Die de Moeder Dienen. Zeg eens wat, grote broer. Is het waar wat ze over jou en Zelandoni zeggen?'

Jondalar bleef staan en draaide zich langzaam om naar zijn broer. 'Vertel eens wat ze van mij en Zelandoni zeggen?' vroeg hij knarsetandend.

'Neem me niet kwalijk, ik ben te ver gegaan. Vergeet het maar.'

5

Ayla kwam de grot uit en liep de stenen richel op die ervoor lag. Ze wreef in haar ogen en rekte zich uit. De zon stond nog laag in het oosten en ze hield haar hand boven haar ogen om te kijken waar de paarden waren. Hoewel ze er nog maar een paar dagen was, was het al een gewoonte geworden om als ze 's morgens wakker werd de paarden te zoeken. De gedachte dat ze de vallei met andere levende wezens deelde, maakte haar eenzame bestaan wat draaglijker.

Ze begon zich bewust te worden van hun bewegingspatronen, waar ze 's morgens naartoe gingen om water te drinken, welke schaduwrijke bomen ze 's middags het liefst hadden, en er begonnen haar, individuen op te vallen. De eenjarige hengst, bijvoorbeeld, wiens grijze vacht zo licht was dat hij haast wit leek, behalve daar waar hij donkerder getint was, langs de karakteristieke streep op de ruggengraat, de donkergrijze onderbenen en de stijve, rechtopstaande manen. En dan was er de muiskleurige merrie met haar hooikleurige veulen, wier vacht dezelfde kleur had als die van de hengst. En dan de trotse leider zelf, wiens plaats op een dag zou worden ingenomen door een van die eenjarige hengsten die hij amper tolereerde, of misschien door een van het kroost van volgend jaar, of van het jaar daarop. De lichtgelige hengst met zijn donkerbruine wildstreep, manen en onderbenen was in de bloei van zijn leven en dat was te zien.

'Goedemorgen, paardenstam,' gebaarde Ayla. Ze maakte het gebaar dat gewoonlijk werd gebruikt voor iedere begroeting, met een lichte nuance om er een ochtendgroet van te maken. 'Ik heb vanochtend uitgeslapen. Jullie zijn al wezen drinken vanochtend. Ik denk dat ik ook ga drinken.'
Ze rende snel omlaag naar de stroom, voldoende vertrouwd met het steile pad om zich er zeker op te voelen. Ze dronk wat en deed toen haar omslag af voor haar ochtendbad. Het was dezelfde omslag, maar ze had hem gewassen en met haar krabbers bewerkt om het leer weer soepel te maken. Haar eigen aangeboren voorkeur voor netheid en reinheid was nog versterkt door Iza. Haar grote verzameling medicinale kruiden vergde immers orde om verkeerd gebruik te vermijden en ze begreep de gevaren van stof en vuil en in-

fecties. Op reis was een zekere hoeveelheid vuil nog wel aanvaardbaar, maar niet met een sprankelende stroom in de buurt.

Ze woelde met haar handen door het dikke blonde haar dat in golven tot ver onder haar schouders viel. 'Ik ga vanochtend mijn haar wassen,' gebaarde ze tegen niemand in het bijzonder. Net voorbij de bocht had ze zeepwortel zien groeien en ze trok een paar wortels uit de grond. Terwijl ze terugslenterde, keek ze de rivier langs en haar oog viel op de grote rots die uit het ondiepe water oprees, vol gladde, schotelvormige putjes. Ze raapte een ronde steen op en waadde naar de rots toe. Ze spoelde de wortels af, schepte water in een putje en stampte de wortels fijn om de vette, schuimige saponine vrij te maken. Toen ze een sopje had, maakte ze haar haar nat, wreef het in, waste toen de rest van haar lichaam en dook in het water om zich af te spoelen.

Een groot gedeelte van de naar voren springende wand was in het verleden een keer afgebroken. Ayla klauterde op het stuk onder water en liep over het oppervlak dat net uit het water oprees, naar een plekje in de zon. Een geul aan de oeverkant, waarin het water tot haar middel kwam, maakte een eilandje van de rots, gedeeltelijk overschaduwd door een overhangende wilg waarvan de blootliggende wortels als knokige vingers de stroom grepen. Ze brak een twijgje af van een kleine struik die met zijn wortels houvast had gevonden in een spleet, trok er met haar tanden de bast vanaf en gebruikte het om klitten uit haar haar te trekken terwijl het in de zon droogde.

Ze zat dromerig in het water te staren, zachtjes neuriënd, toen de rimpeling van iets dat even bewoog haar oog trof. Plotseling waakzaam, keek ze in het water naar het zilverkleurige silhouet van een grote forel die onder de wortels stilstond. Ik heb sinds ik de Stamgrot heb verlaten geen vis meer gehad, dacht ze en ze herinnerde zich dat ze ook nog niet had ontbeten.

Ze liet zich stilletjes aan de andere zijde van de rots in het water glijden, zwom een stukje met de stroom mee en waadde toen naar de ondiepe plek. Ze stak haar hand in het water, waarbij ze haar vingers slap liet hangen, en liep langzaam, met eindeloos geduld tegen de stroom in terug. Toen ze de boom naderde, zag ze de forel met zijn kop tegen de stroom in. Zijn lichaam golfde een beetje om te zorgen dat hij op dezelfde plaats onder de wortel bleef staan.

Ayla's ogen glansden van opwinding, maar ze deed zelfs nog behoedzamer en zette elke voet zeker neer terwijl ze de vis naderde. Ze schoof haar hand van achteraf omhoog tot hij zich vlak onder de forel bevond, raakte hem toen heel licht aan, en voelde naar de open kieuwdeksels. Plotseling greep ze de vis beet, trok hem met één zekere beweging uit het water en gooide hem op de oever. De forel sprong en spartelde nog enkele ogenblikken en bleef toen stil liggen.

Ze glimlachte, tevreden over zichzelf. Ze had het als kind moeilijk gevonden om te leren hoe je een vis met je handen uit het water moest halen en ze was nog altijd even trots als de eerste keer dat het haar was gelukt. Ze zou het plekje in de gaten houden, wetend dat het door een opeenvolgende reeks bewoners zou worden gebruikt. Hier heb ik genoeg aan voor meer dan het ontbijt, dacht ze toen ze haar vangst ophaalde. Ze proefde de smaak van op hete stenen gebakken forel al.

Terwijl haar ontbijt gaar werd, hield Ayla zich bezig met het vlechten van een mand van yucca, die ze de dag tevoren had geplukt. Het was een eenvoudige mand, maar met kleine variaties in het vlechtwerk die ze voor haar plezier aanbracht, gaf ze hem een subtiel ontwerp. Ze werkte vlug, maar zo vaardig dat de mand waterdicht zou zijn. Door er hete stenen in te doen kon hij als kookpot worden gebruikt, maar dat was niet het doel dat ze ervoor in gedachten had. Ze maakte een voorraadmand, gedachtig aan alles wat ze moest doen om zich veilig te stellen voor het koude seizoen dat voor haar lag.

De bessen die ik gisteren heb geplukt zullen over een paar dagen droog zijn, schatte ze toen ze de ronde rode bessen bekeek die voor haar grot op een bed van gras uitgespreid lagen. Tegen die tijd zullen er meer rijp zijn. Er komen veel bosbessen, maar ik krijg niet veel van dat kleine appelboompje. De kersenboom zit vol, maar de kersen zijn al bijna te rijp. Als ik er een paar wil plukken, kan ik het beter vandaag doen. De pitten van de zonnebloem worden goed als de vogels ze niet eerder pakken. Ik dacht dat er hazelnootstruiken bij de appelboom stonden, maar ze zijn zo'n stuk kleiner dan die bij de kleine grot dat ik er niet zeker van ben. Ik denk dat die pijnbomen daar grote zaden in de kegels hebben, al moet ik dat later maar eens bekijken. Ik wou dat die vis gaar was!

Ik moest maar eens beginnen met het drogen van planten, korstmossen, paddestoelen en wortels. Ik hoef niet alle wortels te drogen. Een aantal blijft achter in de grot een hele tijd goed. Zal ik nog zaad van de meelganzenvoet zoeken? Ze zijn zo klein en stellen niet veel voor. Maar graankorrels zijn de moeite waard en er zijn al wat rijpe aren in het veld. Vandaag pluk ik kersen en graankorrels, maar ik moet meer voorraadmanden hebben. Misschien kan ik er een paar maken van berkenschors. Ik wou dat ik nog wat huiden had om zulke grote zakken te maken.

Toen ik nog bij de Stam woonde, schenen er altijd extra ongelooide huiden te zijn. Nu zou ik blij zijn als ik nog een warme vacht had voor de winter. Konijnen en hamsters zijn niet groot genoeg om een goede omslag van bont te maken en ze zijn zo dun. Kon ik maar een mammoet doden. Dan zou ik genoeg vet hebben, ook voor lampen. En niets is zo goed en zo voedzaam als het vlees van de mammoet. Ik vraag me af of die forel al gaar is. Ze schoof een verschrompeld blad opzij en prikte met een stok in de vis. Nog even.

Het zou fijn zijn als ik wat zout had, maar hier is geen zee in de buurt.

Het klein hoefblad smaakt zout en andere kruiden kunnen de smaak eraan brengen. Iza maakte altijd alles lekker. Misschien ga ik wel op de steppen kijken of ik een sneeuwhoen vind en dan maak ik hem klaar zoals Creb het graag had.

Ze kreeg een brok in de keel als ze aan Iza en Creb dacht en ze schudde haar hoofd alsof ze probeerde die gedachten van zich af te zetten of tenminste de opkomende tranen te bedwingen.

Ik moet ook een rek hebben om geneeskrachtige kruiden en thee te drogen. Ik kan ziek worden. Ik kan wel een paar bomen kappen voor de palen, maar ik heb nieuwe riemen nodig om ze aan elkaar te binden. Als die drogen en krimpen, blijven ze goed vastzitten. Met al die dode takken en dat drijfhout hoef ik waarschijnlijk geen brandhout te kappen en er is ook nog mest van de paarden. Droge mest brandt goed. Vandaag begin ik hout naar de grot te brengen en ik moet binnenkort ook wat gereedschap maken. Gelukkig heb ik vuursteen gevonden.

Die vis moet nu gaar zijn.

Ayla at de forel zo van het bed van hete stenen waarop hij was gebakken en ze dacht erover na om in de stapel botten en drijfhout naar een paar platte stukken hout of bot te zoeken die ze als borden kon gebruiken; bekkens of schouderbladen waren heel geschikt. Ze goot haar kleine waterzak leeg in de kookpot en wou dat ze de waterdichte maag van een groter dier had om voor de grot een waterzak te maken waar meer in kon. Ze deed er een paar hete stenen uit het vuur bij om het water in haar kookpot te verwarmen en strooide een paar gedroogde rozenbottels uit haar medicijnbuidel in het stromende water. Ze gebruikte rozenbottels als middel tegen verkoudheid, maar er kon ook lekkere thee van worden gemaakt.

Ze had geen hekel aan de zware taak om uit de overvloed van de vallei allerlei dingen te verzamelen, te bewerken en op te slaan. Ze keek er eerder naar uit. Dan had ze iets te doen en kreeg ze geen tijd om na te denken over haar eenzaamheid. Ze hoefde alleen voor zichzelf te zorgen, maar er was niemand om haar te helpen en ze maakte zich zorgen of er nog wel genoeg was om voldoende voorraad te vormen. Er zat haar nog iets dwars.

Terwijl ze de mand afmaakte, dronk ze rozenbottelthee en liet haar gedachten gaan over de andere dingen die ze nodig zou hebben om de lange, koude winter te overleven. Ik moest eigenlijk voor de winter nog een vacht hebben voor mijn bed, dacht ze. En vlees, natuurlijk. En hoe zit het met vet? Ik zou in de winter vlees moeten hebben. Als ik nou wat hoeven, botten en restjes huid had om lijm te koken, zou ik veel sneller berkenbasten bakken kunnen maken dan manden. En hoe kom ik aan een grote waterzak? En riemen om de palen voor een droogrek in elkaar te binden? Ik zou pezen kunnen gebruiken, en ingewanden om vet op te slaan, en...

Haar snel werkende vingers hielden stil. Ze staarde voor zich uit alsof ze een visioen had. Dat alles zou één groot dier me leveren! Ik hoef er maar één te doden. Maar hoe?

Ze maakte haar mandje af, legde het in haar verzamelmand en bond die op haar rug. Ze stak haar gereedschap in de plooien van haar omslag, pakte haar graafstok en slinger en liep in de richting van de wei. Ze zocht de wilde kersenboom, plukte de kersen waar ze bij kon en klom toen in de boom om er nog meer te plukken. Ze at ook een flinke portie op; zelfs overrijp smaakten ze zoet-zurig.

Toen ze naar beneden klom, besloot ze kersenbast mee te nemen tegen de hoest. Met haar vuistbijl hakte ze een deel van de taaie buitenbast weg en schraapte toen met een mes de cambiumlaag eronder los. Het haalde herinneringen naar boven aan de keer toen ze wilde kersenbast ging zoeken voor Iza, toen ze nog een meisje was en de mannen bespiedde die op het veldje met hun wapens oefenden. Ze wist dat het verkeerd was, maar ze was bang dat ze haar zouden zien als ze wegging en toen de oude Zoug de jongen begon te leren hoe je met een slinger omging, werd ze nieuwsgierig.

Ze wist dat vrouwen geen wapens mochten aanraken, maar toen ze de slinger lieten liggen, kon ze de verleiding niet weerstaan. Zij wilde het ook proberen. Zou ik vandaag nog in leven zijn als ik die slinger niet had opgeraapt? Zou Broud zo'n hekel aan me hebben gehad als ik hem niet had leren gebruiken? Misschien had hij me niet gedwongen weg te gaan als hij niet zo'n hekel aan me had gehad. Maar als hij niet zo'n hekel aan me had gehad, had hij het niet zo leuk gevonden zich met mij te verlichten en dan was Durc misschien wel niet geboren.

Misschien! Misschien! Misschien! dacht ze boos. Wat heeft het voor zin na te denken over wat er had kunnen gebeuren? Ik ben nu hier en aan die slinger heb ik niets als ik op een groot dier wil jagen. Daar heb ik een speer voor nodig. Ze liep voorzichtig door een espenbosje naar de rivier om wat te drinken en het kleverige kersensap van haar handen te wassen. Iets aan de lange, rechte jonge bomen deed haar stilstaan. Ze greep de stam van een van de bomen beet en toen drong het tot haar door. Hiermee zou het wél gaan! Hier kon je een speer van maken!

Heel even sidderde ze. Brun zou razend zijn, dacht ze. Toen hij mij toestond te jagen, heeft hij me gezegd dat ik nooit met iets anders mocht jagen dan met een slinger. Hij zou...

Wat zou hij doen? Wat kon hij doen? Wat kan iemand van hen me nog doen, al wisten ze het? Ik ben dood. Ik ben al dood. Er is hier niemand behalve ikzelf.

Toen knapte er iets in haar, zoals een snaar die onder te grote spanning komt. Ze liet zich op de knieën vallen. O, wat wou ik graag dat ik iemand bij me had. Iemand, het doet er niet toe wie. Ik zou zelfs blij zijn als ik Broud zag. Ik zou nooit meer een slinger aanraken als hij me terug liet komen, als ik Durc weer mocht zien. Ze lag geknield aan de voet van de ranke espen en begroef snikkend haar gezicht in haar handen.

Haar snikken gingen verloren in de ruimte om haar heen. De schepseltjes in de wei en de bomen ontweken de vreemde in hun midden met haar onbegrijpelijke geluiden. Er was niemand die naar haar luisterde, niemand die haar begreep. Toen ze telkens verder trok, koesterde ze de hoop dat ze mensen zou vinden, mensen zoals zij. Nu ze had besloten niet verder te gaan, moest ze die hoop opgeven, haar eenzaamheid accepteren en ermee leren leven.

Ze stond wankelend op, maar ze pakte haar vuistbijl en hakte verbeten in de voet van de jonge esp. Vervolgens ging ze een tweede jonge boom te lijf. Ik heb vaak genoeg toegekeken als de mannen speren maakten, zei ze tegen zichzelf terwijl ze de takken eraf stroopte. Het leek niet zo moeilijk. Ze sleepte de palen naar het veld en liet ze liggen terwijl ze de rest van de middag de aren van eenkoorn en rogge verzamelde, en sleepte ze toen mee naar de grot. Ze bracht het begin van de avond door met schachten schillen en schuren. Ze stopte alleen even om wat graan voor zichzelf te koken om bij de rest van haar vis te eten en de kersen te drogen te leggen. Tegen de tijd dat het donker was, was ze aan de volgende stap toe. Ze nam de schachten mee de grot in en mat op de ene, zich herinnerend hoe de mannen het hadden gedaan, een stuk af dat iets langer was dan zijzelf, en gaf dat een merkteken. Vervolgens hield ze het gemerkte deel in het vuur, waarbij ze de schacht ronddraaide om hem aan alle kanten te laten verschroeien. Met een ingekeepte schraper schuurde ze het zwartgeblakerde gedeelte weg en bleef schroeien en schrapen tot het bovenste stuk afbrak. Verder schrapen en schuren maakten er een scherpe, door het vuur geharde punt aan. Toen begon ze aan de volgende.

Toen ze klaar was, was het laat. Ze was moe en daar was ze blij om. Daardoor zou ze gemakkelijker in slaap komen. De nachten waren het ergst. Ayla dekte haar vuur af, liep naar de opening en staarde naar buiten, naar de met sterren bezaaide lucht en probeerde een reden te verzinnen om nog niet meteen naar bed te gaan. Ze had een ondiepe kuil gegraven, die met droog gras gevuld en daar haar vacht over gelegd. Ze liep er met trage passen naartoe. Ze liet zich erop zakken en staarde naar de zwakke gloed van het vuur, luisterend naar de stilte.

Er klonk geen geritsel van mensen die aanstalten maakten om naar bed te gaan, geen geluiden van geslachtsgemeenschap in naburige vuurplaatsen, geen knorren of snurken, geen van de vele kleine geluidjes die mensen maken, geen enkel teken van leven – behalve van haarzelf. Ze strekte haar hand uit naar de mantel die ze had gebruikt om haar zoon op haar heup te dragen, verfrommelde hem tot een bal, drukte hem tegen haar borst en wiegde zachtjes kreunend heen en weer terwijl stille tranen langs haar gezicht rolden. Eindelijk ging ze liggen, kroop in elkaar met de lege mantel tegen zich aan en huilde zichzelf in slaap.

Toen Ayla de volgende ochtend naar buiten ging om te plassen, zat er bloed op haar been. Ze rommelde in haar kleine stapel bezittingen op zoek naar de absorberende leren banden en haar speciale gordel. Ondanks het wassen waren ze stijf en glimmend en ze had ze de laatste keer dat ze ze had gebruikt, moeten begraven. Ze wilde dat ze wat moeflonwol had om erin te stoppen. Toen viel haar oog op de hazenvacht. Ik wilde die haas voor de winter bewaren, maar ik kan wel aan meer hazen komen, dacht ze.

Voor ze naar beneden ging voor haar ochtendbad, sneed ze het kleine vel aan repen. Ik had moeten weten dat het zou komen, ik had er rekening mee moeten houden. Nu zal ik niets kunnen doen behalve...

Plotseling lachte ze. De vrouwenvloek doet er hier niet toe. Er zijn geen mannen die ik moet vermijden aan te kijken, geen mannen voor wie ik geen eten mag koken of verzamelen. Ik hoef me alleen over mezelf druk te maken.

Toch had ik het kunnen verwachten, maar de dagen zijn zo snel voorbijgegaan. Ik dacht niet dat het al tijd was. Hoe lang zit ik al in deze vallei? Ze probeerde het zich te herinneren, maar de dagen leken met elkaar te versmelten. Ze fronste haar voorhoofd. Ik zou moeten weten hoeveel dagen ik hier al zit, het is misschien al later in het seizoen dan ik dacht. Heel even raakte ze in paniek. Zo erg is het niet, dacht ze. De sneeuw valt niet voor de vruchten rijpen en de bladeren vallen, maar ik hoorde het wel te weten. Ik zou de dagen moeten bijhouden.

Ze herinnerde zich hoe Creb haar, lang geleden, had laten zien hoe je een stuk hout moest inkerven om het verstrijken van de tijd aan te geven. Het had hem verbaasd dat ze het zo vlug doorhad, hij had het alleen maar uitgelegd om een einde te maken aan haar voortdurende gevraag. Hij had een meisje de gewijde kennis, die was gereserveerd voor heilige mannen en hun leerlingen, niet mogen tonen en hij had haar gewaarschuwd er niet over te praten. Ze herinnerde zich ook hoe boos hij een andere keer was geweest toen hij haar erop betrapte dat ze een stok merkte om de dagen tussen twee volle manen te tellen.

'Creb, als je me vanuit de wereld van de geesten gadeslaat, wees dan niet boos,' zei ze in de stille gebarentaal. 'Je weet vast wel waarom ik dit moet doen.'

Ze zocht een lange, gladde stok en maakte er met haar stenen mes een inkeping in. Toen dacht ze een poosje na en maakte er nog twee. Ze legde haar eerste drie vingers over de inkepingen en hield ze op. Ik denk dat het meer dagen is, maar van zoveel ben ik zeker. Ik zal hem vanavond weer merken, en iedere avond. Ze bestudeerde de stok opnieuw. Ik denk dat ik een extra kerfje boven deze maak, om de dag aan te geven waarop ik begon te bloeden.

De maan doorliep de helft van zijn cyclus nadat ze haar speren had gemaakt, maar ze wist nog steeds niet hoe ze op het grote dier moest jagen dat ze nodig had. Ze zat in de opening van haar grot en keek naar de wand aan de overkant en de nachthemel. De zomer begon op het toppunt van zijn warmte te komen en ze genoot van de koele avondbries. Ze had net een nieuwe zomerdracht af. Haar complete omslag was vaak te heet om te dragen, en hoewel ze in de omgeving van de grot naakt rondliep, had ze de buidels en plooien van een omslag nodig om spullen in te dragen als ze erg ver weg ging. Sinds ze vrouw was geworden, vond ze het prettig een leren band stevig om haar borsten te dragen als ze op jacht ging. Dat was gemakkelijker bij het rennen en springen. En in de vallei had ze geen heimelijke blikken te verduren van mensen die het maar gek vonden dat ze hem droeg.

Ze had geen grote huid om te versnijden, maar verzon uiteindelijk een manier om konijnenvellen – onthaard – te dragen als een zomeromslag, dat haar vanaf haar middel bloot hield, en andere vellen als borstband. Ze was van plan de volgende ochtend een tocht naar de steppen te maken met haar nieuwe speren, in de hoop dieren aan te treffen waar ze jacht op kon maken. Ze had haar kerfstok nog in haar hand.

Ze ging naar de steppen ten oosten van de grot, want de loodrechte wand met de rivier aan zijn voet maakte de westelijke vlakten te moeilijk te bereiken. Ze zag verscheidene kudden herten, bizons, paarden, zelfs een kleine troep saiga-antilopen, maar ze bracht alleen een stel sneeuwhoenderen en een grote woestijnspringmuis mee. Ze kon gewoon niet dicht genoeg naderen om ook maar één dier met haar speren te raken.

Met het verstrijken van de dagen werd de jacht op een groot dier een voortdurende zorg. Ze had vaak de mannen van de stam over de jacht horen praten – ze spraken over haast niets anders – maar ze jaagden altijd gezamenlijk. Hun favoriete techniek was om, net als een roedel wolven, een dier uit een kudde te isoleren en het om beurten achterna te zitten tot het zo uitgeput was dat ze dicht genoeg konden naderen voor de fatale stoot. Maar Ayla was alleen.

Ze hadden er wel eens over gepraat hoe de katachtigen lagen te wachten om toe te slaan of met een enorme sprong hun prooi met de hoektanden en klauwen neerlegden. Maar Ayla had die klauwen en tanden niet en ook niet die snelheid op de korte afstand. Ze was ook niet zo handig met haar speren; ze waren vrij groot om te hanteren en lang. Toch moest ze er iets op vinden.

De nacht van de nieuwe maan kwam ze eindelijk op een idee waarvan ze dacht dat het misschien succes zou hebben. Ze dacht vaak aan de Stambijeenkomst als de maan de aarde zijn rug toekeerde en de verre uithoeken van het firmament in zijn licht baadden. Het feest van de Holenbeer werd altijd gehouden als de maan nieuw was.

Ze dacht aan de jachttaferelen die de verschillende stammen hadden opgevoerd. Broud had de opwindende jachtdans voor hun stam geleid en de levendige voorstelling hoe ze een mammoet met vuur een doodlopende kloof in hadden gejaagd, had hun de overwinning opgeleverd. Maar de manier waarop de stam die als gastheer optrad, had uitgebeeld hoe ze een valkuil hadden gegraven op het pad dat een wolharige neushoorn gewoonlijk naar het water nam en hem toen hadden omsingeld en erin hadden gejaagd, had hun een goede tweede plaats opgeleverd in die wedstrijd. Wolharige neushoorns waren berucht, onvoorspelbaar en gevaarlijk.

De volgende ochtend keek Ayla om te zien of de paarden er waren, maar ze begroette ze niet. Ze kon alle leden van de kudde uit elkaar houden. Ze waren gezelschap, bijna vrienden, maar er was geen andere weg, niet als ze in leven wilde blijven.

De volgende paar dagen bracht ze voor het grootste deel door met het observeren van de kudde. Ze bestudeerde hun bewegingen, waar ze gewoonlijk water dronken, waar ze graag graasden, waar ze de nachten doorbrachten. Onderwijl begon in haar gedachten een plan gestalte te krijgen. Ze maakte zich druk over details, probeerde iedere mogelijkheid te voorzien en ging ten slotte aan de slag.

Het kostte haar een hele dag om kleine bomen en kreupelhout om te hakken en ze de halve wei over te slepen, waar ze ze op een stapel legde vlak bij een opening in de bomen langs de stroom. Ze verzamelde harsige bast en takken van spar en den, groef in vermolmde oude stronken naar harde resten die snel vlamvatten en trok bosjes droog gras uit de grond. 's Avonds bond ze de klompen hout en stukken hars met gras aan takken, om fakkels te maken die snel zouden ontvlammen en veel rook zouden geven bij het branden.

De ochtend van de dag waarop ze van plan was te beginnen, haalde ze haar leren tent en de oeroshoren tevoorschijn. Vervolgens rommelde ze in de hoop aan de voet van de wand, op zoek naar een stevig, plat bot en schraapte dat aan een kant af tot het in een scherpe rand taps toeliep. Toen pakte ze, in de hoop dat ze ze nodig zou hebben, alle koorden en riemen die ze kon vinden, trok stengels van klimplanten van de bomen en stapelde ze op op het rotsstrandje. Ze sleepte ook ladingen drijf- en sprokkelhout naar het strandje, zodat ze genoeg zou hebben voor de vuren.

Tegen het begin van de avond was alles klaar en Ayla ijsbeerde tot aan de naar voren springende wand op het strandje heen en weer en controleerde de bewegingen van de kudde. Bezorgd keek ze naar een paar wolken die zich in het oosten opstapelden, en hoopte dat ze niet haar kant op zouden trekken en het maanlicht waar ze op rekende, zouden verduisteren. Ze kookte wat graan voor zichzelf en plukte een paar bessen, maar ze kon niet veel eten en nam steeds haar speren op om oefenstoten te maken en legde ze dan weer neer. Op het laatste ogenblik groef ze in de stapel drijfhout en botten tot ze het lange been vond van de voorpoot van een hert, met zijn knokige uiteinde. Ze sloeg het met kracht tegen een groot stuk mammoetslagtand en vertrok haar gezicht bij de terugslag door haar arm. Het lange bot was onbeschadigd, het was een goede, stevige knots. De maan kwam op voor de zon onderging. Ayla wenste dat ze meer af wist van jachtceremonies. Maar vrouwen werden er altijd buiten gehouden. Ze brachten ongeluk.

Ik heb zelf nooit pech gehad, dacht ze, maar ik heb ook nog nooit op een groot dier gejaagd. Ik wou dat ik iets wist dat geluk bracht. Haar hand ging naar haar amulet en ze dacht aan haar totem. Haar Holenleeuw had haar er immers in de eerste plaats toe gebracht te gaan jagen. Dat zei Creb. Welke andere reden kon er zijn waarom een vrouw bedrevener zou worden in het gebruik van het door haar gekozen wapen dan welke man ook? Haar totem was te sterk voor een vrouw, hij gaf haar mannelijke trekjes, had Brun gedacht. Ayla hoopte dat haar totem haar weer geluk zou brengen.

De schemering ging langzaam over in duisternis toen Ayla naar de bocht in de rivier liep en zag dat de paarden zich eindelijk voor de nacht installeerden. Ze haalde het platte bot en de tenthuid en rende door het hoge gras tot ze bij de opening in de bomen kwam, waar de paarden 's morgens kwamen drinken. Het groene gebladerte zag grijs in het tanende daglicht en de bomen verder weg staken als zwarte silhouetten af tegen een lucht die in vuur en vlam stond. Ze legde de tent op de grond, in de hoop dat de maan genoeg licht zou geven om iets te zien en begon te graven.

De bovenlaag was hard, maar toen ze daar eenmaal doorheen was werd het graven met de scherpe benen schep gemakkelijker. Toen ze een berg grond op de huid had liggen, sleepte ze hem naar het bos om hem daar te storten. Toen het gat dieper werd, legde ze de huid op de bodem en haalde de grond ermee omhoog. Het was een omslachtige manier en het kostte haar veel inspanning. Ze had nog nooit alleen een gat gegraven. De grote met stenen versterkte kookputten, die werden gebruikt om hele rompen te roosteren, werden altijd door alle vrouwen gezamenlijk gemaakt en deze put moest dieper en langer worden.

Het gat was ongeveer een meter diep toen ze water voelde en besefte dat ze niet zo dicht bij de rivier had moeten graven. De bodem van de put liep snel vol. Ze stond tot haar enkels in de modder voor ze ophield en eruit klom. Toen ze de huid eruit tilde brokkelde er weer een zijkant af.

Ik hoop dat het diep genoeg is, dacht ze. Dat moet maar, want hoe dieper ik graaf, hoe meer water er komt. Ze keek naar de maan en was verbaasd dat het al zo laat was. Ze zou moeten opschieten om het af te krijgen en ze gunde zich geen tijd om even uit te rusten, wat ze eerst wel van plan was.

Ze liep snel naar de plaats waar ze de takken en de bomen had opgestapeld en struikelde over een wortel die ze niet had gezien. Hoe kon ik zo onvoorzichtig zijn, dacht ze en wreef haar pijnlijke scheenbeen. Haar handen en knieën schrijnden en ze wist dat de schaafwond aan haar been bloedde al kon ze het niet goed zien.

Ze besefte opeens hoe roekeloos ze was en raakte even in paniek. Hoe moet het verder als ik mijn been breek? Er is hier niemand om me te helpen als er iets gebeurt. Wat doe ik hier in de nacht? Zonder vuur? Wat moet ik doen wanneer een dier me aanvalt? Ze herinnerde zich nog levendig dat ze eens was besprongen door een lynx en ze tastte naar haar slinger omdat ze in het donker gloeiende ogen meende te zien.

Ze voelde dat het wapen nog veilig tussen haar riem stak. Dat gaf haar zekerheid. Trouwens, ik ben toch dood, of zo beschouwen ze me. Ik zie wel wat er gaat gebeuren, daar kan ik me nu geen zorgen over maken. Als ik niet voortmaak is het ochtend voor ik klaar ben.

Ze vond haar stapel takken en begon de boompjes naar de kuil te slepen. Ze kon in haar eentje de paarden niet omsingelen, redeneerde ze en er waren geen doodlopende dalen in de vallei, maar ze had plotseling een idee gekregen. Ze had wel vaker geniale invallen en daardoor onderscheidde ze zich veel meer van de Stam dan door haar uiterlijk. Als zulke dalen er niet waren in de vallei, kon ze er misschien een maken, dacht ze.

Het deed er niet toe dat het al eerder was bedacht, voor haar was het nieuw. Ze beschouwde het niet als een grote uitvinding. Ze vond het gewoon een kleine variant op de manier waarop de mannen van de Stam jaagden; slechts een kleine aanpassing die misschien, heel misschien, een vrouw alleen in staat zou stellen om een dier te doden, wat geen enkele man van de Stam ooit alleen gelukt was. Het was een belangrijke uitvinding, uit nood geboren.

Ayla keek bezorgd naar de hemel terwijl ze takken tot een hindernis vlocht die aan beide zijden van de kuil een eind uitstak. Ze sloot de openingen af en verhoogde ze met takkenbossen terwijl in het zuiden de sterren verbleekten.

De eerste vogels begonnen kwetterend aan hun ochtendgroet en het werd al licht, toen ze achteruitstapte en het werk van haar handen inspecteerde.

De kuil was ongeveer rechthoekig, iets langer dan hij breed was, en modderig langs de randen, waar de laatste ladingen nat zand eruit waren gehesen. Losse hoopjes aarde, die van de tenthuid waren gevallen, lagen over het vertrapte gras uitgestrooid binnen het driehoekige gebied dat werd afgebakend door de twee wanden van kreupelhout, die ze met de stengels van klimplanten in elkaar had gevlochten om een provisorische, smal toelopende kloof te vormen die bij het modderige gat samenkwam. Door een gat waar de kuil de twee hekken scheidde, kon ze de rivier de rozige lucht in het oosten zien weerspiegelen. Aan de overkant van het kabbelende water doemde de steile zuidwand van de vallei donker op. Alleen bij de top waren zijn contouren te onderscheiden.

Ayla draaide zich om om de positie van de paarden na te gaan. De andere kant van de vallei bestond uit een flauwe helling die naar het westen steiler werd tot hij de uitspringende wand voor haar grot vormde. Naar het oosten werd hij weer vlakker en ging over in met gras begroeide heuvels. Daar was het nog donker, maar ze kon zien dat de paarden in beweging kwamen.

Ze greep snel de huid en de platte benen spade en rende terug naar het strandje. Het vuur was bijna uit. Ze deed er wat hout bij, schoof er met een stok een gloeiend stuk hout uit en deed het in de oeroshoren. Ze pakte de fakkels, de speren en de knots en liep snel terug naar de kuil. Ze legde aan iedere kant van het gat een speer en de knots ernaast en liep in een grote boog om de paarden heen om achter ze te komen voor ze begonnen te lopen.

En toen wachtte ze.

Het wachten was moeilijker dan de lange nacht werken. Ze was erg gespannen en bezorgd, en ze vroeg zich af of haar plan zou slagen. Ze controleerde het kooltje in haar oeroshoren, inspecteerde de fakkels en wachtte. Ze bedacht talloze dingen waaraan ze nog niet eerder had gedacht, die ze had moeten doen, of anders had moeten doen, en wachtte. Ze vroeg zich af wanneer de paarden hun dolende gang in de richting van de stroom zouden beginnen, dacht erover om ze een duwtje in de goede richting te geven, bedacht zich toen en wachtte.

De paarden begonnen rond te lopen. Ayla vond dat ze zenuwachtiger leken dan gewoonlijk, maar ze was nog nooit zo dicht bij ze in de buurt gekomen en ze wist het niet zeker. Eindelijk maakte de aanvoerende merrie aanstalten om naar de rivier te gaan en de rest volgde haar. Onderweg stopten ze af en toe om te grazen. Toen ze dichter bij de rivier kwamen en Ayla's geur en de lucht van overhoopgehaalde aarde gewaar werden, werden ze beslist zenuwachtiger. Toen de aanvoerende merrie van koers leek te veranderen, besloot Ayla dat het zover was.

Ze stak met het kooltje een fakkel aan, daarna een tweede met de eerste. Toen ze goed brandden, ging ze de kudde achterna. De oeroshoren liet ze achter. Ze rende joelend en schreeuwend en zwaaide met haar fakkels, maar ze was te ver van de kudde vandaan. De rooklucht wekte een instinctieve angst voor steppebranden op. De paarden versnelden hun pas en hadden haar algauw ver achter zich gelaten. Ze gingen op hun drinkplaats en de hekken van kreupelhout af, maar omdat ze gevaar roken, probeerden er een paar naar het oosten te ontsnappen. Ayla zwenkte in dezelfde richting af, in de hoop ze de pas af te snijden. Ze rende zo hard ze kon. Toen ze dichtbij kwam, zag ze dat meer leden uit de kudde afweken om de val uit de weg te gaan en ze rende schreeuwend tussen hen in. Ze sprongen voor haar opzij. Met de oren in de nek en met opengesperde neusvleugels renden ze haar aan weerskanten voorbij, schreeuwend van angst en verwarring. Ook Ayla begon in paniek te raken, bang dat ze allemaal zouden ontsnappen.

Ze was vlak bij het oostelijke uiteinde van de hindernis van kreupelhout toen ze de muiskleurige merrie op zich af zag komen. Ze gilde tegen het paard, hield haar fakkels wijd uiteen en rende, leek het wel, regelrecht op een frontale botsing af. Op het laatste ogenblik sprong de merrie opzij, de verkeerde kant op – althans voor haar. Ze merkte dat haar vluchtweg was afgesloten, en galoppeerde langs de binnenkant van het hek, op zoek naar een uitweg. Ayla draafde achter haar aan, happend naar adem. Ze had het gevoel dat haar longen zouden barsten.

De merrie zag het gat met zijn wenkende glimp van de rivier en ging erop af. Toen zag ze de open kuil – te laat. Ze trok haar benen onder zich in om over het gat te springen, maar haar hoeven gleden uit op de modderige rand. Met een gebroken been viel ze in volle vaart in de kuil.

Ayla kwam hijgend aanrennen, pakte een speer van de grond en stond naar de wild kijkende merrie te staren. Het dier gilde, schudde met haar hoofd en worstelde in de modder. Ayla greep de schacht met beide handen beet, zette zich schrap en stootte de punt met kracht in de kuil. Toen drong het tot haar door dat ze de speer in een flank had gedreven, waardoor het paard wel gewond was, maar niet dodelijk. Ze rende naar de andere kant en gleed uit in de modder zodat ze bijna zelf in het gat viel.

Ze raapte de andere speer op en deze keer richtte ze nauwkeuriger. De merrie hinnikte van verwarring en pijn en toen de punt van de tweede speer in haar hals doordrong, kwam ze in een laatste, heldhaftige poging slingerend naar voren. Toen zakte ze, met een gehinnik dat meer op kreunen leek, met twee wonden en een gebroken been terug. Een harde klap met de knots maakte ten slotte een einde aan haar lijden.

Het drong maar langzaam tot Ayla door, ze was nog te versuft om volledig te beseffen wat ze had bereikt. Zwaar leunend op de knots, die ze nog steeds in haar handen hield, op de rand van de kuil, staarde ze happend naar adem naar de gevallen merrie op de bodem van het gat. De ruige, grijzige vacht zat onder het bloed en de modder, maar het dier bewoog niet.

Toen begon het haar langzaam te dagen. Een impuls zoals ze die nog nooit had gekend, welde van ergens diep in haar op, zwol aan in haar keel en barstte van haar lippen in een oerkreet van overwinning. Het was haar gelukt!

Op dat moment stond een jonge vrouw, helemaal alleen in een uitgestrekt gebied, ergens tussen de grenzeloze, sombere löss-steppen van het noorden en de vochtige steppen van het zuiden, met een benen knots in haar hand en ze voelde zich machtig. Ze kon overleven. Ze zou overleven.

Maar haar jubelstemming was maar van korte duur. Toen Ayla op het paard neerkeek, kwam het plotseling bij haar op dat ze nooit in staat zou zijn het dier in zijn geheel uit de kuil te slepen. Ze zou het op de bodem van het modderige gat aan stukken moeten hakken. En dan zou ze het snel naar het strand moeten zien te krijgen voor al te veel andere rovers de geur van het bloed roken, met het hele vel in redelijk goede staat. Ze zou het vlees aan dunne repen moeten snijden, de andere delen die ze nodig had, moeten bewaren, vuren brandend moeten houden en de wacht moeten houden terwijl het vlees droogde.

En ze was al uitgeput van de afmattende nacht werk en de bange jacht. Maar ze was geen man van de Stam, die zijn gemak ervan kon nemen nu zijn opwindende aandeel achter de rug was en die het karwei van het uitbenen en conserveren aan de vrouwen kon overlaten. Ayla's werk begon pas. Ze slaakte een diepe zucht en sprong toen in de kuil om de keel van de merrie open te snijden.

Ze rende terug naar het strandje om de tenthuid en het stenen gereedschap op te halen en toen ze terugkwam, viel het haar op dat de kudde aan de andere kant van de vallei nog steeds in beweging was. Ze vergat ze toen ze in de te nauwe kuil, onder het bloed en de modder, worstelde om lappen vlees af te hakken terwijl ze haar best deed om het vel niet erger te beschadigen dan het al was.

Aasetende vogels pikten restjes vlees van weggeworpen botten toen ze zoveel vlees op de tenthuid had gestapeld als ze dacht dat ze mee kon slepen. Ze sleurde het naar het strandje, gooide extra brandstof op het vuur en deponeerde haar lading er zo dicht mogelijk bij. Ze rende terug, de lege huid achter zich aan slepend, maar ze had haar slinger klaar en had al stenen weggeslingerd voor ze bij de kuil kwam. Ze hoorde het gejank van een vos en zag hem weghinken. Als haar stenen niet op waren geweest, had ze er een gedood. Ze raapte nieuwe stenen uit de rivierbedding en dronk wat voor ze weer aan het werk ging.

De steen trof doel en was fataal voor de veelvraat die de hitte van het vuur had getrotseerd en een grote homp vlees probeerde weg te slepen toen Ayla met een tweede lading terugkwam. Ze sleepte haar vlees naar het vuur en ging toen terug om de slokop te halen, hopend dat ze tijd zou hebben die ook te villen. Veelvraatbont was bijzonder geschikt voor de winter. Ze deed nog wat hout op het vuur en keek naar de stapel drijfhout.

Ze had niet zoveel geluk met de hyena toen ze terugkwam bij de kuil. Hij slaagde erin er met een heel scheenbeen vandoor te gaan. Ze had sinds haar komst in de vallei nog niet zoveel vleeseters gezien. Vossen, hyena's, veelvraten – ze hadden allemaal de smaak van haar buit te pakken. Wolven en hun fellere, aan honden verwante neven liepen buiten het bereik van haar slinger heen en weer. Haviken en wouwen hadden meer lef en klapten slechts met hun vleugels en weken iets opzij als ze naderde. Ze verwachtte elk ogenblik een lynx of een luipaard of een holenleeuw te zien.

Tegen de tijd dat ze het smerige vel uit het gat had getrokken, was de zon voorbij zijn hoogste punt en begon onder te gaan, maar pas toen ze haar laatste lading naar het strandje had gesleept, gaf ze toe aan haar vermoeidheid en liet ze zich op de grond zakken. Ze had de hele nacht niet geslapen, ze had de hele dag niet gegeten en ze wilde geen stap meer verzetten. Maar de kleinste dieren die uit waren op hun aandeel in haar buit, dwongen haar ten slotte weer op te staan. De zoemende vliegen vestigden er haar aandacht op hoe vies ze was, en ze staken. Ze hees zich overeind en liep het water in, zonder de moeite te nemen haar kleren uit te trekken en liet dankbaar het water over zich spoelen.

De rivier was verfrissend. Na afloop klom ze omhoog naar haar grot, spreidde haar zomeromslag uit om te drogen en wou dat ze eraan had gedacht haar slinger uit haar riem te halen voor ze het water in ging. Ze was bang dat hij nu stug zou worden als ze hem droogde. Ze deed een schone omslag om en haalde haar slaapvacht uit de grot. Voor ze naar beneden ging naar het strandje, keek ze vanaf de rand van haar terras de wei over. Bij de kuil schuifelde en bewoog iets, maar de paarden waren uit de vallei verdwenen.

Plotseling dacht ze aan haar speren. Ze lagen nog op de grond op de plek waar ze ze had achtergelaten nadat ze ze uit de merrie had getrokken. Ze overlegde bij zichzelf of ze ze zou gaan ophalen, praatte het zichzelf haast uit het hoofd en gaf toen toe dat het beter was om twee volmaakt goede speren te bewaren dan zich al het werk op de hals te halen om later nieuwe te maken. Ze pakte haar natte slinger, liet haar vacht op het strand vallen en zocht er een zak vol stenen bij.

Toen ze de valkuil naderde, was het alsof ze de slachting voor het eerst zag. Het hek van kreupelhout was op verschillende plaatsen omgevallen. De kuil was een open wond in de aarde en het gras was vertrapt. Overal zat bloed en lagen restjes vlees en botten. Twee wolven betwistten elkaar grauwend de resten van het hoofd van de merrie. Jonge vossen liepen jankend om een ruig voorbeen waar de hoef nog aan zat en een hyena nam haar wantrouwig op. Een zwerm wouwen fladderde op toen ze naderde, maar een veelvraat hield stand naast de kuil. Alleen de katten schitterden door afwezigheid.

Ik kan maar beter opschieten, dacht ze, terwijl ze een steen gooide om een veelvraat te verjagen. Ik zal om mijn vlees heen vuren moeten aanleggen. De hyena stootte een schel lachje uit en trok zich iets terug, juist buiten haar bereik. Weg jij, lelijk beest, dacht ze. Ayla had een hekel aan hyena's. Telkens als ze er een zag, moest ze denken aan die keer dat een hyena Oga's baby had gepakt. Ze had verder niet over de gevolgen nagedacht, maar had de hyena gedood. Ze kon de baby zo niet laten sterven.

Toen ze zich bukte om haar speren op te rapen, werd haar aandacht getrokken door iets dat ze door het gat in de kreupelhoutbarrière zag bewegen. Een aantal hyena's was bezig een spillebenig, hooikleurig veulen te besluipen.

Het spijt me voor je, dacht Ayla. Ik wilde je moeder niet doden, ze was gewoon toevallig degene die in de val liep. Ayla had geen schuldgevoelens. Er waren jagers en er waren prooidieren, en soms werden de jagers prooi. Ondanks haar wapens en haar vuur kon zij net zo goed aan jagers ten prooi vallen. Jagen was een manier van leven.

Maar ze wist dat het paardje zonder zijn moeder ten dode opgeschreven was en ze had medelijden met het kleine, hulpeloze dier. Sinds het eerste konijn dat ze naar Iza had gebracht om het te genezen, had ze een hele reeks kleine, gewonde dieren meegenomen naar de grot, tot grote schrik van Brun. Bij vleeseters lag voor hem de grens.

Ze zag de hyena's om het merrieveulen draaien, dat schichtig probeerde uit hun buurt te blijven. Het had een verwilderde, bange blik in de ogen. Nu er niemand is om voor je te zorgen, is het misschien maar het beste als het snel afgelopen is, redeneerde Ayla. Maar toen één hyena op het veulen afsprong en het een knauw in de flank gaf, dacht ze verder niet na. Stenen slingerend rende ze het kreupelhout door. Eén hyena viel neer, de andere maakten dat ze wegkwamen. Ze deed geen poging om ze te doden. Ze had geen belangstelling voor de vieze gevlekte huid van de hyena's; ze wou alleen dat ze het paardje met rust lieten. Het veulen rende ook weg, maar niet zo ver. Het was bang voor Ayla, maar nog banger voor de hyena's.

Ayla naderde het kleintje langzaam. Ze hield haar hand uitgestoken en maakte zachte kreungeluidjes, op een manier waarmee ze al eerder bange dieren had gesust. Ze had er slag van om met dieren om te gaan, een gevoeligheid die zich tot alle levende wezens uitstrekte en die met haar medische vaardigheid ontwikkeld was. Iza had deze gevoed, had het gezien als een verlengstuk van haar eigen medeleven, dat haar ertoe had gedreven een vreemd uitziend klein meisje op te rapen omdat ze gewond was en honger had.

Het merrieveulen strekte haar hals om aan Ayla's uitgestoken vingers te snuffelen. De jonge vrouw kwam dichterbij, aaide, wreef en krauwde het veulen. Toen het paardje iets bekends aan Ayla's vingers ontdekte en er luidruchtig op begon te zuigen, maakte dit een oude, schrijnende honger in Ayla wakker.

Arm kleintje, dacht ze, zo'n honger en geen moeder om je melk te geven. Ik heb geen melk voor je. Ik had niet eens genoeg voor Durc. Ze voelde tranen opwellen en schudde haar hoofd. Nou, hij is evengoed sterk geworden. Misschien kan ik iets anders bedenken om je te voeren. Ook jij zult jong gespeend moeten worden. Kom mee, kleintje. Met haar vingers leidde ze het jonge veulen in de richting van het strandje.

Net toen ze in de buurt kwam, zag ze een lynx die op het punt stond zich uit de voeten te maken met een groot brok van haar zuurverdiende vlees. Er was ten slotte toch een katachtige verschenen. Terwijl het schichtige veulen achteruitdeinsde, greep ze twee stenen en haar slinger, en toen de lynx opkeek, slingerde ze de stenen met kracht weg.

'Je kunt een lynx doden met een slinger,' had Zoug lang geleden eens stijf volgehouden. 'Iets groters moet je niet proberen, maar een lynx kun je doden.'

111

Het was niet de eerste keer dat Ayla zijn gelijk had bewezen. Ze redde haar vlees en sleepte de kat met zijn gepluimde oren ook terug. Toen keek ze naar de berg vlees, het paardenvel met de aangekoekte modder, de dode veelvraat en de dode lynx. Plotseling begon ze hardop te lachen. Ik had vlees nodig. Ik had vellen nodig. Nu heb ik alleen nog maar een extra paar handen nodig, dacht ze.

Het veulentje was teruggeschrokken van haar plotseling gelach en de lucht van het vuur. Ayla pakte een riem, naderde het jonge paard weer voorzichtig, bond de riem om haar hals en leidde haar naar het strandje. Ze bond het andere uiteinde aan een struik, bedacht toen dat ze haar speren weer vergeten had, rende weg om ze te halen en ging daarna het paardje sussen, dat had geprobeerd haar te volgen. Wat moet ik je voeren, dacht ze toen het kleintje weer op haar vingers probeerde te zuigen. Ik kan niet zeggen dat ik nu niet genoeg te doen heb, dacht ze.

Ze probeerde het met wat gras, maar het paardje leek niet precies te weten wat het ermee moest doen. Toen viel haar oog op haar kookpot met koude, gekookte granen op de bodem. Kleintjes kunnen hetzelfde voedsel eten als hun moeders, herinnerde ze zich, maar het moet zachter zijn. Ze deed water bij de pot, stampte het graan tot een fijne pap en bracht die naar het veulen, dat alleen snoof en steigerde toen de vrouw haar neus erin duwde. Maar toen likte ze haar gezicht af en de smaak leek haar aan te staan. Ze had honger en zocht Ayla's vingers weer op.

Ayla dacht een ogenblik na en liet toen, terwijl het veulentje nog steeds zoog, haar hand in de pot zakken. Het paard zoog een beetje pap naar binnen en schudde met haar hoofd, maar na nog een paar pogingen leek het hongerige kleintje het te snappen. Toen ze het op had, ging Ayla naar boven naar de grot om nog wat graan te halen en zette het op het vuur voor later.

Ik denk dat ik veel meer graan zal moeten verzamelen dan ik aanvankelijk van plan was. Maar misschien heb ik daar wel tijd voor als ik dit allemaal heb gedroogd. Ze wachtte even en dacht erover na hoe vreemd de Stam haar zou vinden. Een paard doden om voedsel te hebben en dan voedsel zoeken voor het jong. Ik kan hier net zo vreemd doen als ik wil, zei ze bij zichzelf, terwijl ze een stuk paardenvlees aan een puntige stok prikte om het te roosteren. Toen zag ze wat ze allemaal nog te doen had en ging aan het werk.

Ze zat nog steeds vlees aan dunne repen te snijden toen de volle maan opkwam en de sterren weer begonnen te twinkelen. Een kring van vuren omzoomde het strandje en ze was dankbaar voor de grote hoop drijfhout in de buurt. Binnen de cirkel hingen rijen en nog eens rijen vlees te drogen. Een geelbruinige lynxvacht lag opgerold naast een kleinere rol grof bruin veelvraatbont, allebei klaar om te worden afgeschraapt en geprepareerd. Het pasgewassen grijze vel van de merrie was op de stenen uitgespreid en lag te drogen naast de paardenmaag, die was schoongemaakt en met water was gevuld om hem soepel te houden. Er lagen repen pees voor garen te drogen, stukken gewassen ingewanden, een berg hoeven en botten en een tweede berg brokken vet, die wachtten om te worden uitgesmolten en in de ingewanden te worden gegoten om ze op te slaan. Ze was er zelfs in geslaagd wat vet van de lynx en de veelvraat over te houden voor lampen en om leer waterdicht te maken, hoewel ze het vlees had weggegooid. Ze hield niet zo van de smaak van vleeseters.

Ayla keek naar de laatste twee hompen vlees, waarvan de modder in de stroom was afgespoeld, en wilde er een pakken. Toen bedacht ze zich. Ze konden wachten. Ze kon zich niet herinneren dat ze ooit zo moe was geweest. Ze controleerde haar vuren, gooide op elk nog wat hout, spreidde toen haar berenvacht uit en rolde zich erin.

Het paardje was niet langer aan de struik vastgebonden. Nadat ze nog een tweede keer was gevoerd, leek ze geen behoefte te hebben weg te dwalen. Ayla sliep al haast toen het veulen haar besnuffelde en naast haar kwam liggen. Ze stond er op dat ogenblik niet bij stil dat de reacties van het veulen haar zouden wekken als een roofdier te dicht bij de langzaam dovende vuren kwam, hoewel dat wel het geval was. Half in slaap sloeg de jonge vrouw haar arm om het warme diertje, voelde haar hartslag, hoorde haar ademhaling en kroop dichter tegen haar aan.

6

Jondalar wreef over de stoppels op zijn kin en strekte zijn hand uit naar zijn draagstel, dat tegen een gedrongen den leunde. Hij haalde er een klein pakje van zacht leer uit, maakte de veters los, opende de vouwen en bekeek het dunne stenen mesje zorgvuldig. Over de hele lengte liep een flauwe bocht – alle uit goede steen geslepen messen waren enigszins gebogen, dat was typerend voor het steen – maar de snijrand was gelijkmatig en scherp. Het mesje was een van de verschillende bijzonder verfijnde werktuigen die hij had bewaard.

Een plotselinge windstoot rukte aan de dorre takken van de bemoste oude den. Hij liet de tentflappen opwaaien, bulderde de tent door, trok de stormlijnen vast, rukte aan de palen en liet ze weer dichtklappen. Jondalar keek naar het mesje, schudde toen het hoofd en pakte het weer in.

'Tijd om de baard te laten staan?' zei Thonolan.

Jondalar had niet opgemerkt dat zijn broer naderbij was gekomen. 'Een baard heeft één voordeel,' zei hij. 'Hij kan lastig zijn, 's zomers. Jeukt als je zweet, prettiger om hem af te scheren. Maar hij houdt je gezicht wel lekker warm in de winter en het wordt winter.'

Thonolan blies op zijn handen, wreef ze, hurkte toen bij het vuurtje voor de tent en hield ze boven de vlammen. 'Ik mis de kleur,' zei hij. 'De kleur?'

'Rood. Er is geen rood. Hier en daar een struik, maar verder wordt alles gewoon geel en dan bruin. Gras, bladeren...' Hij gaf een knikje ruwweg in de richting van het open grasland achter hem en keek toen Jondalar, die bij de boom stond, aan. 'Zelfs de dennen maken een valige indruk. Er ligt al ijs op de plassen en de randen van stroompjes, en ik wacht nog steeds op de herfst.'

'Wacht maar niet te lang,' zei Jondalar. Hij kwam naar hem toe en hurkte tegenover zijn broer voor het vuur. 'Ik heb vanochtend vroeg een neushoorn gezien. Op weg naar het noorden.'

'Ik dacht al dat er sneeuw in de lucht zat.'

'Veel zal het nog wel niet zijn, niet als er neushoorns en mammoeten in de buurt zitten. Ze houden van de kou, maar niet van veel sneeuw. Ze schijnen het altijd te weten als er een zware bui komt en dan trekken ze snel terug naar de gletsjer. Men zegt wel: "Laat de speren binnen staan, als de mammoeten noordwaarts gaan." Dat gaat ook op voor neushoorns, maar deze had geen haast.'

'Ik heb hele jachtploegen rechtsomkeert zien maken zonder ook maar een speer te hebben geworpen, alleen omdat de wolharigen naar het noorden trokken. Ik vraag me af hoeveel het hier in deze streek sneeuwt.'

'De zomer was droog. Als de winter dat ook is, blijven de mammoeten en neushoorns misschien wel het hele jaargetijde. Maar we zitten nu verder naar het zuiden en dat betekent gewoonlijk meer sneeuw. Als er mensen wonen in die bergen daar in het oosten, zouden die het moeten weten. Misschien hadden we bij die mensen moeten blijven die ons de rivier hebben overgezet. We moeten een plaats vinden om te overwinteren, en gauw ook.'

'Ik zou op dit moment geen bezwaar hebben tegen een leuke, vriendelijke grot vol mooie vrouwen,' zei Thonolan grijnzend.

'Ik zou al genoegen nemen met een aardige Grot.'

'Grote broer, jij zou net zomin als ik een winter zonder vrouwen willen doorbrengen.'

De grotere man glimlachte. 'De winter zou een stuk kouder zijn zonder vrouw, mooi of niet.'

Thonolan keek zijn broer weifelend aan. 'Dat heb ik me dikwijls afgevraagd,' zei hij.

'Wat?'

'Soms is er een echte schoonheid die de helft van alle mannen achter zich heeft, maar ze ziet alleen jou. Ik weet dat je niet dom bent, je weet het – toch laat je haar links liggen en kiest een meisje dat ergens in een hoekje zit. Waarom?'

'Ik weet het niet. Soms denkt het meisje alleen maar dat ze niet mooi is, omdat ze een moedervlek op haar wang heeft of omdat ze haar neus te lang vindt. Als je met haar praat is er vaak meer met haar te beleven dan met degene die iedereen wil hebben. Soms zijn vrouwen die niet volmaakt zijn interessanter; ze hebben vaak meer gedaan of iets geleerd.'

'Misschien heb je gelijk. Sommige verlegen meisjes bloeien op wanneer je aandacht aan ze besteedt.'

Jondalar haalde zijn schouders op en ging staan. 'Als we zo doorgaan, vinden we geen vrouwen en ook geen Grot. Laten we het kamp maar opbreken.'

'Best!' zei Thonolan gretig. Hij draaide zijn rug naar het vuur toe – en verstarde! 'Jondalar!' bracht hij hijgend uit. Toen deed hij zijn best om nonchalant te klinken. 'Doe niets dat zijn aandacht kan trekken, maar als je over de tent heenkijkt, zul je je vriend van vanmorgen zien; of iemand die precies op hem lijkt.'

Jondalar gluurde over het dak van de tent. Pal aan de andere kant, heen en weer waggelend terwijl hij zijn massieve gewicht van de ene poot op de andere zette, stond een reusachtige, tweehoornige, wolharige neushoorn. Met zijn kop opzij stond hij Thonolan op te nemen. Als hij recht voor zich uit keek, was hij praktisch blind, zijn kleine ogen stonden te ver naar achteren en zijn gezichtsvermogen was om te beginnen al zwak. Een zuiver gehoor en een scherpe reukzin compenseerden dat ruimschoots.

Hij was duidelijk een beest van de kou. Hij had twee vachten, een zachte ondervacht van dik, donzig bont en een ruige bovenvacht van rossig bruin haar en onder zijn taaie huid zat een acht centimeter dikke laag vet. Hij droeg zijn hoofd laag, vanuit zijn schouders omlaaggebogen en zijn lange, voorste horen helde in een hoek naar voren zodat hij bij zijn waggelgang net niet de grond raakte. Hij gebruikte hem om sneeuw van zijn weidegrond te ruimen – als deze tenminste niet te hoog was. En zijn korte, dikke poten zakten gemakkelijk weg in diepe sneeuw. Hij bezocht de graslanden in het zuiden maar kort, in de late herfst en vroege winter, als het hem daar koud genoeg was geworden, maar vóór de zware sneeuwval, om zich met de rijkere oogst daar te voeden en extra vet op te slaan. Met zijn zware vachten kon hij hitte al net zomin verdragen als hij kon overleven in diepe sneeuw. Hij voelde zich het beste thuis op de ijskoude krakende, droge toendra en steppe, bij de gletsjer.

De lange, taps toelopende voorste horen kon echter voor veel gevaarlijker doeleinden worden gebruikt dan om sneeuw te ruimen, en er was maar een korte afstand tussen de neushoorn en Thonolan. 'Verroer je niet!' siste Jondalar. Hij dook achter de tent omlaag en strekte zijn hand uit naar zijn draagstel, met de speren.

'Aan die lichte speren heb je niet veel,' zei Thonolan, hoewel hij met zijn rug naar hem toe stond. Die opmerking deed Jondalars hand even aarzelen. Hij vroeg zich af of Thonolan ogen had in zijn achterhoofd. 'Je zou hem op een kwetsbare plaats moeten raken, een oog bijvoorbeeld, en dat is een te klein doelwit. Voor een neushoorn moet je een zware lans hebben,' vervolgde Thonolan, en het drong tot zijn broer door dat hij er maar een slag naar sloeg.

'Praat niet zoveel. Je trekt zijn aandacht nog,' waarschuwde Jondalar. 'Ik heb dan misschien geen lans, maar jij hebt helemaal geen wapen. Ik ga achter de tent langs en probeer of ik hem te pakken kan krijgen.'

'Wacht, Jondalar! Niet doen! Je maakt hem alleen maar kwaad met die speer, je zult hem niet eens pijn doen. Weet je nog hoe we neushoorns sarden toen we jongens waren? Iemand begon te rennen, kreeg de neushoorn achter zich aan en dook dan opzij terwijl iemand anders zijn aandacht trok. Om hem te laten lopen tot hij geen stap meer kon verzetten. Zorg jij dat je klaarstaat om zijn aandacht te trekken, dan begin ik te lopen en probeer hem tot een aanval te bewegen.'

'Nee, Thonolan!' gilde Jondalar, maar het was al te laat. Thonolan sprintte al weg.

Het was altijd onmogelijk te voorspellen wat het onberekenbare beest zou doen. In plaats van achter de man aan te gaan, stormde de neushoorn op de tent af, die in de wind rimpelde. Hij ramde hem, scheurde er een gat in, brak de riemen en raakte erin verstrikt. Toen hij zich had losgewerkt, besloot hij dat de mannen noch hun kamp hem aanstonden en draafde zonder verder iets te doen weg. Toen Thonolan een blik over zijn schouder wierp, merkte hij dat de neushoorn was verdwenen en kwam hij terugrennen.

'Dat was stom!' gilde Jondalar en hij ramde zijn speer met zo'n klap in de grond dat de houten schacht vlak boven de benen punt afbrak. 'Probeerde je je soms de dood op de hals te halen? Grote Doni, Thonolan! Twee mensen kunnen geen neushoorns sarren. Je moet hem omsingelen. Wat als hij je achterna was gegaan? Wat moet ik in de onderwereld van de Grote Moeder beginnen als jij gewond raakt?'

Verbazing flitste over Thonolans gezicht, gevolgd door woede. Toen brak er een grijns bij hem door. 'Je maakte je heus zorgen over mij! Gil maar zoveel je wilt, mij houd je niet voor de mal. Misschien had ik het niet moeten proberen, maar ik was niet van plan jou iets stoms te laten doen, een neushoorn aanvallen met zo'n lichte speer, bijvoorbeeld. Wat moet ik in de onderwereld van de Grote Moeder doen als jíj gewond raakt?' Zijn glimlach werd breder en zijn ogen lichtten op met de verrukking van een klein jongetje dat een geslaagde streek heeft uitgehaald. 'Trouwens, hij is me niet achternagekomen.'

Jondalar keek wezenloos bij zijn broers grijns. Zijn uitbarsting was er meer een van opluchting geweest dan van woede, maar het duurde een poosje voor het tot hem doordrong dat Thonolan veilig was. 'Je hebt geluk gehad. Ik neem aan dat we allebei geluk hebben gehad,' zei hij en hij slaakte een diepe zucht. 'Maar we moesten maar een stel lansen maken, zelfs als we er voorlopig alleen punten voor maken!'

'Ik heb helemaal geen taxusbomen gezien, maar we kunnen onderweg uitkijken naar es of els,' merkte Thonolan op terwijl hij de tent begon af te breken. 'Daar zou het mee moeten gaan.'

'Het gaat met alles, zelfs met wilg. Eigenlijk moesten we ze maken voor we vertrekken.'

'Jondalar, laten we maken dat we hier wegkomen. We moeten die bergen toch zien te bereiken, of niet soms?'

'Ik houd er niet van zonder lansen te reizen, niet als er neushoorns in de buurt zitten.'

'We kunnen vroeg halt houden. We moeten toch de tent repareren. Als we nu gaan, kunnen we naar wat goed hout uitkijken, een betere plaats zoeken om ons kamp op te slaan. Die neushoorn zou wel eens terug kunnen komen.'

'En hij zou ons ook wel eens kunnen volgen.' Thonolan stond 's morgens altijd te popelen om op pad te gaan en werd rusteloos van oponthoud, dat wist Jondalar. 'Misschien zouden we inderdaad die bergen moeten zien te bereiken. Best, Thonolan, maar we houden vroeg halt, afgesproken?'

'Afgesproken, grote broer.'

De twee broers beenden langs de rand van de rivier, in een gestaag, afstandenverslindend tempo. Ze waren inmiddels allang gewend aan elkaars pas en voelden zich bij elkaars zwijgen op hun gemak. Ze waren elkaar nader gekomen, hadden tegenover elkaar uitgesproken wat hen bezielde, hadden elkaars kracht en zwakte op de proef gesteld. Elk had uit gewoonte bepaalde taken op zich genomen en elk was als er gevaar dreigde, van de ander afhankelijk. Ze waren jong, sterk en gezond, en onbewust vol vertrouwen dat ze wat er ook voor hen lag, aankonden.

Ze waren zo één met hun omgeving dat waarneming haast op een onderbewust niveau plaatsvond. Bij iedere verstoring die een bedreiging vormde, zouden ze ogenblikkelijk op hun hoede zijn, maar ze waren zich maar vaag bewust van de warmte van de verre zon, die werd uitgedaagd door de koude wind die door bladerloze takken suisde; van zwartgerande wolken, die de witte uitlopers van de bergen voor hen omsloten; en van de diepe, snelstromende rivier.

De bergketens van het continent bepaalden de loop van de Grote Moederrivier. Ze ontsprong op het hoogland, ten noorden van een met gletsjers bedekte bergketen en stroomde naar het oosten. Achter de eerste bergen lag een vlakte – waar vroeger een binnenzee was geweest – en verder naar het oosten lag, in een grote boog, een tweede bergketen. Waar de meest oostelijke bergen van de eerste keten de heuvels aan de voet van de tweede keten ontmoetten, brak de rivier door een rotsachtige barrière en maakte een scherpe bocht naar het zuiden.

Ze volgde de afdalingen van het karstgebergte en slingerde over met gras bedekte steppen, maakte U-bochten, vertakte zich in afzonderlijke geulen die weer bij elkaar kwamen, op weg naar het zuiden. De trage rivier met de vele vertakkingen, die door het vlakke land stroomde, gaf de illusie niet meer te veranderen. Het was echter maar een illusie. Tegen de tijd dat de Grote Moederrivier het hoogland bereikte aan de zuidkant van de vlakte die haar weer naar het oosten dwong en haar vertakkingen deed samenvloeien, had ze het water ontvangen van de met ijs bedekte bergketen van het noordelijke en oostelijke massief.

De grote gezwollen Moeder gaf een heel ander beeld waar ze een bocht naar het oosten maakte en in een wijde boog naar het zuidelijke einde van de tweede bergketen draaide.

De twee mannen volgden nu al enige tijd haar linkeroever. Af en toe, als ze erop stuitten, staken ze geulen en stroompjes over die nog steeds haastig op haar afstroomden. Aan de overkant van de rivier, in het zuiden, steeg het land in steile, rotsige sprongen omhoog, aan hun kant liepen golvende heuvels geleidelijker van de rivieroever op.

'Ik geloof niet dat we voor de winter het einde van de Donau zullen vinden,' merkte Jondalar op. 'Ik begin me af te vragen of ze wel een eind heeft.'

'Ze heeft een eind en ik denk dat we dat binnenkort zullen vinden. Kijk maar hoe groot ze is.' Thonolan wuifde met een breed gebaar naar rechts. 'Wie zou hebben gedacht dat ze zo groot zou worden? We moeten vlak bij het eind zitten.'

'Maar we hebben de Zuster nog niet eens gehad, tenminste, dat geloof ik niet. Tamen zei dat ze even groot is als de Moeder.'

'Dat is vast een van die verhalen die met het doorvertellen steeds meer worden aangedikt. Je gelooft toch niet echt dat er nog zo'n rivier over deze vlakte naar het zuiden stroomt?'

'Nou ja, Tamen zei niet dat hij het zelf heeft gezien, maar hij had wel gelijk dat de Moeder weer naar het oosten afboog en ook wat betreft de mensen die ons haar hoofdgeul hebben overgezet. Hij zou gelijk kunnen hebben wat betreft de Zuster. Ik wou dat we de taal hadden gesproken van die mensen met de houtvlotten; misschien kenden zij wel een zijrivier van de Moeder die net zo groot is.'

'Je weet hoe gemakkelijk het is om een groot wonder te overdrijven als het ver weg is. Ik denk dat die "Zuster" van Tamen gewoon een andere stroom van de Moeder is, verder naar het oosten.'

'Ik hoop dat je gelijk hebt, broertje. Want we zullen haar moeten oversteken voor we bij die bergen komen, áls er een Zuster is. En ik weet niet waar we anders een plaats zouden moeten vinden om te overwinteren.'

'Dat geloof ik pas als ik het zie.'

Een beweging, die kennelijk niet strookte met de natuurlijke orde der dingen en daardoor in het bewustzijn naar boven werd gehaald, trok Jondalars aandacht. Aan het geluid herkende hij de zwarte wolk in de verte, die zich zonder acht te slaan op de heersende wind, voortbewoog en hij bleef staan kijken terwijl de V-formatie snaterende ganzen naderde. Ze kwamen als een eenheid omlaagzetten, verduisterden de lucht met hun aantallen en vielen uiteen in afzonderlijke vogels toen ze met uitgestoken poten en klapperende vleugels op de grond afgingen en afremden. De rivier slingerde zich rond de steile helling voor hen.

'Hé, grote broer,' zei Thonolan grijnzend van opwinding, 'die ganzen waren niet neergestreken als er daarginds geen moeras was. Misschien is het wel een meer of een zee en ik wed dat de Moeder erin uitmondt. Ik geloof dat we het eind van de rivier hebben bereikt.'

'Als we die heuvel op klimmen, zouden we een beter uitzicht hebben.' Jondalars toon was voorzichtig neutraal, maar Thonolan had de indruk dat zijn broer hem niet helemaal geloofde.

Ze klommen snel, ze hijgden toen ze de top bereikten en hielden toen vol verbazing hun adem in. Ze stonden hoog genoeg om ver te kunnen uitkijken. Voorbij de bocht verbreedde de Moederrivier zich en haar wateren werden woelig en op de plaats waar ze een uitgestrekte watermassa naderde, kolkte en schuimde ze. De grotere watermassa zag troebel van de modder, die losgewoeld was van de bodem, en zat vol puin. Afgebroken takken, dode beesten, hele bomen dobberden en kolkten rond, gevangen in tegengestelde stromingen.

Ze hadden niet het einde van de Moeder bereikt, ze waren bij de Zuster aangeland.

Hoog in de bergen voor hen was de Zuster begonnen als beekjes en stroompjes. De stroompjes werden rivieren, die zich door stroomversnellingen repten, over watervallen schoten en zich regelrecht omlaagstortten langs de westkant van de tweede bergketen. Zonder meren of spaarbekkens om de stroom in toom te houden, namen de woelige watermassa's steeds meer in kracht toe, stuwden steeds meer, tot ze in de vlakte samenkwamen. De enige rem op de onstuimige Zuster was de oververzadigde Moeder zelf.

De zijrivier, bijna even groot, stroomde in de moederstroom en vocht tegen de beteugelende invloed van de snelle stroming. Ze maakte een scherpe bocht en stuwde opnieuw op, stoof driftig in tegenstromen en onderstromen op, in tijdelijke draaikolken die drijvend puin in een hachelijke werveling naar de bodem zogen en het een ogenblik later stroomafwaarts weer opspuwden. Het oververzadigde punt van samenvloeiing dijde uit tot een gevaarlijk meer, te groot om de overkant te zien.

De overstromingen van de herfst waren over hun hoogtepunt heen en het drassige, modderige gebied buiten de oevers, waar tot voor kort nog water op had gestaan, bood een aanblik van verwoesting: ontwortelde bomen die op hun kruin stonden, met de wortels omhoog, doorweekte boomstammen en gebroken takken; geraamtes en stervende vissen, die gestrand waren in droogvallende poelen. Watervogels deden zich tegoed aan de gemakkelijke prooi; het wemelde ervan op de dichtstbijzijnde oever. Vlakbij maakte een hyena korte metten met een hertenbok en hij liet zich niet afleiden door de klapperende vleugels van zwarte ooievaars.

'Grote Moeder!' fluisterde Thonolan.

'Dat moet de Zuster zijn.'

Jondalar was te zeer onder de indruk om zijn broer te vragen of hij het nu geloofde.

'Hoe komen we erover?'

'Ik weet het niet. We zullen terug moeten, stroomopwaarts.'

'Hoe ver? Ze is net zo groot als de Moeder.'

Jondalar kon alleen het hoofd schudden. Zijn voorhoofd trok vol zorgenrimpels. 'We hadden Tamens advies moeten opvolgen. Het kan elke dag gaan sneeuwen. We hebben geen tijd om erg ver terug te gaan. Ik wil niet op het open veld worden overvallen door een zware storm.'

Een plotselinge windvlaag greep Thonolans kap en zwierde hem naar achteren, zodat zijn hoofd ontbloot werd. Hij trok hem weer over zijn hoofd, dichter om zijn gezicht, en huiverde. Voor het eerst sinds ze op pad waren gegaan, had hij er ernstige twijfels over of ze de lange winter voor hen wel konden overleven.

'Wat doen we nu, Jondalar?'

'We zoeken een plek om ons kamp op te slaan.' De langste van de twee broers speurde vanaf hun uitkijkpunt het gebied af. 'Daarginds, even stroomopwaarts, vlak bij die hoge oever met een elzenbosje. Daar is een beekje dat in de Zuster uitmondt, dat water moet wel zuiver zijn.'

'Als we beide draagstellen op een blok hout vastbinden, en allebei een touw om ons middel slaan, kunnen we naar de overkant zwemmen zonder gescheiden te raken.'

'Ik weet dat je lef hebt, broertje, maar dat is roekeloos. Ik weet niet zeker of ik wel naar de overkant zou kunnen zwemmen, laat staan dat ik ook nog een blok hout zou kunnen trekken met ons hele hebben en houden erop. Die rivier is koud. Alleen de stroming voorkomt dat ze dichtvriest, er zat vanochtend ijs aan de rand. En als we nou eens verstrikt raken in de takken van een boom, dan zouden we worden meegesleurd met de stroom en misschien worden ondergetrokken.'

'Weet je die Grot nog die vlak bij het Grote Water woont? Die kappen de kern uit grote bomen en gebruiken ze om rivieren over te steken. Misschien konden wij...'

'Zoek hier maar eens een boom voor me die groot genoeg is,' zei Jondalar. Hij gebaarde met zijn arm naar de grasvlakte met maar een paar dunne, in hun groei beknotte bomen.

'Tja... Iemand heeft me wel eens verteld over een andere Grot die geraamtes maakt van berkenbast, maar dat lijkt zo zwak.'

'Ik heb ze wel gezien, maar ik weet niet hoe ze worden gemaakt, of wat voor lijm de mensen gebruiken om te voorkomen dat ze gaan lekken. En de berkenbomen in hun streek worden groter dan alle bomen die ik hier in de buurt heb gezien.'

Thonolan blikte in het rond. Hij probeerde iets te verzinnen dat zijn broer niet met zijn onverbiddelijke logica de grond in kon boren. Zijn oog viel op het groepje rechte, hoge elzen op het hoge heuveltje even naar het zuiden en hij grijnsde. 'En een vlot? We hoeven alleen maar een stel houtblokken aan elkaar te binden, en er staan meer dan genoeg elzen op die heuvel.'

'En eentje lang en sterk genoeg voor een paal die de bodem van de rivier moet kunnen halen om het te sturen? Vlotten zijn op kleine, ondiepe rivieren al moeilijk in bedwang te houden.'

Thonolans overtuigde grijns betrok en Jondalar moest een glimlach onderdrukken. Thonolan kon zijn gevoelens nooit verbergen. Jondalar betwijfelde of hij dat ooit probeerde. Maar zijn onstuimige, openhartige aard maakte hem juist zo sympathiek.

'Maar dat is niet zo'n slecht idee,' verbeterde Jondalar zichzelf – hij zag Thonolans glimlach terugkeren – 'als we maar ver genoeg stroomopwaarts zitten zodat er geen gevaar bestaat dat we in dit ruwe water worden meegesleurd. En een plek vinden waar de rivier zich verbreedt en minder diep wordt en niet zo snel stroomt en waar bomen staan. Ik hoop dat dit weer aanhoudt.' Tegen de tijd dat het woord 'weer' viel, was Thonolan even ernstig als zijn broer. 'Laten we dan op pad gaan, de tent is gerepareerd.'

'Ik ga eerst die elzen eens bekijken. We hebben nog steeds een paar

stevige speren nodig. We hadden ze gisteravond moeten maken.'
'Zit je nog steeds in over die neushoorn? Die hebben we nu ver achter ons. We moeten op weg gaan, zodat we een plek kunnen zoeken om over te steken.'
'Ik wil op z'n minst een schacht kappen.'
'Dan kun je er net zo goed voor mij ook een kappen. Ik begin vast met inpakken.'
Jondalar pakte zijn bijl en onderzocht de scherpe rand. Toen knikte hij bij zichzelf en begon de heuvel te beklimmen op weg naar het elzenbosje. Hij bekeek de bomen zorgvuldig en koos een hoge, rechte jonge boom uit. Hij had hem omgehakt, de takken eraf gestroopt en was op zoek naar eentje voor Thonolan, toen hij tumult hoorde. Er klonk gesnuif, gegrom. Hij hoorde zijn broer schreeuwen en toen een geluid angstaanjagender dan alles wat hij ooit had gehoord: een kreet van pijn in zijn broers stem. De stilte toen zijn kreet plotseling werd afgebroken, was nog erger.
'Thonolan! Thonolan!'
Jondalar rende terug de heuvel af. Hij hield nog steeds de elzenschacht stevig in zijn handen en een kille angst greep hem bij de keel. Zijn hart bonkte in zijn oren toen hij een reusachtige wolharige neushoorn zag, even hoog in de schouders als hijzelf, die het slappe lichaam van een man over de grond duwde. Het dier leek niet te weten wat het met zijn slachtoffer moest doen nu het geveld was. Vanuit het diepst van zijn angst en woede dacht Jondalar niet na, hij reageerde.
Zwaaiend met de elzenpaal alsof het een knots was, stormde de oudste broer op het beest af zonder zich om zijn eigen veiligheid te bekommeren. Een harde klap kwam op de snuit van de neushoorn terecht, vlak onder de grote, gekromde horen, en toen nog een. De neushoorn week achteruit, onzeker nu hij een woesteling tegenover zich had, die zich op hem stortte en hem pijn deed. Jondalar maakte aanstalten nog een mep te geven, trok de lange schacht terug, maar het dier maakte al rechtsomkeert. De harde slag op zijn romp voelde hij nauwelijks, maar hij werd wel opgejaagd door de grote man achter zich.
Toen er een slag door de lucht zwiepte, bleef Jondalar staan en zag het beest ervandoor gaan. Hij hijgde. Toen liet hij zijn schacht vallen en rende terug naar Thonolan. Zijn broer lag voorover op de plek waar de neushoorn hem had laten liggen.
'Thonolan? Thonolan!' Jondalar draaide hem op zijn rug. Er zat een scheur in Thonolans leren broek, bij de lies, en een bloedvlek, die steeds groter werd.

'Thonolan! O, Doni!' Hij legde zijn oor tegen zijn broers borstkas om te luisteren of hij zijn hart kon horen kloppen en was bang dat hij zich alleen maar verbeeldde dat hij het hoorde, tot hij hem zag ademen.

'O, Doni, hij leeft! Maar wat moet ik doen?' Met een kreun van inspanning tilde Jondalar de bewusteloze man op en bleef een ogenblik met hem in zijn armen staan.

'Doni, o Grote Aardmoeder! Neemt u hem nog niet. Laat hem leven. O, alstublieft...' Zijn stem brak en een geweldige snik welde op in zijn borst. 'Moeder... alstublieft... laat u hem leven...'

Jondalar boog zijn hoofd, snikte een ogenblik tegen zijn broers slappe schouder en droeg hem toen terug naar de tent. Hij legde hem zachtjes neer op zijn slaaprol en sneed met zijn mes met benen handvat de kleding weg. De enige duidelijke wond was een ruwe, puntige scheur in vlees en spieren boven in zijn linkerbeen, maar zijn borst zag vuurrood en zijn linkerzij zwol op en verkleurde. Nader onderzoek door te voelen, overtuigde Jondalar ervan dat er verschillende ribben gebroken waren, waarschijnlijk waren er ook inwendige kwetsuren.

Het bloed kwam in golven uit de scheur in Thonolans been en verzamelde zich op de slaaprol. Jondalar rommelde in zijn draagstel op zoek naar iets om het mee op te deppen. Hij griste zijn mouwloze zomertuniek eruit, rolde hem op en probeerde het bloed op de vacht op te vegen, maar hij maakte de vlek alleen maar groter. Toen legde hij het zachte leer op de wond.

'Doni, Doni! Ik weet niet wat ik moet doen. Ik ben geen zelandoni.' Jondalar zakte terug op zijn hielen, streek met zijn hand door zijn haar en liet bloedvlekken achter op zijn gezicht. 'Wilgenbast! Ik moest maar wilgenbastthee maken.'

Hij ging naar buiten om wat water te verhitten. Hij hoefde geen zelandoni te zijn om van de pijnstillende werking van wilgenbast te weten. Iedereen maakte wilgenbast bij hoofdpijn of een of ander pijntje. Hij wist niet of het voor ernstige wonden werd gebruikt, maar hij wist ook niet wat hij anders moest doen. Hij ijsbeerde zenuwachtig om het vuur en keek bij iedere ronde in de tent, wachtend tot het water kookte. Hij gooide meer hout op het vuur en verschroeide een rand van het houten raamwerk waarin de leren pot vol water rustte.

Waarom duurt het zo lang? Wacht, ik heb geen wilgenbast. Dat moest ik maar halen voor het water kookt. Hij stak zijn hoofd in de tent, keek even naar zijn broer en rende toen naar de oever van de rivier. Hij pelde de bast van een kale boom waarvan de dunne takken in het water hingen en rende terug.

Hij keek eerst of Thonolan was bijgekomen en zag dat zijn zomertuniek doorweekt was van het bloed. Toen kreeg hij in de gaten dat de overvolle leren pot overkookte en het vuur doofde. Hij wist niet wat hij het eerst moest doen: voor de thee zorgen of voor zijn broer, en keek beurtelings naar het vuur en naar de tent. Ten slotte greep hij een drinknap, schepte wat water uit de leren pot, brandde zijn hand en gooide de wilgenbast erin. Hij deed nog een paar takken op het vuur en hoopte dat ze vlam zouden vatten. Toen doorzocht hij Thonolans draagstel, gooide het wanhopig leeg en pakte zijn broers zomertuniek om zijn eigen bebloede tuniek te vervangen.

Toen hij de tent binnenkwam, kreunde Thonolan. Het was het eerste geluid dat hij van zijn broer hoorde. Hij krabbelde weer naar buiten om een kom thee uit de pot te scheppen, zag dat er nauwelijks vocht meer over was en vroeg zich af of de thee te sterk was. Hij dook terug de tent in met een kom van de hete drank, zocht als een dolleman naar een plek om hem neer te zetten en zag dat er meer doorweekt was met het bloed dan alleen zijn zomertuniek. Het vormde een poel onder Thonolan en kleurde zijn slaaprol.

Hij verliest te veel bloed! O, Moeder! Hij heeft een zelandoni nodig. Wat moet ik doen? Hij werd zenuwachtiger en bezorgder om zijn broer. Hij voelde zich heel hulpeloos. Ik moet hulp zoeken. Waar? Waar kan ik een zelandoni vinden? Ik kan de Zuster niet eens oversteken en ik kan hem niet alleen laten. Een wolf of hyena zal het bloed ruiken en erop afkomen.

Grote Moeder! Moet je al dat bloed op die tuniek zien! Een of ander dier zal het nog ruiken. Jondalar griste het met bloed doorweekte hemd weg en gooide het de tent uit. Nee, dat was geen haar beter! Hij dook de tent uit, raapte het weer op en keek wild om zich heen naar een plek om het weg te stoppen, weg van het kamp, weg van zijn broer.

Hij was erg geschrokken, overstelpt door verdriet en wist diep in zijn hart wel dat er geen hoop was. Zijn broer had hulp nodig die hij hem niet kon geven en hij kon niet weg om hulp te halen. Al zou hij weten waar hij heen moest, hij kon niet weg. Het was onzin te menen dat een bebloede tuniek de vleeseters eerder zou aantrekken dan Thonolan zelf, met zijn open wond. Maar hij wilde de waarheid niet onder ogen zien. Hij verloor zijn kalmte en raakte in paniek.

Hij kreeg het elzenbosje in het oog en rende in een vlaag van redeloosheid de heuvel op en stopte het leren hemd hoog weg in een holte in een van de bomen. Toen rende hij terug. Hij ging de tent binnen en staarde naar Thonolan alsof hij zijn broer door pure wilsinspanning weer gezond en wel en glimlachend kon maken.

Haast alsof Thonolan de bede voelde, kreunde hij, schudde met zijn hoofd en sloeg zijn ogen op. Jondalar knielde dichter bij hem en zag pijn in zijn blik, ondanks de zwakke glimlach.

'Je had gelijk, grote broer. Zoals gewoonlijk. We hadden die neushoorn inderdaad niet achter ons gelaten.'

'Ik wil geen gelijk hebben, Thonolan. Hoe voel je je?'

'Wil je een eerlijk antwoord? Ik verga van de pijn. Hoe erg is het?' vroeg hij en hij probeerde overeind te komen. De gemaakte glimlach veranderde in een grimas van pijn.

'Probeer stil te blijven liggen. Hier, ik heb wilgenbastthee gezet.' Jondalar ondersteunde hem en hield de kom aan zijn lippen. Thonolan nam een paar slokjes en ging toen opgelucht weer liggen. Een blik van angst kwam bij de pijn in zijn ogen.

'Vertel me eerlijk, Jondalar. Hoe erg is het?'

De lange man sloot zijn ogen en haalde diep adem. 'Het is niet best.'

'Dat dacht ik al niet, maar hoe erg?' Thonolans ogen vielen op de handen van zijn broer en sperden zich wijder open van ontsteltenis. 'Je handen zitten onder het bloed! Is dat van mij? Ik vind dat je me dat maar moest vertellen!'

'Ik weet het echt niet. Je bent in de lies gespiest en je hebt veel bloed verloren. De neushoorn moet je ook op de horens hebben genomen, of vertrapt. Ik geloof dat je een paar gebroken ribben hebt. Verder weet ik het niet. Ik ben geen zelandoni...'

'Maar ik heb er wel een nodig, en de enige kans om hulp te vinden is aan de overkant van die rivier die we niet over kunnen steken.'

'Daar komt het zo ongeveer op neer.'

'Help me overeind, Jondalar. Ik wil zien hoe erg het is.'

Jondalar begon tegenwerpingen te maken en gaf toen tegen wil en dank toe. Hij had er onmiddellijk spijt van. Zodra hij probeerde te gaan zitten, schreeuwde Thonolan het uit van de pijn en verloor weer het bewustzijn.

'Thonolan!' riep hij uit. De wond bloedde nu langzamer, maar de inspanning had het bloeden weer op gang gebracht. Jondalar vouwde Thonolans zomertuniek op, drukte hem op de wond en ging toen de tent uit. Het vuur was bijna gedoofd. Jondalar legde er voorzichtig nog wat hout op, bouwde het weer op, zette nog wat water op en hakte nog wat hout.

Hij ging nog een keer bij zijn broer kijken. Thonolans tuniek was doorweekt met bloed. Hij schoof die opzij om naar de wond te kijken en vertrok zijn gezicht toen hij zich herinnerde hoe hij de heuvel op was gerend om de andere tuniek kwijt te raken. Zijn aanvankelijke paniek was verdwenen en leek zo dom. Het bloeden was opgehouden. Hij zocht een ander kledingstuk, een onderkleed voor koud weer, legde het over de wond en dekte Thonolan toe. Vervolgens pakte hij de tweede bebloede tuniek en liep naar de rivier. Hij gooide de tuniek in het water, bukte zich toen om het bloed van zijn handen te wassen. Hij voelde zich nog steeds belachelijk dat hij zo in paniek was geraakt. Hij wist niet dat, onder extreme omstandigheden, paniek een zucht tot overleven als oorzaak had. Wanneer al het andere is mislukt en alle redelijke middelen om een oplossing te vinden zijn uitgeput, volgt er paniek. En soms brengt een onbezonnen daad de oplossing die met rustig nadenken nooit was gevonden.

Hij liep terug, legde nog een paar takjes op het vuur en ging toen op zoek naar de elzenstaf, hoewel het zinloos leek om nu een speer te maken. Hij voelde zich alleen zo nutteloos, dat hij iets moest doen. Toen hij de staf vond, ging hij voor de tent zitten en begon met venijnige bewegingen het ene uiteinde af te schrapen.

De volgende dag was voor Jondalar een nachtmerrie. De linkerkant van Thonolans lichaam deed bij de geringste aanraking zeer en was één grote blauwe plek. Jondalar had maar weinig geslapen. Thonolan had een zware nacht gehad, en iedere keer als hij kreunde, was Jondalar opgestaan. Maar het enige wat hij te bieden had, was wilgenbastthee, en die hielp niet veel. 's Morgens bereidde hij wat eten en maakte wat soep, maar geen van beide mannen at veel. Tegen de avond was de wond heet en had Thonolan koorts.

Thonolan ontwaakte uit een onrustige slaap en keek in de bezorgde blauwe ogen van zijn broer. De zon was net onder de rand van de aarde gedoken en hoewel het buiten nog licht was, was het in de tent moeilijker om iets te zien. Toch merkte Jondalar op hoe glazig Thonolans ogen stonden en hij had liggen kreunen en mompelen in zijn slaap.

Jondalar probeerde bemoedigend te glimlachen. 'Hoe voel je je?'

Thonolan leed te veel pijn om te glimlachen en Jondalars bezorgde blik was niet geruststellend. 'Ik heb niet zo'n zin om op neushoornjacht te gaan,' antwoordde hij.

Ze zwegen een poosje. Geen van tweeën wist wat hij moest zeggen. Thonolan sloot zijn ogen en zuchtte. Hij was het zat tegen de pijn te vechten. Zijn borst deed bij iedere ademtocht pijn en het diepe, doffe gevoel in zijn linkerlies leek zich over zijn hele lichaam te hebben verspreid. Als hij had gedacht dat er nog hoop bestond, had hij het verdragen, maar hoe langer ze bleven, hoe minder kans Jondalar zou hebben om de rivier over te steken voor de sneeuwstorm opstak. Dat hij stierf, was nog geen reden dat zijn broer ook zou moeten sterven. Hij sloeg zijn ogen weer op.

'Jondalar, we weten allebei dat er zonder hulp voor mij geen hoop is, maar er is geen reden waarom jij...'

'Hoe bedoel je, geen hoop? Je bent jong, je bent sterk. Je haalt het wel.'

'Er is niet genoeg tijd. We maken geen schijn van kans hier in het open veld, Jondalar, ga door, zoek een plek om te overwinteren, jij...'

'Je raaskalt!'

'Nee, ik...'

'Je zou niet zo praten als het niet zo was. Doe jij je best maar om aan te sterken en laat mij nou maar voor ons zorgen. We redden het allebei. Ik heb een plan.'

'Wat voor plan?'

'Ik zal het je vertellen als ik alle details heb uitgewerkt. Wil je iets eten? Je hebt niet veel gegeten.'

Thonolan wist dat zijn broer niet zou vertrekken zolang hij nog leefde. Hij was moe, hij wilde het opgeven, er een einde aan maken en Jondalar een kans geven. 'Ik heb geen honger,' zei hij. Toen zag hij de gekwetste blik in de ogen van zijn broer. 'Maar een slokje water zou er wel in gaan.'

Jondalar schonk het laatste restje water in en ondersteunde Thonolans hoofd bij het drinken. Hij schudde de zak. 'Deze is leeg. Ik zal nog wat halen.'

Hij zocht een excuus om de tent uit te komen. Thonolan wilde het opgeven. Hij had gebluft toen hij zei dat hij een plan had. Hij had de hoop opgegeven, geen wonder dat zijn broer dacht dat de toestand hopeloos was. Ik moet er iets op vinden om ons over die rivier te krijgen en hulp te vinden.

Hij liep een flauwe helling op die hem uitzicht verschafte op de bovenstroom, boven de bomen uit, en bleef staan kijken naar een afgebroken tak die vastzat tegen een naar voren springende rots. Hij voelde zich al even hulpeloos en in de val zitten als die kale tak en liep impulsief naar de waterkant en bevrijdde hem van de steen die hem gevangenhield. Hij zag hoe hij door de stroom werd meegesleurd en vroeg zich af hoe ver hij zou komen voor hij in iets anders verstrikt zou raken. Hij zag weer een wilg staan en pelde met zijn mes nog wat onderbast af. Thonolan kon wel weer eens een slechte nacht hebben, niet dat de thee veel hielp.

Ten slotte draaide hij de Zuster de rug toe en ging terug naar het

128

beekje dat zijn kleine bijdrage leverde aan de razende rivier. Hij vulde de waterzak en maakte aanstalten om terug te gaan. Hij wist niet zeker wat hem ertoe bracht de rivier langs te kijken. Hij kon niets hebben gehoord boven het geluid van de razende stroom, maar toen hij keek, staarde hij met open mond van ongeloof.

Er naderde iets van benedenstrooms, dat recht op de oever af stevende waar hij stond. Een monsterlijke watervogel met een lange, gebogen nek waarop een felle, gekuifde kop met grote, starende ogen rustte, kwam op hem af. Toen het beest naderbij kwam, zag hij op diens rug iets bewegen: koppen van andere wezens. Een van de kleinere wezens zwaaide.

'Ho-la!' riep een stem hem toe. Jondalar had nog nooit een welkomer geluid gehoord.

7

Ayla veegde met de rug van haar hand over haar bezwete voorhoofd en glimlachte tegen het kleine, gelige paardje dat haar zachtjes had aangestoten en stilletjes probeerde met haar neus onder de hand van de vrouw te komen. Het veulentje verloor Ayla niet graag uit het gezicht en volgde haar overal. Ayla vond dat niet erg, ze had behoefte aan gezelschap.

'Paardje, hoeveel graan zou ik voor je moeten plukken?' gebaarde Ayla. Het kleine, hooikleurige veulentje keek oplettend naar haar bewegingen. Het deed Ayla aan haarzelf denken, toen ze een klein meisje was dat de gebarentaal van de Stam nog maar net begon te leren. 'Probeer je te leren praten? Nou ja, verstaan in ieder geval. Je zou moeilijk kunnen praten zonder handen, maar het lijkt of je probeert me te verstaan.'

Ayla gebruikte wel een paar klanken in haar toespraak, de gebruikelijke taal van haar Stam was niet helemaal zonder geluid. Dat was alleen de oeroude, formele taal. Het veulentje spitste haar oren als ze een woord hardop zei.

'Je luistert, hè, veulentje?' Ayla schudde haar hoofd. 'Ik noem je steeds maar veulentje, paardje. Dat klinkt niet goed. Ik vind dat je een naam moet hebben. Luister je soms of je dat hoort, het geluid van je naam? Ik vraag me af hoe je moeder je noemde. Ik denk niet dat ik het zou kunnen nazeggen, als ik het wist.'

Het paardje hield haar nauwlettend in de gaten, want het wist dat Ayla haar aandacht schonk als ze op die manier haar handen bewoog. Ze hinnikte toen Ayla ophield.

'Geef je me nu antwoord? Whiiineeey!' Ayla probeerde haar na te doen en bracht het tot een redelijke benadering van het gehinnik van een paard. Het jonge paard reageerde op het haast vertrouwde geluid met een zwaai van haar hoofd en hinnikte terug.

'Heet je zo?' vroeg Ayla met een glimlach. Het veulen schudde weer met het hoofd, draafde een stukje weg en kwam toen weer terug. De vrouw lachte. 'Dan zullen alle paardjes wel dezelfde naam hebben, of misschien hoor ik het verschil niet.' Ayla hinnikte weer en het paard hinnikte terug. Ze speelden het spelletje een poosje. Het deed haar denken aan de geluidspelletjes die ze altijd met haar zoon speelde, behalve dat Durc elk geluid dat zij kon maken, ook kon maken. Creb had haar verteld dat ze toen ze haar pas vonden, veel geluiden maakte, en ze wist dat ze er een paar kon maken die niemand anders kon nadoen. Ze was blij toen ze ontdekte dat haar zoon ze ook kon maken.

Ayla ging weer verder met graan-plukken van het hoge eenkoorn. Er groeide ook emerkoorn in de vallei en roggegras dat leek op de soort die in de buurt van de Stamgrot groeide. Ze liep erover te denken het paard een naam te geven. Ik heb nog nooit eerder iemand een naam gegeven, glimlachte ze in zichzelf. Wat zouden ze het vreemd vinden, dat ik een paard een naam gaf. Niet vreemder dan dat ik met een paard samenwoon. Ze keek hoe het jonge dier speels rende en dartelde. Ik ben zo blij dat ze bij me woont, dacht Ayla met een brok in haar keel. Het is niet zo eenzaam met haar om me heen. Ik weet niet wat ik moest doen als ik haar nu kwijtraakte. Ik ga haar een naam geven.

De zon was al aan zijn weg omlaag begonnen toen Ayla ophield en naar de lucht keek. Het was een enorme lucht, uitgestrekt en leeg. Geen wolkje gaf zijn diepte aan of leidde het oog af van de oneindigheid. Alleen de verre gloed in het westen, waarvan de vage omtrek op het netvlies achterbleef, vormde een onderbreking in het egaal diepblauwe uitspansel. Ze schatte de hoeveelheid daglicht die er nog over was aan de hand van de afstand tussen de gloed en de bovenkant van de rots en besloot op te houden.

Het paardje had in de gaten dat ze haar aandacht niet meer bij haar werk had. Het hinnikte en kwam naar haar toe. 'Zouden we terug moeten naar de grot? Laten we eerst wat gaan drinken.' Ze sloeg haar arm om de hals van het jonge paard en liep naar de stroom toe. Het gebladerte bij het stromende water aan de voet van de steile zuidwand vormde een langzaam draaiende caleidoscoop, die het ritme van de jaargetijden weerspiegelde. Nu bestond het uit donkere, sombere tinten groen van den en spar met tikjes levendig goud, bleker geel, dor bruin en vurig rood. De beschutte vallei vormde een helle staalkaart te midden van het getemperde beige van de steppen en de zon scheen warmer binnen zijn tegen de wind beschermde wanden. Ondanks alle herfstkleuren was het net een warme zomerdag geweest; een misleidende illusie.

'Ik geloof dat ik meer gras zou moeten halen. Je begint je ligstro op te eten als ik vers neerleg,' vervolgde Ayla haar monoloog terwijl ze naast het paard liep. Toen hielden haar handgebaren onbewust op, alleen haar gedachten zetten de draad voort. Iza verzamelde in de herfst altijd gras voor ligstro. Het rook zo lekker als ze het verschoonde, vooral als er buiten een dik pak sneeuw lag en het waaide. Ik vond het altijd heerlijk in slaap te vallen bij het geluid van de wind en de geur van zomerfris hooi. Toen ze zag welke kant ze op gingen, draafde het paard vooruit. Ayla glimlachte toegeeflijk. 'Je hebt vast net zo'n dorst als ik, kleine whiiinneey,' zei ze, en ze liet het geluid horen in antwoord op de roep van het paard. Dat klinkt inderdaad als een naam voor een paard, maar een naamgeving moet volgens de regels plaatsvinden.

'Whinney! Whiiinneeey!' riep ze. Het dier tilde haar hoofd op, keek in de richting van de vrouw en draafde toen naar haar toe.

Ayla wreef haar over het hoofd en krauwde haar. Ze begon haar kriebelige veulenvacht kwijt te raken en kreeg er langer winterhaar voor in de plaats en vond het altijd heerlijk als ze gekrauwd werd. 'Ik geloof dat die naam je aanstaat, en hij past bij je, mijn kleine paardje. Ik vind dat we maar een naamgevingsceremonie moesten houden. Maar ik kan je niet in mijn armen optillen en Creb is er niet om de strepen aan te brengen. Dan moet ik maar voor Mog-ur spelen en het doen.' Ze glimlachte. Stel je voor, een vrouwelijke Mog-ur.

Ayla wilde weer teruglopen in de richting van de rivier, maar sloeg stroomafwaarts af toen ze merkte dat ze vlak bij de open plek was waar ze de valkuil had gegraven. Ze had het gat dichtgegooid, maar het jonge paard spookte eromheen, briesend en snuivend, en krabde over de grond; een of andere geur of herinnering die was blijven hangen, zat haar dwars. De kudde was niet teruggekeerd sinds de dag dat ze de hele vallei door waren gerend, weg van haar vuur en van haar lawaai.

Ze leidde het veulentje naar een drinkplaats dichter bij de grot. De troebele stroom, oververzadigd van afval van de herfst, was over zijn hoogste punt heen en zakte weer, waardoor er een brij van vette, bruine modder aan de waterkant achterbleef. Hij sopte onder Ayla's voeten en liet een bruinig-rode vlek achter op haar huid. Dat deed haar denken aan de rode okerpasta die Mog-ur voor ceremonies, zoals naamgevingen, gebruikte. Ze roerde met haar vinger in de modder en trok een streep op haar been. Toen glimlachte ze en schepte een handvol op.

Ik wilde op zoek gaan naar rode oker, dacht ze, maar hiermee gaat het misschien net zo goed. Ayla probeerde zich te herinneren wat Creb had gedaan toen hij haar zoon zijn naam had gegeven en deed haar ogen dicht. Ze zag zijn geschonden oude gezicht voor zich, met een huidplooi over de plek waar zijn ene oog had moeten zitten, met zijn grote neus, zijn uitstekende wenkbrauwen en zijn lage, naar achter welvende voorhoofd. Zijn baard was dun en onregelmatig geworden en zijn haargrens was naar achteren geweken, maar ze herinnerde hem zich zoals hij er die ene dag had uitgezien. Niet jong, maar op het toppunt van zijn macht. Ze had van dat fantastische, verweerde, oude gezicht gehouden.

Plotseling welden alle emoties weer in haar op. Haar angst dat ze haar zoon zou verliezen en haar grote vreugde toen ze een kom rode okerpasta zag. Ze slikte een paar maal hevig, maar de brok in haar keel wilde niet zakken en ze veegde een traan weg, zonder te weten dat ze er een bruine veeg voor in de plaats kreeg. Het kleine paardje leunde tegen haar aan en snuffelde om genegenheid, haast alsof ze Ayla's behoefte voelde. De vrouw knielde neer en sloeg haar armen om het dier. Ze liet haar voorhoofd rusten tegen de stevige hals van het veulentje.

Dit zou je naamgevingsceremonie moeten zijn, dacht ze toen ze zichzelf weer een beetje in bedwang had. De modder was tussen haar vingers weggeknepen. Ze groef een nieuwe hand modder op, strekte haar andere hand toen uit naar de hemel, zoals Creb altijd had gedaan met zijn gestileerde gebaren die hij met één hand maakte om de geesten op te roepen. Toen aarzelde ze, niet zeker of ze de Stamgeesten wel moest aanroepen bij de naamgeving van een paard. Ze zouden het misschien niet goedkeuren. Ze doopte haar vingers in de modder in haar hand en trok een streep over het gezicht van het veulen, van haar voorhoofd tot het puntje van haar neus, net als Creb een streep had getrokken met de rode okerpasta van de plaats waar Durcs wenkbrauwbogen samenkwamen, tot het puntje van zijn tamelijk kleine neus.

'Whinney,' zei ze hardop en eindigde met de formele taal, 'de naam van dit meisje... dit vrouwelijke paard is Whinney.'

Het paard schudde met haar hoofd in een poging de rode modder op haar neus kwijt te raken. Ayla moest erom lachen. 'Het droogt gauw genoeg op en dan slijt het wel, Whinney.'

Ze waste haar handen, trok de mand vol graan op haar rug recht en liep langzaam naar de grot.

De ceremonie van de naamgeving had haar te veel herinnerd aan haar eenzaam bestaan. Whinney was een warm, levend schepsel dat haar eenzaamheid minder groot maakte, maar tegen de tijd dat Ayla bij het rotsstrandje kwam waren de tranen er weer, onverwacht en ongemerkt. Ze kreeg het jonge dier zover dat het zich het steile pad naar haar grot op liet leiden en dat deed haar het verdriet wat vergeten.

'Vooruit, Whinney, je kunt het wel. Ik weet dat je geen steenbok of saiga-antilope bent, maar het is alleen een kwestie van wennen.'

Ze bereikten de bovenkant van de wand die het voorportaal vormde van haar grot, en Whinney volgde haar naar binnen. Ayla blies het afgedekte vuur weer aan en zette wat graan op. Het jonge veulen at gras en graan en haar voedsel hoefde niet speciaal te worden bereid, maar Ayla maakte brij voor haar omdat Whinney dat lekker vond.

Ze nam een stel konijnen die ze eerder die dag had gedood, mee naar buiten om ze te villen terwijl het nog licht was, bracht ze binnen om ze te bereiden en rolde de huiden op tot ze gelegenheid had om ze te prepareren. Ze had een grote voorraad dierenvellen opgespaard, van konijnen, hazen, hamsters, wat ze maar ving. Ze wist niet precies wat ze ermee zou doen, maar ze prepareerde en bewaarde ze allemaal zorgvuldig. In de loop van de winter bedacht ze misschien wel iets om ze voor te gebruiken. Als het maar koud genoeg werd, zou ze ze gewoon om zich heen stapelen.

Nu de dagen korter werden en de temperatuur daalde, maakte ze zich zorgen over de winter. Ze wist niet hoe lang of hoe streng hij zou zijn, en dat maakte haar ongerust. Een plotselinge vlaag van angst dreef haar ertoe haar voorraden na te lopen, hoewel ze precies wist wat ze had. Ze inspecteerde manden en bakken van schors vol gedroogd vlees, vruchten en groene planten, zaden, noten en granen. In de donkere hoek het verst van de ingang inspecteerde ze stapels hele, gezonde wortelen en vruchten om zich ervan te vergewissen dat er geen sporen van verrotting waren.

Langs de achterwand lagen stapels hout en gedroogde paardenmest van het veld, en bergen droog gras. Nog meer manden met graan, voor Whinney, stonden opgestapeld in de hoek ertegenover.

Ayla liep terug naar het vuur, controleerde het graan dat in een strak gevlochten mand op het vuur stond en keerde de konijnen. Vervolgens liep ze langs haar bed en persoonlijke bezittingen die langs de wand ernaast stonden, om kruiden, wortels en bastsoorten te inspecteren die aan een rek hingen. Ze had de palen ervoor in de aangestampte aarde van de grot geslagen, niet al te ver van de vuurplaats, zodat de kruiderijen, theesoorten en medicijnen bij het drogen baat zouden vinden bij de hitte, maar niet te dicht erbij.

Ze had geen Stam om te verzorgen en had niet alle medicijnen nodig, maar ze had Iza's kruidenvoorraad op peil gehouden toen de oude vrouw te zwak was geworden en ze was gewend ze tegelijk met haar voedsel te verzamelen. Aan de andere kant van het kruidenrek bevond zich een verzameling uiteenlopende materialen: blokken hout, stokken, takken, grassen en bastsoorten, huiden, botten, verschillende klompen steen, zelfs een mand met zand van het strandje.

Ze stond liever niet te veel stil bij de lange, eenzame, werkeloze winter die voor haar lag. Maar ze wist dat er geen ceremonies zouden zijn met feestmalen en verhalen, geen nieuwe kleintjes om zich op te verheugen, geen geroddel of gesprekken, of besprekingen over de kruidenleer met Iza of Oeba, en ze zou ook niet kunnen toekijken als de mannen jachttactieken bespraken. Ze was van plan om in plaats daarvan haar tijd door te brengen met het maken van dingen – hoe moeilijker en tijdrovender, hoe beter – om zichzelf zo druk mogelijk bezig te houden.

Ze inspecteerde een paar van de solide blokken hout. Ze varieerden van klein tot groot zodat ze er verschillende maten kommen van kon maken. Het kon dagen kosten om de binnenkant met een vuistbijl als dissel en een mes uit te gutsen en vorm te geven en hem glad te schuren met een stuk steen en wat zand; ze was van plan er meer dan één te maken. Van sommige kleine huiden zou ze handomhulsels maken, beenwikkels, voeringen voor schoeisel, andere zou ze ontharen en zo goed bewerken dat ze zo zacht en soepel zouden zijn als een kinderhuidje, maar heel absorberend.

Van haar collectie yucca, lisdoddebladeren en -stengels, riet, wilgentenen en boomwortels zouden manden worden gemaakt, strak gevlochten, of met een losser weefsel in ingewikkelde patronen, om te koken, te eten, als voorraadbakken, wanmanden, dienbladen en matten om op te zitten of om voedsel op te serveren of drogen. Van vezelachtige planten en bastsoorten en van de pezen en de lange staart van het paard zou ze koorden maken variërend van dun tot dik en uit steen lampen, met ondiepe kommen erin uitgehakt die moesten worden gevuld met vet en een pit van gedroogd mos, die zonder rook opbrandde. Ze hield het vet van vleesetende dieren voor dat doel apart. Niet dat ze het niet wilde eten als het moest, maar ze vond het niet zo lekker.

Verder had ze platte heup- en schouderbeenderen om borden en schalen van te vormen, andere die gebruikt konden worden als opschep- en roerlepels, pluizen van verschillende planten om te gebruiken als tondel of vulsel, evenals veren en haar en tot slot verschillende klompen steen en de werktuigen om ze te bewerken. Ze had menige saaie winterdag doorgebracht met het maken van soortgelijke voorwerpen en werktuigen die nodig waren voor het bestaan, maar ze had ook materiaal in voorraad voor voorwerpen die ze niet gewend was te maken, hoewel ze vaak genoeg had toegekeken als de mannen ze maakten: jachtwapens.

Ze zou speren maken, knuppels die goed in de hand lagen en nieuwe slingers. Ze dacht dat ze ook wel een bola kon maken hoewel er net zoveel oefening voor nodig was om dat wapen te gebruiken als voor de slinger. Brun was een expert met de bola; het maken van dat wapen was al een kunst op zichzelf. Er moesten drie stenen tot ronde ballen worden gekapt. Dan werden ze vastgemaakt aan strengen en op de juiste afstanden in balans vastgebonden.

Zou hij het Durc leren? Ayla betwijfelde het.

Het daglicht begon weg te ebben en haar vuur was bijna uit. Het graan had al het water opgenomen en was zacht geworden. Ze schepte er een kom uit voor zichzelf, deed er toen extra water bij en maakte de rest voor Whinney klaar. Ze goot het over in een waterdichte mand en bracht het naar de slaapplaats van het dier, bij de muur tegenover de ingang van de grot.

De eerste paar dagen beneden op het strandje had Ayla bij het paardje geslapen, maar ze besloot dat het veulen haar eigen plekje boven in de grot moest hebben. Hoewel ze gedroogde paardenmest gebruikte als brandstof, had ze weinig op met verse paardenvijgen op haar slaapvachten en het veulen leek het ook niet prettig te vinden. Er zou een tijd komen dat het paard te groot zou zijn om bij haar te slapen en haar bed was niet groot genoeg voor hen beiden, hoewel ze vaak bij het diertje ging liggen en het knuffelde op de plaats die ze voor haar had ingeruimd.

'Dit zou genoeg moeten zijn,' gebaarde Ayla tegen het paard. Ze begon de gewoonte te ontwikkelen tegen haar te praten en het jonge paard begon op bepaalde tekens te reageren. 'Ik hoop dat ik genoeg voor je heb verzameld. Ik wou dat ik wist hoe lang de winters hier duren.' Ze voelde zich nogal zenuwachtig en een beetje terneergeslagen. Als het niet donker was geweest, was ze een stevige wandeling gaan maken. Of beter nog, een flink stuk gaan rennen.

Toen het paard op haar mand begon te kauwen, bracht Ayla haar een armvol vers hooi. 'Hier, Whinney, kauw hier maar op. Het is niet de bedoeling dat je je etensbak opeet!' Ayla was in de stemming om haar jonge metgezel speciale aandacht te geven met klopjes en krauwen. Toen ze ophield, snuffelde het veulen aan haar hand en hield haar een flank voor die nog verder gekrauwd moest worden.

'Je hebt zeker veel jeuk.' Ayla glimlachte en begon weer te krauwen. 'Wacht, ik heb een idee.' Ze ging terug naar de plek waar haar verschillende materialen bijeenlagen en zocht een bosje gedroogde kaarde. Als de bloemen van de plant droogden, bleef er een uitgerekte, eivormige, stekelige borstel over. Ze brak er een van zijn steel en krabde hiermee zachtjes de plek op Whinneys flank. Ze ging steeds verder en ze hield pas op toen ze Whinneys hele, ruige vacht had geborsteld en geroskamd, kennelijk zeer tot genoegen van het jonge dier.

Toen sloeg ze haar armen om Whinneys hals en ging op het verse hooi liggen naast het warme, jonge veulen.

Ayla schrok wakker. Ze bleef heel stil liggen, met haar ogen wijdopen, vol angstige voorgevoelens. Er was iets mis. Ze voelde een koude tochtlaag en haar adem stokte in haar keel. Wat was dat gesnuffel? Ze wist niet zeker of ze het wel goed had gehoord, boven het geluid van de ademhaling en de hartslag van het paard. Kwam het van achter uit de grot? Het was zo donker dat ze het niet kon zien.

Het was zo donker... Dat was het! Er was geen warme, rode gloed van het afgedekte vuur in de vuurplaats. En haar oriëntering ten opzichte van de grot klopte niet. De muur zat aan de verkeerde kant en de tocht... Daar had je het weer! Het gesnuffel en gehoest! Wat doe ik op Whinneys plek? Ik ben zeker in slaap gevallen en heb vergeten mijn vuur af te dekken. Nu is het uit. Ik ben mijn vuur niet meer kwijtgeraakt sinds ik deze vallei heb gevonden.

Ayla huiverde en voelde plotseling de haren in haar nek rechtop gaan staan. Ze had geen woord, geen gebaar, geen begrip voor het voorgevoel waarmee ze werd overspoeld, maar ze voelde het wel. De spieren in haar rug verstrakten. Er ging iets gebeuren. Iets dat te maken had met het vuur. Ze wist het zo zeker als ze wist dat ze ademde.

Ze had dat gevoel zo nu en dan gehad sinds de avond dat ze Creb en de Mog-urs was gevolgd, de kleine ruimte van de Stamgrot in, waar de Bijeenkomsten werden gehouden. Creb had haar ontdekt, niet gezien, maar gevoeld. En zij had zijn aanwezigheid gevoeld, vreemd, zonder het te weten. Toen had ze dingen gezien die ze niet kon verklaren. Later wist ze soms verschillende dingen. Ze wist wanneer Broud naar haar keek, al zat ze met haar rug naar hem toe. Ze wist dat hij haar inwendig haatte. En voor de aardbeving kwam, wist ze dat die dood en vernietiging over de Stam zou brengen.

Maar dat gevoel was nog nooit zo sterk geweest als nu. Een diep angstgevoel, ze besefte dat het niet door het vuur kwam en dat ze niet bezorgd was over zichzelf. Het betrof iemand die ze liefhad.

Ze kwam stilletjes overeind en zocht zich op de tast een weg naar het vuur, in de hoop dat er misschien een klein stukje as zou zijn dat weer kon worden aangeblazen. Het was koud. Plotseling moest ze heel nodig plassen; ze zocht de muur en volgde die naar de uitgang. Een koude windvlaag blies het haar uit haar gezicht en liet de uitgebrande kolen in de vuurplaats rammelen. Een wolk van as waaide op. Ze rilde.

Toen ze naar buiten stapte, loeide een harde wind haar tegemoet. Ze boog zich erin naar voren en bleef heel dicht bij de muur terwijl ze naar het eind van de stenen richel tegenover het pad liep, waar ze haar afval deponeerde.

De lucht werd niet gesierd door sterren, maar het dichte wolkendek verspreidde het maanlicht tot een egale gloed, waardoor het zwart buiten minder diep was dan het zwart in de grot. Maar haar oren, niet haar ogen waarschuwden haar. Ze hoorde gesnuffel en ademhaling voor ze de sluipende beweging zag. Ze greep naar haar slinger, maar die bevond zich niet aan haar middel. Ze had hem niet meegenomen. Ze was zorgeloos geworden in de buurt van haar grot, want ze verliet zich op het vuur om ongewenste indringers op een afstand te houden. Maar haar vuur was uit en een jong paard was voor de meeste roofdieren een gemakkelijke prooi.

Plotseling hoorde ze bij de ingang van de grot een luid, kakelend gelach en geblaf. Whinney hinnikte en er klonk angst in het geluid. Het jonge paard stond in het stenen vertrek en de enige toegang werd geblokkeerd door hyena's.

Hyena's, dacht Ayla. Met hun krankzinnige kakelende gelach en geblaf, hun smerige, gevlekte vacht, de manier waarop hun rug schuin afliep van hun stevig ontwikkelde voorpoten en schouders naar hun kleinere achterpoten, waardoor het net leek of ze met hun staart tussen hun poten liepen, hadden ze voor haar iets afstotends. En ze zou nooit Oga's gil vergeten toen ze hulpeloos toekeek terwijl haar zoon werd meegesleurd. Deze keer hadden ze het op Whinney voorzien.

Ze had haar slinger niet bij de hand, maar dat weerhield haar niet. Het was niet de eerste keer dat ze had gehandeld zonder aan haar eigen veiligheid te denken als iemand anders werd bedreigd. Zwaaiend met haar vuist en schreeuwend rende ze naar de grot toe. 'Maak dat je wegkomt! Weg!' Dat waren woordklanken, zelfs in de taal van de Stam.

De beesten gingen ervandoor. Deels was het haar zelfverzekerdheid waarvoor ze op de loop gingen, en hoewel het vuur uit was, bleef de lucht nog hangen. Maar er kwam nog iets bij. Haar lucht was niet algemeen bekend bij de beesten, maar hij werd al bekender en de laatste keer dat ze hem roken, was hij vergezeld gegaan van hard geslingerde stenen.

Ayla zocht in de donkere grot op de tast naar haar slinger, boos op zichzelf dat ze zich niet kon herinneren waar ze hem had gelegd.

Dat zal me niet weer gebeuren, besloot ze. Ik zal er een vaste plaats voor inruimen en hem daar ook bewaren.

In plaats daarvan zocht ze haar kookstenen bij elkaar – ze wist waar die lagen. Toen een brutale hyena zich zo dichtbij waagde dat zijn silhouet in de opening van de grot afstak, ontdekte hij dat ze zelfs zonder haar slinger goed kon mikken en de stenen deden pijn. Na nog een paar pogingen kwamen ze tot de conclusie dat het jonge paard toch niet zo'n gemakkelijke prooi was. Ayla tastte in het donker naar meer stenen en vond een van de stokken die ze had gekerfd om het verloop van de tijd bij te houden. Ze bracht de rest van de nacht naast Whinney door, bereid om het veulen zo nodig met alleen een stok te verdedigen.

Het bleek moeilijker om tegen de slaap te vechten. Vlak voor zonsopgang dommelde ze even in, maar bij het eerste ochtendkrieken stond ze buiten op de stenen richel met haar slinger in de aanslag. Er was geen hyena te bekennen. Ze ging terug naar binnen om haar bontomslag en voetomhulsels om te doen. De temperatuur was merkbaar gedaald. De wind was in de loop van de nacht gedraaid. Nu hij uit het noordoosten kwam, joeg hij als door een trechter door de lange vallei tot hij, getart door de naar voren springende wand en de bocht in de rivier, in grillige vlagen haar grot binnenbulderde.

Ze rende langs het steile pad omlaag met haar waterzak en sloeg het dunne, doorzichtige vlies stuk dat zich aan de rand van de stroom had gevormd. Er hing een typische sneeuwgeur in de lucht. Toen ze door de heldere korst brak en ijskoud water opschepte, vroeg ze zich af hoe het nu zo koud kon zijn terwijl het de dag tevoren nog zo warm was geweest. Het weer was zo snel omgeslagen. Ze was te gemakkelijk geweest in haar dagelijkse routine. Er was slechts een verandering in het weer voor nodig geweest om haar aan haar kwetsbaarheid te herinneren. Ze kon het zich niet veroorloven te zelfvoldaan te worden.

Iza zou van streek zijn geweest omdat ik was gaan slapen zonder het vuur af te dekken. Nu zal ik een nieuw moeten maken. Ik dacht ook niet dat de wind in mijn grot zou kunnen blazen, hij komt altijd uit het noorden. Daardoor is het vuur misschien sneller uitgegaan. Ik had het moeten afdekken, maar drijfhout brandt zo fel als het droog is. Een vuur blijft er niet lang op branden. Misschien kan ik beter een paar bomen kappen. Ze branden niet zo gemakkelijk, maar liggen wel langer. Ik moest maar wat palen hakken voor een windscherm en wat meer hout naar boven brengen. Als het eenmaal sneeuwt, wordt het moeilijker om het te halen. Ik zal mijn vuistbijl halen en de bomen aan blokken hakken voor ik vuur aanmaak. Ik wil niet dat de wind het uitblaast voor ik een windscherm heb gemaakt.

Op weg terug naar de grot raapte ze een paar stukken drijfhout op. Whinney stond op het terras, hinnikte een begroeting en stootte haar zachtjes aan. Ze zocht aandacht. Ayla glimlachte, maar haastte zich de grot in, op de voet gevolgd door Whinney, die haar neus onder de hand van de vrouw probeerde te duwen. Goed dan, Whinney, dacht Ayla nadat ze het hout en het water had neergezet. Ze klopte en krauwde het veulen een ogenblik en deed toen wat graan in haar mand. Ze at wat koude restjes konijn en wilde dat ze hete thee had, maar in plaats daarvan dronk ze koud water. Het was koud in de grot. Ze blies op haar handen en stak ze onder haar armen om ze warm te krijgen. Toen haalde ze een mand gereedschap tevoorschijn die ze bij haar bed bewaarde.

Ze had kort na haar komst een paar nieuwe werktuigen gemaakt, en het was haar bedoeling geweest er meer te maken, maar altijd leek iets anders belangrijker. Ze haalde de vuistbijl uit de mand, die ze had meegenomen en nam hem mee naar buiten om hem beter in het licht te bekijken. Als hij op de juiste manier werd gebruikt, kon een vuistbijl zichzelf slijpen. Kleine splinters sprongen gewoonlijk tijdens het gebruik van de rand zodat er steeds een scherpe snede achterbleef. Maar door verkeerd gebruik kon er een grote scherf afbreken, of kon de broze steen versplinteren.

Ayla schonk geen aandacht aan het naderende geklepper van Whinneys hoeven, ze was te zeer aan het geluid gewend. Het jonge dier probeerde haar neus in Ayla's hand te steken.

'O, Whinney!' riep ze uit toen de broze stenen bijl op de harde rotsgrond van het terras viel en aan stukken brak. 'Dat was mijn enige vuistbijl. Die heb ik nodig om hout te hakken.' Ik weet niet wat er aan de hand is, dacht ze. Mijn vuur gaat uit net als het koud wordt. Hyena's komen alsof ze niet verwachten een vuur aan te treffen, klaar om je aan te vallen. En nu breekt mijn enige vuistbijl. Ze begon zich ongerust te maken, een serie ongelukjes was geen goed voorteken. Nu zal ik allereerst een nieuwe vuistbijl moeten maken. Ze raapte de scherven van de vuistbijl op, misschien was het mogelijk ze nog voor een ander doel bij te schaven, en legde ze bij de koude vuurplaats. Uit een nis achter haar slaapplaats, haalde ze een bundel gewikkeld in de huid van een reuzenhamster, dichtgebonden met een koord. Ze nam hem mee naar beneden naar het rotsstrandje. Whinney kwam achter haar aan, maar toen haar kopjes geven en stoten tot resultaat had dat de vrouw haar wegduwde in plaats van haar aan te halen, liet ze Ayla met haar stenen met rust en slenterde om de wand de vallei in.

Ayla vouwde de bundel voorzichtig, eerbiedig open, een houding die ze al vroeg had overgenomen van Droeg, de voornaamste gereedschapmaker van de stam. Hij bevatte een verzameling voorwerpen. Het eerste wat ze oppakte, was een ovale steen. De eerste keer dat ze de speciale steen had bewerkt om gereedschap te maken, had ze naar een klopsteen gezocht die prettig in haar hand lag en de juiste veerkracht bezat als ze op de vuursteen sloeg. Alle gereedschap om steen te bewerken, was belangrijk, maar niets was van zo'n grote betekenis als de klopsteen. Het was het eerste instrument waarmee de steen in aanraking kwam.

De hare had maar een paar butsen, heel anders dan de klopsteen van Droeg, die aan alle kanten gebutst was door het vele gebruik. Maar niets zou hem ertoe hebben kunnen overreden hem op te geven. Iedereen kon een eenvoudig stenen werktuig maken, maar de echt goede werden gemaakt door kundige gereedschapmakers die van hun instrumenten hielden en wisten hoe ze de geest van een klopsteen tevreden moesten houden. Ayla maakte zich ongerust over de geest van haar klopsteen, hoewel ze dat nog nooit eerder had gedaan. Het was zoveel belangrijker nu ze zelf haar eerste gereedschapmaker moest zijn. Ze wist dat er rituelen nodig waren om ongeluk af te wenden als een klopsteen brak, om de geest van de steen gunstig te stemmen en hem ertoe over te halen in een nieuwe steen te gaan huizen, maar die kende ze niet.

Ze legde de klopsteen opzij en onderzocht een stevig stuk bot van een grasetend dier op tekenen van splinters sinds ze het de laatste keer had gebruikt. Na de benen hamer inspecteerde ze een kleiner instrument, de hoektand van een grote katachtige, losgewrikt uit een kaakbeen dat ze had gevonden in de hoop aan de voet van de wand en vervolgens de andere stukken bot en steen.

Ze had steen leren kloppen door het van Droeg af te kijken en dan te oefenen. Hij had er geen bezwaar tegen gehad haar te laten zien hoe je de steen moest bewerken. Ze lette goed op en ze wist dat hij waardering had voor haar prestaties, maar ze was niet zijn leerling. Als vrouw mocht ze immers geen gereedschap maken dat werd gebruikt om te jagen of om wapens te maken. Ze had ontdekt dat het gereedschap dat vrouwen gebruikten, niet zo heel anders was. Een mes was per slot van rekening een mes, en een ingekerfde scherf kon worden gebruikt om een punt te slijpen aan een graafstok of aan een speer.

Ze bekeek haar instrumenten, raapte een klomp van de speciale steen op en legde hem toen weer neer. Als ze serieus steen wilde kloppen, moest ze een aambeeld hebben, iets om de steen op te laten steunen terwijl ze hem bewerkte. Droeg had geen aambeeld nodig om een vuistbijl te maken, dat gebruikte hij alleen voor geavanceerder gereedschap, maar Ayla vond dat ze de zaak beter onder controle had als ze iets had om de zware steen op te laten rusten, hoewel ze grof gereedschap zo kon maken. Ze moest een stevig, plat oppervlak hebben, niet te hard, anders zou de steen onder harde slagen aan stukken springen. Droeg gebruikte het voetbeen van een mammoet, en ze besloot te kijken of ze er een kon vinden in de hoop botten.

Ze klauterde om de rommelige berg botten, hout en steen heen. Er zaten slagtanden tussen, dus er moesten ook voetbenen tussen zitten. Ze vond een lange tak en gebruikte die als hefboom om de zwaardere stukken te verplaatsen. Hij brak toen ze probeerde een zwerfkei omhoog te wrikken. Toen vond ze een kleine ivoren slagtand van een jonge mammoet, die veel sterker bleek te zijn. Ten slotte zag ze bij de rand van de hoop, het dichtst bij de binnenwand, wat ze zocht en slaagde erin het onder de hoop puin uit te trekken.

Toen ze het voetbeen terugsleepte naar haar werkplek, werd haar oog getroffen door een grijsgele steen die in het zonlicht glinsterde en waarvan de facetten vonken schoten. Het kwam haar bekend voor, maar pas toen ze bleef staan en een stukje van het pyriet oppakte, herinnerde ze zich waarom.

Mijn amulet, dacht ze terwijl ze het leren buideltje dat om haar hals hing aanraakte. Mijn Holenleeuw heeft me zo'n steen gegeven om me te vertellen dat mijn zoon zou blijven leven. Plotseling viel het haar op dat het strandje bezaaid lag met de koperachtige grijze stenen die in het zonlicht lagen te glinsteren. Ze vielen haar op omdat ze ze herkende, hoewel ze ze eerst over het hoofd had gezien. Nu besefte ze ook dat de wolken begonnen op te trekken. Op de plaats waar ik de mijne vond, lag er maar één. Hier is er niets bijzonders aan, het wemelt ervan.

Ze liet de steen vallen en sleepte het voetbeen van de mammoet over het strand, ging toen zitten en trok het tussen haar benen. Ze legde het hamstervel over haar schoot en raapte de klomp steen die ze wilde bewerken, weer op. Ze draaide hem om en om, proberend te besluiten waar ze de eerste klap moest geven, maar ze kon geen rust vinden om zich te concentreren. Er zat haar iets dwars. Ze dacht dat het de harde, hobbelige, koude stenen wel zouden zijn, waar ze op zat. Ze rende naar boven naar de grot om een matje te halen, en nam meteen haar aanmaakstok en plankje, en wat tondel mee naar beneden. Ik zal blij zijn als ik een vuurtje heb branden. De ochtend is al half voorbij en het is nog steeds koud.

Ze installeerde zich op het matje, legde het gereedschap binnen handbereik, trok het voetbeen tussen haar benen en legde het vel over haar schoot. Toen pakte ze de kalkachtige grijze steen en plaatste die op het aambeeld. Ze pakte de klopsteen, woog hem een paar keer tot hij goed in de hand lag, en legde hem weer neer. Wat mankeert me? Waarom ben ik zo rusteloos? Droeg vroeg voor hij begon altijd zijn totem om bijstand, misschien moet ik dat ook wel doen.

Ze omklemde haar amulet met haar hand, sloot haar ogen en ademde een paar keer heel diep om tot rust te komen. Ze deed geen speciaal verzoek, ze probeerde alleen de geest van de Holenleeuw met haar verstand en met haar hart te bereiken. De geest die haar beschermde was een deel van haar, was in haar, had de oude tovenaar uitgelegd en ze geloofde hem.

Het had inderdaad een kalmerende uitwerking toen ze probeerde de geest van het grote beest te bereiken, dat haar had uitgekozen. Ze voelde zich ontspannen en toen ze haar ogen opendeed, boog en strekte ze haar vingers een paar keer en pakte de klopsteen weer.

Nadat de eerste slagen de kalkachtige buitenlaag hadden weggebroken, hield ze even op om de steen kritisch te bekijken. Hij had een goede kleur, een donkergrijze glans, maar de structuur was niet de fijnste die er was. Maar goed, er bevonden zich geen ongerechtigheden in, goed genoeg voor een vuistbijl. Veel van de dikke schilfers die wegsprongen toen ze de steen de vorm van een vuistbijl gaf, konden nog worden gebruikt. Ze hadden een verdikking aan het eind van de schilfer, waar ze met de klopsteen de klap had gegeven, maar ze liepen in een scherpe rand taps toe. Er waren er veel met halfronde ribbels die een litteken met diepe rimpels op het binnenste van de steen achterlieten, maar zulke scherven waren te gebruiken als grof snijgereedschap, zoals hakmessen om taaie huiden of vlees te snijden of als sikkels om gras te maaien.

Toen Ayla globaal de vorm had die ze wilde hebben, ging ze over op de benen hamer. Been was zachter, elastischer en zou de dunne, scherpe, zij het wat ongelijkmatige rand niet verbrijzelen, zoals de stenen klopper wel zou hebben gedaan. Zorgvuldig mikkend tikte ze vlak langs de gekartelde rand. Met iedere tik kwamen er langere, dunnere schilfers los met vlakkere randen. In veel minder tijd dan haar voorbereidingen hadden gekost, was het werktuig klaar. Het was ongeveer twaalf centimeter lang en had een min of meer peervormige omtrek, met een spits, maar plat uiteinde. Het had een sterk, tamelijk dun middengedeelte en rechte snijranden van de punt langs de uitlopende zijkanten. Zijn geronde onderkant was gemaakt om het in de hand te houden. Het was te gebruiken als bijl om hout te hakken, als een dissel – om een kom te maken, misschien. Je kon er een stuk ivoor van een mammoetslagtand mee in kleinere stukken hakken, of botten van een dier, bij het uitbenen. Het was een scherp slagwerktuig dat op vele manieren kon worden gebruikt.

Ayla voelde zich beter, minder verkrampt, klaar om de geavanceerdere en moeilijkere techniek te beproeven. Ze greep een nieuwe klomp kalkachtig steen en haar klopsteen en gaf een tik tegen de buitenlaag. De steen was niet goed. De kalkachtige buitenlaag liep door in het donkergrijze binnenste, helemaal tot de kern. De korrelige inhoud maakte hem onbruikbaar. Het verstoorde het plezier in haar werk en de concentratie. Het bracht haar weer van de wijs. Ze legde de klopsteen neer op het rotsige strandje. Alweer pech, alweer een slecht voorteken. Dat wilde ze niet geloven, ze wilde niet toegeven. Ze bekeek de steen nog eens en vroeg zich af of hij nog een paar bruikbare schilfers kon opleveren. Ze pakte de klopsteen weer. Ze sloeg er een af, maar hij moest worden bijgewerkt. Daarom legde ze haar klopsteen neer en strekte de hand uit naar een van de kleinere stenen instrumenten. Maar ze had maar heel vluchtig gekeken in de richting van de rest van haar gereedschap – toen ze het instrumentje van het strand opraapte, was haar oog op de steen gericht – en dat bracht een gebeurtenis tot stand die haar leven zou veranderen.

Niet alle uitvindingen zijn uit nood geboren. Soms speelt de gave van de ontdekking een rol. De kunst is het te herkennen. Alle elementen waren aanwezig, maar het toeval had ze op de juiste wijze bij elkaar gebracht. En dat toeval was het essentiële onderdeel. Niemand, en zeker niet de jonge vrouw die op een rotsstrandje in een eenzame vallei zat, zou er ooit van gedroomd hebben met opzet zo'n experiment uit te voeren.

Toen Ayla's hand het stenen instrument zocht, vond deze in plaats daarvan een stukje pyriet van nagenoeg dezelfde afmetingen. Toen ze op de blootgelegde kern van de onvolmaakte steen sloeg, lag het droge tondel uit haar grot toevallig vlak in de buurt en de vonk die ontstond toen de twee stenen elkaar raakten, vloog toevallig in het kluwen ruige vezel. Maar het belangrijkste was dat Ayla toevallig net die kant op keek toen de vonk wegschoot, in het tondel terechtkwam en voor hij doofde, een sliertje rook liet opstijgen.

Dat was de gave van de ontdekking. Ayla zorgde voor de herkenning en de overige noodzakelijke elementen: ze kende het proces van het maken van vuur, ze had vuur nodig en was niet bang om iets nieuws te proberen. Toch duurde het even voor ze begreep wat ze had gezien en het naar waarde schatte. In de eerste plaats was ze verbaasd over de rook. Ze moest er even over nadenken voor ze het verband legde tussen het rookpluimpje en de vonk, maar daarna brak ze zich het hoofd meer over de vonk. Waar was die vandaan gekomen? Ze keek naar de steen in haar hand.

Het was de verkeerde steen! Het was niet haar werktuig, het was een van die glimmende stenen waarmee het strandje bezaaid lag. Maar evengoed was het steen, en steen brandde niet. Toch had iets een vonk gemaakt waardoor het tondel was gaan roken. Er was toch ook rook van het tondel af gekomen?

Ze raapte het balletje ruige schorsvezel op, bereid te geloven dat ze zich de rook had verbeeld, maar het kleine, zwarte gaatje liet roet op haar vingers achter. Ze pakte het blokje pyriet weer op en bekeek het aandachtig. Hoe was die vonk aan de steen onttrokken? Wat had ze gedaan? De steenschilfer, ze had op de steenschilfer getikt. Met een licht onnozel gevoel sloeg ze de twee stenen tegen elkaar. Er gebeurde niets.

Wat had ik dan verwacht, dacht ze. Toen sloeg ze ze nog een keer tegen elkaar, met meer kracht, een vinnige tik en zag een vonk wegspringen. Plotseling viel haar een idee in dat zich aarzelend had gevormd. Een vreemd, opwindend idee, en ook een beetje beangstigend.

Ze legde de twee stenen voorzichtig op de leren schootdoek, boven op het mammoetvoetbeen, en haalde toen het materiaal naar zich toe om een vuurtje te bouwen. Toen ze klaar was, pakte ze de stenen op, hield ze vlak bij het tondel en sloeg ze tegen elkaar. Er spatte een vonk, maar hij doofde op de koude stenen. Ze veranderde de hoek, probeerde het nog een keer, maar ze gaf minder kracht. Ze sloeg harder en zag een vonk netjes midden in het tondel terechtkomen. Hij verschroeide een paar draadjes en doofde, maar het sliertje rook was bemoedigend. De volgende keer dat ze de stenen tegen elkaar sloeg, stak de wind op en het smeulende tondel laaide even op voor het uitging.

Natuurlijk! Ik moet erop blazen. Ze ging verzitten zodat ze het beginnende vlammetje kon aanblazen en maakte nog een vonk met de stenen. Het was een krachtige, heldere, lang brandende vonk en hij kwam goed terecht. Ze zat er dicht genoeg op om de hitte te voelen toen ze vlammen in het smeulende tondel blies. Ze voedde de vlammetjes met houtkrullen en spaanders, en haast voor ze het wist, had ze een vuurtje.

Het was belachelijk eenvoudig. Ze kon niet geloven hoe eenvoudig. Ze moest het zichzelf nog een keer bewijzen. Ze zocht nog wat tondel bij elkaar, nog wat krullen, nog wat houtjes, en toen had ze een tweede vuurtje, en toen een derde, en een vierde. Ze voelde een opwinding die voor een deel bestond uit angst, voor een deel uit ontzag, een deel de vreugde van een ontdekking en een grote dosis pure verbazing, toen ze achteruitstapte en naar de vier vuurtjes staarde die elk waren aangestoken met de vuursteen.

Whinney kwam om de wand terugdraven, aangetrokken door de rooklucht. Vuur, eens zo angstaanjagend, rook nu veilig.

'Whinney!' riep Ayla terwijl ze naar het paardje toe rende. Ze moest het iemand vertellen, haar ontdekking delen, ook al was het maar met een paard. 'Kijk eens!' gebaarde ze. 'Kijk eens naar die vuurtjes! Die zijn met stenen aangestoken, Whinney. Met stenen!' De zon brak door de wolken en plotseling leek het hele strand te glinsteren.

Ik vergiste me toen ik dacht dat er niets bijzonders aan die stenen was. Ik had het moeten weten, mijn totem heeft me er een gegeven. Nu ik het weet, kan ik het vuur zien dat er binnenin leeft. Toen verviel ze in gepeins. Maar waarom ik? Waarom is het mij getoond? Mijn Holenleeuw heeft me er eens een gegeven om me te vertellen dat Durc zou blijven leven. Wat wil hij me nu vertellen?

Ze herinnerde zich het vreemde voorgevoel dat ze had gehad toen haar vuur doofde, en midden tussen vier vuren huiverde ze, toen ze het weer voelde. Toen voelde ze plotseling een overstelpende opluchting, hoewel ze niet eens wist dat ze ongerust was geweest.

8

'Hallo! Hallo!' Jondalar zwaaide onder het roepen en rende naar de oever van de rivier.

Hij voelde een overstelpende opluchting. Hij had het al haast opgegeven, maar het geluid van een andere menselijke stem gaf hem nieuwe hoop. Het kwam niet bij hem op dat ze vijandig konden zijn; niets kon erger zijn dan de enorme hulpeloosheid die hij had gevoeld. En ze leken niet onvriendelijk.

De man die hem had aangeroepen, hield een rol touw omhoog, die aan het ene uiteinde vastzat aan de vreemde, reusachtige watervogel. Jondalar zag dat het geen levend wezen was, maar een soort boot. De man wierp hem het touw toe. Jondalar liet het vallen en dook erachteraan. Een stel mensen kwam haastig de boot uit en waadde door water dat tot hun dijen kolkte. Ze trokken een ander touw in. Een van hen glimlachte toen hij Jondalars gezicht zag, waarop een mengeling van hoop, opluchting en verbijstering te lezen was over wat hij met het natte touw in zijn handen moest doen. Hij nam de tros van hem over. Hij trok de boot dichter naar de oever, bond het touw toen om een boom en ging de andere kabel controleren, die was vastgemaakt aan het naar voren springende uiteinde van een gebroken tak van een grote boom die half onder water in de rivier lag.

Nog een opvarende van de boot hees zich overboord en sprong op het blok hout om de stabiliteit te testen. Hij zei een paar woorden in een onbekende taal en er werd een op een ladder lijkende loopplank opgetild en tussen het blok hout en de boom gespannen. Hij klauterde terug om een vrouw te assisteren die een derde persoon de loopplank af hielp via het blok hout naar de oever, hoewel het er de schijn van had dat de hulp eerder werd toegestaan dan dat die echt nodig was.

De persoon, die kennelijk zeer werd gerespecteerd, had een kalme, haast koninklijke houding, die iets bedrieglijks had dat Jondalar niet kon definiëren, hij had iets tweeslachtigs over zich. Hij merkte dat hij stond te staren. De wind rukte aan slierten lang, wit haar dat in de nek was samengebonden, weggetrokken uit een gladgeschoren – of baardloos – gezicht, gerimpeld van ouderdom, maar toch met een zachte, stralende huid. Er sprak kracht uit de lijn van de kaak, uit de uitstekende kin; was het karakter?

Toen hij naar de kant gewenkt werd, drong het tot Jondalar door dat hij in koud water stond, maar het mysterie werd niet opgelost toen hij dichterbij kwam en hij had het gevoel dat hem iets belangrijks ontging. Toen bleef hij staan en keek in een gezicht met een meedogende, onderzoekende glimlach en doordringende ogen van een onbestemde kleur grijs. Met een schok van verwondering drong het plotseling tot Jondalar door wat er zo vreemd was aan de geheimzinnige persoon die daar zo geduldig voor hem stond te wachten en hij keek of hij iets zag dat een geslacht verried.

Aan de lengte had hij niets, wat lang voor een vrouw, wat kort voor een man. Omvangrijke, vormeloze kleren verborgen lichamelijke details, en zelfs de manier van lopen hield Jondalar in het ongewisse. Hoe meer hij keek en geen antwoord vond, hoe opgeluchter hij zich voelde. Hij had wel van dergelijke mensen gehoord, geboren in het lichaam van het ene geslacht, maar met de neigingen van het andere. Ze waren geen van beide of allebei, en traden gewoonlijk in de gelederen van Degenen Die de Moeder Dienen. Omdat in hen zich krachten concentreerden ontleend aan zowel mannelijke als vrouwelijke elementen, genoten ze een reputatie van buitengewoon kundige genezers.

Jondalar was ver van huis en kende de gebruiken van deze mensen niet. Toch twijfelde hij er niet aan dat de persoon die voor hem stond, genezer was. Misschien Iemand Die de Moeder Diende, misschien ook niet, het deed er niet toe. Thonolan had een genezer nodig en er was een genezer gekomen.

Maar hoe hadden ze geweten dat er een genezer nodig was? En hoe hadden ze trouwens geweten dát ze moesten komen?

Jondalar gooide nog een blok hout op het vuur en keek hoe een regen van vonken de rook najoeg de nachtlucht in. Hij liet zijn blote rug dieper in zijn slaaprol glijden en leunde achterover tegen een rotsblok om naar de niet-dovende vonken te staren die over de hemel waren uitgestrooid. Een gestalte zweefde zijn blikveld binnen en sloot een deel van de met sterren bezaaide lucht buiten. Het duurde een ogenblik voor zijn dwalende ogen van de eindeloze diepten naar het hoofd van de jonge vrouw gingen die hem een kom kokendhete thee voorhield.

Hij ging vlug rechtop zitten, waardoor een heel stuk blote dij zichtbaar werd, en trok met een snel gebaar de slaaprol omhoog. Hij wierp een blik op zijn broek en laarzen, die bij het vuur te drogen hingen. Ze grijnsde en haar stralende glimlach veranderde de wat statige verlegen, zachtaardige jonge vrouw in een schoonheid met fonkelende ogen. Hij had nog nooit zo'n verbijsterende verandering meegemaakt en zijn glimlach waarmee hij haar blik beantwoordde, weerspiegelde hoezeer hij zich aangetrokken voelde. Maar ze had snel haar hoofd gebogen om een ondeugend vrolijke lach te verbergen, want ze wilde de vreemdeling niet in verlegenheid brengen. Toen ze hem weer aankeek, blonk er alleen nog een pretlichtje in haar ogen.

'Je hebt een heel mooie glimlach,' zei hij toen ze hem de kom thee aangaf.

Ze schudde het hoofd en antwoordde met woorden waarvan hij dacht dat ze betekenden dat ze hem niet verstond.

'Ik weet dat je me niet kunt verstaan, maar ik wil je evengoed vertellen hoe dankbaar ik ben dat jullie hier zijn.'

Ze keek hem aandachtig aan en hij had het gevoel dat zij al even graag contact wilde hebben als hij. Hij bleef praten, bang dat ze weg zou gaan als hij ophield.

'Het is geweldig alleen al tegen jullie te praten, alleen al te weten dat jullie er zijn.' Hij nam een slokje van de thee. 'Dit smaakt lekker. Wat voor thee is dit?' vroeg hij terwijl hij zijn kom omhooghield en waarderend knikte. 'Ik geloof dat ik kamille proef.'

Ze knikte erkentelijk terug, ging toen bij het vuur zitten en beantwoordde zijn woorden met andere, die hij al net zomin verstond als zij de zijne. Maar haar stem was prettig en ze leek te weten dat hij behoefte had aan haar gezelschap.

'Ik wilde dat ik jullie kon bedanken. Ik weet niet wat ik had moeten doen als jullie niet gekomen waren.' Hij fronste zijn voorhoofd van zorgen en verwarring en ze glimlachte begrijpend. 'Ik wilde dat ik je kon vragen hoe jullie wisten dat we hier zaten, en hoe jullie zelandoni, of hoe jullie je genezer ook noemen, wist dat hij moest komen.'

Ze antwoordde hem, gebarend naar de tent die vlak in de buurt was opgezet en die een gloed verspreidde van het vuur binnen. Hij schudde gefrustreerd zijn hoofd. Het leek of ze hem haast begreep, alleen kon hij haar niet begrijpen.

'Het zal er wel niet toe doen,' zei hij. 'Maar ik zou willen dat jullie genezer mij toestond bij Thonolan te blijven. Zelfs zonder woorden was het duidelijk dat mijn broer pas geholpen zou worden als ik wegging. Ik twijfel niet aan de kundigheid van de genezer, ik wil bij hem blijven, dat is alles.'

Hij keek haar zo ernstig aan, dat ze een hand op zijn arm legde om hem gerust te stellen. Hij probeerde te glimlachen, maar dat ging hem maar moeilijk af. Het geklapper van de tent trok zijn aandacht toen een oudere vrouw naar buiten kwam.

'Jetamio!' riep ze en ze voegde er andere woorden aan toe.

De jonge vrouw stond vlug op, maar Jondalar pakte haar hand om haar tegen te houden. 'Jetamio?' vroeg hij en wees naar haar. Ze knikte. 'Jondalar,' zei hij en klopte op zijn eigen borst.

'Jondalar,' herhaalde ze langzaam. Toen keek ze in de richting van de tent, klopte op haar eigen borst, op die van hem en wees naar de tent.

'Thonolan,' zei hij. 'Mijn broer heet Thonolan.'

'Thonolan,' herhaalde ze terwijl ze zich naar de tent haastte. Het viel Jondalar op dat ze een beetje mank liep, hoewel het haar niet leek te hinderen.

Zijn broek was nog vochtig, maar hij trok hem toch maar aan en dook een bosje in, zonder de moeite te nemen hem dicht te doen of zijn laarzen aan te trekken. Sinds hij wakker was geworden moest hij al plassen, maar zijn andere kleren zaten in zijn draagstel, dat was achtergebleven in de grote tent waar de genezer Thonolan behandelde. Jetamio's grijns van de avond tevoren maakte dat hij zich wel twee keer bedacht voor hij nonchalant naar het afgezonderde kreupelbosje slenterde met alleen zijn korte onderhemd aan. Hij wou ook niet het risico lopen een gewoonte of taboe te doorbreken van deze mensen die hem hielpen – niet met twee vrouwen in het kamp.

Hij had eerst geprobeerd om op te staan in zijn slaaprol en zo te lopen. Toen had hij zo lang gewacht tot hij vond dat hij zijn broek maar aan moest trekken, nat of niet. Hij vergat zijn verlegenheid bijna en wou wel rennen. Evengoed werd hij achtervolgd door Jetamio's lach.

'Tamio, niet zo om hem lachen. Dat is niet aardig,' zei de oudere vrouw, maar de vermaning schoot zijn doel voorbij omdat ze haar eigen lach probeerde te onderdrukken.

'O, Roshario, het is niet mijn bedoeling de draak met hem te steken. Ik kan er gewoon niets aan doen. Zag je hoe hij probeerde in zijn slaapzak te lopen?' Ze begon weer te giechelen, hoewel ze moeite deed om zich in te houden. 'Waarom stond hij niet op en ging hij niet gewoon?'

'Misschien zijn de gebruiken van zijn volk anders, Jetamio. Ze moeten van ver zijn gekomen. Ik heb nog nooit zulke kleren als die van hen gezien en zijn taal is niet eens verwant. De meeste reizigers hebben wel een paar woorden die overeenkomen. Ik denk dat ik sommige van zijn woorden niet eens zou kunnen uitspreken.'

'Dat zal best. Hij heeft er vast bezwaar tegen om zich zonder kleren te vertonen. Je had hem gisteravond moeten zien blozen, alleen omdat ik een stukje van zijn dij zag. Maar ik heb nog nooit iemand gezien die zo blij was dat we kwamen.'

'Dat kan ik me voorstellen.'

'Hoe gaat het met de ander?' vroeg de jonge vrouw, weer ernstig. 'Heeft de Shamud ook iets gezegd, Roshario?'

'Ik geloof dat de zwelling is afgenomen, en de koorts ook. Althans, hij slaapt rustiger. De Shamud denkt dat hij door een neushoorn op de horens is genomen. Ik snap niet hoe hij het heeft overleefd. Hij zou het ook niet veel langer hebben uitgehouden als die lange niet om hulp had geseind. Evengoed hebben ze geluk gehad dat we ze gevonden hebben. Mudo moet hen hebben toegelachen. De Moeder heeft knappe jongemannen altijd al begunstigd.'

'Niet genoeg om te voorkomen dat... Thonolan gewond raakte. Als je ziet wat een gat er in zijn lies zit... Denk je dat hij weer zal kunnen lopen?'

Roshario glimlachte teder naar de jonge vrouw. 'Als hij ook maar half de vastberadenheid heeft die jij had na je verlamming, dan zal hij weer kunnen lopen, Tamio.'

Jetamio's wangen werden rood. 'Ik denk dat ik even ga kijken of de Shamud ook iets nodig heeft,' zei ze en ze bukte zich in de richting van de tent. Ze deed erg haar best helemaal niet mank te lopen.

'Waarom breng je de lange zijn draagstel niet?' riep Roshario haar na, 'dan hoeft hij geen natte broek te dragen.'

'Ik weet niet welk van hem is.'

'Neem ze allebei maar mee, dan is er daar binnen wat meer ruimte. En vraag de Shamud hoe snel we... Hoe heet hij? Thonolan, kunnen vervoeren.'

Jetamio knikte.

'Als we hier een tijdje blijven, zal Dolando een jacht moeten organiseren. We hebben niet veel voedsel meegenomen. Ik denk niet dat de Ramudiërs kunnen vissen nu de rivier zo wild is, hoewel ik geloof dat ze net zo gelukkig zouden zijn als ze nooit aan wal hoefden te komen. Ik heb graag vaste grond onder mijn voeten.'

'O, Rosh, je zou precies het tegenovergestelde zeggen als je een verbintenis was aangegaan met een man van de Ramudiërs in plaats van met Dolando.'

De oudere vrouw nam haar scherp op. 'Heeft een van die roeiers je het hof gemaakt? Ik ben misschien wel niet je echte moeder, Jetamio, maar iedereen weet dat je net een dochter van me bent. Als een man niet eens de beleefdheid heeft te vragen, dan is het niet de man die je zoekt. Je kunt die riviermannen niet vertrouwen...'

'Maak je maar niet ongerust, Rosh. Ik heb nog niet besloten er met een rivierman vandoor te gaan,' zei Jetamio met een ondeugende glimlach.

'Tamio, er zijn meer dan genoeg mannen van de Shamudiërs die bij ons willen intrekken... Waar sta je zo om te lachen?'

Jetamio hield haar beide handen voor haar mond om te proberen het gelach te onderdrukken dat in een gesnuif en gegiechel in haar bleef opborrelen. Roshario draaide zich om in de richting waarin de jonge vrouw keek, en sloeg een hand voor haar mond om niet zelf in lachen uit te barsten.

'Ik moest die draagstellen maar halen,' wist Jetamio er eindelijk uit te brengen. 'Onze vriend heeft droge kleren nodig,' begon ze weer te proesten. 'Hij ziet eruit als een klein kind dat het in zijn broek heeft gedaan!' Ze rende naar de tent toe, maar Jondalar hoorde haar lach schallen toen ze naar binnen ging.

'Vrolijk, liefje?' vroeg de genezer en hij trok met een spottende blik een wenkbrauw op.

'Het spijt me. Het was niet mijn bedoeling hier zo lachend binnen te komen... Alleen...'

'Of ik verkeer in de volgende wereld, of jij bent een donii die is gekomen om me daar mee naartoe te nemen. Geen aardse vrouw zou zo mooi kunnen zijn. Maar ik versta geen woord van wat jullie zeggen.'

Jetamio en de Shamud draaiden zich allebei naar de gewonde man om. Hij lag met een zwakke glimlach naar Jetamio te kijken. De glimlach verliet haar gezicht toen ze naast hem knielde.

'Ik heb hem uit zijn slaap gehaald! Hoe kon ik zo onnadenkend zijn?'

'Blijf glimlachen, mijn schone donii,' zei Thonolan en hij pakte haar hand.

'Ja, liefje, je hebt hem uit zijn slaap gehaald. Maar lig daar maar niet wakker van. Ik vermoed dat je hem uit nog wel heel wat meer slaap zult halen voor je met hem uitgepraat bent.'

Jetamio schudde het hoofd en keek de Shamud niet-begrijpend aan. 'Ik kwam vragen of u soms iets nodig had, of dat ik u misschien kon helpen.'

'Dat heb je al gedaan.'

Ze keek alsof ze er nog minder van snapte. Soms vroeg ze zich af of ze wel iets begreep van wat de genezer zei.

Er kwam een zachtere blik in de doordringende ogen, met een zweem van ironie. 'Ik heb alles gedaan wat ik kan. Hij moet de rest doen. Maar alles wat hem een sterkere wil geeft om te leven, kan in dit stadium alleen maar helpen. Dat heb jij net gedaan met die verrukkelijke glimlach van je... liefje.'

Jetamio bloosde en boog haar hoofd. Toen drong het tot haar door dat Thonolan nog steeds haar hand vasthield. Ze keek op en zag zijn lachende grijze ogen. Haar glimlach was stralend.

De genezer kuchte even en Jetamio trok haar hand los, een beetje in de war toen het tot haar doordrong dat ze de vreemdeling zo lang had aangestaard. 'Je kunt toch iets doen. Nu hij wakker en helder is, zouden we kunnen proberen hem wat voedsel te geven. Als er wat soep is, denk ik dat hij die zou eten als jij hem die gaf.'

'O. Natuurlijk. Ik zal wat halen,' zei ze en ze ging haastig naar buiten om haar verlegenheid te verbergen. Ze zag dat Roshario een poging deed te praten met Jondalar, die er slecht op zijn gemak en stijf bij stond en probeerde te kijken alsof er niets aan de hand was. Ze dook terug om de rest van haar boodschap te vervullen.

'Ik moet hun draagstellen hebben, en Roshario wil weten hoe snel Thonolan vervoerd kan worden.'

'Hoe zei je dat hij heet?'

'Thonolan. Dat heeft die andere me tenminste verteld.'

'Zeg tegen Roshario nog een dag of twee. Hij kan een tocht over ruw water nog niet aan.'

'Hoe weet je mijn naam, mooie donii en hoe kom ik de jouwe te weten?'

Ze draaide zich om en glimlachte nog een keer naar Thonolan voor ze zich de tent uit haastte met beide draagstellen.

Hij ging met een tevreden glimlach weer liggen, maar hij schrok toen hij voor de eerste keer de genezer met de witte haren zag. Het gezicht vertoonde een mysterieuze glimlach, slim, sluw en een beetje roofdierachtig.

'Is prille liefde niet prachtig?' was het commentaar van de Shamud. De betekenis ontging Thonolan, maar het grimmige sarcasme niet. Het viel hem op.

De stem van de genezer klonk niet hoog en niet laag en Thonolan zocht een aanwijzing in de kleding of het gedrag waaruit hij zou kunnen opmaken of het een man of een vrouw was. Hij kwam er niet uit, maar hoe het ook zij, hij voelde zich wat beter en had het gevoel dat hij in vertrouwde handen was.

Jondalars opluchting toen hij Jetamio met de draagstellen de tent uit zag komen, was zo duidelijk dat ze zich een beetje schaamde dat ze ze niet eerder had gehaald. Ze kende zijn probleem, maar hij was zo grappig. Hij putte zich uit in een stroom van dankwoorden die onbekend maar daarom niet minder duidelijk waren, en stevende toen op het hoge kreupelbosje af. Met droge kleren aan voelde hij zich zoveel beter, dat hij Jetamio zelfs vergaf dat ze hem had uitgelachen.

Ik neem aan dat ik er inderdaad belachelijk uitzag, dacht hij, maar die broek was nat, en koud. Nou ja, een beetje gelach is geen hoge prijs voor hun hulp. Ik weet niet wat ik had moeten doen... Ik vraag me af hoe ze het wisten. Misschien heeft de genezer andere vermogens, dat zou het kunnen verklaren. Op dit ogenblik ben ik al blij met de genezende vermogens. Hij wachtte even. Tenminste, ik geloof dat die zelandoni genezende vermogens heeft. Ik heb Thonolan niet gezien. Ik weet niet of het wel beter met hem gaat. Ik vind dat het tijd wordt dat ik daar eens achter kom. Hij is per slot van rekening mijn broer. Ze kunnen me niet bij hem vandaan houden als ik hem wil zien.

Jondalar beende terug naar het kamp, zette zijn draagstel naast het vuur, nam rustig de tijd om zijn natte kleren weer te drogen te leggen en stevende toen op de tent af.

Hij botste bijna tegen de genezer op, die naar buiten kwam net toen hij zich bukte om naar binnen te gaan. De Shamud had hem snel getaxeerd, voor Jondalar ook maar de kans kreeg iets te zeggen. Hij glimlachte innemend, stapte opzij en beduidde de lange sterke man met een overdreven vriendelijk gebaar dat hij naar binnen kon gaan. Jondalar nam de genezer goed op. De doordringende ogen, met hun vage kleur, gaven niets prijs van de uitdrukking van gezag en ze lieten ook geen gevoelens blijken. De glimlach, die op het eerste gezicht zo innemend leek, was bij nader inzien eerder ironisch. Jondalar voelde intuïtief dat deze genezer, zoals velen met die roeping, zowel een machtige vriend als een geduchte vijand kon zijn.

Hij knikte alsof hij zijn oordeel opschortte, glimlachte heel even erkentelijk en ging naar binnen. Tot zijn verbazing zag hij dat Jetamio voor hem was gearriveerd. Ze ondersteunde Thonolans hoofd terwijl ze een benen nap aan zijn lippen hield.

'Ik had het kunnen weten,' zei hij en zijn glimlach was pure vreugde omdat hij zijn broer wakker en kennelijk een stuk opgeknapt aantrof. 'Het is je weer eens gelukt.'

Ze keken allebei naar Jondalar op. 'Wat is me weer eens gelukt, grote broer?'

'Je hebt nog geen drie hartslagen je ogen open of je hebt het al voor elkaar dat de knapste vrouw in de buurt je bedient...'

Thonolans grijns bood de meest welkome aanblik die zijn broer zich kon voorstellen. 'Je hebt gelijk met "de knapste vrouw in de buurt".' Thonolan keek Jetamio teder aan. 'Maar wat doe jij hier in de wereld van de geesten? En nu ik eraan denk, onthoud het goed, ze is mijn eigen, persoonlijke donii. Je kunt die blauwe ogen van je thuishouden.'

'Maak je over mij naar niet ongerust, broertje. Iedere keer als ze me aankijkt, kan ze alleen maar lachen.'

'Naar mij kan ze lachen wanneer ze maar wil,' zei Thonolan en hij glimlachte tegen de vrouw. Ze glimlachte terug. 'Kun je je voorstellen dat je uit het land van de doden ontwaakt bij die glimlach?' Zijn tederheid begon op aanbidding te lijken toen hij haar in de ogen staarde.

Jondalar keek van zijn broer naar Jetamio en weer terug. Wat is er hier aan de hand? Thonolan is net wakker geworden. Ze kunnen geen woord tegen elkaar hebben gezegd, maar ik zou zweren dat hij verliefd was. Hij keek weer naar de vrouw, afstandelijker.

Haar haar had een nogal onopvallende lichtbruine kleur en ze was kleiner en magerder dan de vrouwen tot wie Thonolan zich gewoonlijk aangetrokken voelde. Je kon haar haast voor een meisje houden. Ze had een hartvormig gezicht met regelmatige trekken en zag er eigenlijk nogal gewoontjes uit, best aardig, maar zeker niet uitzonderlijk – tot ze glimlachte.

Dan werd ze door een of andere onverwachte toverformule, een raadselachtige herverdeling van licht en schaduw, een subtiele verandering in haar trekken, mooi, uitgesproken mooi. Die verandering was zo volledig dat Jondalar haar ook knap begon te vinden. Ze hoefde maar een keer te glimlachen om die indruk te maken, en toch had Jondalar het gevoel dat ze gewoonlijk niet vaak glimlachte. Hij herinnerde zich dat ze eerst statig en verlegen had geleken, hoewel dat nu moeilijk te geloven was. Ze straalde, trillend van leven en Thonolan keek haar met een onnozele, verliefde grijns aan.

Nou ja, Thonolan is wel eens eerder verliefd geweest, dacht Jondalar. Ik hoop dat ze het zich niet al te erg zal aantrekken als we vertrekken.

Een van de veters die de rookflap in het dak van zijn tent dichthielden, was gerafeld. Jondalar lag ernaar te staren zonder hem te zien. Hij was klaarwakker en lag zich in zijn slaaprol af te vragen wat hem zo vlug uit het diepst van zijn slaap had gewekt. Hij verroerde zich niet, maar lag te luisteren, proberend om iets ongebruikelijks te ontdekken dat hem kon hebben gewaarschuwd voor dreigend gevaar. Na enkele ogenblikken kroop hij stilletjes uit zijn slaaprol en keek voorzichtig uit de opening van zijn tent, maar hij kon niets verkeerds ontdekken.

Een paar mensen zaten om het kampvuur bijeen. Hij slenterde er-naartoe. Hij voelde zich nog steeds rusteloos en nerveus. Iets zat hem dwars, maar hij wist niet wat. Thonolan? Nee, dankzij de be-kwaamheid van de Shamud enerzijds en de liefderijke zorg van Je-tamio anderzijds, ging het goed met zijn broer. Nee, over Thonolan was hij niet ongerust – niet direct.

'Hola,' zei hij tegen Jetamio toen ze opkeek en glimlachte.

Ze vond hem niet meer zo lachwekkend. Hun gemeenschappelijke bezorgdheid om Thonolan begon stilaan over te gaan in vriend-schap, hoewel de communicatie beperkt bleef tot een aantal basis-gebaren en de weinige woorden die hij had geleerd.

Ze gaf hem een kommetje hete drank. Hij bedankte haar met de woorden waarvan hij had geleerd dat ze bij hen dat begrip uitdruk-ten en wilde dat hij een manier kon bedenken om iets terug te doen voor hun hulp. Hij nam een slok, fronste zijn voorhoofd en nam er nog een. Het was een kruidenthee, niet onaangenaam, maar verras-send. Gewoonlijk dronken ze 's morgens een van vlees getrokken bouillon. Zijn neus vertelde hem dat er wortels en graan in de hou-ten kookkist bij het vuur sudderden, maar geen vlees. Er was maar een vlugge blik voor nodig om de wijziging in het ochtendmenu te verklaren. Er was geen vlees. Niemand was op jacht gegaan.

Hij sloeg zijn thee achterover, zette het benen kommetje neer en haastte zich terug naar zijn tent. Onder het wachten had hij de ste-vige speren van de elzenboompjes afgemaakt en ze zelfs voorzien van stenen punten. Hij pakte de twee zware schachten die tegen de achterwand van de tent stonden, stak zijn hand naar binnen naar zijn draagstel en pakte ook verschillende van de lichtere werpspie-sen. Toen liep hij terug naar het vuur. Hij kende niet veel woorden, maar er waren er niet veel nodig om een verlangen om op jacht te gaan over te brengen en voor de zon veel hoger stond, verzamelde zich een opgewonden groep mensen.

Jetamio stond in tweestrijd. Ze wilde bij de gewonde vreemdeling blijven, wiens lachende ogen maakten dat ze wilde glimlachen tel-kens als hij haar aankeek, maar ze wilde ook op jacht. Als het aan haar lag, sloeg ze nooit een jachtpartij over, niet sinds ze in staat was om te jagen. Roshario spoorde haar aan te gaan: 'Hij zal heus niet doodgaan. De Shamud kan wel een poosje zonder jou voor hem zorgen. En ik ben er ook nog.'

Het jachtgezelschap was al op pad gegaan toen Jetamio hen nariep en buiten adem kwam aanrennen, nog bezig haar kap dicht te kno-pen. Jondalar had zich al afgevraagd of ze jaagde. Bij de Zelando-niërs deden jonge vrouwen het vaak. Voor vrouwen was het een kwestie van keus en van het gebruik van de Grot. Als ze eenmaal kinderen kregen, bleven de vrouwen gewoonlijk dichter bij huis, behalve gedurende een drijfjacht. Dan was iedereen die gezond van lijf en leden was, nodig om een kudde in valkuilen of over rotsen te drijven.

Jondalar zag graag vrouwen die jaagden. Dat gold voor de meeste mannen van zijn Grot, hoewel hij had geleerd dat die mening allerminst algemeen opgang deed. Men zei dat vrouwen die zelf hadden gejaagd, begrepen hoe moeilijk het was en als gezellin inschikkelijker waren. Zijn moeder was beroemd geweest, vooral om haar bekwaamheid in het spoorzoeken en had vaak meegedaan aan de jacht, zelfs toen ze al kinderen had.

Ze wachtten tot Jetamio hen had ingehaald en gingen toen in stevig tempo op pad. Jondalar dacht dat de temperatuur daalde, maar ze liepen zo snel dat hij het pas zeker wist toen ze naast een kronkelig stroompje stilhielden dat zich door het vlakke grasland slingerde op zoek naar een manier om bij de Moeder te komen. Toen hij zijn waterzak bijvulde, viel het hem op dat het ijs langs de randen dikker werd. Hij duwde zijn kap naar achter, want door het bont langs zijn gezicht kon hij niet zo goed opzij kijken. Maar hij was niet de enige die hem algauw weer opzette. De lucht was bepaald vinnig koud.

Iemand ontdekte sporen stroomopwaarts en ze kwamen er allemaal omheen staan terwijl Jondalar ze onderzocht. Er had hier ook een familie neushoorns stilgehouden om te drinken, en niet zo lang geleden. Jondalar tekende met een stok een aanvalsplan in het natte zand. Het viel hem op dat de grond hard begon te worden van de ijskristallen. Dolando stelde met een eigen stok een vraag en Jondalar werkte de tekening verder uit. Men werd het eens en iedereen wilde graag weer op weg.

Op een sukkeldrafje volgden ze de sporen. Door het snelle tempo kregen ze het weer warm en de kappen werden weer afgedaan. Jondalars lange, blonde haar knetterde en plakte aan het bont van zijn kap. Het duurde langer om de beesten in te halen dan hij had verwacht, maar toen hij de rossig bruine wolharige neushoorns voor hen uit zag, begreep hij het. De dieren bewogen zich sneller dan gewoonlijk – en regelrecht naar het noorden.

Jondalar keek slecht op zijn gemak naar de lucht; die was een diep azuurblauwe koepel boven hen met in de verte alleen een paar verspreide wolkjes. Het zag er niet naar uit dat er een storm op til was, maar hij wilde zo rechtsomkeert maken, Thonolan ophalen en maken dat hij wegkwam. Niemand anders leek genegen te zijn weg te gaan nu de neushoorns in zicht waren. Hij vroeg zich af of hun overlevering zover ging dat ze sneeuw voorspelden uit de noordwaartse trek van de wolharigen, maar hij betwijfelde het.

Het was zijn idee geweest om op jacht te gaan en het had hem weinig moeite gekost dat duidelijk te maken, nu wilde hij terug naar Thonolan om hem in veiligheid te brengen. Maar hoe moest hij uitleggen dat er een sneeuwstorm op komst was, als er nauwelijks een wolkje aan de lucht stond en hij de taal niet kon spreken? Hij schudde zijn hoofd. Ze zouden eerst een neushoorn moeten doden.

Toen ze dichterbij kwamen, stormde Jondalar vooruit, om te proberen de achterste treuzelaar – een jonge neushoorn, nog niet helemaal volgroeid, die moeite had het tempo bij te houden – voor te komen. Toen de lange man hem inhaalde, schreeuwde hij en zwaaide met zijn armen, in een poging de aandacht van het dier te trekken, om hem te laten zwenken of afremmen. Maar het jonge beest rukte al met dezelfde doelgerichte vastberadenheid naar het noorden op als de andere, en negeerde de man. Het zou ze moeite kosten ook maar een beest af te leiden, leek het, en dat maakte hem ongerust. De storm kwam sneller opzetten dan hij had gedacht.

Uit zijn ooghoek zag hij dat Jetamio hem had ingehaald, en hij was verbaasd. Ze liep merkbaar manker, maar kwam snel vooruit. Onbewust knikte Jondalar goedkeurend. De rest van het jachtgezelschap volgde en probeerde een dier te omsingelen en de andere op de vlucht te jagen. Maar neushoorns waren geen kuddedieren, in groepen levend en gemakkelijk te leiden of op de vlucht te jagen, die voor hun veiligheid en de overleving van hun soort afhankelijk waren van het leven in grote groepen. Het waren onafhankelijke, chagrijnige wezens, die zich zelden in groepen groter dan een familie verenigden, en ze waren gevaarlijk grillig. Jagers deden er verstandig aan op hun hoede te zijn in hun buurt.

Volgens een stilzwijgende afspraak concentreerden de jagers zich op het jonge dier dat achterbleef, maar het geschreeuw van de groep, die zich snel om hem samentrok, remde hem af noch spoorde hem aan. Jetamio wist ten slotte zijn aandacht te trekken toen ze haar kap afdeed en ermee naar hem zwaaide. Hij ging langzamer lopen, draaide zijn kop opzij naar het geflapper en leek volkomen besluiteloos.

Dat gaf de jagers gelegenheid hem in te halen. Ze verspreidden zich om het beest en degenen met zware lansen kwamen dichterbij, terwijl degenen met lichte speren een kring aan de buitenkant vormden, klaar om zo nodig de zwaarder bewapenden te hulp te snellen. De neushoorn bleef staan. Hij leek niet te beseffen dat de rest van zijn troep snel verder trok. Toen zette hij het op een nogal trage draf en zwenkte in de richting van de kap die daar in de wind fladderde. Jondalar kwam dichter bij Jetamio staan. Het viel hem op dat Dolando hetzelfde deed.

Toen stormde een jongeman, die Jondalar herkende als iemand die op de boot sliep, zwaaiend met zijn kap voor hen op het dier af. De in de war gebrachte neushoorn hield zijn stormloop op de jonge vrouw in, veranderde van richting en ging de man achterna. Het grotere doelwit was gemakkelijker te volgen, zelfs met een beperkt gezichtsvermogen. De aanwezigheid van zoveel jagers maakte het moeilijk voor hem om op zijn reuk af te gaan. Net toen hij in de buurt kwam, schoot er alweer een rennende gestalte tussen hem en de jonge man. De wolharige neushoorn draaide weer. Hij probeerde te beslissen welk bewegend doelwit hij zou volgen.

Hij veranderde van richting en stormde op het tweede af, dat zo verleidelijk dichtbij was. Maar toen kwam er weer een jager tussenbeide, die met een grote bontmantel wapperde en toen de jonge neushoorn naderde, rende er alweer een voorbij, zo vlak langs hem heen dat hij een ruk gaf aan de lange, rossige vacht op zijn snuit. De neushoorn was niet alleen in de war, hij begon ook boos te worden, moorddadig boos. Hij snoof, krabde aan de grond en toen hij weer een van die onthutsende, rennende gestalten zag, stormde hij er in volle vaart achteraan.

Het kostte de jonge man van de riviermensen moeite het beest voor te blijven en toen hij zwenkte, zwenkte de neushoorn snel achter hem aan. Maar het dier begon moe te worden. Hij had de een na de ander van deze hinderlijke renners achternagezeten, heen en weer, niet in staat er ook maar een in te halen. Toen de zoveelste jager zwaaiend met een kap voor het wolharige beest opdook, bleef hij staan, liet zijn kop zakken tot zijn grote, voorste horen de grond raakte en concentreerde zich op de hinkende gestalte die net buiten zijn bereik heen en weer rende.

Jondalar rende op hen af, zijn lans hoog geheven. Hij moest toeslaan voor de hijgende neushoorn weer op adem kwam. Dolando, die van een andere kant naderde, had dezelfde bedoeling en verschillende anderen kwamen dichterbij. Jetamio liet haar kap wapperen, behoedzaam naderbij komend. Ze probeerde de aandacht van het dier vast te houden. Jondalar hoopte dat hij net zo uitgeput was als hij leek.

Ieders aandacht was op Jetamio en de neushoorn gericht en Jondalar wist niet zeker wat hem ertoe bracht naar het noorden te kijken. Misschien zag hij vanuit zijn ooghoek iets bewegen.

'Pas op!' riep hij terwijl hij naar voren sprintte. 'Uit het noorden! Een neushoorn!'

Maar de anderen begrepen niets van zijn optreden, ze verstonden zijn geschreeuw niet. En ze zagen de woedende vrouwtjesneushoorn niet die in volle vaart op hen afkwam.

'Jetamio! Jetamio! In het noorden!' riep hij weer. Hij wuifde met zijn arm en wees met zijn speer.

Ze keek naar het noorden, waarheen hij wees en gilde een waarschuwing naar de jonge man op wie de vrouwtjesneushoorn afstormde. De rest van het gezelschap snelde toe om hem te helpen, het jonge dier voorlopig even vergetend. Misschien was hij uitgerust, of misschien gaf de geur van het aanvallende vrouwtje hem nieuwe kracht, maar plotseling stormde het jonge mannetje op de persoon af die zo uitdagend dichtbij met een kap stond te zwaaien.

Jetamio bofte dat hij zo vlak bij haar stond, want daardoor had het dier geen tijd vaart te krijgen en het gesnuif waarmee hij aan zijn aanval begon, trok met een schok weer haar aandacht, ook die van Jondalar. Ze sprong achteruit om zijn horen te ontwijken en rende hem toen weer achterna.

De neushoorn minderde vaart, op zoek naar het doelwit dat was weggeglipt. Hij concentreerde zich niet op de lange man die met grote passen steeds dichterbij kwam. En toen was het te laat. Het kleine oog verloor ieder vermogen om zich te concentreren. Jondalar ramde de zware lans in de kwetsbare opening en joeg hem in de hersenen. Het volgende ogenblik verloor hij zijn hele gezichtsvermogen toen de jonge vrouw haar speer in het andere oog stootte. De neushoorn leek verbaasd, struikelde toen, viel op zijn knieën en zakte, terwijl het leven uit hem wegstroomde, op de grond.

Er klonk een schreeuw. De twee jagers keken op en sprintten snel weg, allebei een andere kant op. De volwassen vrouwtjesneushoorn kwam op hen afstormen. Maar ze hield haar pas in toen ze het jonge dier naderde, rende nog een paar passen door waarna ze bleef staan en vervolgens terugging naar het jonge mannetje dat op de grond lag met een speer in elk oog. Ze gaf hem een duwtje met haar horen om hem aan te sporen overeind te komen. Toen draaide ze haar kop naar links en rechts en verplaatste haar gewicht van de ene poot op de andere, alsof ze een besluit probeerde te nemen. Sommigen van de jagers probeerden haar aandacht te trekken en zwaaiden met kappen en mantels naar haar, maar ze zag hen niet of verkoos het hen te negeren. Ze stootte de jonge neushoorn nog een keer aan en ging toen, gehoor gevend aan een dieper instinct, weer naar het noorden.

'Ik zeg je, Thonolan, het scheelde maar een haartje. Maar dat vrouwtje was vastbesloten om naar het noorden te gaan. Ze had geen enkele aanvechting om te blijven.'

'Denk je dat er sneeuw op komst is?' vroeg Thonolan. Hij keek heel even omlaag naar zijn papkompressen en toen weer naar zijn broer, wiens voorhoofd vol zorgrimpels stond.

Jondalar knikte. 'Maar ik weet niet hoe ik Dolando moet vertellen dat we beter kunnen vertrekken voor de storm losbarst, als er nauwelijks een wolkje aan de lucht is... zelfs al sprak ik hun taal.'

'Ik ruik nu al dagen dat er sneeuw op komst is. Er is zich kennelijk een enorme bui aan het ontwikkelen.'

Jondalar was ervan overtuigd dat de temperatuur nog steeds daalde en hij wist het zeker toen hij de volgende ochtend een dun vliesje ijs moest stukslaan in een kom thee die bij het vuur was blijven staan. Hij probeerde nog een keer zijn bezorgdheid over te brengen, zo te zien zonder resultaat en hield zenuwachtig de lucht in de gaten met het oog op duidelijker tekenen dat het weer zou omslaan. Als ze niet zo'n onmiddellijke bedreiging betekenden, zou hij opgelucht zijn geweest toen hij samengepakte wolken boven de bergen zag komen opzetten, die de blauwe lucht begonnen te vullen.

Bij het eerste teken dat ze het kamp opbraken, haalde hij zijn eigen tent neer en pakte de draagstellen van hemzelf en Thonolan in. Dolando glimlachte en knikte dat hij zo klaarstond en gebaarde hem dat hij naar de rivier moest gaan, maar de glimlach van de man had iets zenuwachtigs en er lag een diepbezorgde blik in zijn ogen. Jondalars vrees nam toe toen hij de kolkende rivier zag en het dansende en slingerende houten vaartuig dat aan de touwen rukte.

De gezichten van de mannen die zijn draagstellen aanpakten en ze bij het aan stukken gehakte, bevroren karkas van de neushoorn stouwden, stonden onverstoorbaar, maar Jondalar zag ook daarin weinig opbeurends. En al wilde hij nog zo graag weg, hij voelde zich allerminst gerust over het transportmiddel. Hij vroeg zich af hoe ze Thonolan in de boot moesten krijgen en ging terug om te zien of hij kon helpen.

Jondalar keek toe terwijl het kamp snel en efficiënt werd ontmanteld. Hij wist dat je domweg afzijdig houden, soms de beste hulp was die je kon aanbieden. Hij begon inmiddels bepaalde details op te merken in de kleding, die degenen die tenten hadden opgezet op het land en zichzelf aanduidden als Shamudiërs, onderscheidden van de Ramudiërs, de mannen die op de boot bleven. En toch leken het niet echt verschillende stammen.

Men ging gemakkelijk met elkaar om, met veel grapjes en met niet een van die ingewikkelde beleefdheden die meestal op onderhuidse spanningen duidden als twee verschillende volken samenkwamen. Ze leken dezelfde taal te spreken, gebruikten alle maaltijden met elkaar en werkten goed samen. Het viel hem wel op dat op het land Dolando de leiding bleek te hebben, terwijl de mannen op de boot aanwijzingen verwachtten van een andere man.

De genezer kwam uit de tent naar buiten, gevolgd door twee mannen die Thonolan droegen op een vernuftige draagbaar. Twee schachten uit het bosje elzenbomen op het heuveltje waren omwikkeld en aan elkaar gebonden met extra touw van de boot. Zo werd er een steun tussen gevormd waarop de gewonde stevig vastgebonden lag. Jondalar haastte zich naar hen toe. Het viel hem op dat Roshario al was begonnen de hoge, ronde tent neer te halen. Haar zenuwachtige blikken naar de lucht en de rivier overtuigden Jondalar ervan dat ze zich al net zo weinig op de tocht verheugde als hij.

'Die wolken zien eruit alsof ze vol sneeuw zitten,' zei Thonolan toen zijn broer in zijn blikveld kwam en naast de draagbaar kwam lopen. 'Je kunt de toppen van de bergen niet zien, daar in het noorden moet het al sneeuwen. Ik moet één ding toegeven, vanuit deze positie krijg je een heel andere kijk op de wereld.'

Jondalar keek omhoog naar de wolken die over de bergen kwamen aanrollen, de bevroren toppen verbergend, over elkaar tuimelend, terwijl ze duwden en stootten in hun haast om de helderblauwe ruimte boven te vullen. Jondalars frons leek al bijna even dreigend als de lucht en zijn voorhoofd versomberde van bezorgdheid, maar hij probeerde zijn angst te verbergen. 'Is dat je excuus waarom je daar op je luie rug ligt?' zei hij en probeerde te glimlachen.

Toen ze bij het blok hout kwamen dat naar voren de rivier in stak, hield Jondalar zijn pas in en keek hoe de twee riviermannen met hun vrachtje over de wiebelige omgevallen boom balanceerden en de draagbaar de zelfs nog hachelijker loopplankladder op manoeuvreerden. Hij begreep waarom Thonolan zo stevig op het vervoermiddel was vastgesnoerd. Hij volgde en had zelf moeite zijn evenwicht te bewaren en keek met nog meer respect naar de mannen.

Een paar witte vlokken dwarrelden uit een egaal grijsbewolkte lucht toen Roshario en de Shamud stevig bij elkaar gebonden bundels stokken en vellen – de grote tent – aan een stel Ramudiërs gaven om ze aan boord te brengen en aanstalten maakten om zelf het blok hout over te steken. De rivier nam de kleur aan van de sombere lucht en was in een heftige, kolkende beweging. Stroomafwaarts, tussen de bergen, werden de oevers drassiger.

Het blok hout deinde op een andere beweging dan de boot en Jondalar boog zich overboord en strekte een hand uit naar de vrouw. Roshario greep hem met een dankbare blik beet en werd bijna de laatste sport op en de boot in getild. De Shamud had ook geen scrupules om hulp aan te nemen en de dankbare blik van de genezer was al even oprecht als die van Roshario.

Eén man stond nog aan de wal. Hij maakte een van de meertouwen los, rende toen het houtblok over en klauterde aan boord. De loopplank werd vlug ingehaald, zodat er nog maar een lijn overbleef om het zware vaartuig dat probeerde weg te komen en zich in de stroom te voegen, tegen te houden. De roeiers zaten al klaar aan de lange riemen. De laatste tros werd met een vinnige ruk losgetrokken en het vaartuig greep meteen de kans op vrijheid. Jondalar klampte zich stevig aan de zijkant van de boot vast toen deze de vaargeul van de Zuster in dobberde en deinde.

De storm wakkerde snel aan en een dichte sneeuwjacht verminderde het zicht. Drijvende voorwerpen en rommel vergezelden hen met verschillende snelheden – zware, van water verzadigde stukken hout, in elkaar geklit kreupelhout, opgeblazen karkassen, en af en toe een kleine ijsberg. Jondalar was bang voor een botsing. Hij zag de oever langsglijden en zijn blik werd vastgehouden door het bosje elzenbomen op het hoge heuveltje. In een van de bomen klapperde iets op de wind. Een plotselinge rukwind trok het los en blies het in de richting van de rivier. Toen het viel, drong het plotseling tot Jondalar door dat het stijve leer vol donkere bloedvlekken zijn zomertuniek was. Had hij al die tijd aan die bomen gewapperd? Hij bleef een ogenblik drijven voor hij zich vol water gezogen had, en zonk.

Thonolan was losgemaakt van zijn draagbaar en zat tegen de zijkant van de boot geleund. Hij zag bleek, alsof hij pijn had en bang was, maar hij glimlachte kranig tegen Jetamio, die naast hem zat. Jondalar installeerde zich bij hen in de buurt. Hij fronste zijn voorhoofd toen hij zich zijn angst en paniek herinnerde. Toen herinnerde hij zich zijn ongelovige vreugde toen hij voor het eerst de boot zag naderen en vroeg zich weer af hoe ze hadden geweten dat hij daar zat. Er viel hem een gedachte in: kon het zijn dat de bebloede tuniek die daar in de wind wapperde, hun had verteld waar ze moesten kijken? Maar hoe hadden ze geweten dat ze moesten komen? En nog wel met de Shamud?

De boot danste over het ruwe water en Jondalar raakte zo geïntrigeerd door het stevige vaartuig, dat hij eens goed ging kijken hoe het was gebouwd. De bodem van de boot leek uit een stuk te zijn gemaakt, een hele boom die was uitgehold, breder in het middenstuk. De boot was vergroot door rijen over elkaar gelegde en in elkaar gevoegde planken, die zich voortzetten in de zijkanten en vooraan bij de boegspriet samenkwamen. Op regelmatige afstanden langs de zijkanten waren steunbalken aangebracht, en daartussen waren, bij wijze van banken voor de roeiers, planken gespannen. Zij drieën zaten voor de eerste bank.

Jondalars blik volgde de constructie van het schip en gleed over een blok hout dat tegen de boegspriet was weggeschoven. Toen keek hij nog eens en voelde zijn hart bonzen. Verstrikt in de wirwar van takken aan het blok hout onder in de boot bij de boegspriet zat een leren zomertuniek, donker gevlekt van het bloed.

9

'Niet zo gulzig, Whinney,' waarschuwde Ayla terwijl ze toekeek hoe het hooikleurige paard de laatste druppels van de bodem van een houten bak oplikte. 'Als je alles opdrinkt, moet ik meer ijs smelten.' Het veulentje snoof, schudde met haar hoofd en stak haar neus terug in de bak. Ayla lachte. 'Als je zo'n dorst hebt, zal ik wel nieuw ijs halen. Kom je mee?'

Ayla's gestage gedachtestroom gericht tot het paard was een gewoonte geworden. Soms bestond hij slechts uit beelden in haar gedachten en vaak uit de expressieve taal van gebaren, houdingen en gezichtsuitdrukkingen, waarmee ze het meest vertrouwd was. Maar aangezien het jonge dier de neiging had op het geluid van haar stem te reageren, moedigde dit haar aan meer haar stem te gebruiken. Heel anders dan de overige leden van de Stam had ze altijd met gemak verschillende geluiden en klanken voortgebracht; alleen haar zoon had er ook geen moeite mee. Het was voor hen beiden een spelletje geweest om elkaars klanken na te bootsen, maar sommige hadden een betekenis gekregen. In haar woordenstroom tegen het paard kreeg ze steeds meer de neiging haar formulering ingewikkelder te maken.

Ze deed de geluiden van dieren na, verzon nieuwe woorden uit de combinatie van klanken die ze kende, ze nam er zelfs een aantal van de nonsenswoordjes in op van de spelletjes met haar zoon. Nu niemand afkeurend naar haar keek omdat ze onnodige geluiden maakte, breidde haar mondelinge woordenschat zich uit, maar het was een taal die alleen voor haar te begrijpen was – en, in een heel speciale betekenis, voor haar paard.

Ayla sloeg bonten beenwikkels om, een omslag van ruig paardenhaar en een kap van veelvraatbont. Vervolgens bond ze een paar handomhulsels om. Ze stak een hand door de gleuf in de palm om haar slinger tussen haar gordel te steken en haar draagmand om te binden. Toen pakte ze een ijspik – het lange bot van het voorbeen van een paard, langs een spiraalvormige lijn opengekraakt om het merg eruit te halen en vervolgens van een punt te voorzien door het op een steen te versplinteren en bij te slijpen – en ging op weg.

'Vooruit, Whinney, kom dan,' wenkte ze. Ze hield de zware oeroshuid, eens haar tent, opzij. Ze had hem aan palen bevestigd die ze in de aarden vloer van haar grot had geslagen en hij deed nu dienst als windscherm voor de ingang. Het paard draafde naar buiten en volgde haar langs het steile pad naar beneden. Toen ze de bevroren waterloop op stapte, moest ze opworstelen tegen een harde wind die om de bocht kwam gieren. Ze vond een plek die eruitzag alsof de kreukelige kristallen van de in ijs gevatte stroom kapotgehakt konden worden en hakte scherven en blokken af.

'Het is veel gemakkelijker om sneeuw te scheppen dan ijs te hakken voor water, Whinney,' zei ze, terwijl ze het ijs in haar mand laadde. Ze stopte even om er wat drijfhout bij te doen van de stapel aan de voet van de wand en dacht eraan hoe blij ze met het hout was, niet alleen om ijs te smelten, maar ook voor de warmte. 'De winters zijn hier droog en ook kouder. Ik mis de sneeuw, Whinney. Dat beetje dat hier valt is de moeite niet, het is alleen maar koud.'

Ze stapelde het hout bij de vuurplaats op en deed het ijs in een bak. Ze zette hem bij het vuur, zodat het ijs alvast in de warmte kon smelten voor ze het in haar leren pot boven het vuur hing. Die had namelijk wat vocht nodig om niet te verbranden. Vervolgens keek ze haar knusse grot rond naar verschillende projecten die in uiteenlopende stadia van voltooiing verkeerden en probeerde tot een besluit te komen waar ze die dag aan zou werken. Maar ze was rusteloos. Niets trok haar erg aan, tot haar oog op een stel nieuwe speren viel, die ze nog niet zo lang af had.

Misschien ga ik wel op jacht, dacht ze. Ik ben al een poos niet meer op de steppen geweest. Maar die speren kan ik niet meenemen, dacht ze somber. Daar zou ik niets aan hebben, ik zou nooit dicht genoeg in de buurt komen om ze te gebruiken. Ik neem alleen mijn slinger mee en ga een stukje lopen. Ze vulde een plooi in haar omslag met ronde stenen van een hoop die ze, voor het geval dat de hyena's terugkwamen, naar boven naar de grot had gebracht, gooide nog wat hout op het vuur en verliet de grot.

Toen Ayla langs de steile helling van haar grot omhoogsjouwde naar de steppen erboven, probeerde Whinney haar te volgen en hinnikte haar zenuwachtig na. 'Maak je maar niet ongerust, Whinney. Ik blijf niet lang weg. Er gebeurt je niets.'

Toen ze boven was, rukte de wind aan haar kap en dreigde ermee vandoor te gaan. Ze trok hem weer over haar hoofd en trok de koordjes steviger aan. Daarop deed ze een stap terug van de rand en bleef even om zich heen staan kijken. Het uitgedroogde en verdorde zomerlandschap had gebloeid van leven vergeleken bij de schrale, bevroren kaalte van de wintersteppen die nu voor haar lagen. De gure wind kwam in vlagen, een ijl gefluit dat tot een gegier aanzwol, waarna het weer verstomde tot een verstikt gekreun. Hij geselde de grijzige, kale grond, liet de sneeuw uit witgekleurde holten opdwarrelen en wierp bevroren vlokken weer in de lucht.

De opgewaaide sneeuw voelde aan als gruizig zand dat haar gezicht stukbrandde onder zijn kou. Ayla trok haar kap dichter om haar gezicht, boog haar hoofd en liep in de vinnige noordoostenwind door dor, bros, tegen de grond geslagen gras. Haar neus trok samen en haar keel deed zeer van de ijzige lucht die er het vocht aan onttrok. Een heftige windvlaag overrompelde haar. Haar adem werd afgesneden, ze hapte naar lucht en haar borst piepte. Ze gaf slijm op. Ze spuwde het uit en zag dat het bevroor voor het de hardbevroren grond raakte. Wat doe ik hier boven, dacht ze. Ik wist niet dat het zo koud kon zijn. Ik ga terug.

Ze draaide zich om en bleef staan. Ze vergat even de doordringende kou. Aan de andere kant van het ravijn passeerde een kleine kudde wolharige mammoets; kolossale bewegende heuveltjes van donker, roodbruin bont, met lange gebogen slagtanden. Dit verlaten, ogenschijnlijk onvruchtbare gebied was hun thuis; ze hielden zich in leven met het stugge gras dat bros was van de kou. Maar door zich aan zo'n omgeving aan te passen hadden ze het vermogen verloren om ergens anders te leven. Hun dagen waren geteld. Ze zouden de gletsjer niet overleven.

Ayla bleef geboeid kijken tot de vage figuren in de driftsneeuw verdwenen en liep toen snel door. Ze was maar al te blij toen ze voorbij de rand was en uit de wind kwam. Ze herinnerde zich dat ze al net zo blij was geweest toen ze haar toevluchtsoord indertijd had ontdekt. Wat had ik toch moeten beginnen als ik deze vallei niet had gevonden? Ze omhelsde het veulen toen ze bij de richel voor haar grot aankwam, liep toen naar de rand en keek uit over de vallei. De sneeuw was daar iets dieper, vooral waar de wind hem in banken had opgejaagd, maar hij was even droog en even koud. De vallei bood haar echter een onderkomen en bescherming tegen de wind. Zonder die grot, het bont en een vuur zou ze het niet overleven; zij had van nature geen bontpels.

Terwijl ze daar op de rand stond, bereikte op de wind het gehuil van een wolf haar oren en het jankende geblaf van een wilde hond. Beneden liep een poolvos over het ijs van de dichtgevroren rivier. Als hij doodstil bleef staan, onttrok zijn witte vacht hem bijna aan het gezicht. Verderop in de vallei zag ze iets bewegen en ze ontwaarde de gestalte van een holenleeuw. Zijn vaalbruine vacht, haast tot wit verbleekt, was dik en vol. Viervoetige roofdieren pasten zich aan bij de omgeving van hun prooi. Ayla en haar soort pasten de omgeving aan zichzelf aan.

Ze schrok toen ze dicht in de buurt een kakelend geblaf en gelach hoorde en toen ze omhoogkeek, zag ze een hyena boven haar staan op de rand van de kloof. Ze huiverde en greep naar haar slinger, maar de aaseter liep met zijn karakteristieke schuifelgang langs de rand van het ravijn weg en draaide zich toen weer om naar de open vlakte. Whinney kwam naast haar staan, hinnikte zacht en gaf haar een vriendelijk duwtje met haar neus. Ayla trok haar muisgrijze omslag van paardenhaar dichter om zich heen, legde haar arm om Whinneys hals en liep terug naar haar grot.

Ayla lag op haar bed van huiden met haar ogen wijdopen naar de vertrouwde rotsformatie boven haar hoofd te staren en vroeg zich af waarom ze plotseling klaarwakker was. Ze tilde haar hoofd op en keek Whinneys kant uit. Ook haar ogen waren open en keken in de richting van de vrouw, maar ze gaf geen blijk van ongerustheid. Toch wist Ayla zeker dat er iets ongewoons was.

Ze kroop weer weg in haar vachten. Ze had geen zin om uit hun warmte te kruipen en bekeek bij het licht dat door de opening naar binnen viel het onderdak dat ze zelf had ingericht. Er was nog heel wat te doen, maar achter het droogrek stond al een flinke hoeveelheid gereedschap en gebruiksvoorwerpen, die ze klaar had. Ze had honger en keek weer naar het rek. Ze had het paardenvet dat ze had gesmolten in de schoongemaakte ingewanden gedaan die ze op regelmatige afstanden had dichtgeknepen en gedraaid en de witte worstjes bengelden naast een verscheidenheid aan gedroogde kruiden en specerijen.

Ze begon aan het ontbijt te denken. Soep met gedroogd vlees, wat vet erbij om het voedzaam te maken, specerijen, misschien wat graan en gedroogde bessen. Ze was te wakker om in bed te blijven en gooide het dek van zich af. Vlug sloeg ze haar omslag en voetomhulsels om, greep vervolgens de lynxvacht van het bed, nog warm van haar lichaam, en haastte zich naar buiten om in het verste hoekje van de richel te plassen. Ze duwde het windscherm opzij en de adem stokte haar in de keel.

De scherpe, hoekige contouren van het rotsterras waren in de loop van de nacht omfloerst door een dikke witte deken. Die glinsterde in een algehele schittering die een stralend blauwe hemel vol donsbanken weerkaatste. Het duurde een ogenblik langer voor een nog verbijsterender verandering tot haar doordrong. De lucht was stil. Er stond geen wind.

De vallei, genesteld in de streek waar de vochtige continentale steppen plaatsmaakten voor de droge löss-steppen, deelde in beide klimaten en op dit ogenblik had het zuiden de overhand. De dikke sneeuw deed haar denken aan de weersomstandigheden die gewoonlijk 's winters heersten in de omgeving van de Stamgrot, en voor Ayla was het even alsof ze thuis was.

'Whinney!' riep ze. 'Kom eens naar buiten! Het heeft gesneeuwd! Voor de verandering heeft het eens echt gesneeuwd!'

Ze werd opeens herinnerd aan de reden waarom ze de grot was uit gegaan en zette snel de eerste stappen in de maagdelijke witte uitgestrektheid naar de uiterste rand. Toen ze zich omdraaide, zag ze hoe het jonge paard voorzichtig op het onwezenlijke spul stapte en haar hoofd liet zakken om aan het vreemde, koude oppervlak te snuffelen, en er vervolgens tegen snoof. Ze keek Ayla aan en hinnikte.

'Vooruit, Whinney. Het doet je niets.'

Het paard had nog nooit diepe sneeuw in zo'n stille overvloed meegemaakt; ze was gewend dat het door de wind op hopen werd gejaagd. Toen ze nog een aarzelende stap deed, zakte haar hoef weg, en ze hinnikte weer tegen de vrouw, alsof ze gerustgesteld wilde worden. Ayla leidde het jonge dier naar buiten tot zij zich meer op haar gemak voelde en lachte om haar kuren toen de aangeboren nieuwsgierigheid en speelsheid van het veulentje de overhand kregen. Algauw drong het tot Ayla door dat ze niet gekleed was op een langdurig verblijf buiten de grot. Het was koud.

'Ik ga naar binnen, een kom hete thee maken en iets te eten. Maar het water begint op te raken. Ik zal ijs moeten halen...'

Ze lachte. 'Ik hoef geen ijs uit de rivier te bikken. Ik kan gewoon een kom sneeuw pakken! Wat zou je zeggen van een bak warme brij vanochtend, Whinney?'

Nadat ze gegeten hadden, kleedde Ayla zich warm aan en ging terug naar buiten. Zonder de wind was het haast zacht, maar de vertrouwde, gewone sneeuw op de grond verrukte haar het meest. Ze bracht die in kommen- en mandenvol de grot binnen en zette die dicht bij de vuurplaats om te smelten. Het was zoveel gemakkelijker dan ijs te bikken voor water, dat ze besloot er wat van te gebruiken om zich te wassen. Ze was altijd gewend geweest zich 's winters regelmatig te wassen met gesmolten sneeuw, maar het was al moeilijk genoeg geweest voldoende ijs te bikken om te drinken en te koken. Wassen was een luxe waar ze van had afgezien.

Ze legde het vuur aan met hout van de stapel achter in de grot, veegde toen de sneeuw van het extra brandhout dat buiten lag opgestapeld en bracht nog wat naar binnen.

Ik wilde dat ik water kon opstapelen, net als hout, dacht ze toen ze naar de bakken smeltende sneeuw keek. Ik weet niet hoe lang dit aanhoudt als de wind weer opsteekt. Ze ging naar buiten om nog een lading hout te halen en nam een kom mee naar buiten om de sneeuw weg te ruimen. Ze schepte een komvol op en kiepte hem naast het hout om. Toen ze de kom optilde, viel het haar op dat de sneeuw zijn vorm behield. Ik vraag me af... Waarom zou ik zo geen sneeuw kunnen opstapelen? Als een stapel hout?

Het idee vervulde haar met enthousiasme en algauw was de meeste onbetreden sneeuw van de richel tegen de muur bij de ingang van de grot opgestapeld. Toen begon ze aan het pad naar het strandje. Whinney benutte het geruimde pad om naar beneden naar het veld te gaan. Ayla's ogen schitterden en haar wangen gloeiden toen ze ophield en tevreden glimlachte om de berg sneeuw even buiten haar grot. Ze zag een klein stukje aan het eind van de richel, dat niet helemaal schoon was en stapte er vastberaden op af. Ze keek uit over de vallei en moest lachen om Whinney, die zich met hoge, nuffige passen een weg zocht door de voor haar ongewone sneeuw-banken.

Toen ze omkeek naar de sneeuwhoop, dacht ze even na en een spottende grijns trok een hoek van haar mond omhoog toen haar een heel gek idee inviel. De grote hoop sneeuw bestond uit alle-maal komvormige bulten en vanaf de plek waar zij stond had hij een beetje de contouren van een gezicht. Ze schepte nog wat sneeuw, liep terug, drukte het op zijn plaats en stapte achteruit om het resultaat te bekijken. Als de neus wat groter was, zou het net Brun zijn, dacht ze en ze schepte nog wat sneeuw op. Ze duwde die op zijn plaats, schraapte een holte uit, streek een bobbel glad en deed een stap achteruit om haar creatie nog eens te bekijken.

Er blonk een ondeugende glimlach in haar ogen. 'Gegroet, Brun,' gebaarde ze, en ze voelde zich toen een beetje verdrietig. De echte Brun zou het niet waarderen dat ze een sneeuwhoop met zijn naam aansprak. Naamwoorden waren te belangrijk om ze zo in het wilde weg toe te kennen. Nou, het lijkt echt op hem. Ze giechelde bij de gedachte. Maar misschien zou ik beleefder moeten doen. Het is on-gepast dat een vrouw de leider begroet alsof hij een kind was. Ik zou toestemming moeten vragen, dacht ze en ze ging, voortbordu-rend op haar spel, voor de sneeuwhoop zitten en keek naar de grond – de correcte houding die een vrouw van de Stam moest aan-nemen als ze een man verlof vroeg hem te spreken.

Inwendig glimlachend om haar spel, bleef Ayla met gebogen hoofd stil zitten, net alsof ze echt verwachtte een tikje op haar schouder te voelen, het teken dat ze mocht spreken. De stilte begon te drukken

170

en de stenen richel was koud en hard. Ze begon te denken hoe belachelijk het was dat ze hier zat. Het sneeuwevenbeeld van Brun zou haar al net zomin op de schouder tikken als Brun zelf had gedaan de laatste keer dat ze voor hem had gezeten. Ze was gewoon vervloekt, zij het ten onrechte, en ze had de oude leider willen smeken haar zoon te beschermen tegen Brouds toorn. Maar Brun had zich van haar afgewend; het was te laat – ze was al dood.

Plotseling verdween haar speelse bui. Ze stond op en staarde naar de sneeuwpop die ze had gemaakt.

'Je bent Brun niet!' gebaarde ze boos, terwijl ze het deel dat ze zo zorgvuldig had geboetseerd, wegsloeg. Woede welde in haar op. 'Je bent Brun niet! Je bent Brun niet!' Ze bewerkte de berg sneeuw met vuisten en voeten, om iedere gelijkenis met de vorm van een gezicht te vernietigen. 'Ik zal Brun nooit meer zien. Ik zal Durc nooit meer zien. Ik zal niemand ooit, ooit meer zien! Ik ben helemaal alleen!' Een kermende klacht ontsnapte haar en een snik van wanhoop. 'O, waarom ben ik helemaal alleen?'

Ze zakte op haar knieën en bleef in de sneeuw liggen. Ze voelde de warme tranen afkoelen op haar gezicht. Ze koesterde het ijskoude vocht, kromde zich eromheen, verwelkomde zijn verdovende aanraking. Ze wilde erin wegkruipen, zich erdoor laten bedekken en zo de pijn, de woede en de eenzaamheid laten wegvriezen. Toen ze begon te rillen, sloot ze haar ogen en probeerde de kou, die tot haar botten begon door te dringen, te negeren. Toen voelde ze iets warms en nats op haar gezicht en hoorde het zachte gehinnik van een paard. Ze probeerde ook Whinney te negeren. Het jonge dier gaf haar nog een duwtje met haar neus. Ayla opende haar ogen en zag de grote, donkere ogen en lange snoet van het steppepaard. Ze strekte haar armen uit, sloeg ze om de hals van het veulentje en begroef haar gezicht in de ruige vacht. Toen ze haar losliet, hinnikte het paard zacht.

'Je wilt dat ik opsta, hè, Whinney?' Het paard schudde met het hoofd alsof ze het begreep, en Ayla wilde het geloven. Haar overlevingsdrang was altijd al sterk geweest, er zou meer dan eenzaamheid voor nodig zijn om haar zover te brengen dat ze het opgaf. Doordat ze in Bruns stam was opgegroeid, was ze, hoewel men van haar had gehouden, in vele opzichten haar hele leven al eenzaam geweest. Ze was altijd anders. Haar liefde voor anderen was de sterkste kracht geweest. Het feit dat ze haar nodig hadden – Iza toen ze ziek was, Creb toen hij oud werd, haar jonge zoon – had haar een reden en doel in haar leven gegeven.

'Je hebt gelijk, ik moest maar eens overeind komen. Ik kan je niet alleen laten, Whinney, ik word helemaal nat hier buiten en ik krijg het koud. Ik ga iets droogs aantrekken en daarna maak ik lekkere warme brij voor je. Dat vind je vast wel lekker, hè?'

Ayla keek naar de twee mannetjespoolvossen die grommend en bijtend om een vrouwtje vochten. Ze rook zelfs boven op de richel de sterke geur van de bronstige mannetjes. Ze zijn mooier in de winter; 's zomers hebben ze een saaie bruine kleur. Als ik wit bont wil hebben, moet ik er nu bij zijn, dacht ze, maar ze maakte geen aanstalten om haar slinger te halen. Het ene mannetje was als winnaar uit de strijd gekomen en eiste zijn prijs op. Aan de rauwe schreeuw van het vrouwtje kon je horen dat hij haar dekte.

Ze maken dat geluid alleen maar wanneer ze paren. Ik vraag me af of ze het prettig vindt of niet. Ik heb het nooit prettig gevonden, ook niet toen het me geen pijn meer deed. Maar andere vrouwen wel. Waarom was ik zo anders? Alleen omdat ik niet van Broud hield? Waarom zou dat enig verschil maken? Houdt dat vrouwtje van die vos? Vindt ze het prettig wat hij doet? Ze loopt niet weg.

Het was niet de eerste keer dat Ayla afzag van de jacht om vossen en andere vleeseters te observeren. Ze had vaak hele dagen besteed aan het kijken naar de prooi die ze volgens haar totem mocht jagen, om hun gewoonten en woongebied te leren kennen en ze had ontdekt dat het interessante dieren waren. De mannen van de Stam leerden het jagen door te oefenen op planteneters, voor voedsel. Vleeseters kozen ze bij voorkeur niet als prooi, hoewel ze ze wisten te vinden wanneer ze behoefte hadden aan een warme vacht. Ze ontwikkelden niet die speciale band die Ayla met ze had.

Ze boeiden haar nog altijd hoewel ze ze goed kende. Maar de snel pompende vos en het schreeuwende wijfje zetten haar aan het denken over andere dingen dan de jacht. Elk jaar komen ze in de winter zo bij elkaar. In de lente, als de vacht bruin wordt, krijgt het wijfje een nest jongen. Ik vraag me af of ze hier blijft, onder de botten en het drijfhout, of dat ze ergens anders een hol graaft. Ik hoop dat ze blijft. Ze zal ze zogen en later voedsel geven dat ze eerst zelf gedeeltelijk heeft gekauwd. Daarna brengt ze ze dode prooidieren, muizen, mollen en vogels. Soms een konijn. Als de jongen groter worden, brengt ze ze dieren die nog leven om ze het jagen te leren. Tegen de volgende herfst zijn ze bijna volwassen en de volgende winter zullen de vossen ook weer zo schreeuwen wanneer ze gedekt worden.

Waarom doen ze het? Zo bij elkaar komen. Ik denk dat hij haar jongen geeft. Als het genoeg zou zijn om een geest op te nemen om ze te krijgen, zoals Creb me altijd vertelde, waarom paren ze dan?

Niemand dacht dat ik een baby zou krijgen. Ze zeiden dat de geest van mijn totem te sterk was. Maar ik kreeg er wel een. Als Durc werd verwekt toen Broud dat met me deed, maakte het niet uit of mijn totem sterk was.

Maar mensen zijn anders dan vossen. Ze krijgen niet alleen baby's in het voorjaar, vrouwen kunnen ze altijd krijgen. En vrouwen en mannen paren niet alleen in de winter, ze doen het altijd. Maar een vrouw krijgt dan niet altijd een baby. Misschien had Creb ook wel gelijk. Misschien moet de geest van de totem van de man wel in de vrouw gaan, maar ze neemt hem niet in zich. Ik denk dat hij hem er met zijn lid in brengt als ze paren. Soms wijst haar totem hem af en soms wordt er een nieuw leven verwekt.

Ik geloof niet dat ik een witte vossenvacht nodig heb. Als ik er een dood, gaan de andere weg en ik wil zien hoeveel jongen ze krijgt. Ik zal die hermelijn pakken die ik stroomafwaarts heb gezien, voor ze bruin wordt. Haar vacht is wit en zachter en ik vind dat zwarte stukje op de staart zo leuk.

Maar die wezel is zo klein. Haar pels is nauwelijks groot genoeg om een handomhulsel te maken, en die krijgt in het voorjaar ook jongen. De volgende winter zijn er waarschijnlijk meer hermelijnen. Misschien ga ik vandaag niet jagen. Ik denk dat ik die schaal maar afmaak.

Het kwam niet bij Ayla op om zich af te vragen waarom ze aan de dieren dacht die de volgende winter misschien in haar vallei zouden wonen, terwijl ze van plan was geweest in het voorjaar weg te gaan. Ze raakte gewend aan haar eenzaamheid, behalve 's avonds, wanneer ze een nieuwe kerf in de gladde stok sneed, naast de vele andere die er al zaten.

Ayla probeerde de sliertige, vette lok haar met de rug van haar hand uit haar gezicht te strijken. Ze was net bezig een stevige boomwortel te splijten als voorbereiding voor het maken van een grote gevlochten mand en kon hem niet loslaten. Ze had met nieuwe weeftechnieken geëxperimenteerd, waarbij ze uiteenlopende materialen en combinaties van materialen gebruikte om verschillende weefsels en soorten vlechtwerk te krijgen. Het hele proces van weven, binden, knopen en het maken van weefsels, strengen en koorden had haast al haar belangstelling opgeslorpt. Hoewel de eindproducten af en toe onbruikbaar waren en soms lachwekkend, was ze op een aantal verrassende vernieuwingen gekomen, die haar hadden aangemoedigd verder te experimenteren. Algauw knoopte of vlocht ze bijna alles wat ze in handen kreeg.

Ze was sinds die ochtend vroeg al aan het werk aan een uitzonder-lijk ingewikkeld weefproces en pas toen Whinney het leren wind-scherm met haar neus opzij duwde en binnenkwam, had Ayla in de gaten dat het avond was.

'Hoe is het zo laat geworden, Whinney? Je hebt niet eens water in je bak,' zei ze terwijl ze overeind kwam en zich uitrekte, stijf van het lange zitten op dezelfde plaats. 'Ik moest eigenlijk iets te eten voor ons halen en ik wilde mijn bedstro verschonen.'

De jonge vrouw liep druk heen en weer. Ze haalde vers hooi voor het paard en meer voor de ondiepe kuil onder haar bed, en gooide het oude hooi van de richel. Ze hakte door het buitenste laagje ijs om bij de sneeuw te komen die opgehoopt lag in de berg naast de ingang van de grot en ze was weer dankbaar dat ze hem daar had. Het viel haar op dat er niet veel meer over was en ze vroeg zich af hoe lang het zou duren voor ze water van beneden zou moeten ha-len. Ze overlegde bij zichzelf of ze genoeg zou pakken om zich te wassen en pakte toen, bedenkend dat ze tot de lente misschien de kans niet meer zou krijgen, genoeg om ook haar haar te wassen.

Het ijs stond in bakken bij het vuur te smelten terwijl ze een maal-tijd klaarmaakte. Onder het werk gingen haar gedachten steeds te-rug naar het werken met vezels waar ze zo in opging. Nadat ze ge-geten en zich gewassen had, zat ze met een twijgje en haar vingers klitten uit haar natte haar te trekken, toen haar oog op de gedroogde kaardenbol viel die ze had gebruikt om wat vezelige bast voor het vlechten uit te kammen en te ontwarren. Omdat ze regelmatig Whinney roskamde, was ze op het idee gekomen de kaardenbol voor de vezels te gebruiken en het was een logische stap om hem op haar eigen haar te proberen.

Ze was verrukt over het resultaat. Haar dikke gouden lokken vielen glad en zacht naar beneden. Ze had nog nooit bijzondere aandacht aan haar haar besteed, afgezien van een wasbeurt zo nu en dan. Ge-woonlijk droeg ze het achter haar oren weggeduwd met een lukra-ke scheiding in het midden. Iza had haar vaak gezegd dat het haar voordeligste punt was, herinnerde ze zich nadat ze het naar voren had geborsteld om het bij het licht van het vuur te bekijken. De kleur was tamelijk mooi, vond ze, maar nog aantrekkelijker was de structuur, de gladde, lange strengen. Haast voor ze het besefte, zat ze een gedeelte in een lang koord te vlechten.

Ze bond het uiteinde vast met een stukje pees en begon toen aan een ander gedeelte. Het schoot even door haar hoofd wat een gekke indruk het zou maken als iemand haar koorden zag maken van haar eigen haar, maar dat weerhield haar niet en algauw was haar hele hoofd bedekt met allemaal lange vlechten. Ze zwaaide haar hoofd naar links en naar rechts en glimlachte om het nieuwtje. De vlechten stonden haar aan, maar ze kon ze niet achter haar oren wegduwen om ze uit haar gezicht te houden. Na enig experimenteren ontdekte ze een manier om ze aan de voorkant op te rollen en ze op haar hoofd vast te zetten, maar ze vond het prettig om ermee te zwaaien en ze liet ze opzij en aan de achterkant loshangen.

In het begin had vooral het nieuwtje haar aangetrokken, maar het gemak deed haar ertoe besluiten haar haar in vlechten te blijven dragen. Het bleef op zijn plaats zitten, ze hoefde niet steeds losse slierten opzij te duwen. En wat deed het ertoe of iemand haar misschien gek zou vinden? Ze kon koorden in haar haar maken als ze dat wilde. Ze hoefde alleen maar rekening te houden met zichzelf.

Niet lang daarna had ze de sneeuw op haar richel opgebruikt, maar ze hoefde niet langer ijs te bikken als ze water nodig had. Er had zich voldoende sneeuw in banken verzameld. Toen ze de eerste keer naar beneden ging om het te halen, viel het haar echter op dat er op de sneeuw onder haar grot roet en as was neergeslagen van haar vuur. Ze liep over het bevroren oppervlak stroomopwaarts op zoek naar een schonere plek om sneeuw te verzamelen, maar toen ze de smalle kloof binnenging, liep ze uit nieuwsgierigheid door.

Ze was nog nooit zo ver stroomopwaarts gezwommen als ze had gekund. Er stond een sterke stroming en het had niet nodig geleken. Maar lopen kostte geen moeite, behalve dat ze moest opletten dat ze niet uitgleed. Langs de hele kloof, waar de kou de mist deed bevriezen of ribbels vormde in het ijs, zorgden fantasieën in ijs voor een magisch droomland. Ze glimlachte van genoegen om de wonderlijke formaties, maar ze was niet voorbereid op wat voor haar lag.

Ze liep al een tijdje en dacht erover om terug te gaan. Het was koud op de bodem van de overschaduwde kloof en het ijs droeg zijn steentje bij aan de koude. Ze besloot niet verder te gaan dan de volgende bocht in de rivier, maar toen ze die bereikte, bleef ze staan en zette grote ogen op van ontzag. Voorbij de bocht kwamen de wanden van de kloof samen in één stenen wand die tot de steppen hoog boven haar reikte en ze zag een bevroren waterval van glinsterende ijspegels. Keihard, maar koud en wit. Het leek een spectaculaire omkering, net een grot die binnenstebuiten was gekeerd.

Het enorme beeldhouwwerk van ijs was adembenemend in zijn pracht. De hele kracht van het water, gevangen in de greep van de winter, leek klaar te staan om boven haar los te barsten. Het effect was duizelingwekkend en toch stond ze daar als vastgenageld, vastgehouden door de grootste pracht. Ze huiverde tegenover de beteugelde macht. Voor ze zich omdraaide, dacht ze dat ze aan de punt van een hoge ijspegel een glinsterende waterdruppel zag en huiverde nog dieper.

Ayla werd wakker van koude tochtvlagen en toen ze opkeek zag ze door de ingang van de grot de tegenoverliggende wand. Het windscherm klapperde tegen de paal. Toen ze het had gerepareerd, bleef ze een poosje met haar gezicht in de wind staan.

'Het is warmer, Whinney. De wind is niet meer zo koud. Ik geloof het vast.'

Het paard bewoog de oren en keek de vrouw vol verwachting aan. Maar het was zomaar een praatje. Ze verwachtte geen antwoord van de jonge merrie; ze maakte geen gebaar om haar dichterbij te doen komen of weg te sturen; geen teken dat er iets te eten kwam of dat er geroskamd of gestreeld werd. Ayla had het paard niet bewust getraind; ze beschouwde Whinney als een metgezel en een vriend. Maar het intelligente dier was gaan begrijpen dat bepaalde tekens en geluiden te maken hadden met bepaalde activiteiten en het had geleerd daar passend op te reageren.

Ayla begon Whinneys taal ook te begrijpen. Het paard hoefde geen woorden te gebruiken; de vrouw was gewend fijne nuances in verandering van houding of gelaatsuitdrukking te herkennen. Geluiden waren altijd bijzaak geweest in de communicatie tussen de leden van de Stam. Tijdens de lange winter, waarin de vrouw en het paard gedwongen veel bij elkaar waren, was er tussen hen een warm gevoel van genegenheid en een grote mate van begrip ontstaan. Ayla wist gewoonlijk wanneer Whinney blij was, tevreden, nerveus of bang en ze reageerde op de juiste wijze wanneer het paard aandacht vroeg, met eten, water of genegenheid. Maar de vrouw had intuïtief de leiding genomen. Zij gaf de aanwijzingen die het paard opvolgde.

Ze liep de grot weer in om haar herstelwerk en de conditie van de huid te controleren. Ze had nieuwe gaten langs de bovenrand moeten maken, onder de kapotgerukte gaten en had een nieuwe riem erdoor moeten rijgen om het windscherm weer aan de horizontale dwarsbalk vast te zetten. Plotseling voelde ze iets nats in haar nek. 'Whinney, niet doen...' Ze draaide zich om, maar het paard was niet van haar plaats gekomen. Toen voelde ze weer een spat. Ze keek om zich heen en toen omhoog naar de lange pegel ijs die van het rookgat omlaaghing. Het vocht van stoom en adem, dat opsteeg in de warmte van het vuur, ontmoette de ijskoude lucht die door het gat naar binnen kwam, waardoor zich ijs vormde. Maar de droge wind voerde net genoeg vocht af om te voorkomen dat de pegel erg lang werd. Het grootste gedeelte van de winter had alleen een rafelig randje ijs de bovenkant van het gat getooid. Het verbaasde Ayla de lange, vuile ijspegel vol roet en as te zien.

Een druppel water aan de punt liet los en spatte op haar voorhoofd voor ze haar verbijstering voldoende de baas was om opzij te stappen. Ze veegde de nattigheid weg en gaf toen een schreeuw.

'Whinney! Whinney! Het wordt lente! Het ijs begint te smelten!'

Ze rende naar de jonge merrie toe en sloeg haar armen om de ruige hals om de schrikkerigheid van het paard te sussen. 'O, Whinney, straks zullen de bomen uitbotten en komen de eerste groene sprietjes tevoorschijn! Niets is zo lekker als de eerste groene lentesprietjes! Wacht maar eens tot je lentegras proeft. Je zult het heerlijk vinden!'

Ayla rende naar buiten de brede richel op, alsof ze een groene wereld verwachtte te zien in plaats van een witte. De kille wind dreef haar snel genoeg weer naar binnen en haar opwinding over de eerste druppels smeltwater veranderde in verslagenheid toen de lente zijn belofte terugnam en de ergste sneeuwstorm van de hele winter een paar dagen later door de kloof gierde. Maar ondanks de mantel gletsjerijs, volgde de lente onverbiddelijk in het kielzog van de winter en de verwarmende kracht van de zon liet de bevroren korst van de aarde smelten. De druppels water kondigden inderdaad in de vallei de verandering aan van ijs in water – meer dan Ayla zich ooit had voorgesteld.

De vroege, warme druppels smeltwater kregen algauw gezelschap van lenteregens, die ertoe bijdroegen dat de opeengehoopte sneeuw en het ijs zacht werden en wegspoelden, en zo de vochtigheid van het voorjaar naar de droge steppen brachten. Het was echter meer dan wat zich plaatselijk had opgehoopt. De rivier van de vallei vond haar bron in het smeltwater van de grote ijskap zelf en tijdens de dooi van de lente vergaarde ze overal op haar weg zijriviertjes, waarvan er veel niet hadden bestaan toen Ayla indertijd kwam.

Plotselinge waterstuwingen in drooggevallen poelen verrasten argeloze dieren en sleurden ze mee stroomafwaarts. In de kolkende stroming werden hele karkassen verscheurd, gebeukt, kapotgeslagen en tot op het bot kaalgereten. Soms stoorde het afvloeiende water zich niet aan vroegere stroombeddingen. Het smeltwater baande zich nieuwe geulen waarbij het kreupelhout en bomen, die jarenlang hadden geworsteld om in de vijandige omgeving te groeien, met wortel en al uit de grond rukte en wegvaagde. Brokken steen en zelfs enorme rotsblokken, door het water van de grond getild, werden meegesleurd, voortgedreven door het schurende puin.

De nauwe kloof stroomopwaarts perste het kolkende water samen, dat neerstortte via de hoge waterval. De weerstand maakte de stroom nog krachtiger en het peil van de rivier steeg snel. De vossen hadden hun verblijf onder de stapel van vorig jaar verlaten, lang voor het rotsstrandje beneden de grot werd overstroomd.

Ayla kon niet in de grot blijven. Vanaf de richel zag ze de kolkende, ziedende, schuimende rivier met de dag hoger stijgen. De rivier stortte zich kolkend door de nauwe kloof en sloeg tegen de naar voren springende wand waar ze delen van haar lading aan de voet deponeerde. Eindelijk begreep Ayla hoe de hoop botten, drijfhout en zwerfstenen, die haar zo van pas was gekomen, daar was beland en het begon tot haar door te dringen wat een geluk ze had gehad dat ze een grot had gevonden die zo hoog lag.

Ze voelde de richel trillen wanneer er een groot rotsblok of een boom tegenaan sloeg. Het beangstigde haar, maar ze had een fatalistische kijk op het leven gekregen. Als ze moest sterven, zou ze sterven; ze was vervloekt en werd toch al als dood beschouwd. Er moesten grotere krachten zijn die haar lot bepaalden en als de wand instortte terwijl zij erop zat was er niets aan te doen. Het blinde geweld van de natuur boeide haar.

Iedere dag bood een andere aanblik. Een van de hoge bomen die op de rand van de wand tegenover haar groeide, zwichtte voor de stortvloed. Hij viel tegen haar richel aan, maar werd algauw meegesleurd door de gezwollen stroom. Ze zag hoe hij door de stroming de bocht om werd geslingerd, die zich tot een lang, smal meer uitbreidde over de lage weide, en zo de begroeiing, die eens langs de oever van rustiger water had gestaan, totaal onder water zette. Boomtakken en een wirwar van struiken die zich onder de woelige rivier aan de aarde vastklampten, grepen de gevelde reus vast en hielden hem tegen. Maar verzet was zinloos. De boom werd losgerukt uit hun greep, of zij werden met wortel en al uit de grond gescheurd.

Ze wist op welke dag de winter zijn laatste greep op de bevroren waterval verloor. Een geraas dat door de hele kloof weergalmde, kondigde de komst aan van door het water kruiende ijsschotsen die op de stroom dobberden en kolkten. Ze kruiden bij de wand op elkaar en zwenkten er toen omheen terwijl ze veranderden van vorm en grootte.

Het vertrouwde strandje zag er heel anders uit toen het water eindelijk zo ver was gezakt dat Ayla het steile pad naar de rivieroever weer kon afdalen. De modderige hoop aan de voet van de wand had nieuwe dimensies aangenomen en er lagen karkassen en bomen tussen de botten en het drijfhout. De vorm van het rotsachtige stukje land was veranderd, en vertrouwde bomen waren weggespoeld. Maar niet allemaal. De wortels zaten diep in de droge grond, vooral bij de begroeiing die een eind van de oever stond. Het kreupelhout en de bomen waren de jaarlijkse overstroming gewend en de meeste van de exemplaren die al verschillende seizoenen hadden overleefd, stonden nog stevig verschanst. Toen de eerste groene knoppen aan de frambozenstruiken zichtbaar begonnen te worden, begon Ayla te denken aan de rijpe rode bessen en dat plaatste haar voor een probleem.

Het had geen zin aan bessen te denken die pas in de zomer rijp zouden zijn. Dan was ze niet meer in de vallei, tenminste als ze haar tocht naar de Anderen zou voortzetten. De eerste roerselen van de lente hadden de noodzaak met zich meegebracht een beslissing te nemen: wanneer ze de vallei zou verlaten. Dat was moeilijker dan ze zich ooit had voorgesteld.

Ze zat op het uiterste randje van de richel op een van haar lievelingsplekjes. Aan de kant die uitkeek over de wei, was een vlak plekje om te zitten en precies op de juiste afstand eronder was nog een plekje om haar voeten op te laten rusten. Ze kon het water niet zien waar het de bocht omging of langs het rotsstrandje stroomde, maar ze had een vrij uitzicht op de vallei, en als ze omkeek, kon ze de rivierkloof stroomopwaarts zien. Ze had naar Whinney in de wei zitten kijken en had haar aanstalten zien maken om terug te gaan. De merrie was uit het gezicht verdwenen toen ze bij de uitstekende punt van de wand de hoek om was geslagen, maar Ayla hoorde haar het pad op komen en wachtte haar komst af.

De vrouw glimlachte toen ze het grote hoofd van het steppepaard zag, met haar donkere oren en stijve, bruine manen. Toen het naderbij kwam zag ze aan de slordige huid van het gele paard dat het verhaarde en ze keek naar de donkerbruine streep over de rug die in een lange, volle, donkere staart eindigde. Op de voorbenen leken lichte strepen te zitten boven de donkerbruine onderbenen. Het jonge paard keek de vrouw aan, hinnikte zacht, wachtend of Ayla misschien iets wilde en liep toen door, de grot in. Hoewel het nog niet volgroeid was, had het eenjarige dier de grootte van een volwassen paard.

Ayla keerde terug naar het uitzicht en naar de gedachten die haar nu al dagen bezighielden, haar nu al nachten wakker hielden. Ik kan nu niet vertrekken. Ik moet eerst wat jagen en misschien wachten tot er wat vruchten rijp worden. En wat moet ik met Whinney? Dat was de kern van haar probleem. Ze wilde niet alleen leven, maar ze wist niets af van de mensen die de Stam de Anderen noemde, behalve dat zij een van hen was. Wat als ik mensen vind die me haar niet willen laten houden? Brun zou me nooit een paard laten houden, vooral niet zo'n jong, mals paard. Wat als ze haar wilden doden? Ze zou niet eens wegrennen, ze zou daar gewoon blijven staan en ze hun gang laten gaan. Als ik ze zei dat ze het niet moesten doen, zouden ze daar dan gehoor aan geven? Broud zou haar doden wat ik ook zei. Wat als de mannen van de Anderen net zo erg zijn als Broud? Of nog erger? Ze hebben per slot van rekening Oda's baby ook gedood, zij het met tegenzin.

Ik zal ooit iemand moeten zoeken, maar ik kan wel iets langer blijven. Op z'n minst tot ik wat heb gejaagd en misschien wel tot sommige wortels goed zijn. Dat doe ik. Ik blijf tot de wortels groot genoeg zijn om ze op te graven.

Na haar beslissing om haar vertrek uit te stellen, voelde ze zich opgelucht en klaar om iets te doen. Ze stond op en liep naar de andere kant van de richel. De stank van rottend vlees steeg op uit de nieuwe hoop aan de voet van de wand. Ze merkte dat er beneden iets bewoog en zag een hyena met zijn sterke kaken de voorpoot kraken van iets dat waarschijnlijk een hert was geweest. Geen enkel ander dier, roofdier of aaseter, had zoveel kracht in zijn kaken en voorlichaam. Daardoor had de hyena dan ook een lompe, onevenredige bouw.

Ze had zich moeten bedwingen toen ze er voor de eerste keer een van achteren zag, met zijn lage achterlichaam en enigszins kromme poten, die in de hoop stond te snuffelen. Maar toen ze hem een rottend stuk karkas zag wegslepen, liet ze hem gaan en was dankbaar voor de dienst die ze verrichtten. Ze had ze bestudeerd zoals ze andere vleeseters had geobserveerd. Anders dan de katachtigen of wolven hadden ze voor de aanval geen sterke spieren in de achterpoten nodig. Wanneer ze op jacht gingen, zochten ze ingewanden, de zachte onderbuik en de melkklieren. Maar hun gebruikelijk voedsel was aas, in elke toestand.

Ze genoten van bedorven vlees. Ze had ze zien eten op afvalhopen, lichamen zien opgraven als ze niet goed met grond waren bedekt; ze aten zelfs mest en ze roken net zo vies als hun voedsel. Als hun beet niet onmiddellijk fataal was, volgde de dood dikwijls door infectie; en ze zaten ook wel achter kinderen aan.

Ayla trok een vies gezicht en huiverde van afkeer. Ze haatte ze en het kostte haar moeite de verleiding te weerstaan de hyena's beneden met haar slinger te verjagen. Haar houding was onlogisch, maar ze kon er niets aan doen dat ze zo'n afkeer van de bruingevlekte aaseters had. Ze hadden voor haar niets aantrekkelijks. Tegen andere aaseters had ze lang die weerzin niet, hoewel ze vaak net zo erg stonken.

Vanaf haar geschikte positie zag ze een veelvraat proberen zijn deel van het afval te krijgen. Hij leek op een berenjong met een lange staart, maar ze wist dat ze meer van wezels hadden en hun stankklieren hadden net zo'n uitwerking als die van een stinkdier. Veelvraten waren gevaarlijke aaseters. Ze plunderden grotten en open ruimten zonder duidelijke reden. Maar het waren intelligente, strijdlustige dieren en absoluut onbevreesde rovers, die alles aanvielen, ook een reuzenhert, hoewel ze genoeg hadden aan muizen, vogels, kikkers, vissen of bessen. Ayla had wel gezien dat ze grotere dieren van hun prooi wegjoegen. Ze boezemden ontzag in en hadden een unieke, waardevolle vacht die een goede bescherming bood tegen de kou.

Ze zag een paar rode wouwen opvliegen van het nest, hoog in de boom aan de andere kant van de rivier en snel opstijgen. Ze spreidden hun rode vleugels en wijd uitstaande staartveren en zweefden naar het rotsstrandje. Wouwen waren ook aaseters, maar net als andere roofvogels pakten ze ook kleine zoogdieren en reptielen. De jonge vrouw kende de roofvogels niet zo goed, maar ze wist dat de vrouwtjes meestal groter waren dan de mannetjes. Ze waren prachtig om te zien.

Ayla kon de gier wel waarderen, ondanks zijn lelijke kale kop en een lucht die zo vies was als hij eruitzag. Zijn kromme snavel was scherp en sterk, gemaakt om dode dieren te verscheuren en in stukken te trekken, maar zijn bewegingen waren statig. Het was adembenemend om er een te zien zweven en moeiteloos neerdalen, met zijn grote vleugels gebruikmakend van de luchtstromingen. Als hij voedsel zag, liet hij zich pijlsnel naar de grond vallen en liep met gestrekte nek en half uitgespreide vleugels naar het lichaam.

De aaseters beneden hadden een feestmaal, zelfs de kraaien kregen hun deel en Ayla was blij.

Met de stank van rottende lichamen zo dicht bij haar grot, duldde ze zelfs de gehate hyena. Hoe sneller ze het opruimden, hoe liever het haar was. Opeens werd de walgelijke stank haar te machtig. Ze had behoefte aan frisse lucht.

'Whinney!' riep ze. Op het geluid van haar naam stak het paard het hoofd uit de grot. 'Ik ga een eindje wandelen. Heb je zin om mee te komen?' De merrie zag het wenkende gebaar en liep naar de vrouw toe. Ze schudde met haar hoofd.

Ze gingen naar beneden langs het smalle pad en liepen met een wijde boog om het rotsstrandje met de lawaaierige bewoners heen langs de stenen wand. Whinney leek wat tot rust te komen toen ze langs de struikenrand liepen die het riviertje omzoomde dat nu weer kalm tussen zijn normale oevers bleef. De geur van de dood maakte haar schichtig en haar redeloze angst voor hyena's wortelde in heel vroege ervaringen. Ze genoten allebei van de vrijheid die de zonnige lentedag hun toestond na een lange winter die hen in hun bewegingen belemmerd had, hoewel het nog wat kil en vochtig was. In de open wei rook het ook frisser en gevleugelde aaseters waren niet de enige vogels die een feestmaaltje genoten, hoewel andere bezigheden belangrijker leken. Ayla hield haar pas in en keek hoe een paar grote bonte spechten, het mannetje met een knalrode kruin, het vrouwtje wit met zwart zich uitleefden in baltsvluchten, op een dode boomtak roffelden en elkaar tussen de bomen najoegen, waarbij ze elkaar scherp in de gaten hielden. Ayla kende de spechten. Ze holden de kern van een oude boom uit en maakten er een nest in van houtsplinters. Maar als er eenmaal een stuk of zes glanzend witte eieren gelegd en uitgebroed waren, en als de jongen uitgekomen en grootgebracht waren, ging het stel weer uit elkaar en ging elk zijns weegs op zoek naar boomstammen binnen hun territorium voor insecten en lieten ze het bos weergalmen met hun harde, lachende roep.

Bij de leeuweriken was dat anders. Alleen in het broedseizoen splitsten de in groepsverband levende zwermen zich op in paren en gedroegen de mannetjes zich als felle kemphanen tegenover vroegere vrienden. Ayla hoorde hun prachtige lied toen een paartje recht omhoogvloog. Het werd zo luid gezongen dat ze het kon horen toen ze hoog boven haar zweefden, nauwelijks meer dan stipjes in de lucht. Plotseling lieten ze zich als een paar stenen vallen en schoten meteen weer zingend omhoog.

Ayla kwam bij de plek waar ze eens een kuil had gegraven voor de jacht op een muiskleurige merrie, ze dacht althans dat het de plek was. Er was geen spoor van over. De lenteoverstroming had het kreupelhout dat ze had omgehakt weggevaagd en had de inzinking gladgestreken. Verderop stopte ze even om te drinken en glimlachte om een kwikstaartje dat ze langs de waterkant zag wippen. Hij leek op een leeuwerik, maar hij was dunner, met een geel buikje en hield zich horizontaal om zijn staart droog te houden zodat die op en neer wipte.

Een paar vloeiende klanken trokken haar aandacht naar een paar andere vogels die er geen enkel bezwaar tegen hadden om nat te worden. De waterspreeuwen doken elkaar baltsend achterna, maar ze vroeg zich steeds af hoe ze onder water konden lopen zonder dat hun verenpak vol water liep.

Toen ze terugging naar het open veld stond Whinney tussen de nieuwe groene sprietjes te grazen. Ze glimlachte weer om een paar bruine winterkoninkjes, die met hun tè-tè-tè-tè-tè tegen haar kijfden toen ze te dicht bij hun struik kwam. Toen ze er eenmaal voorbij was, gingen ze over op een luid, zoetvloeiend lied dat eerst door de een werd gezongen en daarna door de ander in een afwisselend vraag- en antwoordspel.

Ze hield stil en bleef op een blok hout zitten luisteren naar het lieflijke gezang van verschillende vogels en hoorde toen tot haar verrassing een struikzanger in een uitbarsting van gezang het hele koor imiteren. Ze zoog haar adem in van verbazing over de virtuositeit van het kleine beestje en verraste zichzelf met het fluitende geluid dat ze voortbracht. Een regenboogvink antwoordde haar met zijn karakteristieke lied dat klonk als een ingezogen fluittoon en de nabootsende struikzanger herhaalde het weer. Ayla was verrukt. Het leek wel of ze deel was geworden van het vogelkoor en ze probeerde het nog een keer. Ze tuitte haar lippen en zoog haar adem in, maar ze slaagde er slechts in een zwak, benauwd fluitje te produceren. Bij de volgende poging lukte het haar om het harder te laten klinken, maar ze zoog zoveel lucht in haar longen dat ze die weer uit moest blazen en maakte zo een luide fluittoon. Die kwam veel dichter bij het geluid van de vogels. Bij de volgende poging blies ze alleen lucht door haar lippen, en verder proberen leverde niet meer succes op. Ze ging weer terug naar het ingezogen gefluit en het lukte haar zo beter een fluittoon te krijgen, hoewel hij niet erg hard klonk.

Ze bleef het maar proberen, nu eens door inzuigen, dan weer door uitblazen, en af en toe produceerde ze een schel geluid. Ze ging zo op in haar pogingen dat ze niet in de gaten had dat Whinney iedere keer dat er een doordringend gefluit klonk opkeek. Ze wist niet hoe ze moest reageren, maar ze was wel nieuwsgierig en deed een paar passen in de richting van de vrouw.

Ayla zag de jonge merrie naderen, met haar oren grappig naar voren gespitst. 'Verbaast het je dat ik vogelgeluiden kan maken, Whinney? Mij ook. Ik wist niet dat ik kon zingen als een vogel. Nou ja, misschien niet echt als een vogel, maar als ik maar volhoud, dan zou ik denk ik dicht in de buurt kunnen komen. Laat eens zien of ik het nog een keer kan.'

Ze haalde diep adem, tuitte haar lippen en bracht vol concentratie een lange, gelijkmatige fluittoon voort. Whinney schudde met haar hoofd, hinnikte en kwam steigerend op haar af. Ayla stond op en sloeg haar armen om de hals van het paard. Het drong plotseling tot haar door hoe groot ze was geworden. 'Je bent zo groot, Whinney. Paarden groeien zo snel, je bent haast een volgroeid vrouwtjespaard. Hoe snel kun je nu rennen?' Ayla gaf haar een stevige pets op haar achterste. 'Kom mee, Whinney, ren met mij,' gebaarde ze en ze begon zo hard ze kon het veld over te rennen.

Het paard had haar in een paar passen ingehaald en rende vooruit, in gestrekte galop. Ayla kwam achter haar aan. Ze rende gewoon omdat dat haar zo'n prettig gevoel gaf. Ze dreef zichzelf voort tot ze niet verder kon en hijgend buiten adem tot stilstand kwam. Ze zag het paard de lange vallei door galopperen en toen in een wijde boog zwenken en terug komen draven. Ik wilde dat ik net zo kon rennen als jij, dacht ze. Dan konden we allebei samen rennen, waarheen we maar wilden. Ik vraag me af of ik gelukkiger zou zijn wanneer ik een paard was in plaats van een mens. Dan zou ik niet alleen zijn.

Ik ben niet alleen. Whinney is goed gezelschap, al is ze dan geen mens. Ze is alles wat ik heb en ik ben alles wat zij heeft. Maar zou het niet prachtig zijn als ik zo hard kon lopen als zij?

Het veulen zat onder de vlokken toen ze terugkwam en maakte Ayla aan het lachen door door de wei te rollen, met haar benen in de lucht, terwijl ze geluidjes van genot maakte. Ze kwam weer overeind, schudde zich uit en ging weer grazen. Ayla bleef naar haar kijken, en bedacht hoe opwindend het zou zijn om als een paard te rennen. Toen begon ze weer te oefenen met fluiten. De volgende keer dat het haar lukte een schel, doordringend geluid te maken, keek Whinney op en kwam weer naar haar toe draven. Ayla omhelsde het jonge paard, tamelijk blij dat ze op het gefluit was afgekomen, maar ze kon de gedachte om samen met het paard te rennen niet uit haar hoofd zetten.

Toen viel haar een idee in.

Ze zou er nooit op gekomen zijn als ze niet de hele winter bij het paard had gewoond en haar als vriendin en metgezel beschouwde. En ze zou nooit op die gedachte zijn gekomen als ze nog bij de Stam woonde. Maar Ayla was eraan gewend geraakt haar invallen te volgen.

Zou ze er bezwaar tegen hebben, dacht Ayla. Zou ze het toelaten? Ze leidde het paard naar het blok hout, klom erop, legde vervolgens haar armen om de hals van het paard en tilde een been op. Ren met me, Whinney. Ren en neem me mee, dacht ze en ze ging schrijlings op het paard zitten.

De jonge merrie was niet gewend aan gewicht op haar rug en legde zenuwachtig steigerend de oren in de nek. Maar al was het gewicht onbekend, de vrouw was dat niet, en Ayla's armen om haar hals hadden een kalmerende invloed. Ze steigerde haast om het gewicht van zich af te schudden en probeerde er toen voor weg te lopen. Ze sloeg op hol en galoppeerde het veld door terwijl Ayla zich aan haar rug vastklampte.

Maar het jonge paard had al een heel eind gedraafd en het leven in de grot had haar minder lichaamsbeweging gegeven dan normaal. Hoewel ze in de vallei had gegraasd, had ze geen kudde waar ze mee optrok of roofdieren om voor weg te rennen. En ze was nog jong. Al heel gauw minderde ze vaart en hield toen helemaal stil, met sidderende flanken en een hangend hoofd.

De vrouw liet zich van het paard glijden. 'Whinney, dat was geweldig!' gebaarde Ayla met fonkelende ogen van opwinding. Ze tilde het hangende hoofd met beide handen omhoog en legde haar wang tegen de neus van het dier. Toen stak ze het hoofd van de merrie onder haar arm, in een liefkozend gebaar dat ze niet meer had gemaakt sinds het paard klein was. Het was een speciale omhelzing, bewaard voor speciale gelegenheden.

Ze kon nauwelijks haar opwinding over de rit beheersen. Alleen het idee al om samen met een paard te galopperen, vervulde Ayla met een gevoel van verwondering. Ze had nooit gedroomd dat zoiets mogelijk was. En niemand had dat ooit gedacht.

10

Ayla kwam nauwelijks meer van de rug van het paard. In volle galop op de merrie te rijden was een vreugde die ze haast niet kon bedwingen. Het deed haar meer dan alles wat ze ooit had gekend. Whinney leek het ook leuk te vinden en wende er algauw aan de vrouw op haar rug te dragen. De vallei werd weldra te klein voor de vrouw en haar galopperende paard. Ze raasden vaak over de steppen ten oosten van de rivier, die gemakkelijk te bereiken waren.

Ze wist dat ze weldra het wilde voedsel dat de natuur – zij het niet zonder moeite – verschafte, zou moeten verzamelen en najagen, verwerken en opslaan, om zich voor te bereiden op de volgende seizoenencyclus. Maar in het vroege voorjaar, als de aarde net ontwaakte van de lange winter, was er nog weinig te vinden. Een paar verse groene bladeren gaven afwisseling aan een gedroogd winterdieet, maar wortels noch knoppen noch houtige stengels waren uitgegroeid. Ayla benutte haar gedwongen rustperiode om zo vaak op het paard te rijden als ze kon, bijna iedere dag van de vroege ochtend tot de late avond.

In het begin reed ze gewoon, passief zittend, en ging ze waarheen het paard maar ging. Het kwam niet bij haar op het veulen opzettelijk aanwijzingen te geven. De tekens die Whinney had leren begrijpen, waren visueel – Ayla probeerde niet met alleen woorden te communiceren – en die kon ze niet zien als de vrouw op haar rug zat. Maar voor de vrouw had lichaamstaal altijd evenzeer deel uitgemaakt van spreken als specifieke gebaren, en het rijden maakte nauw contact mogelijk.

Na een eerste periode van beursheid begon Ayla het spel van de paardenspieren aan te voelen en nadat ze aanvankelijk had moeten wennen, kon Whinney de spanning en ontspanning van de vrouw voelen. Ze hadden al het vermogen ontwikkeld om elkaars noden en emoties aan te voelen en een verlangen om daarop te reageren. Als Ayla een bepaalde richting uit wilde, leunde ze zonder het te weten die kant op en haar spieren brachten de verandering in spanning over op het paard. Het paard begon op deze veranderingen te reageren en veranderde van richting of snelheid. De reactie van het dier op de nauwelijks merkbare beweging maakte dat Ayla zich op dezelfde manier spande of bewoog als ze wilde dat Whinney weer op dezelfde manier reageerde.

Het was een periode van wederzijdse africhting. Elk leerde van de ander en al doende werd hun verhouding verdiept. Maar zonder dat te beseffen, begon Ayla de leiding te nemen. De tekens tussen de vrouw en het paard waren zo subtiel en de overgang van passief aanvaarden naar actief leiden was zo natuurlijk dat Ayla het eerst niet in de gaten had, behalve op een onderbewust niveau. Het bijna onafgebroken paardrijden was een intensieve oefening die veel concentratie eiste.

Naarmate de verhouding inniger werd, werden Whinneys reacties zo gevoelig afgestemd dat Ayla alleen maar hoefde te denken waar ze naartoe wilde en met welke snelheid, en het paard deed het – als was het dier een verlengstuk van haar eigen lichaam. De jonge vrouw stond er niet bij stil dat ze via haar spieren de tekens doorgaf aan de uiterst gevoelige huid van haar rijdier.

Ayla had niet de opzet om Whinney te trainen. Het was het resultaat van de overstelpende liefde en aandacht die ze het paard gaf en van de aangeboren verschillen tussen mens en paard. Whinney was nieuwsgierig en intelligent, ze leerde gemakkelijk en had een goed geheugen, maar haar hersens waren niet zo ontwikkeld en ze werkten anders. Paarden waren kuddedieren en ze hadden behoefte aan de aanwezigheid en warmte van soortgenoten. Hun tastzin was buitengewoon goed ontwikkeld en belangrijk voor een goed contact. Het instinct van de jonge merrie deed haar opdrachten uitvoeren en de goede richting inslaan. Als ze in paniek raakten, sloegen ook de leiders van de kudde op de vlucht, samen met de anderen.

De handelingen van de vrouw hadden een bedoeling, werden geleid door een brein waarin vooruitzien en analyse, kennis en ervaring voortdurend op elkaar inwerkten. Haar kwetsbare situatie deed haar steeds op haar hoede zijn om te overleven en ze was genoodzaakt haar omgeving voortdurend in de gaten te houden en dat alles had het trainingsproces versneld.

Bij het zien van een haas of een reuzenhamster, greep Ayla zelfs als ze voor haar plezier reed, naar haar slinger en wilde erachteraan. Whinney had haar wens snel begrepen en haar eerste stap in die richting leidde uiteindelijk tot het strakke, zij het onbewuste overwicht van de jonge vrouw over het paard. Pas toen ze een reuzenhamster doodde, begon het tot haar door te dringen.

Het was nog vroeg in de lente. Ze hadden het dier onopzettelijk opgejaagd, maar zodra Ayla het zag rennen, boog ze zich ernaartoe en strekte haar hand uit naar haar slinger, terwijl Whinney er in galop achteraan ging. Toen ze vlakbij kwamen, bracht haar verandering in houding, die de gedachte om op de grond te springen, vergezelde, het paard op tijd tot stilstand zodat ze zich van haar rug kon laten glijden om een steen te slingeren.

Lekker dat ik vanavond vers vlees heb, dacht ze toen ze naar het wachtende paard terugliep. Ik zou meer moeten jagen, maar het was zo fijn om op Whinney te rijden....

Ik reed op Whinney! Zij jaagde achter die hamster aan. En ze bleef staan toen ik dat wilde! Ayla's gedachten vlogen terug naar de eerste dag dat ze op de rug van het paard was geklommen en haar armen om de hals van de merrie had geslagen. Whinney had haar hals uitgestrekt naar een pol mals jong gras.

'Whinney!' riep Ayla. Het paard tilde haar hoofd op en spitste verwachtingsvol de oren. De jonge vrouw was verbluft. Ze wist niet hoe ze het moest verklaren. Alleen het idee al om het paard te berijden, was overweldigend geweest, maar dat het paard daarheen zou willen gaan waar Ayla heen wilde gaan, was moeilijker te begrijpen dan het voor hen allebei was geweest om het te leren.

Het paard kwam naar haar toe. 'O, Whinney,' zei ze weer en er kwam een snik in haar stem, hoewel ze niet precies wist waarom, toen ze haar armen om de ruige hals sloeg. Whinney brieste door haar neusgaten en boog haar hals, zodat haar hoofd over de schouder van de jonge vrouw leunde.

Toen ze het paard wilde bestijgen, merkte Ayla dat het moeilijk ging. De hamster scheen in de weg te zitten. Ze liep naar een rotsblok, hoewel ze dat allang niet meer gebruikte en er nooit meer aan dacht. Ze wist dat ze de laatste tijd gemakkelijk met een sprongetje haar been over de rug van het paard kreeg. Na enige moeite ging Whinney weer terug naar de grot. Toen Ayla bewust probeerde het veulen te sturen, verloren haar onbewuste tekens iets van hun duidelijkheid en Whinney reageerde ook anders. Ze wist niet meer hoe ze het paard had geleid.

Ayla leerde weer op haar gevoel te vertrouwen toen ze ontdekte dat Whinney dan beter reageerde hoewel ze haar wel een paar nuttige tekens aanleerde.

Met het verstrijken van het seizoen, begon ze meer te jagen. In het begin liet ze haar paard stilhouden en steeg af om haar slinger te gebruiken. Later probeerde ze vanaf de rug van het paard te werpen. Als ze miste was dat voor haar alleen maar reden om meer te oefenen, een nieuwe uitdaging. Ze had in het begin zelf geleerd het wapen te gebruiken door alleen te oefenen. Het was toen een spelletje en ze had niemand om het haar te leren; er werd van haar niet verwacht dat ze op jacht ging. Toen een lynx haar had gepakt omdat een steen miste, had ze een techniek ontwikkeld waarbij ze snel achter elkaar twee stenen wegslingerde en die had ze geoefend tot ze hem volledig beheerste.

Het was lang geleden dat ze met haar slinger had geoefend, maar dat was geen bezwaar, want ze deed het graag. Het duurde niet lang voor haar schot vanaf Whinneys rug even trefzeker was als wanneer ze met beide benen op de grond stond. Maar zelfs als ze op het paard voortsnelde achter een haas aan, begreep de vrouw nog steeds niet en kon ze zich niet goed voorstellen welke vele nieuwe mogelijkheden en voordelen ze nu had.

Aanvankelijk legde Ayla haar prooi over de rug van het paard, maar algauw kwam ze op het idee om een stel manden te gebruiken aan weerskanten van het paard, die ze met een brede riem om haar buik bevestigde. Door er een tweede mand bij te hangen begon ze iets van de voordelen in te zien van het gebruikmaken van de kracht van haar viervoetige vriendin. Voor het eerst kon ze een vracht naar de grot brengen die voor haar te zwaar was om te dragen.

Toen ze eenmaal begreep wat ze met de hulp van het paard kon bereiken, begon ze de zaak anders aan te pakken. Haar hele levenspatroon veranderde. Ze bleef langer weg en zwierf verder dan ooit tevoren. Ze kwam met meer tegelijk thuis, planten of kleine dieren. Dan besteedde ze de eerstvolgende dagen aan het verwerken van de opbrengst van haar tochten.

Toen ze eenmaal had gezien dat de wilde aardbeien begonnen te rijpen, zocht ze een groot gebied af om er zoveel te zoeken als ze kon. Zo vroeg in het seizoen waren er nog niet veel rijpe en ze stonden ver uit elkaar. Het was bijna donker als ze terugging. Ze kon zich goed oriënteren en daarom verdwaalde ze niet zo gauw, maar soms was het toch te donker voor ze in de vallei kwamen. In de buurt van de grot vertrouwde ze op het instinct van Whinney om hen thuis te brengen en bij volgende tochten liet ze het vaak aan het paard over om de weg terug te vinden. Later nam ze een slaapvacht mee voor noodgevallen.

Op een avond besloot ze buiten te blijven slapen, op de open steppe, omdat het al laat was en ze wou wel weer eens genieten van een nacht onder de sterren. Ze legde een vuur aan en kroop naast Whinney, in haar slaapzak, hoewel ze die voor de warmte nauwelijks nodig had. Het vuur diende om het wild, dat 's nachts op pad ging, af te schrikken. Alle steppedieren waren op hun hoede voor rooklucht. Voortrazende steppebranden duurden soms dagen en verjoegen of roosterden alles wat op hun weg kwam.

Na de eerste keer was het gemakkelijker om een paar nachten buiten de grot door te brengen en Ayla begon de streek ten oosten van de vallei grondiger te verkennen.

Ze gaf het niet allemaal toe tegenover zichzelf, maar ze was op zoek naar de Anderen, in de hoop ze te vinden en bang dat ze dat inderdaad zou doen. In zekere zin was het een manier om de beslissing om de vallei te verlaten uit te stellen. Ze wist dat ze binnenkort voorbereidingen zou moeten treffen als ze haar speurtocht weer op wilde vatten, maar de vallei was haar thuis geworden. Ze wilde niet weggaan en ze maakte zich nog steeds zorgen over Whinney. Ze wist niet wat de onbekende Anderen haar misschien zouden doen. Als er binnen het gebied dat ze vanuit haar vallei te paard kon bestrijken, mensen woonden, kon ze hen misschien eerst gadeslaan voor ze haar aanwezigheid bekendmaakte en iets van hen aan de weet komen.

De Anderen waren haar mensen, maar ze kon zich niets herinneren van de tijd voor ze bij de Stam woonde. Ze wist dat ze bewusteloos bij een rivier was gevonden, half uitgehongerd en koortsig omdat de wonden die een holenleeuw haar had toegebracht waren ontstoken. Ze was bijna dood toen Iza haar vond en meenam toen ze op zoek waren naar een nieuwe grot. Maar telkens wanneer ze zich iets probeerde te herinneren uit haar eerste kinderjaren, werd ze misselijk van angst en kreeg ze weer het gevoel dat de aarde onder haar voeten golfde.

De aardbeving die een meisje van vijf jaar alleen had achtergelaten in de woestenij, overgeleverd aan de genade van het toeval en de barmhartigheid van mensen die heel anders waren, had te veel schade toegebracht aan haar kinderziel. Ze kon zich niets meer herinneren van de aardbeving en de mensen bij wie ze was geboren. Het waren voor haar de Anderen, net als voor de rest van de Stam.

Net als de weifelende lente, met zijn snelle afwisseling van ijskoude buien naar warme zonneschijn en omgekeerd, veranderde Ayla's voorkeur van het ene moment op het andere. De dagen waren niet onaangenaam. Als kind had ze haar dagen dikwijls doorgebracht met het zoeken van kruiden voor Iza in de omgeving van de grot, of wat jagen en ze was toen wel gewend geraakt aan de eenzaamheid. Dus 's morgens en 's middags, wanneer ze druk bezig was, wilde ze niets anders dan met Whinney in de beschutte vallei blijven. Maar 's nachts, in haar kleine grot, met alleen een vuur en een paard als gezelschap, smachtte ze naar een menselijk wezen om haar eenzaamheid op te lossen.

In de steeds warmer wordende lente was het moeilijker alleen te zijn dan het de hele koude winter lang was geweest. Ze was met haar gedachten bij de Stam en de mensen van wie ze hield en haar armen hunkerden ernaar haar zoon vast te houden. Iedere nacht besloot ze dat ze de volgende dag zou beginnen met de voorbereidingen voor haar vertrek, en iedere ochtend stelde ze het uit en reed in plaats daarvan met Whinney over de oostelijke steppen.

Haar voorzichtige en uitgebreide verkenningstochten maakten haar niet alleen bekend met het terrein, maar ook met het leven dat de uitgestrekte open vlakte bevolkte. Kudden grazende dieren waren aan hun trek begonnen en dat bracht haar weer op het idee om op een groot dier te jagen. Naarmate dit idee haar meer in beslag nam, verdrong het in zekere mate haar obsessie over haar eenzame bestaan.

Ze zag paarden, maar die waren niet teruggekomen naar haar vallei. Dat hinderde niet. Ze was niet van plan om op paarden te jagen. Het moest een ander dier worden. Hoewel ze niet wist hoe ze ze zou kunnen gebruiken nam ze voortaan haar speren mee. De lange stokken waren onhandelbaar tot ze er veilige houders voor bedacht, een in elke mand, aan beide zijden van het paard.

Pas toen ze een kudde elanden zag, begon haar plan vaste vorm aan te nemen. Toen ze nog een meisje was en zich stiekem oefende in het jagen, bedacht ze vaak een smoesje om in de buurt van de mannen te werken wanneer die over de jacht praatten – hun geliefkoosde onderwerp. Destijds had ze meer belangstelling voor de kunst van het jagen met de slinger – haar wapen – maar het deed er niet toe over welke manier van jagen ze spraken. Op het eerste gezicht dacht ze dat de elanden met hun kleine geweien mannetjes waren. Toen zag ze de kalveren en ze herinnerde zich dat van alle hertachtigen alleen de vrouwelijke elanden geweien hadden. Die herinnering riep allerlei gedachten op, ook aan de smaak van het vlees.

Belangrijker was dat de mannen zeiden dat wanneer elanden in het voorjaar naar het noorden trekken ze altijd dezelfde route volgen, alsof ze een pad volgen dat zij alleen kunnen zien en ze trekken in afzonderlijke groepen. De vrouwtjes en de jongen gaan eerst. Ze worden gevolgd door een kudde jonge mannetjes. Later in het seizoen komen de oude bokken in kleine groepjes.

Ayla reed in een bedaard tempo achter een kudde geweidragende hinden en hun jongen. De zomerhorde muggen en vliegen die graag in elandenvacht nestelden, vooral rond de ogen en oren, en hen er zo toe dreven koelere klimaten op te zoeken waar de insecten minder welig tierden, begonnen net hun opwachting te maken. Ayla veegde verstrooid de paar die om haar eigen hoofd zoemden weg. Toen ze op pad was gegaan, had er nog een ochtendnevel om de laagliggende kommen en hellingen gehangen. De opkomende zon stoomde de diepe holten in de rotsen open en gaf de steppen een ongekende vochtigheid. De elanden waren aan andere hoefdieren gewend en negeerden Whinney en haar menselijke passagier zolang ze maar niet te dicht in de buurt kwamen.

Terwijl ze ze gadesloeg, dacht Ayla aan de jacht. Als de bokken de hinden volgen, zouden ze binnenkort deze kant op moeten komen. Misschien kan ik wel een jonge elandbok buit maken. Ik weet nu welk pad ze zullen nemen. Maar ik heb er niets aan dat ik het pad weet, als ik niet dicht genoeg in de buurt kan komen om mijn speren te gebruiken. Misschien zou ik weer een gat kunnen graven. Ze zouden er gewoon voor opzij gaan en er is niet genoeg kreupelhout om een hek te bouwen waar ze niet overheen kunnen springen. Misschien valt er eentje in als ik ze aan het rennen weet te krijgen.

En als dat gebeurt, hoe krijg ik hem er dan uit? Ik heb geen zin om nog een keer een eland uit te benen op de bodem van een modderig gat. Bovendien zal ik het vlees hier buiten moeten drogen, tenzij ik het terug weet te krijgen naar de grot.

De vrouw en het paard volgden de kudde de hele dag, tot de wolken rozig kleurden in een steeds donkerder wordende blauwe lucht. Af en toe stopten ze om wat te eten en te rusten. Ze was verder noordelijk dan ze ooit was geweest, in een onbekend gebied. In de verte had ze een rij bomen gezien en in het wegebbende licht van een vermiljoenkleurige lucht zag ze de kleur weerkaatst worden achter een dicht kreupelbosje. De elanden wrongen zich in een enkele rij door smalle openingen om bij het water te komen van een brede stroom en stelden zich langs de ondiepe rand op om te drinken alvorens over te steken.

Grijze schemering beroofde het land van het frisse groen, terwijl de lucht in vuur en vlam stond, alsof de kleur die werd gestolen door de nacht in een fellere tint werd teruggegeven. Ayla vroeg zich af of het dezelfde stroom was die ze al verschillende keren waren overgestoken. In plaats van beekjes, sprengen en stromen, die uitmondden in een grotere watermassa, werd op zijn slingerende weg vol haarspeldbochten en splitsingen over vlak grasland vaak dezelfde rivier verschillende keren overgestoken. Als haar berekening klopte, kon ze vanaf de andere kant van de rivier bij haar vallei komen zonder dat ze verder nog belangrijke waterlopen hoefde over te steken.

De korstmos grazende elanden leken zich aan de overkant voor de nacht te installeren. Ayla besloot hetzelfde te doen. Het was een heel eind terug en ze zou ergens de rivier moeten oversteken. Ze wilde geen risico lopen nat en koud te worden nu de avond viel. Ze liet zich van het paard glijden, maakte de draagmanden los en liet Whinney vrij rondrennen terwijl ze haar kamp opsloeg. Met behulp van haar vuurstenen stonden droog kreupelhout en drijfhout algauw in lichterlaaie. Na een maal van melige aardnoten in bladeren gewikkeld om ze te roosteren en een reuzehamster gevuld met een verzameling eetbare groene bladen, zette ze haar lage tentje op. Ayla floot het paard bij zich, want ze wilde haar in de buurt houden en kroop toen in haar slaapvacht, haar hoofd buiten de tent.

De wolken waren gaan liggen tegen de horizon. Boven stonden zoveel sterren dat het leek alsof een onvoorstelbaar fel licht zijn best deed om door de gebarsten en doorpriemde zwarte barrière van de nachthemel te breken. Creb zei dat er vuren in de lucht stonden, peinsde ze, vuurplaatsen van de wereld van de geesten en ook de vuurplaatsen van totemgeesten. Haar ogen zochten de hemel af tot ze het patroon vond dat ze wilde hebben. Daar is het thuis van Ursus en daarginds mijn totem, de Holenleeuw. Gek hoe ze zich langs de lucht kunnen verplaatsen zonder dat het patroon verandert. Ik vraag me af of ze op jacht gaan en dan terugkomen naar hun grot.

Ik moet een eland buit maken. En ik moet maar snel een plan maken, de bokken zullen gauw komen. Dat betekent dat ze hier zouden moeten oversteken. Whinney rook de aanwezigheid van een vierpotige rover, brieste en kwam tussen het vuur en Ayla staan, een gevoel van veiligheid ontlenend aan beide.

'Is er iets Whinney?' vroeg Ayla, met gebaren en geluiden, woorden die niemand van de Stam ooit gebruikte. Ze kon zachtjes hinniken en dat was niet te onderscheiden van het geluid dat Whinney maakte. Ze kon janken als een vos, huilen als een wolf en leerde snel te fluiten als bijna iedere vogel. Veel van die geluiden had ze opgenomen in haar eigen taaltje. Ze dacht nauwelijks meer aan de afkeuring van de Stam als er overbodige geluiden werden gemaakt. Het normale vermogen van haar soort om de stem te gebruiken liet zich gelden.

'Schuif eens op, Whinney. Je houdt de warmte tegen.'

Ayla stond op en legde nog een stuk hout op het vuur. Ze sloeg een arm om de hals van het dier, want ze voelde dat Whinney schichtig was. Ik denk dat ik maar opblijf en het vuur brandend houd, dacht ze. Wat daarginds zit heeft waarschijnlijk heel wat meer belangstelling voor die elanden dan voor jou, meisje, zolang je maar bij het vuur blijft. Maar het is misschien wel een goed idee om een tijdje een lekker groot vuur te hebben.

Ze hurkte neer en staarde in de vlammen. Ze zag vonken opspatten die in het donker versmolten telkens als ze een nieuw blok hout op het vuur legde. Geluiden aan de overkant van de rivier vertelden het haar toen een eland, of twee, aan iets ten prooi was gevallen, waarschijnlijk een katachtige. Dat zette haar weer aan het denken om zelf op elandenjacht te gaan. Op een gegeven ogenblik duwde ze het paard opzij om nog wat hout te pakken en kwam plotseling op een idee.

Later, toen Whinney rustiger was, kroop ze weer in haar slaapvacht. Haar gedachten wervelden naarmate het idee groeide en het uitdijde tot andere, opwindende mogelijkheden. Tegen de tijd dat ze in slaap viel, had zich in grote lijnen een plan gevormd dat gebruikmaakte van zo'n ongelooflijk idee dat ze er in zichzelf om moest glimlachen, zo gedurfd was het.

Toen ze 's morgens de rivier overstak, was de kudde elanden, minus een of twee, verder getrokken, maar ze hoefde hen niet verder te volgen. Ze zette Whinney aan tot een galop. Ze had heel wat voorbereidingen te treffen als ze op tijd klaar wilde zijn.

'Dat is alles, Whinney. Zie je wel dat het niet zo zwaar is?' zei Ayla bemoedigend. Ze leidde het paard geduldig met een tuig van leren riemen en koorden over de borst en rug waaraan een zwaar blok hout hing dat ze moest slepen. Eerst had Ayla de riem over Whinneys voorhoofd geschoven, zo ongeveer als de lijn die ze soms gebruikte als ze een zware last moest dragen. Ze begreep spoedig dat Whinney haar hoofd vrij moest kunnen bewegen en beter trok met haar borst en schouders. Maar het jonge steppepaard was niet gewend iets te trekken en het tuig belemmerde haar in haar bewegingen. Ayla was echter vastbesloten. Het was de enige manier om haar plan uit te voeren.

Ze was op het idee gekomen toen ze hout op het vuur gooide om de roofdieren op een afstand te houden. Ze had Whinney opzij moeten duwen om bij het hout te komen en dacht met liefde aan het grote paard dat met al haar kracht bij haar bescherming zocht. Ze had even gedacht hoe mooi het zou zijn als zij zo sterk was en het volgende moment had ze een mogelijke oplossing gevonden voor het probleem waar ze mee worstelde. Misschien kon een paard een eland uit een valkuil trekken.

Toen dacht ze erover na hoe ze het vlees moest verwerken en er groeide een nieuw plan. Als ze het dier op de steppe slachtte, zou de lucht van het bloed onvermijdelijk de vleeseters aantrekken. Misschien was het geen holenleeuw die de elanden had aangeval-

194

len, maar het was wel een katachtige. Tijgers, panters en luipaarden mochten dan half zo groot zijn als holenleeuwen, maar met een slinger kon ze zich niet verdedigen. Ze kon een lynx doden, maar de grote katten, dat was iets heel anders, vooral in het open veld. Bij haar grot, met een wand in de rug, zou ze ze misschien kunnen verjagen. Als ze een steen wegslingerde, was dat misschien niet dodelijk, maar ze zouden hem wel voelen. Als Whinney een eland uit de kuil kon slepen, waarom dan ook niet helemaal terug naar de vallei?

Maar eerst moest ze van Whinney een trekpaard maken. Ayla dacht dat ze alleen maar een manier hoefde te bedenken om touwen en riemen vast te maken aan het paard en de dode eland. Het kwam niet bij haar op dat de jonge merrie wel eens kon weigeren. Het berijden was zo vanzelf gegaan dat ze niet dacht dat ze Whinney hoefde te leren een vracht te trekken. Maar ze kwam er wel achter toen ze haar het tuig aandeed. Na enige pogingen, waarbij ze van alles moest veranderen en verscheidene verbeteringen aanbracht, begon het paard aan het idee te wennen en Ayla kwam tot de slotsom dat het wel zou lukken.

Terwijl de vrouw zag hoe het jonge dier het blok hout trok, dacht ze aan de Stam en schudde het hoofd. Ze zouden me al vreemd gevonden hebben als ze zagen dat ik een paard bij me heb, ik ben benieuwd wat de mannen nu zouden denken. Maar zij waren met zovelen en er waren vrouwen om het vlees te drogen en mee te nemen. Zij hoefden het nooit alleen te proberen.

Ze omhelsde het paard spontaan en drukte haar voorhoofd tegen Whinneys hals. 'Wat heb ik een steun aan jou, ik had nooit gedacht dat je me zo zou gaan helpen. Ik zou niet weten wat ik moest doen zonder jou, Whinney. Hoe moet het met jou als de Anderen net zo zijn als Broud? Ik kan niet toelaten dat iemand je pijn doet. Ik wou dat ik wist wat ik moet doen.'

Ze kreeg tranen in haar ogen terwijl ze het paard vasthield; toen veegde ze ze weg en maakte het tuig los. 'Nu weet ik wat ik te doen heb. Ik moet uitkijken naar die kudde jonge bokken.'

De elandbokken kwamen maar een paar dagen na de hinden. Ze trokken in een bedaard tempo. Toen ze ze eenmaal had opgemerkt, was het voor Ayla niet moeilijk hun bewegingen gade te slaan om zekerheid te krijgen dat ze inderdaad hetzelfde spoor volgden, noch om haar uitrusting bij elkaar te zoeken en vooruit te galopperen. Ze sloeg haar kamp op aan de rivier, stroomafwaarts ten opzichte van de plek waar de elanden zouden oversteken. Toen pakte ze haar graafstok om de grond los te woelen, het aangescherpte heupbeen om de grond af te steken en op te scheppen, en de leren tent om hem weg te slepen. Daarna ging ze naar de oversteekplaats van de vrouwelijke kudde.

Het kreupelhout werd doorkruist door twee hoofdpaden en twee minder belangrijke. Ze koos een van de hoofdpaden uit voor haar val, zo dicht bij de rivier dat de elanden in een enkele rij zouden lopen, maar zo ver terug dat ze een diep gat kon graven voor er water kwam binnensijpelen. Tegen de tijd dat ze het had uitgegraven, zakte de late namiddagzon al langzaam naar de rand van de aarde. Ze floot haar paard en reed terug om te zien hoe ver de kudde vooruit was gekomen en schatte dat deze in de loop van de volgende dag de rivier zou bereiken.

Toen ze bij de rivier terugkwam, begon het licht weg te ebben, maar het grote, gapende gat viel erg op. Niet een van die elanden zal in dat gat vallen. Ze zullen het zien en eromheen lopen, dacht ze ontmoedigd. Nou ja, het is te laat om er vannacht nog iets aan te doen, misschien bedenk ik morgenochtend nog iets.

Maar de ochtend bracht geen heldere invallen of briljante ideeën. De lucht was in de loop van de nacht betrokken. Ze werd wakker van een enorme spetter water op haar gezicht bij een naargeestige dageraad van diffuus licht. Ze had de oude huid de avond tevoren niet als tent opgezet. De lucht was helder toen ze ging slapen en de huid was nat en modderig. Ze had hem vlakbij te drogen uitgespreid, maar nu werd hij nog natter. De druppel in haar gezicht was nog maar de eerste van vele. Ze wikkelde de slaapvacht om zich heen, trok een uiteinde over haar hoofd en zat in elkaar gedoken boven de zwarte, natte resten van een vuur.

Een felle lichtflits knetterde over de oostelijke vlakten, een weerlicht dat het land tot aan de horizon verlichtte. Een ogenblik later klonk er in de verte een waarschuwend gerommel. Alsof het een teken was, barstte er uit de wolken boven haar een nieuwe zondvloed los. Ayla pakte de natte tenthuid en sloeg die om.

Gaandeweg gaf het daglicht het landschap scherpere contouren en verdreef schaduwen uit spleten. Een bleek, grijs licht gaf de uitbottende steppen iets flets, alsof het druipende wolkendek de kleur had weggespoeld. Zelfs de lucht had een onbestemde, nietszeggende tint, geen blauw, maar ook geen grijs of wit.

Het water begon poelen te vormen toen de dunne laag doorlatende grond, boven de bevroren onderlaag, verzadigd raakte. De bevroren grond, die vrij dicht onder het oppervlak lag, was net zo hard als de ijskap in het noorden. Wanneer het warmer werd en de ondergrond ontdooide, trok de ijslaag zich iets terug, maar de altijd bevroren grondlaag bleef ondoordringbaar. Er was geen afvoer. Onder bepaalde omstandigheden kon de doorweekte grond veranderen in verraderlijk drijfzand, dat volwassen mammoets kon opslokken. Wanneer het dicht bij de rand van een gletsjer gebeurde, die zich soms onverwacht verplaatste, kon een snelle bevriezing de mammoet duizenden jaren goed houden.

De loodkleurige lucht liet grote regendruppels vallen in de zwarte plas die eens een vuurplaats was geweest. Ayla zag ze in putjes uiteenspatten en zich dan in steeds groter wordende kringen verspreiden, en wenste dat ze in haar knusse, droge grot in de vallei zat. Een kou die haar tot op het bot verkilde, kroop langzaam door haar zware leren voetomhulsels omhoog, ondanks het vet dat ze erop had gesmeerd en de zegge die ze om haar voeten had geprost. Het doorweekte moeras zette een domper op haar enthousiasme voor de jacht.

Toen de overstromende plassen moddergeulen naar de rivier baanden, waarin twijgjes, takjes, gras en het oude blad van vorige zomer werden meegesleurd, verhuisde ze naar een stukje hoger gelegen grond. Waarom ga ik niet gewoon terug, dacht ze terwijl ze de draagmanden meezeulde de helling op. Ze gluurde even onder de deksels, de regen liep van de gevlochten paardenstaartbladeren af en de inhoud was droog. Het heeft geen zin. Ik moet ze maar opbinden en gaan. Ik krijg nooit een eland. Er springt er heus niet een in dat grote gat omdat ik het wil. Misschien kan ik later een van die oude achterblijvers pakken. Maar dat vlees is taai en de huiden zitten vol littekens.

Ayla slaakte een zucht en trok de bontomslag en de oude leren tent hoger om zich heen. Ik werk nu al zo lang aan de plannen dat ik me niet door een beetje regen kan laten tegenhouden. Misschien maak ik wel geen eland buit, het zou niet de eerste keer zijn dat een jager met lege handen thuiskwam. Slechts één ding is zeker: het lukt me nooit als ik het niet probeer.

Toen het afvloeiingswater het heuveltje dreigde te ondergraven, klom ze op een rotspartij en tuurde door de regen om te zien of die al begon af te nemen. Er was nergens een plekje om te schuilen op de open vlakte, geen grote bomen of overhangende rotsen. Net als het ruige, druipende paard naast haar, stond Ayla geduldig in de stortbui te wachten tot het op zou houden met regenen. Ze hoopte maar dat de elanden ook wachtten. Ze kon ze nog niet gebruiken. Halverwege de ochtend versaagde haar vastberadenheid weer, maar tegen die tijd had ze gewoon geen zin om ook maar een stap te verzetten.

Met de gebruikelijke grilligheid van de lente brak het wolkendek omstreeks het middaguur en een stevige bries joeg het weg. Tegen de middag was er geen wolkje meer te bekennen en de frisse jonge kleuren van de lente fonkelden met pasgewassen schittering in de volle luister van de zon. De grond dampte in zijn enthousiasme om het vocht aan de atmosfeer terug te geven. De droge wind die de wolken had verdreven, zoog het gretig op alsof hij wist dat hij een deel aan de gletsjer zou verspelen.

Ayla's vastberadenheid kwam terug, maar niet haar vertrouwen. Ze schudde de zware oeroshuid af en drapeerde hem over een hoge struik, hopend dat hij deze keer een beetje zou drogen. Haar voeten waren klam – alles was klam – maar niet koud, dus ze schonk er geen aandacht aan en ging naar de oversteekplaats van de elanden. Ze kon het gat niet zien en de moed begaf haar. Toen ze scherper keek, zag ze een overstromende poel modderig water, vol bladeren, stukken hout en rotzooi, waar haar kuil was geweest.

Met op elkaar geklemde kaken ging ze terug om een watermand te halen om het gat leeg te hozen. Op de terugweg moest ze heel goed kijken om het gat van een afstand te zien. Toen glimlachte ze plotseling. Als ik er al naar moet zoeken, nu het zo bedekt is met bladeren en takken, dan zou een eland als hij hard liep het misschien ook niet zien. Maar ik kan het water er niet in laten staan. Ik vraag me af of er geen andere manier is...

Wilgentenen zouden er wel over passen. Waarom zou ik de kuil niet afdekken met wilgentenen en daar bladeren op leggen. Het zou niet sterk genoeg zijn om een eland te dragen, maar prima voor bladeren en takjes. Plotseling lachte ze hardop. Het paard reageerde met een gehinnik en kwam naar haar toe.

'O, Whinney! Misschien was die regen toch niet zo slecht.'

Ayla hoosde het water uit de valkuil en het kon haar niet schelen dat het een smerig karwei was. Hij was niet zo diep, maar toen ze probeerde hem uit te graven merkte ze dat het waterpeil was gestegen. Er kwam alleen maar meer water in. Ze zag wel dat het water in de rivier hoger stond toen ze naar de kolkende, modderige stroom keek. En hoewel ze het niet wist, had de warme regen iets van de bevroren ondergrond ontdooid.

Het was niet zo gemakkelijk als ze had gedacht om het gat te camoufleren. Ze moest een heel eind stroomafwaarts afzoeken om een armvol wilgentenen te verzamelen in het gedrongen wilgenkreupelhout en ze moest ze aanvullen met riet. De wijdmazige mat zakte in het midden door toen ze hem over de kuil legde en ze moest hem aan de randen vastzetten. Toen ze er bladeren en takjes over had gestrooid, vond ze dat hij nog steeds erg opviel. Ze was niet helemaal tevreden, maar ze hoopte dat het succes zou opleveren.

Onder de modder ploeterde ze terug stroomafwaarts, wierp een verlangende blik op de rivier en floot toen Whinney. De elanden waren niet zo dichtbij als ze had verwacht. Als de vlakten droog waren geweest, dan zouden ze zich hebben gehaast om bij de rivier te komen, maar met zoveel water in plassen en tijdelijke beekjes was hun tempo gezakt. Ayla was er zeker van dat de kudde jonge bokken hun gebruikelijke oversteekplaats niet voor de ochtend zouden bereiken.

Ze ging terug naar haar kamp en deed met grote opluchting haar omslagen en voetomhulsels af en waadde de rivier in. Het was koud, maar ze was aan koud water gewend. Ze waste de modder weg en spreidde toen haar omslagen en schoeisel uit op de rotspartij. Haar voeten waren wit en rimpelig omdat ze zo lang in het natte leer opgesloten hadden gezeten. Zelfs haar harde, eeltige voetzolen waren zacht geworden, en ze was blij met de door de zon verwarmde rots. Hij gaf haar ook een droge basis voor een vuur.

De dode onderste takken van dennen bleven gewoonlijk droog, en hoewel hij beknot was tot het formaat van een struik, vormde de den bij de rivier geen uitzondering. Ze had droog tondel bij zich en met haar vuurstenen had ze algauw een beginvuurtje flink aan het branden. Ze bleef het voeden met twijgjes en kleine stukken hout tot grotere, langzamer brandende stukken, in een wigwam over het vuur tegen elkaar gezet, gedroogd waren.

Ze slaakte een zucht van tevredenheid bij haar eerste slok hete thee na een maal van reiskoeken. De koeken gedroogd vlees, vruchten en vet waren voedzaam en ze konden onderweg worden gegeten, maar de hete drank bevredigde haar meer. Hoewel hij nog steeds vochtig was, had ze de leren tent in de buurt van het vuur opgezet waar hij verder kon drogen terwijl ze sliep. Ze keek even naar de wolken die in het westen de sterren aan het gezicht onttrokken en hoopte dat het niet weer zou gaan regenen. Toen kroop ze, na Whinney een vriendelijk klopje te hebben gegeven, in haar vacht en sloeg die om zich heen.

Het was donker. Ayla lag doodstil, met haar ogen wijdopen en haar oren gespitst, en probeerde te ontdekken wat haar uit een diepe slaap had gehaald. Ze hoorde Whinney bewegen en kwam half overeind om in het rond te kijken. In het oosten was een zwakke gloed aan de hemel te zien. Toen hoorde ze een geluid waarvan haar nekharen overeind gingen staan, en wist ze waarvan ze wakker was geworden. Ze had het niet vaak gehoord, maar ze wist dat het grommende gebrul aan de overkant van de rivier van een holenleeuw kwam. Het paard hinnikte zenuwachtig en Ayla stond op.

'Stil maar, Whinney. Die leeuw is ver weg.' Ze gooide nog wat hout op het vuur. 'Het is zeker een holenleeuw geweest die ik de vorige keer dat we hier waren, heb gehoord, ze zitten zeker ergens aan de overkant van de rivier. Zij zullen ook wel een bok pakken. Ik ben blij dat het daglicht is als we door hun territorium komen en ik hoop dat ze hun buik vol eland hebben voor we daar aankomen. Ik kan net zo goed thee zetten, dan is het tijd om voorbereidingen te treffen.'

De gloed in het oosten begon rozig te kleuren toen de jonge vrouw alles in de draagmanden had gepakt en de riem strakker om Whinneys buik had aangetrokken. Ze stak een lange speer in de houder aan de binnenkant van elke mand en bond ze stevig vast. Vervolgens steeg ze op en ging voor de draagmanden zitten, tussen de twee puntige houten schachten die recht omhoogstaken.

Ze reed in een wijde bocht terug naar de kudde, tot ze zich achter de naderende elanden bevond. Ze zette haar paard tot spoed aan tot ze de jonge bokken in het zicht kreeg, hield toen in en volgde ze in een rustig tempo. Whinney viel gemakkelijk in het patroon van de trek. Vanaf de rug van het paard had ze een goed uitzicht op de kudde toen deze de kleine rivier naderde. Ze zag de aanvoerder de pas inhouden en aan de overhoopgehaalde modder en bladeren op het pad naar de valkuil snuffelen. Er voer een waakzame trilling door de elanden die zelfs de vrouw kon voelen.

De eerste elanden betraden de door kreupelhout verstikte oevers naar het water langs het alternatieve pad, toen Ayla besloot dat het tijd was om in actie te komen. Ze haalde diep adem en boog zich, vooruitlopende op een vergroting van haar snelheid, voorover en gaf toen een luid gejoel ten beste terwijl het paard op de kudde af galoppeerde.

De achterste elanden sprongen naar voren, de beesten voor hen opzij duwend. Toen het paard met een gillende vrouw op haar rug op hen af kwam denderen, sloegen alle elanden geschrokken op hol. Maar ze leken allemaal het pad met de valkuil te mijden. Ayla verloor de moed toen ze zag hoe de dieren om het gat heen liepen, erover sprongen of er op de een of andere manier in slaagden ervoor opzij te stappen.

Toen merkte ze beroering op in de snel bewegende kudde en ze dacht dat ze een gewei naar beneden zag duiken, terwijl andere om de ruimte dansten en krioelden. Ayla rukte de speren uit hun houders en liet zich van het paard glijden. Zodra haar voeten de grond raakten, rende ze al. Een verwilderd kijkende eland zat vast in de klamme modder op de bodem van het gat en probeerde eruit te springen. Ze had haar doel bereikt. Deze keer stootte ze meteen raak. Ze stootte de zware speer diep in de hals van de eland en raakte een slagader. Het prachtige dier zakte op de bodem van de kuil in elkaar, zijn worsteling was voorbij.

Het was gebeurd. Klaar. Zo snel en zoveel gemakkelijker dan ze zich had voorgesteld. Ze hijgde. De voorbereiding had zoveel denken, zorgen, spanning en energie gevergd, dat het gemak waarmee ze de jacht had volbracht die niet had uitgeput. Ze moest zich wel uitleven. Ze was nog opgewonden en had geen gelegenheid gehad om af te reageren. Ze had niemand om het succes mee te delen.

'Whinney! Het is ons gelukt! Het is ons gelukt!' Het paard schrok op van haar gegil en haar heftige gebaren. Toen sprong ze op de rug van de merrie en joeg als een razende de vlakte over.

Met haar wapperende vlechten, ogen die gloeiden van opwinding en een waanzinnige glimlach op haar gezicht, leek ze wel een wilde. En des te angstaanjagender – als er iemand in de buurt was geweest om angst aan te jagen – doordat ze schrijlings op een wild dier zat waarvan de dolle blik en de in de nek gelegde oren blijk gaven van een razernij van een enigszins andere aard.

Ze maakten een wijde bocht en op de terugweg bracht ze het paard tot stilstand, liet zich naar beneden glijden en eindigde haar rondje met een sprint op haar eigen twee benen. Deze keer had ze alle reden om zwaar te hijgen toen ze in het modderige gat naar het dode dier keek.

Toen ze weer op adem was gekomen, trok ze de speer uit de hals van de eland en floot het paard. Whinney was nog steeds schichtig en Ayla probeerde haar met bemoedigende en vriendelijke gebaren te kalmeren. Ze leidde het paard naar de valkuil. Whinney was nog steeds prikkelbaar en zonder teugel of halster moest Ayla vleien en aandringen. Toen het paard eindelijk leek te bedaren, bond de vrouw de loshangende touwen van het tuig aan het gewei van de eland.

'Trekken, Whinney,' moedigde ze aan, 'net als met het blok hout.' Het paard kwam naar voren, voelde het trekken en stapte terug. Toen kwam ze, op verdere aansporingen opnieuw naar voren. Ze leunde in het tuig toen de touwen strak kwamen te staan. Terwijl

Ayla haar op alle mogelijke manieren hielp, trok Whinney de eland langzaam uit de kuil.

Ayla was opgetogen. Het betekende op z'n minst dat ze het vlees niet op de bodem van een smerige kuil hoefde uit te benen. Ze wist niet precies hoeveel Whinney nog meer bereid zou zijn te doen, ze hoopte dat het paard haar krachten zou lenen om de eland terug te slepen naar de vallei, maar ze zou rustig aan doen. Ze leidde de jonge merrie naar de waterkant, het gewei van de eland lostrekkend in het kreupelhout, pakte vervolgens de manden opnieuw in, zodat de een in de ander paste en bond ze op haar rug. Het was een onhandige last met de twee speren die recht omhoogstaken, maar met behulp van een groot rotsblok steeg ze op. Haar voeten waren bloot, maar ze sjorde haar bontomslag omhoog om hem uit het water te houden en dreef Whinney de rivier in.

Normaal was het een ondiep, breed, doorwaadbaar deel van de rivier, een van de redenen waarom de elanden de plek instinctief hadden uitgekozen om over te steken, maar door de regen was het waterpeil gestegen. Whinney slaagde erin op de been te blijven in de snelle stroming en toen de eland eenmaal in het water was, dreef hij gemakkelijk. Dat het dier door het water werd gesleept, had een voordeel waar Ayla nog niet bij had stilgestaan. Het spoelde de modder en het bloed weg, en tegen de tijd dat ze aan de overkant waren, was het karkas schoon.

Whinney stribbelde een beetje tegen toen ze het gewicht weer voelde, maar Ayla was inmiddels afgestegen en hielp de eland een eindje het strand op slepen. Vervolgens maakte ze de touwen los. De eland was weer een stap dichter bij de vallei, maar voor ze verdergingen, moest Ayla nog een paar dingen doen. Met haar scherpe vuurstenen mes sneed ze de keel van de eland open en maakte vervolgens een rechte snee van de anus omhoog langs de buik, borst en hals door naar de keel. Ze hield het mes vast met haar wijsvinger langs de rug en de snijrand omhoog, vlak onder de huid gestoken. Als de eerste snee zuiver was gemaakt, zonder in het vlees te snijden, ging het villen later veel gemakkelijker.

De volgende snee ging dieper, om de ingewanden te verwijderen. Ze maakte de bruikbare delen schoon en stak ze samen met de eetbare delen terug in de buikholte. Langs de binnenkant van een van de manden zat een grote van gras gevlochten mat gekruld. Ze rolde hem op de grond uit en schoof er toen duwend en kreunend de eland op. Ze vouwde hem over het karkas, omwikkelde hem stevig met touwen en maakte die aan de touwen van Whinneys tuig vast. Ze pakte de manden weer in, stak in elk een speer en zette de lange schachten stevig vast. Toen klom ze, nogal tevreden met zichzelf, op de rug van het paard.

Bij ongeveer de derde keer dat ze moest afstijgen om de last van de hinderlijke versperringen – graspollen, rotsen, kreupelhout – los te trekken, voelde ze zich niet meer zo tevreden. Ten slotte bleef ze gewoon naast het paard lopen en troonde haar met gevlei mee tot de opgebonden eland ergens achter bleef haken, en ging toen terug om hem los te trekken. Pas toen ze bleef staan om haar voetomhulsels weer om te doen, kreeg ze de meute hyena's in de gaten die haar volgde. De eerste stenen uit haar slinger vertelden de geslepen aaseters alleen maar wat haar bereik was en daar bleven ze net buiten.

Stinkende, lelijke beesten, dacht ze, terwijl ze haar neus optrok en huiverde van afkeer. Ze wist maar al te goed dat ze ook op jacht waren. Ayla had met haar slinger zo'n aaseter gedood en had haar geheim prijsgegeven. De groep wist dat ze jaagde en daar moest ze voor gestraft worden. Brun had geen keus; dat waren de regels van de Stam.

Hyena's irriteerden Whinney ook. Het was meer dan haar instinctieve vrees voor roofdieren. Ze had nooit de groep hyena's vergeten die haar had aangevallen toen Ayla haar moeder doodde en Whinney was heel gespannen. Het bleek een groter probleem te zijn om de eland naar de grot te brengen dan Ayla had voorzien. Ze hoopte dat het voor het vallen van de avond zou lukken.

Op een plek waar de rivier zich in een bocht terugslingerde, hield ze stil om te rusten. Het voortdurende stoppen en weer verdergaan was vermoeiend. Ze vulde haar waterzak en een grote, waterdichte mand met water en bracht die naar Whinney, die nog steeds vastzat aan de stoffige bundel met de eland. Ze haalde een reiskoek tevoorschijn en ging op een rots zitten om hem op te eten. Ze zat naar de grond te staren zonder die echt te zien en probeerde een gemakkelijker manier te bedenken om haar buit terug te krijgen naar de vallei. Het duurde een poosje voor het tot haar doordrong hoe de grond was omgewoeld, maar toen wekte het haar nieuwsgierigheid. De aarde was vertrapt, het gras was platgetreden en de sporen waren vers. Er had zich hier kortgeleden een grote opschudding voorgedaan. Ze stond op om de sporen nader te onderzoeken en paste geleidelijk aan de stukken van het verhaal in elkaar.

Afgaande op de sporen in de opgedroogde leem in de omgeving van de rivier bevonden ze zich in een sinds lang gevestigd territorium van holenleeuwen. Ze dacht dat er wel een kleine vallei in de buurt zou zijn met steile rotswanden en een knusse grot waar een leeuwin eerder in het jaar een paar gezonde welpen had geworpen. Dit was een favoriete rustplaats geweest. De welpen hadden speels om een bloederig stuk vlees gevochten, waar ze met hun melktandjes kleine stukjes van losscheurden, terwijl de verzadigde mannetjes zich lui in de ochtendzon koesterden en welgedane vrouwtjes toegeeflijk de spelende kleintjes in het oog hielden.

De reusachtige roofdieren waren heer en meester over hun domein. Ze hadden niets te vrezen, geen enkele reden om een aanval van hun prooi te verwachten. Elanden zouden onder normale omstandigheden nooit zo dicht in de buurt van hun natuurlijke vijand zijn afgedwaald, maar de joelende, gillende, vrouw op haar paard had hen tot paniek gedreven. De snelstromende rivier had de op hol geslagen kudde niet tegengehouden. Ze hadden zich naar de overkant gestort en voor ze het wisten, bevonden ze zich midden in een troep leeuwen. Beide waren volkomen overrompeld. De vluchtende elanden beseften te laat dat ze van het ene gevaar in een veel erger terecht waren gekomen en renden alle kanten op.

Ayla volgde de sporen en belandde bij het slot van het verhaal. Te laat om de vluchtende hoeven te ontduiken, was een van de welpen door de bange elanden vertrapt.

De vrouw knielde naast de jonge holenleeuw en voelde met de ervaren hand van een medicijnvrouw naar tekenen van leven. De welp voelde warm aan en had waarschijnlijk gebroken ribben. Hij was bijna dood, maar ademde nog. Uit de sporen in de aarde kon Ayla opmaken dat de leeuwin haar kleintje had gevonden en hem een duwtje met haar neus had gegeven dat hij overeind moest komen, maar dat had niet mogen baten. Toen had ze, getrouw aan de gewoonte van alle dieren, die de zwakken moeten laten sterven, wil de rest overleven, haar aandacht op haar overige kroost gericht en was verdergegaan.

Alleen bij het dier dat mens heette hing de overleving van meer af dan alleen van kracht en een goede conditie. De mensen, toch al nietig, in vergelijking met hun vleesetende concurrenten, waren afhankelijk van samenwerking en medeleven.

Arm kleintje, dacht Ayla. Je moeder kon je niet helpen, hè? Het was niet de eerste keer dat ze medelijden kreeg met een hulpeloos, gewond dier. Heel even overwoog ze om de welp mee terug te nemen naar de grot, maar wees het toen snel van de hand. Brun en Creb hadden haar, toen ze de geneeskunst leerde, toegestaan kleine gewonde dieren mee te nemen in de Stamgrot om ze te behandelen, hoewel het de eerste keer een hele opschudding had veroorzaakt. Maar het wolvenjong was Brun te ver gegaan. De leeuwenwelp was al bijna zo groot als een wolf. Op een dag zou hij bijna net zo groot zijn als Whinney. Ze kon geen jonge holenleeuw meenemen naar de grot.

Ze stond op, keek op het stervende leeuwtje neer, schudde het hoofd en maakte toen aanstalten om Whinney verder te leiden. Ze hoopte dat de lading die ze sleepte niet al te snel zou blijven steken. Toen ze op weg gingen, merkte Ayla op dat de hyena's aanstalten maakten hen te volgen. Ze strekte haar hand uit naar een steen en zag toen dat de meute was afgeleid. Dat was niet meer dan begrijpelijk. Dat was de plaats die de natuur hun had toegekend. Ze hadden het leeuwtje gevonden. Maar als het om hyena's ging, wilde Ayla het niet begrijpen.

'Maak dat je wegkomt, vuile stinkbeesten die jullie zijn! Laat dat kleintje met rust!'

Stenen slingerend rende Ayla terug. Een gejank liet haar weten dat een ervan doel getroffen had. De hyena's trokken zich weer buiten haar bereik terug toen de vrouw vol gerechtvaardigde toorn op hen afstormde.

Daar! Dat zal ze op een afstand houden, dacht ze terwijl ze wijdbeens boven de welp ging staan. Toen trok er een zure glimlach van ongeloof over haar gezicht. Wat doe ik nu? Waarom houd ik ze bij een leeuwenwelp vandaan die hoe dan ook doodgaat? Als ik hem aan de hyena's overlaat, vallen ze míj niet meer lastig.

Ik kan hem niet meenemen. Ik zou hem niet eens kunnen dragen. Niet het hele eind, tenminste. Ik moet die eland thuis zien te krijgen. Het is belachelijk om er over te denken.

O, ja? En als Iza mij nu eens had laten liggen? Creb zei dat ik door de geest van Ursus, of misschien door de geest van de Holenleeuw, op haar pad was gelegd, omdat niemand anders voor mij zou zijn blijven staan. Ze kon het niet aanzien dat iemand ziek of gewond was, zonder te proberen te helpen. Daarom was ze zo'n goede medicijnvrouw.

Ik ben medicijnvrouw. Ze heeft me opgeleid. Misschien is dit leeuwtje op mijn pad gelegd zodat ik hem zou vinden. De eerste keer, toen ik dat gewonde konijntje meenam naar de grot, zei ze dat je daaraan kon zien dat ik was voorbestemd om medicijnvrouw te worden. Nou, hier is een gewond kleintje. Ik kan het niet zomaar aan die gemene hyena's overlaten.

Maar hoe krijg ik dit kleintje naar de grot? Een gebroken rib zou, als ik niet oppas een long kunnen doorboren. Ik zal hem ergens in moeten wikkelen voor ik hem kan vervoeren. Met die brede riem die ik voor Whinneys trektuig heb gebruikt, zou het moeten gaan.

Ik heb nog wat bij me.

Ayla floot het paard. Vreemd genoeg bleef de last die Whinney sleepte nergens achter vastzitten, maar de jonge merrie was zenuwachtig. Ze voelde zich niet prettig in het territorium van holenleeuwen, want ook haar soort vormde hun natuurlijke prooi. Sinds de jacht was ze al overprikkeld en het feit dat ze iedere keer stopten om de zware last vrij te maken, die haar belemmerde, had haar er niet kalmer op gemaakt.

Maar omdat Ayla al haar aandacht bij de jonge holenleeuw had, sloeg ze geen acht op de noden van het paard. Toen ze de ribben van de jonge vleeseter had omwikkeld, was de enige manier die ze kon bedenken om hem naar de grot te krijgen, hem op Whinneys rug te leggen.

Dat was te veel voor het veulen. Toen de vrouw de grote kat optilde en probeerde hem op haar rug te leggen, steigerde de jonge merrie. In paniek bokte en schokte ze in een poging zich te ontdoen van de gewichten en toestanden die aan haar vastzaten, en steigerde toen de steppe over. De eland, in de grasmat verpakt, hobbelde en danste achter het paard aan en bleef toen achter een rots steken. De weerstand vergrootte Whinneys paniek en veroorzaakte een nieuwe dolle aanval van bokken.

Plotseling knapten de leren riemen en door de schok kiepten de draagmanden, topzwaar door de lange, zware speerschachten, om. Met open mond van verbazing zag Ayla het overspannen paard als een razende doorrennen. De inhoud van de draagmanden werd, op de stevig bevestigde speren na, over de grond gestrooid. De twee lange schachten, die nog steeds aan de draagmanden vastzaten, sleepten achter haar aan, met de punten naar beneden, zonder haar in haar vaart ook maar te hinderen.

Ayla zag de mogelijkheden meteen. Ze had haar hersens gepijnigd om een manier te bedenken om de eland en de jonge leeuw naar de grot te brengen. Maar het wachten tot Whinney wat was bedaard duurde wat langer. Ongerust dat het paard zichzelf zou bezeren, floot Ayla en riep. Ze wilde haar achternagaan, maar was bang om de eland of het leeuwtje aan de genade van de hyena's over te leveren. Het fluiten had inderdaad resultaat. Het was een geluid dat Whinney associeerde met genegenheid, veiligheid en aandacht. In een wijde boog kwam ze naar de vrouw terug.

Toen de uitgeputte en bezwete jonge merrie eindelijk dichterbij kwam, kon Ayla haar alleen maar opgelucht omhelzen. Ze maakte het tuig en de riem om haar buik los en onderzocht haar zorgvuldig, om zich ervan te vergewissen dat ze zich niet had bezeerd. Whin-

ney leunde tegen de jonge vrouw aan en maakte zachte hinnikge-
luidjes van ellende. Ze spreidde haar voorbenen, ademde moeizaam en sidderde.

'Rust maar, Whinney,' zei Ayla toen het paard ophield met beven
en kalmer leek te worden. 'Ik moet dit toch uitzoeken.'

Het kwam niet bij de vrouw op om boos te worden omdat het paard
had gesteigerd, was weggelopen en haar spullen had afgeworpen.
Ze beschouwde het dier niet als haar eigendom of haar slaaf. Whinney was eerder een vriendin, een metgezel. Als het paard in paniek
raakte, had het daar een goede reden voor. Er werd te veel van haar
gevraagd. Ayla vond dat ze moest leren hoe ver ze kon gaan, niet
moest proberen haar naar haar hand te zetten. Volgens Ayla hielp
het paard haar uit vrije wil en zij verzorgde Whinney uit liefde.

De jonge vrouw raapte wat ze van de inhoud van de manden kon
vinden op en zette toen het systeem van buikriem-mand-tuig weer
in elkaar. De twee speren zette ze vast op de manier waarop ze gevallen waren, met de punten naar beneden. De grasmat, die om de
eland gewikkeld had gezeten, maakte ze aan beide stokken vast,
zodat er een draagplateau tussen ontstond, achter het paard, maar
boven de grond. Ze snoerde de eland erop vast en bond toen voorzichtig het bewusteloze holenleeuwtje erop. Nu ze wat ontspannen
was, leek Whinney de riemen en het tuig meer te accepteren. Ze
bleef rustig staan terwijl Ayla het geheel bijstelde.

Toen de manden eenmaal op hun plaats zaten, controleerde ze het
leeuwtje nog een keer en klom op Whinneys rug. Op weg naar de
vallei was ze verbluft hoe efficiënt het nieuwe vervoermiddel was.
Nu alleen de uiteinden van de speren over de grond sleepten, geen
dood gewicht dat achter ieder obstakel bleef steken, kon het paard
de last veel gemakkelijker trekken, maar Ayla haalde pas opgelucht
adem toen ze bij de vallei en haar grot was.

Ze hield stil om Whinney wat rust te gunnen en controleerde het
jonge holenleeuwtje. Hij ademde nog steeds, maar ze wist niet zeker of hij wel in leven zou blijven. Waarom is hij op mijn pad gelegd, vroeg ze zich af. Meteen toen ze het leeuwtje zag, had ze aan
haar totem gedacht. Wilde de geest van de Holenleeuw dat ze voor
hem zorgde?

Toen viel haar een andere gedachte in. Als ze niet had besloten het
leeuwtje mee te nemen, was ze nooit op het idee van de slede gekomen. Had haar totem die manier uitgekozen om het haar te laten
zien? Was het een geschenk? Wat het ook was, Ayla was ervan
overtuigd dat het leeuwtje met een reden op haar pad was gelegd en
ze zou alles binnen haar vermogen doen om zijn leven te redden.

11

'Jondalar, omdat ik dat nou doe, hoef jij nog niet te blijven.'
'Wat brengt je op het idee dat ik alleen om jou blijf?' zei de oudere broer met meer irritatie dan hij had willen laten blijken. Hij had er niet zo lichtgeraakt over willen lijken, maar er school meer waarheid in Thonolans opmerking dan hij wilde toegeven.
Hij had het al verwacht, besefte hij nu. Hij wilde zichzelf alleen niet toestaan te geloven dat zijn broer werkelijk zou blijven en zich aan Jetamio zou binden. Toch was hij verrast over zijn onmiddellijke besluit ook bij de Sharamudiërs te blijven. Hij wilde niet alleen teruggaan. Het zou een heel eind zijn om zonder Thonolan te reizen, en er kwam nog iets bij, iets dat dieper ging. Dat had al eerder een onmiddellijke reactie opgeroepen, toen hij indertijd besloot samen met zijn broer een Tocht te maken.
'Je had niet met me mee moeten komen.'
Heel even vroeg Jondalar zich af hoe zijn broer kon weten wat hij dacht.
'Ik had al het gevoel dat ik nooit terug naar huis zou gaan. Niet dat ik verwachtte de enige vrouw te vinden van wie ik ooit kon houden, maar ik had een voorgevoel dat ik gewoon vol zou houden tot ik een reden vond om te stoppen. De Sharamudiërs zijn goede mensen – dat zal wel voor de meeste mensen opgaan als je ze eenmaal leert kennen. Maar ik heb er geen bezwaar tegen me hier te vestigen en een van hen te worden. Jij bent een echte Zelandoniër, Jondalar. Waar je ook bent, je zult altijd Zelandoniër blijven. Ergens anders zul je je nooit helemaal thuis voelen. Ga terug, broer. Maak een van die vrouwen die al jaren naar je snakken, gelukkig. Strijk je wilde haren glad, sticht een groot gezin en vertel de kinderen aan je vuurplaats alles over je lange Tocht en de broer die er is gebleven. Wie weet? Misschien besluit eentje van jou of eentje van mij op een dag een lange Tocht te maken om zijn verwanten te zoeken.'
'Waarom ben ik meer Zelandoniër dan jij? Wat brengt je op het idee dat ik hier niet net zo gelukkig zou kunnen zijn als jij?'
'Om te beginnen ben je niet verliefd. En al was je het wel, dan liep je nu plannen te maken om haar mee terug te nemen, niet om hier bij haar te blijven.'
'Waarom neem je Jetamio niet met ons mee terug? Ze is flink, resoluut, kan goed op zichzelf passen. Ze zou een goede Zelandonische

zijn. Ze jaagt zelfs met de besten van hen, ze zou zich uitstekend redden.'

'Ik wil er de tijd niet voor nemen, ik wil geen jaar verspillen aan de hele terugreis. Ik heb de vrouw gevonden met wie ik wil leven. Ik wil het kalmer aan gaan doen, haar een kans geven een gezin te stichten.'

'Waar is de broer gebleven die helemaal naar het eind van de Grote Moederrivier wilde trekken?'

'Daar kom ik nog wel eens. Dat heeft geen haast. Zo ver is het niet, dat weet je. Misschien ga ik met Dolando mee, de volgende keer dat hij zout gaat ruilen. Ik zou Jetamio mee kunnen nemen. Ik denk dat ze dat wel leuk zou vinden. Maar als ze lang van huis was, zou ze zich niet gelukkig voelen. Voor haar betekent het meer. Ze heeft haar eigen moeder nooit gekend, is zelf bijna gestorven aan de verlamming. Haar volk is belangrijk voor haar. Dat begrijp ik, Jondalar. Ik heb een broer die heel veel op haar lijkt.'

'Hoe kun je zo zeker van je zaak zijn?' Jondalar sloeg zijn ogen neer om de blik van zijn broer te ontwijken. 'Of hoe weet je zo zeker dat ik niet verliefd ben? Serenio is een heel mooie vrouw, en Darvo,' de lange blonde man glimlachte en de zorgrimpels op zijn voorhoofd trokken weg, 'heeft een man om zich heen nodig. Weet je, misschien wordt hij eens wel een goede steenklopper.'

'Grote broer, ik ken je al heel lang. Dat je met een vrouw samenwoont, wil niet zeggen dat je van haar houdt. Ik weet dat je op de jongen gesteld bent, maar dat is geen afdoende reden om hier te blijven en je aan zijn moeder te binden. Het is niet zo'n slechte reden om met iemand een verbintenis aan te gaan, maar niet om hier te blijven. Ga terug en zoek een oudere vrouw met een paar kinderen, als je dat wilt, dan weet je zeker dat je een vuurplaats vol kleintjes hebt om steenkloppers van te maken, maar ga terug.'

Voor Jondalar kon antwoorden, kwam er een jongen van een jaar of tien buiten adem op hen af hollen. Hij was lang voor zijn leeftijd, maar slank, met een mager gezicht en gelaatstrekken te fijn en teer voor een jongen. Hij had sluik lichtbruin haar en zijn lichtbruine ogen glansden van levendige intelligentie. 'Jondalar!' bracht hij hijgend uit. 'Ik heb je overal gezocht. Dolando is zover en de riviermannen wachten.'

'Zeggen ze wij komen, Darvo,' zei de lange blonde man in de taal van de Sharamudiërs. De knaap holde vooruit. De twee mannen maakten aanstalten hem te volgen, maar toen bleef Jondalar even staan.

'Goede wensen zijn toegestaan, broertje,' zei hij en zijn glimlach was het bewijs dat hij het meende. 'Ik kan niet zeggen dat ik niet had verwacht dat je het formeel zou houden. En je kunt die pogingen om van me af te komen wel opgeven. Het gebeurt niet elke dag dat je broer de vrouw van zijn dromen vindt. Ik zou het feest van de verbintenis niet willen missen voor de liefde van een donii.'

Thonolans grijns deed zijn hele gezicht opklaren. 'Weet je, Jondalar, dat dacht ik dat ze was toen ik haar voor het eerst zag, een heel mooie geest van de Moeder, die was gekomen om mijn Tocht naar de volgende wereld tot een genot te maken. En ik zou met haar meegegaan zijn, ook, zonder enige strijd... Dat zou ik nog steeds doen.'

Terwijl Jondalar achter zijn broer ging lopen, verschenen er rimpels in zijn voorhoofd. Hij vond het geen prettig idee dat zijn broer welke vrouw dan ook tot in haar dood zou volgen.

Het pad zigzagde door een donker beschaduwd bos langs een steile helling omlaag. Verderop werd het pad breder toen ze een stenen wand naderden die hen op de rand van een steile afgrond bracht. Op de rotswand was om de stenen wand heen moeizaam een pad uitgehakt dat breed genoeg was om ruimte te bieden aan twee mensen naast elkaar, hoewel niet met gemak. Jondalar bleef achter zijn broer lopen toen ze de wand passeerden. Hoewel ze bij de Sharamudiërs van Dolando's Grot hadden overwinterd, kreeg hij nog steeds een beklemmend gevoel in zijn maag als hij over de rand keek naar de diepe, brede Grote Moederrivier beneden. Maar ja, langs het onbeschermde pad lopen was beter dan de andere manier om er te komen.

Niet alle mensen die zich Grot noemden, woonden ook in grotten. Hutjes opgezet op open terrein waren heel normaal. Maar ze gaven de voorkeur aan het natuurlijke onderdak van rotsen en het werd hogelijk gewaardeerd, vooral gedurende de bittere winterkou. Een grot of een rotsoverkapping kon een plaats die men anders zou hebben versmaad, begerenswaardig maken. Ogenschijnlijk ononverkomelijke moeilijkheden werden vaak soepel overwonnen omwille van een dergelijk permanent onderdak. Jondalar had gewoond in grotten op steile rotsen met richels boven de afgrond, maar niet één had aan de woonstee van de Grot van de Shamudiërs kunnen tippen. In lang vervlogen tijden was het aardoppervlak, dat bestond uit sedimentair zandsteen, kalksteen en klei, omhooggeduwd tot bergtoppen die met ijs werden bedekt. Maar het hardere kristallijne gesteente, dat een product was van vulkanische uitbarstingen, vermengde zich met het zachtere gesteente. De hele vlakte waar de twee broers de afgelopen zomer doorheen waren getrokken, was eens een uitgestrekte binnenzee geweest, ingesloten door de bergen. Na eeuwen was er door de erosie van de zee een opening ontstaan in de bergketen die ooit de noordelijke en zuidelijke bergen verbond, met het gevolg dat de binnenzee was leeggestroomd.

Maar het gebergte had niet meer toegestaan dan een nauwe kloof, begrensd door onverzettelijke rotsen. De Grote Moederrivier, die haar Zuster en alle stroompjes en zijrivieren opnam in een geweldige rivier, stroomde door deze kloof. Over een afstand van bijna honderdvijftig kilometer vormden vier grote ravijnen de poort naar haar benedenloop en uiteindelijk haar bestemming. Op sommige plaatsen onderweg was ze meer dan een kilometer breed; op andere plaatsen minder dan honderd meter, tussen kale steile rotswanden.

In het langzame proces van het doorbreken van zo'n honderdvijftig kilometer gebergte ontstonden watervallen, poelen en meren waarvan vele hun sporen hadden achtergelaten. Hoog op de linkerwand, bij het begin van de eerste nauwe doorgang, was een ruime inham; een diep breed terras met een verrassend vlakke vloer. Het was eens een kleine baai geweest, de beschutte inham van een meer, uitgeslepen door de nooit aflatende getijdenstromen. Het meer was allang verdwenen en het inspringende U-vormige terras was achtergebleven, hoog boven de rivier, zo hoog dat zelfs overstromingen in de lente niet in de buurt van de rand kwamen.

Een groot, met gras begroeid veld liep tot aan de rand van de steile afgrond, hoewel de aarde, getuige een stel ondiepe kookkuilen die tot op de rots waren uitgegraven, niet diep ging. Ongeveer halverwege terug verschenen struiken en bomen. Ze klampten zich vast aan de oneffen wanden en klommen erlangs omhoog. Bij de achterwand groeiden de bomen tot een behoorlijke hoogte uit en het struikgewas werd dichter en klom langs de steile helling omhoog. Vlak erachteraan, in een zijwand, bevond zich de grote attractie van het hoge terras: een zandstenen overkapping die van onderen diep was uitgesleten. Eronder waren verschillende houten hutjes gebouwd die het stuk grond in eenheden verdeelden en er bevond zich een cirkelvormige open ruimte met een hoofdvuurplaats en een paar kleinere, die niet alleen dienstdeed als ingang, maar ook als verzamelplaats.

De lange, smalle waterval, in de hoek ertegenover, was een groot voordeel. Hij viel van een hoge rand, speels over een hele afstand, op spitse rotsen, voor hij over een kleinere zandstenen overkapping in een plas stroomde Hij liep langs de achterwand tot het uiteinde van het terras door, waar Dolando en verschillende andere mannen op Thonolan en Jondalar stonden te wachten.

Dolando riep hen aan toen ze om de hoek van de naar voren sprin-gende wand verschenen en begon aan de afdaling langs de rand. Jondalar liep op een sukkeldrafje achter zijn broer aan en kwam net bij de verre wand toen Thonolan aanstalten maakte een moeilijk begaanbaar pad langs het stroompje af te dalen, dat via een reeks terrassen naar de rivier beneden stroomde. Het pad zou op sommi-ge plaatsen onbegaanbaar zijn geweest, ware het niet dat men moeizaam smalle treden uit de rotsen had uitgehakt en die had voorzien van stevige touwleuningen. Desondanks maakten het om-laagstortende water en een voortdurende waternevel het verrader-lijk glad, zelfs 's zomers. 's Winters was het één massa ijspegels, en onbegaanbaar.

In de lente stond het pad vanwege de grotere hoeveelheid afvloei-ingswater onder en lag het vol ijsplekken, zodat het moeilijk was om op de been te blijven. Evengoed klauterden de Sharamudiërs – zowel de op gemzen jagende Shamudiërs als hun tegenhangers, de aan de rivier wonende Ramudiërs – er dan als de lenige, geitachtige antilopen die het steile gebied bevolkten, langs omhoog en omlaag. Toen Jondalar zijn broer het pad af zag dalen met de roekeloze ach-teloosheid van iemand die ervoor in de wieg was gelegd, bedacht hij dat Thonolan in een opzicht beslist gelijk had. Al woonde hij hier zijn hele leven, dan nog zou hij nooit wennen aan deze toe-gangsweg naar het hoge terras. Hij keek heel even naar het woelige water van de reusachtige rivier ver onder hem en kreeg het bekende holle gevoel in zijn maag. Toen haalde hij diep adem, zette zijn tan-den op elkaar en stapte over de rand.

Meer dan eens was hij dankbaar voor het touw, als hij zijn voet voelde uitglijden op onzichtbaar ijs en hij slaakte een diepe zucht toen hij bij de rivier was. Een drijvende aanlegsteiger van aan el-kaar gesjorde boomstammen die op de veranderende stroom dein-de, betekende in vergelijking hiermee een welkome stabiliteit. Op een verhoging die meer dan de helft van de steiger besloeg, bevond zich een reeks houten bouwsels ongeveer gelijk aan die onder de zandstenen overkapping boven.

Jondalar begroette verschillende bewoners van de woonboten ter-wijl hij over de aaneengesjorde houtblokken naar het eind van de steiger beende, waar Thonolan net in een van de boten stapte die daar aangemeerd lagen. Zodra hij aan boord stapte, duwden ze af en begonnen met lange riemen stroomopwaarts te roeien. Het ge-sprek werd tot een minimum beperkt. De diepe, sterke stroming werd voortgedreven door het smeltwater van de lente en terwijl de riviermannen roeiden, letten Dolando's mannen op voor drijvende rommel. Jondalar leunde achterover en merkte dat hij zat te peinzen over de unieke onderlinge verhoudingen bij de Sharamudiërs. De volken die hij had ontmoet hadden zich in verschillende richtingen gespecialiseerd en hij had zich dikwijls afgevraagd hoe dat zo was gekomen. Bij sommige waren de mannen gewend de ene taak op zich te nemen en hadden de vrouwen een andere, tot het werk zo aan het geslacht gebonden werd dat geen enkele vrouw de bezigheden verrichtte die werden beschouwd als mannenwerk en omgekeerd. Bij andere waren de taken meer verdeeld over de verschillende leeftijdsgroepen – jonge mensen deden het zwaardere werk en de ouderen deden de karweitjes die zittend konden worden gedaan. Bij sommige volken zorgden alleen de vrouwen voor de kinderen en bij andere lag de verantwoordelijkheid voor de opvoeding van de kleine kinderen bij de ouderen, zowel mannen als vrouwen. De specialisatie had zich bij de Sharamudiërs langs een andere lijn voltrokken. De Shamudiërs jaagden op gemzen en andere dieren in de hoge, steile rotsen en pieken van de bergen, terwijl de Ramudiërs zich specialiseerden in het jagen – want het leek meer op jagen dan op vissen – op de reuzensteur – die wel negen meter lang kon worden – in de rivier. Ze visten ook op baars, snoek en grote karpers. Deze arbeidsverdeling had ertoe kunnen leiden dat ze zich in twee verschillende stammen hadden opgesplitst, ware het niet dat ze bijeen werden gehouden omdat ze elkaar nodig hadden.

De Shamudiërs hadden een procédé ontwikkeld om prachtig, fluweelzacht leer te maken van gemzenvellen. Het was zo uniek dat stammen in de streek van verre hun goederen ervoor kwamen ruilen. Het procédé was een zorgvuldig bewaard geheim, maar Jondalar was te weten gekomen dat de oliën van bepaalde vissen eraan te pas kwamen. Het gaf de Shamudiërs een belangrijke reden om een nauwe band met de Ramudiërs instand te houden. Anderzijds werden boten gemaakt van eikenhout, met wat beuken- en vurenhout dat werd gebruikt voor de bekleding en de lange planken voor de zijwanden werden vastgezet met taxis- en wilgenhout. De riviermensen hadden de kennis van het bos van de bergbewoners nodig om het juiste hout te vinden.

Binnen de stam van de Sharamudiërs had elke familie van de Shamudiërs zijn tegenhanger bij de Ramudiërs, waaraan hij verbonden was via complexe verwantschapslijnen. Jondalar was er nog steeds niet helemaal uit, maar als zijn broer met Jetamio verbonden was, zou hij plotseling begiftigd zijn met een twintigtal 'verwanten' onder beide groepen, die via Thonolans gezellin aan hem verwant waren, hoewel zij zelf geen levende bloedverwanten had. Hij kon bepaalde wederzijdse verplichtingen verwachten, hoewel dit voor hem weinig meer met zich mee zou brengen dan dat hij bepaalde beleefdheidstitels moest gebruiken als hij kennissen onder zijn nieuwe verwanten aansprak.

Als vrijgezel zou hij de vrijheid houden om te gaan wanneer hij dat wenste, maar ze zouden hem liever bij zich houden. De banden tussen de twee groepen waren zo sterk dat wanneer er overbevolking dreigde en een paar gezinnen van de Shamudiërs het besluit namen te verhuizen en een nieuwe grot te zoeken, het gezin van de Ramudiërs, dat familie was, meeverhuisde.

Er waren speciale riten om de banden over te dragen wanneer die familie niet wilde verhuizen en een andere wel. In principe konden de Shamudiërs echter doorzetten en dan waren de Ramudiërs verplicht te volgen omdat in zaken die het land betroffen de Shamudiërs het beslissingsrecht hadden. De Ramudiërs waren echter niet rechteloos. Ze konden weigeren hun verwanten van de Shamudiërs te vervoeren of te helpen bij het zoeken naar een geschikte plaats omdat zij de beslissingen namen over alles wat met het water te maken had. In de praktijk was het zo dat elke belangrijke beslissing, zoals bijvoorbeeld een verhuizing, gewoonlijk gezamenlijk werd genomen.

Er waren ook praktische en rituele banden gegroeid om de relaties te verstevigen. Vele hadden betrekking op de boten. Hoewel beslissingen aangaande de boten alleen werden genomen door de Ramudiërs, waren de boten mede-eigendom van de Shamudiërs die daardoor het profijt hadden van het gebruik. Ze gaven daar in ruil andere voordelen voor terug. Ook dat principe was veel ingewikkelder dan in de praktijk leek. Stilzwijgend werden, met wederzijds begrip en meestal zonder twistgesprekken, elkaars rechten, gebied en opinie gerespecteerd.

Het bouwen van boten was een gezamenlijke inspanning om de heel praktische reden dat er zowel producten van het land als kennis van het water voor nodig was en dat gaf de Shamudiërs zodoende een geldige aanspraak op de vaartuigen die de Ramudiërs gebruikten. Het ritueel versterkte deze band, aangezien niet één vrouw van beide helften een verbintenis kon aangaan met een man die niet een dergelijke aanspraak kon maken. Thonolan zou moeten helpen bij het bouwen, of verbouwen, van een boot voor hij zich met de vrouw die hij liefhad kon verbinden.

Ook Jondalar verheugde zich op het bouwen van de boot. De ongebruikelijke vaartuigen intrigeerden hem en hij vroeg zich af hoe ze werden gemaakt en hoe je ze moest voortstuwen en besturen. Hij had liever een andere reden gehad om erachter te komen dan zijn broers beslissing te blijven en zich aan een Sharamudische vrouw te binden. Maar vanaf het begin hadden deze mensen zijn belangstelling opgewekt. Het gemak waarmee ze over de grote rivier reisden en op de reusachtige steur jaagden, ging de vaardigheden van ieder volk waar hij ooit van had gehoord, te boven.

Ze kenden alle grillen van de rivier. Hij had maar nauwelijks de volle omvang kunnen overzien tot hij de hele breedte zag en de hoogste stand was nog niet bereikt. Maar op een boot was het niet zo duidelijk te zien. Tijdens de winter, wanneer het pad langs de waterval bevroren was en niet gebruikt kon worden en de Ramudiërs nog niet naar boven waren verhuisd naar hun verwanten bij de Shamudiërs, werd het verkeer tussen de beide groepen onderhouden door middel van touwen en grote gevlochten manden die tussen het terras van de Shamudiërs en de aanlegsteiger van de Ramudiërs werden opgehesen en neergelaten.

Toen hij en Thonolan die eerste keer aankwamen, was de waterval nog niet bevroren, maar zijn broer was niet in staat geweest om het gevaarlijke pad te beklimmen. Ze werden beiden in een mand omhooggetrokken.

Toen hij haar voor de eerste keer van die hoogte zag, kreeg Jondalar een idee van de uitgestrektheid van de Grote Moederrivier. Hij was wit weggetrokken en het hart bonsde hem in de keel toen hij daar beneden het water en de bergen om de rivier zag. Hij had er diep ontzag voor en was onder de indruk van de Moeder wier bronnen deze bewonderenswaardige rivier hadden geschapen.

Sindsdien had hij gezien dat er een langer, gemakkelijker, zij het minder spectaculair pad naar het hoge terras liep. Het was een deel van het pad dat van west naar oost over de bergpassen liep en aan het oostelijk einde van de kloof naar het brede rivierdal leidde. In het westen, in het hoogland en de heuvels, was het pad meer geaccidenteerd, maar op sommige plaatsen daalde het naar de oever van de rivier. Ze waren nu op weg naar zo'n plaats.

De boot stuurde al uit de vaargeul op een groepje mensen aan die opgewonden stonden te zwaaien op een strandje van grijs zand toen Thonolan om zich heen keek en zijn adem stokte.

'Jondalar, kijk!' Hij wees stroomopwaarts.

Er kwam, in een dreigende grootsheid, snel een grote, glinsterende ijsberg op hen af die de diepe geul in het midden van de rivier volgde. De doorschijnende randen, met de reflecterende kristallen, gaven de monoliet een fonkelende stralenkrans, maar het blauwgroene, donkere gedeelte onderin was één brok ijs.

De mannen die de boot roeiden veranderden heel bedreven de snelheid en de richting en legden de riemen stil om met grote onverschilligheid de glinsterende koude wand te zien passeren.

'Ga nooit met je rug naar de Moeder staan,' hoorde Jondalar de man voor hem zeggen.

'Ik denk dat de Zuster deze heeft gebracht, Markeno,' meende de man naast hem.

'Hoe kwam... groot ijs... hier, Carlono?' vroeg Jondalar hem.

'IJsberg,' zei Carlono, die hem eerst hielp met het woord. 'Die kan van een bewegende gletsjer zijn gekomen, daar in de bergen,' vervolgde hij, en omdat hij weer was gaan roeien wees hij met zijn kin over de schouder in de richting van de witte toppen. 'Of misschien is hij verder uit het noorden gekomen, met de Zuster mee. Die is dieper en heeft niet zoveel geulen, vooral niet in deze tijd van het jaar. De berg is veel groter dan je kunt zien. Het meeste zit onder water.'

'Bijna niet te geloven... ijsberg... zo groot, van zo ver gekomen,' zei Jondalar.

'We zien ze ieder voorjaar. Niet altijd zo groot. Maar het zal niet lang meer duren – het ijs wordt zacht. Een goede botsing en hij breekt. Stroomafwaarts ligt een rotsblok midden in de rivier, vlak onder het oppervlak. Ik denk niet dat de ijsberg door de kloof komt,' voegde Carlono eraan toe.

'Als wij ertegenaan waren gebotst, waren wij gebroken,' zei Markeno. 'Daarom moet je nooit met je rug naar de Moeder gaan staan.'

'Markeno heeft gelijk,' zei Carlono. 'Je moet altijd rekening met haar houden. Deze rivier kan je er soms op een onaangename manier aan herinneren dat je moet opletten.'

'Zo ken ik ook een paar vrouwen, jij niet, Jondalar?'

Jondalar moest opeens aan Marona denken. Uit de begrijpende glimlach van zijn broer leidde hij af dat Thonolan daar ook aan dacht. Hij had al een tijdje niet aan de vrouw gedacht die van plan was op de Zomerbijeenkomst een verbintenis met hem aan te gaan. Hij vroeg zich met een plotseling opkomend verlangen af of hij haar ooit weer zou zien. Het was een knappe vrouw. Maar dan is Serenio er ook nog, dacht hij. Misschien zou ik haar moeten vragen. In zeker opzicht is ze beter dan Marona. Serenio was ouder dan hij, maar hij voelde zich vaak aangetrokken tot oudere vrouwen. Waarom zou hij het niet doen, wanneer Thonolan het deed, en dan ook gewoon hier blijven?

Hoe lang zijn we al weg? Meer dan een jaar. We hebben Dalanars

Grot vorig voorjaar verlaten. En Thonolan gaat niet terug. Iedereen heeft het over hem en Jetamio. Misschien is het beter als je wacht, Jondalar, zei hij bij zichzelf. Je wilt de aandacht niet afleiden van hun dag... en Serenio zou wel eens kunnen denken dat hij pas later op het idee is gekomen... Later...

'Waar bleven jullie toch?' riep een stem van de oever. 'We staan al een tijd op jullie te wachten en we zijn via de omweg gekomen, langs het pad.'

'We moesten deze twee zoeken. Ik denk dat ze zich probeerden te verstoppen,' antwoordde Markeno lachend.

'Het is nu te laat om je te verstoppen, Thonolan. Dit meisje heeft je aan de haak geslagen,' zei een man van de oever en hij waadde achter Jetamio de rivier in om de boot vast te grijpen en te helpen hem op het strandje te trekken. Hij voerde een pantomime op alsof hij een harpoen uitgooide en hem naar achteren rukte om de haak vast te trekken.

Jetamio bloosde en glimlachte toen. 'Nou, je moet toegeven, Barono. Hij is een goede vangst.'

'Jij goede visser,' kaatste Jondalar terug. 'Eerder altijd hij wegkomen.'

Iedereen lachte. Hoewel hij de taal niet volledig beheerste, vonden ze het leuk dat hij meedeed aan het geplaag. Hij verstond het beter dan dat hij het sprak.

'Wat zou ervoor nodig zijn om een grote vis als jij te vangen, Jondalar?' vroeg Barono.

'Het juiste aas!' grapte Thonolan met een glimlach naar Jetamio.

De boot werd op het smalle strandje van gruizig zand getrokken en werd, nadat de inzittenden eruit waren geklommen, opgetild en een helling op gedragen naar een grote open plek midden in een dicht bos wintereiken. De plek werd kennelijk al sinds jaar en dag gebruikt. De grond lag bezaaid met blokken, stronken en restjes hout – de vuurplaats voor een groot afdak iets opzij, had geen gebrek aan brandhout – en toch lag een deel van het hout er al zo lang dat het vermolmd begon te raken. De werkzaamheden waren op verschillende plaatsen geconcentreerd en op elke plaats stond een half-afgebouwde boot.

Men liet de boot waarin ze waren aangekomen, op de grond zakken en de nieuwaangekomenen haastten zich naar de aanlokkelijke warmte van het vuur. Verschillende anderen hielden op met werken en kwamen bij hen staan. Een aromatische kruidenthee stoomde in een trog die uit een blok hout was uitgehold. Hij raakte snel leeg toen ze de kommen vulden. Er werden ronde stenen van de rivieroever opgestapeld en een doorweekte klont natte bladeren, waarin de soorten niet meer te herkennen waren, werd in een gootje achter het blok hout gelegd.

De trog werd flink aangesproken en zou net worden bijgevuld. Twee mensen rolden het grote blok hout om om de bladeren van het vorige zetsel eruit te kiepen, terwijl een derde de kookstenen in het vuur legde. Men zorgde dat de trog steeds vol thee stond, klaar wanneer iemand maar een kom wilde, en de kooksteentjes bleven in het vuur liggen om een kom op te warmen als de thee afkoelde. Na nog wat grappen en spottende opmerkingen, gemaakt aan het adres van het stel dat weldra de verbintenis zou aangaan, zetten de scheepsbouwers hun kommen van hout of strak gevlochten vezels neer en gingen zoetjesaan terug naar hun verschillende taken. Thonolan werd afgevoerd om zijn kennismaking met het bouwen van boten te beginnen met wat zwaar werk waar minder bij kwam kijken: het vellen van een boom.

Jondalar had een praatje gemaakt met Carlono, de leider van de Ramudiërs, over diens lievelingsonderwerp: boten, en hij had hem aangemoedigd met enige vragen. 'Van welk hout maak je goede boten?' had Jondalar gevraagd.

Carlono, die plezier had in de belangstelling van de onmiskenbaar intelligente jongeman, begon alles enthousiast uit te leggen.

'De groene eik is de beste. Hij is taai, maar soepel, sterk en niet te zwaar. Als het hout uitdroogt, verliest het zijn soepelheid, maar je kunt de boom in de winter kappen en een jaar, desnoods twee jaar bewaren, in een poel of een moeras. Maar dan wordt het wel doortrokken met water en moeilijk te verwerken en het wordt moeilijker om de boot in het water goed in balans te krijgen. Maar het is belangrijker om de goede boom uit te zoeken.' Carlono liep al pratend het bos in.

'Een grote?' vroeg Jondalar.

'Niet alleen de lengte is belangrijk. Voor de bodem en de kanten heb je lange rechte stammen nodig.' Carlono leidde de lange Zelandoniër naar een groepje dicht bij elkaar staande bomen. 'In dichte bossen worden de bomen lang om de zon te zoeken...'

'Jondalar!' De oudste broer keek verbaasd op bij het horen van Thonolans stem. Hij stond met nog een paar anderen om een reusachtige eik, omringd door andere hoge, rechte bomen waarvan de takken hoog aan de stam begonnen. 'Ben ik even blij je te zien! Je broertje zou wel wat hulp kunnen gebruiken. Weet je wel dat ik geen verbintenis kan aangaan voor er een nieuwe boot is gebouwd? En deze' – hij knikte veelbetekenend naar de hoge boom – 'moet worden omgehakt voor de "huidgangen", wat dat ook zijn. Moet je eens zien hoe groot die mammoet is! Ik wist niet dat bomen zo groot konden worden, het kost eeuwen om hem om te hakken. Grote broer, ik ben een oude man voor ik me gebonden heb.'

Jondalar glimlachte en schudde het hoofd. 'Huidgangen zijn de planken die de zijwanden van de grotere boten vormen. Als je Sharamudiër wilt worden, hoor je dat te weten.'

'Ik wil Shamudiër worden. De boten laat ik wel aan de Ramudiërs over. Gemzenjacht, daar heb ik verstand van. Ik heb vroeger al op steenbokken en moeflons gejaagd in de hoge weiden. Help je nou nog? We hebben alle spierkracht nodig die we kunnen krijgen.'

'Als ik die arme Jetamio niet wil laten wachten tot je een oude man bent, zal ik wel moeten. En trouwens, ik vind het wel interessant te zien hoe ze het doen,' zei Jondalar. Vervolgens draaide hij zich om naar Carlono en voegde er in de taal van de Sharamudiërs aan toe: 'Thonolan helpen hakken boom. Meer praten later?'

Carlono glimlachte instemmend en stapte toen achteruit om te zien hoe de eerste spaanders werden weggehakt. Maar hij bleef niet lang. Het zou bijna de hele dag duren voor de bosreus viel, en voor het zover was, zou iedereen zich eromheen verzamelen.

Door hoog te beginnen en naar omlaag te werken in een scherpe hoek die werd doorkruist door horizontale lagere sneden, werden kleine spaanders weggeslagen. De stenen bijlen beten niet diep in het hout. Het blad moest een zekere dikte hebben wilde het sterk genoeg zijn, en kon niet erg ver in het hout doordringen. Naarmate ze verder doordrongen tot de kern van de reusachtige boom, leek hij meer geknaagd dan gehakt, maar door iedere spaander die wegsprong vraten ze dieper in het hart van de oeroude reus.

De dag liep ten einde toen men Thonolan de bijl gaf. Met iedereen die aan het werk was geweest eromheen, gaf hij een paar laatste slagen en sprong achteruit toen hij het hoorde kraken en de massieve stam zag wankelen. De hoge eik tuimelde eerst langzaam en kreeg toen vaart in zijn val. Onder het afscheuren van takken van naburige reuzen en het meesleuren van kleinere bomen, donderde de mammoet van een oude boom, knappend en krakend in protest, met een klap op de grond. Hij veerde op, sidderde toen en lag stil.

Stilte heerste in het bos, als uit een diepe eerbied, zelfs de vogels waren stil. De majestueuze oude eik was geveld, gescheiden van zijn levende wortels, zijn stronk een open wond in de gedempte aardtinten van het bos. Toen knielde Dolando met stille waardigheid naast de rafelige stronk en groef met zijn blote hand een klein kuiltje. Hij liet er een eikel in vallen.

'Moge de gezegende Mudo ons geschenk aanvaarden en een andere boom leven schenken,' zei hij. Daarop bedekte hij het zaadje en goot er een kom water over.

De zon ging onder aan een nevelige horizon en veranderde de wolken in slierten goud toen ze het lange pad naar het hoge terras op gingen. Voor ze bij het eeuwenoude plateau kwamen, doorliepen de kleuren het spectrum van tinten goud en brons, dan rood, tot een diep paars. Toen ze de bocht langs de naar voren springende wand omgingen, werd Jondalar tot staan gebracht door de ongenaakbare schoonheid van het panorama dat zich voor hen uitstrekte. Hij deed een paar stappen langs de rand, deze ene keer te zeer in beslag genomen door het uitzicht om de steile afgrond op te merken. De Grote Moederrivier, kalm en vol, weerspiegelde de trillende lucht en de nu donkere schimmen van de afgeplatte bergen aan de overkant, haar gladde oppervlak een en al beweging van haar diepe stroming.

'Prachtig, hè?'

Bij het horen van de stem draaide Jondalar zich om en glimlachte tegen een vrouw die naast hem was komen staan. 'Ja, prachtig, Serenio.'

'Er is vanavond een groot feest om het te vieren dat Jetamio en Thonolan de verbintenis willen aangaan. Iedereen wacht, dus kom nu maar.'

Ze maakte aanstalten om te gaan, maar hij pakte haar hand en hield haar bij zich. Hij zag hoe de laatste stralen van de ondergaande zon in haar ogen werden weerkaatst.

Ze had iets meegaands, een tijdloze aanvaarding die niets met leeftijd te maken had. Ze was maar een paar jaar ouder dan hij. En het was ook geen kwestie van toegeven. Het was eerder zo dat ze geen eisen stelde, geen verwachtingen koesterde. De dood van haar eerste metgezel, van een tweede geliefde voor er tijd was om zich aan elkaar te binden, en de miskraam van een tweede kind dat de verbintenis zou hebben gezegend, had haar gehard met verdriet. Door met haar verdriet te leren leven, had ze een vermogen ontwikkeld om de pijn van anderen over te nemen. Wat hun verdriet of teleurstelling ook was, de mensen wendden zich tot haar en als ze weggingen, waren ze altijd opgelucht, omdat ze hun geen verplichting oplegde in ruil voor haar medeleven. Vanwege haar kalmerende invloed op radeloze naasten of angstige patiënten, assisteerde ze vaak de Shamud en door haar omgang met hem had ze een zekere mate van medische bekwaamheid opgedaan. Zo had Jondalar haar voor het eerst leren kennen, toen ze de genezer hielp Thonolan te verplegen. Toen zijn broer weer op de been was, en voldoende her-

220

steld om bij de vuurplaats van Dolando en Roshario, en vooral Jetamio, in te trekken, was Jondalar ingetrokken bij Serenio en haar
zoon Darvo. Hij had niet gevraagd of het mocht. Dat had ze ook
niet van hem verwacht.

Haar ogen leken altijd te spiegelen, dacht hij, terwijl hij zich voor-
overboog om haar licht te kussen ter begroeting voor ze op weg ging
in de richting van het gloeiende vuur. Hij doorgrondde ze nooit. Hij
duwde een onwelkome gedachte dat hij daar dankbaar om was, weg.
Ze stelde hem in emotioneel opzicht geen eisen. Het was alsof ze
hem beter kende dan hij zichzelf kende, alsof ze zijn onvermogen
kende om zich totaal te geven, om verliefd te worden, net als Thonolan. Ze leek zelfs te weten dat zijn manier om het gebrek aan emotionele diepgang goed te maken eruit bestond haar met zo'n uitgelezen
techniek lichamelijk te bevredigen dat het haar de adem benam. Ze
aanvaardde het zoals ze de zwartgallige buien die hij af en toe had,
aanvaardde zonder hem op te zadelen met een schuldgevoel daar-
over.

Ze was niet echt gereserveerd – ze glimlache en praatte vlot en gemakkelijk – alleen kalm en niet helemaal genaakbaar. Alleen als ze
naar haar zoon keek, ving hij heel even een glimp op van iets meer.
'Waar bleven jullie toch?' zei de jongen opgelucht toen hij hen zag
komen. 'We zitten klaar om te eten, maar iedereen heeft op jullie
gewacht.'

Darvo had Jondalar en zijn moeder samen gezien aan de rand van
het ravijn, maar wilde hen niet storen. Aanvankelijk had het hem
niet lekker gezeten dat hij zijn moeders onverdeelde aandacht aan
de vuurplaats moest delen. Maar hij kwam er algauw achter dat hij
niet zozeer zijn moeders tijd moest delen als wel dat hij nu iemand
anders had die aandacht aan hem schonk. Jondalar praatte met
hem, vertelde hem over zijn avonturen op zijn Tocht, wisselde met
hem van gedachten over de jacht en de gewoonten van zijn volk en
luisterde met ongeveinsde belangstelling naar hem. Opwindender
nog, Jondalar was begonnen hem enige technieken te laten zien om
gereedschap te maken, iets dat de jongen had opgepikt met een
aanleg die hen allebei verbaasde.

De knaap was dolgelukkig geweest toen Jondalars broer had besloten zich aan Jetamio te binden en te blijven, want hij hoopte vurig
dat dat misschien zou betekenen dat Jondalar zou besluiten te blijven en zich aan zijn moeder te binden. Hij was ertoe overgegaan
heel bewust uit de buurt te blijven als ze samen waren en probeerde
zo op zijn eigen manier hun verhouding niet in de weg te staan. Hij
besefte niet dat hij die hoogstens aanmoedigde.

In feite speelde Jondalar de hele dag al met het idee. Hij merkte dat hij Serenio zat te taxeren. Haar haar was lichter dan dat van haar zoon, meer donkerblond dan bruin. Ze was niet mager, maar zo lang dat ze wel die indruk maakte. Ze was een van de weinige vrouwen die hij was tegengekomen, die tot aan zijn kin kwam, en dat vond hij een prettige lengte. Er was een sterke gelijkenis tussen moeder en zoon, tot het lichtbruin van hun ogen aan toe, hoewel de zijne haar onverstoorbaarheid misten en de fijne gelaatstrekken haar heel mooi stonden.

Je zou gelukkig kunnen zijn met haar, dacht hij. Waarom vraag je haar niet gewoon? En op dat ogenblik wilde hij haar werkelijk hebben, wilde hij met haar samenleven.

'Serenio?'

Ze keek hem aan en werd vastgehouden door de magnetische aantrekkingskracht van zijn ogen. Zijn behoefte, zijn verlangen concentreerde zich op haar. De kracht van zijn uitstraling – onbewust en daardoor des te sterker – overrompelde haar ongemerkt en brak door de verdediging die ze zo zorgvuldig had opgetrokken om pijn te vermijden. Ze was open, kwetsbaar, haast tegen haar wil aangetrokken.

'Jondalar...' Haar aanvaarding sprak impliciet uit het timbre van haar stem.

'Ik... vandaag veel denken.' Hij worstelde met de taal. Hij kon de meeste begrippen onder woorden brengen, maar hij had moeite een manier te vinden om zijn gedachten uit te spreken. 'Thonolan... mijn broer... Trekken samen ver. Nu hij houden van Jetamio, hij willen blijven. Als jij... willen...'

'Vooruit, jullie twee. Iedereen heeft honger en het eten is...' Thonolan maakte zijn zin niet af toen hij hen dicht bij elkaar zag staan, verzonken in de diepte van elkaars ogen. 'Eh... neem me niet kwalijk, broer. Ik geloof dat ik iets moois heb verstoord.'

Ze weken uiteen. Het juiste ogenblik was voorbij. 'Het geeft niet, Thonolan. We horen niet iedereen te laten wachten. We kunnen later praten,' zei Jondalar.

Toen hij Serenio aankeek, leek ze verrast, in de war, alsof ze niet wist wat haar was overkomen en ze had moeite haar kalmte te bewaren.

Ze liepen het terrein onder de zandsteenoverkapping op en voelden de warmte van het grote vuur in de centrale vuurplaats. Bij hun verschijning zocht iedereen een plekje om Thonolan en Jetamio heen, die op een open plek in het midden, achter het vuur stonden. Het Feest van de Belofte luidde een rituele periode in die ten slotte zou uitmonden in de Verbintenisceremonie. Gedurende de tussenliggende tijd zouden omgang en contact tussen het jonge paar sterk verminderd worden.

De mensen vormden een ruimte vol warmte, doortrokken van een gevoel van saamhorigheid om de twee jonge mensen heen. Deze pakten elkaar bij de hand en daar ze alleen volmaaktheid zagen in elkaars ogen, wilden ze hun vreugde aan de wereld verkondigen en hun belofte aan elkaar bevestigen. De Shamud stapte naar voren. Jetamio en Thonolan knielden zodat de genezer en geestelijk leider hun elk een kroon van pasuitbottende meidoorn op het hoofd kon zetten. Ze werden, nog steeds hand in hand, drie keer om het vuur en de verzamelde menigte geleid en vervolgens terug naar hun plaats, waarmee een cirkel werd gesloten die de Grot van de Sharamudiërs met hun liefde omvatte.

De Shamud draaide zich naar hen toe en sprak met opgeheven armen: 'Een cirkel begint en eindigt op dezelfde plaats. Het leven is een cirkel die begint en eindigt bij de Grote Moeder, de Eerste Moeder, die in haar eenzaamheid al het leven geschapen heeft.' De resonerende stem droeg gemakkelijk over de stilgevallen menigte en de knetterende vlammen. 'De Gezegende Mudo is ons begin en ons einde. Van Haar komen we, tot Haar keren we terug. In alle opzichten zorgt Zij voor ons. Wij zijn haar kinderen, al het leven ontspringt uit Haar. Ze geeft vrijelijk van Haar overvloed. Uit Haar lichaam halen we wat ons in leven houdt: voedsel, water en beschutting. Uit Haar Geest komen gaven van wijsheid en warmte: talenten en vaardigheden, vuur en vriendschap. Maar de grotere gaven komen van Haar allesomvattende liefde.

De Grote Aardmoeder schept vreugde in het geluk van Haar kinderen. Ze schept genot in onze genoegens, en daarom heeft Zij ons Haar wonderbare Gave van Genot geschonken. Wij eren Haar, wij betonen Haar eerbied wanneer wij Haar Gave delen. Maar de Gezegenden onder ons heeft Zij Haar grootste Gave geschonken. Hun heeft Ze begiftigd met Haar eigen wonderbaarlijke vermogen om Leven te schenken.' De Shamud keek de jonge vrouw aan.

'Jetamio, jij behoort tot de Gezegenden. Als je Mudo in alle opzichten eert, kun je begiftigd worden met de Gave van Leven van de Moeder, en een kind baren. Maar de geest van het leven dat je voortbrengt, komt alleen van de Grote Moeder.'

'Thonolan, wanneer je de verplichting op je neemt om voor iemand anders te zorgen, dan word je gelijk Zij die voor ons allen zorgt. Door Haar zo te eren, kan Zij ook jou begiftigen met een scheppend vermogen, zodat een kind voortgebracht door de vrouw voor wie je zorgt, of door een van de andere Gezegenden van Mudo, het kind van jouw geest kan zijn.' De Shamud keek op naar de hele groep.

'Elk van ons eert, als we van elkaar houden en voor elkaar zorgen, de Moeder en is gezegend met Haar vruchtbaarheid.'

Thonolan en Jetamio glimlachten naar elkaar en gingen, toen de Shamud achteruitstapte, op gevlochten matten zitten. Dat was het teken dat het feestmaal kon beginnen. Men bracht het jonge paar eerst een licht gegiste drank gemaakt van paardebloemen en honing, die men had laten rijpen sinds de laatste nieuwe maan. Vervolgens werd de drank aan iedereen doorgegeven.

Geuren om van te watertanden deden iedereen beseffen hoe hard ze die dag hadden gewerkt. Zelfs degenen die waren achtergebleven op het hoge terras, hadden het druk gehad, zoals duidelijk bleek toen het eerste heerlijk aromatische gerecht werd aangedragen. Op een plank gestoken houting, die die ochtend in de visfuiken was gevangen en bij het open vuur was gebakken, werd Thonolan en Jetamio aangeboden door Markeno en Tholie, hun verwanten bij de Ramudiërs. Scherpe witte klaverzuring, die was gekookt en tot moes was gestampt, werd als saus opgediend.

De smaak was nieuw voor Jondalar, maar het was er een die hem onmiddellijk aanstond. Hij vond het een geweldige aanvulling op de vis. Mandjes met kleine eetbare vruchten werden doorgegeven om het gerecht te completeren. Toen Tholie ging zitten, vroeg hij haar wat het waren.

'Beukennootjes, die we afgelopen herfst hebben verzameld,' zei ze, en ze legde vervolgens uit hoe ze met scherpe stenen mesjes de taaie schil eraf haalden en ze dan voorzichtig roosterden door ze met hete kolen in platte manden te schudden. Door ze steeds te bewegen voorkwam je dat ze aanbrandden en ten slotte werden ze door zeezout gerold.

'Tholie heeft het zout meegebracht,' zei Jetamio. 'Het was een deel van haar bruidsschat.'

'Veel Mamutiërs bij zee wonen, Tholie?' vroeg Jondalar.

'Nee, wij woonden in een van de kampen het dichtst bij de Zwarte Zee. De meeste Mamutiërs wonen verder naar het noorden. De Mamutiërs zijn mammoetjagers,' zei ze vol trots. 'We trokken ieder jaar naar het noorden voor de jacht.'

'Hoe jij Mamutiër-vrouw verbintenis aangaan?' vroeg de Zelandoniër aan Markeno.

'Ik heb haar ontvoerd,' antwoordde hij met een knipoog naar de mollige jonge vrouw.

Tholie glimlachte. 'Dat klopt,' zei ze. 'Natuurlijk was het allemaal afgesproken.'

'We hebben elkaar leren kennen toen ik meeging op een handelsexpeditie naar het oosten. We reisden helemaal tot aan de delta van de Moederrivier. Het was mijn eerste tocht. Het kon me niet schelen of ze Sharamudische was of Mamutische, ik wilde niet teruggaan zonder haar.' Markeno en Tholie vertelden over de moeilijkheden die hun verlangen om een verbintenis aan te gaan, had veroorzaakt. Er waren lange onderhandelingen voor nodig geweest om alles naar tevredenheid te regelen. Toen had hij haar nog moeten 'ontvoeren' om bepaalde gebruiken te omzeilen. Ze was maar al te graag bereid geweest, de verbintenis had niet kunnen worden voltrokken zonder haar toestemming. En er waren precedenten. Dergelijke verbintenissen waren weliswaar niet gebruikelijk, maar ze hadden zich wel vaker voorgedaan.

Er waren maar weinig nederzettingen en ze lagen zo ver uit elkaar dat de mensen maar zelden elkaars gebied schonden en dat maakte het zeldzame contact met een vreemde tot een nieuwtje. De mensen waren gewoonlijk niet vijandig, al waren ze eerst wat voorzichtig, maar over het algemeen was men welkom. De meeste volken die van de jacht leefden, waren gewend grote afstanden af te leggen en volgden in het seizoen regelmatig de trekkende kudden. Velen waren gewend Tochten te maken.

Er ontstonden eerder wrijvingen tussen mensen die elkaar goed kenden. Vijandelijkheden, voorzover ze voorkwamen, richtten zich op leden van de eigen Stam. Driftkoppen werden in toom gehouden door gedragsregels en het werd bijna altijd geregeld door rituele gebruiken, hoewel deze wel werden aangepast.

De Sharamudiërs en de Mamutiërs onderhielden goede handelsbetrekkingen en er waren overeenkomsten in gebruiken en taal. Voor de eerstgenoemden was de Grote Aardmoeder Mudo, voor de laatstgenoemden was ze Mut, maar ze was nog steeds de Godheid, Oorspronkelijke Stammoeder en Eerste Moeder.

De Mamutiërs waren een volk met een sterk gevoel van eigenwaarde, maar ze waren openhartig en vriendelijk. Als groep kenden ze geen vrees. Zij waren per slot van rekening de mammoetjagers. Ze waren vrijpostig, zelfverzekerd, een beetje naïef en ervan overtuigd dat iedereen zich aan hen aanpaste. Hoewel de discussies Markeno eindeloos hadden geleken, was het geen onoverkomelijk probleem geweest om de verbintenis te regelen.

Tholie was zelf een typisch voorbeeld van haar volk, vriendelijk en zelfverzekerd. Ze mochten haar wel. Er waren echt maar weinig mensen die weerstand konden bieden aan haar openhartige uitbundigheid. Er was ook niemand die het haar kwalijk nam als ze de meest persoonlijke vragen stelde, omdat men wel wist dat er geen kwade bedoelingen achter staken. Ze was gewoon geïnteresseerd en zag geen reden haar nieuwsgierigheid te bedwingen.

Er kwam een meisje aan met een kind in haar armen. 'Shamio is wakker geworden, Tholie. Ik geloof dat ze honger heeft.'

De moeder knikte om haar te bedanken en legde de baby aan haar borst met nauwelijks een onderbreking in het gesprek of het maal. Andere kleine hapjes werden doorgegeven: ingemaakte zaden van de es – op pekel gezet – en verse aardakers. De kleine knolwortel leek op wilde wortel, een zoete aardvrucht die Jondalar wel kende. Hij smaakte eerst vreemd; de hete, radijsachtige nasmaak was een verrassing. De pittige smaak werd door de Stam bijzonder gewaardeerd, maar hij kon niet zeggen of hij het lekker vond of niet. Dolando en Roshario brachten het volgende geschenk voor het jonge paar, een aromatische gemzenpeper en een donkerrode wijn van blauwe bosbessen.

'Ik vond de vis al heerlijk,' zei Jondalar tegen zijn broer, 'maar deze peper is ongelooflijk!'

'Jetamio zegt dat het een traditioneel gerecht is. Het wordt gekruid met de gedroogde blaadjes van de gagel. De bast wordt gebruikt om de gemzenhuiden te looien. Daar krijgen ze die gele kleur van. Het groeit op moerasgrond, vooral daar waar de Zuster uitkomt in de Moeder. Ik heb geluk gehad dat ze erop uit waren getrokken om het te verzamelen, afgelopen herfst, anders hadden ze ons nooit gevonden.'

Jondalar fronste zijn voorhoofd bij de herinnering aan die gelegenheid. 'Je hebt gelijk, we hebben inderdaad geluk gehad. Ik wilde nog steeds dat ik deze mensen op de een of andere manier kon belonen.' Er kwamen nog meer rimpels in zijn voorhoofd toen hij eraan dacht dat zijn broer een van hen zou worden.

'Deze wijn is Jetamio's bruidsgave,' zei Serenio.

Jondalar strekte zijn hand uit naar zijn kom, nam een slok en knikte. 'Lekker. Veel lekker.'

'Erg lekker,' verbeterde Tholie. 'Hij is erg lekker.' Ze had geen scrupules om zijn taalgebruik te verbeteren. Ze had zelf nog wat problemen met de taal en nam aan dat hij die liever goed sprak.

'Erg lekker,' herhaalde hij glimlachend tegen de kleine, gedrongen jonge vrouw met de zuigeling aan haar zware borst. Haar openhartige eerlijkheid en haar extraverte aard, die zo gemakkelijk de verlegenheid en geslotenheid van anderen overwon, stonden hem aan.

Hij wendde zich tot zijn broer. 'Ze heeft gelijk, Thonolan. Deze wijn is erg lekker. Zelfs moeder zou het daarmee eens zijn, en niemand maakt betere wijn dan Marthona. Ik denk dat Jetamio bij haar in de smaak zou vallen.' Jondalar wenste plotseling dat hij dat niet had gezegd. Thonolan zou zijn gezellin nooit meenemen om zijn moeder te ontmoeten, waarschijnlijk zou hij Marthona nooit meer zien.

'Jondalar, jullie moesten eigenlijk Sharamudisch spreken. Als jullie Zelandonisch spreken, kan verder niemand jullie verstaan, en je leert het veel sneller als je jezelf dwingt het steeds te spreken,' zei Tholie terwijl ze zich bezorgd naar voren boog. Ze had het gevoel dat ze uit ervaring sprak.

Jondalar was verlegen, maar hij kon niet boos zijn. Tholie meende het zo oprecht en het was ook onbeleefd van hem geweest in een taal te spreken die verder niemand verstond. Hij werd rood, maar glimlachte.

Tholie merkte Jondalars verlegenheid op. Ze was weliswaar openhartig, maar niet gevoelloos. 'Waarom leren we elkaars taal niet? Als we niemand anders hebben om af en toe mee te praten, vergeten we die van onszelf misschien nog. Het Zelandonisch klinkt zo melodieus dat ik het dolgraag zou willen leren.' Ze glimlachte tegen Jondalar en Thonolan. 'We zullen er elke dag wat tijd aan besteden,' verklaarde ze, alsof iedereen het er al mee eens was.

'Tholie, jij wilt misschien wel Zelandonisch leren, maar zij willen misschien geen Mamutisch leren,' zei Markeno. 'Heb je daar wel aan gedacht?'

Het was haar beurt om te blozen. 'Nee, dat heb ik niet,' zei ze tegelijk verbaasd en teleurgesteld toen het tot haar doordrong hoe aanmatigend ze zich had gedragen.

'Nou, ik wil Mamutisch en Zelandonisch leren. Ik vind het een goed idee,' zei Jetamio ferm.

'Ik ook, vinden goede idee, Tholie,' zei Jondalar.

'Wat een mengelmoes vormen we samen. De Ramudische helft is voor een deel Mamutisch en de Shamudische helft wordt voor een deel Zelandonisch,' zei Markeno en hij glimlachte teder tegen zijn gezellin. De genegenheid voor elkaar was duidelijk. Ze vormen een goed paar, dacht Jondalar, hoewel hij het niet kon laten te glimlachen. Markeno was net zo lang als hij, maar niet zo gespierd en als ze samen waren viel hun verschil in lichaamsbouw nog meer op. Tholie leek dan nog kleiner en ronder en Markeno langer en magerder.

'Kunnen er ook andere mensen met jullie meedoen?' vroeg Serenio. 'Ik zou het wel interessant vinden om Zelandonisch te leren, en ik denk dat het Mamutisch Darvo nog wel eens van pas zou kunnen komen als hij ooit op handelstochten wil gaan.'

'Waarom niet?' lachte Thonolan. 'Of je nou naar het oosten gaat of naar het westen, op een Tocht scheelt het als je de taal kent.' Hij keek zijn broer aan. 'Maar als je hem niet kent, weerhoudt dat je er niet van een mooie vrouw te begrijpen, hè Jondalar?' zei hij grijnzend in het Zelandonisch. 'Vooral niet als je grote blauwe ogen hebt.'

Jondalar glimlachte om de spottende opmerking van zijn broer. 'Moeten Sharamudisch spreken, Thonolan,' zei hij met een knipoog naar Tholie. Hij prikte met zijn mes een stuk groente uit zijn houten kom en hij vond het nog altijd een beetje vreemd om daar zijn linkerhand voor te gebruiken hoewel dat de gewoonte was bij de Sharamudiërs. 'Hoe heten?' vroeg hij haar. 'In Zelandonisch heten "paddestoel".'

Tholie vertelde hem het woord voor inktzwam in haar taal en in het Sharamudisch. Daarop spietste hij een groene stengel en hield die vragend op.

'Dat is de stengel van jonge klis,' zei Jetamio en ze besefte toen dat het woord zelf hem weinig zou zeggen. Ze stond op en liep naar de afvalhoop bij de kookplaats en bracht een paar verlepte, maar nog herkenbare bladeren mee terug. 'Klis,' zei ze terwijl ze hem de grote, donzige, grijsgroene bladeren liet zien die van de stelen waren gescheurd. Hij knikte begrijpend. Vervolgens hield ze hem een lang, breed, groen blad voor met een onmiskenbare geur.

'Dat is het! Ik wist dat er een bekende smaak aan zat die ik niet helemaal kon thuisbrengen,' zei hij tegen zijn broer. 'Ik wist niet dat knoflook zulke bladeren had.' Toen, weer tegen Jetamio: 'Hoe heten?'

'Daslook,' zei ze. Tholie had er geen woord voor in het Mamutisch, maar dat had ze wel voor het stukje gedroogd blad dat Jetamio daarna ophield.

'Zeewier,' zei ze. 'Dat heb ik meegebracht. Het groeit in zee en bindt de saus.' Ze probeerde het uit te leggen, maar ze wist niet of ze haar wel begrepen. Het werd aan de traditionele maaltijd toegevoegd omdat ze met het nieuwe paar nauwe relaties had en het een opvallende smaak en pittigheid had. 'Er is niet veel meer over. Het maakte deel uit van mijn bruidsschat.' Tholie legde de zuigeling over haar schouder en klopte haar op de rug. 'Heb je al je geschenk gegeven aan de Zegenboom, Tamio?'

Jetamio boog haar hoofd en glimlachte zedig. Het was een vraag die men gewoonlijk niet rechtstreeks stelde, maar niet al te bemoeiziek. 'Ik hoop dat de Moeder mijn verbintenis zal zegenen met net zo'n gezond en gelukkig kind als dat van jou, Tholie. Heeft Shamo genoeg gehad?'

'Ze zuigt gewoon voor de gezelligheid. Als ik haar haar gang laat gaan zuigt ze de hele dag door. Zou je haar even willen vasthouden? Ik moet even naar buiten.'

Toen Tholie terugkwam, was het gesprek op iets anders overgegaan. Ze nam haar kind weer over van Jetamio. Het eten was opgeruimd, er was meer wijn ingeschonken en iemand zat ritmes te oefenen op een enkelvellige trommel en woorden te improviseren bij een melodie. Thonolan en Jetamio gingen staan en probeerden hun weg naar buiten te vinden. Opeens kwamen verscheidene mensen breed grijnzend om hen heen staan.

Het was gebruikelijk dat het paar dat op het punt stond een verbintenis aan te gaan, het feestmaal vroeg verliet om nog even samen te kunnen zijn voor de scheiding die aan de verbintenis voorafging. Maar omdat ze de eregasten waren, konden ze met goed fatsoen niet weggaan zolang er nog iemand tegen hen praatte. Ze moesten proberen weg te komen op een moment dat niemand het merkte, maar dat wist natuurlijk iedereen. Het werd een spelletje en er werd van hen verwacht dat ze hun rol meespeelden; aanstalten maken om weg te komen terwijl iedereen de andere kant op kijkt en dan beleefd verontschuldigingen maken als ze betrapt worden. Na wat plagerijen en grappen zouden ze weg mogen gaan.

'Je hebt toch geen haast om weg te gaan?' werd Thonolan gevraagd.

'Het laat worden,' zei Thonolan ontwijkend en hij grijnsde.

'Het is nog vroeg. Neem nog wat, Tamio.'

'Ik hoef echt niet meer.'

'Een kom wijn dan, Thonolan. Je kunt toch geen kom van Tamio's heerlijke bosbessenwijn weigeren?'

'Nou... beetje.'

'Jij nog wat, Tamio?'

Ze kwam dichter bij Thonolan staan en wierp hem een veelbetekenende blik over haar schouder toe. 'Nog een slokje dan, maar dan zal iemand onze kommen moeten halen. Die staan daar.'

'Natuurlijk. Jullie wachten hier even, nietwaar?'

Terwijl een van hen de kommen ging halen, deed de rest alsof ze hem nakeken. Thonolan en Jetamio vluchtten het duister in, achter het vuur.

'Thonolan. Jetamio. Ik dacht dat jullie nog wat wijn met ons zouden drinken.'

'Dat doen we ook. We moeten gewoon even weg. Je weet hoe dat gaat na zo'n uitgebreide maaltijd,' legde Jetamio uit.

Jondalar, die dicht bij Serenio stond, wou het gesprek dat ze hadden afgebroken graag voortzetten. Ze genoten van de smoes. Hij boog naar haar toe om iets tegen haar te zeggen, haar te vragen ook weg te gaan zodra iedereen genoeg had van het spelletje en het jonge paar liet gaan. Als hij haar een voorstel wilde doen, moest het nu gebeuren, voor het weer moeilijker werd.

De stemming steeg, de blauwe bosbessen waren afgelopen herfst bijzonder zoet geweest en de wijn was sterker dan gewoonlijk. De mensen liepen lachend in het rond en plaagden Thonolan en Jetamio. Sommigen begonnen een vraag-en-antwoordlied. Iemand anders wou de saus weer warm maken en een ander zette water op voor thee nadat ze de laatste in een kom had geschonken. Kinderen, nog niet moe genoeg om te gaan slapen, zaten elkaar achterna. Door al die activiteiten ontstond enige verwarring.

Plotseling rende een gillend kind tegen een man op die niet al te stevig op zijn benen stond. Hij struikelde en botste tegen een vrouw die met een kom hete thee in haar handen liep juist toen een luid geschreeuw het paar begeleidde dat zich naar buiten haastte.

Niemand hoorde de eerste gil, maar het luide, indringende gejammer van een klein kind dat pijn had, maakte snel een eind aan alles. 'Mijn kindje! Mijn kindje! Ze heeft zich gebrand!' jammerde Tholie.

'Grote Doni!' bracht Jondalar hijgend uit terwijl hij met Serenio op de snikkende moeder en haar krijsende kind toe rende. Iedereen wilde helpen, allemaal tegelijk. De verwarring was nog erger dan eerst.

'Laat de Shamud erdoor. Opzij.' Serenio's aanwezigheid had een kalmerende invloed. De Shamud verwijderde snel de kleding van het kind. 'Koel water, Serenio, vlug! Nee! Wacht! Darvo, haal jij water. Serenio, de lindenbast, je weet waar die is?'

'Ja,' zei ze en ze rende weg.

'Roshario, is er heet water? Zo niet, zet dan wat op. We hebben een thee van lindenbast nodig en een lichter aftreksel als pijnstiller. Ze zijn allebei verbrand.'

Darvo kwam terugrennen met een bak water uit de vijver, dat over de randen klotste. 'Goed, zoon. Dat was vlug,' zei de Shamud met een waarderende glimlach en hij spatte het koele water toen met blote handen op de felle, rode brandwonden. Er begonnen blaren op te trekken. 'We hebben iets nodig om erop te leggen tot de thee klaar is, iets kalmerends.' De genezer zag een klisblad op de grond liggen en herinnerde zich het maal.

'Jetamio, wat is dit?'

'Klis,' zei ze. 'Dat zat in de peper.'

'Is er nog wat over? Het blad?'

'We hebben alleen de stengels gebruikt. Er ligt daar een hele stapel.'

'Haal ze!'

Jetamio rende naar de afvalhoop en kwam met twee handen vol afgescheurde bladeren terug. De Shamud doopte ze in het water en legde ze op de brandwonden van Tholie en haar kind. Het indringende gekrijs van de kleine bedaarde tot een hikkend gesnik, met af en toe een nieuwe stuiptrekking toen de kalmerende uitwerking van de bladeren zich begon te doen voelen. 'Het helpt,' zei Tholie. Pas toen de Shamud het zei, merkte ze dat ze zich had gebrand. Ze had zitten praten en de baby laten zuigen om haar rustig te houden. Toen de kokendhete thee over hen werd gemorst, was alleen de pijn van haar kind tot haar doorgedrongen. 'Wordt Shamio weer beter?'

'Er zullen blaren op de brandwonden komen, maar ik denk dat ze er geen littekens aan over zal houden.'

'O, Tholie, ik vind het zo naar,' zei Jetamio. 'Het is gewoon verschrikkelijk. Arme Shamio, en jij ook.'

Tholie probeerde het kind weer te laten drinken, maar de associatie met de pijn maakte dat ze zich ertegen verzette. Ten slotte woog de herinnerde troost zwaarder dan de pijn en haar gehuil verstomde toen ze begon te zuigen. Dit kalmeerde Tholie weer. 'Waarom zijn jij en Thonolan nog steeds hier, Tamio?' vroeg ze. 'Dit is de laatste avond dat jullie samen kunnen zijn.'

'Ik kan niet weggaan als jij en Shamio je bezeerd hebben. Ik wil helpen.'

Het kind begon weer onrustig te worden. De klis hielp, maar de brandplek deed nog steeds pijn.

'Serenio, is de thee klaar?' informeerde de genezer en hij verving de bladeren door nieuwe, die in het koele water lagen te weken.

'De lindenbast heeft lang genoeg getrokken, maar het duurt even voor het is afgekoeld. Als ik het buiten zet, koelt het misschien sneller af.'

'Koel! Koel!' riep Thonolan en hij sprong plotseling onder de beschuttende overkapping vandaan.

'Waar gaat hij heen?' vroeg Jetamio aan Jondalar.

De lange man haalde zijn schouders op en schudde zijn hoofd. Het werd duidelijk toen Thonolan buiten adem terugkwam met druipende ijspegels van de steile trap die naar de rivier leidde.

'Zou dat helpen?' vroeg hij terwijl hij ze liet zien.

De Shamud keek naar Jondalar. 'Die jongen is geweldig!' Er klonk iets van ironie in die woorden, alsof hij zo'n instelling niet had verwacht.

Dezelfde eigenschappen in lindenbast die de pijn verdoofden, maakten het ook werkzaam als kalmerend middel. Zowel Tholie als het kind sliep algauw. Men had Thonolan en Jetamio eindelijk overreed er een poosje samen tussenuit te gaan, maar alle luchthartige pret van het Feest van de Belofte was weg. Niemand wilde het zeggen, maar het incident had een schaduw van ongeluk over hun verbintenis geworpen.

Jondalar, Serenio, Markeno en de Shamud zaten bij de grote vuurplaats te genieten van de laatste warmte van de dovende as en dronken wijn. Ze spraken op zachte toon. Alle anderen sliepen en Serenio drong er bij Markeno op aan dat hij ook zijn slaapplaats opzocht.

'Je kunt verder niets doen, Markeno, er is geen enkele reden waarom je op zou blijven. Ik blijf bij hen, ga jij nou maar slapen.'

'Ze heeft gelijk, Markeno,' zei de Shamud. 'Ze komen er wel weer bovenop. Jij zou ook wat moeten rusten, Serenio.'

Ze maakte aanstalten om te gaan, evenzeer om Markeno aan te sporen als voor zichzelf. De rest stond ook op. Serenio zette haar kom neer, legde haar wang heel even tegen die van Jondalar en liep met Markeno naar de hutjes. 'Als er ook maar iets is, zal ik je wakker maken,' zei ze toen ze vertrokken.

Toen ze verdwenen waren, schepte Jondalar de laatste restjes van het gegiste bosbessensap in twee kommen en gaf de ene aan de raadselachtige figuur die daar in de stille duisternis zat te wachten. De Shamud nam hem aan, stilzwijgend begrijpend dat ze elkaar nog meer te zeggen hadden. De jonge man schraapte de laatste paar kolen bij elkaar op de rand van de zwartgeblakerde cirkel en gooide er hout op tot er een klein vuurtje gloeide. Ze zaten een poosje zwijgend wijn te drinken, gebogen boven de flakkerende warmte.

Toen Jondalar opkeek, namen de ogen waarvan de ondefinieerbare kleur in het licht van het vuur alleen maar donker was, hem kritisch op. Hij voelde de kracht en intelligentie, maar hij beantwoordde de blik zonder aarzeling. De knetterende, sissende vlammen wierpen bewegende schaduwen over het oude gezicht, waardoor de gelaatstrekken werden vervaagd, maar zelfs bij daglicht was Jondalar niet in staat geweest specifieke trekken te definiëren. Zelfs de leeftijd van de Shamud was een raadsel.

Er sprak kracht uit het gerimpelde gezicht en dat gaf het iets jeugdigs, hoewel de lange bos haar schrikbarend wit was. En terwijl het lichaam onder de wijde kleren mager en broos was, had de stap iets veerkrachtigs. Alleen de handen spraken ondubbelzinnig van een hoge leeftijd, maar ondanks hun jichtknobbels en blauwgeaderde perkamentachtige huid beefden ze niet toen de kom naar de mond werd gebracht.

De beweging verbrak het oogcontact. Jondalar vroeg zich af of de Shamud het opzettelijk had gedaan om de spanning 'die begon te groeien te verlichten. Hij nam een slok. 'Shamud goede genezer, hebben kunst,' zei hij.

'Het is de gave van Mudo.'

Jondalar spitste zijn oren of hij ook een of andere klank- of toonkleur kon horen die de androgyne genezer in de ene hoek of de andere zou plaatsen, alleen om zijn knagende nieuwsgierigheid te bevredigen. Hij was er nog steeds niet achter of de Shamud vrouw of man was, maar hij had wel de indruk dat de genezer, ondanks diens neutraliteit wat betreft geslacht, geen leven van onthouding had geleid. De vrolijke schimpscheuten gingen te vaak vergezeld van veelbetekenende blikken. Hij wilde het vragen, maar hij wist niet hoe hij het tactvol onder woorden kon brengen.

'Leven Shamud niet gemakkelijk, moeten veel opgeven,' probeerde Jondalar. 'Genezer ooit verbintenis willen maken?'

Heel even werden de ondoorgrondelijke ogen groter, toen barstte de Shamud in een sardonisch gelach uit. Jondalar kreeg het plotseling warm van verlegenheid.

'Wie had volgens jou mijn levensgezel moeten worden, Jondalar? Als jíj in mijn jonge jaren langs was gekomen, was ik misschien wel in de verleiding gekomen. Maar zou jij wel bezweken zijn voor mijn charmes? Als ik de Boom der Zegeningen een snoer kralen had gegeven, had ik je dan in mijn bed kunnen krijgen?' vroeg de Shamud, zedig het hoofd buigend. Even was Jondalar ervan overtuigd dat het een jonge vrouw was die sprak.

'Of had ik beter op mijn hoede moeten zijn? Je hebt een goede smaak; had ik je nieuwsgierigheid kunnen wekken naar een nieuw pleziertje?'

Jondalar bloosde, hij had zich zeker vergist. Toch werd hij op een vreemde manier aangetrokken door de zinnelijke, wellustige blik en de katachtige, lenige gratie die de Shamud toonde door even te verschuiven. Natuurlijk was de genezer een man, maar met een vrouwelijke smaak. Genezers gingen zowel van mannelijke als van vrouwelijke beginselen uit, dat gaf hun meer macht. Hij hoorde de sardonische lach weer.

'Maar als het leven van een genezer moeilijk is, dan is het nog erger voor de levensgezel. Die moet toch je eerste zorg zijn. Het zou bijvoorbeeld moeilijk zijn om iemand als Serenio midden in de nacht alleen te laten om een zieke te verzorgen en het eist lange perioden van onthouding...'

De Shamud boog voorover en praatte met hem van man tot man met een glans in zijn ogen bij de gedachte aan zo'n lieve vrouw als Serenio. Jondalar schudde verward zijn hoofd. Toen kreeg hij, door een schouderbeweging, weer een andere indruk van haar mannelijke eigenschappen. Een die hem buitensloot.

'... en ik weet niet of ik haar wel alleen zou willen laten, met zoveel begerige mannen om haar heen.'

De Shamud was een vrouw, maar niet een die hem ooit meer zou aantrekken dan een vriendin en dat was wederzijds. Het was zo, de kracht van de genezer kwam voort uit beide geslachten, maar ze was een vrouw met de smaak van een man.

De Shamud lachte weer en je kon daaraan niet horen welk geslacht ze had. De oude genezer ging door met een rustige blik die om menselijk begrip vroeg.

'Met wie zou je willen dat ik een verbintenis aanging, Jondalar? Een man of een vrouw? Sommigen proberen hoe dan ook een relatie aan te gaan, maar die duurt zelden lang. Gaven zijn geen pure zegeningen. Een genezer heeft geen identiteit, behalve in een bredere zin. De Shamud wist zichzelf uit om de essentie van allen op zich te nemen. Het heeft zijn voordelen, maar een verbintenis aangaan hoort daar gewoonlijk niet bij.

Wanneer je jong bent, hoef je er beslist niet naar te verlangen om voorbestemd te zijn. Het is niet eenvoudig om anders te zijn. Misschien wil je je identiteit niet verliezen. Maar dat doet er niet toe. Het is jouw lot. Er is geen andere plaats voor iemand die het wezen van zowel een man als een vrouw in zich draagt.'

In het dovende licht van het vuur zag de Shamud er zo oud uit als de aarde zelf, met ongerichte blik starend in de gloeiende as, als het ware een andere tijd en plaats ziend. Jondalar stond op om nog wat stukken hout te pakken en wekte het vuur weer tot leven. Toen de vlammen vat kregen, rechtte de genezer de rug en de ironische blik kwam weer terug.

'Dat doet er allemaal niet toe... Er zijn... compensaties geweest. Niet de minste daarvan is om je talent te ontdekken en kennis op te doen. Als de Moeder iemand tot Haar dienst roept, betekent dat niet alleen opoffering.'

'Bij Zelandoniërs niet allen die Moeder dienen, weten als jong, niet

allemaal als Shamud. Ik eens denken Doni dienen. Niet allen geroepen,' zei Jondalar en de Shamud verbaasde zich over de strakke
trek die om zijn lippen verscheen en de rimpels in zijn voorhoofd,
die getuigden van een verbittering die nog steeds stak. Er lag verdriet, diep begraven, in de lange jongeman die zo begunstigd leek.
'Dat is waar – niet allen die dat misschien zouden willen, worden
geroepen en niet allen die worden geroepen, hebben dezelfde talenten – of geneigdheid. Als je het niet zeker weet, dan zijn er manieren om het te ontdekken, om geloof en wil op de proef te stellen.
Voor je wordt geïnitieerd, moet je een tijd alleen doorbrengen. Dat
kan onthullend zijn, maar je kunt meer over jezelf aan de weet komen dan je wilt. Ik adviseer degenen die overwegen zich in dienst
van de Moeder te stellen, altijd om een poosje alleen te gaan leven.
Als je dat niet kunt, zou je nooit de zwaardere proeven kunnen ondergaan.'
'Wat voor proeven?' De Shamud was nog nooit zo openhartig tegen hem geweest en Jondalar was geboeid.
'Perioden van onthouding, waarin we af moeten zien van alle genot, perioden van stilte, waarin we met niemand mogen spreken.
Perioden van vasten, tijden waarin we zo lang mogelijk afzien van
slaap. Er zijn andere. We leren deze methoden gebruiken om antwoorden te zoeken, openbaringen van de Moeder, vooral voor hen
die in opleiding zijn. Na een tijdje leer je de juiste staat naar behoe-
ven op te roepen, maar het is heilzaam ze van tijd tot tijd te blijven
gebruiken.'
Er viel een lange stilte. De Shamud was erin geslaagd het gesprek
voorzichtig aan te sturen op het punt waar het werkelijk om ging,
de antwoorden die Jondalar zocht. Hij hoefde er maar naar te vragen. 'U weten wat behoefte. Shamud zeggen wat betekenen... dit
allemaal?' Jondalar spreidde zijn arm uit in een vaag, allesomvat-
tend gebaar.
'Ja, ik weet wat je wilt. Na wat er vanavond is gebeurd, maak je je
zorgen over je broer en in ruimere zin over hem en Jetamio – en jezelf.' Jondalar knikte. 'Niets is zeker... Dat weet je.' Jondalar knikte weer. De Shamud nam hem eens op, in een poging te besluiten
hoeveel onthullingen Jondalar aankon. Toen draaide het oude gezicht zich naar het vuur en er kwam een starende blik in de ogen.
De jonge man voelde een verwijdering, alsof er een enorme afstand
tussen hen was ontstaan, hoewel geen van tweeën zich had verroerd.
'Je liefde voor je broer is sterk.' De stem had een griezelige, holle
echo, een bovenaardse resonantie. 'Je maakt je ongerust dat die te

sterk is en bent bang dat je zijn leven leidt en niet het jouwe. Je vergist je. Hij leidt je waarheen je moet gaan. Je volgt je eigen bestemming, niet de zijne. Jullie lopen slechts een tijdje gelijk op.

Jullie kracht is van verschillende aard. Jij hebt een grote kracht als je nood groot is. Ik voelde dat je me nodig had voor je broer, nog voor we zijn bebloede hemd op het blok hout vonden dat mij ontbood.'

'Ik heb het blok hout niet gestuurd. Het was toeval, geluk.'

'Het was geen toeval dat ik je nood voelde. Anderen hebben die gevoeld, je laat je niet afschepen. Zelfs de Moeder zou je niets weigeren. Dat is jouw gave. Maar pas op voor de gaven van de Moeder. Die verplichten je aan Haar. Met een gave zo sterk als de jouwe moet Ze een bedoeling met je hebben. Niets wordt vrijblijvend gegeven. Zelfs Haar Gave van Genot is geen vrijgevigheid. Ze heeft er een bedoeling mee, of we die nu kennen of niet...

Onthoud één ding: je volgt de bedoelingen van de Moeder. Je hoeft niet te worden geroepen, je bent voor dit lot geboren. Maar je zult op de proef gesteld worden. Je zult pijn veroorzaken en ervoor boeten...'

De jonge man sperde zijn ogen wijd open van verbazing.

'... je zult gekwetst worden. Je zult vervulling zoeken en teleurstelling vinden, je zult zekerheid zoeken en slechts besluiteloosheid vinden. Maar er zijn compensaties. Je bent zeer begunstigd qua lichaam en geest, je hebt speciale bekwaamheden, unieke talenten en je bent begiftigd met een meer dan normale gevoeligheid. Je kwellingen zijn het gevolg van dat vermogen. Je hebt te veel gekregen. Je moet door je beproevingen leren.

Onthoud ook dit: de Moeder dienen betekent niet alleen opoffering. Je zult vinden wat je zoekt. Dat is voor je beschikt.'

'Maar... Thonolan?'

'Ik voel een breuk, jouw lot ligt elders. Hij moet zijn eigen weg volgen. Hij is een begunstigde van Mudo.'

Jondalar fronste zijn voorhoofd. De Zelandoniërs hadden een soortgelijk gezegde, maar dat betekende niet noodzakelijkerwijs geluk. Men zei dat de Grote Aardmoeder jaloers was op degenen die Ze begunstigde en hen vroeg weer tot Zich riep. Hij wachtte, maar de Shamud zei niets meer. Hij begreep al het gepraat over 'nood' en 'vermogen' en 'bedoeling van de Moeder' niet helemaal – Zij Die de Moeder Dienden, spraken vaak met een schaduw op hun tong – maar het gaf hem geen prettig gevoel.

Toen het vuur weer doofde, stond Jondalar op om te vertrekken. Hij wilde naar de hutjes achter onder de overkapping lopen, maar de Shamud was nog niet helemaal klaar.

'Nee! Niet de moeder en haar kind...' riep de smekende stem in het donker uit.

Jondalar, overrompeld, voelde een rilling over zijn rug lopen. Hij vroeg zich af of de brandwonden van Tholie en haar baby ernstiger waren dan hij dacht en waarom hij huiverde terwijl hij het niet koud had.

12

'Jondalar!' riep Markeno. De lange blonde man wachtte tot de ander hem had ingehaald. 'Bedenk een manier om vanavond wat later naar boven te gaan,' zei Markeno met gedempte stem. 'Thonolan heeft genoeg beperkingen en rituelen gehad. Het is tijd voor een beetje ontspanning.' Hij haalde de stop uit een waterzak en liet Jondalar heel even een vleugje bosbessenwijn ruiken. Hij glimlachte sluw.

De Zelandoniër knikte en glimlachte terug. Er waren verschillen in de gebruiken van zijn volk en van de Sharamudiërs, maar sommige gebruiken waren kennelijk wijdverspreid. Hij had zich al afgevraagd of de jongere mannen misschien plannen maakten voor hun eigen 'ritueel'. De twee mannen liepen gelijk op terwijl ze het pad verder volgden.

'Hoe gaat met Tholie en Shamio?'

'Tholie is bang dat Shamio littekens op haar gezicht zal houden, maar ze worden allebei al beter. Serenio zegt dat ze denkt dat het wel mee zal vallen, maar zelfs de Shamud kan het niet met zekerheid zeggen.'

Een paar passen lang keek Jondalar al even bezorgd als Markeno. Ze sloegen een bocht in het pad om en stuitten op Carlono, die een boom stond te bestuderen. Hij glimlachte breed toen hij hen zag. Als hij glimlachte, viel zijn gelijkenis met Markeno meer op. Hij was niet zo lang als de zoon van zijn vuurplaats, maar de magere, gespierde bouw was gelijk. Hij keek nog een keer naar de boom en schudde toen het hoofd.

'Nee, hij is niet goed.'

'Niet goed?' vroeg Jondalar.

'Voor steunbalken,' zei Carlono. 'Ik zie geen boot in die boom. Niet een van de takken volgt de binnenste kromming, zelfs niet als je ze bijschaaft.'

'Hoe weet je? Boot niet af,' zei Jondalar.

'Dat weet hij gewoon,' merkte Markeno op. 'Carlono vindt altijd takken die precies passen. Jullie kunnen hier over bomen blijven praten. Ik loop naar beneden door, naar de open plek.'

Jondalar keek hem na terwijl hij wegbeende. Toen vroeg hij Carlono: 'Hoe zie je in boom wat passen boot?'

'Je moet er een gevoel voor ontwikkelen, het vergt oefening. Deze keer ben je niet op zoek naar hoge, rechte bomen. Je moet bomen hebben met knikken en bochten in hun takken. Dan stel je je voor hoe ze op de bodem zullen rusten en langs de zijwanden omhoog zullen buigen. Je bent op zoek naar alleenstaande bomen, die de ruimte hebben om hun eigen gang te gaan. Net als mensen. Sommigen gedijen het best in gezelschap, proberen boven de anderen uit te komen. Anderen moeten hun eigen weg zoeken, desnoods alleen. Beide mogelijkheden kunnen goed zijn.'

Carlono verliet het hoofdpad en sloeg een pad in dat minder vaak werd gebruikt. Jondalar volgde hem. 'Soms vinden we er twee die samen opgroeien,' vervolgde de Ramudiër. 'Ze buigen en wijken alleen voor elkaar, zoals die twee.' Hij wees op een paar bomen die in elkaar vergroeid waren. 'Dat noemen wij een liefdespaar. Soms sterft de andere ook als we er een omhakken,' zei Carlono. Jondalar fronste zijn voorhoofd.

Ze kwamen bij een open plek en Carlono leidde de lange man via een zonnige helling naar een massieve reus van een kronkelige, knoestige oude eik. Vanuit de verte dacht Jondalar dat hij vreemde vruchten aan de boom zag. Toen hij dichterbij kwam, zag hij tot zijn verbazing dat de boom met een ongebruikelijke verzameling voorwerpen was versierd. Er hingen fijne, kleine mandjes in met versieringen van geverfde veertjes, kleine leren zakjes geborduurd met kralen van weekdierschelpen, koorden die in patronen waren gedraaid en geknoopt. Een lange ketting was zo lang geleden om de reusachtige stam gedrapeerd dat hij erin was gegroeid. Bij nader onderzoek zag hij dat deze van schelpen was gemaakt, die voorzichtig door een gaatje waren geregen dat in het midden was geboord, afgewisseld met losse wervels van visgraten, die van nature een gat in het midden hadden. Hij zag kleine uitgesneden bootjes aan de takken hangen, hoektanden aan leren veters, vogelveren, eekhoornstaarten. Hij had nog nooit zoiets gezien.

Carlono grinnikte omdat hij zulke grote ogen opzette. 'Dit is de Zegenboom. Jetamio zal haar geschenk wel hebben gebracht. Dat doen vrouwen meestal, als ze willen dat Mudo hen met een kind zegent. De vrouwen beschouwen haar als hun eigendom, maar menige man heeft haar een offer gebracht. Ze vragen om succes op hun eerste jacht, zegen voor een nieuwe boot, geluk met een nieuwe gezellin. Je vraagt niet vaak iets, alleen bij een speciale gelegenheid.'

'Ze zo groot!'

'Ja. Het is de boom van de Moeder zelf, maar daarom heb ik je hier niet mee naartoe genomen. Zie je hoe kronkelig en krom haar takken zijn? Deze zou te groot zijn, ook als ze niet de Zegenboom was, maar voor steunbalken ben je naar dergelijke bomen op zoek. Dan bestudeer je de takken om diegene te vinden welke in de binnenkant van je boot passen.'

Ze liepen langs een ander pad naar beneden naar de open plek waar de boten werden gemaakt, en naderden Markeno en Thonolan, die aan het werk waren aan een blok hout dat zowel qua omvang als qua lengte reusachtig was. Ze waren met dissels een trog aan het uitgutsen. In dit stadium leek het blok hout eerder op de primitieve trog die werd gemaakt om thee te maken, dan op een van de sierlijk gevormde boten, maar de ruwe vorm was al uitgehakt. Later zouden een voor- en achtersteven worden uitgesneden, maar eerst moest de binnenkant af.

'Jondalar heeft nogal wat belangstelling opgevat voor het bouwen van boten,' zei Carlono.

'Misschien moesten we een riviervrouw voor hem zoeken, dan kan hij Ramudiër worden. Dat is niet meer dan eerlijk nu zijn broer Shamudiër wordt,' grapte Markeno. 'Ik weet wel een paar die een oogje op hem hebben. Misschien dat een van hen over te halen zou zijn.'

'Ik denk niet dat ze al te ver zouden komen met Serenio in de buurt,' zei Carlono met een knipoog naar Jondalar. 'Maar ja, sommigen van de beste botenbouwers zijn Shamudiërs. Niet de boot op het land, maar de boot op het water bepaalt of je rivierman bent.'

'Als je zo graag wilt leren hoe je boten maakt, waarom pak je dan geen dissel en help je niet een handje?' zei Thonolan. 'Ik geloof dat mijn broer liever praat dan werkt.' Zijn handen waren zwart en op zijn wang zat een veeg van dezelfde kleur. 'Je kunt de mijne wel lenen,' voegde hij eraan toe en hij gooide het gereedschap naar Jondalar, die het opving zonder erbij na te denken. De dissel – een stevig stenen blad dat haaks op een handvat stond – liet een zwarte vlek op zijn hand achter.

Thonolan sprong omlaag en ging een vuur in de buurt controleren. Het was gedoofd tot gloeiende as waaruit af en toe oranje vlammentongen lekten. Hij pakte een afgebroken stuk plank, de bovenkant vol schroeiputjes en veegde er met een tak hete kolen uit het vuur op. Hij droeg ze terug naar het blok en liet ze in een regen van vonken en rook in het trogvormige gat vallen dat ze uitgutsten. Markeno legde nog wat hout op het vuur en bracht een bak water mee. Ze wilden dat de kolen in het hout schroeiden, niet dat ze het deden branden.

Thonolan bewoog de kolen met een stok rond en besprenkelde ze toen op strategische plaatsen met water. Een sputterend gesis van stoom en een scherpe lucht van brandend hout getuigden van de elementaire strijd van vuur en water. Maar uiteindelijk won het water. Thonolan schepte de overgebleven stukken natte houtskool op en klom toen in de boottrog en begon het verkoolde hout weg te schrapen. Zo maakte hij het gat dieper en wijder.

'Laat mij het eens proberen,' zei Jondalar nadat hij een poosje had toegekeken.

'Ik vroeg me al af of je van plan was de hele dag daar maar te staan gapen,' merkte Thonolan met een grijns op terwijl hij het werktuig weer aan zijn broer gaf. De twee broers hadden de neiging op hun eigen, vertrouwde taal terug te vallen als ze met elkaar spraken. Dat was gemakkelijker en vertrouwder. Ze kregen allebei steeds meer vaardigheid in de nieuwe taal, maar Thonolan sprak hem beter.

Jondalar hield na de eerste paar slagen even op om de stenen kop van de dissel te bekijken, probeerde het nog een keer, onder een andere hoek, controleerde de snijranden nogmaals, en kreeg toen de juiste slag te pakken. De drie jonge mannen werkten samen zonder veel te spreken, tot ze ophielden voor een pauze. 'Ik niet eerder zien, vuur gebruiken voor maken trog,' zei Jondalar terwijl ze naar het afdakje liepen. 'Altijd uitgutsen met dissel.'

'Met alleen een dissel zou het wel kunnen, maar met vuur gaat het sneller. Eiken is hard hout,' merkte Markeno op. 'Soms gebruiken we grenen van hogerop. Dat is zachter, gemakkelijker uit te boren. Dan nog gaat het beter met vuur.'

'Duren lang, boot maken?' informeerde Jondalar.

'Dat hangt ervan af hoe hard je werkt en met hoevelen je eraan werkt. Deze boot zal niet lang duren. Het is Thonolans taak, en hij moet af zijn voor hij met Jetamio verbonden kan worden, weet je,' glimlachte Markeno. 'Ik heb nog nooit iemand zo hard zien werken, en hij krijgt alle anderen ook zo gek. Maar als je eenmaal bent begonnen, is het een goed idee om vol te houden tot hij af is. Dat voorkomt dat hij uitdroogt. Vanmiddag gaan we planken splijten voor de huidgangen. Wil je helpen?'

'Dat is hem geraad!' zei Thonolan.

De reusachtige eik die Jondalar had helpen omhakken was, van zijn kruin ontdaan, naar de andere kant van de open plek gedragen. Bijna iedereen die gezond van lijf en leden was had moeten helpen hem te verplaatsen, en er hadden zich bijna evenveel mensen verzameld om hem te splijten. Jondalar had de 'aansporingen' van zijn broer niet nodig gehad. Hij zou het niet hebben willen missen.

Eerst werd een serie hertshoornen wiggen over de hele lengte van het blok hout in een rechte lijn langs de nerf geplaatst. Ze werden er met zware, in de hand gehouden stenen hamers in geslagen. De wiggen forceerden een spleet in de massieve stam, maar hij ging eerst maar schoorvoetend open. Verbindende splinters werden doorgesneden toen de dikke uiteinden van de driehoekige stukken dieper in de kern van het hout werden gedreven, tot het blok met een knappend geluid uit elkaar viel, recht doormidden gespleten.

Jondalar schudde vol verbazing het hoofd, maar dit was nog maar het begin. De wiggen werden opnieuw langs het midden van elke helft geplaatst, en het proces werd herhaald tot ze in tweeën gespleten waren. En vervolgens werd elk deel nog een keer gehalveerd. Tegen het eind van de dag, was het reusachtige blok hout omgevormd tot een stapel straalsgewijs gespleten planken die elk naar het midden toe taps toeliepen, zodat de ene lange zijde dunner was dan de andere. Een paar planken waren korter vanwege een knoest, maar ze konden nog wel gebruikt worden. Er waren veel meer planken dan nodig waren om de zijwanden van de boten op te bouwen. Die zouden worden gebruikt om een hutje voor het jonge paar te bouwen onder de zandstenen overkapping op het hoge terras, verbonden aan de woning van Roshario en Dolando en groot genoeg om gedurende het koudste deel van de winter onderdak te bieden aan Markeno, Tholie en Shamio. Men geloofde dat hout van dezelfde boom gebruikt voor zowel het huis als de boot, de verhouding zo sterk maakte als de eik zelf.

Toen de zon begon onderging, viel het Jondalar op dat een paar van de jongere mannen het bos in doken terwijl Markeno zich door Thonolan liet overhalen om door te werken aan de uitgegutste basis van de boot die ze aan het bouwen waren, tot bijna iedereen was verdwenen. Uiteindelijk gaf Thonolan toe dat het te donker was om iets te zien.

'Er is licht zat,' zei een stem achter hem. 'Je weet niet wat donker is!'

Voor Thonolan zich kon omdraaien om te zien wie daar sprak, werd hem een blinddoek over het hoofd gegooid en werd hij bij zijn armen gegrepen en vastgehouden. 'Wat gebeurt er?' schreeuwde hij, worstelend om zich los te rukken.

Het enige antwoord was een gesmoord gelach. Hij werd opgetild en een eind weggedragen. Toen hij weer werd neergezet voelde hij dat zijn kleren werden uitgetrokken.

'Houd op! Wat doen jullie? Het is koud!'

'Je zult het niet lang koud hebben,' zei Markeno toen de blinddoek was afgedaan. Thonolan zag een handjevol glimlachende jonge mannen. Ze waren allemaal naakt. Hij kende de omgeving niet, vooral niet in de schemering, maar hij wist dat er water in de buurt was.

Om hen heen was het woud een dichte, zwarte massa die zich aan een kant oploste en het silhouet van afzonderlijke bomen zichtbaar maakte tegen een diep lavendelkleurige lucht. Daarachter was in de verbrede baan van een pad het weerkaatste zilver te zien dat op de deining van de Grote Moederrivier schitterde. Dichtbij schemerde licht door de kieren van een rechthoekig houten bouwsel. De jonge mannen klommen op het dak en toen door een gat de hut in. Ze gebruikten een blok hout dat op zijn kant stond waar treden in gehakt waren. In de hut was een vuur aangelegd met stenen erin om te verwarmen. Tegen de schuine wanden stonden banken van planken en vlak zandsteen. Zodra iedereen binnen was, werd het gat in het dak zo goed mogelijk afgesloten. De rook kon wel door de kieren ontsnappen. Onder de hete stenen gloeiden de kolen en Thonolan moest weldra toegeven dat Markeno gelijk had gehad. Hij had het niet koud meer. Er werd water op de stenen gegooid en een wolk stoom steeg omhoog, waardoor het nog moeilijker werd om in het gedempte licht iets te zien.

''Is het je gelukt, Markeno?' vroeg de man naast Jondalar.

'Hier heb ik hem, Chalono.' Hij hield de waterzak met wijn omhoog. 'We vonden dat je zo wel genoeg beperkingen en rituelen had gehad, Thonolan. Tijd voor ons eigen ritueel.'

'Nou, kom op,' zei Chalono. 'Je boft, Thonolan, dat je een verbintenis aangaat met een vrouw die zulke goede bosbessenwijn maakt.' Er steeg een instemmend gemompel en gelach op. Chalono gaf de wijnzak door en zei toen, terwijl hij een tot een buidel gebonden, vierkant stuk leer ophield: 'Ik heb nog iets gevonden.'

Hij glimlachte sluw.

'Ik vroeg me al af waarom je er vandaag niet was,' merkte iemand op. 'Weet je zeker dat het de juiste soort is?'

'Maak je maar niet ongerust, Rondo. Ik ken paddestoelen. In ieder geval ken ik deze paddestoelen,' verzekerde Chalono.

'Dat moet haast wel. Je plukt ze wanneer je maar de kans krijgt.'

Er steeg weer gelach op in de spits toelopende ruimte.

'Misschien wil hij wel Shamud worden, Tarluno,' voegde Rondo er spottend aan toe.

'Dat zijn toch niet de paddestoelen van de Shamud, hè?' vroeg Markeno. 'Die rode met witte stippen kunnen dodelijk zijn als je ze niet op de juiste manier klaarmaakt.'

'Nee, dit zijn lekkere, veilige paddestoeltjes die je gewoon een prettig gevoel geven. Ik haal liever geen grappen uit met die van de Shamud. Ik heb geen behoefte aan een vrouw in me...' zei Chalono giechelend, 'ik zit liever in een vrouw.'

'Wie heeft de wijn?' vroeg Tarluno.

'Die heb ik aan Jondalar gegeven.'

'Pak hem dan weer terug! Hij is groot genoeg om alles op te drinken.'

'Ik heb hem aan Chalono gegeven,' zei Jondalar.

'Ik heb nog geen paddestoel gezien, wil je de wijn en de paddestoelen soms allebei zelf houden?' vroeg Rondo.

'Niet zo'n haast. Ik probeer dit zakje open te krijgen. Hier, Thonolan, jij bent de eregast. Jij mag eerst.'

'Markeno, is het waar dat de Mamutiërs van een plant een drank maken die beter is dan wijn of paddestoelen?' vroeg Tarluno.

'Beter zou ik niet willen zeggen, ik heb hem nog maar een keer gedronken.'

'Wat vinden jullie van meer stoom?' vroeg Rondo, die nog een kom water op de stenen gooide en aannam dat iedereen het ermee eens was.

'Mensen in westen iets in stoom doen,' merkte Jondalar op.

'En een Grot ademt de rook van een plant. Ze laten je proberen, maar zeggen niet wat is dat,' voegde Thonolan eraan toe.

'Jullie twee hebben zeker bijna alles geprobeerd... op jullie Tocht,' zei Chalono. 'Dat zou ik graag doen, alles proberen wat er is.'

'Ik heb gehoord dat de platkoppen iets drinken...' deed Tarluno een duit in het zakje.

'Dat zijn beesten, die drinken alles,' zei Chalono.

'Zei jij niet net dat je dat ook wilde?' sarde Rondo. Iedereen barstte in lachen uit.

Het viel Chalono op dat Rondo's commentaar vaak gelach opwekte, soms ten koste van hem. Om zich niet te laten kennen, begon hij een verhaal waarvan hij wist dat ze er al vaker om hadden moeten lachen. 'Kennen jullie die mop van die oude man die zo blind was dat hij het per ongeluk met een platkopvrouw deed?'

'Ja, zijn orgaan viel eraf. Dat is misselijk, Chalono,' zei Rondo. 'En welke man zou een platkopvrouw nou voor een echte vrouw houden.'

'Sommigen doen niet per ongeluk. Doen expres,' zei Thonolan.

'Mannen van Grot ver naar westen nemen Genot met platkopvrouwen, maken problemen voor Grot.'

'Je meent het!'

'Ja heus. Hele troep platkoppen ons omsingelen,' verzekerde Jondalar. 'Zij boos. Later, wij horen sommige mannen nemen platkopvrouwen, maken problemen.'

'Hoe zijn jullie weggekomen?'

'Zij laten ons,' zei Jondalar. 'Leider van troep, hij slim. Platkoppen slimmer dan mensen denken.'

'Ik heb wel eens gehoord van een man die een platkopvrouw nam omdat hij ertoe uitgedaagd werd,' zei Chalono.

'Wie? Jij?' snierde Rondo. 'Je zei toch dat je alles wilde proberen.' Chalono probeerde zich te verdedigen, maar hij werd door het gelach overstemd. Toen het bedaarde, probeerde hij het nog een keer.

'Dat bedoelde ik niet. Ik had het over paddestoelen en wijn en zo, toen ik zei dat ik alles wilde proberen.' Hij begon de uitwerking ervan een beetje te voelen en begon een beetje onduidelijk te praten. 'Maar een heleboel jongens praten over platkopvrouwen, als ze nog niet weten wat vrouwen zijn. Ik heb wel eens van eentje gehoord die zich heeft laten uitdagen een platkop te nemen, of zei dat hij dat had gedaan.'

'Jongens zeggen dat soort dingen zomaar,' zei Markeno.

'Wat dacht je waar meisjes over praten?' vroeg Tarluno.

'Misschien praten die over platkopmannen,' zei Chalono.

'Ik wil hier niet meer naar luisteren,' zei Rondo.

'Je hebt er zelf ook aardig over meegepraat toen we jonger waren, Rondo,' zei Chalono, die zich begon te ergeren.

'Nou, ik ben volwassen geworden. Ik wilde dat jij dat ook deed. Ik heb genoeg van die walgelijke opmerkingen.'

Chalono voelde zich beledigd en hij was een beetje dronken. Als ze hem ervan wilden beschuldigen dat hij zich walgelijk gedroeg, dan zou hij ze ook echt iets walgelijks geven.

'O, ja, Rondo? Nou, ik heb gehoord van een vrouw die haar Genot nam met een platkop, en de Moeder gaf haar een kind van gemengde geesten...'

'Jakkes!' Rondo's lip krulde en hij rilde van afschuw. 'Chalono, dat is niet iets om grapjes over te maken. Wie heeft hem voor dit feest uitgenodigd? Gooi hem eruit. Ik heb het gevoel dat ze vuil in mijn gezicht gooien. Ik kan best tegen een grapje zo nu en dan, maar hij maakt het te bont.'

'Rondo heeft gelijk,' zei Tarluno. 'Waarom smeer je hem niet, Chalono?'

'Nee,' zei Jondalar. 'Koud in bos, donker. Niet laten weggaan. Waar, kinderen van gemengde geesten niet voor grapjes, maar waarom iedereen weten van hen?'

'Half beesten, half menselijke gruwels!' zei Rondo binnensmonds.
'Ik wil er niet over praten. Het is me hier te heet bij het vuur. Ik ga hier weg, voor ik moet overgeven.'

'Dit is toch een feestje voor Thonolans ontspanning,' zei Markeno. 'Waarom nemen we niet allemaal een duik en komen we daarna terug om opnieuw te beginnen? Er is nog meer dan genoeg van Jetamio's wijn over. Ik heb jullie dat niet verteld, maar ik heb twee waterzakken vol meegenomen.'

'Ik geloof niet dat de stenen heet genoeg zijn, Carlono,' zei Markeno. Er klonk een gespannen ondertoon in zijn stem door.

'Het is niet goed om het water te lang in de boot te laten staan. We willen het hout niet laten zwellen, we willen alleen dat het zacht genoeg wordt om mee te geven. Thonolan, staan die schoren in de buurt, zodat ze klaarstaan als we ze nodig hebben?' vroeg Carlono met een bezorgde frons.

'Klaar,' antwoordde hij en hij wees op de van elzenstammen op de juiste lengte afgehakte palen op de grond bij de grote, met water gevulde boomkano.

'We moesten maar beginnen, Markeno, en hopen dat de stenen heet zijn.'

Jondalar stond nog steeds versteld van de verandering, hoewel deze zich voor zijn ogen had voltrokken. De eikenstam was niet langer een blok hout. Vanbinnen was hij uitgegutst en gladgeschuurd en de buitenkant had de gladde lijnen van een kano. Afgezien van de zware voor- en achtersteven was het geraamte niet dikker dan de lengte van een mannenvuist. Hij had Carlono met een beitelvormige stenen dissel een houtlaag zien afschrapen, niet dikker dan een twijgje, om het vaartuig zijn uiteindelijke afmetingen te geven. Toen hij het eenmaal zelf had geprobeerd, was Jondalar nog meer onder de indruk van de vaardigheid en handigheid van de man. De boot liep bij de voorsteven, die naar voren uitstak, taps toe in een scherpe snavel. Hij had een enigszins afgeplatte bodem en een minder uitgesproken taps toelopende achtersteven, maar was heel lang in verhouding tot zijn breedte.

Met z'n vieren brachten ze snel de kolen, die ze in de grote vuurplaats hadden verhit, in de met water gevulde boot over, zodat het water begon te stomen en koken. Het proces was niet anders dan het verhitten van stenen om water te koken voor de thee in de trog bij het afdakje, alleen op een grotere schaal. Maar het doel was anders. De hitte en stoom waren niet bedoeld om iets te koken, maar om de vorm van de bak te veranderen.

Markeno en Carlono, die met de boot tussen hen in bij het midden-stuk tegenover elkaar stonden, testten de buigzaamheid van de romp. Ze trokken voorzichtig om het vaartuig wijder te maken zonder het hout te breken. Al het zware werk om de boot uit te gutsen en vorm te geven, zou voor niets zijn geweest als hij bij het wijder-maken barstte. Het was een spannend ogenblik. Terwijl het midden uit elkaar werd getrokken, stonden Thonolan en Jondalar klaar met de langste schoor en toen de opening wijd genoeg was, pasten ze hem er in de breedte tussen. Ze hielden hun adem in. Hij leek te houden.

Toen de middelste er eenmaal in zat, werden langs de hele boot naar verhouding kleinere schoren op hun plaats aangebracht. Ze hoosden het hete water eruit tot de vier mannen hem konden tillen, haalden de stenen eruit, lieten de kano kantelen om de rest van het water eruit te gieten en zetten hem toen tussen de blokken te dro-gen.

De mannen herademden toen ze achteruitstapten om de boot te be-wonderen. Hij was haast vijftien meter lang en in het midden meer dan tweeënhalve meter breed, maar het spannen had de lijnen op een andere, belangrijke manier gewijzigd. Door het verwijden van het middenstuk, waren de stukken voor en achter opgetild, wat het vaartuig naar de uiteinden toe een sierlijke, opwaartse kromming gaf. Het spannen leverde niet alleen een bredere spant op met meer stabiliteit en ruimte, maar ook een verhoogde boeg en achterste-ven, die over het water zouden scheren en zo golven en ruw water gemakkelijker zouden trotseren.

'Nu is het een boot voor een luie man,' zei Carlono, terwijl ze naar een andere hoek van de open ruimte liepen.

'Luie man!' riep Thonolan, die aan het zware werk dacht.

Carlono glimlachte om de reactie die hij had verwacht. 'Er bestaat een lang verhaal over een luie man met een zeurende gezellin die zijn boot de hele winter buiten liet liggen. Toen hij hem weer vond, stond hij vol water en was hij uitgezet door ijs en sneeuw. Iedereen dacht dat hij stuk was, maar het was de enige boot die hij had. Toen de boot opgedroogd was, bracht hij hem in het water en ontdekte dat hij veel beter te hanteren was. Sindsdien maakte iedereen ze zo, volgens het verhaal.'

'Het is een grappig verhaal als het goed verteld wordt,' zei Marke-no.

'En er kan een kern van waarheid in zitten,' voegde Carlono eraan toe. 'Als we een kleine boot maakten waren we, behalve de uitrus-ting, klaar geweest,' zei hij toen ze een groepje mensen naderden

247

die gaten boorden in de zijwanden, met benen boren. Het was een eentonig en moeilijk karwei, maar vele handen maakten licht werk en omdat ze samenwerkten viel het met de verveling wel mee.

'En dan hoefde ik ook niet zo lang op de verbintenis te wachten,' zei Thonolan, die zag dat Jetamio er ook bij was.

'Jullie glimlachen. Dat moet betekenen dat het goed is gegaan,' zei de jonge vrouw tegen Carlono, hoewel haar ogen vlug Thonolan zochten.

'Dat weten we pas als hij droog is,' zei Carlono. 'Pas op dat je het noodlot niet tart. Hoe worden de zijplanken?'

'Ze zijn klaar. We werken nu aan de planken voor de woning,' antwoordde een oudere vrouw. Ze leek een beetje op Carlono en Markeno, vooral wanneer ze glimlachte. 'Een jong paar heeft meer nodig dan een boot. Het leven is meer, broertjelief.'

'Je broer kijkt net zo verlangend naar die verbintenis uit als jij, Carolio,' zei Barono glimlachend, terwijl de twee jonge mensen elkaar verliefd aankeken zonder iets te zeggen. 'Maar wat moet je met een huis zonder boot?'

Carolio keek verongelijkt. Het was een oude zegswijze, als grap bedoeld, maar het werd vervelend omdat het al zo vaak was gezegd.

'Ach!' riep Barono. 'Hij is weer gebroken!'

'Hij is vandaag erg onhandig,' zei Carolio. 'Dat is de derde boor die hij breekt. Ik denk dat hij probeert onder het boren uit te komen.'

'Je moet hem niet zo hard vallen,' zei Carlono. 'Ierdereen breekt wel eens een boor. Daar kun je niets aan doen.'

'Maar op één punt heeft ze wel gelijk. Gaten boren. Ik zou niets vervelenders weten,' zei Barono, met een brede grijns, terwijl iedereen afkeurend bromde.

'Hij denkt dat hij leuk is. Wat is erger dan iemand die denkt dat hij leuk is?' zei Carolio, die bijval van het gezelschap verwachtte. Iedereen glimlachte. Ze wisten dat achter het geplaag grote genegenheid schuilging.

'Als jullie boor over hebben, ik proberen gaten maken,' zei Jondalar.

'Klopt er iets niet met deze jongeman? Niemand wil gaten boren,' zei Barono, maar hij stond snel op.

'Jondalar heeft grote belangstelling voor het maken van boten,' zei Carlono. 'Hij heeft aan alles meegedaan.'

'We maken misschien nog wel een Ramudiër van hem!' zei Barono.

'Ik heb altijd al gedacht dat het een intelligente jongeman was. Maar die andere, daar ben ik niet zo zeker van,' voegde hij eraan toe, en glimlachte naar Thonolan, die alleen maar aandacht had voor Jetamio. 'Ik geloof dat hij het niet eens zou merken als er een boom op hem viel. Hebben we niet iets nuttigs voor hem te doen?'

'Hij zou hout kunnen zoeken voor de stoomkist, of wilgentenen schillen om de planken aan elkaar vast te maken,' zei Carlono. 'Zodra het graafwerk klaar is en de gaten in het hout zijn geboord, zijn we eraan toe om de planken aan elkaar te zetten. Hoe lang denken jullie nog werk te hebben, Barono? We zouden het de Shamud laten weten zodat er een dag kan worden vastgesteld voor de verbintenis. Dolando moet nog boodschappers naar de andere Grotten sturen.'

'Wat moet er nog gedaan worden?' vroeg Barono, terwijl ze naar een plaats liepen waar stevige palen de grond in werden gedreven.

'De palen van de voor- en achtersteven moeten nog gelast worden en... kom je Thonolan?' zei Markeno.

'Wat? O... ja, ik kom.'

Toen ze weg waren pakte Jondalar een benen boor die in een handvat was gezet dat van een gewei was gemaakt en keek hoe Carolio ermee werkte. 'Waarom gaten?' vroeg hij toen hij er een paar had gemaakt.

Carlono's tweelingzuster was net zo bezeten van boten als haar broer – al plaagden ze elkaar nog zo – en net zo deskundig in de verbindingen en het vastmaken als hij in het gutsen en vormgeven. Ze begon het uit te leggen, toen ging ze staan en nam Jondalar mee naar een andere plaats waar een boot gedeeltelijk uit elkaar was gehaald.

In tegenstelling tot een vlot, dat afhankelijk was van het drijfvermogen van de bouwmaterialen waaruit het was samengesteld, was het principe van de vaartuigen van de Sharamudiërs een met lucht gevulde holte in een houten romp te vatten. Het was een belangrijke vernieuwing, die een grotere wendbaarheid mogelijk maakte en het vermogen om veel zwaardere ladingen te vervoeren. De planken die werden gebruikt om van de uitgeholde boomstam, die de basis vormde, een grotere boot te maken, werden door middel van hitte en stoom gebogen zodat ze in de kromming van de romp pasten en werden vervolgens letterlijk vastgenaaid, gewoonlijk met wilgentenen, door van tevoren geboorde gaten, en met pinnen op de zware voor- en achtersteven vastgezet. Steunbalken, op regelmatige afstanden langs de beide zijkanten verdeeld, werden later aangebracht om de boot te verstevigen en er zitplaatsen op te bevestigen.

Als het goed was gedaan, was het resultaat een waterdichte romp die verscheidene jaren de spanning en druk van intensief gebruik kon weerstaan. Maar uiteindelijk maakten slijtage en achteruitgang van de wilgenvezels het noodzakelijk de boten helemaal uit elkaar te halen en ze opnieuw te bouwen. Dan werden ook verzwakte planken vervangen, hetgeen de effectieve levensduur van de boten aanzienlijk verlengde.

'Kijk... waar de zijplanken zijn weggehaald,' zei Carolio en ze wees Jondalar op de gedeeltelijk gesloopte boot. 'Er zitten gaten langs de bovenkant van de romp.' Ze liet hem een gebogen plank zien die de romp bij elkaar hield. 'Dit was de eerste zijplank. De gaten langs de smalle kant zijn om de bodem vast te zetten. Kijk, zo heeft het gezeten en zijn ze vastgemaakt aan de romp. Dan wordt de bovenste aan deze vastgemaakt.'

Ze liepen naar de andere kant, die nog niet was gesloopt. Carolio wees op de gerafelde en gebroken vezels in sommige gaten. 'Er is te lang gewacht met de reparatie van deze boot, maar je kunt zien hoe de planken over elkaar heen vallen. Voor kleine boten, voor een of twee mensen, hoeft het niet zo. Maar die zijn moeilijker te hanteren in ruw water. Voor je het weet verlies je de macht erover.'

'Eens ik willen leren,' zei Jondalar. Toen bekeek hij de gebogen plank en vroeg: 'Hoe jullie buigen plank?'

'Met stoom en druk, net als de bodem die jullie lieten zwellen. Die stutten daar, bij Carlono en je broer, zijn ervoor om de planken op hun plaats te houden als ze worden vastgezet. Dat kost niet veel tijd als we allemaal samenwerken en de gaten klaar zijn. Het maken van de gaten is een groter probleem. We slijpen de boren, maar ze breken heel gemakkelijk.'

Tegen de avond, toen ze met hun allen terug naar boven gingen, viel het Thonolan op dat zijn broer ongewoon stil leek.

'Waar loop je over te piekeren, Jondalar?'

'Boten maken. Er zit veel meer aan vast dan ik me ooit had voorgesteld. Ik heb nog nooit van dit soort boten gehoord, of mensen gezien die zo thuis waren op het water als de Ramudiërs. Ik denk dat de kinderen zich meer op hun gemak voelen in hun bootjes dan lopend. En ze kunnen zo goed overweg met hun gereedschap...' Thonolan zag de ogen van zijn broer oplichten van enthousiasme. 'Ik heb het eens bekeken. Ik denk dat als ik een grote schilfer van de dissel die Carlono gebruikt kan halen, er een glad blad overblijft, waardoor hij veel gemakkelijker te gebruiken zou zijn. En ik weet zeker dat ik een stenen burijn zou kunnen maken waarmee je die gaatjes veel sneller zou kunnen boren.'

'Dat is het dus! Ik dacht heel even dat je echt geïnteresseerd was in het bouwen van boten, grote broer. Ik had het kunnen weten. Het gaat je niet om de boten, het gaat je om de werktuigen die ze gebruiken om ze te maken. Jondalar, in je hart blijf je altijd een gereedschapmaker.'

Jondalar glimlachte. Hij besefte dat Thonolan gelijk had. Het proces van boten bouwen was interessant, maar het gereedschap had zijn fantasie aan het werk gezet. Er waren bekwame steenkloppers in de groep, maar niemand die zich erin had gespecialiseerd. Niemand die het inzicht had hoe een paar wijzigingen de werktuigen doeltreffender konden maken. Hij had er altijd een groot genoegen in geschept gereedschap te maken dat aangepast was aan speciale taken en zijn technisch-creatieve geest zag al mogelijkheden om die welke de Sharamudiërs gebruikten, te verbeteren. En dat zou een manier kunnen zijn waarop hij, met zijn unieke bekwaamheid en kennis, deze mensen, aan wie hij zoveel te danken had, zou kunnen beginnen terug te betalen.

'Moeder! Jondalar! Er zijn net alweer nieuwe mensen gekomen! Er staan al zoveel tenten dat ik niet weet waar ze een plekje moeten vinden,' riep Darvo terwijl hij de hut binnen kwam rennen. Hij vloog weer naar buiten, hij was alleen het nieuws komen vertellen. Hij kon onmogelijk binnen blijven. Wat buiten gebeurde was veel te opwindend.

'Er zijn meer bezoekers gekomen dan toen Markeno en Tholie met elkaar verbonden werden en ik vond dat al een grote bijeenkomst,' zei Serenio. 'Maar ja, de meeste mensen hebben wel eens van de Mamutiërs gehoord, al hebben ze ze nog nooit ontmoet. Niemand heeft van de Zelandoniërs gehoord.'

'Zij denken niet wij hebben twee oog, twee arm en twee been, zoals zij?' zei Jondalar.

Hij was zelf een beetje overdonderd door het aantal mensen. Op een Zomerbijeenkomst van de Zelandoniërs kwamen er meestal meer, maar behalve de bewoners van Dolando's grot en Carlono's steigers, waren dit allemaal onbekenden. Het gerucht was snel rondgegaan en er waren zelfs anderen gekomen dan de Sharamudiërs. Een aantal van Tholies Mamutische verwanten plus nog een paar anderen die nieuwsgierig genoeg waren om met hen mee te komen, waren al vroeg gearriveerd. Er waren ook mensen die meer stroomopwaarts woonden, zowel langs de Moeder als langs de Zuster.

En veel van de gebruiken voor de Verbintenisceremonie waren hem onbekend. Bij de Zelandoniërs reisden alle Grotten voor een

Verbintenisceremonie naar een van tevoren afgesproken ontmoetingsplaats, waar verschillende paren tegelijkertijd formeel met elkaar verbonden werden. Jondalar was er niet aan gewend dat zoveel mensen de thuisgrot van een paar bezochten om getuige te zijn van hun verbintenis. Als Thonolans enige bloedverwant zou hij een vooraanstaande rol in de ceremonie spelen en hij was zenuwachtig.

'Jondalar, weet je wel dat de meeste mensen verbaasd zouden zijn als ze horen dat je niet altijd zo zelfverzekerd bent als je eruitziet. Maak je geen zorgen, het komt wel goed,' zei Serenio, die tegen hem aan kwam staan en haar armen om zijn hals sloeg.

Ze had het goed aangevoeld. Haar aanwezigheid was een plezierige afleiding – ze zorgde er ongevraagd voor dat hij minder aan zichzelf dacht en haar woorden stelden hem gerust. Hij trok haar tegen zich aan, drukte zijn warme lippen op de hare en bleef nog even zo staan om zich een moment van sensueel genot te gunnen voor zijn bezorgdheid terugkwam.

'Jij denkt ik er goed uitzie? Deze reiskleding niets bijzonders,' zei hij, omdat hij zich opeens bewust werd van zijn Zelandoni-kleren.

'Dat weet niemand hier. Ze zijn uniek, heel bijzonder. Buitengewoon geschikt voor de gelegenheid, vind ik. Het zou te gewoon lijken als je iets bekends droeg. De mensen zullen naar jou en Thonolan kijken. Daat zijn ze voor gekomen. Als ze van een afstand kunnen zien wie jullie zijn hebben ze er waarschijnlijk geen behoefte aan jullie van dichtbij te bekijken en jullie zien er goed uit in die kleren. Ze staan goed en passen echt bij jullie.'

Hij liet haar los en keek door een kier naar de menigte buiten, dankbaar dat hij ze nog niet hoefde te ontmoeten. Hij liep naar achteren, voorzover het aflopende dak dat toeliet, keerde terug naar de voorkant en keek weer naar buiten.

'Jondalar, laat me wat thee voor je zetten,' zei Serenio. 'Het is een speciaal mengsel dat ik van de Shamud heb geleerd. Het zal je tot rust brengen.'

'Zie ik er dan onrustig uit?'

'Nee, maar daar zou je je helemaal niet voor hoeven te schamen. Het is zo klaar.'

Ze goot water in een rechthoekige kookkist en deed er hete stenen bij. Hij trok een houten krukje, dat veel te laag was, naar zich toe en ging zitten.

Zijn gedachten waren elders en hij staarde afwezig naar de geometrische figuren die in de kist waren uitgesneden: een rij schuine evenwijdige lijnen, boven een andere rij die in tegengestelde richting liep. Ze vormden een visgraatmotief.

252

De zijkanten van de uitgesneden kisten waren uit één plank gemaakt, met groeven die niet helemaal doorliepen. Door stoom te gebruiken werd het hout buigzaam en de plankjes werden scherp gebogen om hoeken te maken, waarna de uiteinden aan elkaar werden gepend. Bij de bodem was ook een groef gesneden. Daar was een bodemstuk in vastgezet. De kisten waren waterdicht, vooral als ze uitzetten nadat ze waren gevuld. Ze werden afgesloten met losse deksels en konden voor verschillende doeleinden worden gebruikt, van kookpot tot voorraadkist.

De kist deed hem aan zijn broer denken en hij wou dat hij bij hem kon zijn, op dit moment, voor zijn verbintenis. Thonolan had de manier van de Sharamudiërs om hout te buigen en te vormen gauw begrepen. Hij maakte bij de vervaardiging van speren gebruik van dezelfde principes van verhitten en stomen om een schacht recht te krijgen of om te buigen voor een sneeuwschoen. Toen hij aan een sneeuwschoen dacht, moest Jondalar aan het begin van hun Tocht denken en vocht tegen opwellingen van heimwee, die hem op slinkse wijze bekropen met een of andere levendige of schrijnende herinnering. Hij vroeg zich af of hij ooit zijn thuis nog zou zien. Deze keer was de gekerfde kookkist van Serenio er de oorzaak van. Hij stond vlug op, gooide het krukje omver en dook omlaag om het weer overeind te zetten. Hij miste op een haar na Serenio met de kom hete thee die ze hem net kwam brengen. Het ongeluk dat op het nippertje was voorkomen, herinnerde hem aan het onfortuinlijke voorval tijdens het Feest van de Belofte. Zowel Tholie als Shamio leek het uitstekend te maken, hun brandwonden waren al bijna genezen, maar hij voelde ongerustheid knagen toen hij terugdacht aan het gesprek dat hij na afloop met de Shamud had gehad.

'Jondalar, drink je thee op. Ik weet zeker dat die zal helpen.'

Hij was het kommetje in zijn hand vergeten, glimlachte en nam een slok. De thee smaakte lekker – hij dacht dat hij er een spoor van kamille in kon proeven – en de warmte ervan werkte kalmerend. Na een poosje voelde hij de spanning in hem wat wegzakken.

'Jij gelijk hebben, Serenio. Beter voelen. Niet weten wat aan de hand.'

'Je broer gaat niet iedere dag een verbintenis aan. Het is heel begrijpelijk dat je een beetje zenuwachtig bent.'

Hij omarmde haar weer en kuste haar met een hartstocht die hem deed wensen dat hij niet zo gauw hoefde te vertrekken. 'Tot vannacht, Serenio,' fluisterde hij in haar oor.

'Jondalar, er is vanavond een Feest om de Moeder te eren,' zei ze. 'Ik vind dat we ons geen van beiden moeten binden met zoveel bezoekers. Waarom zien we niet gewoon hoe het vanavond loopt? We kunnen met elkaar slapen wanneer we maar willen.'

'Ik vergeten,' zei hij en knikte instemmend, maar om de een af andere reden voelde hij zich afgewezen. Het was vreemd, hij had het nog nooit zo gevoeld. Eerlijk gezegd was hij altijd degene geweest die ervoor had gezorgd dat hij zijn handen vrij had op een feest. Waarom zou hij zich gekwetst voelen omdat Serenio het hem gemakkelijk had gemaakt? In een opwelling besloot hij dat hij de avond met haar zou doorbrengen, Feest van de Moeder of niet.

'Jondalar!' Darvo kwam weer binnenstuiven. 'Ik moest je komen halen. Ze willen dat je komt.' Hij was ademloos van opwinding dat men hem zo'n belangrijke taak had toevertrouwd en stond te dansen van ongeduld. 'Schiet op, Jondalar. Ze vragen om je.'

'Kalm aan, Darvo,' zei de man glimlachend tegen de jongen. 'Ik komen. Ik niet missen Verbintenisfeest broer.'

Darvo glimlachte een beetje schaapachtig toen het tot hem doordrong dat ze niet zouden beginnen zonder Jondalar, maar het toomde zijn ongeduld niet in. Hij rende naar buiten. Jondalar haalde diep adem en volgde hem.

Bij zijn verschijning ging er een gemompel door de menigte en hij was blij de twee vrouwen te zien die op hem stonden te wachten. Ro-shario en Tholie leidden hem naar het aangelegde heuveltje bij de zijwand, waar de anderen wachtten. Op het hoogste punt van het heuveltje, hoofd en schouders boven de massa uit, stond een witharige figuur wiens gezicht deels werd bedekt door een houten halfmasker met gestileerde vogeltrekken.

Toen Jondalar naderbij kwam, schonk Thonolan hem een zenuwachtige glimlach. Hij probeerde begrip over te brengen met zijn glimlach. Als Jondalar al gespannen was geweest, dan kon hij zich wel zo ongeveer voorstellen hoe Thonolan zich moest voelen en het speet hem dat de gebruiken van de Sharamudiërs hen hadden verhinderd samen te zijn. Het viel hem op hoe goed zijn broer op zijn plaats leek en hij voelde een scherpe, schrijnende steek van spijt. Geen twee mensen hadden elkaar nader kunnen staan dan de twee broers tijdens hun Tocht, maar ze waren ieder hun eigen pad ingeslagen en Jondalar was zich intens van de scheiding bewust. Heel even werd hij overweldigd door een onverwacht verdriet.

Hij sloot zijn ogen en balde zijn vuisten om zich te beheersen. Hij hoorde stemmen uit de menigte en dacht dat hij een paar woorden opving: 'lang' en 'kleren'. Toen hij zijn ogen weer opende, viel het hem op dat één reden waarom Thonolan zo goed in het geheel paste, was dat hij volkomen als Sharamudiër was gekleed.

Geen wonder dat er commentaar was geweest op zijn kleren, dacht hij, en hij had heel even spijt dat hij had besloten zo'n buitenissig kostuum te dragen. Maar ja, Thonolan was nu een van hen, hij was geadopteerd om de verbintenis te vergemakkelijken. Jondalar was nog steeds Zelandoniër.

De lange man voegde zich bij de groep van zijn broers nieuwe verwanten. Hoewel hij formeel geen Sharamudiër was, waren ze ook zijn verwanten, in de tweede graad. Zij hadden, samen met de verwanten van Jetamio, het voedsel en de geschenken bijgedragen die onder de gasten zouden worden verdeeld. Naarmate er meer mensen waren aangekomen, had men meer bijdragen laten aanrukken. Het grote aantal bezoekers droeg bij tot de hoge achting en status van het jonge paar, maar het zou uiterst vernederend zijn als ze onbevredigd weggingen.

Een plotselinge stilte deed hen allemaal het gezicht wenden in de richting van een groep die naar hen toe kwam.

'Zie je haar?' vroeg Thonolan. Hij stond op zijn tenen.

'Nee, maar ze komt eraan, dat weet je,' zei Jondalar.

Toen ze bij Thonolan en zijn verwanten kwamen, spleet een wig in de beschermende falanx open om zijn verborgen schat te tonen. Thonolan kreeg een brok in zijn keel toen hij de met bloemen getooide schoonheid in het midden zag, die hem de stralendste glimlach gaf die hij ooit had gezien. Het geluk straalde zo duidelijk van hem af, dat Jondalar ook moest glimlachen. Zoals een bij wordt aangetrokken door een bloem, werd Thonolan aangetrokken door de vrouw die hij liefhad en hij leidde zijn gevolg naar het midden van haar groep, totdat Jetamio's verwanten Thonolan en zijn verwanten omringden.

De twee groepen gingen in elkaar op en vormden vervolgens paren terwijl de Shamud een steeds terugkerende reeks loopjes begon te blazen op een flageolet. Het ritme werd geaccentueerd door een andere persoon met een half vogelmasker, die op een grote, enkelvellige hoepeltrom speelde. Ook een Shamud, giste Jondalar. De vrouw was een vreemde voor hem en toch kwam ze hem bekend voor, misschien was het gewoon een overeenkomst tussen al Diegenen Die de Moeder Dienden, maar ze deed hem weer aan thuis denken.

Terwijl leden van de twee groepen verwanten zich opstelden en opnieuw opstelden in patronen die ingewikkeld leken, maar in werkelijkheid variaties waren op een eenvoudige reeks passen, speelde de witharige Shamud op het fluitje, waarvan het uiteinde was uitgesneden in de vorm van een vogel met opengesperde snavel. En sommige geluiden die het instrument voortbracht, bootsten precies het geluid van vogels na.

Ten slotte bleven de twee groepen in twee rijen tegenover elkaar staan met beide handen in elkaar geslagen en opgeheven om een lange boog te vormen. Toen het paar eronderdoor ging, werden ze gevolgd door de paren achter hen, tot een stoet van paren zich, onder aanvoering van de Shamud, naar het eind van het terras begaf en om de stenen wand trok. Jetamio en Thonolan kwamen vlak achter de fluitspeler, gevolgd door Markeno en Tholie en vervolgens Jondalar en Roshario, als naaste verwanten van het jonge paar. De rest van de groep verwanten kwam achter hen aan en de hele menigte Grotleden en gasten sloot de rij. De tromspelende Shamud, die tot de bezoekers behoorde, sloot zich aan bij de mensen van haar Grot.

De witharige Shamud voerde hen langs het pad naar de open plek waar de boten werden gemaakt, maar sloeg het zijpad in en bracht hen naar de Zegenboom. Terwijl de verzamelde menigte erbij kwam staan om de reusachtige oude eik, sprak de Shamud zacht tot het jonge paar om hun richtlijnen en adviezen te geven die een gelukkige relatie moesten verzekeren en de zegeningen van de Moeder uit moesten lokken. Alleen de naaste verwanten en een paar anderen die toevallig binnen gehoorsafstand stonden, waren deelgenoot van dat deel van de ceremonie. De rest van de menigte praatte onder elkaar tot ze merkten dat de Shamud stil stond te wachten.

In de groep maande men elkaar tot stilte, maar het zwijgen was vol gespannen afwachting. In de intense stilte weerklonken indringend het rauwe gekras van een Vlaamse gaai en het getrommel van een grote bonte specht. Daarna vulde een lieflijker lied de lucht toen een boomleeuwerik opsteeg.

Alsof dat het teken was waarop hij had gewacht, wenkte de figuur met het vogelmasker de twee jonge mensen dat ze naar voren moesten komen. De Shamud haalde een stuk koord tevoorschijn en maakte er met een overhandse knoop een lus in. Terwijl ze elkaar aankeken met ogen die voor niemand anders ruimte overlieten, sloegen Thonolan en Jetamio de handen ineen en staken ze door de lus.

'Jetamio met Thonolan, Thonolan met Jetamio, ik verbind jullie met elkaar,' zei de Shamud en hij trok het koord strak en bond hun polsen met een stevige knoop samen. 'Met het leggen van deze knoop, worden jullie met elkaar verbonden, en via elkaar met de banden van verwantschap en Grot. Met jullie verbintenis maken jullie het vierkant compleet dat werd begonnen met Markeno en

Tholie.' De twee andere jonge mensen stapten naar voren toen hun naam werd genoemd, en de vier pakten elkaar bij de hand.

'Zoals de Shamudiërs de gaven van het land delen, en de Ramudiërs de gaven van het water delen, zo vormen jullie nu samen Sharamudiërs, om elkaar altijd te helpen.'

Tholie en Markeno stapten terug en terwijl de Shamud een hoogtonig gefluit inzette, liepen Thonolan en Jetamio langzaam om de oude eikenboom heen. Bij de tweede rondgang riepen de toeschouwers gelukwensen terwijl ze bloemblaadjes, dennennaalden en vogeldons over hen gooiden.

Bij de derde rondgang om de Zegenboom sloten de toeschouwers zich lachend en schreeuwend aan. Iemand zette een verbintenisliedje in en er kwamen meer fluiten bij om de zangers te begeleiden. Plotseling haalde een van de Mamutiërs het schouderblad van een mammoet tevoorschijn. Ze sloeg er met een hamer op en iedereen hield even stil. De weergalmende klank verraste de meeste mensen, maar toen ze doorspeelde, waren ze nog verbaasder. De speler kon de klank en toonhoogte veranderen door het bot op verschillende plaatsen aan te slaan en volgde de melodie van zanger en fluit. Tegen het einde van de derde rondgang liep de Shamud weer vooraan en leidde de groep het pad af naar de open plek bij de rivier.

Jondalar had de laatste afwerking van de boot gemist. Hoewel hij aan bijna iedere fase van de bouw had meegewerkt, was het eindproduct een adembenemend gezicht. De boot leek groter dan hij zich kon herinneren en hij was om te beginnen al niet klein geweest. Maar nu werd zijn vijftien meter lengte in evenwicht gehouden door overeenkomstig hoge zijwanden van licht gebogen planken en een hoge, uitstekende achtersteven. Maar het voorste gedeelte lokte uitroepen van bewondering uit. De gebogen voorsteven ging sierlijk over in de uitgestrekte hals van een watervogel, uit hout uitgesneden en met pinnen in elkaar gezet.

Het boegstuk was beschilderd met donker okerrood en vaal okergeel, mangaanzwart en witte kalksteen. Laag op de romp waren ogen geschilderd om onder water te zien en verborgen gevaren uit de weg te gaan en boeg en achtersteven waren bedekt met geometrische figuren. Banken voor roeiers waren dwars over de boot gespannen en nieuwe riemen met breed blad en lange handvatten waren gereed. Een gele luifel van gemzenvel bekroonde het middenstuk als bescherming tegen regen of sneeuw en het hele vaartuig was versierd met bloemen en vogelveren.

Het was prachtig. Ontzagwekkend. En Jondalar voelde een opwelling van trots en een brok in zijn keel bij de gedachte dat hij aan de schepping hiervan had bijgedragen.

Alle verbintenissen vereisten een boot, hetzij een nieuwe, hetzij eentje die speciaal was opgeknapt, als onderdeel van de ceremonie, maar niet alle werden opgeluisterd door zo'n grote en prachtige boot. Het was toeval dat de Grot had besloten dat er nog een grote boot nodig was, op ongeveer hetzelfde tijdstip dat het jonge paar zijn voornemens bekend had gemaakt. Maar nu leek hij bijzonder van pas te komen, vooral aangezien er zoveel bezoekers waren gekomen. Zowel de Grot als het jonge paar steeg door de prestatie in aanzien.

Het pasverbonden paar klauterde de boot in, een beetje onhandig met hun samengebonden polsen, en nam in het midden, onder de luifel plaats. Velen van de naaste verwanten volgden hen en sommigen gingen aan de riemen zitten. De boot was tussen blokken hout gestut om te voorkomen dat hij uit balans raakte, en de houtblokken liepen helemaal door tot de waterkant. Grotleden en bezoekers dromden om de boot heen om hem de rivier in te duwen en onder gekreun en gelach werd de nieuwe boot te water gelaten.

Ze hielden het nieuwe vaartuig bij de oever tot het in orde bevonden was – het maakte geen slagzij en lekte ook niet ernstig – en gingen toen stroomafwaarts voor de eerste reis naar de aanlegsteiger van de Ramudiërs. Verschillende andere boten van uiteenlopende afmetingen kozen water en omringden de nieuwe watervogel als jonge eendjes.

Degenen die niet via het water terugkeerden, haastten zich terug via het pad, in de hoop voor het jonge paar op het hoge terras te zijn. Bij de aanlegsteiger klommen verschillende mensen via het steile pad langs de waterval omhoog en maakten aanstalten de grote, platte mand te laten zakken waarin Thonolan en Jondalar indertijd naar het terras waren gehesen. Maar deze keer werden Thonolan en Jetamio omhooggetild, met hun handen nog steeds samengebonden. Ze hadden toegezegd zich aan elkaar te binden en gedurende die dag althans zouden ze niet gescheiden worden.

Reusachtige hoeveelheden eten werden opgediend en genuttigd met hoeveelheden wijn, gemaakt van paardebloem die bij nieuwe maan waren geplukt. Er werden geschenken uitgedeeld aan alle bezoekers, waarvoor men in gelijke mate aanzien terugkreeg. Maar toen de avond viel begon de nieuwe woning die voor het jonge paar was gebouwd, bezoekers te zien, aangezien de gasten stilletjes naar binnen glipten en 'een kleinigheidje' voor de pasverbondenen achterlieten om hun geluk te wensen. De geschenken werden anoniem gegeven om de aandacht niet af te leiden van de weelde die, ter ere van de verbintenis, tentoongespreid werd door de Grot die als gastheer optrad. Maar in werkelijkheid zou de waarde van de ontvangen geschenken worden vergeleken met de waarde van de verstrekte waren en als die groter was dan bij een vorige gelegenheid zou dat in de herinnering blijven hangen, want de geschenken waren niet echt anoniem. De vorm, het ontwerp en de geschilderde of uitgesneden details verkondigden even duidelijk wie de schenker was als wanneer ze openlijk waren aangeboden; zo niet de maker persoonlijk, die betrekkelijk onbelangrijk was, dan toch de familie, groep of Grot. Door een wederzijds bekend systeem van waardebepaling speelden de gegeven en ontvangen geschenken een belangrijke rol bij het onderlinge prestige, de eer en de status van de verschillende groepen. Hoewel het niet fel werd, was er wel een hevige concurrentiestrijd om de achting.

'Hij krijgt beslist een hoop aandacht, Thonolan,' zei Jetamio. Het viel haar op dat de lange man, die nonchalant in de buurt van de overkapping tegen een boom leunde, werd omringd door een handjevol vrouwen die om hem heen hingen.
'Altijd zo. Hij maakt dat vrouwen komen naar hem als... een mot naar het vuur,' zei Thonolan terwijl hij Jetamio hielp een eiken kist bosbessenwijn naar buiten te dragen voor de feestvierende gasten. 'Heb jij dat niet gemerkt? Ben jij nooit aangetrokken?'
'Jij glimlachte het eerst tegen me,' zei ze en zijn brede grijns ontlokte haar stralende reactie. 'Maar ik geloof dat ik het wel begrijp. Het zijn niet alleen zijn ogen. Hij valt op, vooral in die kleren. Ze staan hem goed. Maar dat is het niet alleen. Ik denk dat vrouwen voelen dat hij... zoekende is. Naar iemand op zoek. En hij is zo meevoelend... gevoelig... lang en zo goed gebouwd. Heel knap eigenlijk. En zijn ogen hebben iets. Is het je ooit opgevallen dat ze paars kleuren in het licht van het vuur?' zei ze.
'Ik dacht dat je zei dat je niet aangetrokken...' zei Thonolan met een ontzette blik, tot ze schalks knipoogde.
'Ben je jaloers op hem?' vroeg ze vriendelijk.
Thonolan zweeg even. 'Nee. Nooit. Ik weet niet waarom, veel mannen jaloers. Jij kijkt naar hem, jij denkt hij heeft alles. Zoals jij zegt: goed gebouwd, knap, kijk maar, alle vrouwen in de buurt. En meer. Goed met zijn handen. Beste steenklopper die ik ooit heb gezien. Goed hoofd, maar hij schept niet op. Mensen vinden hem aardig, mannen, vrouwen, allebei. Hij zou gelukkig moeten zijn, maar is dat niet. Hij moet iemand als jij vinden, Tamio.'

'Nee, niet als ik. Maar wel iemand. Ik mag je broer graag, Thonolan. Ik hoop dat hij vindt wat hij zoekt. Misschien een van die vrouwen?'

'Dat ik denk niet. Ik heb dat al eerder gezien. Misschien vindt hij een – of meer – leuk, maar hij vindt niet wat hij wil.' Ze schepten wat van de wijn in waterzakken en lieten de rest staan voor de feestvierders. Toen liepen ze in Jondalars richting.

'En Serenio? Hij lijkt op haar gesteld te zijn en ik weet dat zij meer voor hem voelt dan ze wil toegeven.'

'Hij gesteld op haar, ook gesteld op Darvo. Maar... misschien is niemand voor hem. Misschien zoekt hij naar een droom, naar een donii.' Thonolan glimlachte teder. 'De eerste keer dat jij glimlachte naar mij, denk ik dat jij donii was.'

'Wij zeggen dat de geest van de Moeder in een vogel verandert. Ze wekt de zon met Haar zang en brengt de lente met Zich mee uit het zuiden. In de herfst blijven een paar achter om ons aan Haar te herinneren. De prooivogels, de ooievaars, iedere vogel is een verschijningsvorm van Mudo.' Een sliert kinderen kwam voor hen rennen en bracht hen tot staan. 'Kleine kinderen houden niet van vogels, vooral niet als ze ondeugend zijn. Ze denken dat de Moeder ze in de gaten houdt en alles weet. Sommige moeders vertellen hun kinderen dat. Ik heb wel verhalen gehoord van volwassen mannen die er door het zien van bepaalde vogels toe gedreven werden een wandaad te bekennen. Anderen zeggen weer dat Zij je naar huis zal leiden als je verdwaald bent.'

'Wij zeggen de geest van de Moeder wordt donii, vliegt op de wind. Misschien ziet ze uit als een vogel. Ik heb dat nog nooit gedacht,' zei hij en hij gaf een kneepje in haar hand. Toen keek hij haar aan en fluisterde in een opwelling van liefde met een stem hees van emotie: 'Ik heb nooit gedacht dat ik jou zou vinden.' Hij probeerde haar te omarmen, maar merkte weer dat hij aan haar pols zat vastgebonden en fronste zijn voorhoofd. 'Ik ben blij dat wij de knoop hebben gesloten, maar wanneer snijden wij door? Ik wil jou omarmen, Tamio.'

'Misschien is het wel de bedoeling dat we er zo achter komen dat we ook te nauw verbonden kunnen zijn,' lachte ze. 'We kunnen straks wel weggaan. Laten we je broer wat wijn brengen voor alles op is.'

'Hij misschien niet willen. Hij maken show van drinken, maar niet veel drinken. Hij niet graag dwaze dingen doet.' Toen ze onder de overkapping vandaan kwamen, werden ze meteen opgemerkt.

'Daar zijn jullie! Ik wou je geluk toewensen, Jetamio,' zei een jonge vrouw. Ze was een Ramudische van een andere Grot, jong en vrolijk. 'Wat heb jij geboft. Wij krijgen nooit knappe bezoekers die bij ons overwinteren.' Ze probeerde de aandacht te trekken en hoopte op een innemende glimlach van de lange man, maar die keek met zijn opvallende ogen naar een andere jonge vrouw.

'Dat is zo. Ik heb geboft,' zei Jetamio met een warme glimlach naar haar levensgezel.

De jonge vrouw keek naar Thonolan en slaakte een zucht. 'Ze zijn allebei zo knap. Ik geloof niet dat ik een keus had kunnen maken!'

'En dat was ook niet nodig geweest, Cherunio,' zei de andere jonge vrouw. 'Als je een verbintenis wilt, zul je je tot één moeten beperken.'

Er werd hard om gelachen, maar de jonge vrouw genoot van de aandacht die ze daardoor kreeg. 'Ik heb alleen nog geen man gevonden waar ik me aan bind.'

Ze draaide zich om naar Jondalar.

Cherunio was de kleinste vrouw die in zijn buurt stond en Jondalar had haar echt nog niet gezien. Toen zag hij haar. Hoewel niet groot was ze een echte vrouw en ze had een aanstekelijk enthousiasme en plezier. Ze was heel anders dan Serenio. Hij liet merken dat ze hem interesseerde en Cherunio trilde bijna van opwinding nu ze zijn aandacht had getrokken. Ze draaide opeens haar hoofd om omdat ze iets hoorde.

'Ik hoor aan het ritme dat ze een parendans gaan doen,' zei ze. 'Kom op, Jondalar.'

'Passen niet kennen,' zei hij.

'Ik zal het je voordoen, het is niet moeilijk,' zei Cherunio, die hem begerig in de richting van de muziek trok. Hij zwichtte voor de uitnodiging.

'Wacht, wij komen ook,' zei Jetamio.

De andere vrouw vond het niet zo leuk dat Cherunio zo snel Jondalars aandacht had getrokken en hij hoorde Radonio zeggen, 'Het is toch niet zo moeilijk!' wat gevolgd werd door een lachsalvo. Maar toen het viertal naar het dansen liep, hoorde hij het heimelijke gefluister niet meer.

'Hier is de laatste waterzak met wijn, Jondalar,' zei Thonolan. 'Jetamio zegt dat men van ons verwacht dat wij de dans openen, maar we hoeven niet te blijven. We knijpen er zo gauw mogelijk tussenuit.'

'Wil je hem niet meenemen? Voor een eigen feestje?' Thonolan grijnsde naar zijn gezellin. 'Nou, het is niet echt de laatste – we hebben er een weggestopt. Maar ik denk niet dat we hem nodig

hebben. Het is alleen al een feest om samen te zijn met Jetamio.'
'Hun taal klinkt zo leuk. Vind je niet, Jetamio?' vroeg Cherunio.
'Versta jij het?'
'Een beetje, maar ik ga het leren. En ook het Mamutisch. Het was Tholies idee dat we allemaal elkaars taal gaan leren.'
'Tholie zeggen beste manier om Sharamudisch te leren, is steeds praten. Zij gelijk. Spijt me, Cherunio. Niet beleefd, praten Zelandonisch,' zei Jondalar verontschuldigend.
'O, ik vind het niet erg,' zei Cherunio, maar dat vond ze wel. Ze werd niet graag buiten het gesprek gehouden. Maar de verontschuldiging was voor haar meer dan bevredigend en het feit dat ze was opgenomen in het aparte groepje van het nieuwe paar en de lange, knappe Zelandoniër was een compensatie. Ze was zich wel bewust van de jaloerse blikken van verscheidene jonge vrouwen. Ongeveer aan het eind van het veld, buiten de overkapping, brandde een vreugdevuur. Ze stapten de schaduw in en gaven de zak met wijn door. Toen zich een groepje had gevormd, lieten de twee jonge vrouwen de basispassen van de dans zien. Fluiten, trommels en ratels zetten een levendige melodie in die werd overgenomen door de bespeelster van het mammoetbot en de klanken die veel weg hadden van die van een xylofoon, zorgden voor een uniek geluid.
Toen het dansen eenmaal was begonnen, merkte Jondalar dat de basispassen konden worden uitgebreid met variaties die slechts werden beperkt door de fantasie en vaardigheid van de danser en af en toe toonde iemand, of een paar, zo'n buitengewoon groot enthousiasme dat alle anderen ophielden om ze schreeuwend aan te moedigen en met hun voeten de maat te stampen.
Cherunio was een opgewekte partner en Jondalar, die meer wijn dronk dan hij gewend was, begon in de stemming te komen. Er begon iemand met een vraag-en-antwoordlied door de eerste bekende regel te zingen. Hij ontdekte algauw dat het een liedje was waarvan de woorden werden aangepast aan de gelegenheid en door iedereen werden bedacht, met de bedoeling de lachlust op te wekken, vaak met toespelingen op de Gaven van het Genot. Het werd spoedig een wedstrijd tussen degenen die probeerden grappig te zijn en degenen die probeerden niet te lachen. Sommige deelnemers trokken zelfs gekke gezichten in een poging de gewenste reactie te krijgen. Toen stapte er een man naar het midden van de kring, die deinde op het ritme van het lied.
'Daar staat Jondalar, zo breed en lang, hij had kunnen uitzoeken. Cherunio is lief maar klein. Hij zal zijn rug breken of misschien vallen.'

Het liedje van de man bracht het gewenste resultaat, de anderen huilden van het lachen.

'Hoe wou je het doen, Jondalar?' riep er een. 'Je zult je rug al moeten breken om haar te kussen!'

Jondalar grijnsde naar de jonge vrouw. 'Niet breken rug,' zei hij. Toen tilde hij Cherunio op en kuste haar op de maat van de stampende voeten en het lachend applaus. Ze hing letterlijk met haar voeten van de grond, sloeg haar armen om zijn nek en kuste hem hartstochtelijk terug. Hij had verscheidene paartjes de groep zien verlaten, naar tenten of verborgen hoekjes en hij had zelf ook al in die richting gedacht. Haar opvallend enthousiasme om te kussen bracht hem op het idee dat ze wel eens gewillig kon zijn.

Ze konden niet meteen weggaan – dat zou alleen nog meer gelach veroorzaken – maar ze konden zich alvast wat terugtrekken. Er kwamen weer wat nieuwe mensen bij de zangers en toeschouwers en het tempo veranderde. Dit was het goede moment om in de schaduw te verdwijnen. Terwijl hij Cherunio behoedzaam probeerde mee te nemen, verscheen Radonio plotseling.

'Jij hebt hem de hele avond gehad, Cherunio. Vind je ook niet dat het tijd wordt hem even af te staan? Dit is per slot van rekening een feest ter ere van de Moeder en er wordt van ons verwacht dat we Haar Gave delen.'

Radonio drong zich tussen hen in en kuste Jondalar. Vervolgens omhelsde een andere vrouw hem en toen nog verscheidene anderen. Hij werd omgeven door jonge vrouwen en liet zich eerst welgevallen dat ze hem kusten en liefkoosden. Tegen de tijd dat verscheidene handen hem begonnen te betasten, wist hij niet meer of hij het wel zo prettig vond. Om te genieten moest je toch wel kunnen kiezen. Hij hoorde dat ze om hem kibbelden, maar hij kreeg het opeens druk om de handen af te weren die probeerden zijn broek los te maken en erin te tasten. Dat was te veel. Hij schudde ze niet al te zachtzinnig van zich af. Toen ze eindelijk begrepen dat hij niet aangeraakt wilde worden, bleven ze op een afstandje aanstellerig staan lachen. Opeens zag hij dat er een ontbrak.

'Waar Cherunio is?' vroeg hij.

De vrouwen keken elkaar aan en gierden van het lachen.

'Waar Cherunio is?' vroeg hij streng en toen hij alleen wat gegiechel als antwoord kreeg stapte hij snel naar Radonio en greep haar vast. Hij deed haar arm pijn, maar ze wou niet toegeven.

'We vonden dat zij je niet alleen hoefde te hebben,' zei Radonio en ze probeerde te glimlachen. 'Iedereen wil de grote, knappe Zelandoniër hebben.'

'Zelandoniër niet willen iedereen. Waar Cherunio is?'

Radonio wendde haar gezicht af en weigerde te antwoorden.

'Jij wilt grote Zelandoniër, zeg je?' Hij was kwaad en dat was aan zijn stem te horen. 'Jij krijgen grote Zelandoniër!' Hij duwde haar op de knieën.

'Je doet me pijn! Waarom helpen jullie me niet?'

Maar de andere jonge vrouwen wisten niet of ze wel dichterbij wilden komen. Jondalar pakte Radonio vast en duwde haar voor het vuur op de grond. De muziek was opgehouden en de mensen drongen op, niet wetend of ze tussenbeide moesten komen. Ze worstelde om overeind te komen, maar hij hield haar met zijn lichaam tegen.

'Jij wilt grote Zelandoniër, je had hem. Nu, waar Cherunio?'

'Hier ben ik, Jondalar. Ze hebben me daar vastgehouden, met iets in mijn mond. Ze zeiden dat het maar een grapje was.'

'Slechte grap,' zei hij, terwijl hij opstond en vervolgens Radonio overeind hielp. De tranen stonden haar in de ogen en ze wreef haar arm.

'Je hebt me pijn gedaan,' huilde ze.

Opeens besefte hij dat het als een grap was bedoeld en hij had er slecht op gereageerd. Ze hadden hem geen pijn gedaan en Cherunio ook niet. Hij had Radonio ook geen pijn moeten doen. Zijn boosheid verdween en maakte plaats voor spijt. 'Ik... Ik niet bedoelen jou pijn doen... Ik...'

'Je hebt haar geen pijn gedaan, Jondalar. Zo erg was het niet,' zei een van de mannen die het had gezien. 'En ze kon het verwachten. Ze begint altijd en zoekt altijd moeilijkheden.'

'Jij zou wel willen dat ze met jou iets begon,' zei een van de jonge vrouwen die het voor Radonio opnam, nu er weer gewoon gepraat kon worden.

'Jullie denken misschien dat een man het leuk vindt wanneer jullie zo allemaal op hem af komen, maar dat is niet zo.'

'Dat is niet waar,' zei Radonio. 'Jij denkt dat we je niet hebben gehoord als je denkt dat je alleen bent en grapjes maakt over de een of andere vrouw. Ik heb je horen zeggen dat je alle vrouwen tegelijk wilt hebben. Ik heb je ook horen zeggen dat je wel meisjes wilt hebben vóór hun Eerste Riten, terwijl je weet dat je ze niet mag aanraken, ook niet als de Moeder ze heeft klaargemaakt.'

De jonge man bloosde en Radonio maakte er gebruik van. 'Sommigen van jullie zeggen zelfs dat ze platkopvrouwen zouden pakken!'

Opeens verscheen er een vrouw. Ze doemde op uit de schaduwen rond het vuur. Ze was niet zo groot, maar wel dik, heel gezet. De schuine plooi van haar oogleden wees op een vreemde afkomst, evenals de tatoeage op haar gezicht. Maar ze droeg een tuniek van Shamudisch leer.

'Radonio!' zei ze. 'Het is niet nodig om smerige taal te gebruiken op een feest ter ere van de Moeder.' Nu herkende Jondalar haar.

'Het spijt me, Shamud,' zei Radonio en ze boog het hoofd. Ze bloosde verlegen en ze had echt berouw. Jondalar besefte dat ze heel jong was. Het waren bijna allemaal nog meisjes. Hij had zich afschuwelijk gedragen.

'Mijn lieve kind,' zei de vrouw vriendelijk tegen Radonio. 'Een man wil gevraagd worden, niet overvallen.'

Jondalar bekeek de vrouw met heel andere ogen. Hij dacht er ongeveer net zo over.

'Maar we wilden hem geen pijn doen. We dachten dat hij het leuk zou vinden... na een poosje.'

'Dat was misschien ook wel zo geweest wanneer jullie het niet zo ruw hadden gedaan. Niemand vindt het leuk om het gedwongen te doen. Jullie zouden het toch ook niet leuk vinden als je verkracht werd?'

'Hij heeft me pijn gedaan!'

'Zo. Heeft hij je soms iets laten doen tegen je wil? Ik denk dat dat veel meer pijn had gedaan. En wat denk je van Cherunio? Heeft iemand van jullie eraan gedacht dat je haar misschien pijn deed? Je kunt niemand dwingen tot het Genot. Dat wil de Moeder niet. Dat is misbruik maken van Haar Gave.'

'Shamud, jij moet inzetten...'

'Ik houd het spel op. Kom, Radonio. Het is feest. Mudo wil dat Haar kinderen gelukkig zijn. Het was maar een incidentje – laat het je plezier niet bederven, liefje. Het dansen is weer begonnen, doe mee.'

Terwijl de vrouw terugging naar haar gokspel, nam Jondalar Radonio bij de handen. 'Ik... spijt hebben. Ik niet nadenken. Niet pijn willen doen. Ik schaam me... Alsjeblieft vergeven?'

Radonio's eerste ingeving was te blijven mokken en zich boos terug te trekken, maar toen ze zijn ernstige gezicht en diepviolette ogen zag, smolt ze weg. 'Het was een dom... kinderachtig grapje,' zei ze en ze werd bijna overweldigd door de kracht van zijn aanwezigheid en boog zich naar hem toe. Hij hield haar vast, boog voorover en gaf haar een lange, ervaren kus.

'Dank je, Radonio,' zei hij en draaide zich om om weg te gaan.

'Jondalar!' riep Cherunio hem na. 'Waar ga je heen?'

Hij was haar vergeten, besefte hij met een plotseling opkomend schuldgevoel. Hij liep terug naar de kleine, knappe, opgewekte jonge vrouw – ze was zonder twijfel aantrekkelijk – tilde haar op en kuste haar met hartstocht en spijt.

'Cherunio, ik beloven. Dit niet gebeuren als ik niet gauw belofte breken, maar jij maken zo gemakkelijk vergeten. Ik hoop... andere keer. Alsjeblieft, niet boos zijn,' zei Jondalar en liep snel naar de onderkomens onder de zandstenen overkapping.

'Waarom moest jij het voor iedereen bederven, Radonio?' zei Cherunio terwijl ze hem nakeek.

De leren afscheiding voor de toegang tot het onderkomen dat hij met Serenio deelde, hing naar beneden, maar er waren geen gekruiste planken die hem de weg versperden. Hij slaakte een zucht van verlichting. Ze was tenminste niet met iemand anders binnen. Toen hij de afscheiding opzij duwde, zag hij dat het donker was. Misschien was ze er niet. Misschien was ze uiteindelijk toch bij iemand anders. Stel je voor, hij had haar, na de plechtigheid, de hele avond niet gezien. En zij was degene die geen verplichting wilde; hij had alleen zichzelf beloofd dat hij de nacht bij haar zou doorbrengen. Misschien had ze andere plannen of misschien had ze hem met Cherunio gezien.

Hij liep op de tast verder naar achteren waar een verhoging was, bedekt met vachten en een donzen kussen. Darvo's bed tegen de zijwand was leeg. Dat had hij wel verwacht. Er kwam nooit veel bezoek, zeker niet van zijn leeftijd. Waarschijnlijk had hij een paar jongens ontmoet en zou hij de nacht bij hen doorbrengen, samen proberen wakker te blijven.

Toen hij bij de achterwand kwam, spitste hij zijn oren. Hoorde hij ademhalen? Hij stak zijn hand uit en voelde een arm. Er trok een warme glimlach van vreugde over zijn gezicht.

Hij liep weer naar buiten en haalde een gloeiende kool uit het grote vuur. Die legde hij op een stuk hout en haastte zich terug. Hij stak de mospit van een stenen lampje aan en plaatste twee planken schuin over elkaar voor de opening, wat betekende dat ze niet gestoord wensten te worden. Hij pakte de lamp, liep zachtjes naar het bed en keek naar de slapende vrouw. Zou hij haar wakker maken? Hij besloot het te doen, maar wel rustig en voorzichtig.

Die gedachte wekte zijn geslachtsdrift op. Hij deed zijn kleren uit en gleed naast haar, behaaglijk in haar warmte. Hij rook haar vrouwelijke geur. Hij ontdekte al haar lijnen: haar armen tot de vingertoppen, haar puntige schouderbladen en de ruggengraat die naar de lendenen leidde en de volheid van haar billen, dan haar dijen, de knieholten, haar kuiten en enkels. Ze trok haar voeten weg toen hij haar voetzolen streelde. Hij sloeg een arm om haar heen om haar borst in zijn hand te nemen en hij voelde de tepel samentrekken en hard worden. Hij zou er wel aan willen zuigen, maar in plaats daarvan drukte hij zich tegen haar rug en begon haar schouders en nek te kussen.

Hij vond het heerlijk om haar lichaam te strelen en opnieuw te ontdekken. Niet alleen het hare, dat wist hij wel. Hij hield van ieder vrouwenlichaam, ook om het gevoel dat bij hem werd opgewekt. Zijn lid werd al stijf, begerig, maar was nog wel in bedwang te houden. Het was altijd beter wanneer hij er niet te gauw aan toegaf.

'Jondalar?' vroeg een slaperige stem.

'Ja,' zei hij.

Ze ging op haar rug liggen en opende haar ogen. 'Is het al ochtend?'

'Nee.' Hij steunde op zijn arm en keek op haar neer terwijl hij een borst streelde; toen boog hij voorover om aan de tepel te zuigen die hij al eerder in zijn mond wilde voelen. Hij streelde haar buik en stak zijn hand in de warmte tussen haar dijen, legde hem op haar schaamhaar. Ze had het zachtste zijdeachtige haar dat hij ooit bij een vrouw had gevoeld.

'Ik wil je, Serenio. Ik wil vannacht Moeder met jou eren.'

'Je moet me even de tijd geven om wakker te worden,' zei ze, maar er speelde een glimlach om haar mondhoeken. 'Is er nog wat koude thee? Ik wil mijn mond spoelen – van wijn krijg ik altijd zo'n vieze smaak in mijn mond.'

'Ik kijken,' zei hij en hij stond op.

Serenio glimlachte loom toen hij terugkwam met een kom. Soms vond ze het alleen al fijn om naar hem te kijken – hij was zo echt mannelijk: de spieren die zich op zijn rug spanden wanneer hij zich bewoog, zijn krachtige borst met het blonde krulhaar, zijn harde buik en zijn sterke gespierde benen. Zijn gezicht was bijna te volmaakt: een krachtige hoekige kaak, rechte neus, sensuele lippen – ze wist hoe sensueel die konden zijn. Zijn trekken waren zo fijn gevormd dat men hem mooi zou vinden als hij niet zo mannelijk was, of als *mooi* een woord was dat normaal voor mannen werd gebruikt. Zelfs zijn handen waren krachtig en toch gevoelig en zijn ogen, die onmogelijk blauwe ogen, met hun dwingende uitdrukking, die een vrouwenhart in vuur en vlam konden zetten, die haar konden doen verlangen naar dat stijve, trotse, prachtige lid, dat al naar voren stak voor ze het zag.

Ze was wel een beetje geschrokken toen ze het de eerste keer zo zag, voor ze begreep hoe goed hij het kon gebruiken. Hij drong het nooit op, gaf haar niet meer dan ze kon verdragen. Ze dwong eerder zichzelf ertoe, wou alles hebben en wenste dat ze hem helemaal kon hebben. Ze was blij dat hij haar had gewekt. Ze kwam overeind toen hij haar de kom gaf, maar voor ze een slok nam, boog ze voorover en nam de kloppende top in haar mond. Hij sloot zijn ogen en genoot ervan.

Ze ging zitten en dronk wat. Toen stond ze op. 'Ik moet er even uit,' zei ze. 'Zijn er nog veel mensen op? Ik heb geen zin om iets aan te trekken.'

'Mensen dansen nog, is nog vroeg. Misschien beter kist gebruiken.'

Toen ze naar het bed terugliep, bekeek hij haar. O, Moeder! Het was een prachtige vrouw, zulke lieve trekken, zulk zacht haar. Ze had lange, sierlijke benen, kleine, goedgevormde billen. Ze had kleine, stevige borsten, met grote vooruitstekende tepels – het waren nog meisjesborsten. Een paar strepen op haar buik waren het enige bewijs van haar moederschap en een paar lijntjes bij haar ooghoeken verrieden haar leeftijd.

'Ik dacht dat je laat terug zou komen – het is feest,' zei ze.

'Waarom jij hier? Zei je niet "geen verplichting"?'

'Ik heb niemand ontmoet die me interesseerde en ik was moe.'

'Jij interessant... Ik niet moe,' zei hij glimlachend. Hij nam haar in zijn armen en kuste haar warme mond. Zijn tong ging op zoek. Hij trok haar dicht tegen zich aan. Ze voelde iets warms tegen haar buik kloppen en er trok een warm gevoel door haar heen.

Hij had het willen rekken, zich willen bedwingen tot ze er klaar voor was, maar hij kuste begerig haar mond, haar hals en zoog aan haar tepels terwijl ze zijn mond tegen haar borst drukte. Zijn hand ging naar haar vagina en voelde dat die heet en vochtig was. Er ontsnapte een kreetje aan haar lippen toen hij dat kleine harde knobbeltje tussen haar schaamlippen streelde. Ze kwam omhoog en drukte zich tegen hem aan terwijl hij de plaats streelde die haar genot gaf, zoals hij wist.

Hij voelde wat ze nu wou. Ze veranderde van houding – hij ging op zijn zij liggen en zij op haar rug. Ze sloeg een been om zijn heup en stak het andere tussen zijn benen. Terwijl hij haar gevoelige plekje streelde stak ze haar hand uit om zijn begerige lid haar diepe spleet binnen te leiden. Ze schreeuwde hartstochtelijk toen hij bij haar binnendrong en ze de intense opwinding van de beide gewaarwordingen tegelijk kreeg.

Hij voelde haar warmte om hem heen sluiten en bewoog in haar terwijl ze met wippende heupen op hem kwam liggen. Ze probeerde hem er helemaal in te krijgen. Hij trok terug en drong weer bij haar binnen tot hij niet verder kon. Ze duwde tegen zijn hand en hij wreef sneller terwijl hij zijn lid weer in haar stootte. Hij was zo heet en zij schreeuwde het uit terwijl haar opwinding toenam. Ze drukte zich tegen hem aan; hij voelde de spanning in zijn lichaam. Hij masseerde haar snel, stootte telkens weer en toen werden ze door krachtige, golvende bewegingen samen naar een bijna niet te dragen hoogtepunt gevoerd en ze werden overstroomd door een heerlijke ontspanning. Een paar laatste stoten ontlokten hun een huivering en een volledige bevrediging.

Ze bleven stil liggen, snel ademend, met hun benen nog om elkaar heen. Ze drukte zich tegen hem aan. Nu kon ze hem pas helemaal in zich opnemen, voor hij slap werd en niet meer zo gezwollen was. Hij scheen haar altijd meer te geven dan ze hem kon geven. Hij wou zich niet bewegen... Hij kon wel in slaap vallen, maar dat wilde hij niet. Eindelijk trok hij zijn slappe lid terug en kroop tegen haar aan. Ze bleef stil liggen, maar hij wist dat ze niet sliep.

Hij liet zijn gedachten de vrije loop en merkte opeens dat hij aan Cherunio en Radonio dacht en al de andere jonge vrouwen. Hoe zou het geweest zijn als hij met hen naar bed was gegaan? Om al die hete, huwbare vrouwenlichamen om zich heen te voelen, met hun warme dijen, hun ronde billen en vochtige spleten. Om de borst van de een in zijn mond te hebben en met zijn handen de lichamen van twee andere vrouwen te betasten. Hij voelde zijn opwinding terugkomen. Waarom had hij ze afgewezen? Soms kon hij toch echt stom zijn.

Hij keek naar de vrouw naast hem en vroeg zich af hoe lang het zou duren om haar weer zover te krijgen. Hij ademde in haar oor. Ze glimlachte. Hij kuste haar hals en vervolgens haar mond. Deze keer zou het langzamer gaan, hij zou er de tijd voor nemen. Ze is een mooie, heerlijke vrouw... Waarom kan ik niet verliefd worden?

13

Toen Ayla bij de vallei aankwam, zat ze met een probleem. Het was haar bedoeling geweest haar vlees op het strandje uit te benen en te drogen. Ze zou dan buiten slapen, net als ze de vorige keer had gedaan. Maar de gewonde holenleeuw kon alleen in de grot behoorlijk verzorgd worden. Het jong was groter dan een vos en veel gedrongener, maar ze kon hem wel dragen. Een volgroeide eland was een heel andere kwestie. De punten van de twee speren die achter Whinney aan sleepten en die de steunpunten vormden van de slede, stonden te ver uit elkaar om op het smalle pad naar de grot te passen. Ze wist niet hoe ze haar zwaarbevochten prooi naar de grot moest krijgen en ze durfde hem niet onbewaakt op het strandje achter te laten met de hyena's zo vlak op haar hielen.

Ze maakte zich terecht zorgen. Alleen al in de korte tijd die ze nodig had om het leeuwtje naar de grot te dragen, stonden er hyena's te grommen boven de met de grasmat bedekte eland, die nog steeds op de slede lag. Ze trokken zich niets aan van Whinneys schichtige uitwijkpogingen. Ayla's slinger was al in actie nog voor ze halverwege het pad naar beneden was en een hard weggeslingerde steen was dodelijk. Ze sleepte de hyena aan een achterpoot om de stenen wand de wei in, hoewel ze het vreselijk vond het beest aan te raken. Hij stonk naar het aas waarmee hij zich het laatst had gevoed, en ze waste haar handen in de stroom voor ze haar aandacht op het paard richtte.

Whinney stond te trillen en te zweten. Ze zwiepte van zenuwachtige opwinding met haar staart. De geur van de holenleeuw zo dicht bij haar was al haast meer geweest dan ze kon verdragen, en de lucht van de hyena's op haar spoor was nog erger. Ze had geprobeerd rond te cirkelen toen de beesten zich om Ayla's prooi samentrokken, maar een poot van de slede was in een rotsspleet blijven hangen. Ze was haast in paniek.

'Dit is een zware dag voor je geweest, hè, Whinney?' zei Ayla. Ze sloeg toen haar armen om de hals van het paard en hield haar eenvoudig tegen zich aan, zoals ze dat bij een bang kind zou doen. Whinney leunde tegen haar aan, briesend door haar neus. Ze beefde, maar de nabijheid van de jonge vrouw kalmeerde haar ten slotte. Het paard was altijd behandeld met liefde en geduld en gaf er vertrouwen en bereidwilligheid voor terug.

Ayla begon de geïmproviseerde slede uit elkaar te halen. Ze wist nog steeds niet precies hoe ze de eland naar de grot moest krijgen, maar toen de ene stok was losgemaakt, zwaaide hij dichter naar de andere toe, zodat de twee punten van de vroegere speren heel dicht bij elkaar kwamen. Haar probleem had zichzelf opgelost. Ze maakte de stok opnieuw vast, zodat hij op zijn plaats zou blijven, en leidde Whinney in de richting van het pad. De lading lag niet stabiel, maar ze hoefden maar een kleine afstand af te leggen.

Whinney kostte het meer inspanning. De eland en het paard waren ongeveer even zwaar en het pad was steil. Het deed Ayla de kracht van het paard beseffen en gaf haar inzicht in het voordeel dat ze had behaald door deze te benutten. Toen ze bij het stenen portaal waren, verwijderde Ayla alle lasten en omhelsde de jonge merrie dankbaar. Ze ging de grot binnen, in de verwachting dat Whinney haar wel zou volgen, maar draaide zich om bij het zenuwachtige gehinnik.

'Wat is er aan de hand?' gebaarde ze.

Het holenleeuwtje lag nog precies waar ze het had achtergelaten. Het leeuwtje, dacht ze. Whinney ruikt het leeuwtje. Ze ging terug naar buiten.

'Wees maar niet bang, Whinney. Dat kleintje kan je geen kwaad doen.' Ze wreef over Whinneys zachte neus en spoorde het paard, met de arm om de stevige hals geslagen, zachtjes aan de grot in te gaan. Vertrouwen in de vrouw won het weer van de angst. Ze leidde het paard naar het leeuwtje. Whinney snuffelde voorzichtig, deinsde terug en hinnikte. Toen liet ze haar snoet weer zakken om nog een keer aan het roerloze jong te snuffelen. Er hing wel een roofdiergeur, maar de jonge leeuw deed geen kwaad. Whinney snuffelde nog een keer aan het leeuwtje en gaf hem een duwtje met haar neus. Toen leek ze te besluiten de nieuwe aanwinst in de grot te accepteren. Ze liep naar haar plaats en begon van het hooi te eten.

Ayla richtte haar aandacht op het gewonde kleintje. Het was een donzig schepseltje met vage geelbruine vlekken op een lichtere beige ondergrond. Hij leek heel jong, maar Ayla wist het niet zeker. Holenleeuwen waren stepperoofdieren. Zij had alleen vleeseters bestudeerd die in de bosachtige streek rond de Stamgrot leefden. Toen jaagde ze nooit op de open vlakte.

Ze probeerde zich alles te herinneren wat de jagers van de stam over holenleeuwen hadden gezegd. Deze leek lichter van kleur dan de andere die ze had gezien en ze herinnerde zich dat de mannen de vrouwen vaak hadden gewaarschuwd dat holenleeuwen moeilijk te zien waren. Ze pasten zich zo goed aan aan de kleur van het droge gras en de stoffige grond, dat je haast over ze kon struikelen. Een hele troep, die in de schaduw van het kreupelhout of tussen de stenen en rotsaders in de buurt van hun holen lag te slapen, zag eruit als een verzameling rotsblokken, zelfs van heel dichtbij. Toen ze erover nadacht wist ze dat de steppen in deze streek over het algemeen wat lichter van kleur waren en de leeuwen die hier leefden pasten zeker beter bij die achtergrond. Ze had er niet eerder bij stilgestaan, maar het leek logisch dat hun vacht lichter van kleur moest zijn dan van die andere in het zuiden. Misschien moest ze zich eens wat meer in de holenleeuwen verdiepen.

Met vaardige, kundige vingers voelde de jonge medicijnvrouw wat de omvang van het letsel van het leeuwtje was. Een rib was gebroken, maar dreigde geen verdere schade aan te richten. Stuiptrekkingen en miauwende geluidjes gaven aan waar hij pijn had. Hij had misschien inwendig letsel, maar dat wist ze niet zeker. Het ernstigste probleem was een open wond op zijn kop, ongetwijfeld veroorzaakt door een harde hoef.

Haar vuur was allang opgebrand, maar dat was niet langer iets om over in te zitten. Ze was op haar vuurstenen gaan vertrouwen en als ze goed tondel had, kon ze heel snel een vuur aan de gang krijgen. Ze zette water op en wikkelde toen een leren band glad en strak om de ribben van het leeuwtje. Toen ze de donkerbruine bast van de smeerwortels schilde, die ze op de terugweg had opgegraven, sijpelde er een kleverige gom uit. Ze deed goudsbloemen in het kokende water en toen de vloeistof goudgeel kleurde, doopte ze er een zacht absorberend vel in om de kopwond van het leeuwtje uit te wassen.

Toen ze het geronnen bloed losweekte, begon de wond weer te bloeden. Er zat een barst in de schedel, maar hij was niet ingedeukt. Ze hakte de witte smeerwortel fijn en legde de kleverige substantie direct op de wond – het bracht de bloeding tot staan en zou het bot helpen genezen – en wikkelde er vervolgens nog wat zacht leer om. Ze had niet geweten hoe ze van pas konden komen, toen ze de huid van bijna ieder dier dat ze had gedood, prepareerde, maar zelfs in haar wildste fantasieën had ze nooit gedroomd van het gebruik dat ze zojuist van een aantal ervan had gemaakt.

Wat zou Brun verbaasd zijn als hij me nu zag, dacht ze glimlachend. Hij stond nooit toe dat ik roofdieren meebracht. Hij wou me niet eens dat kleine wolvenjong in de grot laten brengen. En moet je me nu eens zien, met een jonge leeuw! Ik denk dat ik heel snel een heleboel over holenleeuwen zal leren – als hij tenminste in leven blijft.

Ze zette nieuw water op voor een thee van smeerwortel en kamille, hoewel ze niet wist hoe ze het gedaan moest krijgen dat het leeuwtje het inwendig genezende medicijn binnenkreeg. Daarop liet ze het jonge leeuwtje met rust en ging naar buiten om de eland te villen. Toen haar eerste dunne, tongvormige repen vlees klaar waren om te worden opgehangen, stond ze plotseling voor een probleem. Er lag geen laag aarde op de stenen richel, niets waarin ze de palen kon verzinken die ze gebruikte om haar koorden tussen te spannen. Daar had ze niet eens aan gedacht toen ze zich er zo druk over had gemaakt om het elandenkarkas naar de grot te brengen. Waarom leek ze altijd juist op de kleine dingen stuk te lopen? Ze kon nergens op rekenen.

In haar teleurstelling kon ze niet op een oplossing komen. Ze was moe en overspannen. Ze zat erover in dat ze een holenleeuw mee naar huis had genomen. Ze was er niet van overtuigd dat ze dat wel had moeten doen en wat moest ze met hem beginnen? Ze gooide de paal neer en stond op. Ze liep naar het verre uiteinde van de richel en keek uit over de vallei terwijl de wind haar in het gezicht waaide. Hoe haalde ze het in haar hoofd om een leeuwenjong mee naar huis te nemen dat verzorging nodig had, als ze zich gereed moest maken om haar speurtocht naar de Anderen voort te zetten? Misschien moest ze hem maar gewoon nu terugbrengen naar de steppen en hem de weg laten gaan van alle verzwakte dieren in het wild. Kon ze door het alleen-leven niet meer logisch denken? Ze wist toch al niet hoe ze hem moest verzorgen. Hoe moest ze hem voeren? En wat zou er gebeuren als hij inderdaad herstelde? Dan kon ze hem niet terugsturen naar de steppen, zijn moeder zou hem nooit meer accepteren, hij zou sterven. Als ze het leeuwtje wilde houden, moest ze in de vallei blijven. Om haar speurtocht voort te zetten, moest ze hem terugbrengen naar de steppen.

Ze liep de grot weer in en bleef boven het jonge leeuwtje staan. Hij had zich nog steeds niet verroerd. Ze legde haar hand op zijn borstkas. Hij was warm en ademde en zijn donzige vacht herinnerde haar aan Whinney toen ze nog klein was. Hij was schattig, en hij zag er zo grappig uit met zijn kop in het verband, dat ze moest glimlachen. Maar dat schattige kleintje wordt eens een heel grote leeuw, bedacht ze. Ze ging weer rechtop staan en keek weer op hem neer. Het deed er niet toe. Ze kon dat kleintje onmogelijk in de steppen achterlaten om te sterven.

Ze ging weer naar buiten en staarde naar het vlees. Als ze in de vallei wilde blijven, zou ze weer over het opslaan van voedsel moeten gaan denken. Vooral nu ze er een mond bij had om te vullen. Ze raapte het paaltje op en probeerde een manier te bedenken om hem overeind te houden. Haar oog viel op een bergje rotsgruis langs de achterwand, bij het uiterste randje, en ze probeerde het paaltje erin te steken. Het stuk hout bleef overeind staan, maar zou nooit het gewicht van snoeren vlees houden. Het bracht haar echter wel op een idee. Ze ging de grot in, greep een mand en rende naar beneden naar het strandje.

Na enig geëxperimenteer ontdekte ze dat ze met een piramide van strandstenen een langere paal overeind kon houden. Ze maakte verschillende tochtjes om stenen te verzamelen en geschikte stukken hout uit te snijden, voor ze in staat was verschillende lijnen over de richel te spannen om het vlees te drogen en verder kon gaan met het snijwerk. Ze legde een vuurtje aan bij de plek waar ze zat te werken en stak een staartstuk aan een spit om het te roosteren voor haar eten. Ze piekerde er weer over hoe ze het leeuwtje moest voeren en hoe ze hem de medicijnen moest laten innemen. Ze had behoefte aan voeding voor jonge leeuwtjes.

Jongen konden hetzelfde eten als volwassen dieren, herinnerde ze zich, maar het moest zachter zijn, gemakkelijker te kauwen en te slikken. Ze kon misschien soep maken met het vlees heel fijn gesneden. Dat had ze voor Durc gemaakt, dus waarom niet voor het leeuwtje? Waarom zou ze de soep eigenlijk niet trekken in de thee die ze gezet had voor zijn medicijn?

Ze ging onmiddellijk aan het werk en hakte het volgende stuk elandenvlees dat ze oppakte fijn. Ze bracht het naar binnen om het in de kookpot te stoppen, en besloot er toen ook wat van de overgebleven smeerwortel aan toe te voegen. Het leeuwtje had zich niet verroerd, maar ze dacht dat hij wat rustiger was.

Enige tijd later dacht ze dat ze hem hoorde bewegen en ze ging terug om nog een keer bij hem te kijken. Hij was wakker en miauwde zacht, niet in staat zich om te rollen en overeind te komen, maar toen ze het uit de kluiten gewassen katje naderde, trok hij zijn lippen op, blies en probeerde achteruit te wijken. Ayla glimlachte en liet zich naast hem op haar hurken zakken. Bang klein ding, dacht ze. Ik kan het je niet kwalijk nemen. Om wakker te worden in een vreemd hol, met pijn en dan iemand te zien die helemaal niets lijkt op je moeder en nestgenoten. Ze strekte haar hand uit. Hier, ik zal je geen kwaad doen. Au! Je tandjes zijn scherp! Vooruit, kleintje. Proef mijn hand, krijg mijn geur te pakken. Dan zul je gemakkelijker aan me wennen. Ik zal nu je moeder moeten zijn. Al wist ik je hol te vinden, dan zou je moeder nog niet voor je kunnen zorgen, als ze je tenminste terug zou nemen. Ik weet niet veel van holenleeuwen, maar ik wist ook niet veel van paarden. Maar een jong is een jong. Heb je honger? Ik kan je geen melk geven. Ik hoop dat je soep lust met fijngesneden vlees en van het medicijn zul je opknappen.

Ze stond op om in de kookpot te kijken. Ze was nogal verbaasd dat de afgekoelde soep zo dik was geworden en toen ze er met een ribbot in roerde, vond ze het vlees op de bodem van de houten kookkom in een klomp samengepakt. Op het laatst prikte ze met een puntige spies in de pot en tilde er een gestolde massa vlees uit met een dikke, taaie vloeistof die er in draden vanaf hing. Plotseling begreep ze het en barstte in lachen uit. Het leeuwtje schrok er zo van dat hij haast genoeg kracht vond om overeind te komen.

Geen wonder dat smeerwortel zo goed is voor wonden. Als het gescheurd vlees aan je lichaam net zo goed bij elkaar houdt als het dit vlees aan elkaar heeft gelijmd, moet het de genezing wel bevorderen!

'Kleintje, denk je dat je hier iets van kunt drinken?' zei ze tegen de holenleeuw. Ze goot wat van de afgekoelde, lijmachtige vloeistof in een wat kleinere berkenbasten eetschaal. Het leeuwtje had zich van de grasmat af gewurmd en worstelde om overeind te komen. Ze zette het schaaltje onder zijn neus. Hij siste tegen haar en week achteruit.

Ayla hoorde hoefgeklepper het pad op komen en een ogenblik later kwam Whinney binnen. Ze merkte het leeuwtje op, dat nu klaar wakker was en volop in beweging. Ze kwam de zaak onderzoeken. Ze liet haar hoofd zakken en besnuffelde het donzige beestje. De jonge holenleeuw, die als volwassen beest Whinneys soortgenoten doodsangst kon inboezemen, was op zijn beurt doodsbang voor het zoveelste onbekende, grote dier dat voor hem opdoemde. Hij blies en gromde en week achteruit tot hij bijna weer op Ayla's schoot lag. Hij voelde de warmte van haar been en herinnerde zich een iets vertrouwdere geur en bleef daar in elkaar gedoken liggen. Er waren hier te veel nieuwe dingen. Ayla tilde het jonge leeuwtje op haar schoot, knuffelde hem en maakte neuriënde geluidjes zoals ze ieder willekeurig kleintje zou hebben gesust. Zoals ze haar eigen kleintje had gesust. Het is goed. Je went wel aan ons. Whinney schudde haar hoofd en hinnikte. De holenleeuw in Ayla's armen leek geen bedreiging, hoewel haar instinct haar vertelde dat het volgens de geur wel zo was. Ze had zich al eerder aangepast zolang ze bij de vrouw woonde. Misschien kon ze in dit speciale geval ook wel een holenleeuw accepteren.

Het jonge dier reageerde op Ayla's aaien en knuffelen door rond te wroeten op zoek naar een plekje om te sabbelen. 'Je hebt honger, hè, kleintje?' Ze strekte haar hand uit naar het schaaltje dikke soep en hield het het leeuwtje onder de neus. Hij rook eraan, maar wist niet wat hij ermee moest doen. Ze doopte twee vingers in de kom en stak ze in zijn bek. Toen wist hij wat hij moest doen. Hij sabbelde, zoals ieder kleintje.

Terwijl ze daar in haar kleine grot zat met het jonge holenleeuwtje in haar armen, heen en weer wiegend terwijl hij op haar twee vingers sabbelde, was Ayla zo overstelpt door de herinnering aan haar zoon dat ze niet in de gaten had dat de tranen haar langs het gezicht stroomden en op de donzige vacht vielen.

In die eerste dagen – en nachten, waarin ze het leeuwtje mee naar haar bed nam om hem te knuffelen en hem op haar vingers te laten sabbelen – ontstond er een band tussen de eenzame jonge vrouw en het verweesde holenleeuwtje, een band die nooit had kunnen ontstaan tussen het jong en zijn natuurlijke moeder. De wegen van de natuur waren hardvochtig, vooral voor de jongen van het machtigste roofdier van allemaal. Terwijl de leeuwenmoeder haar jongen gedurende de eerste weken zoogde en ze zelfs zes maanden lang af en toe nog liet sabbelen, begonnen leeuwenwelpen vanaf het ogenblik dat hun ogen voor het eerst opengingen vlees te eten. Maar de voedingshiërarchie in een troep leeuwen stond geen sentimentaliteit toe.

De leeuwin was de jaagster en in tegenstelling tot andere leden van de familie der katachtigen, jaagde ze in een groep. Drie of vier leeuwinnen samen vormden een geduchte jachtploeg, ze konden een gezond reuzenhert aan, of een oerosstier in de bloei van zijn leven. Alleen een volgroeide mammoet was immuun voor hun aanvallen, hoewel jonge en oude dieren wel gevaar liepen. Maar de leeuwin jaagde niet voor haar jongen, ze jaagde voor het mannetje. Het aanvoerende mannetje kreeg altijd het leeuwendeel. Zodra hij verscheen, maakten de leeuwinnen ruim baan en pas nadat hij zich had volgevreten, namen de vrouwtjes hun deel. Daarna kwamen de oudere opgroeiende leeuwen, en dan pas kregen de jonge welpen, als er nog iets over was, de kans over de restjes te ruziën.

Als een jonge welp uit wanhopige honger probeerde voor zijn beurt een stuk weg te kapen, was de kans groot dat hij een doodklap kreeg. De moeder leidde haar jongen, ook al waren ze misschien half verhongerd, vaak van de prooi weg om dergelijke gevaren te vermijden. Driekwart van de welpen die werden geboren, haalden de volwassenheid niet. De meeste van degene die het wel haalden, werden uit de troep gestoten en werden zwervers – en zwervers waren nergens welkom, vooral niet als het mannetjes waren. Vrouwtjes waren enigszins in het voordeel. Als de troep jaagsters tekortkwam, mochten die misschien aan de rand blijven rondhangen.

De enige manier waarop een mannetje geaccepteerd kon worden, was door ervoor te vechten, vaak op leven en dood. Alleen als het aanvoerende mannetje van de troep oud werd, of gewond raakte, werd hij door een jonger lid van de troep verdreven, of – wat waarschijnlijker was – door een zwerver, die zijn positie innam. Het mannetje zat bij de troep om het territorium, aangegeven door zijn reukklieren of door de urine van het aanvoerende vrouwtje, te verdedigen, en om het voortbestaan van de troep te verzekeren als voortplantingsgroep.

Een enkele keer kwamen een zwervend mannetje en vrouwtje bij elkaar om de kern te vormen van een nieuwe troep, maar ze moesten hun eigen plekje veroveren op aangrenzende territoria. Het was een hachelijk bestaan.

Maar Ayla was geen leeuwenmoeder, ze was een mens. Mensenouders beschermden hun jongen niet alleen, ze zorgden ook voor hen. Kleintje, zoals ze hem bleef noemen, werd behandeld zoals geen holenleeuw ooit was behandeld. Hij hoefde niet met zijn nestgenoten om restjes te vechten, noch de zware klappen van de ouderen uit de weg te gaan. Ayla zorgde, ze jaagde voor hem. Maar hoewel ze hem zijn deel gaf, deed ze geen afstand van haar eigen portie. Ze liet hem op haar vingers sabbelen wanneer hij daar maar behoefte aan had en nam hem gewoonlijk mee naar haar bed.

Hij was van nature zindelijk en ging altijd de grot uit, behalve in het begin, toen hij dat niet kon. Zelfs toen trok hij zo'n vieze snuit als hij in zijn nest had geplast, dat het een glimlach op Ayla's gezicht toverde. Dat was niet de enige keer dat ze om hem moest lachen. Vaak moest ze zonder meer lachen om Kleintjes capriolen. Hij vond het heerlijk haar te besluipen, maar het was nog mooier als zij net deed of ze niet in de gaten had wat zijn bedoeling was en dan heel verbaasd deed als hij op haar rug neerkwam, hoewel zij hem soms verraste door zich op het laatste ogenblik om te draaien om hem in haar armen op te vangen.

Kinderen van de Stam werden altijd verwend; een straf hield zelden meer in dan het negeren van gedrag dat bedoeld was om de aandacht te trekken. Als ze groter werden en zich meer bewust werden van de status die bij oudere broers, zusters en volwassenen hoorde, begonnen ze het vertroetelen als kinderachtig te beschouwen en namen ze de manieren van de volwassenen over. Als dat onvermijdelijk tot goedkeuring leidde, gingen ze gewoonlijk op de ingeslagen weg voort.

Ayla vertroetelde de holenleeuw, vooral in het begin, maar toen hij groter werd, deden zijn spelletjes haar soms per ongeluk pijn. Als hij haar in onstuimige speelsheid krabde, of in een schijnaanval omversprong, reageerde ze gewoonlijk door op te houden met spelen, vaak vergezeld van het gebaar dat de Stam gebruikte voor 'stop'! Kleintje voelde haar stemmingen snel aan. Een weigering om een spelletje touwtrekken te spelen met een stok of een oude huid, leidde er vaak toe dat hij probeerde haar gunstig te stemmen met gedrag waar ze gewoonlijk om moest glimlachen, of dat hij probeerde bij haar vingers te komen om erop te sabbelen.

Op haar gebaar voor 'stop' begon hij met hetzelfde gedrag te reageren. Met haar gebruikelijke gevoeligheid voor gedrag en houdingen kreeg Ayla dit in de gaten en ze begon het stopgebaar te gebruiken telkens wanneer ze hem wilde laten ophouden met wat hij maar deed. Er was niet zozeer sprake van dat zij hem africhtte, als wel dat ze op elkaar reageerden, maar hij leerde snel. Op haar gebaar stopte hij midden in zijn pas, of probeerde een speelse sprong nog in de lucht af te breken. Als het 'stop'-gebaar met een bevelende strengheid werd uitgevaardigd, moest hij gewoonlijk gerustgesteld worden, alsof hij wist dat hij iets had gedaan dat haar niet aanstond.

Aan de andere kant voelde zij zijn stemmingen snel aan en ze legde hem geen fysieke beperkingen op. Hij was even vrij te komen en te gaan als zij en het paard. Het kwam nooit bij haar op een van haar twee dierlijke metgezellen op te sluiten of vast te binden. Ze vormden haar familie, haar stam, ze waren levende wezens die haar grot en haar leven deelden. In haar eenzame wereld waren ze de enige vrienden die ze had.

Ze vergat algauw hoe vreemd in de ogen van de Stam het zou lijken dat ze dieren bij zich had wonen, maar ze verbaasde zich wel over de verhouding die zich ontwikkelde tussen het paard en de leeuw. Ze waren natuurlijke vijanden, prooi en rover. Als ze daarbij had stilgestaan toen ze het gewonde jong vond, had ze het leeuwtje misschien niet meegenomen naar de grot die ze met een paard deelde. Ze zou niet hebben gedacht dat ze samen konden leven, laat staan iets meer.

In het begin had Whinney het leeuwtje slechts geduld, maar toen hij eenmaal op de been was, viel het haar moeilijk hem te negeren. Als ze Ayla aan een kant van een stuk huid zag trekken terwijl het leeuwtje de andere kant tussen zijn tanden had, en daarbij met zijn kop schudde en gromde, won de aangeboren nieuwsgierigheid van het paard het. Ze moest komen uitvissen wat er gaande was. Nadat ze de huid had besnuffeld greep ze hem vaak beet met haar tanden, zodat er aan drie kanten werd getrokken. Als Ayla dan losliet, werd het touwtrekken tussen paard en leeuw. Mettertijd nam Kleintje de gewoonte aan met een huid – onder zijn lijf, tussen zijn voorpoten, zoals hij op een dag met zijn buit zou slepen – over het pad van het paard te slepen, in een poging haar ertoe te verleiden een uiteinde op te pakken en te touwtrekken. Whinney gaf hem vaak zijn zin. Zonder nestgenoten om zijn leeuwenspelletjes mee te spelen, moest Kleintje zich tevredenstellen met de wezens waarover hij wel kon beschikken.

Een ander spelletje, waar Whinney niet zo dol op was, maar dat Kleintje onweerstaanbaar leek te vinden, was staartjevangen. Met name Whinneys staart. Kleintje besloop die. In elkaar gedoken voor de sprong keek hij hoe die o zo uitnodigend zwiepte en zwaaide terwijl hij er stiekem en stilletjes, trillend van opwinding op afkwam. Dan sprong hij toe, kronkelend van voorpret, verrukt over een bek vol haar. Soms was Ayla ervan overtuigd dat Whinney met het leeuwtje meespeelde en volledig besefte dat haar staart het mikpunt was van zo'n intens verlangen, maar net deed of ze niets in de gaten had. De jonge merrie was ook speels. Ze had alleen nog nooit iemand gehad om mee te spelen. Ayla was niet in staat om spelletjes te bedenken, dat had ze nooit geleerd.

Maar als Whinney er na een poosje genoeg van had, viel ze tegen de aanvaller van haar staart uit en beet Kleintje in zijn achterste. Hoewel ook zij toegeeflijk was, gaf ze nooit haar overwicht prijs. Kleintje was dan wel een holenleeuw, maar hij was gewoon maar een kleintje. En als Ayla zijn moeder was, dan werd Whinney zijn kindermeisje. Terwijl er in de loop der tijd spelletjes tussen de twee ontstonden, was de overgang van louter dulden tot actieve zorg vooral het resultaat van één bijzonder trekje: Kleintje was dol op mest.

Voor de uitwerpselen van vleeseters had hij geen belangstelling, hij was alleen gek op de mest van graseters en als ze buiten op de steppen waren, rolde hij erin rond wanneer hij die maar vond. Zoals voor de meeste van zijn spelletjes gold, was het een voorbereiding voor het jagen later. De eigen mest van een prooidier kon de geur van een leeuw maskeren, maar daarom moest Ayla niet minder lachen als ze hem een nieuwe hoop mest zag ontdekken. Vooral mammoetmest was lekker. Hij omhelsde de grote ballen, brak ze aan stukken en rolde zich erin.

Maar geen enkele mest was zo geweldig als die van Whinney. De eerste keer dat hij de hoop gedroogde vijgen ontdekte die Ayla gebruikte als aanvulling op haar brandhout, kon hij er niet genoeg van krijgen. Hij liep ermee rond, speelde ermee, vlijde zich erin neer. Toen Whinney in de grot kwam, rook ze haar eigen lucht aan hem. Ze leek te vinden dat hij daardoor deel van haar werd. Vanaf dat ogenblik verloor ze ieder spoor van zenuwachtigheid tegenover het leeuwtje en nam hem onder haar hoede.

Ze leidde hem en bewaakte hem, en als hij bij tijd en wijle reageerde op een manier die ze niet helemaal begreep, dan deed dat niets af aan haar toegewijde zorg.

Die zomer was Ayla gelukkiger dan ze ooit was geweest sinds ze de Stam had verlaten. Whinney was gezelschap geweest en meer dan een vriendin, Ayla wist niet wat ze zonder haar had moeten beginnen tijdens de lange eenzame winter. Maar de komst van het leeuwtje in haar kudde bracht een nieuwe dimensie. Hij bracht gelach. Tussen het beschermende paard en het speelse leeuwtje vond er altijd wel iets vermakelijks plaats.

Op een warme, zonnige dag hartje zomer stond ze in de wei te kijken naar het leeuwtje en het paard, die samen een nieuw spelletje speelden. Ze zaten elkaar in een grote cirkel achterna. Eerst remde de jonge leeuw net genoeg af om zich door Whinney te laten inhalen, dan sprong hij weer vooruit terwijl zij langzamer ging lopen, tot hij helemaal rond was en weer achter haar zat. Toen rende zij weer vooruit terwijl hij zijn snelheid inhield tot ze hem weer inhaalde. Ayla vond het het grappigste dat ze ooit had gezien. Ze lachte tot ze tegen een boom in elkaar zakte, haar buik vasthoudend van het lachen.

Toen haar lachkrampen ophielden, kwam ze weer tot zichzelf. Wat was dat voor geluid dat ze maakte als ze iets vermakelijk vond? Waarom deed ze dat? Het kwam zomaar als er niemand was die tegen haar zei dat het niet hoorde. Waarom zou het niet netjes zijn? Ze kon zich niet herinneren dat ze in de Stam ooit iemand had zien lachen of glimlachen, behalve haar zoon. Toch hadden ze wel gevoel voor humor. Grappige verhalen veroorzaakten instemmend knikken en een leuke gelaatsuitdrukking, die vooral aan de ogen was te zien. Ze herinnerde zich dat de mensen van de Stam grimassen maakten die wel iets van haar glimlach hadden. Maar die drukten nerveuze angst uit, of bedreiging, niet de blijdschap die zij voelde.

Maar als het lachen haar zo goed deed en geen enkele moeite kostte, kon het toch niet verkeerd zijn? Andere mensen, zoals zij, zouden die lachen? De Anderen. Haar warme, blije gevoelens verlieten haar. Ze dacht niet graag aan de Anderen. Het herinnerde haar eraan dat ze was opgehouden hen te zoeken en dat vervulde haar met gemengde gevoelens. Iza had tegen haar gezegd dat ze moest zoeken en dat alleen blijven gevaarlijk kon zijn. Als ze ziek werd of een ongeluk kreeg, wie moest haar dan helpen?

Maar ze was zo gelukkig in de vallei, met haar dierenfamilie. Whinney en Kleintje keken niet afkeurend wanneer ze zichzelf even vergat en begon te rennen. Ze zeiden nooit tegen haar dat ze niet moest glimlachen of huilen, of op wat ze mocht jagen, of wanneer en met welke wapens. Ze kon zelf kiezen en dat gaf haar zo'n vrij gevoel. Ze voelde zich niet beperkt in haar vrijheid, omdat er veel tijd in ging zitten om in haar lichamelijke behoeften te voorzien, zoals voedsel, warmte en onderdak, hoewel dat veel inspanning kostte. Integendeel, het gaf haar zelfvertrouwen nu ze wist dat ze voor zichzelf kon zorgen.

Met het verstrijken van de tijd was het verdriet dat ze had om de mensen van wie ze hield afgenomen, vooral sinds de komst van Kleintje.

De leegte, haar behoefte aan menselijk contact, was zo'n constant probleem dat het normaal begon te lijken. Elke verlichting was een vreugde en de twee dieren vulden de leegte voor een groot deel. Ze vergeleek de situatie graag met die van Iza, Creb en haarzelf, toen ze nog een meisje was, behalve dan dat zij en Whinney nu voor Kleintje zorgden. En als het leeuwtje met ingetrokken nagels zijn voorpoten om haar heen sloeg en ze 's nachts tegen hem aan kroop, kon ze zich bijna voorstellen dat het Durc was.

Ze voelde er niet zoveel voor om onbekende Anderen te gaan zoeken, die onbekende gewoonten en beperkingen hadden; Anderen die haar misschien het lachen zouden afnemen. Dat zal niet gebeuren, zei ze. Ik wil nooit meer bij mensen wonen die het niet goedvinden dat ik lach.

Toen de dieren genoeg hadden van hun spelletje, floot Ayla, wat Whinney naar haar toe bracht. Het leeuwtje, dat bij haar had liggen rusten, kwam achter haar aan draven. Hij volgde haar altijd, of Ayla.

'Ik moet op jacht, Whinney,' gebaarde ze. 'Die leeuw eet zoveel en hij begint zo groot te worden.'

Toen de jonge holenleeuw eenmaal van zijn verwondingen was hersteld, volgde hij Ayla of Whinney waarheen ze maar gingen. In de troep werden jongen nooit alleen gelaten, maar bij de Stam werden kleintjes ook nooit alleen gelaten en zijn gedrag was volkomen normaal. Maar het leverde wel een probleem op. Hoe moest ze jagen met een holenleeuw op sleeptouw? Toen Whinneys beschermende instincten eenmaal waren gewekt, loste het probleem zich echter vanzelf op. Het was gebruikelijk dat de leeuwenmoeder als haar jongen nog klein waren, een subgroep vormde met hen en een jonger vrouwtje. Het jongere vrouwtje paste op de jongen als de leeuwin op jacht ging en Kleintje accepteerde Whinney in die rol. Ayla wist dat niet één hyena of een soortgelijk dier haar stampende hoeven zou trotseren als de merrie getergd was haar pupil te beschermen. Maar het betekende wel dat ze weer te voet moest jagen. En toch bood het haar een onverwachte kans, om over de steppen in de buurt te trekken op zoek naar geschikte prooi voor haar slinger.

Ze had steeds de troep holenleeuwen vermeden die rondzwierf in het gebied ten oosten van haar vallei. Maar de eerste keer dat ze een paar leeuwen opmerkte die in de schaduw van gedrongen dennen lagen te rusten, besloot ze dat het tijd werd iets aan de weet te komen over de beesten die haar totem belichaamden. Het was een gevaarlijke bezigheid. Ze was dan wel jager, maar ze kon gemakkelijk prooi worden. Ze had echter al eerder roofdieren bespied en had geleerd hoe ze onopvallend te werk moest gaan. De leeuwen wisten dat ze hen gadesloeg, maar verkozen na de eerste paar keer haar te negeren. Dat nam het gevaar niet weg. Te allen tijde kon een van hen haar om geen andere reden dan een humeurige bui aanvallen, maar hoe langer ze hen gadesloeg, hoe meer ze geboeid raakte. Ze brachten het grootste deel van hun tijd rustend of slapend door, maar als ze jaagden, waren ze snelheid en woede in eigen persoon. Wolven, die in meuten jaagden, waren in staat een groot hert te doden, maar een enkele holenleeuwin kon het sneller af. Ze jaagden alleen als ze honger hadden en aten soms maar om de paar dagen. Ze hoefden niet vooruit voedsel op te slaan, zoals zij, ze jaagden het hele jaar door.

's Zomers, als het overdag heet was, jaagden ze meestal 's nachts, merkte ze. 's Winters, als de natuur hun vachten dikker maakte en de kleur tot ivoor verbleekte, dat kon opgaan in het lichtere landschap, had ze ze wel overdag zien jagen. De strenge kou voorkwam dat ze oververhit raakten door de geweldige energie die ze tijdens de jacht verbruikten. 's Nachts, als de temperaturen nog verder daalden, sliepen ze samengehokt in een grot of onder een overhangende rots, uit de wind, of tussen het verspreide puin van een kloof, waar de stenen in de loop van de dag wat warmte hadden geabsorbeerd van de verre zon en die aan het donker afgaven.

De jonge vrouw keerde naar haar vallei terug na een dag observatie die haar een nieuw respect had gebracht voor het dier van haar totemgeest. Ze had de leeuwinnen een oude mammoet zien vellen met slagtanden zo lang dat ze omkrulden en zich aan de voorkant weer kruisten. De hele troep had zich aan de jachtbuit tegoed gedaan. Hoe was ze ooit aan zo'n beest ontsnapt toen ze nog maar vijf was en hoe was ze er met alleen een paar littekens vanaf gekomen, dacht ze. Ze begreep de verbazing van de Stam nu beter. Waarom koos de holenleeuw mij uit? Ze kreeg even een vaag vermoeden. Niet zo duidelijk, maar het deed haar aan Durc denken.

Toen ze in de buurt van de vallei kwam, velde ze met een snelle steen een haas voor Kleintje en ze vroeg zich opeens af of het wel verstandig was geweest de welp mee te nemen naar haar grot wanneer ze zich hem voorstelde als een volwassen holenleeuw. Haar onzekerheid verdween toen de jonge leeuw naar haar toe kwam rennen, haar vingers zocht om erop te zuigen en haar likte met zijn ruwe tong.

Toen ze later hete thee zat te drinken, nadat ze de haas voor het leeuwtje had gevild en aan stukken had gehakt, Whinneys plek had schoongemaakt en wat vers hooi voor haar had gehaald en eten voor zichzelf had gemaakt, dacht ze over de gebeurtenissen van die dag na. De jonge holenleeuw lag meer naar achter in de grot te slapen, uit de buurt van de directe hitte van het vuur. Haar gedachten gingen terug naar de omstandigheden die haar ertoe hadden gebracht het jong op te nemen, en ze kon alleen maar tot de slotsom komen dat het de wens van haar totem was geweest. Ze wist niet waarom, maar de geest van de Grote Holenleeuw had haar een van de zijnen gestuurd om groot te brengen.

Haar hand ging naar de amulet die aan de veter om haar hals hing en voelde de voorwerpen erin. Toen richtte ze zich, met de woordeloze, formele taal van de Stam tot haar totem.

'Deze vrouw had niet begrepen hoe machtig de Holenleeuw is. Deze vrouw is dankbaar dat dit haar is getoond. Deze vrouw zal misschien nooit weten waarom ze is gekozen, maar deze vrouw is dankbaar voor het kleintje en het paard.' Ze wachtte even en voegde er toen aan toe: 'Op een dag, Grote Holenleeuw, zou deze vrouw graag weten waarom het jong haar werd gestuurd... als het haar totem welgevallig zou zijn haar dat te vertellen.'

Ayla's gebruikelijke zomerwerk, zich voorbereiden op het aanstaande koude seizoen, werd door de komst van de holenleeuw verzwaard. Hij was vleeseter, doodeenvoudig, en had grote hoeveelheden vlees nodig om aan de behoeften van zijn snelle groei te voldoen. Het jagen op kleine dieren, met haar slinger, begon haar te veel tijd te kosten, ze moest achter groter wild aan, niet alleen voor de leeuw, maar ook voor zichzelf. Maar daar had ze Whinney bij nodig.

Kleintje wist dat Ayla iets bijzonders van plan was, toen ze het tuig tevoorschijn haalde en het paard floot, zodat ze het zo kon aanpassen dat deze de twee stevige houten stokken achter zich aan kon slepen. De slede had zijn nut bewezen, maar ze wilde een betere manier bedenken om hem te bevestigen, zodat ze evengoed de draagmanden kon gebruiken. Ook wilde ze één stok kunnen bewegen zodat het paard de lading naar boven naar de grot kon brengen. Het drogen van het vlees op de richel was ook goed gegaan.

Ze wist niet zeker wat Kleintje zou doen, of hoe ze moest jagen met Kleintje erbij, maar ze moest het proberen. Toen alles klaar was, klom ze op Whinneys rug en ging op weg. Kleintje kwam achter hen aan, zoals hij achter zijn moeder zou zijn aangesukkeld. Het was zoveel gemakkelijker het gebied ten oosten van de rivier te bereiken, dat ze, afgezien van een paar verkenningstochtjes, nooit naar het westen ging. De loodrechte wand aan de westkant liep vele kilometers door voor een steile helling vol brokken steen aan die kant eindelijk een uitweg bood naar de vlakten. Aangezien ze te paard zoveel verder kon zwerven, was ze vertrouwd geraakt met de oostkant, hetgeen het ook gemakkelijker maakte te jagen.

Ze had veel over de kudden van die steppen geleerd, over hun migratiepatronen, hun gebruikelijke routes en de plaatsen waar ze de rivier overstaken. Maar ze moest nog steeds een valkuil graven op een bekend spoor en dat was geen karweitje dat beter ging met de tussenkomst van een levendige jonge leeuwenwelp, die dacht dat de jonge vrouw gewoon, alleen voor zijn genoegen, een prachtig nieuw spelletje had bedacht.

Hij sloop naar het gat toe, brokkelde de rand af met zijn poten, sprong erover, erin en net zo gemakkelijk er weer uit. Hij rolde zich in de hopen aarde die ze op het oude tentleer had geschept voor het vervoer. Toen ze het leer wilde wegslepen, besloot Kleintje mee te slepen, zijn kant op. Het werd een getouwtrek waarbij alle aarde weer op de grond viel.

'Kleintje, hoe kan ik dat gat zo nu graven?' zei ze geërgerd, maar lachend, wat hem aanmoedigde. 'Hier, ik zal wel iets voor je zoeken om mee te slepen.' Ze rommelde in de draagmanden die ze van Whinneys rug had gehaald om haar gemakkelijker te laten grazen, en vond het elandenvel, dat ze had meegebracht om op de grond te leggen voor het geval dat het regende. 'Sleep hier maar mee, Kleintje,' gebaarde ze en trok het toen voor zijn neus over de grond. Meer had hij niet nodig. Hij kon een vel dat over de grond werd gesleept niet weerstaan. Hij was zo verrukt over zichzelf toen hij met de huid tussen zijn voorpoten sleepte, dat ze moest glimlachen.

Ondanks de hulp van de jonge leeuw, kreeg Ayla het gat toch gegraven en bedekt met een oude huid die ze speciaal voor dat doel had meegenomen en een laag aarde. De huid werd met vier pinnen maar amper op zijn plaats gehouden en de eerste keer dat ze alles klaar had, moest Kleintje op onderzoek uit. Hij viel in de val en sprong er geschrokken en verontwaardigd weer uit, maar daarna bleef hij uit de buurt.

Toen de valkuil eenmaal klaar was, floot Ayla Whinney en maakte een wijde, omtrekkende beweging tot ze achter een kudde onagers kwam. Ze kon zich er niet meer toe brengen op paarden te jagen en zelfs de onager gaf haar een onbehaaglijk gevoel. De halfezel leek te veel op een paard, maar de kudde bevond zich in zo'n goede positie voor een drijfjacht de valkuil in, dat ze hem niet kon laten lopen. Na Kleintjes speelse capriolen rond het gat, maakte ze zich nog meer zorgen dat hij de jacht zou belemmeren, maar toen ze eenmaal achter de kudde zaten, nam hij een andere houding aan. Hij besloop de onagers op dezelfde manier als hij Whinneys staart had beslopen, net alsof hij er zelf een kon vellen, hoewel hij daar veel te jong voor was. Toen drong het tot haar door dat zijn spelletjes miniatuurversies waren van de jachtvaardigheden die hij als volwassen leeuw zou moeten beheersen. Hij was jager van geboorte, zijn begrip voor de noodzaak tot behoedzaamheid was hem aangeboren.

Ayla ontdekte tot haar verbazing dat het leeuwtje zowaar steun betekende. Toen de kudde zo dicht bij de valkuil kwam dat ze voor de geur van mens en leeuw uitweek, zette ze Whinney aan, joelend en gillend, om ze op de vlucht te jagen. De jonge leeuw voelde dat dit het teken was en ging de dieren ook achterna. De lucht van de holenleeuw vergrootte de paniek onder de onagers. Ze stevenden regelrecht op de valkuil af.

Ayla liet zich met de speer in de hand van Whinneys rug glijden en rende in volle vaart op een krijsende onager af die uit de kuil probeerde te krabbelen, maar Kleintje was haar voor. Hij sprong op de rug van het dier – de dodelijke, verstikkende greep van de leeuw om de keel van zijn prooi kende hij nog niet – en beet met melktandjes die nog veel te klein waren om veel uitwerking te hebben, in de nek van de onager. Maar het was zijn eerste keer.

Als hij nog in de troep had geleefd, zou geen enkele volwassen leeuw hem hebben toegestaan bij de prooi te komen. Iedere poging zou onmiddellijk zijn afgestraft met een moorddadige mep. Niettegenstaande hun snelheid waren leeuwen maar sprinters terwijl hun prooidieren langeafstandrenners waren. Als de prooi niet meteen werd gepakt, was de kans groot dat hij ontsnapte. Ze konden zich niet veroorloven dat een jong zich ging oefenen in het jagen voor hij bijna volwassen was, behalve dan bij wijze van spel.

Maar Ayla was een mens. Ze miste de snelheid van een prooi of een roofdier en had geen klauwen of roofdiergebit. Haar wapen was haar verstand. Daarmee had ze middelen bedacht om het ontbreken van natuurtalenten voor de jacht te compenseren. De valkuil die de minder snelle mens de mogelijkheid schonk om te jagen, bood een welp ook de gelegenheid om het te proberen.

Toen Ayla buiten adem aankwam, zat de onager met wijd opengesperde ogen van angst gevangen in een kuil, met een grommend holenleeuwjong op zijn rug, dat probeerde hem met zijn melktanden te doden.

De vrouw maakte met een zekere stoot van haar speer een einde aan de strijd van het dier. Met het leeuwtje nog steeds op zijn rug geklemd – zijn scherpe tandjes hadden de huid opengehaald – zakte de onager in elkaar. Pas toen iedere beweging was opgehouden, liet Kleintje los. Ayla's glimlach was de trotse, bemoedigende glimlach van een moeder toen het jonge leeuwtje, boven op een dier veel groter dan hijzelf, vol trots en ervan overtuigd dat hij de prooi had gedood, probeerde te brullen.

Toen sprong Ayla bij hem in de kuil en duwde hem zachtjes opzij. 'Uit de weg, Kleintje. Ik moet dit touw om zijn hals binden, zodat Whinney hem uit het gat kan trekken.'

Het leeuwtje was één brokje opgekropte energie toen het paard trekkend aan de riem om haar borst, de onager uit de kuil hees. Kleintje sprong het gat in en er weer uit en toen de onager ten slotte uit het gat was, sprong hij boven op het dier en toen er weer af. Hij wist niet wat hij met zichzelf aan moest. De leeuw die de prooi doodde, mocht gewoonlijk het eerst zijn deel nemen, maar jongen doodden geen prooi. Volgens de gebruikelijke hiërarchie kwamen ze het laatst.

Ayla legde de onager languit om de buiksnede te maken, die bij de anus begon en bij de keel eindigde. Een leeuw zou het dier op een soortgelijke manier hebben geopend, door eerst de weke onderbuik weg te scheuren. Terwijl Kleintje begerig toekeek, sneed Ayla door het onderste deel, draaide zich toen om en ging wijdbeens over het dier staan om het laatste stuk open te snijden.

Kleintje kon niet langer wachten. Hij dook in de gapende buik en graaide naar de bloederige ingewanden die naar buiten puilden. Zijn naaldscherpe tanden scheurden door het zachte inwendige weefsel en slaagden erin iets beet te krijgen. Hij zette zich schrap en trok, zoals hij dat met touwtrekken altijd deed.

Ayla was klaar met de snede, draaide zich om en voelde een uitbundig gelach opborrelen. Ze schudde van vrolijkheid tot ze tranen in haar ogen had. Kleintje had zich vastgebeten in een stuk darm, maar toen hij achteruittrok, kwam er onverwacht geen weerstand. Het bleef maar meegeven. Begerig was hij blijven trekken tot een lang touw van ingewanden enkele meters was uitgerold en zijn verbaasde blik was zo grappig, dat Ayla zich niet kon goedhouden. Ze zakte met haar handen tegen haar buik op de grond en probeerde zichzelf weer in bedwang te krijgen.

Niet-begrijpend wat de vrouw daar op de grond deed, liet het leeuwtje het koord vallen en kwam de zaak onderzoeken. Toen hij naar haar toe kwam huppelen, greep ze grijnzend zijn kop beet en wreef met haar wang over zijn vacht. Toen krauwde ze hem achter zijn oren en om zijn enigszins met bloed bevlekte kaken, terwijl hij aan haar handen likte en bij haar op schoot krabbelde. Hij vond haar twee vingers en terwijl hij zijn voorpoten beurtelings op haar dijen drukte, begon hij te zuigen en diepe keelgeluiden te maken.

Ik weet niet wat je hier heeft gebracht, Kleintje, dacht Ayla, maar ik ben dolblij dat je er bent.

14

Tegen de herfst was de holenleeuw groter dan een grote wolf en zijn gedrongen postuur van een jong begon plaats te maken voor slungelige poten en pezige kracht. Maar ondanks zijn afmetingen was hij nog steeds een jong en Ayla liep af en toe met een blauwe plek of krab rond van zijn speelsheid. Ze sloeg hem nooit – hij was een kleintje. Ze berispte hem echter wel met het gebaar voor 'Houd op, Kleintje,' terwijl ze hem wegduwde, 'Zo is het genoeg, je doet te wild!' En dan liep ze weg.

Dat was voldoende om ervoor te zorgen dat een berouwvol leeuwtje haar onderdanig naliep, zoals leden van een troep tegenover meer dominante leden deden. Dat kon ze niet weerstaan en de vrolijke onstuimigheid die op haar vergeving volgde, was altijd wat beheerster. Dan trok hij zijn klauwen in voor hij opsprong en zijn poten op haar schouders legde om haar omver te duwen – eerder dan haar omver te gooien – zodat hij zijn voorpoten om haar heen kon slaan. Dan moest ze hem omhelzen en hoewel hij zijn tanden ontblootte als hij haar schouder of arm in zijn bek nam, zoals hij op een dag een vrouwtje zou bijten onder het paren, deed hij voorzichtig en haalde nooit haar huid open.

Ze aanvaardde zijn toenaderingspogingen en gebaren van genegenheid, en beantwoordde ze, maar bij de Stam gehoorzaamde een zoon, tot hij zijn eerste prooi had gedood, zijn moeder. Ayla duldde het niet anders. Het jonge leeuwtje accepteerde haar als zijn moeder, daarom sprak het vanzelf dat zij de baas was.

De vrouw en het paard vormden zijn troep, ze waren alles wat hij had. De weinige keren dat hij op de steppen andere leeuwen was tegengekomen met Ayla, werden zijn nieuwsgierige toenaderingspogingen ronduit afgewezen, zoals het litteken op zijn neus bewees. Na de vechtpartij waaruit Kleintje met een bloedende neus was weggejaagd, vermeed de vrouw andere leeuwen als het leeuwtje bij haar was, maar als ze er alleen op uit was, sloeg ze ze nog steeds gade.

Ze merkte dat ze de welpen van in het wild levende troepen met Kleintje vergeleek. Een van de eerste dingen die haar opvielen, was dat hij groot was voor zijn leeftijd. In tegenstelling tot de welpen van een troep, kende hij geen perioden van honger, waarin zijn ribben als ribbels in het zand uitstaken en zijn vacht haveloos en dof zag, laat staan dat hij door de hongerdood werd bedreigd. Dankzij

Ayla's voortdurende zorg en voeding kon hij de volle omvang van zijn fysieke mogelijkheden bereiken. Als een vrouw van de Stam met een gezond, tevreden kleintje, was Ayla trots te zien hoe haar jong glanzend en groot werd in vergelijking met wilde welpen.

Er was nog een gebied in zijn ontwikkeling, merkte ze op, waarin de jonge leeuw zijn leeftijdgenoten voor was. Kleintje was er al vroeg bij met jagen. Na de eerste keer, toen hij er zo van had genoten de onagers achterna te zitten, ging hij altijd met de vrouw mee. In plaats van met andere welpen te spelen dat hij zijn prooi besloop en najaagde, oefende hij op echte prooi. Een leeuwin zou zijn deelname krachtdadig zijn tegengegaan, Ayla moedigde zijn hulp aan, ja verwelkomde die. Zijn aangeboren jachtmethoden pasten zo goed bij de hare, dat ze als team jaagden.

Slechts één keer zette hij de achtervolging te vroeg in en dreef een kudde voor de valkuil uiteen. Toen had Ayla zo het land dat Kleintje wist dat hij een vreselijke fout had begaan. De volgende keer hield hij haar nauwlettend in de gaten en hield zich in tot zij begon. Hoewel hij er nog niet in was geslaagd een in de val gelopen dier te doden, voor zij erbij kwam, was ze ervan overtuigd dat dat niet lang meer zou duren.

Hij ontdekte dat het ook verschrikkelijk leuk was om met Ayla en haar slinger op kleiner wild te jagen. Als Ayla voedsel verzamelde waarvoor hij geen belangstelling had, ging hij achter alles aan wat bewoog – als hij niet sliep, tenminste. Maar als ze jaagde, leerde hij stokstijf stil te blijven staan als zij dat deed bij het zien van wild. Dan wachtte hij en lette op terwijl ze haar slinger en een steen tevoorschijn haalde. Maar zodra ze haar steen wegslingerde, stoof hij weg. Vaak kwam ze hem tegen terwijl hij de prooi terugsleepte, maar soms trof ze hem aan met zijn tanden nog om de keel van het dier. Ze vroeg zich af of het haar steen was geweest, of dat hij het klusje had afgemaakt door de luchtpijp af te knijpen, zoals leeuwen een dier verstikken om het te doden. Mettertijd leerde ze te kijken als hij stokstijf bleef staan, omdat hij een prooi rook voor zij die zag en het was een kleiner dier dat hij voor het eerst zelf openreet.

Ze had Kleintje een homp vlees gegeven, waarmee hij een tijd had gespeeld omdat hij niet veel trek had en toen was hij gaan slapen. Hij werd hongerig wakker toen hij Ayla de steile kant naar de treden boven de grot hoorde beklimmen. Whinney was er niet. Welpen die onverzorgd in het wild werden achtergelaten, waren een gemakkelijke prooi voor hyena's en andere roofdieren; hij had zijn lesje al vroeg geleerd. Hij sprong overeind, rende Ayla achterna en was nog eerder boven dan zij. Toen ging hij naast haar lopen. Ze zag dat hij bleef staan, nog voor zij de reuzenhamster had opgemerkt, maar die had hen wel gezien en begon te rennen voor ze de steen wegslingerde. Ze wist niet zeker of ze hem had geraakt.

Het volgende moment stoof Kleintje weg. Toen ze bij hem kwam, zat hij al met zijn kaken in de bloederige ingewanden. Ze wilde uitzoeken wie hem had gedood. Ze schoof hem opzij om te zien of ze de wond van een steen kon vinden. Hij verzette zich maar even, lang genoeg om streng naar hem te kijken, toen gaf hij toe, zonder protest. Hij had genoeg voedsel van haar gekregen om te weten dat ze hem nooit vergat. Ook nadat ze de hamster had bekeken, wist ze niet zeker wie hem had gedood, maar ze gaf hem terug aan de leeuw en prees hem. Dat hij zelf de huid had opengescheurd was al een hele prestatie.

Het eerste dier waarvan ze zeker wist dat hij het zelf had gedood, was een haas. Het was een van de weinige keren dat haar steen haar ontglipte. Ze wist dat ze een slechte worp had gedaan, de steen kwam maar een paar meter van haar af neer, maar het werpgebaar had de jonge holenleeuw het teken gegeven de achtervolging in te zetten. Toen ze hem vond was hij bezig het dier te ontweien.

'Wat ben je geweldig, Kleintje!' Ze prees hem overvloedig met haar unieke mengeling van klanken en handgebaren, zoals alle jongens van de Stam werden geprezen als ze hun eerste kleine dier hadden gedood. De leeuw begreep niet wat ze zei, maar hij begreep wel dat hij haar een genoegen had gedaan. Haar glimlach, haar manier van doen, haar houding, alles bracht haar gevoel over. Hoewel hij er nog jong voor was, had hij zijn aangeboren behoefte om te jagen bevredigd en goedkeuring gekregen van de leider van zijn troep. Hij had het goed gedaan en dat wist hij.

De eerste koude winterwinden brachten snel dalende temperaturen en kwakkelijs voor de rand van de stroom en gevoelens van bezorgdheid voor de jonge vrouw. Ze had een grote voorraad plantaardig voedsel en vlees voor zichzelf opgeslagen en een extra voorraad gedroogd vlees voor Kleintje. Maar ze wist dat hij daar niet de hele winter mee toe zou kunnen. Voor Whinney had ze graan en hooi, maar voor het paard was dat voer een luxe, geen noodzaak. Paarden zochten de hele winter voedsel, hoewel ze honger leden als er een dik pak sneeuw lag, tot het werd weggeblazen door een droge wind. Ze overleefden niet allemaal het koude jaargetijde.

Roofdieren zochten de hele winter ook voedsel, waarbij de zwakken uitvielen en er meer overbleef voor de sterken. De aantallen roofdieren en prooidieren stegen en daalden, maar hielden elkaar over het algemeen in evenwicht. In de jaren dat er minder graseters waren, stierven er meer vleeseters. De winter was de moeilijkste tijd voor allemaal.

Bij het aanbreken van de winter werden de zorgen voor Ayla snel groter. Ze kon niet op grote dieren jagen als de grond keihard bevroren was. Voor haar methode moesten er gaten worden gegraven. De meeste kleine dieren hielden een winterslaap, of leefden in nesten, van voedsel dat ze hadden opgeslagen, waardoor ze moeilijk te vinden waren, vooral zonder neus om ze op te sporen. Ze betwijfelde of ze er genoeg kon vinden om een opgroeiende holenleeuw te eten te geven.

Gedurende het eerste deel van het seizoen, nadat het koud genoeg was geworden om het vlees gekoeld te houden, en, later, om het in te vriezen, probeerde ze zoveel mogelijk grote dieren te doden, en sloeg ze op onder hopen opgestapelde stenen. Maar ze was niet zo goed op de hoogte van de bewegingspatronen van de kudden in de winter en haar inspanningen hadden niet zoveel succes als ze had gehoopt. Hoewel haar zorgen haar soms slapeloze nachten bezorgden had ze er nooit spijt van dat ze de welp mee naar huis had genomen. Bij het paard en de holenleeuw voelde de vrouw zich zelden eenzaam, ondanks de lange winter. Integendeel, haar gelach vulde dikwijls de grot.

Telkens wanneer ze naar buiten ging om wat van de voorraad op te delven was Kleintje erbij om te proberen bij het bevroren karkas te komen, nog voor ze een steen had weggehaald.

'Kleintje! Ga opzij!' Ze moest glimlachen om de jonge leeuw, die zich in allerlei bochten wrong om bij het vlees te komen. Hij sleepte het stijfbevroren dier het pad op, de grot in. Alsof hij wist dat het er eerder voor gebruikt was, maakte hij het hoekje achter in de grot tot het zijne en bracht de dieren uit de voorraad daarheen om te ontdooien. Hij vond het heerlijk om er eerst een bevroren homp af te scheuren en er met smaak aan te knagen. Ayla wachtte tot het vlees ontdooid was voor ze er een stuk voor zichzelf afsneed.

Met het slinken van de voorraad onder haar stenen, begon ze op het weer te letten. Toen er een heldere, tintelend koude dag aanbrak, besloot ze dat het tijd was om te jagen – of dat tenminste te proberen. Ze had geen specifiek plan in gedachten, hoewel dat niet was omdat ze er niet genoeg over had nagedacht. Ze hoopte dat ze als ze eropuit was, op een idee zou komen, of dat een betere blik op het terrein en de omstandigheden op z'n minst nieuwe mogelijkheden zouden opperen om te overwegen. Ze moest iets doen en ze wilde niet wachten tot al het opgeslagen vlees op was.

Zodra ze Whinneys draagmanden tevoorschijn haalde, wist Kleintje dat ze op jacht gingen. Hij rende opgewonden de grot in en uit, en liep vol verwachting grommend heen en weer. Whinney, die met haar hoofd schudde en hinnikte, was al even blij met het vooruitzicht. Tegen de tijd dat ze bij de koude, zonnige steppen waren, moesten Ayla's spanning en bezorgdheid het afleggen tegen de hoop en het genot iets te doen.

De steppen waren wit van een dunne laag pasgevallen sneeuw die nog nauwelijks was verstoord door de zwakke wind. Er zat iets statisch, iets knetterends in de lucht van een kou zo intens dat de heldere zon, afgezien van het licht dat hij gaf, er net zo goed helemaal niet had kunnen staan. Met iedere ademtocht bliezen ze slierten wasem uit. De rijp die zich om Whinneys mond had afgezet, verspreidde zich in een wolk van ijs toen ze brieste. Ayla was blij met de kap van veelvraatbont en de extra vachten, die ze dankzij al haar jagen kon dragen.

Ze keek even omlaag naar de lenige kat die zich stil en steels voortbewoog en besefte met een schok dat Kleintje van schoft tot scheen bijna even lang was als Whinney en het paardje snel in hoogte nastreefde. De halfvolwassen holenleeuw begon de eerste tekenen te vertonen van rossige manen en Ayla vroeg zich af waarom dat haar niet eerder was opgevallen. Kleintje werd opeens meer alert en sloop vooruit, zijn staart strak naar achteren gericht.

Ayla was er niet aan gewend, 's winters op de steppe sporen te lezen, maar zelfs vanaf de rug van het paard was het wolvenspoor duidelijk in de sneeuw te zien. De pootafdrukken waren duidelijk en scherp, niet weggevaagd door wind of zon, en kennelijk vers. Kleintje schoot vooruit, ze waren vlakbij. Ze zette Whinney tot een galop aan en haalde Kleintje net op tijd in om een meute wolven te zien samentrekken om een oude bok die achter een kleine kudde saiga-antilopen aan sukkelde.

De jonge leeuw zag hen ook en rende, niet in staat zijn opwinding te bedwingen, midden tussen hen in. De kudde stoof alle kanten op en de aanval van de wolven was verijdeld. Ayla moest eigenlijk lachen om de verbaasde, verontwaardigde wolven, maar ze wilde Kleintje niet aanmoedigen. Hij is gewoon opgewonden, dacht ze, we hebben al zo lang niet meer gejaagd.

In grote panieksprongen stoven de saiga's over de vlakte. De wolvenmeute groepeerde zich opnieuw en volgde in een bedaarder tempo dat afstanden verkleinde, maar hen niet zou vermoeien voor ze de kudden weer inhaalden. Toen Ayla zichzelf weer meester was, wierp ze Kleintje een strenge, afkeurende blik toe. Hij kwam gehoorzaam naast haar lopen, maar hij had te veel genoten om erg veel berouw te hebben.

Terwijl Ayla, Whinney en Kleintje de wolven achtervolgden, kwam ze op een idee. Ze wist niet of ze een saiga-antilope kon doden met haar slinger, maar ze wist dat ze wel een wolf kon doden. Zij vond wolvenvlees niet zo lekker, maar als Kleintje maar genoeg honger had, at hij het wel en hij was de reden waarom ze op jacht waren.

De wolven hadden hun tempo opgevoerd. De oude saiga-bok was achteropgeraakt bij de rest van de kudde, te uitgeput om die bij te kunnen houden. Ayla boog zich voorover en Whinney meerderde vaart. De wolven cirkelden om de oude bok, op hun hoede voor hoeven en horens. Ze naderde tot ze op een van de wolven kon aanleggen. Terwijl ze in de buidelvormige plooi van haar vacht naar stenen greep, koos ze een wolf uit. Toen Whinneys denderende hoeven dichterbij kwamen, vuurde ze een steen af, en toen een tweede, snel erachteraan.

Ze had haar doel geraakt, de wolf viel neer en eerst dacht ze dat de opschudding die losbrak, het resultaat was van haar worp. Toen zag ze de werkelijke oorzaak. Kleintje had haar slingerworp opgevat als het sein voor de jacht, maar hij had geen belangstelling voor de wolf, niet met de veel verrukkelijker antilope voor zijn neus. De troep wolven ruimde het veld voor het galopperende paard met de jagende vrouw op haar rug en de aanval van de leeuw die beslist kwam. Maar Kleintje was nog niet helemaal de jager die hij wilde zijn – nog niet. Zijn aanval miste de kracht en het raffinement van die van een volwassen leeuw. Het duurde een ogenblik voor ze de situatie doorhad. Nee, Kleintje! Dat is het verkeerde beest, dacht ze. Toen herstelde ze zich snel. Natuurlijk had hij het goede beest uitgekozen. Kleintje probeerde vat te krijgen voor een doodsgreep. Hij klampte zich vast aan de vluchtende bok, die van pure angst nieuwe energie had gekregen.

Ayla greep snel een speer uit de draagmand achter zich en Whinney rende, in antwoord op haar gretigheid, achter de oude bok aan. De spurt van de antilope was maar van heel korte duur. Het rennende paard haalde hem snel in. Ayla balanceerde met de speer, en net toen ze op gelijke hoogte kwamen, stootte ze toe en schreeuwde onwillekeurig haar vreugde uit.

Ze liet het paard zwenken en draafde terug. Ze trof de jonge holenleeuw aan boven de oude bok. Toen toonde hij voor het eerst zijn moed. Hoewel het nog niet het volborstige gerommel van een volwassen mannetje had, droeg Kleintjes triomfantelijke gebrul de belofte in zich van wat hij eens zou kunnen. Zelfs Whinney schrok van het geluid.

Ayla liet zich van de rug van de merrie glijden en klopte haar geruststellend op haar schouder. 'Stil maar, Whinney, het is Kleintje maar.'

Zonder erbij stil te staan dat de leeuw wel eens bezwaar kon maken en haar ernstig zou kunnen verwonden, duwde Ayla hem opzij en maakte aanstalten de antilope te ontweien voor ze hem mee naar huis nam. Hij ging opzij voor haar overwicht en nog iets anders, dat alleen Ayla had, zijn vertrouwen in haar liefde voor hem.

Ze besloot de wolf te zoeken en hem te villen. Wolvenbont was warm. Toen ze terugkwam, zag ze tot haar verbazing Kleintje met de jachtbuit rondsjouwen en het drong tot haar door dat het zijn bedoeling was hem het hele eind naar de grot te slepen. De antilopebok was volgroeid en dat was Kleintje niet. Het liet haar zien hoe sterk hij was en hoeveel kracht hij nog zou vergaren. Maar als hij de antilope de hele weg zo meesleurde, zou de huid beschadigd worden. Saiga's hadden een uitgestrekt woongebied, ze leefden zowel in de bergen als op de vlakten, maar ze waren niet talrijk. Ze had er nog nooit eerder op gejaagd en ze hadden een speciale betekenis voor haar. De saiga-antilope was Iza's totem geweest. Ayla wilde de huid hebben.

Ze gebaarde 'stop!' Kleintje aarzelde maar een ogenblik voor hij 'zijn' prooi losliet, drentelde zenuwachtig om de slede en bewaakte hem de hele weg terug naar de grot. Hij keek met meer dan gebruikelijke belangstelling toe terwijl ze de huid en horens verwijderde. Toen ze hem het gevilde karkas gaf, sleepte hij het in zijn geheel naar de nis in de uiterste hoek. Nadat hij zich had volgevreten, hield hij nog steeds de wacht en sliep er vlak naast.

Ayla vond het grappig. Ze begreep dat hij zijn prooi beschermde. Hij scheen te voelen dat er iets bijzonders was met dat beest. Dat vond Ayla ook, zij het om andere redenen. Ze had nog steeds dat opwindende gevoel. De snelheid, de achtervolging en de jacht waren spannend geweest, maar belangrijker was dat ze nu een nieuwe manier van jagen had. Met de hulp van Whinney en nu ook van Kleintje, kon ze op ieder moment gaan jagen, in de zomer en in de winter. Ze kreeg een machtig en dankbaar gevoel en zou nu voor haar Kleintje kunnen zorgen.

Vervolgens keek ze, zomaar even, hoe het met Whinney was. Het paard was gaan liggen en voelde zich volkomen veilig, ondanks de nabijheid van een holenleeuw. Ze tilde haar hoofd op toen Ayla naderde. De vrouw aaide het paard en ging ernaast liggen, de behoefte voelend dicht bij haar te zijn. Whinney brieste zachtjes en tevreden omdat de vrouw in de buurt was.

Het jagen 's winters met Whinney en Kleintje, zonder het zware werk om valkuilen te graven, was een spelletje. Vanaf het allereerste begin dat ze met haar slinger had geoefend, was Ayla dol geweest op jagen. Elke nieuwe techniek die ze onder de knie had gekregen – spoorzoeken, de dubbele worp, de kuil met de speer – had een extra gevoel van voldoening gegeven. Maar niets evenaarde de pure vreugde van het jagen met het paard en de holenleeuw. Ze leken er allebei al net zo van te genieten als zij.

Terwijl Ayla voorbereidingen trof, schudde Whinney met haar hoofd en danste op haar hoeven, haar oren naar voren gespitst en haar staart in gretige afwachting opgeheven en Kleintje draafde zacht grommend van voorpret de grot in en uit. Het weer baarde haar zorgen, tot Whinney in een verblindende sneeuwstorm de weg naar huis vond.

Meestal ging het trio kort na zonsopgang op pad. Als ze al vroeg een prooi in het oog kregen, waren ze vaak voor de middag weer thuis. De gebruikelijke methode was om een veelbelovende prooi te volgen tot ze zich in een goede positie bevonden. Dan gaf Ayla het teken met haar slinger en sprong Kleintje, die al gretig klaarstond, erop af. Whinney galoppeerde achter hem aan. Als de jonge holenleeuw op de rug van een in paniek geraakt dier hing – en zijn klauwen en scheurtanden waren misschien niet echt dodelijk, maar ze lieten wel bloed vloeien – deed het paard er zelden lang over om de afstand te overbruggen. Als ze het dier inhaalden, stootte Ayla toe met haar speer.

In het begin lukte het niet altijd. Soms was het uitgekozen dier te snel, of viel Kleintje van zijn rug, omdat hij niet goed houvast kon vinden. Ook vergde het van Ayla de nodige oefening om te leren de zware speer in volle galop te hanteren. Vaak miste ze, of gaf ze alleen maar een schampstoot en soms kwam Whinney niet dicht genoeg in de buurt. Zelfs als ze misten, was het een spannende sport en ze konden het altijd opnieuw proberen.

Door flink te oefenen werden ze allemaal steeds beter. Toen ze eenmaal wisten wat ze aan elkaar hadden, werd het onwaarschijnlijke trio langzaam maar zeker een efficiënt jachtteam – zo efficiënt dat toen Kleintje zijn eerste prooi zonder hulp doodde, dit haast onopgemerkt voorbijging als deel van de prestaties van het team.

Terwijl ze in galop kwam aanstormen, zag Ayla het hert struikelen. Het was geveld nog voor ze erbij was. Whinney minderde vaart toen ze langskwamen. De vrouw sprong van het paard en rende terug voor Whinney stilstond. Haar speer was al opgeheven, klaar om het karwei af te maken, toen ze in de gaten kreeg dat Kleintje het zelf al had gedaan. Ze begon het hert klaar te maken om het mee terug te nemen naar de grot.

Toen drong de volle betekenis tot haar door. Kleintje was, jong als hij was, een jagende leeuw! Bij de Stam zou hij nu volwassen zijn! Net zoals zij de Vrouw Die Jaagt was genoemd voor ze vrouw was geworden, had Kleintje de volwassenheid bereikt voor hij tot rijpheid was gekomen. Hij moest eigenlijk een ceremonie hebben om hem als man te wijden, dacht ze. Maar wat voor ceremonie zou voor hem betekenis hebben? Toen glimlachte ze.

Ze maakte de hinde van de slede los en deed de grasmat en de stokken terug in de draagmanden. Het was zijn buit en hij had er recht op. Kleintje begreep er eerst niets van. Hij liep tussen het karkas en haar heen en weer, maar toen Ayla vertrok, nam hij ten slotte de nek van het hert tussen zijn tanden, trok het karkas onder zich en sleepte het zo de hele weg naar het strandje, het steile pad op en de grot in.

In het begin merkte ze geen verschil. Ze jaagden nog steeds samen. Maar het kwam steeds vaker voor dat Whinneys stormloop maar voor de sport was en dat Ayla's speer er niet aan te pas hoefde te komen. Als ze een deel van het vlees wilde hebben, pakte ze dat eerst, als ze de huid wilde hebben, vilde ze de prooi. Hoewel het mannetje in het wild, in de troep, altijd als eerste het grootste deel – het leeuwendeel – nam, was Kleintje nog jong. Hij had nooit honger gekend, zoals zijn toenemende omvang getuigde, en was gewend dat zij de baas was.

Maar tegen de lente verliet Kleintje de grot steeds vaker om op zijn eentje op verkenning uit te gaan. Hij bleef zelden lang weg, maar zijn uitstapjes kwamen steeds vaker voor. Een keer kwam hij terug met bloed aan zijn oor. Ze vermoedde dat hij andere leeuwen had gevonden. Het deed haar beseffen dat hij niet langer genoeg had aan haar, hij was op zoek naar zijn eigen soort. Ze maakte het oor schoon en de volgende dag bleef hij haar zo dicht volgen, dat hij haar voor de voeten liep. 's Nachts kwam hij naar haar bed en zocht haar twee vingers om op te sabbelen.

Hij zal spoedig weggaan, dacht ze, omdat hij zelf een troep wil hebben, leeuwinnen die voor hem jagen en welpen om de baas over te spelen. Hij krijgt behoefte aan soortgenoten. Ze dacht aan wat Iza had gezegd: *Je bent jong, je moet een man hebben, een van je eigen soort*. Zoek je eigen mensen, je eigen levensgezel. Het zou gauw voorjaar worden. Ik moest ook maar eens gaan denken aan mijn vertrek, maar nu nog niet. Kleintje zou heel groot worden, zelfs voor een holenleeuw. Hij was nu al veel groter dan de leeuwen van zijn leeftijd, maar hij was nog niet volwassen; hij kon zich nog niet alleen redden.

De lente volgde pal op een zware sneeuwbui. Het hoge water beperkte hen alle drie in hun bewegingen, Whinney meer dan de anderen. Ayla kon naar de steppen boven klimmen en Kleintje kon het met gemak springen, maar de helling was te steil voor het paard. Het water zakte ten slotte, het strandje en de hoop botten hadden weer nieuwe contouren aangenomen en Whinney kon eindelijk het pad naar de wei weer af. Maar ze was geprikkeld.

Ayla merkte voor het eerst dat er iets bijzonders aan de hand was, toen Kleintje jankte omdat hij een schop van het paard had gekregen. De vrouw was verbaasd. Whinney had zich nog nooit ongeduldig getoond tegenover de leeuw, ze had hem misschien af en toe een beet gegeven om hem in het gareel te houden, maar zeker geen schoppen. Ze dacht dat het ongebruikelijke gedrag een gevolg was van haar gedwongen passiviteit, maar over het algemeen bleef Kleintje toen hij ouder werd, uit de buurt van haar plek in de grot. Hij voelde aan dat dat haar territorium was, en Ayla vroeg zich af wat hem daarheen had getrokken. Ze ging kijken en werd zich bewust van een sterke geur die ze de hele ochtend al had geroken. Whinney stond met hangend hoofd, haar achterbenen wijd uit elkaar en haar staart naar links. Haar vaginale opening was opgezwollen en klopte. Ze keek naar Ayla op en gaf een schreeuw.

De reeks emoties die haar snel achter elkaar overspoelden, trokken haar twee kanten op. Eerst voelde ze opluchting. Dat zit je dus dwars. Ayla was op de hoogte van de bronstcycli bij dieren. Bij sommige kwam de paartijd vaker voor, maar voor graseters was eens per jaar gebruikelijk. Het was de tijd waarin mannetjes vaak vochten om het recht om te paren en het was de enige tijd dat de mannetjes en vrouwtjes zich vermengden, zelfs bij dieren die normaal gescheiden jaagden, of zich in verschillende kudden groepeerden.

De paartijd was een van de geheimzinnige aspecten van diergedrag die ze niet begreep, zoals het feit dat herten ieder jaar hun gewei lieten vallen en er dan een nieuw, groter voor in de plaats kregen. Toen ze jonger was, dreef dit soort dingen Creb er altijd toe te klagen dat ze te veel vragen stelde. Hij wist ook niet waarom dieren paarden, hoewel hij een keer had beweerd dat het de tijd was waarin de mannetjes hun overwicht over de vrouwtjes konden tonen, of misschien moesten mannetjes zich, net als mensen, wel verlichten. Whinney was de lente daarvoor ook al hengstig geweest, maar toen kon ze, hoewel ze een hengst op de steppen boven haar hoorde hinniken, niet naar hem toe. Ook leek de aandrang van de jonge merrie deze keer sterker. Ayla herinnerde zich niet zo'n grote zwelling en zoveel geschreeuw. Whinney onderwierp zich aan de klopjes en omhelzingen van de jonge vrouw, liet toen haar hoofd hangen en gaf weer een schreeuw.

Plotseling kromp Ayla's maag samen van ongerustheid. Ze leunde tegen het paard aan zoals Whinney soms tegen haar aan leunde als ze van streek was, of bang. Whinney ging haar verlaten! Het kwam zo onverwacht, dat ze geen tijd had gehad om zich erop voor te bereiden, hoewel ze dat wel had moeten doen. Ze had over Kleintjes toekomst lopen denken en over de hare. In plaats daarvan was Whinneys paartijd aangebroken. Ze verlangde naar een hengst, een metgezel.

Met grote tegenzin liep Ayla de grot uit en gebaarde Whinney dat ze haar moest volgen. Toen ze beneden bij het rotsige strandje waren, steeg Ayla op. Kleintje kwam overeind om hen te volgen, maar Ayla gebaarde 'stop'. Ze kon de holenleeuw nu niet gebruiken. Ze ging niet op jacht, maar Kleintje wist dat misschien niet. Ayla moest de leeuw nog een keer vastbesloten tegenhouden voor hij achterbleef en hen zonder hem zag weggaan.

Het was warm en tegelijkertijd vochtig-koel op de steppen. De zon, ongeveer halverwege zijn hoogste punt, gloeide met een wazige stralenkrans uit een lichtblauwe lucht. Het blauw leek verschoten, verbleekt door de intense gloed. Smeltende sneeuw wasemde in een fijne nevel die het zicht niet beperkte, maar scherpe hoeken verdoezelde en mist, die hardnekkig in de koele schaduwen bleef hangen, vervlakte de contouren. Het perspectief leek verdwenen en dit gaf het landschap iets indringends, een besef van het heden, hier en nu, alsof er nooit een andere tijd of plaats had bestaan. Voorwerpen in de verte leken maar een paar passen verwijderd, maar het kostte eeuwen om ze te bereiken

Ayla leidde het paard niet, ze liet zich door Whinney meevoeren en nam alleen onbewust de richting in zich op. Het kon haar niet schelen waar ze heen ging en ze wist niet dat het zout van haar tranen zich mengde met al het vocht om haar heen. Ze zat losjes, schokkend, haar gedachten naar binnen gekeerd. Ze herinnerde zich de eerste keer dat ze de vallei en de kudde paarden in de wei had gezien. Ze dacht aan haar besluit te blijven, haar behoefte om te jagen. Ze herinnerde zich hoe ze Whinney naar de veiligheid van haar vuur en haar grot had gebracht. Ze had moeten weten dat het niet voor altijd kon zijn, dat Whinney op een dag zou terugkeren naar haar eigen soort, net als zij dat moest doen.

Een verandering in het tempo van het paard trok met een ruk haar aandacht. Whinney had gevonden wat ze zocht. Voor hen uit bevond zich een kleine groep paarden.

De zon had de sneeuw op een lage heuvel weggesmolten en de kleine groene scheuten blootgelegd die boven de grond uitkwamen. Verlangend naar afwisseling met het droge gras van vorig jaar, knabbelden de dieren aan de sappige nieuwe planten. Whinney bleef staan toen de andere paarden naar haar opkeken. Ayla hoorde het gehinnik van een hengst. Iets terzijde, op een heuveltje dat haar nog niet was opgevallen, zag ze hem staan. Hij was donkerroodbruin, met zwarte manen, staart en onderbenen. Ze had nog nooit zo'n donker gekleurd paard gezien. De meeste hadden grijzigbruine of beigeachtige muisgrijze tinten of hadden, zoals Whinney, het geel van rijp hooi.

De hengst krijste, hief zijn hoofd op en trok zijn bovenlip op. Hij steigerde, galoppeerde op hen af en bleef op een paar passen afstand plotseling staan. Hij krabde op de grond. Zijn hals was gebogen, zijn staart was opgeheven en hij had een indrukwekkende erectie.

Whinney hinnikte terug en Ayla liet zich van haar rug glijden. Ze omhelsde het paard even en liep toen achteruit. Whinney draaide haar hoofd om naar de vrouw die sinds ze een veulen was, voor haar had gezorgd.

'Ga naar hem toe, Whinney,' zei ze. 'Je hebt je metgezel gevonden, ga naar hem toe.'

Whinney schudde met haar hoofd en hinnikte zacht. Toen draaide ze zich om naar de hengst. Hij cirkelde om haar heen, hoofd omlaag, beet haar in de flanken en loodste Whinney dichter naar zijn kudde toe, alsof ze een weerspannige wegloopster was. Ayla zag haar gaan en kon niet weggaan. Toen de hengst Whinney besteeg, moest Ayla wel weer aan Broud denken en aan de vreselijke pijn. Later was het alleen maar onaangenaam geweest, maar ze haatte het altijd wanneer Broud haar nam en ze was dankbaar toen hij er ten slotte genoeg van kreeg.

Maar ondanks al het schreeuwen en briesen probeerde Whinney niet haar hengst af te stoten en terwijl ze ernaar keek voelde Ayla een vreemde opwinding, een gewaarwording die ze niet kon verklaren. Ze kon haar ogen niet van de roodbruine hengst af houden, die, met zijn voorbenen op Whinneys rug, stond te pompen en schreeuwde van inspanning. Ze voelde het tussen haar benen warm en vochtig worden, met een ritmisch kloppen dat samenviel met het stoten van de hengst en ze voelde een grenzeloos verlangen. Ze ademde snel, voelde haar hoofd bonzen en had een pijnlijk verlangen naar iets dat ze niet kon omschrijven.

Toen het geelkleurige paard de hengst gewillig volgde, zonder zelfs maar achterom te kijken, voelde ze een leegte, zo zwaar dat ze dacht dat ze die niet kon verdragen. Ze besefte hoe broos de wereld was die ze voor zichzelf in de vallei had opgebouwd, hoe kortstondig haar geluk was geweest, hoe hachelijk haar bestaan. Ze draaide zich om en rende terug naar de vallei. Ze rende tot haar adem door haar keel gierde, tot ze steken voelde in haar zij. Ze rende, op de een of andere manier hopend dat ze, als ze maar snel genoeg rende, alle hartzeer en eenzaamheid achter zich kon laten.

Ze struikelde de helling af die naar de rivier voerde, rolde naar beneden en bleef happend naar lucht liggen waar ze uiteindelijk terechtkwam. Zelfs toen ze weer kon ademen, verroerde ze zich niet. Ze wilde het niet aankunnen, of proberen, of leven. Wat had het voor zin? Ze was toch vervloekt?

Waarom kan ik dan niet gewoon sterven? Dat wordt toch van me verwacht? Waarom moet ik alles verliezen waar ik van houd? Ze voelde een warme adem en een ruwe tong die het zout van haar wang likte. Toen ze haar ogen opende, zag ze een enorme holenleeuw.

'O, Kleintje!' zei ze huilend en ze stak haar hand naar hem uit. Hij kwam naast haar liggen, trok zijn nagels in en legde een zware voorpoot over haar heen. Ze rolde om, sloeg haar armen om zijn harige hals en begroef haar gezicht in zijn manen.

Toen ze eindelijk was uitgehuild en probeerde overeind te komen, voelde ze de gevolgen van haar val. Opengehaalde handen, ontvelde knieën en ellebogen, een blauwe plek op haar heup en scheenbeen. Haar rechterwang schrijnde. Ze hinkte terug naar de grot en haar gedachten gingen naar de Stam waarvan ze had gehouden, maar die ze had moeten verlaten. Terwijl ze haar schaafwonden en blauwe plekken behandelde, kalmeerde ze iets. Wat had ze moeten beginnen als ze een been had gebroken? Dat kon erger zijn dan sterven zonder dat iemand je kon helpen.

Maar dat is niet gebeurd. Als mijn totem me wil laten leven, misschien is daar dan wel een reden voor. Misschien heeft de geest van de Holenleeuw mij Kleintje gestuurd omdat hij wist dat Whinney eens zou vertrekken.

Kleintje zal ook vertrekken. Het zal niet zo lang duren, dan wil hij een gezellin hebben. Hij zal er een vinden, ook al groeit hij niet normaal in een groep op. Hij wordt zo groot dat hij in staat zal zijn een groot gebied te verdedigen. En hij is een goede jager. Hij hoeft geen honger te lijden zolang hij naar een groep zoekt, of ten minste één leeuwin.

Ze glimlachte laconiek. Je zou denken dat ik de moeder van een Stam was die zich zorgen maakt of haar opgroeiende zoon wel een flinke, dappere jager zal worden. Hij is per slot van rekening mijn zoon niet. Hij is maar een leeuw, een gewone... Nee, hij is geen gewone holenleeuw. Hij is al bijna net zo groot als sommige volwassen holenleeuwen en hij kon al vroeg jagen. Maar hij zal me verlaten...

Durc is nu vast al groot. Oera wordt ook al groter. Oda zal wel bedroefd zijn als Oera weggaat om Durcs gezellin te worden en bij Bruns stam te wonen... o, nee, het is nu de stam van Broud. Hoe lang duurt het nog tot de volgende Stambijeenkomst?

Ze zocht achter het bed naar de bundel gekerfde stokken. Ze kerfde ze nog steeds iedere avond in. Het was een gewoonte, een ritueel. Ze maakte de bundel los en legde de stokken op de grond uit. Toen probeerde ze de dagen te tellen sinds ze haar vallei had gevonden. Ze legde haar hand over de inkepingen, maar er waren te veel streepjes, er waren te veel dagen verstreken. Ze had het gevoel dat de streepjes bij elkaar moesten komen en als ze dan op de een of andere manier werden samengevoegd zou ze weten hoe lang ze hier was, maar ze wist niet hoe. Dat was heel vervelend.

Toen drong het tot haar door dat ze de stokken niet nodig had, ze kon aan de jaren denken, door elke lente te tellen. Durc was geboren in de lente voor de laatste Stambijeenkomst, dacht ze. De volgende lente was het einde van zijn geboortejaar. Ze trok een kras in de aarde. Daarna kwam het jaar waarin hij begon te lopen. Ze trok nog een kras. De volgende lente zou het eind zijn geweest van zijn laatste jaar als zuigeling en het begin van het jaar waarin hij gespeend zou worden, maar dat was al gebeurd. Ze maakte een derde kras.

Toen ben ik weggegaan – ze slikte heftig en knipperde met haar ogen – en die zomer heb ik de vallei gevonden, en Whinney. De volgende lente heb ik Kleintje gevonden. Ze trok een vierde kras. En deze lente... Ze wilde niet aan het verlies van Whinney denken als een manier om het jaar te onthouden, maar het was wel zo. Ze maakte een vijfde kras.

Dat zijn alle vingers van een hand – ze stak haar linkerhand op – en zoveel jaar is Durc nu. Ze stak de duim en wijsvinger van haar rechterhand op – en nog zoveel voor de volgende Bijeenkomst. Als ze terugkomen, zullen ze Oera bij zich hebben, voor Durc. Dan zijn ze natuurlijk nog niet oud genoeg om gekoppeld te worden. Ze zullen alleen maar naar haar hoeven te kijken om te weten dat ze voor Durc is bestemd. Ik vraag me af, zou hij zich mij herinneren? Zal hij Stamherinneringen hebben? Hoeveel van hem is van mij en hoeveel van Broud... van de Stam?

Ayla zocht haar ingekerfde stokken bij elkaar. Ineens viel haar een regelmaat op in het aantal streepjes tussen de extra inkervingen die ze maakte als haar totem streed en ze bloedde. Wiens totemgeest zou hier met de mijne kunnen strijden? Al was mijn totem een muis, dan kon ik nog nooit zwanger worden. Er is een man voor nodig, met zijn orgaan, om een kleintje te laten beginnen. Dat geloof ik.

Whinney! Wilde de hengst dat doen? Wilde hij een kleintje in je laten beginnen? Misschien zie ik je nog wel een keer in de kudde, dan zal ik erachter komen. O, Whinney, dat zou geweldig zijn.

Ze beefde bij de gedachte aan Whinney en de hengst. Haar adem ging wat sneller. Toen dacht ze aan Broud en het prettige gevoel verdween. Maar zijn lid had er wel voor gezorgd dat Durc kwam. Als hij had geweten dat ik er een kleintje door zou krijgen, had hij het nooit gedaan. En Durc zal Oera krijgen. Zij is ook niet misvormd. Ik denk dat Oera werd verwekt toen die man van de Anderen Oda verkrachtte. Oera is heel geschikt voor Durc. Ze is gedeeltelijk van de Stam en gedeeltelijk van de Anderen. Een man van de Anderen...

Ayla was rusteloos. Kleintje was er niet en ze had het gevoel dat ze in beweging moest blijven. Ze ging naar buiten en slenterde langs het kreupelhout aan de rivier. Ze liep verder dan ze ooit had gedaan, hoewel ze met Whinney wel zo ver was gereden. Ze zou er weer aan moeten wennen om te lopen, besefte ze, en om een mand op haar rug te dragen. Aan het eind van de vallei volgde ze de stroom om de rand van de hoge rots heen naar het zuiden. Vlak achter de bocht kolkte het water om rotsen heen die er wel met opzet geplaatst konden zijn. Ze stonden zo keurig naast elkaar dat ze te gebruiken waren als stapstenen. De hoge wand was hier niet meer dan een steile trap. Ze klauterde omhoog en keek uit over de steppe in het westen.

Er was niet veel verschil tussen het westen en het oosten, behalve dat het terrein wat ruiger was en ze kende het westen lang zo goed niet. Ze wist wel dat wanneer ze eenmaal besloot de vallei te verlaten ze naar het westen zou gaan. Ze draaide zich om, stak de stroom over en zwierf door de lange vallei terug naar de grot.

Het was bijna donker toen ze er aankwam en Kleintje was nog niet terug. Het vuur was uit en de grot was eenzaam en koud. Hij leek nu leger dan toen ze er voor het eerst introk. Ze maakte vuur, kookte water en zette wat thee. Maar ze had geen zin om eten te koken. Ze pakte een stuk gedroogd vlees, wat gedroogde kersen en ging op haar bed zitten. Het was lang geleden dat ze alleen in haar grot was. Ze liep naar de plaats waar haar oude draagmand stond en rommelde op de bodem tot ze Durcs oude draagmantel vond. Ze rolde hem tot een bal in elkaar en klampte hem tegen haar maag. Ze staarde in het vuur. Toen ze ging liggen, sloeg ze hem om zich heen.

Haar slaap werd verstoord door dromen. Ze droomde dat Durc en Oera volwassen waren en aan elkaar gekoppeld. Ze droomde van Whinney, op een andere plaats, met een roodbruin hengstveulen. Een keer werd ze met het klamme zweet wakker. Pas toen ze helemaal wakker was, begreep ze dat het haar steeds terugkerende nachtmerrie van rommelende aarde en doodsangst was. Waarom had ze die droom toch?

Ze stond op en pookte het vuur op. Vervolgens warmde ze haar thee en dronk met kleine slokjes. Ze pakte Durcs mantel en herinnerde zich Oda's verhaal weer over de man van de Anderen, die zich met geweld met haar had verlicht. Oda zei dat hij er net zo uitzag als ik. Hoe zou een man die op mij lijkt, eruitzien?

Ayla probeerde zich een man voor te stellen die op haar leek. Ze probeerde zich haar gelaatstrekken voor de geest te halen, zoals ze die weerspiegeld had gezien in de vijver, maar het enige wat ze zich kon herinneren, was het haar dat haar gezicht omlijstte. Ze droeg het toen lang, nog niet opgebonden in allemaal vlechtjes, om het uit haar gezicht te houden. Het was geel, net als Whinneys vacht, maar met een diepere kleur, meer goudachtig.

Maar iedere keer dat ze zich het gezicht van een man voor de geest haalde, zag ze Broud, met een wellustig spottende blik. Ze kon zich het gezicht van een man van de Anderen niet voorstellen. Haar ogen werden moe en ze ging liggen. Ze droomde weer van Whinney en de roodbruine hengst. En toen van een man. Zijn gelaatstrekken waren vaag, schimmig. Slechts één ding was duidelijk: hij had geel haar.

15

'Je doet het uitstekend, Jondalar! Je wordt nog wel eens een rivierman!' zei Carlono. 'In de grote boten doet het er niet zoveel toe als je een slag mist. Als je niet de enige roeier bent, is het ergste dat je kan overkomen, dat je het ritme verstoort. In kleine boten, zoals deze, is beheersing belangrijk. Het kan gevaarlijk, of zelfs fataal, zijn een slag te missen. Let altijd op de rivier – vergeet nooit hoe onvoorspelbaar ze kan zijn. Hier is ze diep, dus ze lijkt kalm. Maar je hoeft je roeispaan maar in het water te steken om te voelen hoe sterk haar stroming is. Het is een zware stroming om tegen te vechten, je moet meewerken.'

Carlono gaf een doorlopend commentaar ten beste terwijl hij en Jondalar de kleine tweepersoonskano in de buurt van de aanlegsteiger van de Ramudiërs manoeuvreerden. Jondalar luisterde maar half. In plaats daarvan concentreerde hij zich erop de roeispaan naar behoren te hanteren, zodat de boot die hij bestuurde zou gaan waar hij hem heen wilde laten gaan, maar met zijn spieren voelde hij de betekenis van de woorden aan.

'Je denkt misschien dat het gemakkelijker is om stroomafwaarts te gaan, omdat je dan niet tegen haar stroom vecht, maar dat is juist het probleem. Als je tegen de stroom op roeit, moet je voortdurend je gedachten bij de boot en de rivier houden. Dan weet je dat je alles wat je hebt gewonnen, kwijtraakt als je je aandacht laat verslappen. En je ziet de dingen snel genoeg aankomen om ze uit de weg te gaan.

Als je met de stroom mee roeit, verslapt je aandacht maar al te gemakkelijk, dwalen je gedachten af en laat je je meevoeren door de rivier. Er zijn rotsen midden in de stroom, waarvan de funderingen dieper gaan dan de rivier. De stroom kan je erop smijten voor je het weet, of je loopt op een van water verzadigd stuk hout, laag op het water. "Nooit de Moeder je rug toekeren." Dat is de regel die je nooit mag vergeten. Ze zit vol verrassingen. Net als je denkt dat je weet wat je kunt verwachten en geen rekening meer met haar houdt, doet ze iets onverwachts.'

De oudere man schoof naar achter op zijn bank en trok zijn roeispaan uit het water. Hij nam Jondalar peinzend op en zag dat zijn voorhoofd vol rimpels stond van concentratie. Zijn blonde haar was naar achter gekamd en in zijn nek samengebonden, een goede voorzorgsmaatregel. Hij had zich gekleed volgens de dracht van de Ramudiërs, die weer een aanpassing was van die van de Shamudiërs aan het leven aan de rivier.

'Waarom stuur je niet op de steiger aan en laat je mij er niet uit, Jondalar. Ik denk dat het tijd wordt dat je het eens alleen probeert. Het is een heel verschil als het alleen tussen jou en de rivier gaat.'

'Denk je dat ik er al aan toe ben?'

'Voor iemand die er niet voor in de wieg is gelegd, heb je het snel geleerd.'

Jondalar had zich graag alleen op de rivier willen bewijzen. Jongens van de Ramudiërs hadden gewoonlijk al hun eigen boomkano nog voor ze man waren. Hij had zich lang geleden onder de Zelandoniërs al bewezen. Toen hij niet veel ouder was dan Darvo en zelfs zijn vak nog niet had geleerd noch helemaal volwassen was, had hij zijn eerste hert gedood. Nu kon hij een speer harder en verder werpen dan de meeste mannen, maar hoewel hij op de vlakten kon jagen, voelde hij zich hier niet helemaal een gelijke. Een man van de rivier kon zich pas man noemen als hij een van de reusachtige steuren aan zijn harpoen had geregen en zo was ook een Sharamudiër van het land pas man als hij zijn eigen gems had geveld in de bergen.

Hij had besloten dat hij geen verbintenis zou aangaan met Serenio voor hij voor zichzelf had bewezen dat hij zowel Shamudiër als Ramudiër kon zijn. Dolando probeerde hem ervan te overtuigen dat hij geen van beide hoefde te doen voor hij een verbintenis aanging, niemand had ook maar enige twijfel. Als iemand nog behoefte had gehad aan een bewijs, dan was de neushoornjacht voldoende. Jondalar was erachter gekomen dat geen van de anderen ooit eerder op neushoorns had gejaagd. De vlakten waren niet hun gebruikelijke jachtgebied.

Jondalar probeerde niet te beredeneren waarom hij vond dat hij beter moest zijn dan iedereen, hoewel hij zich nooit eerder verplicht had gevoeld andere mannen te overtreffen in jachtvaardigheid. Zijn grote interesse, en de enige kunst waarin hij ooit had willen uitblinken, was steenkloppen. Niet om te concurreren, maar het gaf hem persoonlijke bevrediging om een volmaakte techniek te bereiken.

Shamud sprak later onder vier ogen met Dolando en zei hem dat de lange Zelandoniër zijn eigen aanvaarding moest verwezenlijken.

Serenio en hij leefden nu al zo lang samen dat hij het gevoel had dat hij de band moest formaliseren. Ze was haast zijn gezellin. De meeste mensen zagen hen zo. Hij behandelde haar met achting en genegenheid en voor Darvo was hij de man aan de vuurplaats.

Maar sinds de avond waarop Tholie en Shamio die brandwonden hadden opgelopen, leek er altijd wel iets tussen te komen en was de sfeer nooit helemaal goed. Het was heel gemakkelijk met haar in een sleur te geraken. Deed het er echt toe, vroeg hij zich af.

Serenio drong niet aan – ze stelde hem nog steeds geen eisen – en nam haar verdedigende afstand in acht. Maar de laatste tijd betrapte hij haar er steeds op dat ze naar hem zat te staren met een niet-loslatende blik die uit het diepst van haar ziel kwam. Hij was altijd degene die zich van zijn stuk gebracht voelde en het eerst zijn blik afwendde. Hij besloot zichzelf tot taak te stellen te bewijzen dat hij een echte Sharamudiër kon zijn en begon zijn voornemens bekend te maken. Door sommigen werd het opgevat als aankondiging van een Belofte, hoewel er geen Feest van de Belofte werd gehouden.

'Ga deze keer niet te ver,' zei Carlono terwijl hij uit het kleine bootje stapte. 'Gun jezelf de tijd eraan te wennen dat je hem in je eentje hanteert.'

'Maar ik neem wel de harpoen mee. Het kan geen kwaad in een moeite door eraan te wennen hem te werpen,' zei Jondalar en hij strekte zijn hand uit naar het wapen dat op de steiger lag. Hij legde de lange schacht op de bodem van de kano, onder de banken, legde het touw er in een rol naast en stak de van weerhaken voorziene, benen punt in de houder aan de zijkant en maakte hem vast. De scherpe punt van de harpoen, met zijn teruggebogen weerhaken, was geen instrument om los in de boot te laten liggen. In geval van een ongeluk was hij net zo moeilijk uit een mens te trekken als uit een vis, om maar niet te spreken van de moeilijkheid om de benen punt met stenen gereedschap te maken. Kano's die omsloegen, zonken zelden, maar losse werktuigen wel.

Jondalar installeerde zich op de achterste bank terwijl Carlono de boot stilhield. Toen de harpoen vastzat, pakte hij de tweekantige roeispaan en duwde af. Zonder de ballast van een tweede persoon voorin, lag het bootje minder laag op het water. Het was moeilijker te hanteren. Maar nadat hij zich aan de verandering in drijfkracht had aangepast, scheerde hij snel op de stroom mee, terwijl hij de roeispaan aan een kant bij de achtersteven als roer gebruikte. Toen besloot hij terug te peddelen stroomopwaarts. Het zou gemakkelijker zijn om tegen de stroom te vechten nu hij nog fris was en zich er later op terug te laten drijven.

Hij was verder stroomafwaarts gegleden dan hij had beseft. Toen hij eindelijk de aanlegsteiger voor zich zag, stuurde hij er bijna op aan. Toen veranderde hij van gedachten en peddelde er voorbij. Hij was vastbesloten alle vaardigheden onder de knie te krijgen die hij zich tot taak had gesteld te leren en dat waren er veel. Maar niemand, allerminst hijzelf, kon hem ervan beschuldigen dat hij treuzelde, om de verbintenis die hij had beloofd te sluiten, uit te stellen. Hij glimlachte naar de zwaaiende Carlono, maar gaf het niet op.

Stroomopwaarts werd de rivier breder en nam de kracht van de stroom af, wat het peddelen vergemakkelijkte. Hij zag een strandje aan de overkant van de rivier en stuurde erop aan. Het was een klein, beschut strandje, overschaduwd door wilgen. Hij stuurde er vlak langs, gemakkelijk over het ondiepe water scherend in het lichtgewicht bootje en ontspande zich wat. Terwijl hij met zijn roeispaan bijstuurde, liet hij het vaartuigje achteruitglijden. Hij hield het water vluchtig in het oog toen zijn aandacht plotseling werd getrokken door een groot, stil silhouet onder het oppervlak.

Het was vroeg voor steuren. Gewoonlijk kwamen ze in het begin van de zomer de rivier op zwemmen, maar het was een warme, vroege lente geweest, met zware overstromingen. Hij keek scherper en zag meer van de reusachtige vissen stil langsglijden. Ze waren aan hun trek begonnen! Dit was zijn kans. Hij kon de eerste steur van het seizoen binnenhalen!

Hij trok de roeispaan binnenboord en greep naar de onderdelen van de harpoen, om hem in elkaar te zetten. Zonder besturing dobberde het bootje rond, voortgestuwd op de stroom, maar iets breedzij. Tegen de tijd dat Jondalar het touw aan de boeg had vastgemaakt, lag het bootje schuin op de stroom, maar het lag stabiel en hij had goede zin. Hij keek uit naar de volgende vis. Hij werd niet teleurgesteld. Een reusachtig, donker silhouet golfde zijn kant op. Nu wist hij waar de 'Haduma-vis' vandaan was gekomen, maar hier waren er veel meer van zulke grote.

Van het vissen met de Ramudiërs, wist hij dat het water de ware positie van de vis veranderde. Hij bevond zich niet waar hij zich leek te bevinden – zo verborg de Moeder haar schepselen tot haar geheim werd geopenbaard. Toen de vis naderbij kwam, richtte hij iets anders om de lichtbreking van het water te compenseren. Hij leunde overboord, wachtte en slingerde de harpoen toen van de boeg weg.

En met evenveel kracht schoot het bootje op zijn scheve koers in tegenovergestelde richting weg naar het midden van de rivier. Maar hij had doel getroffen. De punt van de harpoen stak diep in de reuzensteur. De vis was echter allerminst buiten gevecht gesteld. Hij koerste stroomopwaarts op het midden van de rivier af, op zoek naar dieper water. Het touw ontrolde zich snel en kwam met een ruk strak te staan.

De boot werd met zo'n ruk omgesleurd, dat Jondalar bijna overboord werd geslingerd. Terwijl hij probeerde zich aan de zijkant vast te grijpen, sprong de roeispaan omhoog, wipte op en viel in de rivier. Hij liet los om hem te grijpen en leunde te ver voorover. De boot kantelde. Hij dook weer naar de zijkant. Op dat ogenblik vond de steur de stroming en kliefde stroomopwaarts door het water. De boot kantelde op miraculeuze wijze weer terug, zodat Jondalar erin terug werd geslagen. Hij ging overeind zitten en wreef over een blauwe plek op zijn scheen terwijl het bootje sneller stroomopwaarts werd gesleept dan hij ooit was gegaan.

Hij greep zich aan de zijkant vast en kroop naar voren. Toen hij de rivieroevers voorbij zag flitsen, zette hij grote ogen op van angst en verbazing. Hij greep naar de lijn, die strak in het water stond, en gaf een ruk, met het idee dat de harpoen zo los zou laten. In plaats daarvan dook de boeg zo diep naar beneden dat het bootje water maakte. De steur schoot heen en weer en liet het bootje heftig schommelen. Jondalar klampte zich uit alle macht aan het touw vast en werd heen en weer geslingerd.

Hij merkte het niet toen hij langs de open plek kwam waar de boten werden gebouwd en hij zag niet hoe de mensen op het strand stonden te staren hoe de boot, in het kielzog van de reusachtige vis, stroomopwaarts slingerde, terwijl Jondalar buitenboord hing, met beide handen op het touw en worstelde om de harpoen los te trekken.

'Zien jullie dat?' zei Thonolan. 'Die broer van mij heeft een op hol geslagen vis aan de haak! Zoiets moois heb ik nog nooit gezien!' Zijn grijns ging over in een bulderend gelach. 'Zagen jullie hoe hij zich aan dat touw vastklampte om te proberen te bereiken dat die vis losliet?' Uitgelaten van pret sloeg hij zich op zijn dijen. 'Hij heeft die vis niet gevangen, die vis heeft hém gevangen.'

'Thonolan, het is niet grappig,' zei Markeno. Het kostte hem moeite zijn gezicht in de plooi te houden. 'Je broer zit in moeilijkheden.' 'Dat weet ik. Dat weet ik. Maar heb je hem gezien? De rivier op gesleurd door een vis? Zeg maar eens dat dat niet grappig is.'

Thonolan lachte weer, maar hielp Markeno en Barono een boot in het water tillen. Dolando en Carolio klommen er ook in. Ze duwden af en roeiden zo snel ze konden stroomopwaarts. Jondalar zat in moeilijkheden, hij kon echt in gevaar verkeren.

De steur begon uitgeput te raken. De harpoen zoog het leven uit hem weg, het gewicht van de boot en de man remden hem steeds meer af. Het gaf Jondalar gelegenheid om na te denken, maar hij had het nog steeds niet in de hand welke kant hij op ging. Hij was ver stroomopwaarts, hij dacht niet dat hij sinds die eerste boottocht in de sneeuw en de huilende winden ooit zo ver was geweest. Plotseling kwam hij op het idee het touw door te snijden. Het had geen zin zich nog langer stroomopwaarts te laten slepen.

Hij liet de zijkant los en greep naar zijn mes. Maar net toen hij het stenen mes met het benen heft uit de schede trok, probeerde de steur in één laatste worsteling met de dood, zich van de pijnlijke punt te ontdoen. Hij sloeg en worstelde met zo'n kracht dat de boeg elke keer dat hij onderdook, onder water schoot. Ondersteboven zou de houten kano nog steeds drijven, maar als hij vol water liep, zou hij naar de bodem zakken. Hij probeerde het touw door te snijden, terwijl de boot deinde, op en neer schommelde en van de ene kant naar de andere schokte. Hij zag het van water verzadigde blok hout dat op de stroming laag op het water op hem afstevende pas, toen het tegen de kano klapte en hem het mes uit handen sloeg.

Hij herstelde zich vlug en probeerde het touw wat in te trekken, zodat het minder strak zou komen te staan, en de kano niet zo vervaarlijk zou wiebelen. In een laatste wanhopige poging om zich los te trekken, dook de steur op de oever af en slaagde er eindelijk in de harpoen uit zijn vlees te scheuren. Het was te laat. Het laatste leven welde door de gapende scheur in zijn zij naar buiten. Het reusachtige dier zonk als een steen naar de bodem van de rivier, zweefde toen naar boven en kwam met zijn buik omhoog aan het oppervlak van de rivier drijven. Alleen een kleine stuiptrekking getuigde van de kolossale strijd die de oervis voor zijn leven had gestreden.

Op de plaats die de vis uitkoos om te sterven, maakte de rivier op haar lange, kronkelige loop een flauwe bocht, waardoor er een werveling van tegenstrijdige stromingen ontstond in het water dat de bocht om schoot. De laatste duik van de steur voerde hem naar een plek waar het water vlak langs de oever terugstroomde. De boot, die een slap hangend touw achter zich aan sleepte deinde en schommelde, botsend tegen het houtblok en de vis, die de rustplaats in de onzekere trog tussen teruglopend water en stroming deelde.

In de tijdelijke kalmte kon Jondalar tot zich door laten dringen hoeveel geluk hij had gehad dat hij het touw niet had doorgesneden. Zonder roeispaan had hij de boot niet in bedwang als hij met de stroom meedreef. De oever was vlakbij. Een smal rotsstrandje hield abrupt op en ging voorbij de bocht over in een steile wal met bomen die elkaar zo dicht op de waterkant verdrongen dat kale wortels naar buiten braken om steun te zoeken in de lucht. Misschien kon hij daar iets vinden dat dienst kon doen als roeispaan.

Hij haalde diep adem om zich op de duik in de koude rivier voor te bereiden en liet zich overboord glijden. Het was dieper dan hij had verwacht, hij ging kopje-onder. Door de beweging schoof de boot terug in de rivierstroming en de vis dreef dichter naar de oever. Jondalar dook achter de boot aan en graaide naar het touw, maar de lichte kano, die amper over het oppervlak scheerde, tolde rond en danste sneller weg dan hij hem kon volgen.

Hij raakte verkleumd in het ijzige water. Hij wendde zich naar de oever. De steur sloeg tegen de wal. Hij ging erop af, greep hem bij zijn open bek en sleepte hem achter zich aan. Het was zinloos de vis nu kwijt te raken. Hij trok hem een stuk het strandje op, maar hij was zwaar. Hij hoopte dat hij zo zou blijven liggen. Ik hoef nu geen roeispaan te zoeken, dacht hij, zo zonder boot, maar misschien kan ik wat hout vinden om een vuurtje te maken. Hij was doornat en verkleumd.

Hij greep naar zijn mes en vond een lege schede. Hij was vergeten dat hij het was kwijtgeraakt en hij had geen ander. Vroeger had hij altijd een extra mes bij zich in de buidel die hij aan zijn gordel droeg, maar dat was toen hij Zelandonische kledij droeg. Hij had de buidel opgegeven toen hij Ramudische kleding begon te dragen. Misschien kon hij materiaal vinden voor een plankje en vuurstokje, om vuur te maken. Maar zonder mes kun je geen hout snijden, Jondalar, zei hij tegen zichzelf, of tondel afschaven, of aanmaakhout. Hij rilde. Ik kan op z'n minst wat hout bij elkaar zoeken.

Hij keek om zich heen en hoorde iets wegschieten in de bosjes. De grond lag bezaaid met vochtig, rottend hout, bladeren en mos. Nergens een droog takje te bekennen. Je kunt dood hout nemen, dacht hij en hij keek of hij ook de dode, droge, onderste takken van naaldbomen zag, die zich onder de groene, levende takken aan de bomen vastklampten. Maar hij bevond zich niet in een naaldwoud zoals bij zijn thuisgrot. Het klimaat in deze streek was minder streng, het werd niet zo sterk beïnvloed door het gletsjerijs in het noorden. Het was koel, kon zelfs heel koud zijn, maar vochtig. Het was het woud van een gematigd klimaat, geen noordelijk woud. De bomen waren van hetzelfde soort als waarvan de boten werden gemaakt: loofhout.

In het bos om hem heen stonden eiken en beuken, een paar haagbeuken en wilgen; bomen met dikke ruwe stammen en dunnere met een grijze gladde stam, maar geen droge takken. Het was lente en zelfs de twijgen zaten vol sap en knoppen. Hij had wel eens gehoord hoe je een van de bomen moest kappen. Dat was niet eenvoudig, ook niet met een goede stenen bijl. Hij huiverde weer en klappertandde. Hij wreef zijn handen, zwaaide met zijn armen en stond te trappelen om warm te worden. Hij hoorde weer geschuifel in de struiken en dacht dat hij een dier had gestoord.

Plotseling drong de ernst van zijn situatie tot hem door. Ze zouden hem toch wel missen en naar hem op zoek gaan? Thonolan zou toch wel merken dat hij verdwenen was? Hun wegen kruisten zich steeds minder vaak, vooral omdat hij meer betrokken raakte bij de Ramudische manier van leven en zijn broer meer Shamudisch werd. Hij wist niet eens waar zijn broer die dag zat, misschien was hij wel op gemzenjacht.

Nou ja, Carlono dan. Zou die niet op zoek gaan? Hij zag me stroomopwaarts gaan in de boot. Plotseling werd Jondalar door een andere schrik bevangen. De boot! Die is meegesleurd. Als ze een lege boot vinden, zullen ze denken dat je verdronken bent, dacht hij. Waarom zouden ze naar je op zoek gaan als ze denken dat je verdronken bent? Hij rilde weer en kwam in beweging. Hij sprong, sloeg met zijn armen en trappelde met z'n voeten, maar hij bleef maar rillen en hij begon moe te worden. De kou tastte zijn denkvermogen aan, maar hij kon niet rond blijven springen.

Buiten adem liet hij zich neervallen en kroop in elkaar, in een poging zijn lichaamswarmte te bewaren, maar zijn tanden klapperden en zijn lichaam beefde. Hij hoorde weer een geschuifel, dichterbij, maar nam niet de moeite op onderzoek uit te gaan. Toen stapte er iets in zijn blikveld: twee voeten – twee blote, vuile mensenvoeten. Hij keek met een schok op en schrok zo dat hij bijna ophield met bibberen. Op nog geen armlengte van hem af stond een kind hem met twee grote bruine ogen vanuit de schaduw van naar voren stekende wenkbrauwogen aan te staren. Een platkop, dacht Jondalar. Een jonge platkop!

Hij was helemaal opgewonden van verbazing en verwachtte half dat het jonge dier terug de struiken in zou schieten nu hij was gezien. De knaap verroerde zich niet. Hij stond daar maar en nadat ze elkaar enkele ogenblikken hadden aangegaapt, maakte hij wenkende gebaren. Of althans, Jondalar had het gevoel dat het wenkende gebaren waren, hoe vergezocht dat ook leek. De platkop maakte het gebaar opnieuw, terwijl hij een aarzelende stap achteruit deed. Wat kon zijn bedoeling zijn? Wil hij dat je met hem meegaat? Toen de knaap het gebaar weer maakte, deed Jondalar een stap in zijn richting, ervan overtuigd dat het wezen weg zou rennen. Maar het kind deed slechts één stap achteruit en gebaarde weer. Jondalar begon hem te volgen, eerst langzaam, maar allengs sneller, nog steeds rillend, maar nieuwsgierig.

Enkele ogenblikken later schoof de knaap het kreupelhout wat uiteen waardoor een kleine open plek zichtbaar werd. In het midden brandde een klein, haast rookloos vuurtje. Een vrouwtje keek geschrokken op en deinsde angstig achteruit toen Jondalar op de flakkerende warmte toe liep. Hij hurkte er dankbaar voor neer. Hij was zich er vaag van bewust dat de jonge platkop en het vrouwtje met hun handen stonden te zwaaien en keelklanken uitstootten. Hij had de indruk dat ze elkaar iets meedeelden, maar hij bekommerde zich er meer om dat hij het weer warm zou krijgen en wenste dat hij een bontvacht of mantel had.

Hij schonk er geen aandacht aan toen het vrouwtje achter hem verdween en was verrast toen hij een bontvacht over zijn schouders voelde zakken. Hij ving amper een glimp op van donkerbruine ogen, voor ze haar hoofd boog en maakte dat ze wegkwam, maar hij voelde haar angst voor hem.

Zelfs nat behield de gemzenleren kleding die hij droeg, een deel van zijn vermogen om warmte vast te houden en met het vuur en de vacht kreeg Jondalar het ten slotte zo warm dat hij ophield met bibberen. Toen pas drong het tot hem door waar hij was. Grote Moeder! Dit is een platkoppenkamp. Hij had met zijn handen naar het vuur uitgestrekt gezeten, maar toen hij zich realiseerde wat het vuur impliceerde, trok hij ze met een schok terug, alsof hij ze had gebrand.

Vuur! Gebruiken ze vuur? Aarzelend strekte hij zijn hand weer uit naar de vlammen, alsof hij zijn ogen niet kon geloven en zijn andere zintuigen nodig had om het te bevestigen. Toen viel zijn oog op de bontvacht die over hem heen gedrapeerd was. Hij voelde aan een van de uiteinden en wreef het tussen duim en wijsvinger. Wolf, concludeerde hij, en goed gelooid. Hij is zacht, de binnenkant is verbazend zacht. Ik betwijfel of de Sharamudiërs het veel beter zouden kunnen. De vacht leek niet in enig model te zijn gesneden. Het was gewoon de hele huid van een grote wolf.

De hitte drong ten slotte zo diep door, dat hij overeind kwam en met zijn rug naar het vuur ging staan. Hij zag het jonge mannetje naar hem kijken. Hij was er niet zeker van dat het een mannetje was. Met de vacht om hem heen, die met een lange riem was dichtgebonden, was het niet duidelijk. Hoewel hij op zijn hoede was, toonde zijn blik geen angst, zoals die van de vrouw. Jondalar herinnerde zich dat de Losaduniërs hadden gezegd dat de platkopvrouwen zich niet verzetten. Ze gaven zich gewoon over, dus helemaal geen tegenpartij. Waarom zou iemand een platkopvrouw willen hebben?

Jondalar kwam tot de slotsom dat dit kind niet zo jong was als hij eerst had gedacht, eerder een bijna volwassen man dan een kind. Het korte postuur was bedrieglijk geweest, maar zijn spierontwikkeling getuigde van kracht en toen hij nog eens goed keek, zag hij het pluizige dons van een beginnende baard.

Het jonge mannetje gromde iets en het vrouwtje snelde naar een kleine houtstapel en bracht een paar stukken hout naar het vuur. Jondalar had nog nooit van zo dichtbij een platkopvrouwtje gezien. Hij keerde zijn gezicht naar haar toe. Ze was ouder, misschien de moeder van de jonge platkop, dacht hij. Ze leek zich niet op haar gemak te voelen, wilde niet dat er naar haar werd gekeken. Ze week met gebogen hoofd achteruit en toen ze bij de rand van de kleine open plek kwam, verwijderde ze zich verder uit zijn gezichtsveld. Ze deed het onopvallend, maar voor hij het in de gaten had, zat hij met zijn hoofd bijna helemaal omgedraaid. Hij keek even de andere kant op en toen hij weer keek, had ze zich zo doeltreffend verborgen, dat hij haar eerst niet zag. Als hij niet had geweten dat ze daar zat, had hij haar helemaal niet gezien.

Ze is bang. Het verbaast me dat ze niet is weggerend in plaats van hout te brengen zoals hij haar opdroeg.

Haar opdroeg! Hoe kon hij het haar opdragen? Platkoppen praten niet; hij kon haar niet vertellen dat ze hout moest brengen. Ik ben zeker een beetje licht in mijn hoofd van de kou. Ik denk nu vast niet helder.

Ondanks al zijn ontkenningen kon Jondalar het gevoel niet van zich afzetten dat het jonge mannetje het vrouwtje wel degelijk had opgedragen hout te halen. Op de een of andere manier had hij iets meegedeeld. Hij richtte zijn aandacht weer op het mannetje en voelde een duidelijke vijandigheid. Hij kon niet zeggen waar het aan lag, maar hij wist dat het de jonge platkop niet had aangestaan dat hij zo naar het vrouwtje had zitten kijken. Hij was ervan overtuigd dat hij in grote moeilijkheden zou komen als hij ook maar een stap in haar richting deed. Het was niet verstandig platkopvrouwtjes al te veel aandacht te schenken, besloot hij, niet als er een mannetje in de buurt was, van welke leeftijd dan ook.

De spanning zakte wat toen Jondalar geen openlijke initiatieven nam en niet langer naar het vrouwtje keek. Maar nu hij oog in oog stond met de platkop, had hij – net als bij de platkoppen die hij aan het begin van zijn Tocht was tegengekomen – het gevoel dat ze elkaar stonden te taxeren, en wat verwarrender was, dat hij tegenover een mens stond. En toch leek deze mens op geen andere die hij kende. Op al zijn reizen waren de mensen die hij was tegengekomen, ook als mensen te herkennen. Ze spraken andere talen, hadden andere gebruiken, woonden in andere onderkomens, maar het waren mensen.

Deze was anders, maar was hij daarom een beest? Hij was veel kleiner en meer gedrongen, maar zijn blote voeten waren niet anders dan die van Jondalar. Hij had enigszins kromme benen, maar liep net zo rechtop als ieder ander. Hij had wat meer haar, vooral op de armen en schouders, dacht Jondalar, maar hij zou het geen pels willen noemen. Hij kende wel mannen die net zo behaard waren. De platkop had al een brede gespierde borst en je kon beter geen ruzie met hem krijgen, zo jong als hij was. Maar ook de volwassen vrouwen, die hij had gezien, hadden ondanks hun enorme spierontwikkeling, de bouw van mensen. Het verschil leek 'm voornamelijk in het hoofd en in het gezicht te liggen. Maar wat is het verschil? Hij heeft zware wenkbrauwen, zijn voorhoofd is minder hoog en loopt meer naar achteren en hij heeft een groot hoofd. Een korte nek, geen kin, een kaak die iets uitsteekt en een brede neus, maar zelfs dat was het gezicht van een mens. Het lijkt niet op ook maar iemand die ik ken, maar het ziet er menselijk uit. En ze gebruiken vuur.

Maar ze praten niet, en alle mensen praten. Ik vraag me af, deelden ze elkaar iets mee? Grote Doni! Hij heeft zelfs mij iets meegedeeld! Hoe wist hij dat ik vuur nodig had? En waarom zou een platkop een mens helpen? Jondalar stond voor een raadsel, maar de jonge platkop had hem waarschijnlijk het leven gered. Het jonge mannetje leek tot een besluit te komen, maakte abrupt hetzelfde gebaar waarmee hij Jondalar naar het vuur had gewenkt en liep van de open plek weg, zoals ze waren gekomen. Hij leek te verwachten dat de man hem zou volgen en dat deed Jondalar, blij met wolvenvacht om zijn schouders toen hij in zijn nog vochtige kleren van het vuur wegliep. Toen ze de rivier naderden, rende de platkop vooruit, onder het uitstoten van harde, scherpe klanken, en zwaaide met zijn armen. Een klein dier ging er haastig vandoor, maar er was wat van de steur weggevreten en het was duidelijk dat hij, al was hij nog zo groot, niet lang mee zou gaan als hij niet werd bewaakt.

De woede van het jonge mannetje op het aasetende dier verschafte Jondalar een plotseling inzicht. Kon de vis misschien de reden zijn waarom de platkop hem hulp had geboden? Wilde hij een deel van de vis?

De platkop stak zijn hand in een plooi van de vacht die om hem heen geslagen zat, haalde een steenschilfer tevoorschijn met een scherpe rand en maakte een beweging naar de steur alsof hij hem wilde aansnijden. Vervolgens maakte hij gebaren die een deel voor hem en een deel voor de lange man aangaven en wachtte. Het was heel duidelijk. Het stond voor Jondalar buiten kijf dat de knaap een deel van de vis wilde hebben. Een vloed van vragen welde in hem op.

Waar had die platkop het werktuig vandaan? Hij wilde het van dichterbij bekijken, hij wist dat het niet de verfijning had van een van zijn werktuigen – het was van een dikkere schilfer gemaakt, niet van een dun plaatje steen – maar het was een volmaakt bruikbaar, scherp mes. Het was door iemand gemaakt die er met vakmanschap functioneel vorm aan had gegeven. Maar meer nog dan het mes, waren er vragen die hem in verwarring brachten. De knaap had weliswaar niets gezegd, maar hij had bepaald wel iets meegedeeld. Hij vroeg zich af of hij zijn wensen even direct kenbaar gemaakt zou kunnen hebben.

De platkop stond afwachtend klaar en Jondalar knikte, niet zeker of de beweging zou worden begrepen. Maar zijn bedoeling was door meer dan gebaren overgebracht. Zonder aarzeling ging het jonge mannetje met de vis in de weer.

Terwijl de Zelandoniër toekeek, werd hij overweldigd door een emotie die diepgewortelde overtuigingen in hem aan het wankelen bracht. Het bouwsel van denkbeelden dat hem met de moedermelk was ingegeven en in zijn botten zat ingebakken, stond op instorten. Platkoppen waren beesten. Iedereen zei dat platkoppen beesten waren. Maar wat was een beest? Een beest zou misschien haastig een hap uit die vis voor zijn neus komen wegkapen. Een intelligenter beest zou een mens misschien als gevaarlijk beschouwen en wachten tot hij vertrok of stierf. Een beest zou niet inzien dat een man die aan de kou was blootgesteld, behoefte had aan warmte, zou geen vuur hebben waar hij hem heen kon leiden, zou niet vragen om een aandeel van zijn voedsel. Dat was menselijk gedrag.

Het had Jondalar niets kunnen schelen als de platkop de hele vis had meegenomen, maar hij was nieuwsgierig. Hoeveel zou de platkop nemen? De vis moest hoe dan ook aan stukken worden gesneden, hij was te zwaar om te verslepen. Het zou vier man nog moeite kosten hem te tillen.

Ineens interesseerde de platkop hem niet meer. Zijn hart klopte als een razende. Had hij iets gehoord?

'Jondalar! Jondalar!'

De platkop keek geschrokken op, maar Jondalar baande zich al een weg door de bomen op de oever, om vrij uitzicht op de rivier te krijgen.

'Hier! Hier zit ik, Thonolan!' Zijn broer was hem dus toch komen zoeken. Hij zag een boot vol mensen midden op de rivier en riep ze opnieuw. Ze zagen hem, zwaaiden terug en roeiden zijn kant op.

Een geknor van inspanning bracht zijn aandacht terug bij de platkop. Hij zag dat de steur op het strandje in de lengte in tweeën was gespleten en dat het jonge mannetje de helft van de reusachtige vis had overgebracht op een grote leren huid die hij ernaast had uitgespreid. Terwijl de lange man toekeek, pakte de jonge platkop de uiteinden van de huid bij elkaar en hees de hele lading met een zwaai op zijn rug. Met de halve kop en staart boven uit de reusachtige zak stekend, verdween hij in het bos.

'Wacht!' riep Jondalar en rende hem achterna. Bij de rand van de open plek haalde hij hen in. Het vrouwtje, dat een grote mand op haar rug droeg, glipte toen hij naderde, in de schaduwen weg. Aan niets was te zien dat de open plek was gebruikt, er was zelfs geen spoor van het vuur. Als hij de hitte ervan niet had gevoeld, zou hij hebben getwijfeld of het er ooit was geweest.

Hij nam de wolvenvacht van zijn schouders en bood hem aan. Op een knorrend geluid van het mannetje, nam het vrouwtje hem aan. Toen slopen ze beiden geruisloos het bos in en waren verdwenen.

Jondalar had het een beetje koud in zijn vochtige kleren toen hij naar de rivier terugliep. Hij kwam net bij de oever toen de boot aanmeerde en glimlachte toen zijn broer aan land klauterde. Ze omarmden elkaar in een stevige omhelzing van broederlijke genegenheid.

'Thonolan! Ben ik even blij dat ik je zie! Ik was bang dat ze me als verloren zouden beschouwen als ze die lege boot vonden.'

'Grote broer, hoeveel rivieren zijn we samen niet overgestoken? Denk je soms dat ik niet weet dat je kunt zwemmen? Toen we de boot eenmaal vonden, wisten we dat je stroomopwaarts zat en niet ver voor ons uit kon zijn.'

'Wie heeft de helft van deze vis weggenomen?' vroeg Dolando.

'Die heb ik weggegeven.'

'Weggegeven? Aan wie?' vroeg Markeno.

'Aan wie kón je hem geven?' voegde Carolio eraan toe.

'Aan een platkop.'

'Aan een platkop?' echoden vele stemmen. 'Waarom zou je de helft van zo'n grote vis aan een platkop geven?' vroeg Dolando.

'Hij heeft me geholpen en hij vroeg erom.'

'Wat is dat nou voor onzin? Hoe kon een platkop nou ergens om vragen?' zei Dolando. Hij was boos en dat verbaasde Jondalar. De leider van de Sharamudiërs liet zelden zijn toorn blijken.

'Waar zit hij?'

'Hij is nu inmiddels verdwenen, in het bos. Ik was doorweekt en rilde zo dat ik dacht dat ik het nooit meer warm zou krijgen. Toen verscheen opeens die jonge platkop en nam me mee naar zijn vuur...'

'Vuur? Sinds wanneer gebruiken ze vuur?' vroeg Thonolan.

'Ik heb wel platkoppen met vuur gezien,' zei Barono.

'Ik heb ze ook al eens eerder aan deze kant van de rivier gezien... van een afstand,' merkte Carolio op.

'Ik wist niet dat ze terug waren. Met z'n hoevelen waren ze?' vroeg Dolando.

'Alleen die jonge met een ouder vrouwtje. Zijn moeder misschien,' antwoordde Jondalar.

'Als ze hun vrouwtjes bij zich hebben, dan zitten er meer.' De gedrongen leider keek vlug het bos langs. 'Misschien moesten we maar een paar mensen bij elkaar trommelen voor een platkopjacht en het ongedierte uitroeien.'

Er klonk een kwaadaardige dreiging in Dolando's stem waar Jondalar van opkeek. Hij had al eerder een dergelijk gevoel jegens platkoppen bespeurd in de opmerkingen van de leider, maar nog nooit met zoveel venijn.

Het leiderschap was bij de Sharamudiërs een kwestie van bekwaamheid en overtuigingskracht. Dolando werd stilzwijgend als leider erkend, niet omdat hij in alle opzichten de beste was, maar omdat hij bekwaam was en de gave had mensen aan te trekken en problemen op te lossen. Hij commandeerde niet; hij bepraatte de mensen, overreedde ze, overtuigde ze en wist te schipperen. Over het algemeen leverde hij de smeerolie voor onvermijdelijke wrijvingen tussen mensen die samen leefden. Hij was buitengewoon scherpzinnig, doelbewust en zijn beslissingen werden gewoonlijk geaccepteerd, maar niemand hoefde zich erbij neer te leggen. Er waren soms heftige ruzies.

Hij was voldoende zelfverzekerd om aan zijn mening vast te houden wanneer hij vond dat hij gelijk had en als het nodig was kon hij ook het hoofd buigen voor iemand die meer wist over een bepaald onderwerp of meer ervaring had. Hij gaf er de voorkeur aan zich niet met persoonlijke ruzietjes te bemoeien, tenzij ze uit de hand liepen en iemand zijn hulp inriep. Hoewel hij over het algemeen heel kalm bleef, kon hij zich woedend maken over wreedheid, domheid of onvoorzichtigheid die schade kon toebrengen aan de Stam als geheel of aan iemand die niet in staat was zich te verdedigen. En ook ten aanzien van platkoppen. Hij haatte ze. Voor hem waren het niet alleen beesten, het waren gevaarlijke, wrede beesten die moesten worden uitgeroeid.

'Ik had het ijskoud,' bracht Jondalar ertegen in, 'en die jonge platkop hielp me. Hij nam me mee naar zijn vuur, ze gaven me een vacht om te gebruiken. Wat mij betreft had hij de hele vis mogen hebben, maar hij nam maar de helft. Ik ben niet van plan om mee te doen aan een platkopjacht.'

'Gewoonlijk veroorzaken ze niet zoveel last,' zei Barono, 'maar als ze in de buurt zitten, wil ik dat graag weten. Ze zijn pienter. Het is geen goed idee je door een groep te laten overrompelen...'

'Het zijn beestachtige, moordlustige beesten...' zei Dolando.

Barono negeerde de opmerking. 'Je hebt waarschijnlijk geluk gehad dat het een jong met een vrouwtje was. De vrouwtjes vechten niet.'

De wending die het gesprek nam, stond Thonolan niet aan. 'Hoe moeten we deze schitterende halve vangst van mijn broer thuis krijgen?' Hij herinnerde zich de tocht die de vis Jondalar had bezorgd en een grijns spleet zijn gezicht in tweeën. 'Na de tegenstand die hij je heeft geboden, verbaast het me dat je hem voor de helft hebt laten ontsnappen.'

Het gelach werd met zenuwachtige opluchting door de anderen overgenomen.

'Wil dat zeggen dat hij nu een halve Ramudiër is?' zei Markeno.

'Misschien kunnen we hem meenemen op jacht en velt hij een halve gems,' zei Thonolan. 'Dan kan de andere helft Shamudiër zijn.'

'Welke helft zal Serenio willen hebben?' knipoogde Barono.

'De helft van hem is meer dan de meesten,' gekscheerde Carolio, en haar gezicht liet er geen twijfel over bestaan dat ze het niet over zijn lengte had. In de kleine behuizing van de Grot was zijn vaardigheid met de vachten niet onopgemerkt voorbijgegaan. Het bloed steeg Jondalar naar de wangen, maar het vette gelach bracht een laatste verlichting van de spanning, niet alleen veroorzaakt door zorg om hem, maar ook door Dolando's reactie op de platkoppen.

Ze haalden een net van boord, dat gemaakt was van een vezelsoort die er goed tegen kon als hij nat werd, spreidden het naast de bloedende, open helft van de steur uit en schoven het karkas onder het nodige gekreun en gezwoeg op het net en in het water. Vervolgens bonden ze het net aan de achtersteven van de boot vast.

Terwijl de rest met de vis worstelde, draaide Carolio zich naar Jondalar om en zei zachtjes: 'Roshario's zoon is door platkoppen gedood. Hij was nog maar een jonge man, nog niet Beloofd, vol pret en durf en Dolando's trots. Niemand weet hoe het is gebeurd, maar

318

Dolando liet de hele Grot jacht op ze maken. Een paar werden gedood, daarna verdwenen ze. Hij moest om te beginnen al niet veel van ze hebben, maar sindsdien...'

Jondalar knikte begrijpend.

'Hoe heeft die platkop zijn helft van deze vis weggesleept?' vroeg Thonolan toen ze in de boot stapten.

'Hij pakte hem op en liep ermee weg,' zei Jondalar.

'In zijn eentje? Hij pakte hem op en liep ermee weg?'

'In zijn eentje. En hij was niet eens volgroeid.'

Thonolan liep naar het houten hutje dat werd gedeeld door zijn broer, Serenio en Darvo. Het was opgebouwd uit planken die op een nokpaal steunden, die zelf schuin naar de grond afliep. Het leek op een van hout gemaakte tent, met de driehoekige voorwand hoger dan de achterwand, zodat de zijkanten trapeziumvormig waren. De planken waren op dezelfde manier aan elkaar gezet als de boordgangen van de boten: de enigszins dikkere rand viel over de dunnere rand heen en werd vastgenaaid. Het waren knusse stevige bouwsels, die voldoende dicht waren, zodat alleen bij de oudere licht door het droge, kromgetrokken hout scheen. Dankzij de zandstenen overkapping, die ze tegen de ergste weersinvloeden beschermde, hoefde men de onderkomens niet zo te onderhouden en waterdicht te maken als de boten. De verlichting kwam hoofdzakelijk van de vuurplaats of de ingang aan de voorkant.

De jongste van de twee mannen keek naar binnen om te zien of zijn broer nog sliep.

'Kom erin,' snufte Jondalar. Hij zat recht overeind op de met vachten bedekte slaapverhoging, met extra vachten om hem heen gestapeld en een kom met iets kokend heets in zijn handen.

'Hoe staat het met je verkoudheid?' vroeg Thonolan terwijl hij op de rand van de verhoging ging zitten.

'Met de verkoudheid gaat het slechter, met mij beter.'

'Niemand heeft aan je natte kleren gedacht en er stond een behoorlijke wind in de rivierkloof tegen de tijd dat we terugkwamen.'

'Ik ben blij dat jullie me hebben gevonden.'

'Nou, ik ben echt blij dat je je beter voelt.' Thonolan leek vreemd om woorden verlegen te zitten. Hij zat zenuwachtig te wiebelen, stond op en liep naar de opening, kwam toen weer terug naar zijn broer. 'Kan ik ook iets voor je halen?'

Jondalar schudde zijn hoofd en wachtte. Zijn broer zat ergens mee en hij probeerde ermee voor de draad te komen. Hij had alleen tijd nodig.

'Jondalar...' begon Thonolan en zweeg toen even. 'Jij woont nu al heel lang met Serenio en haar zoon samen.' Heel even dacht Jondalar dat hij iets wilde gaan zeggen over de niet-geformaliseerde status van de verhouding, maar hij vergiste zich. 'Hoe voelt het om een man van je vuurplaats te zijn?'

'Jij bent een gebonden man, een man van je vuurplaats.'

'Dat weet ik, maar maakt het ook verschil om een kind aan je vuurplaats te hebben? Jetamio heeft zo haar best gedaan om een kind te krijgen, en nu... Ze heeft er weer een verloren, Jondalar.'

'Wat akelig...'

'Het kan me niet schelen of ze ooit een kind krijgt. Ik wil haar gewoon niet verliezen,' riep Thonolan met overslaande stem uit.

'Ik wilde maar dat ze ophield met het te proberen.'

'Ik denk niet dat ze enige keus heeft. De Moeder geeft...'

'Waarom laat de Moeder haar er dan niet eentje houden?!' schreeuwde Thonolan. Hij liep rakelings langs Serenio toen hij naar buiten rende.

'Heeft hij je over Jetamio verteld?' vroeg Serenio. Jondalar knikte. 'Ze heeft dit kind langer behouden, maar dat maakte het moeilijker voor haar toen ze het verloor. Ik ben blij dat ze zo gelukkig is met Thonolan. Dat is wel het minste wat ze verdient.'

'Komt ze er wel weer bovenop?'

'Ze is niet de eerste vrouw die een kind heeft verloren, Jondalar. Maak je maar niet ongerust over haar, ze redt het wel. Ik zie dat je de thee hebt gevonden. De Shamud zei dat een aftreksel van pepermunt, bernagie en lavendel je verkoudheid goed zou doen. Hoe voel je je? Ik kwam alleen even kijken of je al wakker was.'

'Ik voel me prima.' Hij glimlachte en probeerde een gezonde indruk te maken.

'Dan denk ik dat ik weer bij Jetamio ga zitten.'

Toen ze vertrok, zette hij zijn kom weg en ging weer liggen. Zijn neus was verstopt en hij had hoofdpijn. Hij kon niet precies zeggen waar het aan lag, maar Serenio's antwoord verontrustte hem. Hij wilde er niet verder over nadenken, want het gaf hem nog een andere doffe pijn, diep in zijn maag. Het zal wel van die verkoudheid komen, dacht hij.

16

De lente rijpte tot de zomer en de vruchten van de aarde rijpten mee. Al naar gelang ze rijp werden, verzamelde de jonge vrouw ze. Het was meer uit gewoonte dan uit behoefte, ze had zichzelf de moeite kunnen besparen. Ze had al een overvloed, want er was nog voedsel over van het vorig jaar. Maar Ayla kon vrije tijd niet gebruiken. Ze kon hem op geen enkele manier vullen. Zelfs met de extra bezigheid van jagen voor de winter, kon ze zich niet genoeg bezighouden. Ze prepareerde bijna iedere huid die ze buitmaakten. Soms maakte ze er vachten van, andere keren onthaarde ze ze om leer te maken. Ze maakte nog steeds manden, matten en uitgesneden kommen en had voldoende gereedschap, voorwerpen en spullen om de grot in te richten vergaard om aan de behoeften van een hele stam te voldoen. Ze had uitgezien naar het voedsel verzamelen van de zomer.

Ze had ook uitgezien naar het jagen in de zomer en ontdekte dat de methode die ze met Kleintje had ontwikkeld, met een kleine aanpassing aan het feit dat ze geen paard meer had, nog steeds doeltreffend was. De steeds grotere vaardigheid van de leeuw compenseerde het verschil. Als ze dat had gewild, had ze niet hoeven te jagen. Niet alleen had ze gedroogd vlees over, maar als Kleintje met succes alleen jaagde, wat steeds vaker gebeurde, dan aarzelde ze niet haar aandeel van zijn buit te nemen. Er bestond een unieke band tussen de vrouw en de leeuw. Ze was moeder en daarom dominant, ze was jachtgezellin en daarom zijn gelijke en hij was alles wat ze had om van te houden.

Terwijl ze naar de wilde leeuwen keek, deed Ayla een paar scherpzinnige waarnemingen over hun jachtgewoonten, die overeenkwamen met die van Kleintje. In het warme jaargetijde waren holenleeuwen nachtdieren en in de winter jaagden ze overdag. Hoewel hij in het voorjaar verhaarde, had Kleintje nog een dikke vacht en het was te warm om te jagen in de hitte van de zomerdag. De achtervolging kostte hem zoveel energie dat hij het er warm van kreeg. Kleintje wou alleen maar slapen, bij voorkeur in een koele, duistere hoek van de grot. In de winter, wanneer de loeiende wind van de ijskap in het noorden kwam, werd de temperatuur 's nachts zo laag dat het dodelijk kon zijn, ondanks een nieuwe, zware vacht. Dan troffen de holenleeuwen het als ze zich konden terugtrekken in een grot uit de wind. Het waren vleeseters en ze pasten zich aan. De dikte en de kleur van de vacht paste zich aan bij het klimaat en zolang er voldoende prooidieren waren, werd de jacht er ook bij aangepast.

Ze besloot één ding wel, toen ze de ochtend nadat Whinney was weggegaan wakker werd en Kleintje slapend naast haar aantrof met het karkas van een gevlekt reekalf – het jong van een reuzenhert. Ze zou weggaan, dat stond voor haar buiten kijf, maar niet die zomer. De jonge leeuw had haar nog nodig, hij was te jong om hem alleen te laten. Geen enkele wilde troep zou hem accepteren, het mannetje van de troep zou hem doden. Tot hij oud genoeg was om een gezellin te zoeken en zijn eigen troep te beginnen, had hij de geborgenheid van haar grot net zo hard nodig als zij.

Iza had tegen haar gezegd dat ze haar eigen soort moest zoeken en een levensgezel en ze zou op een dag haar tocht voortzetten. Maar het was ook een opluchting dat ze haar vrijheid nog niet hoefde op te geven voor het gezelschap van mensen met vreemde gewoonten. Hoewel ze dat niet wilde toegeven, had ze een diepere reden. Ze wilde niet vertrekken zolang ze niet zeker wist of Whinney niet terug zou komen. Ze miste het paard verschrikkelijk. Whinney was vanaf het begin af aan bij haar geweest en Ayla hield van haar.

'Vooruit, luilak,' zei Ayla. 'Laten we een eindje gaan wandelen om te zien of we iets kunnen vinden om op te jagen. Je bent er vannacht niet op uit geweest.' Ze gaf de leeuw een por en liep de grot uit, gebarend dat hij haar moest volgen. Hij tilde zijn kop op, gaf een enorme gaap, die al zijn grote, scherpe tanden ontblootte en kwam toen overeind en sjokte met tegenzin achter haar aan. Kleintje had al net zomin honger als zij en had veel liever doorgeslapen, maar Ayla verveelde zich.

Ze had de dag daarvoor geneeskrachtige planten verzameld, een taak waar ze plezier in had en die verbonden was met plezierige associaties. In haar jonge jaren bij de Stam had het verzamelen van medicijnen voor Iza haar de kans gegeven om zich te onttrekken aan de altijd waakzame ogen die maar al te bereid waren om ongepast gedrag af te keuren. Het gaf haar een kleine adempauze om haar natuurlijke neigingen te volgen. Later verzamelde ze de planten om de vreugde de deskundigheid van de medicijnvrouw te leren en die kennis maakte nu deel uit van haar natuur.

Voor haar bestond er zo'n nauw verband tussen de geneeskrachtige eigenschappen van iedere plant dat ze ze net zo goed onderscheidde naar het gebruik als het uiterlijk. De bossen agrimonie die ondersteboven in de warme, donkere grot hingen, waren een mengsel van gedroogde bloemen en bladeren die geschikt waren tegen blauwe plekken en verwondingen aan inwendige organen, maar het waren ook hoge, dunne, overblijvende planten met getande bladeren en kleine gele bloemen die in spits toelopende aren groeiden.

De bladeren van het klein hoefblad, die hun naam eer aandeden, lagen uitgespreid op gevlochten droogrekken. Ze gaven verlichting bij astma wanneer de rook van de brandende, gedroogde bladeren werd ingeademd. Het was ook een goed middel tegen hoest, samen met andere ingrediënten in de thee en het eten kon ermee gekruid worden. Ze dacht aan het genezen van botbreuken en wonden toen ze de grote, donzige bladeren van de smeerwortel zag, die naast de wortels buiten in de zon hingen te drogen en de kleurige goudsbloemen voor de genezing van open wonden, zweren en huidaandoeningen. Kamille bevorderde de spijsvertering en was goed te gebruiken om wonden uit te wassen. De bloemblaadjes van de wilde roos dreven in een schaal water in de zon en zorgden voor een geurig, bloedstelpend wondwater.

Ze had ze verzameld om kruiden die niet waren gebruikt met vers materiaal te vervangen. Hoewel ze de volledige medicijnenverzameling die ze op peil hield maar heel weinig nodig had, had ze er plezier in en ze hield zo haar deskundigheid gescherpt. Maar met overal blaadjes, bloemen, wortels en bastsoorten uitgespreid, had het geen zin meer te verzamelen, er was geen ruimte voor. Ze had op dat ogenblik niets te doen en ze verveelde zich.

Ze slenterde naar beneden naar het strandje, de naar voren springende wand om en door het kreupelhout langs de stroom. De holenleeuw sjokte naast haar. Onder het lopen gromde hij van hnga, hnga, een geluid dat Ayla had leren kennen als zijn gewone spreekstem. Andere leeuwen maakten soortgelijke geluiden, maar elk was kenmerkend en ze kon Kleintjes stem van heel ver herkennen, net als ze zijn gebrul kon identificeren. Dat begon diep in zijn borst met een reeks grommen en zwol dan aan tot een diepklinkend gerommel met het volle bereik van zijn bas, dat haar oren deed tuiten als ze te dicht in de buurt was.

Ze kwam bij een rotsblok waar ze gewoonlijk rusthielden en bleef staan, ze had niet echt zin om te jagen, maar wist niet zeker wat ze wel wilde. Kleintje duwde zich tegen haar aan, op zoek naar aandacht. Ze krauwde hem rond zijn oren en diep in zijn manen. Zijn vacht was iets donkerder dan hij in de winter was geweest, hoewel nog steeds beige, maar zijn manen waren rossig geworden, een donker, rossig geelbruin, niet veel anders dan de kleur van rode oker. Hij tilde zijn kop op, zodat ze onder zijn kin kon komen en liet een laag, rommelend gegrom van tevredenheid horen. Ze strekte haar hand uit om de andere kant te krauwen en bekeek hem toen met nieuwe ogen. Zijn rug reikte tot vlak onder haar schouder. Hij was bijna even hoog als Whinney, maar veel zwaarder gebouwd. Het was niet tot haar doorgedrongen dat hij zo groot was geworden.

De holenleeuw die over de steppen zwierf van dat koude land dat werd doorsneden door gletsjers, leefde in een omgeving die ideaal was voor zijn manier van jagen, die er het best bij paste. Het was een uitgestrekte grasvlakte met een overvloedige, gevarieerde bevolking van prooidieren. Veel van die dieren waren enorm groot – de bizon en het vee dat weer half zo groot was als hun latere tegenhangers; het reuzenhert met een skelet van wel vier meter, de harige mammoet en de neushoorn. De omstandigheden waren gunstig voor ten minste één soort vleeseters om zich te ontwikkelen tot een afmeting die in staat was op zulke grote dieren te jagen. De holenleeuw vulde dat gat en deed het bewonderenswaardig. De leeuw van latere generaties was maar half zo groot en was daarbij vergeleken klein; de holenleeuw was het grootste roofdier dat ooit heeft geleefd. Kleintje was een extra groot exemplaar van dat machtige roofdier – enorm groot en sterk, zijn vacht glansde van jeugdige gezondheid en zag er goed uit. Hij gaf zich helemaal over aan het verrukkelijke krauwen van de jonge vrouw. Als hij haar had willen aanvallen, had ze zich niet kunnen verdedigen, maar ze beschouwde hem niet als gevaarlijk. Ze vond hem niets bedreigender dan een uit zijn krachten gegroeide jonge kat, en dat was haar verdediging. Haar macht over hem was vanzelfsprekend, en zo accepteerde hij het ook.

Terwijl hij zijn kop optilde en opzij boog om haar te wijzen waar ze moest krauwen, gaf Kleintje zich over aan de zinnenstrelende verrukking en zij genoot ervan omdat hij er zo van genoot. Ze stapte op het rotsblok om bij zijn andere kant te kunnen en hing over zijn rug toen haar een ander idee inviel. Ze dacht er niet eens bij na, ze zwaaide haar been over zijn rug en ging schrijlings zitten, zoals ze zo vaak bij Whinney had gedaan.

Het was onverwacht, maar de armen om zijn nek waren vertrouwd en haar gewicht was te verwaarlozen. Een tijdlang verroerden ze zich geen van beiden. Op de gezamenlijke jacht had Ayla haar teken van het werpen van een steen met haar slinger aangepast tot een armgebaar gekoppeld aan haar woord voor 'gaan'. Meteen toen ze eraan dacht, maakte ze zonder aarzeling het gebaar en riep het woord.

Ze voelde zijn spieren onder haar samentrekken en greep zich vast in zijn manen toen hij naar voren sprong. Met de gespierde gratie van zijn soort vloog hij met de vrouw op zijn rug de vallei door. Ze kneep haar ogen dicht tegen de wind in haar gezicht. Slierten haar die zich hadden losgewerkt uit haar vlechten, wapperden achter haar aan. Ze had hem niet in bedwang, ze mende Kleintje niet, zoals ze Whinney had gemend. Ze ging waarheen hij haar meenam en met plezier. Ze had een uitgelaten gevoel dat alles wat ze ooit had gekend overtrof.

De snelheidsexplosie was maar van korte duur, zoals bij hem gebruikelijk was, zelfs in de aanval. Hij minderde vaart, maakte een wijde cirkel en draafde terug naar de grot. Met de vrouw nog op zijn rug beklom hij het steile pad en hield stil bij haar plek in de grot. Ze liet zich van zijn rug glijden en omhelsde hem, want ze wist geen andere manier om uiting te geven aan de diepe onbenoembare emoties die ze voelde. Toen ze hem losliet, zwiepte hij met zijn staart en stevende toen op het achterste gedeelte van de grot af. Hij zocht zijn favoriete plekje op, strekte zich uit en viel al heel snel in slaap.

Ze keek glimlachend naar hem. Je hebt me mijn ritje gegund en nu heb je er voor vandaag genoeg van, zit het zo? Kleintje, na dat ritje mag je slapen zo lang als je wilt.

Tegen het eind van de zomer bleef Kleintje steeds langer weg. De eerste keer dat hij langer dan een dag wegbleef, was Ayla buiten zichzelf van ongerustheid en ze was zo bezorgd dat ze de tweede nacht geen oog dichtdeed. Toen hij de volgende ochtend eindelijk verscheen, zag ze er al even moe en verpieterd uit als hij. Hij bracht geen buit mee en toen ze hem gedroogd vlees gaf van haar voorraad, stortte hij zich erop, hoewel hij gewoonlijk met de brosse repen speelde. Moe als ze was, ging ze er met haar slinger op uit en kwam met twee hazen thuis. Hij ontwaakte uit zijn uitgeputte slaap, kwam naar de ingang van de grot rennen om haar te begroeten en nam er een mee terug naar zijn plek achter in de grot. Ze bracht de andere naar achter en ging toen naar haar eigen slaapplaats.

De keer dat hij drie dagen wegbleef, maakte ze zich niet zo ongerust, maar met het verstrijken van de lege dagen voelde ze zich ellendiger. Hij kwam terug met gapende wonden en krabben en ze wist dat hij had gevochten met andere leeuwen. Ze vermoedde dat hij volwassen genoeg was om belangstelling te hebben voor vrouwtjes. In tegenstelling tot paarden kenden leeuwen geen spe-

ciale paartijd, ze konden iedere willekeurige tijd van het jaar bron-
stig worden.

Met het voortschrijden van de herfst kwam het steeds vaker voor
dat de jonge holenleeuw langer wegbleef en als hij dan terugkwam,
was het meestal om te slapen. Ayla was er zeker van dat hij ook ergens anders sliep, maar zich daar niet zo geborgen voelde als in
haar grot. Ze wist nooit wanneer ze hem kon verwachten, of van
welke kant. Hij verscheen gewoon, hetzij sluipend via het smalle
pad vanaf het strandje, hetzij dramatischer, met een plotselinge
sprong van de steppen boven haar grot op de richel ervoor.

Ze was altijd blij hem te zien, en zijn begroetingen waren altijd hartelijk – soms een beetje te hartelijk. Na de eerste keer dat hij was
opgesprongen om zijn zware voorpoten op haar schouders te leggen, en haar daarbij had omgegooid, stond ze algauw klaar met het
stopgebaar als hij een beetje onstuimig leek.

Gewoonlijk bleef hij dan een paar dagen. Soms jaagden ze samen
en hij bracht nog steeds af en toe zijn prooi mee terug naar de grot.
Dan begon hij weer rusteloos te worden. Ze was er zeker van dat
Kleintje voor zichzelf jaagde, en zijn prooi met succes verdedigde
tegen hyena's, of wolven, of aasetende vogels, die probeerden hem
te stelen. Ze kwam erachter dat ze als hij eenmaal begon heen en
weer te lopen, kon verwachten dat hij kort daarna vertrok. Als de
leeuw weg was, voelde de grot zo leeg aan, dat ze tegen de komst
van de winter begon op te zien. Ze was bang dat het een eenzame
winter zou worden.

Het was een ongewone herfst, warm en droog. De bladeren werden
geel, vervolgens bruin, en sloegen de felle tint over die een beetje
vorst kon brengen. Ze bleven in grauwe, verdorde bosjes aan de
bomen hangen, die in de wind ritselden lang na de tijd dat ze gewoonlijk de grond zouden hebben bezaaid. Ayla raakte van het
eigenaardige weer uit haar doen – de herfst hoorde nat en koel te
zijn, vol bulderende winden en plotselinge stortbuien. Ze kon een
gevoel van angst niet van zich afzetten, alsof de zomer de seizoens-
wisseling tegenhield tot de plotselinge aanval van de winter haar
zou overvallen.

Iedere ochtend stapte ze naar buiten voorbereid op een drastische
verandering en was haast teleurgesteld als ze voor de zoveelste
keer een warme zon zag opkomen aan een opvallend heldere lucht.
De avonden bracht ze buiten op de richel door en ze keek hoe de
zon wegzakte onder de rand van de aarde, met alleen een stofnevel
die dofrood gloeide in plaats van een prachtig kleurenspel op van

water verzadigde wolken. Als de sterren begonnen te twinkelen, vulden ze de duisternis zo dat het leek of de lucht versplinterd was en vol barsten zat van hun overvloed.

Ze was dagenlang dicht bij de vallei in de buurt gebleven, omdat ze verwachtte dat het weer zou omslaan en toen de zoveelste dag warm en helder aanbrak, leek het dwaas dat ze het mooie weer had verspild terwijl ze erop uit had kunnen trekken om ervan te genieten. De winter zou snel genoeg komen om haar aan haar eenzame grot te kluisteren.

Jammer dat Kleintje er niet is, dacht ze. Het zou een goede dag zijn om op jacht te gaan. Misschien kan ik zelf wat jagen. Ze tilde een speer op en zette hem toen weer neer. Nee, zonder Kleintje of Whinney zal ik een nieuwe manier moeten bedenken om te jagen. Ik neem alleen mijn slinger mee. Ik vraag me af of ik een vacht zou moeten meenemen. Het is zo warm, ik zou er alleen maar in lopen zweten. Ik zou hem kunnen dragen, ik zou de verzamelmand misschien kunnen meenemen. Maar ik heb niets nodig. Ik heb meer dan genoeg. Ik heb alleen behoefte aan een lekkere, lange wandeling. Daar hoef ik geen mand voor te dragen en een vacht heb ik ook niet nodig. Een stevige wandeling houdt me warm genoeg.

Toen Ayla het steile pad af liep, voelde ze zich vreemd onbezwaard. Ze had geen lasten te dragen, geen dieren om zich om te bekommeren, een goed voorziene grot. Ze hoefde zich alleen om zichzelf te bekommeren, maar vreemd genoeg bezorgde het totale ontbreken van verantwoordelijkheid haar gemengde gevoelens: een ongewoon besef van vrijheid en een onverklaarbaar onlustgevoel.

Ze kwam bij de wei en beklom de gemakkelijke helling naar de oostelijke steppen. Vervolgens zette ze er een stevig tempo in. Ze had geen speciale bestemming in gedachten en liep op goed geluk. De gevolgen van de droogte waren op de steppe duidelijk te zien. Het gras was zo verdord en uitgedroogd dat een bros grassprietje dat ze in haar hand hield, verpulverde toen ze het verfrommelde. De wind blies het gruis van haar open palm alle kanten op.

De grond onder haar voeten was keihard ingeklonken en in ruitvormige patronen gebarsten. Ze moest oppassen waar ze haar voeten neerzette, om te vermijden dat ze over pollen struikelde of haar enkel verzwikte in een gat of voor. Ze had het nog nooit meegemaakt dat alles zo dor was. De atmosfeer leek het vocht uit haar adem op te zuigen. Ze had maar een kleine waterzak meegenomen, want ze verwachtte hem bij bekende stroompjes en drinkplaatsen te vullen, maar verscheidene daarvan stonden droog. Haar zak was al voor meer dan de helft leeg voor de ochtend voor de helft verstreken was.

Toen ze bij een stroompje kwam waarvan ze zeker wist dat er water in zou staan en daar slechts modder aantrof, besloot ze terug te gaan. Ze liep een eindje langs de bedding van het stroompje, in de hoop haar zak te kunnen vullen en kwam bij een modderige poel, alles wat er over was van een diepe waterput. Ze bukte zich om te proeven, om te zien of het te drinken was en zag toen verse hoefsporen. Er was hier kennelijk niet zo lang geleden een kudde paarden geweest. Iets aan een van de hoeven maakte dat ze nog eens goed keek. Ze was een ervaren sporenlezer en hoewel ze er niet bij had stilgestaan, had ze Whinneys hoefafdrukken te vaak gezien om de kleine afwijkingen in omtrek en druk die haar afdruk maakten niet te kennen. Toen ze keek, wist ze zeker dat Whinney op deze plek was geweest en nog niet zo lang geleden. Ze moest vlakbij zijn. Ayla's hart begon sneller te kloppen.

Het spoor was niet moeilijk te vinden. Nadat de paarden bij de modder waren vertrokken, gaven de afgebrokkelde rand van een spleet waarin een hoef was weggezakt, opgewaaid stof dat net weer was neergedaald, en omgebogen gras, allemaal aan welke kant de paarden op waren gegaan. Ayla ging er ademloos van opwinding achteraan, zelfs de stille lucht leek zijn adem in te houden van verwachting. Het was zo lang geleden, zou Whinney zich haar herinneren? Het zou alleen al genoeg zijn te weten dat ze in leven was.

De kudde was verder weg dan ze had gedacht. Iets had ze achternagezeten en de paarden op hol gejaagd over de vlakte. Voor ze op de troep vretende wolven stuitte, hoorde ze al gegrauw en tumult en ze had eigenlijk uit moeten wijken, maar ze moest er dichter naartoe om zich ervan te vergewissen dat het gevelde dier niet Whinney was. Ze was opgelucht toen ze een donkerbruine vacht zag, maar het was dezelfde ongewone kleur als van de hengst en ze was er zeker van dat het dier uit dezelfde kudde kwam.

Terwijl ze het spoor verder volgde, dacht ze na over paarden in het wild en hoe kwetsbaar ze waren voor aanvallen. Whinney was jong en sterk, maar er kon wel van alles gebeuren. Ze wilde de jonge merrie mee terugnemen.

Het was al bijna middag voor ze de paarden eindelijk in zicht kreeg. Ze waren nog zenuwachtig van de achtervolging en Ayla bevond zich boven de wind. Zodra de paarden haar geur gewaarwerden, verplaatsten ze zich. De jonge vrouw moest een wijde omtrekkende beweging maken om ze van beneden de wind te naderen. Zodra ze dicht genoeg in de buurt was om afzonderlijke paarden te onderscheiden, pikte ze Whinney eruit en haar hart bonsde. Ze slikte een paar keer heftig in een poging de tranen in te houden die met alle geweld wilden komen.

Ze ziet er gezond uit, dacht Ayla. Dik. Nee, ze is niet dik, ik geloof dat ze drachtig is! O, Whinney, wat heerlijk. Ayla was zo blij dat ze zich haast niet kon inhouden. Ze kon het niet laten, ze moest proberen of het paard zich haar zou herinneren. Ze floot.

Whinneys hoofd ging onmiddellijk omhoog en ze keek in Ayla's richting. De vrouw floot opnieuw en het paard deed een paar passen naar haar toe. Ayla kon niet wachten, ze rende het hooikleurige paard tegemoet. Plotseling kwam een beige merrie tussen hen in galopperen en loodste Whinney weg door haar in de flanken te bijten. Vervolgens dreef de aanvoerster de rest van de kudde bij elkaar en voerde de hele groep weg van de onbekende en mogelijk gevaarlijke vrouw.

Ayla was gebroken. Ze kon niet achter de kudde aan blijven jagen. Ze was al veel verder van de vallei dan haar bedoeling was geweest, en de dieren konden zich zoveel sneller verplaatsen dan zij. Ze zou zich nu al moeten haasten als ze voor donker thuis wilde zijn. Ze floot nog één keer, luid en lang, maar ze wist dat het te laat was. Ontmoedigd wendde ze zich af en boog haar hoofd in de koude wind, terwijl ze haar leren omslag hoger om haar schouders trok.

Ze zat zo in de put dat ze nergens aandacht voor had, behalve voor haar verdriet en teleurstelling. Een waarschuwend gegrauw deed haar met een ruk stilstaan. Ze was per ongeluk midden tussen de troep wolven terechtgekomen, die zich met bebloede snuiten volvraten aan een donkerbruin paard.

Ik kan maar beter uitkijken waar ik loop, dacht ze, achteruitwijkend. Het is mijn schuld. Als ik niet zo ongeduldig was geweest, had die merrie de kudde misschien niet bij me vandaan gedreven. Terwijl ze een omtrekkende beweging maakte, wierp ze nog een blik op het gevallen dier. Dat is een donkere kleur voor een paard. Het lijkt wel even bruin als de hengst van Whinneys kudde. Ze keek nog eens goed. Iets aan het hoofd, de kleuring, de vorm, liet een rilling over haar rug lopen. Het was de roodbruine hengst! Hoe kon een hengst in de bloei van zijn leven aan wolven ten prooi vallen?

Het linkervoorbeen, dat in een abnormale hoek was gebogen, gaf haar het antwoord. Zelfs een schitterende jonge hengst kan een been breken als hij over verraderlijk terrein rent. Een diepe scheur in de grond had de wolven dit buitenkansje gegeven van een hengst in de bloei van zijn leven. Ayla schudde haar hoofd. Wat een pech, dacht ze. Hij had vast nog vele goede jaren in zich gehad. Toen ze zich van de wolven afkeerde, merkte ze eindelijk het gevaar op dat ze zelf liep.

De lucht die die ochtend zo helder was geweest, was nu een gestremde massa onheilspellende wolken. De hoge druk, die de winter op afstand had gehouden, was gezwicht en het koufront dat op de loer had gelegen, kwam aanstormen. De wind legde het droge gras plat en liet er deeltjes van opdwarrelen in de lucht. De temperatuur daalde snel. Ze kon ruiken dat er sneeuw op komst was, en ze was een heel eind van de vallei verwijderd. Ze keek om zich heen, pakte haar waterzak en zette het op een lopen. Het zou erom spannen of ze thuis kon komen voor de storm toesloeg.

Ze maakte geen schijn van kans. Ze was meer dan een halve dag stevig doorlopen van de vallei verwijderd en de winter was te lang tegengehouden. Tegen de tijd dat ze de droge stroom bereikte, vielen er grote, natte sneeuwvlokken. Met het aanwakkeren van de wind werden het scherpe ijsnaaldjes en vervolgens gingen ze over in het drogere ziftsel van een complete sneeuwstorm. Sneeuwbanken begonnen zich te vormen op de hechte basis van natte sneeuw. Wervelende winden, die nog vochten met tegenstromingen van ruimende luchtstromen, beukten eerst van de ene, vervolgens van de andere kant op haar in.

Ze wist dat haar enige hoop erin bestond te blijven lopen, maar ze wist niet zeker of ze nog steeds de goede kant op ging. De omtrek van herkenningspunten was verdoezeld. Ze bleef staan in een poging een idee te krijgen van waar ze zich bevond en haar toenemende paniek de baas te worden. Wat was ze stom geweest dat ze zonder haar vacht was vertrokken. Ze had haar tent mee kunnen nemen in haar draagmand, dan had ze tenminste een schuilplaats gehad. Haar oren waren ijskoud, ze had geen gevoel meer in haar voeten, haar tanden klapperden. Ze had het koud. Ze kon de wind horen fluiten.

Ze luisterde opnieuw. Dat was de wind toch niet? Daar hoorde ze het weer. Ze hield haar handen als een trechter om haar mond, floot zo hard ze kon en luisterde.

Het hoogtonige gehinnik van een paard klonk dichterbij. Ze floot nog een keer en toen het silhouet van het hooikleurige paard als een schim uit de storm opdoemde, rende Ayla naar haar toe terwijl de tranen bevroren op haar wangen.

'Whinney, Whinney, o, Whinney!' Ze riep de naam van het paard steeds maar weer uit terwijl ze haar armen om de stevige hals sloeg en haar gezicht in de ruige wintervacht begroef. Daarop klom ze op de rug van het paard en boog zich laag over haar hals, om zoveel mogelijk warmte op te vangen.

Het paard volgde haar eigen instincten en zette koers naar de grot. Daarheen was ze ook op weg geweest. De onverwachte dood van de hengst had de kudde ontwricht. De aanvoerende merrie hield de paarden bij elkaar omdat ze wist dat ze uiteindelijk een andere hengst zouden vinden. Ze had het geelkleurige paard kunnen behouden als het bekende fluitje en de herinneringen aan de vrouw en geborgenheid er niet waren geweest. Op de merrie die niet in de kudde was opgegroeid, had de aanvoerster minder invloed. Toen de storm losbrak, herinnerde Whinney zich een grot die beschutting betekende tegen felle winden en verblindende sneeuwbuien, en de genegenheid van een vrouw.

Tegen de tijd dat ze ten slotte de grot bereikten, rilde Ayla zo hevig dat ze nauwelijks een vuur aan kon krijgen. Toen het haar eindelijk lukte, hurkte ze er niet voor. In plaats daarvan graaide ze haar slaapvachten bij elkaar, bracht ze naar Whinneys kant van de grot en kroop naast het warme paard in elkaar.

Maar de eerste paar dagen drong de terugkeer van haar geliefde vriendin nauwelijks tot haar door. Ze werd wakker met koorts en een droge kuchhoest die van heel diep kwam. Als ze eraan dacht op te staan om ze te maken, leefde ze op hete, geneeskrachtige kruidentheeën. Whinney had haar het leven gered, maar het paard kon niets doen om haar te helpen een longontsteking te boven te komen.

Het grootste deel van de tijd was ze zwak en ijlde ze, maar het ogenblik toen Kleintje terugkwam, hielp haar er weer bovenop. Hij was van de steppen boven, naar beneden gesprongen, maar werd tegengehouden door Whinneys luide protest. De kreet van angst en verweer brak door Ayla's bedwelming heen. Ze zag het paard met haar oren in haar nek van woede en daarop naar voren gespitst van angst, zenuwachtig steigeren, terwijl de holenleeuw met ontblote tanden en een laag gegrom in zijn keel klaarzat om toe te springen. Ze sprong het bed uit en wierp zich tussen roofdier en prooi.

'Hou daar mee op, Kleintje! Zo maak je Whinney bang. Je zou blij moeten zijn dat ze terug is.' Vervolgens wendde Ayla zich tot het paard. 'Whinney! Het is Kleintje maar. Je hoeft niet bang voor hem te zijn. Houden jullie er nu allebei mee op,' sprak ze vermanend.

De geuren in de grot waren beide dieren vertrouwd, vooral die van de vrouw. Kleintje stormde kopjesgevend op Ayla af en Whinney kwam naar voren om met haar snoet haar aandeel van de aandacht op te eisen. Toen hinnikte het paard, niet van angst of woede, maar met een klank die ze had gebruikt voor het jonge leeuwtje onder haar hoede en de holenleeuw herkende zijn kindermeisje.

'Ik zei je toch dat het Kleintje maar was,' zei ze tegen het paard. Toen werd ze overvallen door een krampachtige hoestbui.

Ze pookte het vuur op, pakte de waterzak en ontdekte dat hij leeg was. Ze sloeg haar slaapvacht om, ging naar buiten en schepte een kom sneeuw op. Terwijl ze wachtte tot het water kookte, probeerde ze diepe hoestkrampen in haar borst te bedwingen, die haar keel verscheurden. Ten slotte bedaarde de hoest met behulp van een brouwsel van alantswortel en wilde kersenbast, en ging ze terug naar bed. Kleintje had het zich gemakkelijk gemaakt in de verste hoek, terwijl Whinney ontspannen op haar plekje bij de wand lag.

Op den duur kwamen Ayla's aangeboren vitaliteit en gehardheid de ziekte te boven, maar het duurde lange tijd voor ze geheel was hersteld. Ze was buiten zichzelf van vreugde dat ze haar dierengezin weer bij elkaar had, hoewel het niet helemaal hetzelfde was als vroeger. Beide dieren waren veranderd. Whinney was drachtig van een veulen en had in een kudde in het wild geleefd, die wist hoe gevaarlijk roofdieren konden zijn. Ze deed gereserveerder tegenover de leeuw met wie ze in het verleden had gespeeld en Kleintje was niet langer een grappig klein leeuwtje. Kort nadat de sneeuwstorm was uitgewoed, verliet hij de grot weer en met het voortschrijden van de winter kwam hij steeds minder vaak terug.

Tot ver na midwinter veroorzaakte te grote inspanning hoestbuien en Ayla vertroetelde zichzelf. Ook het paard bemoederde ze, door haar graan te voeren dat ze voor zichzelf had geplukt en gewand, en door alleen korte ritjes te maken. Maar toen er een koude, heldere dag aanbrak en ze vol energie wakker werd, besloot ze dat een beetje beweging hun misschien allebei goed zou doen.

Ze snoerde de draagmanden om het paard en nam speren en sledestokken mee, noodvoedsel, extra waterzakken en kleding, draagmand en tent, alles wat ze voor iedere mogelijke noodsituatie kon bedenken. Ze wilde niet nog een keer met lege handen komen te staan. Die ene keer dat ze onvoorzichtig was geweest, was haar bijna fataal geweest. Voor ze opsteeg, legde ze een zachte leren huid over Whinneys rug, iets nieuws sinds de terugkeer van het paard. Het was zo lang geleden dat ze had gereden, dat ze opengeschuurde, zere dijen kreeg en de leren deken maakte een heel verschil.

Toen ze eenmaal op de steppen waren, liet ze het paard in haar eigen tempo lopen, genietend van het gevoel er eens uit te zijn en van een besef van welbehagen bij de afwezigheid van die vreselijke hoest. Ze reed op haar gemak, dagdromend over het einde van de winter, toen ze Whinneys spieren voelde verstrakken. Met een schok was ze een en al aandacht. Er kwam iets op hen af, iets dat zich voortbewoog met de steelsheid van een roofdier. Whinney was nu kwetsbaarder, want het was al bijna haar tijd om het veulen te werpen. Ayla greep naar haar speer, hoewel ze nog nooit eerder had geprobeerd een holenleeuw te doden.

Toen het dier naderbij kwam, zag ze rossige manen en een bekend litteken op de neus van de leeuw. Ze liet zich van het paard glijden en rende op het reusachtige roofdier af.

'Kleintje! Waar heb je gezeten? Weet je dan niet dat ik me ongerust maak als je zo lang wegblijft?'

Hij leek al net zo opgewonden dat hij haar zag en begroette haar met een liefkozend kopje dat haar bijna omverwierp. Ze sloeg haar armen om zijn nek en krauwde hem achter zijn oren en onder zijn kin, zoals hij dat prettig vond, terwijl hij een zacht grommend gespin van tevredenheid liet horen.

Toen hoorde ze de kenmerkende gromstem van een andere holenleeuw, niet ver uit de buurt. Kleintje hield op met zijn tevreden gegrom en verstarde in een houding die ze nog nooit bij hem had gezien. Schuin achter hem naderde behoedzaam een leeuwin. Op een geluid van Kleintje bleef ze staan.

'Je hebt een gezellin gevonden! Ik wist het wel, ik wist dat je op een dag een eigen troep zou hebben.' Ayla keek of ze meer leeuwinnen zag. 'Nog maar een, tot nu toe, waarschijnlijk ook een zwerver. Je zult voor je territorium moeten vechten, maar het is een begin. Op een dag zul je een prachtige, grote troep hebben, Kleintje.'

De holenleeuw ontspande zich wat en kwam weer naar haar toe. Hij stootte haar met zijn kop aan. Ze krauwde hem op zijn voorhoofd en gaf hem een laatste, vlugge omhelzing. Whinney was heel zenuwachtig, merkte ze. Kleintjes geur was misschien vertrouwd geweest, de vreemde leeuwin was dat niet. Ayla steeg op en toen Kleintje weer dichter bij hen kwam, gebaarde ze 'stop'. Hij bleef staan en draaide zich toen met een *hnga, hnga* om en vertrok, gevolgd door zijn gezellin.

Nu is hij weg, hij leeft bij zijn eigen soort, dacht ze op de terugweg. Hij zal misschien nog eens op bezoek komen, maar hij zal nooit bij me terugkomen zoals Whinney. De vrouw boog zich voorover en gaf de merrie een teder klopje. Ik ben zo blij dat je terug bent, dacht ze.

Dat ze Kleintje met zijn leeuwin had gezien, herinnerde de jonge vrouw aan haar eigen onzekere toekomst. Kleintje heeft nu een gezellin. Jij hebt ook een metgezel gehad, Whinney. Ik vraag me af of ik er ooit een zal krijgen.

17

Jondalar stapte vanonder de zandstenen overkapping tevoorschijn en keek naar beneden langs het besneeuwde terras dat abrupt ophield bij een loodrechte afgrond. De hoge zijwanden omlijstten de witte, afgeronde contouren van de geërodeerde heuvels aan de overkant van de rivier. Darvo, die al een tijdje op hem stond te wachten, wuifde. Hij stond naast een stronk bij de wand een stuk verder het veld af, de plek die Jondalar had uitgekozen om zijn steen te bewerken. Het was buiten in de openlucht, waar hij goed licht had en uit de weg, zodat er minder kans was dat er iemand op een scherpe splinter trapte. Hij maakte aanstalten om naar de jongen toe te gaan.

'Jondalar, wacht even.'

'Thonolan,' zei hij glimlachend en hij wachtte tot zijn broer hem had ingehaald. Samen slenterden ze over de samengepakte sneeuw. 'Ik heb Darvo beloofd dat ik hem vanochtend een paar speciale technieken zou laten zien. Hoe gaat het met Shamio?'

'Prima. Haar verkoudheid begint alweer over te gaan. We maakten ons ongerust over haar, want haar gehoest hield zelfs Jetamio wakker. We denken erover om voor de volgende winter meer ruimte te maken.'

Jondalar wierp een taxerende blik op Thonolan. Hij vroeg zich af of de verantwoordelijkheden van een gezellin en een uitgebreide familie zwaar op zijn zorgeloze broer drukten. Maar zijn broer maakte een bezadigde, tevreden indruk. Plotseling straalde er een zelfingenomen grijns op zijn gezicht.

'Grote broer, ik moet je iets vertellen. Is het je opgevallen dat Jetamio wat meer vlees op haar botten begint te krijgen? Ik dacht dat ze er gewoon gezond-bezadigd begon uit te zien. Ik vergiste me, ze is weer gezegend.'

'Dat is geweldig! Ik weet hoe graag ze een kind wil.'

'Ze weet het al heel lang, maar ze wilde het me niet vertellen. Ze was bang dat ik me ongerust zou maken. Het lijkt dat ze het deze keer zal behouden, Jondalar. De Shamud zegt dat we nergens op moeten rekenen, maar als alles goed blijft gaan, zal ze in de lente baren. Ze zegt dat ze er zeker van is dat het een kind is van mijn geest.'

'Ze heeft vast gelijk. Moet je je voorstellen, die vrijbuiter van een broer van mij een man van zijn eigen vuurplaats, met een gezellin die een kind verwacht.'

Thonolans grijns werd breder. Hij was zo zichtbaar blij dat Jondalar ook moest glimlachen. Hij lijkt zo tevreden met zichzelf dat je zou denken dat hij een kind kreeg, dacht Jondalar.

'Daar, links,' zei Dolando zacht en wees naar een uitstekende rotspunt die naar voren sprong uit de flank van de ruige bergkam die voor hen verrees en het hele uitzicht vulde.

Jondalar keek, maar hij was te overweldigd om zijn blik op ook maar iets kleiners te richten dan de hele uitgestrektheid. Ze bevonden zich op de boomgrens. Achter hen lag het bos waardoor ze naar boven waren geklommen. Dat was op zeer lage hellingen begonnen met eiken, daarna overheersten de beuken. Hogerop stonden de naaldbomen, waarmee hij beter bekend was, bergden, grove den en zilverspar. Hij had van een afstand de verharde aardkorst tot veel grootsere toppen omhooggestoten gezien, maar toen ze de bomen achter zich lieten, stokte zijn adem bij de aanblik van de onverwachte pracht. Hij vond het altijd weer even aangrijpend.

De nabijheid van de zich hoog verheffende top deed hem duizelen, het gaf de indruk alsof er geen afstand was en hij zo zijn hand kon uitstrekken om hem aan te raken. Het herinnerde in een ontzagwekkende stilte aan de bodemverheffingen door natuurkrachten en aan de zware inspanning van de aarde om een naakte rots te baren. Zonder enige begroeiing lag het oergesteente van de Grote Moeder in het omhooggedrukte landschap. De lucht erachter was onaards blauw – vlak en diep – een strak decor voor het verblindende zonlicht dat op kristallen van gletsjerijs brak dat nog aan ruggen en spleten boven de winderige bergweiden hing.

'Ik zie hem!' riep Thonolan. 'Iets meer naar rechts, Jondalar. Zie je? Op die rotsader.'

De lange man verplaatste zijn blik en zag de kleine, sierlijke gems staan, op de rand van een afgrond. Zijn dikke, zwarte wintervacht hing nog in plukken aan zijn flanken, maar het beige zomerkleed viel weg tegen de rotsen. Twee kleine horens rezen recht uit de kop van de geitachtige antilope omhoog. Alleen aan de punten kromden ze zich naar achteren.

'Nu zie ik hem,' zei Jondalar.

'Dat hoeft geen "hem" te zijn. Vrouwtjes dragen ook horens,' verbeterde Dolando hem.

'Ze lijken inderdaad een beetje op steenbokken, vind je ook niet, Thonolan? Ze zijn kleiner, hun horens ook, maar van een afstand...'

'Hoe jagen de Zelandoniërs op steenbokken, Jondalar?' vroeg een jonge vrouw. Haar ogen schitterden van nieuwsgierigheid, opwinding en liefde.

Ze was maar een paar jaar ouder dan Darvo en had een dweperige liefde opgevat voor de grote blonde man. Ze was een geboren Shamudische, maar toen haar moeder een tweede verbintenis aanging met een Ramudiër was ze verder opgegroeid bij de rivier. Ze was weer naar boven verhuisd toen de relatie ruw werd verbroken. Ze was niet zo vertrouwd met de steile rotsmassa's als de meeste jonge Shamudiërs en had tot voor kort nooit laten merken dat ze gemzen wilde jagen tot ze ontdekte dat Jondalar grote bewondering had voor vrouwen die jaagden. Tot haar grote verbazing had ze het spannend gevonden.

'Ik weet er niet veel van, Rakario,' antwoordde Jondalar en hij glimlachte vriendelijk. Hij had bij jonge vrouwen vaker die bewonderende blikken gezien en hoewel hij het niet kon laten haar attenties te beantwoorden, wilde hij haar niet aanmoedigen. 'Er waren steenbokken in de bergen ten zuiden van ons en nog meer in het oosten, maar we jaagden niet in de bergen. Dat was te ver. Af en toe vormde zich een groep bij de Zomerbijeenkomst en die hield dan een jachtpartij. Maar ik ging alleen mee voor het plezier en ik volgde de aanwijzingen van de jagers die wisten hoe het moest. Ik moet het ook nog leren, Rakario. Dolando is de deskundige op het gebied van jagen in de bergen.'

De gems sprong van de rand van de afgrond op een rotspunt en overzag vanaf zijn nieuwe uitkijkpunt kalm zijn omgeving.

'Hoe jaag je op een dier dat zo kan springen?' vroeg Rakario, in stille bewondering voor de moeiteloze gratie van het dier dat zo stevig op zijn poten stond. 'Hoe vinden ze houvast op zo'n klein plekje?'

'Als we er een pakken, moet je de hoeven maar eens bekijken, Rakario,' zei Dolando. 'Alleen de buitenkant is hard en de binnenkant is zo flexibel als de palm van je hand. Daarom glijden ze niet uit en blijven op de been. Het zachte gedeelte krijgt greep en het harde vindt steun. Om op ze te jagen is het belangrijk erom te denken dat ze altijd naar beneden kijken. Ze kijken altijd waar ze lopen en weten wat onder hen is. Hun ogen staan ver naar achteren, dus kunnen ze ook opzij kijken, maar niet omhoog. Dat is je voordeel. Als je om ze heen trekt, kun je ze van achteren pakken. Als je voorzichtig bent en je geduld niet verliest kun je er zo dichtbij komen dat je ze kunt aanraken.'

'En wat moet je doen als ze weggaan voor je daar bent?' vroeg ze.

'Kijk eens daar boven. Zien jullie dat groene waas op de weiden?' zei Dolando. 'Dat lentegras is een echte traktatie na het wintervoedsel. Die ene daar boven staat op de uitkijk. De rest, mannetjes, vrouwtjes, jongen, zit beneden tussen de rotsen en struiken en blijft uit het gezicht. Als er genoeg te grazen valt, verplaatsen ze zich niet veel, zolang ze zich maar veilig voelen. Als we zorgen dat we boven en achter ze komen, kunnen we ze zo pakken.'

'Waarom staan we hier maar te praten? Laten we gaan,' zei Darvo. Hij ergerde zich aan Rakario die steeds om Jondalar heen draaide en hij popelde van ongeduld om de jacht te beginnen. Hij was al eerder met de jagers mee geweest – Jondalar nam hem steeds mee toen hij met de Shamudiërs begon te jagen – maar alleen om sporen te volgen, toe te kijken en te leren. Deze keer had hij toestemming gekregen te proberen de prooi te doden. Als hij daarin slaagde, zou het zijn eerste prooi zijn en zou hij speciaal in de belangstelling komen te staan. Maar er werd geen buitengewone druk op hem uitgeoefend. Hij hoefde deze keer geen buit te maken, er kwamen nog meer kansen. Het jagen op zulke beweeglijke dieren, in een omgeving waar ze zich op unieke wijze bij hadden aangepast, was uiterst moeilijk. Wie er dicht genoeg bij kon komen waagde een poging en dat eiste onopvallend en voorzichtig handelen. Niemand kon de gems volgen over steile rotsen, aardlagen en diepe kloven wanneer hij schrok en het op een lopen zette.

Dolando ging op weg naar boven langs een rotsformatie waarvan de evenwijdige lijnen van de verschillende lagen schuin in een hoek liepen. Zachtere lagen van het afzetgesteente waren op de onbeschutte bergwand weggesleten en hadden op treden gelijkende steunpunten achtergelaten die goed van pas kwamen. De steile tocht naar boven, om achter de kudden gemzen te komen, zou moeilijk zijn, maar niet gevaarlijk. Ze zouden niet echt hoeven te klimmen.

De rest van het jachtgezelschap sloot zich achter de leider aan. Jondalar wachtte om de rij te sluiten. Bijna iedereen was de rots met de treden al op toen hij Serenio naar hem hoorde roepen. Hij draaide zich verrast om. Serenio was geen vrouw die om de jacht gaf en ze ging zelden ver buiten de omgeving van de hutjes. Hij kon zich niet voorstellen wat ze zo ver weg moest, maar bij de aanblik van haar gezicht toen ze hem inhaalde liep er een angstrilling over zijn rug. Ze had hard gelopen en ze moest eerst op adem komen voor ze iets kon zeggen.

'Blij... jullie heb ingehaald. Moet Thonolan hebben... Jetamio... bevalling...' wist ze er na een ogenblik uit te brengen. Hij hield zijn handen als een trechter om zijn mond en schreeuwde: 'Thonolan! Thonolan!'

Een van de figuurtjes in de verte draaide zich om en Jondalar gebaarde dat hij terug moest komen.

Er heerste een onbehaaglijke stilte tijdens het wachten. Hij wilde vragen of alles goed was met Jetamio, maar iets weerhield hem.

'Wanneer zijn de weeën begonnen?' vroeg hij ten slotte.

Ze had vannacht al pijn in haar rug, maar ze heeft niets tegen Thonolan gezegd. Hij had zich zo op de gemzenjacht verheugd en ze was bang dat hij niet zou gaan, als ze het hem vertelde. Ze zei dat ze niet zeker wist of het wel weeën waren en ik denk dat ze van plan was hem te verrassen met een kind, als hij terugkwam,' zei Serenio. 'Ze wilde niet dat hij zich ongerust zou maken of zenuwachtig zou wachten terwijl zij baarde.'

Dat was Jetamio ten voeten uit, dacht hij. Ze zou Thonolan inderdaad willen sparen. Hij was zo dol op haar. Plotseling werd het Jondalar akelig duidelijk. Als het Jetamio's wens was Thonolan te verrassen, waarom was Serenio dan de berg op gerend om hen te halen?

'Er zijn moeilijkheden, hè?!'

Serenio keek naar de grond, sloot haar ogen en haalde diep adem voor ze antwoordde. 'Het kind ligt verkeerd. Ze is te smal en geeft niet mee. Shamud denkt dat het komt door de verlamming die ze heeft gehad en hij heeft me gezegd dat ik Thonolan moest gaan halen... En jou ook... voor hem.'

'O, nee! Goede Doni, o nee!'

'Nee! Nee! Nee! Het bestaat niet! Waarom? Waarom zou de Moeder haar met een kind zegenen en hen dan beiden wegnemen?'

Thonolan ijsbeerde woest heen en weer binnen de begrenzingen van de woning die hij met Jetamio had gedeeld en beukte met zijn vuist in zijn hand. Jondalar stond er hulpeloos bij, niet in staat meer te bieden dan de troost van zijn aanwezigheid. De meesten konden zelfs die niet bieden. Thonolan had, wild van verdriet, tegen iedereen geschreeuwd dat hij weg moest gaan.

'Jondalar, waarom haar? Waarom zou de Moeder haar wegnemen? Ze had zo weinig, ze had zoveel doorgemaakt. Was het zoveel gevraagd? Een kind? Iemand van haar eigen vlees en bloed?'

'Ik weet het niet, Thonolan. Zelfs een zelandoni zou je geen antwoord kunnen geven.'

'Waarom op die manier? Met zoveel pijn?' Thonolan bleef voor zijn broer staan en keek hem smekend aan. 'Toen ik kwam, kende ze me nauwelijks, Jondalar. Ze leed vreselijke pijn. Ik kon het in haar ogen zien. Waarom moest ze sterven?'

'Niemand weet waarom de Moeder leven schenkt en het dan weer terugneemt.'

'De Moeder! De Moeder! Wat kan het Haar schelen! Jetamio eerde haar, ik eerde haar. Wat heeft het uitgemaakt? Ze heeft Jetamio weggenomen. Ik haat de Moeder!' Hij begon weer te ijsberen.

'Jondalar...' riep Roshario bij de ingang. Ze aarzelde om binnen te komen.

Jondalar stapte naar buiten. 'Wat is er?'

'Shamud heeft haar opengesneden om het kind te halen, nadat ze...' Roshario pinkte een traan weg. 'Hij dacht dat hij het kind misschien kon redden, soms lukt dat. Het was te laat, maar het was een jongen. Ik weet niet of je het hem wilt vertellen of niet.'

'Dank je, Roshario.'

Hij kon zien dat ze had getreurd. Jetamio was een dochter geweest. Roshario had haar grootgebracht, haar gedurende een verlammende ziekte en een lang herstel verzorgd en was van het begin tot het smartelijke einde van haar noodlottige bevalling bij haar geweest.

Plotseling duwde Thonolan hen opzij. Worstelend met zijn oude draagstel, stevende hij op het pad langs de wand af.

'Ik geloof niet dat dit het juiste ogenblik is, ik vertel het hem later wel,' zei Jondalar en rende achter hem aan.

'Waar ga jij naartoe?' vroeg hij toen hij hem had ingehaald.

'Ik vertrek. Ik had nooit moeten blijven. Ik ben nog niet op het einde van mijn Tocht.'

'Je kunt nu niet vertrekken,' zei Jondalar terwijl hij een hand op zijn arm legde om hem tegen te houden. Thonolan schudde hem woest van zich af.

'Waarom niet? Wat is er om me hier te houden?' snikte Thonolan.

Jondalar hield hem weer tegen, draaide hem met een ruk om en keek in een gezicht dat zo werd verscheurd van verdriet, dat hij het haast niet herkende. De pijn ging zo diep dat hij in zijn eigen ziel brandde. Er waren gelegenheden geweest dat hij Thonolan had benijd om zijn vreugde in zijn liefde voor Jetamio en zich had verbaasd over het gebrek in zijn eigen aard, dat hem verhinderde een dergelijke liefde te kennen. Was het het wel waard? Woog de liefde tegen deze ellende op? Tegen deze bittere wanhoop?

'Kun je Jetamio en haar zoon achterlaten om zonder jou te worden begraven?'

'Haar zoon? Hoe weet je dat het een zoon was?'

'Shamud heeft hem gehaald. Hij dacht dat hij misschien althans het kind kon redden. Het was te laat.'

'Ik wil de zoon die haar heeft gedood niet zien.'

'Thonolan, Thonolan. Ze vroeg erom gezegend te worden. Ze wilde zwanger zijn en ze was er zo blij mee. Had je haar dat geluk willen afnemen? Had je liever gehad dat ze een lang leven van verdriet had geleid? Zonder kinderen en wanhopend of ze er ooit een zou krijgen? Ze heeft liefde en geluk gekend, eerst door haar verbintenis met jou, daarna omdat ze gezegend was door de Moeder. Het was maar kort, maar ze heeft me verteld dat ze gelukkiger was dan ze ooit had durven dromen. Ze zei dat niets haar meer vreugde gaf dan jij en de wetenschap dat ze een kind droeg. Jouw kind noemde ze het, Thonolan. Het kind van jouw geest. Misschien wist de Moeder dat het het een of het ander moest zijn en heeft ze besloten haar de vreugde te schenken.'

'Jondalar, ze kende me niet eens...' Thonolans stem brak.

'De Shamud heeft haar op het laatst iets gegeven, Thonolan. Er was geen hoop dat ze de bevalling zou overleven, maar ze heeft niet zoveel geleden. Ze wist dat jij bij haar was.'

'De Moeder heeft me alles afgenomen toen Ze Jetamio wegnam. Ik was zo vol liefde, en nu ben ik leeg, Jondalar. Ik heb niets meer over. Hoe kan ze er niet meer zijn?' Thonolan wankelde. Jondalar strekte zijn armen naar hem uit en ondersteunde hem toen hij in elkaar zakte. Hij hield hem tegen zijn schouder terwijl hij zijn wanhoop uitsnikte.

'Waarom niet terug naar huis, Thonolan? Als we nu vertrekken, kunnen we tegen de winter bij de gletsjer zijn en volgende lente thuis zijn. Waarom wil je naar het oosten?' Er klonk heimwee in Jondalars stem.

'Ga jij maar naar huis, Jondalar. Je had lang geleden al moeten gaan. Ik heb altijd al gezegd dat jij Zelandoniër bent en dat je dat altijd zult blijven. Ik ga naar het oosten.'

'Je zei dat je een Tocht wilde maken naar het eind van de Grote Moederrivier. Als je eenmaal bij de Zwarte Zee bent, wat doe je dan?'

'Wie weet? Misschien trek ik wel om de zee heen. Misschien ga ik wel naar het noorden, op mammoetjacht met Tholies mensen. De Mamutiërs zeggen dat er ver naar het oosten nog een bergketen is. Thuis heeft mij niets te bieden, Jondalar. Ik ga liever op zoek naar iets nieuws. Het is tijd om uiteen te gaan, broer. Ga jij naar westen, dan ga ik naar het oosten.'

'Als je niet terug wilt, waarom blijf je dan niet hier?'

'Ja, waarom blijf je niet hier, Thonolan?' zei Dolando terwijl hij bij hem kwam staan. 'En jij ook, Jondalar. Als Shamudiër of Ramudiër, dat doet er niet toe. Je hoort erbij. Je hebt hier familie, en vrienden. Het zou ons spijten een van jullie te zien vertrekken.'

'Dolando, je weet dat ik bereid was de rest van mijn leven hier te blijven wonen. Nu kan ik dat niet. Alles is te vol van haar. Ik verwacht steeds maar dat ik haar zal zien. Iedere dag dat ik hier ben, word ik er weer aan herinnerd dat ik haar nooit meer zal zien. Het spijt me. Ik zal veel mensen missen, maar ik moet gaan.'

Dolando knikte. Hij drong er niet op aan dat ze bleven, hij had hun alleen willen laten weten dat ze erbij hoorden. 'Wanneer vertrekken jullie?'

'Binnenkort. Op z'n hoogst over een paar dagen,' antwoordde Thonolan. 'Ik zou graag een ruil doen Dolando. Behalve reisspullen en kleren zal ik alles achterlaten. Maar ik zou graag een bootje willen hebben.'

'Dat kan vast wel geregeld worden. Dan gaan jullie zeker naar het oosten? Niet terug naar de Zelandoniërs?'

'Ik ga naar het oosten,' zei Thonolan.

'En jij, Jondalar?'

'Ik weet het niet. Ik zit met Serenio en Darvo...'

Dolando knikte. Jondalar had de verbintenis misschien niet geformaliseerd, maar hij wist dat de beslissing er niet gemakkelijker om zou zijn. De lange Zelandoniër had redenen om naar het westen te gaan, te blijven, of naar het oosten te gaan en wat hij zou kiezen, kon niemand zeggen.

'Roshario is de hele dag al aan het koken. Ik denk dat ze het doet om veel te doen te hebben, zodat ze geen tijd heeft om na te denken,' zei Dolando. 'Ze zou het fijn vinden als jullie de maaltijd met ons zouden delen. Jondalar, ze zou het prettig vinden als Serenio en Darvo ook kwamen. Ze zou het nog fijner vinden als je gewoon wat zou eten, Thonolan. Ze maakt zich zorgen om je.'

Voor Dolando moest het ook zwaar zijn, besefte Jondalar. Hij had zo ingezeten over Thonolan dat hij niet had stilgestaan bij het verdriet van de Grot. Dit was haar thuis geweest. Dolando moest van haar hebben gehouden zoals hij van ieder kind van zijn vuurplaats zou hebben gehouden. Ze had velen na gestaan. Tholie en Markeno waren familie van haar en hij wist dat Serenio had lopen huilen. Darvo was overstuur en wilde niet met hem praten.

'Ik zal het Serenio vragen,' zei Jondalar. 'Ik ben er zeker van dat Darvo graag zou komen. Misschien moeten jullie maar alleen op hem rekenen. Ik wilde graag met Serenio praten.'

'Stuur hem maar naar ons toe,' zei Dolando. Hij nam zich voor de jongen te laten overnachten, om zijn moeder en Jondalar de tijd te geven tot een besluit te komen.

De drie mannen liepen samen terug naar de zandstenen overkapping en bleven enkele ogenblikken bij het vuur in de centrale vuurplaats staan. Ze zeiden niet veel maar ze vonden het prettig – ondanks alles – want ze wisten dat er veranderingen hadden plaatsgevonden die het spoedig onmogelijk zouden maken om weer zo bij elkaar te staan. Schaduwen van de terraswanden hadden al een avondkilte gebracht, hoewel vooraan zonlicht te zien was, dat door de rivierkloof stroomde. Zoals ze daar samen bij het vuur stonden, konden ze zich haast inbeelden dat er niets was veranderd, konden ze de verschrikkelijke tragedie haast vergeten. Ze bleven tot laat in de schemering staan, om het ogenblik vast te houden, elk verzonken in zijn eigen gedachten. Als ze ze hadden gedeeld, dan zouden ze hebben ontdekt dat ze merkwaardig overeenstemden. Elk dacht aan de gebeurtenissen die de Zelandoniërs naar de Grot van de Sharamudiërs hadden gebracht en elk vroeg zich af of hij ooit een van de andere twee weer zou zien.

'Komen jullie nog eens binnen?' vroeg Roshario, die ten slotte niet langer kon wachten. Ze had hun behoefte aan dit laatste samenzijn aangevoeld en had hen niet willen storen. Toen kwamen Shamud en Serenio uit een hutje tevoorschijn, Darvo maakte zich los uit een groepje jongens, andere mensen kwamen naar het centrale vuur en de stemming was onherroepelijk verloren. Roshario loodste iedereen naar haar woning, met inbegrip van Jondalar en Serenio, maar die vertrokken even later weer. Ze liepen zwijgend naar de rand, vervolgens langs de wand naar een omgevallen boomstronk. Hij vormde een gemakkelijke zitplaats van waaruit ze naar de zonsondergang stroomopwaarts konden kijken. De natuur droeg ertoe bij hen te laten zwijgen, door de pure schoonheid van de ondergaande zon, een panorama in metalige tinten. Met het zakken van de gloeiende vuurbol, werden de loodgrijze wolken zilverig belicht en spreidden zich toen in glanzend goud uit, dat op de rivier uiteenspatte. Vuurrood deed het goud overgaan in schitterend koper, dat vervlakte tot brons en toen weer verbleekte tot zilver.

Terwijl het zilver overging in lood en vervolgens taande tot donkerder schaduwen, nam Jondalar een besluit. Hij draaide zijn gezicht naar Serenio toe. Ze was inderdaad mooi, dacht hij. Ze was niet moeilijk om mee te leven, ze maakte zijn leven behaaglijk. Hij opende zijn mond om te spreken.

'Laten we teruggaan, Jondalar,' was ze hem voor.

'Serenio...ik... we hebben...' begon hij. Ze hield een vinger voor zijn mond om hem het zwijgen op te leggen.

'Zeg nu niets. Laten we teruggaan.'

Deze keer hoorde hij de gretigheid in haar stem, en zag het verlangen in haar ogen. Hij pakte haar hand, hield die vast, met haar vinger tegen zijn lippen, draaide hem toen om, opende hem en kuste haar palm. Zijn warme, zoekende mond vond haar pols en volgde daarna haar arm tot de binnenkant van haar elleboog. Hij duwde haar mouw terug om erbij te kunnen.

Ze zuchtte, sloot haar ogen en hield haar hoofd uitnodigend achterover. Hij legde zijn hand achter in haar nek om haar hoofd te ondersteunen en kuste de kloppende ader in haar hals, vond haar oor en zocht haar mond. Ze zat klaar, hongerig. Daarop kuste hij haar langzaam, teder. Hij proefde het zachte plekje onder haar tong, raakte de ribbels van haar verhemelte aan en zoog haar tong in zijn mond. Toen ze uit elkaar weken, ademde ze moeizaam. Haar hand voelde zijn hete, kloppende reactie.

'Laten we teruggaan,' zei ze weer, met hese stem.

'Waarom terug? Waarom niet hier?' zei hij.

'Als we hier blijven, is het te snel voorbij. Ik wil de warmte van vuur en vachten, zodat we ons niet hoeven te haasten.'

Hun vrijen was de laatste tijd niet saai, maar een beetje nonchalant geworden. Ze wisten van elkaar wat hen bevredigde en hadden de neiging in een patroon te vervallen, waardoor ze nog maar zelden verkenden en experimenteerden. Hij wist dat ze deze nacht meer dan routine wilde en hij wilde daar graag aan voldoen. Hij nam haar hoofd in beide handen, kuste haar ogen en het puntje van haar neus, haar zachte wangen en blies in haar oor. Hij beet zachtjes op een oorlelletje en zocht weer naar haar hals. Toen hij haar mond weer vond, nam hij die vurig en hield haar tegen zich aan.

'Ik geloof dat we maar terug moesten gaan, Serenio,' fluisterde hij in haar oor.

'Dat zei ik toch al.'

Zij aan zij, met zijn arm om haar schouder en de hare om zijn middel, liepen ze terug om de naar voren springende wand. Deze ene keer deed hij geen pas terug zodat ze achter elkaar langs de buitenrand konden lopen. De hachelijke afgrond viel hem niet eens op.

Het was donker, met het diepzwart van zowel nacht als schaduw in het open veld. Het maanlicht werd door de hoge zijwanden tegengehouden, alleen een paar verdwaalde sterren waren tussen de wolken boven te zien. Toen ze bij de overkapping kwamen, was het later dan ze hadden beseft. Er zat niemand bij het vuur in de centrale vuurplaats, hoewel er nog vlammetjes langs de houtblokken likten. Ze zagen Roshario en Dolando met nog verschillende anderen in hun hutje zitten en toen ze langs de ingang liepen, zagen ze Darvo uitgesneden stukjes been werpen met Thonolan. Jondalar glimlachte. Het was een spel dat hij en zijn broer op lange winteravonden vaak hadden gespeeld. Het kon wel een halve nacht duren en hield de aandacht vast – en dat maakte het gemakkelijker om te vergeten.

De woning die Jondalar met Serenio deelde, was donker toen ze er binnengingen. Hij stapelde hout op de met stenen afgebakende vuurplaats en haalde toen een stuk brandend hout uit het centrale vuur om het aan te steken. Hij zette twee planken bij de ingang schuin tegen elkaar en hing vervolgens het leren gordijn erover om een warm privé-wereldje te scheppen.

Hij trok zijn bovenkleding uit en terwijl Serenio drinkkommen tevoorschijn haalde, pakte Jondalar de zak met gegist bosbessensap en schonk hun beiden in. Zijn eerste vurigheid was wat gezakt en de wandeling terug had hem tijd gegeven om na te denken. Ze is de mooiste, hartstochtelijkste vrouw die ik ooit heb gekend, dacht hij terwijl hij aan de verwarmde drank nipte. Ik had onze verbintenis lang geleden al moeten formaliseren. Misschien is ze bereid met me mee terug te gaan, en Darvo ook. Maar of we hier blijven of teruggaan, ik wil haar als gezellin. De beslissing gaf een zekere opluchting en een onbesliste factor minder om rekening mee te houden. Het deed hem genoegen dat het hem zo'n prettig gevoel gaf. Zo hoorde het. Waarom had hij zo lang geaarzeld?

'Serenio, ik heb een besluit genomen. Ik weet niet of ik je ooit heb verteld hoeveel je voor me betekent...'

'Niet nu,' zei ze terwijl ze haar kom neerzette. Ze sloeg haar armen om zijn hals, bracht zijn lippen naar de hare en drukte ze op elkaar. Het was een lange, trage, dralende kus die vlug zijn hartstocht weer aanwakkerde. Ze heeft gelijk, dacht hij. We kunnen er later wel over praten.

Toen zijn intense begeerte weer van zich deed spreken, voerde hij haar naar de met vachten overdekte slaapverhoging. Het vergeten vuur doofde langzaam terwijl hij haar lichaam verkende en opnieuw ontdekte. Serenio was nooit terughoudend geweest, maar nu gaf ze zich aan hem over zoals ze nog nooit eerder had gedaan. Ze kon niet genoeg van hem krijgen hoewel ze herhaaldelijk werd bevredigd. Golf na golf welde in hen op en met een laatste, extatische inspanning bereikten ze een heerlijke ontlading.

Ze bleven een poosje zo liggen slapen, naakt boven op de vachten.

Toen het vuur uitging, werden ze wakker van de kou van vlak voor zonsopgang. Met de laatste gloeiende as maakte zij een nieuw vuur, hij schoot een tuniek aan, en glipte naar buiten om de waterzak te vullen. Toen hij terugkwam, deed de warmte in de woning aangenaam aan, hij had ook een vlugge duik in het koude water genomen. Hij voelde zich versterkt en zo voldaan dat hij tot alles bereid was. Nadat Serenio stenen in het vuur had gelegd, ging ze naar buiten om te plassen en kwam even later ook nat terug, net als hij.

'Je rilt,' zei Jondalar en hij sloeg een vacht om haar heen.

'Jij scheen zo te hebben genoten van je duik dat ik het ook wou proberen. Het was koud,' zei ze lachend.

'De thee is bijna klaar. Ik breng je een kom. Ga hier maar zitten,' zei hij en hij duwde haar op de slaapverhoging terwijl hij nog meer vachten om haar heen legde tot alleen haar gezicht nog te zien was. Het zou nog niet zo slecht zijn als ik mijn leven deelde met een vrouw als Serenio, dacht hij. Ik vraag me af of ik haar kan overhalen om met me mee te gaan naar huis. Hij kreeg plotseling een nare gedachte. Als Thonolan maar mee naar huis wil. Ik begrijp niet waarom hij naar het oosten wil. Hij bracht Serenio een kom hete betonie-thee, nam er zelf ook een en ging op de rand van de slaapverhoging zitten.

'Serenio,' zei hij, 'heb je er ooit over gedacht een Tocht te maken?'

'Je bedoelt ergens heen trekken waar ik nog nooit ben geweest, om nieuwe mensen te leren kennen die een taal spreken die ik niet zou verstaan? Nee, Jondalar, ik heb nooit de drang gevoeld om een Tocht te maken.'

'Maar Zelandonisch versta je wel. Heel goed zelfs. Toen we besloten elkaars taal te leren, met Tholie en de anderen, verbaasde het me hoe snel je het leerde. Het zou niet zijn alsof je een nieuwe taal moest leren.'

'Wat probeer je te zeggen, Jondalar?'

Hij glimlachte. 'Ik probeer je ertoe over te halen met mij mee terug te reizen naar mijn thuis, nadat we de verbintenis zijn aangegaan. Je zou de Zelandoniërs aardig...'

'Wat bedoel je met "nadat we de verbintenis zijn aangegaan"? Wat brengt je op het idee dat we een verbintenis zullen aangaan?'

Hij schaamde zich. Natuurlijk, hij had het haar eerst moeten vragen. Hij had er niet zomaar allemaal vragen moeten uitflappen over Tochten. Vrouwen willen gevraagd worden, ze houden er niet van als er voor hen beslist wordt. Hij grijnsde schaapachtig naar haar.

'Ik heb besloten dat het tijd is om onze regeling te formaliseren. Ik had dat al veel eerder moeten doen. Je bent een heel mooie, liefhebbende vrouw, Serenio. En Darvo is een fijne jongen. Ik zou er heel trots op zijn als hij echt het kind van mijn vuurplaats werd. Maar ik hoopte dat je zou willen overwegen met me mee te gaan, terug naar huis... terug naar de Zelandoniërs. Als jij dat niet wilt, is dat natuurlijk...'

'Jondalar, jij kunt niet beslissen onze regeling te formaliseren. Ik ga geen verbintenis met je aan. Dat heb ik lang geleden al besloten.'

Hij bloosde, werkelijk met zijn figuur verlegen. Het was niet bij hem opgekomen dat zij geen verbintenis met hem zou willen aangaan. Hij had alleen aan zichzelf gedacht, wat zijn gevoelens waren, hij had er nooit bij stilgestaan dat ze hem niet goed genoeg zou vinden. 'Neem... Neem me niet kwalijk, Serenio. Ik dacht dat jij ook om mij gaf. Ik had niet zo aanmatigend moeten zijn. Je had me weg moeten sturen... Ik had wel een andere plek kunnen zoeken.'

Hij stond op en begon zijn spullen bij elkaar te zoeken.

'Jondalar, wat doe je nou?'

'Ik zoek mijn spullen bij elkaar zodat ik kan weggaan.'

'Waarom wil je weggaan?'

'Dat wil ik niet, maar als jij me hier niet wilt hebben...'

'Hoe kun je na vannacht nog zeggen dat ik je niet wil hebben? Wat heeft dat te maken met het aangaan van een verbintenis?'

Hij kwam terug, ging op de rand van de slaapverhoging zitten en keek in haar raadselachtige ogen. 'Waarom wil je dan geen verbintenis met me aangaan? Ben ik niet... niet genoeg man voor je?'

'Niet genoeg man...' Haar stem stokte in haar keel. Ze sloot haar ogen, knipperde een paar keer met haar oogleden en haalde diep adem. 'O, Moeder, Jondalar! Niet genoeg man! Als jij dat niet bent is geen enkele man op aarde genoeg man. Dat is juist het probleem. Je bent te veel man, te veel alles. Daar zou ik niet mee kunnen leven.'

'Dat begrijp ik niet. Ik wil een verbintenis met je aangaan en jij zegt dat ik te goed voor je ben?'

'Je begrijpt het echt niet, hè? Jondalar, je hebt me meer... meer gegeven dan welke man ook. Als ik met jou een verbintenis aanging, zou ik zo rijk zijn, rijker dan alle vrouwen die ik ken. Ze zouden me benijden. Ze zouden wensen dat hun mannen net zo vrijgevig, net zo zorgzaam, net zo goed waren als jij. Ze weten al dat een aanraking van jou een vrouw gevoeliger kan maken, meer... Jondalar, je bent de droom van iedere vrouw.'

'Als ik ben... wat je zegt, waarom ga je dan geen verbintenis met me aan?'

'Omdat je niet van me houdt.'

'Serenio... ik hou wel van je.'

'Ja, op jouw manier hou je van me. Je geeft om me. Je zou nooit iets doen dat me zou kwetsen en je zou zo geweldig, zo goed voor me zijn. Maar ik zou het altijd weten. Zelfs als ik mezelf van het tegendeel overtuigde, zou ik het weten. En ik zou me afvragen wat er aan me mankeerde, wat ik miste, dat je niet van me kon houden.'

Jondalar keek naar de grond. 'Serenio, er zijn mensen die een verbintenis aangaan terwijl ze niet zo van elkaar houden.' Hij keek haar ernstig aan. 'Als ze andere dingen gemeen hebben, als ze om elkaar geven, kunnen ze een goed leven hebben samen.'

'Ja, sommige mensen wel. Misschien ga ik op een dag wel weer een verbintenis aan en als we andere dingen hebben, is het misschien niet noodzakelijk dat we van elkaar houden. Maar niet met jou, Jondalar.'

'Waarom niet met mij?' vroeg hij en de pijn in zijn ogen was zo groot dat ze bijna op haar besluit terugkwam.

'Omdat ik wel van jou zou houden. Ik zou het niet kunnen helpen. Ik zou van je houden en ik zou elke dag een beetje sterven omdat ik wist dat jij niet op dezelfde manier van mij hield. En iedere keer dat we met elkaar zouden vrijen, zoals we vannacht hebben gedaan, zou ik vanbinnen meer verdorren. Omdat ik zoveel naar je zou verlangen, zoveel van je zou houden en zou weten dat je, hoe graag je dat misschien zou willen, mijn liefde nooit zou beantwoorden. Na een tijdje zou ik verdorren, een leeg omhulsel worden en manieren weten te bedenken om jouw leven net zo ellendig te maken als het mijne. Jij zou dezelfde geweldige, zorgzame, edelmoedige man als anders blijven, omdat je zou weten waarom ik zo was geworden. Maar je zou jezelf erom haten. En iedereen zou zich afvragen hoe je zo'n vitterige, verbitterde oude vrouw kon verdragen. Ik ben niet van plan je dat aan te doen, Jondalar, en ik ben niet van plan het mezelf aan te doen.'

Hij stond op en stapte naar de ingang, toen draaide hij zich om en kwam terug. 'Serenio, waarom kan ik niet van een vrouw houden? Andere mannen worden wel verliefd, wat mankeert er aan me?' Hij keek haar met zo'n gefolterde blik aan dat haar hart om hem bloedde, dat ze nog meer van hem hield en wenste dat ze hem op de een of andere manier van haar kon laten houden.

'Ik weet het niet, Jondalar. Misschien heb je de juiste vrouw niet gevonden. Misschien heeft de Moeder iemand speciaal voor jou. Ze maakt niet veel mensen zoals jij. Je bent heus meer dan de

meeste vrouwen zouden kunnen verdragen. Als al jouw liefde op
één persoon was geconcentreerd, zou het haar overweldigen, tenzij
ze iemand was aan wie de Moeder gelijke gaven had geschonken.
Zelfs als je wel van me hield, ben ik er niet zeker van dat ik ermee
zou kunnen leven. Als je van een vrouw net zoveel hield als je van
je broer houdt, zou ze erg sterk moeten zijn.'

'Ik kan niet verliefd worden, maar als ik het wel kon, zou geen
vrouw het kunnen verdragen,' zei hij met een lach vol droge ironie
en verbittering. 'Hoed u voor gaven van de Moeder.' Zijn ogen,
dieppaars in de rode gloed van het vuur, vulden zich met vrees.
'Wat bedoelde je met "als ik van een vrouw net zoveel hield als ik
van mijn broer houd"? Als geen enkele vrouw sterk genoeg is om
mijn liefde "aan te kunnen", denk je dan dat ik een man nodig
heb?'

Serenio glimlachte en grinnikte toen. 'Ik bedoel niet dat je van je
broer houdt als van een vrouw. Je bent niet zoals de Shamud, met
het lichaam van de een en de neigingen van de ander. Dat zou je inmiddels hebben geweten en je zou je roeping hebben gezocht en
net als de Shamud daarin liefde hebben gevonden. Nee,' zei ze en
ze voelde een warme blos bij de gedachte, 'je houdt te veel van een
vrouwenlichaam. Maar je houdt meer van je broer dan je ooit van
een vrouw hebt gehouden. Daarom verlangde ik vannacht zo naar
je. Als hij weggaat, vertrek jij ook, en dan zal ik je nooit meer zien.'

Meteen toen ze het zei, wist hij dat ze gelijk had. Het deed er niet
toe wat hij dacht te hebben besloten, als puntje bij paaltje kwam,
zou hij met Thonolan zijn vertrokken.

'Hoe wist je dat, Serenio? Ik wist het zelf niet. Ik kwam hier in de
veronderstelling dat ik een verbintenis zou aangaan met jou, en me
bij de Sharamudiërs zou vestigen als ik je niet mee terug kon nemen.'

'Ik denk dat iedereen weet dat je hem zult volgen waarheen hij ook
gaat. De Shamud zegt dat het zo voor je is beschikt.'

Jondalars nieuwsgierigheid aangaande de Shamud was nooit bevredigd. Als bij ingeving vroeg hij, 'Zeg eens, is de Shamud een
man of een vrouw?'

Ze keek hem een hele tijd aan. 'Wil je het echt weten?'

Na enig nadenken zei hij: 'Nee, ik denk dat het er niet toe doet. De
Shamud wou het me niet vertellen – misschien is het mysterie belangrijk voor... de Shamud.'

In de stilte die volgde, staarde Jondalar Serenio aan. Hij wou dat
beeld vasthouden. Haar haren waren nog vochtig en zaten in de
war, maar ze had het niet koud meer en ze had de meeste vachten

weggeschoven. 'En jij dan, Serenio?' vroeg hij ten slotte. 'Wat doe jij?'

'Ik hou van je, Jondalar.' Het was een eenvoudige verklaring.

'Het zal niet gemakkelijk zijn je te boven te komen, maar je hebt me wel iets gegeven. Ik was bang om van iemand te houden. Ik was zoveel geliefden kwijtgeraakt, dat ik alle gevoelens van liefde wegduwde. Ik wist dat ik je kwijt zou raken, Jondalar, maar ik hield evengoed van je. Nu weet ik dat ik weer van iemand kan houden en dat het de liefde die er is geweest, niet wegneemt als ik hem kwijtraak. Dat heb jij me gegeven. En misschien wel meer.' Het raadsel van een vrouw verscheen in haar glimlach. 'Misschien komt er binnenkort iemand in mijn leven van wie ik kan houden. Het is nog een beetje te vroeg om het zeker te kunnen zeggen, maar ik geloof dat de Moeder me heeft gezegend. Ik dacht niet dat het mogelijk was. Na de vorige keer, toen ik het kind verloor, heb ik Haar zegen zoveel jaren moeten missen. Misschien is het wel een kind van jouw geest. Als de kleine jouw ogen heeft, weet ik het.'

De bekende groeven verschenen in zijn voorhoofd. 'Serenio, dan moet ik wel blijven. Je hebt geen man aan je vuurplaats om voor jou en je kind te zorgen,' zei hij.

'Jondalar, je hoeft je geen zorgen te maken. Een moeder en haar kinderen zal het nooit aan verzorging ontbreken. Mudo heeft gezegd dat allen die Zij zegent, moeten worden bijgestaan. Daarom heeft Ze mannen gemaakt, om moeders de gaven van de Grote Aardmoeder te brengen. De Grot zal voor mij zorgen, zoals Zij voor al Haar kinderen zorgt. Jij moet jouw lot volgen, dan zal ik het mijne volgen. Ik zal je niet vergeten en als ik een kind van jouw geest krijg, zal ik aan je denken, zoals ik ook de man gedenk van wie ik hield toen Darvo werd geboren.'

Serenio was veranderd, maar ze stelde nog steeds geen eisen, legde hem geen last van verplichtingen op. Hij sloeg zijn armen om haar heen en ze keek naar hem op. Haar blik verborg niets, noch de liefde die ze voelde, noch de droefheid dat ze hem kwijtraakte, noch haar vreugde over de schat die ze, naar ze hoopte, droeg. Door een spleet konden ze het vage licht zien dat een nieuwe dag aankondigde. Hij stond op.

'Waar ga je heen, Jondalar?'

'Even naar buiten. Ik heb te veel thee gedronken.' Hij glimlachte en zijn ogen glimlachten mee. 'Maar hou het bed warm. De nacht is nog niet voorbij.' Hij bukte zich naar haar en kuste haar. 'Serenio...' Zijn stem klonk hees van emotie. 'Je betekent meer voor me dan alle vrouwen die ik ooit heb gekend.'

Het was niet helemaal genoeg. Hij zou vertrekken, hoewel ze wist dat hij zou blijven als ze hem dat vroeg. Maar ze vroeg het niet en in ruil daarvoor gaf hij haar het meeste wat hij kon geven. En dat was meer dan de meeste vrouwen ooit zouden krijgen.

18

'Moeder zei dat je me wilde spreken.'
Jondalar zag de spanning in de houding van Darvo's schouders en de achterdochtige blik in zijn ogen. Hij wist dat de jongen hem had ontlopen, en vermoedde de reden. De lange man glimlachte, in een poging gewoon en ontspannen te doen, maar de aarzeling in zijn gebruikelijke warme genegenheid maakte Darvo nog zenuwachtiger. Hij wilde zijn vrees niet bewaarheid zien. Jondalar had er ook niet verlangend naar uitgezien om het de jongen te vertellen. Jondalar pakte een netjes opgevouwen kledingstuk van een plank en schudde het uit.
'Ik denk dat je hier bijna groot genoeg voor bent, Darvo. Ik wil het aan jou geven.'
Heel even lichtten de ogen van de jongen op van blijdschap over het Zelandonische hemd met zijn ingewikkelde en uitheemse versiering. Toen kwam de achterdocht terug. 'Je gaat weg, hè?' zei hij beschuldigend.
'Thonolan is mijn broer, Darvo...'
'En ik ben niets.'
'Dat is niet waar. Je weet toch wel hoeveel ik om je geef. Maar Thonolan is zo verdrietig, er valt niet met hem te praten. Ik zit over hem in. Ik kan hem niet alleen laten gaan en als ik niet op hem pas, wie doet het dan wel? Probeer het alsjeblieft te begrijpen. Ik wil niet verder naar het oosten.'
'Kom je terug?'
Jondalar zweeg even. 'Dat weet ik niet. Ik kan het niet beloven. Ik weet niet waar we heen gaan, hoe lang we zullen trekken.' Hij bood hem het hemd aan. 'Daarom wil ik je dit geven, als aandenken aan de Zelandoniër. Luister, Darvo, jij zult altijd de eerste zoon van mijn vuurplaats zijn.'
De jongen keek naar de tuniek met de kraaltjes. Toen welden er tranen op in zijn ogen en ze dreigden over te stromen. 'Ik ben de zoon van je vuurplaats niet!' riep hij. Hij draaide zich om en rende de woning uit. Jondalar wilde hem achternarennen. In plaats daarvan legde hij het hemd op Darvo's slaapverhoging en liep langzaam naar buiten.

Carlono keek fronsend naar de dreigende wolken. 'Ik denk dat dit weer wel aanhoudt,' zei hij, 'maar als het echt gaat stormen, stuur dan op de oever aan, ook al zul je niet veel landingsplaatsen tegenkomen tot je door de poort bent. Als je bij de vlakte aan de andere kant van de poort komt, splitst de Moeder zich in geulen. Denk eraan: houd je bij de linkeroever. Voor ze bij de zee komt, maakt ze een scherpe bocht naar het noorden en vervolgens naar het oosten. Kort na de bocht mondt links een grote rivier in haar uit, haar laatste belangrijke zijrivier. Niet ver daar voorbij is het begin van de delta – de uitmonding in de zee – maar dan heb je nog een heel eind voor de boeg. De delta is heel groot en gevaarlijk, drassige stukken land, moerassen en stroken drijfzand. De Moeder splitst zich weer, gewoonlijk in vier, maar soms in meer hoofdgeulen en een heleboel kleintjes. Houd de meest linkse geul aan, de noordelijke. Op de noordoever, vlak bij de monding, is een kamp van de Mamutiërs.'

De ervaren rivierman had het al een keer verteld. Hij had zelfs een kaart in de aarde getekend om hen naar het eind van de Grote Moederrivier te leiden, maar hij geloofde dat herhaling hun geheugen zou versterken, vooral als ze snel beslissingen moesten nemen. Hij was er niet gelukkig mee dat de twee jonge mannen zonder ervaren gids via de onbekende rivier reisden, maar ze hielden voet bij stuk, of liever gezegd, Thonolan, en Jondalar wilde hem niet alleen laten gaan. De lange man had tenminste nog enige vaardigheid opgedaan in het omgaan met boten.

Ze stonden op de houten aanlegsteiger met hun uitrusting in een klein bootje, maar hun vertrek miste de gebruikelijke opwinding van dergelijke avonturen. Thonolan vertrok alleen omdat hij niet kon blijven en Jondalar was veel liever de andere kant op vertrokken.

Thonolan had niet langer dat sprankelende. Voor zijn vroegere extraverte vriendelijkheid was humeurigheid in de plaats gekomen. Zijn algemene gemelijkheid werd afgewisseld door uitbarstingen van drift die tot steeds grotere roekeloosheid en onvoorzichtige onverschilligheid leidden. Bij de eerste echte ruzie tussen de twee broers waren er alleen maar geen klappen gevallen omdat Jondalar weigerde te vechten. Thonolan had zijn broer ervan beschuldigd dat hij hem als een klein kind behandelde en had het recht op zijn eigen leven opgeëist, zonder overal te worden gevolgd. Toen Thonolan van Serenio's mogelijke zwangerschap hoorde, was hij razend dat Jondalar het wilde overwegen een vrouw die waarschijnlijk het kind van zijn geest droeg, in de steek te laten om een broer naar een of andere onbekende bestemming te volgen. Hij stond erop dat Jondalar bleef en voor haar zorgde, zoals elke fatsoenlijke man zou doen.

Ondanks Serenio's weigering om een verbintenis met hem aan te gaan, moest Jondalar wel toegeven dat Thonolan gelijk had. Het was hem met de paplepel ingegoten dat het de verantwoordelijkheid van een man en zijn enige doel was steun te geven aan moeders en kinderen, vooral een vrouw die was gezegend met een kind dat op de een of andere mysterieuze manier misschien zijn geest had opgenomen. Maar Thonolan wilde niet blijven en Jondalar, bang dat zijn broer iets ondoordachts en gevaarlijks zou doen, wilde met alle geweld met hem mee. De spanning tussen hen drukte nog steeds.

Jondalar wist niet goed hoe hij afscheid moest nemen van Serenio, hij was haast bang haar aan te kijken. Maar ze had een glimlach op haar gezicht toen hij zich bukte om haar te kussen, en hoewel haar ogen wat opgezwollen en rood leken, liet ze er geen emotie in zien. Hij zocht Darvo en was teleurgesteld dat de jongen zich niet onder de mensen bevond die naar de aanlegsteiger waren gekomen. Bijna alle anderen waren er. Thonolan zat al in het kleine bootje toen hij erin klom en zich op het achterste bankje installeerde. Hij pakte zijn roeispaan en terwijl Carlono het touw losmaakte, keek hij nog een laatste keer omhoog naar het hoge terras. Op de rand stond een jongen. Het zou nog een aantal jaren duren voordat het hemd dat hij droeg hem helemaal zou passen, maar de snit was duidelijk Zelandonisch. Jondalar glimlachte en zwaaide met zijn roeispaan. Darvo zwaaide terug toen de lange, blonde Zelandoniër de dubbele roeispaan in de rivier stak.

De twee broers koersten op het midden van de stroom af en keken om naar de steiger vol mensen – vrienden. Terwijl ze zich in de stroom voegden, vroeg Jondalar zich af of ze de Sharamudiërs ooit weer zouden zien, of wie ook die hij kende. De Tocht, die als een avontuur was begonnen, had de eerste opwinding verloren, en toch werd hij, haast tegen zijn wil, verder van huis getrokken. Wat kon Thonolan in het oosten hopen te vinden? En wat had hij daar toch te zoeken?

Ze waren een deel van de rivier waarop ze reisden voortgedreven door de stroom als het puin langs de oevers en het slib in de duistere diepte. Ze hadden geen controle over hun snelheid of richting; ze stuurden alleen om de hindernissen heen. Waar de rivier meer dan een kilometer breed was en hun bootje op de golven danste, leek ze meer op een zee. Wanneer de oevers dichter bij elkaar kwamen, konden ze de verandering in stroomsterkte voelen omdat de weerstand groter werd; de stroming werd sterker wanneer dezelfde hoeveelheid water door nauwe doorgangen werd geperst.

Ze hadden al meer dan een kwart van de weg afgelegd, veertig kilometer misschien, toen de dreigende regenbui met een kolkende windvlaag losbarstte, die zulke golven deed opzwiepen dat ze bang waren dat ze over het houten bootje zouden slaan. Maar er was geen oever, alleen de steile, natte rotsen.

'Ik kan wel sturen als jij hoost, Thonolan,' zei Jondalar. Ze hadden niet veel gesproken, maar een deel van de spanning tussen hen verdween toen ze eendrachtig roeiden om het bootje op zijn koers te houden.

Thonolan haalde zijn roeispaan binnenboord en probeerde met een soort vierkante houten schep het bootje te legen. 'Het stroomt even snel weer naar binnen als ik kan hozen,' riep hij over zijn schouder. 'Ik denk niet dat dit lang zal duren. Als jij het kunt volhouden, redden we het wel, denk ik,' antwoordde Jondalar, worstelend door het woelige water.

Het zware weer klaarde op en hoewel er nog steeds wolken dreigden, wisten ze zonder verdere incidenten de weg door de kloof af te leggen. Zoals ontspanning volgt op het losmaken van een strakke gordel, spreidde de gezwollen, modderige rivier zich uit toen ze bij de vlakten kwam. Geulen slingerden zich om eilandjes van wilgen en riet, nestgronden voor kraanvogels en reigers, ganzen en eenden op doortocht en talloze andere vogels.

De eerste nacht sloegen ze hun kamp op op de open grasvlakte van de linkeroever. De voet van de spitse bergen week terug van de rand van de rivier, maar de afgeplatte bergen op de rechteroever hielden de Grote Moederrivier op haar koers naar het oosten.

Jondalar en Thonolan kwamen zo snel in een reisritme dat het leek of ze niet al die jaren bij de Sharamudiërs hadden gewoond. Maar toch was het niet hetzelfde. Verdwenen was het luchthartige gevoel van avontuur, het zoeken naar wat er voorbij de bocht lag, enkel om de vreugde van het ontdekken. In plaats daarvan werd Thonolans gedrevenheid om verder te trekken gekenmerkt door wanhoop.

Jondalar had weer geprobeerd zijn broer over te halen om terug te gaan, maar dat had tot een bittere woordenwisseling geleid. Hij sneed het onderwerp niet meer aan. Ze spraken voornamelijk om noodzakelijke informatie uit te wisselen. Jondalar kon alleen maar hopen dat de tijd Thonolans verdriet zou verzachten en dat hij op een dag zou beslissen terug te keren naar huis en zijn leven weer op te nemen. Hij was vastbesloten tot dan bij hem te blijven.

In de kleine boomkano op de rivier reisden de twee broers veel sneller dan ze te voet zouden hebben gedaan. Meedrijvend op de stroom voeren ze met gemak voort. Zoals Carlono al had gezegd, maakte de rivier een bocht naar het noorden toen ze bij een barrière van afgesleten bergen kwamen, veel ouder dan de ruwe bergen waar de rivier omheen stroomde. Hoewel ze door hun hoge ouderdom waren afgebrokkeld, vormden ze nog een scheiding tussen de rivier en de binnenzee. Onvermoeid probeerde ze die via een andere weg, verder noordwaarts, te bereiken. Maar pas toen ze nog een laatste bocht naar het oosten had gemaakt, nadat een laatste, grote rivier een bijdrage water en slib aan de overbelaste Moeder had geleverd, was haar weg eindelijk vrij. Ze kon zich niet meer tot één loop beperken. Hoewel ze nog vele kilometers voor de boeg had, splitste ze zich nogmaals in vele geulen, tot een waaiervormige delta.

Het was een moeras van drijfzand, zoutmoeras en kleine drijvende eilandjes. Sommige bleven zo lang op dezelfde plaats dat kleine bomen net aarzelend wortel konden schieten, slechts om te worden losgerukt door de wisselvalligheid van seizoensoverstromingen of eroderend, doorsijpelend water. Afhankelijk van het jaargetijde en toeval, baanden zich vier hoofdgeulen een weg naar de zee, maar hun loop lag niet vast. Om onduidelijke redenen ging het water vaak plotseling van een diep uitgesleten bedding over in een nieuwe baan, waarbij het kreupelhout uit de grond rukte en een zinkput van zacht, nat zand achterliet.

De Grote Moederrivier met een lengte van bijna drieduizend kilometer en een wateraanvoer van twee met gletsjers bedekte bergketens, had bijna haar bestemming bereikt. Maar de delta met honderden vierkante kilometers modder, slib, zand en water, was het gevaarlijkste deel van de hele rivier.

Omdat ze steeds de geulen links hadden aangehouden, was de rivier niet moeilijk te bevaren geweest. De stroming had het houten bootje meegevoerd om haar wijde bocht naar het noorden en zelfs de laatste grote zijrivier had hen alleen maar naar het midden van de stroom gevoerd. Maar ze hadden niet verwacht dat ze zich zo gauw in geulen zou opsplitsen. Voor ze het in de gaten hadden, werden ze een van de middelste geulen in gesleurd.

Jondalar was heel bekwaam geworden in het omgaan met de kleine bootjes en Thonolan kon zich erin redden, maar ze waren op geen stukken na de ervaren bootmannen van de Ramudiërs. Ze probeerden de boomkano te keren, terug stroomopwaarts te roeien om de juiste geul in te sturen. Ze hadden er beter aan gedaan gewoon de andere kant op te roeien, want de vorm van de achtersteven verschilde niet zoveel van die van de boeg – maar daar dachten ze niet aan.

Ze stonden haaks op de stroming. Jondalar schreeuwde Thonolan aanwijzingen toe om de boeg gekeerd te krijgen, en Thonolan begon ongeduldig te worden. Een groot blok hout met een uitgebreid wortelsysteem – zwaar, verzadigd van water en laag op het water – kwam de rivier af drijven. De wortels, die zich in alle richtingen uitspreidden, harkten alles op hun pad mee. De mannen zagen het – te laat.

Met een versplinterende klap ramde het puntige uiteinde van het blok hout, breedzij de dunwandige boomkano op de plek waar hij al eens door de bliksem was getroffen. Via een gat dat in de zijkant was geslagen, liep hij snel vol water. Toen de boomstam tegen hen opbotste, stak één lange worteluitloper vlak onder het wateroppervlak Jondalar in de ribben en benam hem de adem. Een andere miste op een haar na Thonolans oog en liet een lange schram op zijn wang achter.

Toen ze plotseling in het koude water werden ondergedompeld, klampten Jondalar en Thonolan zich aan de boomstam vast en zagen ontzet een paar bellen opborrelen toen het bootje, met al hun bezittingen er stevig op vastgesnoerd, naar de bodem zonk. Thonolan had zijn broers kreun van pijn gehoord.

'Ben je nog heel, Jondalar?'

'Ik heb een wortel in mijn rib gekregen. Het doet een beetje pijn, maar ik geloof niet dat het ernstig is.'

Thonolan probeerde om de boomstam heen te komen. Jondalar volgde hem wat langzamer. Maar de kracht van de stroming waardoor ze werden meegesleurd, duwde hen, met het overige puin, steeds terug tegen het blok hout. Plotseling bleef de boomstam steken achter een zandbank onder water, die nog niet helemaal was weggespoeld. De rivier, die om en door het open wortelstelsel stroomde, duwde voorwerpen naar buiten die door de kracht van de stroming onder water waren gehouden. Een heel, opgeblazen karkas van een eland steeg pal voor Jondalar naar de oppervlakte. Hij schoof opzij om het uit de weg te gaan en voelde de pijn in zijn zij. Bevrijd van het blok hout zwommen ze naar een smal eilandje in het midden van de geul. Er stonden een paar jonge wilgen op, maar het was niet stabiel en zou over niet al te lange tijd worden weggespoeld. De bomen langs de rand stonden al voor een deel onder water, verdronken, zonder groene knoppen van lenteblaadjes aan hun takken, hun wortels begonnen hun greep al te verliezen. Sommige hingen al voorover in de razende stroom. De grond was een spons-achtig moeras.

'Ik vind dat we door zouden moeten gaan om te proberen een dro-ger plekje te vinden,' zei Jondalar.

'Heb je veel pijn?'

'Ik heb er af en toe last van,' gaf Jondalar toe, 'maar hier kunnen we niet blijven.'

Ze lieten zich aan de andere kant van de smalle eilandstrook in het koude water glijden. Het water stroomde veel harder dan ze hadden verwacht en ze werden veel verder stroomafwaarts gesleurd voor ze droog land bereikten. Ze waren koud en moe en, toen het alweer een smal eilandje bleek te zijn, teleurgesteld. Het was breder en wat langer en lag iets hoger dan het niveau van de rivier, maar het was drassig en er was geen droog hout te vinden.

'Hier kunnen we geen vuur maken,' zei Thonolan. 'We zullen verder moeten. Waar was het kamp van de Mamutiërs, volgens Carlono?'

'Aan de noordkant van de delta, vlak bij de zee,' zei Jondalar en keek daarbij verlangend die kant op. De pijn in zijn zij was heviger geworden en hij wist niet zeker of hij wel nog een geul kon over-zwemmen, maar het enige wat hij zag, was deinend water, warrige plukken puin en een paar bomen die hier en daar een eilandje mar-keerden. 'Het is niet te zeggen hoe ver het nog is.'

Ze sopten door de modder naar de noordkant van de smalle strook land en lieten zich in het koude water plonzen. Jondalar zag stroomafwaarts een groepje bomen en zwom erop af. Hijgend wan-kelden ze aan de overkant van de geul een strandje met grijs zand op. Straaltjes water gutsten uit hun lange haar en doorweekte leren kleding.

De late namiddagzon brak met een vloed van gouden pracht door een spleet in de betrokken lucht toen ze de meest noordelijke geul van de grote rivier bereikten.

Een onverwachte windvlaag uit het noorden bracht een kilte die snel door hun natte kleren drong. Zolang ze in beweging bleven, hadden ze geen last van de kou, maar de inspanningen hadden hun reserves uitgeput. Ze huiverden en ploeterden in de richting van een dun elzenbosje om een beetje beschutting te vinden.

'Laten we hier ons kamp maar opslaan,' zei Jondalar.

'Het is nog licht. Ik zou liever doorgaan.'

'Tegen de tijd dat we een schuilplaats en vuur hebben gemaakt, is het donker.'

'Als we verdergaan, vinden we waarschijnlijk voor donker het kamp van de Mamutiërs.'

'Thonolan, ik geloof niet dat ik nog verder kan.'

'Hoe erg is het?' vroeg Thonolan. Jondalar trok zijn tuniek omhoog. Er zat een wond op zijn rib. De huid eromheen verkleurde en de diepe snee had gebloed, maar was afgesloten door de natte stof.

'Ik voel er meer voor om te rusten en een vuur te maken.'

Ze keken om zich heen naar de woeste uitgestrektheid van het kolkende modderige water, naar de zandbanken die steeds van vorm veranderden en de verwilderde overvloed aan vegetatie. Boomtakken die verward waren geraakt in dode stronken, werden door de stroom meegesleurd naar zee en raakten telkens vast in de bodem. In de verte hadden wat groepjes bomen en struiken houvast gevonden op een van de hogere eilanden.

Riet en moerasgras wortelden overal waar de gelegenheid zich voordeed. Dichterbij stonden pollen cypergras van wel een meter hoog. Het blad van de waaiervormige pollen leek steviger dan het was en de rechte zwaardvormige bladeren van de zoete lis, die bijna net zo hoog was, groeiden tussen de polletjes biezen van nauwelijks een paar centimeter hoogte. In het moeras, bij het water, stonden metershoge paardenstaarten, kattenstaarten en lisdodden die ver boven de mannen uitstaken. Boven alles uit rees de bamboe, met de stugge bladeren en purperen pluimen tot wel vier meter hoogte.

De mannen bezaten alleen de kleren die ze aanhadden. Ze waren alles kwijtgeraakt toen de boot zonk, ook de draagstellen die ze vanaf het begin van de reis bij zich hadden gehad. Thonolan was gekleed als Shamudiër en Jondalar droeg de kleding van de Ramudiërs, maar na zijn duik in de rivier en de ontmoeting met de platkoppen had hij altijd wat gereedschap bij zich in een zak aan zijn riem. Daar was hij nu blij om.

'Ik zal eens gaan kijken of ik wat oude stengels aan die kattenstaarten kan vinden die droog genoeg zijn om een vuur te maken,' zei Jondalar. Hij probeerde de pijnlijke zij te negeren. 'Als jij wat droog hout kunt vinden.'

De kattenstaarten leverden voldoende materiaal om vuur te maken. Van de lange bladeren en wat elzenhout vlochten ze een scherm om de warmte van het vuur wat beter te kunnen benutten. De zoete wortelstokken van de lis waren te gebruiken bij de maaltijd. Door de honger gedreven wisten ze met een puntige elzentak een paar eenden te verschalken die boven het vuur werden geroosterd. Ze maakten buigzame matten van de bladeren van de lisdodde en sloegen die om zich heen terwijl ze hun kleren droogden. Later zouden ze erop slapen.

Jondalar sliep slecht. Hij had een pijnlijke zij en voelde dat er inwendig iets aan mankeerde, maar hij begreep wel dat ze hier niet konden blijven. Ze moesten eerst zien dat ze droge grond onder de voeten kregen.

De volgende morgen maakten ze een net van elzentakken en bladeren van de kattenstaart en vingen vis in de rivier. Ze rolden het materiaal om vuur te maken en de netten in hun slaapmatten en slingerden ze over hun schouder. Ze pakten hun speren en gingen op weg. De speren waren slechts puntige takken, maar ze hadden voor een maaltijd gezorgd en de netten ook. Overleven was minder een kwestie van uitrusting dan van handigheid.

De broers hadden een klein verschil van mening over de richting die ze moesten kiezen. Thonolan dacht dat ze over de delta heen waren en wilde naar het oosten, naar de zee. Jondalar wou naar het noorden, ze zouden zeker nog een geul moeten oversteken. Ze werden het eens en gingen naar het noordoosten. Jondalar bleek gelijk te hebben, hoewel hij het liever mis had gehad. Tegen de middag bereikten ze de meest noordelijke geul van de grote rivier.

'Tijd om weer te gaan zwemmen,' zei Thonolan. 'Kun je het aan?'

'Heb ik dan keus?'

Ze liepen al op het water af. Plotseling bleef Thonolan staan.

'Waarom binden we onze kleren niet op een blok hout, zoals we vroeger altijd deden? Dan hoeven we geen kleren te drogen.'

'Ik weet het niet,' zei Jondalar aarzelend. Ook in natte kleren was het minder koud, maar Thonolan probeerde verstandig te zijn, hoewel zijn stem geprikkeld en boos klonk. 'Maar als jij het wilt... ' stemde hij schouderophalend in.

Het was kil om daar in de koele, klamme lucht te staan. Jondalar kwam in de verleiding om zijn gereedschapsbuidel weer om zijn naakte middel te binden, maar Thonolan had hem al in zijn tuniek gewikkeld en bond alles op een blok hout dat hij had gevonden. Op zijn blote huid voelde het water kouder aan en hij moest zijn kaken op elkaar klemmen om het niet uit te schreeuwen toen hij zich erin liet plonzen en probeerde te zwemmen, maar het water verdoofde de pijn van zijn wond een beetje. Hij ontzag zijn zij bij het zwemmen en bleef bij zijn broer achter, hoewel Thonolan het blok hout trok.

Toen ze uit het water kropen en op een zandbank bleven staan, was hun oorspronkelijke bestemming – het einde van de Grote Moederrivier – in zicht. Ze konden het water van de binnenzee zien. Maar het deed hun niet veel. Het doel van de reis – het einde van de rivier – was bereikt, maar het zei hun niets en ze bevonden zich nog niet op vaste grond. Ze waren de delta nog niet helemaal overgestoken. De zandbank waarop ze stonden, had eens in het midden van een geul gelegen, maar die had zich verplaatst. Ze moesten nog een drooggevallen rivierbedding oversteken.

Een hoge wal, met bomen waarvan de blootliggende wortels los naar beneden bungelden op de plaats waar een snelle stroming eens een stuk van de oever had ondergraven, wenkte aan de overkant van de drooggevallen geul. Hij was nog niet lang drooggevallen. Er stonden nog plassen water in het midden en de begroeiing had nauwelijks wortelgeschoten. Maar insecten hadden de stilstaande poelen al ontdekt en een zwerm muggen kwam al op de twee mannen af.

Thonolan maakte de kleren van het blok hout los. 'We moeten nog door die plassen daarginds en die wal ziet er modderig uit. Laten we wachten tot we aan de overkant zijn voor we onze spullen weer aantrekken.'

Jondalar knikte dat hij het ermee eens was. Hij had te veel pijn om ertegen in te gaan. Hij dacht dat hij bij het zwemmen iets had verrekt en het kostte hem moeite rechtop te staan.

Thonolan sloeg een mug dood toen hij de flauwe helling begon af te dalen die eens van de oever de riviergeul in had geleid.

Men had het hun vaak genoeg gezegd. Nooit de rivier je rug toekeren, onderschat de Grote Moederrivier nooit. Hoewel ze de geul al enige tijd had verlaten, was hij nog steeds van haar. Zelfs bij haar afwezigheid liet ze een stuk of wat verrassingen achter. Miljoenen tonnen slib werden ieder jaar naar de zee aangevoerd en over haar delta uitgespreid. De drooggevallen geul, onderhevig aan de getijdenbevloeiing van de zee, vormde een drassig zoutmoeras met een slechte afwatering. Het nieuwe groene gras en het riet hadden in natte, zilte klei geworteld.

De twee mannen gleden en glibberden op de fijnkorrelige modder de helling af en toen ze vlak terrein bereikten, werden hun blote voeten erin vastgezogen. Thonolan haastte zich vooruit zonder eraan te denken dat Jondalar zijn gebruikelijke langbenige pas niet helemaal kon opbrengen. Hij kon wel lopen, maar de glibberige afdaling had pijn gedaan. Terwijl hij zich voorzichtig een weg zocht, voelde hij zich een beetje dwaas dat hij daar naakt door het moeras doolde en zijn gevoelige huid zo aan de hongerige muskieten aanbood.

Thonolan was hem zo ver voor gekomen dat Jondalar naar hem wilde roepen en hij keek net op toen hij zijn broers hulpkreet hoorde en hem zag wegzakken. Zonder aan zijn pijn te denken rende

Jondalar naar hem toe. De angst sloeg hem om het hart toen hij Thonolan zag worstelen in drijfzand.

'Thonolan! Grote Moeder!' riep Jondalar en hij snelde op hem af.

'Kom niet dichter bij! Jij raakt er ook nog in vast!' Thonolan worstelde om zich uit de modder te bevrijden, maar zonk in plaats daarvan dieper weg.

Jondalar keek wild om zich heen op zoek naar iets om Thonolan eruit te helpen. Zijn hemd! Hij kon hem een uiteinde toegooien, dacht hij. Toen herinnerde hij zich dat hij er geen had. De bundel kleren was verdwenen. Hij zag de dode stronk van een oude boom half begraven in de modder, schudde zijn hoofd en rende er vervolgens naartoe om te zien of hij een van de wortels kon afbreken. Maar alle wortels die eventueel los hadden kunnen komen, waren er lang geleden al afgerukt op de woeste tocht stroomafwaarts.

'Thonolan, waar is de bundel kleren? Ik moet iets hebben om je eruit te trekken!'

De wanhoop in Jondalars stem had een ongewenste uitwerking. Hij drong door Thonolans paniek heen en herinnerde hem weer aan zijn verdriet. Er kwam een kalme berusting over hem.

'Jondalar, als de Moeder mij wil wegnemen, laat Haar mij dan wegnemen.'

'Nee! Thonolan, nee! Je kunt het niet zomaar opgeven. Je kunt niet zomaar sterven.' O, Moeder, Grote Moeder, laat hem niet zo sterven! Jondalar liet zich op zijn knieën zinken, strekte zich in zijn volle lengte uit en stak zijn hand uit. 'Pak mijn hand, Thonolan, alsjeblieft, pak mijn hand,' smeekte hij.

Thonolan was verbaasd over het verdriet en de pijn op zijn broers gezicht, en nog iets, dat hij eerder alleen een enkele keer in een vluchtige blik had gezien. Op dat ogenblik wist hij het. Zijn broer hield van hem, hield evenveel van hem als hij van Jetamio had gehouden. Het was niet hetzelfde, maar even sterk. Hij begreep het op een instinctief niveau, intuïtief, en toen hij naar de hand greep, die naar hem werd uitgestoken, wist hij dat hij, zelfs als hij niet uit de modder kon komen, de hand van zijn broer moest vastgrijpen. Hij hield op met worstelen en strekte zich uit om de hand van zijn broer te grijpen. Jondalar schoof stukje bij beetje naar voren tot hij hem stevig beethad.

Thonolan besefte het niet, maar toen hij niet meer worstelde zakte hij minder snel weg. Toen hij zich uitstrekte om de hand van zijn broer te grijpen, kwam hij meer horizontaal te liggen en verdeelde hij zijn gewicht over het waterige, zilte zand zodat het leek of hij op water dreef.

'Zo, ja! Hou hem vast! We komen eraan!' zei een stem in het Mamutisch.

Jondalars adem ontsnapte met een sissend geluid, zijn spanning week. Hij merkte dat hij beefde, maar hield Thonolans hand stevig vast. Enkele ogenblikken later werd er een touw aan Jondalar doorgegeven dat hij om de handen van zijn broer moest binden.

'Ontspan je nu,' werd Thonolan geïnstrueerd. 'Strek je uit, alsof je zwemt. Kun je zwemmen?'

'Ja.'

'Mooi zo! Ontspan je nu maar, dan zullen wij trekken.'

Handen trokken Jondalar weg van de rand van het drijfzand en hadden ook Thonolan er gauw uit. Daarop volgden ze allen een vrouw, die met een lange stok in de grond prikte om andere zinkputten te vermijden. Pas nadat ze vaste grond hadden bereikt, leek men in de gaten te krijgen dat de twee mannen volkomen naakt waren.

De vrouw die de redding had geleid, deed een stap achteruit en nam hen onderzoekend op. Ze was een grote vrouw, niet zozeer lang of dik als wel stevig, en ze had een houding die respect afdwong. 'Waarom hebt u niets aan?' vroeg ze ten slotte. 'Waarom reizen twee mannen naakt?'

Jondalar en Thonolan keken omlaag naar hun naakte, met modder aangekoekte lichamen.

'We raakten in de verkeerde geul verzeild en toen sloeg er een blok hout tegen onze boot,' begon Jondalar. Hij voelde zich niet prettig en was niet in staat rechtop te staan.

'Toen we onze kleren toch moesten drogen, dacht ik dat we ze net zo goed konden uittrekken, om de geul over te zwemmen en dan de modder over te steken. Ik droeg ze, vooruit, omdat Jondalar gewond was en...'

'Gewond? Is een van u gewond?' vroeg de vrouw.

'Mijn broer,' zei Thonolan. Toen het werd uitgesproken, werd Jondalar zich ineens bewust van de doffe, kloppende pijn.

De vrouw zag hem verbleken. 'Mamut moet naar hem kijken,' zei ze tegen een van de anderen. 'U bent geen Mamutiërs, waar hebt u de taal leren spreken?'

'Van een Mamutische die bij de Sharamudiërs woont, mijn verwante,' zei Thonolan.

'Tholie?'

'Ja, kent u haar?'

'Ze is ook mijn verwante. De dochter van een nicht. Als u haar verwant bent, bent u ook mijn verwant,' zei de vrouw. 'Ik ben Brecie van de Mamutiërs, leider van het Wilgenkamp. U bent beiden welkom.'

'Ik ben Thonolan van de Sharamudiërs. Dit is mijn broer, Jondalar van de Zelandoniërs.'

'Zee-lan-do-nie-jer?' herhaalde Brecie het onbekende woord. 'Ik heb nog nooit van die mensen gehoord. Als u broers bent, waarom bent u dan Sharamudiër en hij zo'n... Zelandoniër? Hij ziet er niet goed uit,' zei ze, en resoluut verdere discussie uitstellend tot een geschikter moment, sprak ze tot een van de anderen: 'Help hem. Ik ben er niet zeker van dat hij kan lopen.'

'Ik denk dat ik wel kan lopen,' zei Jondalar, plotseling duizelig van de pijn, 'als het niet te ver is.'

Jondalar voelde tot zijn opluchting dat een van de Mamutiërs hem bij de ene arm nam terwijl Thonolan de andere ondersteunde.

'Jondalar, ik zou lang geleden al verder zijn gegaan als jij me niet had laten beloven te wachten tot je sterk genoeg was om te reizen. Ik ga nu. Ik vind dat jij naar huis zou moeten gaan, maar ik wil geen ruzie met je maken.'

'Waarom wil je naar het oosten, Thonolan? Je bent bij het einde van de Grote Moederrivier. De Zwarte Zee is hier voor je neus. Waarom zou je nu niet naar huis gaan?'

'Ik ga niet naar het oosten. ik ga naar het noorden, min of meer. Brecie zegt dat ze binnenkort allemaal naar het noorden gaan om op mammoeten te jagen. Ik ga vooruit, naar een ander kamp van de Mamutiërs. Ik ga niet naar huis, Jondalar. Ik blijf rondtrekken totdat de Moeder me wegneemt.'

'Praat toch niet zo! Het klinkt alsof je wilt sterven!' riep Jondalar uit. Zodra hij het had gezegd, had hij spijt, want hij was bang dat alleen de suggestie al het zou laten gebeuren.

'En wat dan nog?' riep Thonolan terug. 'Wat heb ik om voor te leven... zonder Jetamio.' Zijn adem stokte in zijn keel en haar naam kwam er met een zachte snik uit.

'Wat had je om voor te leven voor je haar leerde kennen? Je bent nog jong, Thonolan. Je hebt een lang leven voor je. Nieuwe plaatsen om naartoe te gaan, nieuwe dingen om te zien. Geef jezelf een kans om een andere vrouw als Jetamio te ontmoeten,' smeekte Jondalar.

'Je begrijpt het niet. Jij bent nooit verliefd geweest. Er is geen andere vrouw als Jetamio.'

'En daarom wil jij haar naar de wereld van de geesten volgen en mij met je meeslepen!' Hij vond het niet prettig om het te zeggen, maar als op zijn schuldgevoel spelen de enige manier was om zijn broer in leven te houden dan zou hij dat doen.

'Niemand heeft je gevraagd me te volgen! Ga toch naar huis en laat mij met rust!'

'Thonolan, iedereen rouwt als hij iemand van wie hij houdt, verliest, maar niet iedereen volgt die iemand naar de andere wereld.'

'Eens zal het jou overkomen, Jondalar. Eens zul je zoveel van een vrouw houden, dat je haar liever naar de wereld van de geesten zou volgen dan zonder haar te leven.'

'En als het nu om mij ging zou jij mij dan alleen laten vertrekken? Als ik iemand had verloren van wie ik zoveel hield dat ik wilde sterven, zou jij mij dan aan mijn lot overlaten? Vertel me maar eens dat je dat zou doen, broer. Vertel me maar eens dat jij naar huis zou gaan als ik ziek was van verdriet.'

Thonolan sloeg zijn blik neer en keek toen in de verontruste ogen van zijn broer. 'Nee, ik veronderstel dat ik je niet in de steek zou laten als ik dacht dat je doodziek was van verdriet. Maar weet je, grote broer,' hij probeerde te grijnzen, maar het was een verwrongen grimas op zijn door pijn geteisterde gezicht, 'als ik besluit de rest van mijn leven te blijven rondtrekken, hoef jij me niet almaar te blijven volgen. Je bent het reizen spuugzat, je zult eens naar huis moeten gaan. Zeg me eens, als ik naar huis wilde, en jij niet, dan zou je toch ook willen dat ik ging?'

'Ja, dan zou ik willen dat je ging. Ik wil nu al dat je naar huis gaat. Niet omdat jij dat wilt, of zelfs niet omdat ik dat wil. Je hebt je eigen Grot nodig, Thonolan, je familie, mensen die je je hele leven hebt gekend, die van je houden.'

'Je begrijpt het niet. Dat is nou net het verschil tussen ons. De Negende Grot van de Zelandoniërs is jouw thuis, dat zal hij altijd zijn. Mijn thuis is waar ik dat wil maken. Ik ben net zoveel Sharamudiër als ik ooit Zelandoniër was. Ik ben net weggegaan bij mijn Grot en bij mensen van wie ik evenveel hield als van mijn familie bij de Zelandoniërs. Dat wil niet zeggen dat ik me niet afvraag of Joharran al kinderen heeft aan zijn vuurplaats en of Folara even knap is geworden als ik weet dat ze zal zijn. Ik zou Willomar graag over onze Tocht vertellen en uitvissen waar hij hierna naartoe denkt te gaan. Ik herinner me nog goed hoe opgewonden ik was als hij van een tochtje terugkwam. Dan luisterde ik naar zijn verhalen en droomde ervan te trekken. Weet je nog dat hij altijd voor iedereen iets meenam? Voor mij en Folara, en ook voor jou. En altijd iets moois voor moeder. Als je teruggaat, Jondalar, neem dan iets moois voor haar mee.'

Het noemen van de bekende namen riep schrijnende herinneringen in Jondalar wakker. 'Waarom neem jij niet iets moois voor haar mee, Thonolan? Denk je dan niet dat moeder je wil terugzien?'

'Moeder wist dat ik niet terugkwam. Ze zei "Goede Tocht" toen we vertrokken, niet "Tot weerziens". Jij hebt haar waarschijnlijk van streek gemaakt, misschien wel meer dan Marona.'

'Waarom zou ze over mij meer van streek zijn dan over jou?'

'Ik ben de zoon van Willomars vuurplaats. Ik denk dat ze wist dat ik een tochtenmaker zou worden. Ze vond het misschien niet prettig, maar ze begreep het. Ze begrijpt al haar zoons, daarom heeft ze Joharran tot haar opvolger benoemd. Ze weet dat Jondalar Zelandoniër is. Als je alleen een Tocht maakte, dan wist ze dat je terugkwam, maar je bent met mij vertrokken en ik zou niet terugkomen. Ik wist dat niet toen ik vertrok, maar ik denk dat zij het wel wist. Ze zou willen dat je terugkwam, jij bent de zoon van Dalanars vuurplaats.'

'Wat maakt dat nou uit? Ze hebben de band lang geleden al verbroken. Als ze elkaar op de Zomerbijeenkomsten tegenkomen, zijn ze vrienden.'

'Ze zijn nu misschien alleen vrienden, maar de mensen hebben het nog steeds over Marthona en Dalanar. Hun liefde moet wel iets heel speciaals zijn geweest dat die nog zo lang in de herinnering leeft en jij bent het enige aandenken dat ze heeft, de zoon geboren aan zijn vuurplaats. Van zijn geest ook. Dat weet iedereen, je lijkt zo op hem. Je moet teruggaan. Je hoort daar thuis. Zij wist dat, en jij weet het ook. Beloof me dat je eens terug zult gaan, broer.'

Jondalar vond het geen prettig idee zoiets te beloven, of hij met zijn broer verder trok of besloot zonder hem terug te keren, hij zou altijd meer opgeven dan hij wilde verliezen. Zolang hij zich voor geen van tweeën uitsprak, had hij het gevoel dat hij nog van twee walletjes kon eten. Een belofte dat hij terug zou gaan, impliceerde dat zijn broer niet bij hem zou zijn.

'Beloof het me, Jondalar.'

Wat kon hij redelijkerwijs als bezwaar aanvoeren? 'Ik beloof het,' legde hij zich erbij neer. 'Ik ga naar huis – eens.'

'Per slot van rekening, grote broer,' glimlachte Thonolan, 'moet iemand hun vertellen dat we het hebben gehaald tot het eind van de Grote Moederrivier. Ik zal er niet zijn, dus zul jij het moeten doen.'

'Waarom niet? Je zou met me mee kunnen komen.'

'Ik denk dat de Moeder me bij de rivier zou hebben weggenomen als jij haar niet had gesmeekt. Ik weet dat ik het je niet kan uitleggen, maar ik weet dat ze me binnenkort zal komen halen, en ik wil gaan.'

'Je bent eropuit om je je dood op de hals te halen, hè?'

'Nee, grote broer,' glimlachte Thonolan. 'Daar hoef ik niet op uit te zijn. Ik weet gewoon dat de Moeder komt. Ik wil dat jij weet dat ik gereed ben.'

Jondalar voelde zijn maag samenkrimpen. Sinds het ongeluk op het drijfzand had Thonolan steeds de fatalistische overtuiging dat hij binnenkort zou sterven. Hij glimlachte, maar het was niet zijn oude grijns. Jondalar had zijn woede nog liever dan deze kalme berusting. Hij had geen vechtlust meer, geen wil meer om te leven.

'Vind je niet dat we Brecie en het Wilgenkamp iets verschuldigd zijn? Ze hebben ons voedsel, kleding, wapens, alles gegeven. Ben je bereid dat allemaal aan te nemen zonder er iets voor terug te geven?' Jondalar wilde de woede van zijn broer opwekken, weten dat er nog iets over was. Hij had het gevoel of hem een belofte ontfutseld was die zijn broer van zijn laatste verplichting ontsloeg. 'Je bent er zo zeker van dat de Moeder een bestemming voor je heeft, dat je aan niemand meer denkt behalve aan jezelf! Alleen Thonolan, hè? Verder doet niemand ertoe.'

Thonolan glimlachte. Hij begreep Jondalars woede en kon hem deze niet kwalijk nemen. Hoe zou hij het hebben gevonden als Jetamio had geweten dat ze ging sterven, en hem dat had verteld?

'Jondalar... Ik wil je wat zeggen. We waren goede vrienden.'

'Zijn we dat niet meer?'

'Natuurlijk, omdat je je bij mij kunt laten gaan. Je hoeft niet steeds volmaakt te zijn. Altijd op je woorden te letten...'

'Ja, ik ben zo goed dat Serenio niet eens mijn gezellin wilde worden!' zei hij met bittere spot.

'Ze wist dat je wegging en wilde zich niet nog meer aan je binden. Wanneer je haar eerder had gevraagd, zou ze een verbintenis met je zijn aangegaan. Als je haar een klein duwtje in de goede richting had gegeven toen je haar vroeg, had ze het gedaan – ook al wist ze dat je niet van haar hield. Je had haar niet nodig, Jondalar.'

'Hoe kun je dan zeggen dat ik zo volmaakt ben? Grote Doni, Thonolan, ik wou wel van haar houden.'

'Dat weet ik. Ik heb iets geleerd van Jetamio en ik wil dat jij het ook weet. Als je verliefd wil worden, kun je je niet afsluiten. Je moet je openstellen, het risico nemen. Soms zul je je gekwetst voelen, maar als je het niet doet, word je nooit gelukkig. Degene die je vindt zal misschien niet de vrouw zijn op wie je verwachtte verliefd te zullen worden, maar dat is niet belangrijk. Je zult gewoon van haar houden om wat ze is.'

'Ik vroeg me al af waar jullie zaten,' zei Brecie terwijl ze naar de twee broers toekwam. 'Aangezien jullie vastbesloten zijn weg te gaan, heb ik een klein afscheidsmaal voor jullie georganiseerd.'

'Ik voel een verplichting, Brecie,' zei Jondalar. 'Jullie hebben mij verzorgd, ons alles gegeven. Ik vind het niet juist te vertrekken zonder een zekere schadeloosstelling.'

'Je broer heeft al meer dan genoeg gedaan. Tijdens je herstel heeft hij iedere dag gejaagd. Hij neemt een beetje te veel risico's, maar hij is een fortuinlijk jager. Jullie vertrekken zonder verplichting.'

Jondalar keek zijn broer aan. Die glimlachte naar hem.

19

De lente in de vallei was een uitbundige uitspatting van kleuren, die overheerst werd door jong groen. Maar ze had wel in angst gezeten en dat had het gebruikelijke enthousiasme voor het nieuwe seizoen getemperd. Na een trage start was het een strenge winter geweest, met zwaardere sneeuwval dan normaal. De overstromingen in het begin van de lente voerden het smeltwater met razend geweld af.

De stortvloed die door de smalle kloof stuwde, beukte met zo'n kracht tegen de naar voren springende wand dat de grot ervan trilde. Het water steeg bijna tot de richel. Ayla maakte zich zorgen over Whinney. Zij kon zo nodig naar de steppen omhoogklauteren, maar voor het paard was het te steil, vooral nu ze hoogdrachtig was. De jonge vrouw bracht een paar angstige dagen door waarin ze de ziedende stroom steeds hoger zag kruipen. Hij beukte tegen de wand, kolkte dan terug en verdween bruisend om de buitenrand. Stroomafwaarts stond de halve vallei onder water en het kreupelhout langs de gewone bedding van het riviertje was totaal verzwolgen.

In het holst van de nacht, in de periode dat de woedende vloed op z'n ergst was, sprong Ayla op een nacht met een schok op, gewekt door een verstikte dreun – als een donderslag – die van beneden haar kwam. Ze versteende. Pas toen het hoge water zakte, wist ze wat de oorzaak was geweest. Door de klap waarmee een groot rotsblok tegen de wand was geslagen, waren er schokgolven door het steen van de grot gevaren. Een deel van de rotsbarrière was onder de dreun afgebroken en een groot stuk rots lag in de stroom.

Omdat de rivier genoodzaakt was een nieuwe weg te zoeken, om de hindernis heen, veranderde de loop. De bres in de wand vormde een geschikte doorgang, maar het strandje werd er wel smaller door. Een groot deel van de stapel botten, stukken drijfhout en stenen was weggespoeld. Het rotsblok zelf, dat van hetzelfde materiaal leek te zijn als de kloof, was niet ver van de wand blijven liggen.

Toch waren alleen de zwakste bomen bezweken, ondanks de verplaatsing van rotsblokken, ontwortelde bomen en struiken. De meeste overblijvende planten liepen weer uit en vulden ieder hoekje met fris, jong groen. De planten bedekten snel de littekens van de pasblootgekomen rotsen en aarde en ze maakten de indruk dat het altijd zo zou blijven. Het onlangs gewijzigde landschap zag er spoedig zo uit alsof het altijd zo was geweest.

Ayla paste zich aan de verandering aan. Ze vond voor elk rotsblok of stuk drijfhout, dat ze gebruikte, wel een vervanger, maar de gebeurtenis liet wel sporen bij haar achter. Haar grot en de vallei hadden tot op zekere hoogte hun geborgenheid verloren. Elke lente maakte ze een periode van besluiteloosheid door, want als ze de vallei wilde verlaten om haar tocht naar de Anderen voort te zetten, dan moest dat in de lente gebeuren. Ze moest voldoende tijd uittrekken voor de tocht en om een andere plek te zoeken om te overwinteren als ze niemand vond.

De beslissing was nu moeilijker dan ooit. Na haar ziekte was ze bang in de late herfst en vroege winter zonder een veilig onderkomen te worden overvallen, maar sinds het hoge water een stuk van de wand had afgebroken, leek haar grot niet meer zo veilig als hij haar eens had geleken. Veiligheid was niet haar enige overweging. Ze was ook eenzaam. Haar ziekte had haar niet alleen met haar neus gedrukt op de gevaren van haar leven alleen, maar had haar ook bewust gemaakt van haar gemis aan menselijk gezelschap. Ook de terugkomst van haar dieren had de leegte niet helemaal kunnen vullen. Ze waren lief en aanhankelijk, maar ze kon slechts op een simpele manier met ze communiceren. Ze kon geen plannen met ze bespreken of iets vertellen over een ervaring; ze kon niets vertellen of haar verbazing uitspreken over een nieuwe ontdekking of een nieuwe vaardigheid en ze ontving nooit een blijk van waardering. Ze had niemand om haar angsten te sussen of haar smarten te troosten, maar hoeveel van haar onafhankelijkheid en vrijheid was ze bereid op te geven in ruil voor geborgenheid en kameraadschap?

Pas toen ze vrijheid smaakte, was het volledig tot haar doorgedrongen hoe beperkt haar leven was geweest. Het beviel haar wel haar eigen beslissingen te nemen. Ze wist niets af van de mensen bij wie ze was geboren, ze wist niets van de tijd voor ze in de Stam was opgenomen. Ze wist niet hoeveel de Anderen van haar zouden verlangen, maar ze wist wel dat ze een aantal dingen niet zou willen opgeven. Whinney was daar een van. Ze was niet van plan het paard opnieuw op te geven. Ze wist niet of ze bereid zou zijn het jagen op te geven, maar als ze het nu eens niet goedvonden dat ze lachte? Ze wilde niet bij mensen wonen die lachen zouden afkeuren.

Er was een belangrijker vraag en hoewel ze probeerde hem niet onder ogen te zien, vielen alle andere vragen erbij in het niet. Stel dat ze inderdaad Anderen vond, maar dat die niets van haar wilden weten? Een stam van de Anderen was misschien wel helemaal niet bereid om een vrouw op te nemen die op het gezelschap van een paard stond, of die wilde jagen of lachen, maar stel dat ze haar, zelfs als ze bereid was alles op te geven, nog afwezen? Zolang ze ze nog niet had gevonden, kon ze hopen. Maar als ze nu eens haar hele leven alleen moest leven?

Dergelijke gedachten kwelden haar vanaf het ogenblik dat de eerste sneeuw begon te smelten en ze was opgelucht dat de omstandigheden een beslissing uitstelden. Ze kon Whinney pas uit de vertrouwde vallei halen nadat ze haar veulen had geworpen. Ze wist dat paarden gewoonlijk ergens in de lente wierpen. De medicijnvrouw in haar, die bij genoeg menselijke bevallingen had geholpen om te weten dat het nu elk ogenblik zover kon zijn, hield de merrie scherp in de gaten. Ze maakte geen jachttochten, maar ze ging regelmatig uit rijden om in beweging te blijven.

'Ik denk dat we dat kamp van de Mamutiërs zijn misgelopen, Thonolan. We zitten te ver naar het oosten, lijkt me,' zei Jondalar. Ze volgden het spoor van een kudde reuzenherten om hun slinkende voorraden aan te vullen.

'Ik denk niet... Kijk!' Thonolan wees naar een mannetjeshert met een handvormig gewei waarvan de spanwijdte ruim drie meter bedroeg, waar ze plotseling op waren gestuit. Hij was schichtig. Jondalar vroeg zich af of hij voelde dat er gevaar dreigde en verwachtte de laagtonige waarschuwingskreet te horen. Voor de bok alarm kon slaan, sloeg er een hinde op hol en rende recht op hen af. Thonolan wierp de van een stenen punt voorziene speer weg, op de manier die hij van de Mamutiërs had geleerd, zodat de platte, brede punt tussen de ribben door naar binnen zou glijden. Hij trof doel en de hinde viel haast aan hun voeten neer.

Maar voor ze hun prooi konden opeisen, ontdekten ze waarom de bok zo zenuwachtig was geweest en waarom de hinde praktisch in hun speer was gelopen. Ze zagen een holenleeuwin op hen afspringen en verstarden. De gevallen hinde leek het roofdier een ogenblik in de war te brengen. Ze was niet gewend dat haar prooi nog voor haar aanval dood neerviel. Ze aarzelde niet lang. De leeuwin gaf het hert een duwtje met haar neus, om zich ervan te vergewissen dat het dood was, nam de nek stevig tussen haar tanden, en begon het beest weg te sleuren.

Thonolan was verontwaardigd. 'Die leeuwin heeft onze prooi gestolen!'

'Die leeuwin besloop de herten ook en als zij denkt dat het haar prooi is, dan zal ik haar dat niet betwisten.'

'Nou, ik wel.'

'Doe niet zo belachelijk,' snoof Jondalar. 'Je kunt een holenleeuwin geen hert afpakken.'

'Ik ben niet van plan het zonder slag of stoot op te geven.'

'Laat haar het beest toch houden, Thonolan. We vinden wel een ander hert,' zei Jondalar terwijl hij zijn broer volgde, die achter de leeuwin was aan gegaan.

'Ik wil alleen kijken waar ze het mee naartoe neemt. Ik denk niet dat ze bij een troep hoort, dan zat de rest hier inmiddels wel boven op het hert. Ik denk dat ze een zwerver is en het meesleept om het voor andere leeuwen te verbergen. We kunnen kijken waar ze het naartoe brengt. Vroeg of laat zal ze weggaan, dan kunnen wij wat vers vlees voor onszelf pakken.'

'Ik hoef geen vers vlees van de prooi van een holenleeuwin.'

'Het is haar prooi niet. Het is mijn prooi. Die hinde heeft mijn speer nog tussen haar ribben.'

Het was zinloos ertegen in te gaan. Ze volgden de leeuwin naar een doodlopende kloof die bezaaid was met rotsblokken van de wanden. Ze bleven op wacht zitten. Zoals Thonolan al had voorspeld, vertrok de leeuwin korte tijd later. Hij stapte op de kloof af.

'Thonolan, ga daar niet in. Je weet niet wanneer die leeuwin terugkomt.'

'Ik wil alleen mijn speer ophalen en misschien wat van het vlees nemen.' Thonolan liet zich over de rand zakken en klauterde over los puin de kloof in. Jondalar volgde hem schoorvoetend.

Ayla was zo vertrouwd geraakt met het gebied ten oosten van de vallei dat het haar begon te vervelen, vooral omdat ze niet jaagde. Het was dagenlang betrokken en regenachtig geweest, en toen een warme zon de ochtendwolken had verdreven tegen de tijd dat ze klaarstond om te gaan rijden, moest ze er niet aan denken weer dezelfde weg af te leggen.

Nadat ze de draagmanden en sledestokken had bevestigd – sinds haar ziekte ging ze er nooit meer onvoorbereid op uit – en het paard via het steile pad naar beneden, en langs de nu kortere wand had geleid, besloot ze de lange vallei door te rijden in plaats van naar de steppen te gaan. Aan het eind, waar de stroom naar het zuiden afboog, viel haar oog op de steile, kiezelige helling die ze al eerder had beklommen om naar het westen uit te kijken en ze dacht dat het paard er gemakkelijk zou misstappen. Maar het moedigde haar wel aan verder te rijden, om te zien of ze een toegankelijker uitweg naar het westen kon vinden. Terwijl ze verder naar het zuiden reed, keek ze met gretige nieuwsgierigheid om zich heen. Het was nieuw terrein en ze vroeg zich af waarom ze niet eerder deze kant op was gereden. De hoge wand ging geleidelijk over in een meer glooiende helling. Toen ze ondiepe oversteekplaatsen zag, liet ze Whinney afslaan en dreef haar erover.

Het landschap had veel van de open grasvlakten. Het week er alleen in details van af, maar dat maakte het juist belangwekkend. Ze reed door tot ze zich in een wat ruigere streek bevond, met scherpe kloven en abrupt afgevlakte plateaus. Ze was verder dan ze van plan was geweest te gaan en toen ze weer een kloof naderde, dacht ze net dat ze eigenlijk naar huis moest. Toen hoorde ze iets dat haar bloed deed stollen en haar hart tekeer deed gaan: het rommelende gebrul van een holenleeuw – en de schreeuw van een mens.

Ayla hield stil. Ze hoorde het bloed in haar slapen kloppen. Het was zo lang geleden dat ze menselijk geluid had gehoord en toch wist ze zeker dat het van een mens kwam, en nog iets anders. Ze wist dat het haar soort mens was. Ze stond zo versteld dat ze niet kon nadenken. De schreeuw trok aan haar, het was een hulpkreet. Maar een holenleeuw kon ze niet aan, noch kon ze Whinney eraan blootstellen.

Het paard voelde haar acute dilemma en sloeg de weg naar de kloof in, hoewel het moest voelen dat Ayla aarzelde. Ze naderde de kloof langzaam, steeg toen af en keek naar binnen. Hij liep dood tegen een wand van puin. Ze hoorde het gegrom van de holenleeuw en zag de rossige manen. Toen drong het tot haar door dat Whinney niet zenuwachtig was geweest, en ze wist waarom.

'Dat is Kleintje! Whinney, dat is Kleintje!'

Ze rende de kloof in, zonder erbij stil te staan dat er misschien andere leeuwen in de buurt zouden zijn. Ze dacht er zelfs niet bij na dat Kleintje niet langer haar jonge kameraad was, maar een volwassen leeuw. Hij was Kleintje, dat was het enige wat ertoe deed. Voor deze holenleeuw was ze niet bang. Ze klom via een paar spitse rotsen naar hem toe. Hij viel uit en gromde naar haar.

'Laat dat, Kleintje!' beval ze. Hij aarzelde slechts een ogenblik en toen zat ze al naast hem en duwde hem opzij zodat ze zijn prooi kon bekijken. De vrouw was te vertrouwd en haar houding was te resoluut om zich tegen haar te verzetten. Hij ging opzij, zoals hij altijd had gedaan als ze hem met een gedode prooi aantrof en de huid wilde bewaren, of een stuk vlees voor zichzelf wilde pakken. En hij had geen honger. Hij had zich volgevreten aan een reuzenhert dat zijn leeuwin hem had gebracht. Hij had alleen aangevallen om zijn territorium te verdedigen en had toen geaarzeld. Mensen waren geen prooi voor hem. Hun geur leek te veel op de geur van de vrouw die hem had grootgebracht, een geur van zowel moeder als jachtgezel.

De mannen waren met z'n tweeën, zag Ayla. Ze liet zich op haar knieën zakken om ze te onderzoeken. Ze dacht meteen als een medicijnvrouw, maar ze was ook stomverbaasd en nieuwsgierig. Ze wist dat het mannen waren, hoewel het de eerste Anderen waren die ze zich herinnerde ooit gezien te hebben. Zodra ze ze zag, begreep ze waarom Oda had gezegd dat mannen van de Anderen er net zo uitzagen als zij.

Ze wist meteen dat er voor de man met het donkere haar geen hoop meer was. Hij lag in een onnatuurlijke houding, zijn nek gebroken. De tandafdrukken in zijn hals maakten de oorzaak duidelijk. Ze was ervan overstuur, hoewel ze hem nog nooit had gezien. Tranen van verdriet welden in haar ogen op. Niet omdat ze van hem had gehouden, maar ze had het gevoel dat ze iets van onschatbare waarde was kwijtgeraakt voor ze ooit de kans had gehad het naar waarde te schatten. De eerste keer dat ze iemand van haar eigen soort zag, was hij dood en dat vond ze verschrikkelijk.

Ze wilde zijn mens-zijn erkennen, hem met een begrafenis eren, maar na een scherpe blik op de andere man besefte ze dat dat onmogelijk zou zijn. De man met het gele haar ademde nog, maar het leven stroomde in golven uit hem weg via een scheur in zijn been. De enige hoop voor hem was dat ze hem zo vlug mogelijk mee terugnam naar de grot, zodat ze hem kon behandelen. Er was geen tijd voor begrafenissen.

Kleintje snuffelde aan de man met het donkere haar terwijl zij haar best deed de stroom bloed uit het been van de andere man af te binden met een tourniquet gemaakt van haar slinger en een gladde steen. Ze duwde de leeuw van het lijk weg. Ik weet dat hij dood is, Kleintje, maar hij is niet voor jou, dacht ze. De holenleeuw sprong van de richel naar beneden en controleerde of zijn hert nog steeds in de rotsspleet lag waar hij het had achtergelaten. Een bekend gegrom vertelde Ayla dat hij aanstalten maakte om te gaan eten.

Toen het bloed langzamer begon te stromen en niet langer golfde, maar sijpelde, floot ze Whinney en sprong toen omlaag om de slede in elkaar te zetten. Whinney was nu wat schichtiger, en Ayla herinnerde zich dat Kleintje een gezellin had. Om het paard gerust te stellen gaf ze het klopjes en omhelsde het. Ze onderzocht de stevige gevlochten mat tussen de twee stokken die achter het paard over de grond sleepten en kwam tot de slotsom dat hij de man met het gele haar zou houden, maar ze wist niet wat ze met de andere moest doen. Ze wilde hem niet daar voor de leeuwen achterlaten.

Toen ze weer omhoogklom, viel het haar op dat de losse stenen achter in de kloof er heel onstabiel uitzagen, een groot deel lag op een hoop achter een groot rotsblok dat zelf niet al te vast lag. Plotseling herinnerde ze zich de begrafenis van Iza. De oude medicijnvrouw was voorzichtig in een ondiepe kuil in de bodem van de grot gelegd en vervolgens waren er stenen om en op haar lichaam gestapeld. Het bracht haar op een idee. Ze sleepte de dode naar het achterste gedeelte van de doodlopende kloof, bij de steenlawine.

Kleintje kwam terug om te zien wat ze uitspookte, zijn snuit onder het hertenbloed. Hij volgde haar terug naar de andere man en besnuffelde hem terwijl ze hem naar de rand van de rots sleepte waaronder de schichtige merrie wachtte met de slede.

'Uit de weg nu, Kleintje!'

Ze probeerde de man voorzichtig op de slede neer te vlijen. Zijn oogleden knipperden, maar hij kreunde van pijn toen ze hem bewoog en sloot zijn ogen weer. Ze was wel zo blij dat hij buiten bewustzijn was. Hij was zwaar, het was een worsteling hem te verslepen en dat zou hem pijn doen. Toen ze hem eindelijk op de slede vastgebonden had, ging ze met een lange, stevige speer nogmaals terug naar de stenen richel en liep naar achter. Ze keek neer op de dode man, voelde verdriet om zijn dood. Toen zette ze de speer tegen de rots en richtte zich, met de formele, woordeloze gebaren van de Stam, tot de wereld van de geesten. Ze had Creb, de oude Mog-ur, met zijn welsprekende, vloeiende bewegingen, de geest van Iza zien toevertrouwen aan de volgende wereld. Ze had de gebaren herhaald toen ze zijn lichaam na de aardbeving in de grot vond, hoewel ze nooit precies wist wat de heilige gebaren betekenden. Dat was niet belangrijk, ze kende de intentie. De herinneringen stormden op haar af en de tranen kwamen haar in de ogen toen ze wederom het prachtige, stille ritueel afwerkte voor de onbekende vreemdeling en hem op weg stuurde naar de wereld van de geesten.

Toen wrikte ze, met de speer als hefboom, haast op dezelfde manier waarop ze een graafstok zou hebben gebruikt om een blok hout om te keren of een wortel omhoog te wroeten, de grote steen los en sprong opzij toen een lawine van losse stenen over de dode viel.

Voor het stof weer was gaan liggen, had ze Whinney de kloof uit geleid, klom toen op haar rug en begon aan de lange weg terug naar de grot. Ze hield een paar keer stil om de man te verzorgen en werd verscheurd tussen de neiging zich te haasten om hem thuis te krijgen en het een beetje kalm aan te doen omwille van Whinney. Ze hield een keer stil om verse smeerwortels op te graven en haalde opgelucht adem toen ze hem de stroom over had en in de verte de naar voren springende wand zag. Maar pas toen ze stilhield om de positie van de sledestokken te veranderen, voor ze aan het smalle pad naar boven begon, stond ze zichzelf toe te geloven dat ze de grot had bereikt met de man nog in leven. Ze leidde Whinney de grot in met de slede en legde een vuur aan om water te verhitten, waarna ze de bewusteloze man losmaakte en hem naar haar slaapplaats sleepte. Ze spande het paard uit, omhelsde haar dankbaar en keek haar voorraad geneeskrachtige kruiden door en koos die uit welke ze nodig had. Voor ze aan haar voorbereidingen begon, haalde ze diep adem en greep haar amulet beet.

Ze kon haar gedachten niet voldoende helder krijgen om een speciale bede tot haar totem te richten – ze was te vol van onverklaarbare angsten en verwarrende hoop – maar ze had wel hulp nodig. Ze wilde de kracht van haar totem inroepen bij haar pogingen deze man te behandelen. Ze moest hem redden. Ze wist niet precies waarom, maar niets was ooit zo belangrijk geweest. Wat ze er ook voor moest doen, deze man mocht niet sterven.

Ze gooide extra hout op het vuur en controleerde de temperatuur van het water in de leren pot die pal boven het vuur hing. Toen ze stoom zag opstijgen, voegde ze er goudsbloemblaadjes aan toe en wendde zich ten slotte tot de bewusteloze man. Uit de scheuren in het leer dat hij droeg, maakte ze op dat hij naast de wond in zijn rechterdij nog andere wonden had. Ze moest zijn kleren zien uit te krijgen, maar hij droeg geen omslag dat met veters was dichtgebonden.

Toen ze goed keek om erachter te komen hoe ze zijn kleren moest verwijderen, zag ze dat het leer en bont uitgesneden en in model gebracht waren, en dat de stukken met de koorden aan elkaar waren gezet tot kokers, die zijn armen, benen en romp omsloten. Ze bekeek de aanhechtingen zorgvuldig. Ze had het leer opengesneden om zijn been te behandelen en ze kwam tot de slotsom dat dat nog steeds de beste manier was. Ze was verbaasder toen ze zijn bovenkleding opensneed en nog een kledingstuk vond, dat totaal anders was dan ze ooit had gezien. Stukjes schelp, bot, dierentanden, kleurige vogelveertjes waren er in een ordelijk patroon op vastgezet. Was het een soort amulet, vroeg ze zich af. Ze vond het vreselijk om het open te snijden, maar er was geen andere manier om het uit te krijgen. Ze deed het voorzichtig en probeerde het patroon te volgen, om het zo min mogelijk te verstoren.

Onder het versierde kledingstuk zat nog een ander, dat de onderste helft van zijn lichaam bedekte. Het zat om elk been afzonderlijk gewikkeld en was met koord aan elkaar gezet. De delen kwamen aan de bovenkant bij elkaar en zaten, als een buidel met een trekkoord, om zijn middel gebonden. Aan de voorkant vielen ze over elkaar. Dat sneed ze ook open. Ze verwijderde de tourniquet en trok voorzichtig het stijve, met bloed doordrenkte leer van het opengereten been los. Onderweg had ze de tourniquet een paar keer losgemaakt om het bloed de gelegenheid te geven door het been te stromen. Als het niet goed gebeurde, kon dat tot gevolg hebben dat het been verloren was.

Ze wachtte weer even toen ze bij het schoeisel kwam, dat zo in model was gesneden en in elkaar gezet dat het de vorm van de voet volgde, sneed toen de veters door waarmee het was omwikkeld en trok het van zijn voeten. De wond in zijn been sijpelde weer, maar het bloed kwam er niet in golven uit en ze onderzocht hem vlug om te kijken hoe groot zijn verwondingen waren. De andere rijtwonden en krabben waren oppervlakkig, maar er bestond mogelijk infectiegevaar. Wonden van leeuwenklauwen hadden de akelige neiging te gaan zweren, zelfs bij de onbetekenende krabben die Kleintje haar had toegebracht, gebeurde dat vaak. Maar infectie was niet haar directe zorg, die gold zijn been. Een andere verwonding zag ze bijna over het hoofd, een grote zwelling aan de zijkant van zijn hoofd, waarschijnlijk van de val toen hij werd aangevlogen. Ze wist niet zeker hoe ernstig die was, maar ze kon zich geen tijd gunnen daarachter te komen. De gapende beenwond begon weer te bloeden.

Ze drukte de lies dicht terwijl ze de wond uitwaste met een geprepareerd konijnenvel, afgeschraapt en opgerekt tot het zacht en absorberend was, gedoopt in het warme aftreksel van goudsbloembladjes. De vloeistof was niet alleen ontsmettend, maar ook bloedstelpend, en dat zou de minder belangrijke bloedingen van de andere wonden straks stoppen. Ze maakte de wond grondig schoon en spoelde hem vanbinnen uit. Behalve dat er een diep, gapend gat zat, was ook een deel van zijn dijspier kapotgereten. Ze strooide met gulle hand geraniumwortelpoeder op de wond en merkte dat dit onmiddellijk een stollende werking had.

Terwijl ze een hand op het drukpunt hield, doopte ze wat smeerwortel in een bakje water om hem af te spoelen, kauwde dat toen tot pulp, spuugde het in de hete oplossing van goudsbloembladjes en schepte het er weer uit voor een nat papkompres direct op de wond. Ze hield het gapende gat dicht en legde de kapotgescheurde spier weer op zijn plaats, maar toen ze haar handen weghaalde, weken de wondranden weer uiteen en gleed de spier weg.

Ze hield de wond weer dicht, maar wist dat het niet zou houden. Ze dacht niet dat stevig omwikkelen voldoende zou zijn om de wondranden goed bij elkaar te houden, en ze wilde niet dat het been van de man slecht zou genezen en blijvende zwakte zou veroorzaken. Kon ze daar maar blijven zitten en de wond dichthouden terwijl hij genas, dacht ze. Ze voelde zich hulpeloos en wenste dat Iza er was. Ze was er zeker van dat de oude medicijnvrouw zou hebben geweten wat ze moest doen, hoewel Ayla zich niet kon herinneren dat haar ooit was geleerd hoe ze een dergelijke situatie moest behandelen.

Maar toen herinnerde ze zich iets anders, iets dat Iza haar over haarzelf had verteld toen ze vroeg hoe ze medicijnvrouw kon worden van Iza's geslacht. 'Ik ben niet echt je dochter,' had ze gezegd. 'Ik heb jouw herinneringen niet. Ik begrijp jouw herinneringen werkelijk niet.'

Iza had haar toen uitgelegd dat haar geslacht het hoogst in aanzien stond omdat het het beste was; elke moeder had aan haar dochter doorgegeven wat ze wist en had geleerd en zij was door Iza opgeleid. Iza had gezegd dat ze haar alle kennis had gegeven die ze haar kon geven, misschien niet alle die ze bezat, maar genoeg, omdat Ayla nog iets anders had. Een gave, had Iza gezegd. 'Je hebt de herinneringen niet, kind, maar je hebt een manier van denken, een manier van begrijpen... en een manier van weten hoe je moet helpen.'

Kon ze maar een manier bedenken om deze man nu te helpen, dacht Ayla. Toen viel haar oog op de stapel kleren die ze van de man had losgesneden. Er kwam een gedachte bij haar op. Ze liet het been los en pakte het kledingstuk op dat de benedenhelft van zijn lichaam had bedekt. Er waren stukken uit gesneden die vervolgens met fijn koord aan elkaar waren gezet, een koord gemaakt van pees. Ze bekeek de manier waarop ze aan elkaar waren bevestigd en trok ze uit elkaar. Het koord ging door een gat aan de ene kant, door een gat aan de andere kant en werd dan aangetrokken.

Zij deed iets soortgelijks om berkenbasten schalen in model te brengen. Ze boorde er gaatjes in en knoopte de uiteinden samen met een stukje touw. Kon ze iets dergelijks doen om het been van de man dicht te houden? Om het gapende gat bij elkaar te houden tot het weer dichtgroeide?

Vlug stond ze op en haalde iets dat op een bruine stok leek. Het was een lang stuk hertenpees, gedroogd en hard. Met een ronde, gladde steen stampte Ayla de gedroogde pees tot hij in lange strengen witte bindvezel uiteenviel. Ze trok ze uit elkaar, haalde een taaie sliert uit het bindweefsel en doopte die vervolgens in de goudsbloemoplossing. Net als leer werd een pees buigzaam als hij nat was en werd hij, als hij niet werd bewerkt, stijf als hij weer opdroogde. Toen ze verschillende stukjes klaar had, inspecteerde ze haar messen en priemen, en probeerde de beste te vinden om kleine gaatjes te prikken in het vlees van de man. Plotseling herinnerde ze zich het pakje splinters dat ze had verzameld van de boom die door de bliksem was getroffen. Iza had dergelijke splinters gebruikt voor het doorprikken van steenpuisten, blaren en zwellingen waar het vuil uit moest weglopen. Ze zouden wel bruikbaar zijn voor haar doel.

Ze waste sijpelend bloed en smeerwortel weg, maar wist niet goed hoe ze moest beginnen. Toen ze met een van de splinters een gaatje prikte, bewoog de man zich en mompelde. Ze zou dit snel moeten doen. Ze reeg het stijf geworden stukje pees door het gaatje dat ze met de splinter had gemaakt door het gaatje ertegenover en trok de uiteinden toen voorzichtig naar elkaar toe en legde er een knoop in. Ze besloot niet al te veel knopen te maken, want ze wist niet zeker hoe ze ze er later uit moest halen en ze wilde de wond er alleen mee dichthouden. Toen ze vier knopen langs de rijtwond klaar had, deed ze er nog drie bij om de kapotgescheurde spier op zijn plaats te houden. Toen ze klaar was, glimlachte ze bij het idee dat peesknopen het vlees van een mens bij elkaar hielden, maar het was gelukt. De wond gaapte niet langer open, de spier bleef op zijn plaats. Als de wond schoon zou genezen, zonder zweren, zou de man zijn been misschien weer goed kunnen gebruiken. De kans daarop was in ieder geval veel groter geworden.

Ze maakte een papkompres van verse smeerwortel, wikkelde het been in zacht leer en waste toen de rest van de krabben en sneden zorgvuldig uit, voornamelijk rond zijn rechterschouder en borst. Ze maakte zich zorgen over de bult op zijn hoofd, maar de huid was niet kapot, alleen opgezet. In vers water maakte ze een aftreksel van arnicabloemen en ze maakte een nat kompres voor de zwelling, dat ze met een reep leer op zijn plaats bond.

Toen liet ze zich pas terugzakken op haar hielen. Als hij wakker werd, waren er medicijnen die ze hem kon geven, maar voorlopig had ze alles behandeld wat ze behandelen kon. Ze streek een heel klein plooitje in het leren verband om zijn been glad en keek toen voor het eerst eens goed naar hem.

Hij was niet zo fors als de mannen van de Stam, maar wel gespierd, en zijn benen waren ongelooflijk lang. Het blonde krulhaar op zijn borst liep donzig door over zijn armen. Zijn huid was bleek. Zijn lichaamshaar was lichter en fijner dan dat van de mannen die ze had gekend, hij was langer en magerder, maar niet veel anders. Zijn slappe geslachtsdeel rustte op zachte, goudkleurige krullen. Ze zag een recent litteken en nog niet helemaal verbleekte blauwe plekken op zijn ribben. Hij was zeker nog maar pas hersteld van een eerdere verwonding.

Wie had hem verzorgd? En waar kwam hij vandaan?

Ze boog zich dichter naar hem toe, om zijn gezicht te zien. Vergeleken bij de gezichten van de mannen van de Stam was het plat. Zijn ontspannen mond had volle lippen, maar zijn kaak stak niet zo ver naar voren. Hij had een sterke kin met een kuiltje. Ze raakte de hare aan en herinnerde zich dat haar zoon er ook een had, maar verder niemand in de Stam. De vorm van de neus van deze man was niet veel anders – met een hoge brug, smal – maar hij was kleiner. Zijn gesloten ogen stonden wijd uit elkaar en leken uit te puilen, maar toen drong het tot haar door dat hij geen zware wenkbrauwbogen had die ze overschaduwden. Zijn voorhoofd, geplooid in de lichte groeven van zorgrimpels, was recht en hoog. In haar ogen, die alleen mensen van de Stam hadden gezien, leek zijn voorhoofd vreemd bol. Ze legde haar hand op zijn voorhoofd en voelde vervolgens aan het hare. Ze waren hetzelfde. Wat moest ze er in de ogen van de Stam vreemd hebben uitgezien.

Zijn haar was lang en steil – een deel ervan werd nog door een veter bij elkaar gehouden in zijn nek, maar het meeste was één in elkaar geklitte massa – en geel. Net als het hare, dacht ze, maar lichter. Op de een of andere manier kwam het haar bekend voor. Met een schok van herkenning herinnerde ze het zich plotseling. Haar droom! Haar droom over een man van de Anderen. Ze kon zijn gezicht niet zien, maar zijn haar was geel geweest!

Ze dekte de man toe en liep snel naar buiten de richel op, verbaasd dat het nog steeds dag was, vroeg in de middag, naar de zon te oordelen. Er was zoveel gebeurd. Ze was zo geconcentreerd bezig geweest, zowel in geestelijk, lichamelijk als in emotioneel opzicht, dat het leek of het veel later had horen te zijn. Ze probeerde haar gedachten te ordenen, ze een beetje te rangschikken, maar ze tuimelden verward door haar hoofd.

Waarom had ze die dag besloten naar het westen te rijden? Waarom had ze precies daar moeten zijn net toen hij schreeuwde? En hoe was het mogelijk dat ze van alle holenleeuwen op de vlakte uitgerekend Kleintje in de kloof aantrof? Haar totem had haar daar vast heen geleid. En haar droom van de man met het gele haar? Was dit die man? Waarom was hij hierheen gebracht? Ze was er niet zeker van welke betekenis hij in haar leven zou hebben, maar ze wist dat het nooit meer hetzelfde zou zijn. Ze had het gezicht van de Anderen gezien.

Ze voelde Whinney achter zich aan haar hand snuffelen en draaide zich om. Het paard legde haar hoofd over de schouder van de vrouw en Ayla strekte haar armen uit, sloeg ze om Whinneys hals en legde toen haar hoofd ertegen. Ze drukte zich tegen het paard aan, zich vastklampend aan haar vertrouwde, comfortabele manier van leven, een beetje bang voor de toekomst. Toen aaide ze de merrie, klopjes gevend en liefkozend, en voelde het jong dat ze droeg bewegen.

'Het kan niet veel langer meer duren, Whinney. Maar ik ben blij dat je me hebt geholpen de man mee terug te nemen. Ik had hem nooit in mijn eentje hierheen kunnen dragen.'

Ik moest maar weer naar binnen gaan om te controleren of alles goed met hem gaat, dacht ze, zenuwachtig dat er misschien iets met hem zou gebeuren als ze hem ook maar een ogenblik alleen liet. Hij had zich niet verroerd, maar ze bleef bij hem, en hield zijn ademhaling in de gaten. Ze kon haar ogen niet van hem afhouden. Plotseling viel haar een afwijking op: hij had geen baard! Alle mannen van de Stam hadden baarden, borstelige, bruine baarden. Hadden mannen van de Anderen geen baarden?

Ze raakte zijn kaak aan en voelde de ruige stoppels van nieuwe groei. Hij had wel wat baard, maar die was erg kort. Ze schudde haar hoofd, totaal van haar stuk gebracht. Hij zag er zo jong uit. Ondanks het feit dat hij zo groot en gespierd was, leek hij plotseling meer een jongen dan een man.

Hij draaide zijn hoofd om, kreunde en mompelde iets. Zijn woorden waren niet te verstaan en toch hadden ze iets dat haar het gevoel gaf dat ze ze wel moest kunnen verstaan. Ze legde haar hand op zijn voorhoofd en vervolgens tegen zijn wang, en voelde de toenemende warmte van koorts. Ik moest maar eens zien of ik wat wilgenbastthee bij hem naar binnen kan krijgen, dacht ze terwijl ze weer overeind kwam.

Ze bekeek haar voorraad geneeskrachtige kruiden toen ze de wilgenbast pakte. Ze had zich zo vaak afgevraagd waarom ze er zo'n complete verzameling geneesmiddelen op na hield als ze toch niemand had om te verzorgen behalve zichzelf. Maar het was een gewoonte en nu was ze er blij om. Er waren veel planten bij die ze niet in de vallei of op de steppe had gevonden omdat er genoeg bij de grot stonden en ze vond er nieuwe bij die verder naar het zuiden groeiden. Iza had haar geleerd hoe ze onbekende planten op zichzelf moest testen als voedsel en als medicijn, maar ze was nog niet tevreden over de nieuwe soorten. Niet genoeg om ze voor de man te gebruiken.

Behalve de wilgenbast pakte ze een plant waar ze de werking wel van kende. De harige stengel stond in een rozet van brede puntige bladeren. Toen ze hem plukte, zat er een tros witte bloemen aan, die nu bruin verdord waren. Het leek zoveel op agrimonie dat ze het als familie van dat kruid beschouwde – maar een van de andere medicijnvrouwen op de Stambijeenkomst had het een bothelend middel genoemd en het ook voor dat doel gebruikt. Ayla gebruikte het om de koorts te bestrijden, maar het moest lang koken tot er een dikke stroop overbleef. Het bevorderde het zweten en het was een sterk middel. Ze wou het voor de man niet gebruiken omdat hij verzwakt was door bloedverlies, tenzij het niet anders kon. Maar ze kon het wel klaarmaken.

Ze dacht aan luzernebladeren. Vers luzerneblad, in heet water getrokken, hielp het bloed stollen. Ze had er buiten op het veld een paar gezien. En soep met veel vlees om hem te doen aansterken. De medicijnvrouw in haar werkte weer en de verwarring die ze had gevoeld was verdwenen. Vanaf het begin had ze zich vastgeklampt aan één gedachte, en die werd sterker: deze man moet in leven blijven.

Ze slaagde erin de man wat thee te laten drinken, met zijn hoofd in haar schoot. Zijn oogleden knipperden en hij mompelde, maar bleef buiten bewustzijn. Zijn krabben en sneden waren gaan gloeien en zijn been zwol zichtbaar op. Ze legde het papkompres opnieuw aan en maakte een nieuw kompres voor de wond aan zijn hoofd. Daar was de zwelling tenminste geslonken. Met het vallen van de avond begon ze steeds ongeruster te worden en ze wilde maar dat Creb er was, om de geesten aan te roepen om haar te helpen, zoals hij altijd voor Iza had gedaan.

Tegen de tijd dat het donker was, lag de man te draaien en te woelen en riep hij woorden. Vooral een woord kwam steeds terug, in combinatie met geluiden die als indringende waarschuwingen klonken. Ze dacht dat het misschien een naam was, misschien de naam van de andere man. Met het ribbeen van een hert, waarvan ze het uiteinde had uitgehold tot een klein kuiltje, voerde ze hem rond middernacht in kleine slokjes een sterk aftreksel van agrimonie, om de koorts te verminderen. Terwijl hij zich verzette tegen de bittere smaak, vlogen zijn ogen open, maar er lag geen herkenning in hun donkerblauwe diepten. Het was gemakkelijker om naderhand de doornappelthee bij hem binnen te krijgen, alsof hij de andere bittere smaak uit zijn mond wilde spoelen. Ze was blij dat ze de pijnstillende, slaapverwekkende doornappel in de omgeving van de vallei had gevonden.

Ze waakte de hele nacht, in de hoop dat de koorts zou keren, maar het was al bijna ochtend voor de piek werd bereikt. Nadat ze zijn natbezwete lichaam met koel water had afgesponst, en zijn bedden- goed en verbanden had verschoond, sliep hij rustiger. Ze dommel- de toen wat op een vacht naast hem.

Plotseling staarde ze in het felle zonlicht dat door de opening naar binnen kwam en vroeg zich af waarom ze klaarwakker was. Ze draaide zich om, zag de man en in een flits herinnerde ze zich de hele vorige dag weer. De man leek ontspannen en normaal te sla- pen. Ze bleef stil liggen luisteren. Toen hoorde ze Whinneys moei- zame ademhaling. Ze stond vlug op en liep naar de andere kant van de grot.

'Whinney,' zei ze opgewonden, 'is het zover?' De merrie hoefde niet te antwoorden.

Ayla had wel vaker geholpen kleintjes ter wereld te brengen, had er zelf een het leven geschonken, maar het was een nieuwe ervaring om het paard te helpen. Whinney wist wat ze moest doen, maar ze leek Ayla's troostrijke aanwezigheid op prijs te stellen. Pas tegen het eind, toen het veulen al voor een deel naar buiten was gekomen, hielp ze om hem het laatste stuk eruit te trekken. Ze glimlachte van genoegen toen Whinney de donkerbruine, donzige vacht van haar pasgeboren hengstveulen begon schoon te likken.

'Dat is de eerste keer dat ik ooit iemand een paard heb zien helpen bij het werpen van een veulen,' zei Jondalar.

Ayla draaide zich met een ruk om bij het geluid en keek de man aan die, steunend op een elleboog, aandachtig naar haar lag te kijken.

20

Ayla staarde naar de man. Ze kon het niet laten, hoewel ze wist dat het onhoffelijk was. Ze had hem wel geobserveerd terwijl hij bewusteloos was, of lag te slapen, maar nu ze hem zag terwijl hij klaarwakker was, was dat onverwacht heel anders. Hij had blauwe ogen.

Ze wist dat haar ogen blauw waren, dat was een van de verschillen waar ze vaak genoeg aan herinnerd was en ze had ze in de weerspiegeling van het water gezien. Maar de ogen van de mensen van de Stam waren bruin. Ze had nooit een ander gezien met blauwe ogen en zeker niet met zo'n lichte tint dat ze bijna niet kon geloven dat ze echt waren.

Die blauwe ogen hielden haar vast; het leek wel of ze zich niet kon bewegen, tot ze merkte dat ze stond te trillen. Toen drong het tot haar door dat ze de man recht had staan aankijken en voelde ze het bloed naar haar wangen stijgen terwijl ze verlegen haar blik van hem losscheurde. Het was niet alleen onbeleefd om te staren, ook mocht een vrouw een man nooit recht aankijken, vooral niet als hij een vreemde was.

Ayla sloeg haar ogen neer naar de grond en had er moeite mee haar kalmte te hervinden. Wat moet hij wel van me denken? Maar het was zo lang geleden dat ze iemand in de buurt had gehad, en voorzover ze zich kon herinneren was dit de eerste keer dat ze iemand van de Anderen zag. Ze wilde naar hem kijken. Ze wilde haar ogen vullen, de aanblik van een ander menselijk wezen, en nog wel een dat zo ongewoon was, indrinken. Maar het was ook belangrijk dat hij goed over haar zou denken. Ze wilde niet verkeerd beginnen vanwege haar ongepaste, nieuwsgierige gedrag.

'Neem me niet kwalijk. Het was niet mijn bedoeling je in verlegenheid te brengen,' zei hij, zich afvragend of hij haar had beledigd of dat ze gewoon verlegen was. Toen ze niet reageerde, glimlachte hij wrang en besefte dat hij Zelandonisch had gesproken. Hij schakelde over op het Mamutisch en toen dat geen antwoord uitlokte, probeerde hij het in het Sharamudisch.

Ze had hem met steelse blikken in de gaten gehouden, zoals vrouwen deden als ze wachtten op het teken van een man dat ze mochten naderen. Maar hij maakte geen gebaren, althans geen gebaren die zij kon begrijpen. Hij gebruikte alleen woorden. Alleen waren al zijn woorden heel anders dan de geluiden die de mensen van de Stam maakten. Het waren geen kelige, afzonderlijke klanken, ze vloeiden in elkaar over. Ze kon zelfs niet zeggen waar het ene ophield en het andere begon. Zijn stem maakte een aangenaam, laag, rommelend geluid, maar ze kwam er niet uit. Ze had het gevoel dat ze hem op een of ander fundamenteel niveau moest kunnen verstaan, maar dat kon ze niet.

Ze bleef staan wachten tot hij het teken zou geven, tot het wachten pijnlijk begon te worden. Toen herinnerde ze zich van haar eerste tijd bij de Stam dat Creb haar behoorlijk had leren praten. Hij had haar verteld dat ze alleen geluiden wist te maken en dat hij zich had afgevraagd of de Anderen op die manier praatten. Maar kende hij dan helemaal geen tekens? Toen het ten slotte tot haar doordrong dat hij haar geen teken zou geven, wist ze dat ze een andere manier moest bedenken om met hem te praten, al was het maar om ervoor te zorgen dat hij het medicijn innam dat ze voor hem had klaargemaakt.

Jondalar wist niet hoe hij het had. Niets van wat hij had gezegd had haar ook maar enige reactie ontlokt. Hij vroeg zich af of ze niet kon horen en herinnerde zich toen hoe snel ze zich had omgedraaid om naar hem te kijken toen hij de eerste keer zijn mond had opengedaan. Wat een vreemde vrouw, dacht hij. Hij voelde zich niet op zijn gemak. Hij keek de kleine grot rond. Ik vraag me af waar de rest van haar mensen is. Hij zag de hooikleurige merrie en haar donkere hengstveulen en er viel hem een andere gedachte in. Wat deed dat paard in de grot? En waarom stond ze een vrouw toe haar te helpen bij het werpen van haar veulen? Hij had nog nooit eerder een paard zien werpen, zelfs niet op de open vlakte. Had deze vrouw soms speciale vermogens?

Deze hele kwestie begon het onwerkelijke van een droom te krijgen en toch dacht hij niet dat hij sliep. Misschien is het wel erger. Misschien is ze wel een donii, die je komt halen, Jondalar, dacht hij huiverend, er allerminst zeker van dat ze een goedwillende geest was... Hij was opgelucht toen ze zich, zij het nogal aarzelend, naar het vuur begaf.

Haar houding was beschroomd. Ze bewoog zich alsof ze niet door hem gezien wilde worden, ze herinnerde hem aan... iets.

Haar kleding was ook nogal vreemd. Die leek enkel te bestaan uit een lap leer die om haar heen gewikkeld zat en met een veter was dichtgebonden. Waar had hij iets dergelijks eerder gezien? Hij kon er maar niet op komen.

Ze had iets interessants gedaan met haar haar. Het was over haar hele hoofd in nette delen gescheiden en gevlochten. Hij had wel al eerder gevlochten haar gezien, maar nooit precies in zo'n stijl als de hare. Het zag er niet onaantrekkelijk uit, maar ongebruikelijk. De eerste keer dat hij naar haar keek, had hij haar tamelijk knap gevonden. Ze leek jong – er sprak onschuld uit haar ogen – maar voorzover hij dat goed kon zien met zo'n vormeloze omslag, had ze het lichaam van een volwassen vrouw. Ze leek zijn onderzoekende blik te ontwijken. Waarom, vroeg hij zich af. Hij begon nieuwsgierig te worden, ze was een vreemd raadsel.

Pas toen ze hem de kostelijke soep bracht, merkte hij dat hij honger had. Hij probeerde overeind te komen, en de stekende pijn in zijn rechterbeen herinnerde hem eraan dat hij ook andere verwondingen had. Zijn hele lichaam deed zeer. Toen vroeg hij zich voor het eerst af waar hij was en hoe hij er was gekomen. Plotseling herinnerde hij zich hoe Thonolan de kloof was in gegaan... het gebrul... en de meest gigantische holenleeuw die hij ooit had gezien.

'Thonolan!' riep hij uit terwijl hij in paniek de grot rondkeek. 'Waar is Thonolan?' Er was niemand in de grot, behalve de vrouw en hij. Zijn maag kromp samen. Hij wist het, maar wilde het niet geloven. Misschien was Thonolan ergens in een andere grot in de buurt. Misschien werd hij door iemand anders verzorgd. 'Waar is mijn broer? Waar is Thonolan?'

Dat woord klonk Ayla bekend in de oren. Het was het woord dat hij zo vaak had herhaald, dat hij vanuit het diepst van zijn dromen waarschuwend had uitgeroepen. Ze voelde aan dat hij naar zijn metgezel vroeg en liet haar hoofd hangen om respect te tonen voor de jonge man die dood was.

'Waar is mijn broer, vrouw?' brulde Jondalar terwijl hij haar bij de armen greep en door elkaar schudde. 'Waar is Thonolan?' Ayla was geschokt door zijn uitbarsting. Zijn luide stem, de woede, de onmacht, de onbeheerste emoties die ze in zijn stem kon horen en in zijn gedrag kon zien, brachten haar in de war. Mannen van de Stam zouden hun gevoelens nooit zo openlijk hebben getoond. Hun gevoelens zouden misschien even sterk zijn, maar mannelijkheid werd afgemeten aan zelfbeheersing.

Maar er stond verdriet in zijn ogen en ze zag aan de gespannen houding van zijn schouders en de manier waarop zijn kaak verstrakte, dat hij zich verzette tegen de waarheid die hij kende, maar niet wilde aanvaarden. De mensen bij wie ze was opgegroeid, communiceerden niet alleen door middel van handgebaren. Houding, pose en gelaatsuitdrukking hadden allemaal een betekenis. Het spannen van een spier kon een nuance aanduiden. Ayla was eraan gewend om de taal van het lichaam te begrijpen en het verlies van een geliefde was een universele smart.

Ook haar ogen brachten haar gevoelens over en spraken van haar verdriet, haar medeleven. Ze schudde het hoofd en boog het weer. Hij kon niet langer voor zichzelf ontkennen wat hij wist. Hij liet haar los en boog berustend zijn schouders.

'Thonolan... Thonolan... Waarom moest je toch verder? O, Doni, waarom? Waarom heb je mijn broer weggenomen,' riep hij uit, met verstikte en geforceerde stem. Hij probeerde zich te verzetten tegen het verpletterende gevoel van verlatenheid, zich niet over te geven aan zijn pijn, maar hij had nog nooit zo'n diepe wanhoop gekend. 'Waarom moest je hem wegnemen en mij helemaal alleen achterlaten? Je wist dat hij de enige was van wie ik ooit heb... gehouden. Grote moeder... Hij was mijn broer... Thonolan... Thonolan...'

Ayla begreep verdriet. De verwoestende werking ervan was haar niet bespaard gebleven en haar hart ging naar de man uit van meegevoel. Ze wilde hem troosten. Zonder te weten hoe het kwam, zat ze plotseling met de man in haar armen en wiegde hem terwijl hij de naam smartelijk uitriep. Hij kende deze vrouw niet, maar het was een mens en ze toonde medegevoel. Ze zag zijn nood en reageerde erop.

Terwijl hij zich aan haar vastklemde, kreeg hij een overweldigend gevoel als van krachten in een vulkaan, die opstijgen en niet meer te stoppen zijn als ze eenmaal vrijkomen. Hij gaf een geweldige snik en zijn lichaam schokte krampachtig. Enorme kreten, die van heel diep kwamen, werden uit zijn keel losgescheurd en elke raspende ademtocht kostte hem een folterende inspanning.

Sinds zijn kinderjaren had hij zich niet meer zo laten gaan. Het lag niet in zijn aard zijn innigste gevoelens te openbaren. Ze waren te overweldigend en hij had al vroeg geleerd ze in toom te houden, maar de uitbarsting, losgemaakt door Thonolans dood, legde de rauwe wonden van diep weggestopte herinneringen bloot.

Serenio had gelijk gehad. Zijn liefde was meer dan de meeste mensen konden verdragen. En zijn woede kon, als hij eenmaal was losgemaakt, al evenmin worden beteugeld. In zijn jeugd had hij in een vlaag van gerechtvaardigde woede eens zo'n vernieling aangericht dat hij iemand ernstig had verwond. Al zijn emoties waren te sterk. Zelfs zijn moeder had zich genoodzaakt te zien afstand tussen hen te bewaren en keek met zwijgend medeleven toe als vrienden zich terugtrokken omdat hij zich te fel aan hen vastklampte, te veel van hen hield, te veel van hen eiste. Ze had soortgelijke trekjes gezien in de man met wie ze eens verbonden was geweest en aan wiens vuurplaats Jondalar was geboren. Alleen zijn jongere broer leek zijn liefde aan te kunnen en leek de spanning die deze veroorzaakte met gemak te kunnen aanvaarden en met een lach te kunnen afbuigen.

Toen ze er geen raad meer mee wist en de hele Grot in opschudding raakte, had zijn moeder hem naar Dalanar gestuurd om daar te wonen. Dat was verstandig geweest. Tegen de tijd dat Jondalar terugkwam had hij niet alleen een vak geleerd, maar hij had ook geleerd zijn emoties te beheersen. Bovendien was hij een grote, gespierde, opvallend knappe man geworden, met buitengewoon mooie ogen en een onbewuste uitstraling die uit zijn binnenste kwam. Vrouwen vooral voelden dat er meer in hem zat dan hij wilde laten blijken. Hij werd een onweerstaanbare uitdaging, maar niemand wist hem voor zich te winnen. Wat ze ook probeerden, zijn diepste gevoelens bleven verborgen; wat ze ook konden nemen, hij had altijd meer te geven. Hij merkte snel hoe ver hij met iemand kon gaan, maar voor hem bleven de relaties oppervlakkig en onbevredigend. De enige vrouw in zijn leven die in staat was geweest aan zijn eisen te voldoen, had een ander besluit genomen. Het was in alle opzichten een slechte verbintenis geworden.

Zijn verdriet was al even intens als de rest van zijn aard, maar de jonge vrouw die hem in haar armen hield, had even groot verdriet gekend. Ze was alles kwijtgeraakt... meer dan eens. Ze had de kille adem van de wereld van de geesten gevoeld... meer dan eens, maar ze had volgehouden. Ze voelde aan dat zijn hartstochtelijke uitbarsting meer was dan het uitkermen van gewoon verdriet en bood hem, vanuit haar eigen verlies, vertroosting.

Toen zijn martelende snikken wat bedaarden, ontdekte ze dat ze binnensmonds zat te neuriën terwijl ze hem in haar armen hield. Ze had Oeba, Iza's dochter, met haar neuriën in slaap gesust, ze had haar zoon zijn ogen zien sluiten bij het geluid en ze had haar eigen verdriet en eenzaamheid gekoesterd op hetzelfde eentonige deuntje. Het was toepasselijk. Eindelijk liet hij haar, leeg en uitgeput, los. Hij ging achteroverliggen, met zijn hoofd afgewend en staarde naar de wanden van de grot. Toen ze zijn gezicht omdraaide om de tranen met koel water weg te wassen, sloot hij zijn ogen. Hij wilde... of kon... haar niet aankijken. Weldra ontspande zijn lichaam zich en ze wist dat hij sliep.

Ze keek even hoe Whinney het maakte met haar nieuwe veulen en liep naar buiten. Ze voelde zich leeg, maar opgelucht. Aan het eind van de richel bleef ze staan, keek over de vallei en dacht terug aan haar angstige rit met de man op de slee, haar vurige hoop dat hij niet zou sterven. Die gedachte maakte haar nerveus; meer dan ooit vond ze dat de man moest blijven leven. Ze haastte zich terug de grot in en overtuigde zich ervan dat hij nog ademde. Ze hing de koude soep weer boven het vuur... Hij had meer behoefte aan andere steun... Ze keek of de medicijnen klaar zouden zijn als hij wakker werd en ging toen rustig op de vacht naast hem zitten.

Ze kon er niet genoeg van krijgen naar hem te kijken en zijn gezicht te bestuderen, alsof ze probeerde in één keer het jarenlang verlangend uitkijken naar een ander mens te bevredigen. Nu ze er een beetje aan begon te wennen zag ze zijn gezicht meer als geheel en niet de afzonderlijke trekken. Ze wou het aanraken. Haar vinger langs zijn kin en zijn kaak laten lopen, zijn lichte gladde wenkbrauwen voelen. Toen schoot haar iets te binnen.

Zijn ogen hadden vocht afgescheiden! Ze had het vocht van zijn gezicht geveegd, haar schouder was er nog nat van. Ik ben niet de enige die dat heeft, dacht ze. Creb kon nooit begrijpen waarom mijn ogen lekten als ik bedroefd was. Niemand anders had ogen die dat deden. Hij dacht dat ik zwakke ogen had. Maar de ogen van deze man werden nat toen hij treurde. Hebben alle Anderen ogen die nat worden?

Ayla's nachtwaken en de intense emotionele reacties begonnen haar ten slotte parten te spelen. Hoewel het nog middag was, viel ze op de vacht naast hem in slaap. Toen het begon te schemeren, werd Jondalar wakker. Hij had dorst en keek om zich heen of hij iets te drinken zag. Hij wou de vrouw niet wakker maken. Hij hoorde de geluiden van het paard en het veulen, maar hij kon alleen de lichte merrie onderscheiden die bij de wand lag, naast de ingang van de grot.

Toen keek hij naar de vrouw. Ze lag op haar rug met haar gezicht afgewend. Hij kon alleen de lijnen van haar hals en haar kaak zien en de vorm van haar neus. Hij herinnerde zich zijn emotionele uitbarsting en voelde enige verlegenheid. Toen wist hij de reden weer. Zijn verdriet overheerste alle andere gevoelens.

Hij probeerde niet aan Thonolan te denken; hij probeerde nergens aan te denken. Dat lukte hem spoedig en hij werd pas midden in de nacht weer wakker. Door zijn gekreun ontwaakte Ayla ook.

Het was donker, het vuur was uit. Ze zocht zich op de tast een weg naar de vuurplaats, pakte tondel en aanmaakhout van de plek waar ze haar voorraad bewaarde en vervolgens de vuurstenen.

Jondalar had weer koorts, maar hij was wakker. Hij dacht dat hij wel even was ingedommeld. Hij kon zich niet voorstellen dat de vrouw zo snel vuur had gemaakt. Toen hij wakker werd had hij ook geen gloeiende kolen gezien. Ze bracht hem de koude wilgenbast-thee, die ze eerder had gemaakt. Hij kwam op zijn elleboog over-eind om het kommetje aan te pakken, en hoewel de thee bitter was, dronk hij voor de dorst. Hij herkende de smaak. Iedereen leek het gebruik van wilgenbastthee te kennen, maar hij verlangde naar een slok gewoon water. Hij moest ook plassen, maar wist niet hoe hij zijn beide behoeften duidelijk moest maken. Hij pakte het komme-tje op waar de wilgenbast in had gezeten, hield het ondersteboven om te laten zien dat het leeg was en bracht het toen naar zijn lippen. Ze begreep het onmiddellijk, kwam met een waterzak aan, vulde zijn kommetje en liet de zak toen bij hem achter. Het water leste zijn dorst, maar verergerde zijn andere probleem, en hij begon on-behaaglijk te draaien. Zijn gedrag maakte de jonge vrouw attent op zijn behoefte. Ze pakte een stuk hout uit het vuur als fakkel en ging naar de opslagruimte van de grot. Ze was op zoek naar een soort bak, maar toen ze er eenmaal stond, vond ze nog een paar andere nuttige voorwerpen.

Ze had stenen lampen gemaakt door een ondiepe holte in een steen uit te hakken, waar gesmolten vet en een pit van mos in pasten, hoewel ze ze niet veel had gebruikt. Gewoonlijk leverde haar vuur voldoende licht. Ze pakte een lamp, zocht de mospitten en keek toen waar de blazen gestold vet hingen. Toen ze de lege blaas er-naast zag, nam ze die ook mee.

Ze legde de volle bij het vuur om hem zacht te laten worden, en bracht de lege naar Jondalar, maar ze kon niet uitleggen waar hij voor was. Ze vouwde de schenkkant open en liet hem het gat zien. Hij keek alsof hij er niets van begreep. Er was geen andere manier. Ze trok het dek terug, maar toen ze de open waterzak tussen zijn benen wilde houden, begreep hij snel wat de bedoeling was en nam hem van haar over.

Hij voelde zich belachelijk dat hij zijn plas zo liet lopen terwijl hij plat op zijn rug lag in plaats van te staan. Ayla kon zien dat hij zich niet op zijn gemak voelde en liep naar het vuur om de lamp te vul-len. Ze glimlachte in zichzelf. Hij is nog niet eerder gewond ge-weest, dacht ze; althans niet zo erg dat hij niet kon lopen. Hij glim-lachte een beetje schaapachtig toen ze de waterzak pakte om hem buiten te legen. Ze bracht die naar hem terug, om te gebruiken als hij hem nodig had, vulde de lamp toen verder met olie en stak de mospit aan. Ze bracht de lamp naar het bed en trok het dek van zijn been.

Hij probeerde overeind te komen om te kijken, hoewel het pijn deed. Ze gaf hem een steuntje in zijn rug. Toen hij de rijtwonden op zijn borst en armen zag, begreep hij waarom het meer pijn deed als hij zijn rechterkant gebruikte, maar hij maakte zich meer zorgen over de stekende pijn in zijn been. Hij vroeg zich af hoe kundig de vrouw was. Wilgenbastthee wilde nog niet zeggen dat iemand genezer was.

Toen ze het bloederige smeerwortelkompres verwijderde, maakte hij zich nog ongeruster. De lamp gaf niet zoveel licht als de zon, maar liet geen twijfel bestaan over de ernst van zijn verwonding. Zijn been was gezwollen, verkleurd en open. Hij keek nog eens goed en dacht dat hij knopen zag die zijn vlees bij elkaar hielden. Hij was niet bedreven in de genezende kunsten. Tot voor kort had hij er al even weinig belangstelling voor gehad als de meeste gezonde jonge mannen, maar had ooit een zelandoni iemand met knopen weer in elkaar gezet?

Hij lette goed op terwijl ze een nieuw kompres klaarmaakte, deze keer van bladeren. Hij wilde haar vragen wat het voor bladeren waren, wilde met haar praten, proberen hoogte te krijgen van haar kundigheid. Maar ze kende geen van de talen die hij kende. Nu hij erover nadacht, had hij haar eerlijk gezegd helemaal niet horen praten. Hoe kon ze nou genezer zijn als ze niet praatte? Ze leek te weten wat ze deed en wat ze ook op zijn been legde, het verlichtte wel de pijn.

Hij ontspande zich – wat kon hij anders doen – en keek toe terwijl ze een verzachtend aftreksel over zijn borst en armen sponsde. Pas toen ze de reep zacht leer losmaakte die het kompres op zijn plaats hield, wist hij dat hij aan zijn hoofd gewond was. Hij bracht zijn hand omhoog en voelde een zwelling en een zere plek voor ze er een nieuw kompres oplegde.

Ze liep terug naar de vuurplaats om de soep op te warmen. Hij sloeg haar gade. Hij probeerde nog steeds te doorgronden wie ze was. 'Dat ruikt lekker,' zei hij, toen een vleugje vleesgeur zijn kant op kwam.

Het geluid van zijn stem leek niet op zijn plaats. Hij wist niet precies waarom, maar het was niet alleen de wetenschap dat ze hem niet zou verstaan. Toen hij de Sharamudiërs voor het eerst had ontmoet, verstonden hij noch zij een woord van elkaars taal en toch hadden ze gesproken – onmiddellijk en rad gesproken – en hadden beide partijen hun best gedaan woorden uit te wisselen die het communicatieproces zouden beginnen. Deze vrouw deed geen enkele poging om een wederzijdse uitwisseling van woorden te beginnen en reageerde slechts met niet-begrijpende blikken op zijn pogingen. Ze leek niet alleen het begrip te missen van de talen die hij kende, maar er zelfs niet naar te verlangen te communiceren.

Nee, dacht hij. Dat klopte niet helemaal. Ze hadden wel gecommuniceerd. Ze had hem water gegeven toen híj daar behoefte aan had gehad, ze had hem iets gegeven om zijn plas in te doen, hoewel hij niet helemaal begreep hoe ze had geweten dat hij zoiets nodig had gehad. Hij formuleerde geen specifieke gedachte voor het contact dat ze hadden gehad toen hij zijn verdriet luchtte – de pijn was nog te vers – maar hij had het wel gevoeld, en telde het mee in zijn vragen over haar.

'Ik weet dat je me niet verstaat,' zei hij nogal aarzelend. Hij wist niet goed wat hij tegen haar moest zeggen, maar voelde de behoefte om iets te zeggen. Toen hij eenmaal was begonnen, kwamen de woorden vlotter. 'Wie ben je? Waar is de rest van je mensen?' Hij kon niet veel verder zien dan de lichtcirkel die werd verspreid door het vuur en de lamp, maar hij had helemaal geen andere mensen gezien, noch enig teken van hen. 'Waarom wil je niet praten?' Ze keek naar hem op, maar zei niets.

Toen drong zich een vreemde gedachte aan hem op. Hij herinnerde zich dat hij al eens eerder met een genezer in het donker bij een vuur had gezeten en herinnerde zich dat de Shamud het had gehad over bepaalde beproevingen die Degenen Die de Moeder Dienden zichzelf oplegden. Had hij niet iets gezegd over perioden alleen doorbrengen? Perioden van zwijgen, waarin ze met niemand mochten spreken? Perioden van onthouding en vasten?

'Je woont hier alleen, hè?'

Ayla keek weer naar hem op, verbaasd een blik van verwondering op zijn gezicht te zien, alsof hij haar voor het eerst zag. Om de een of andere reden werd ze zich hierdoor weer bewust van haar onhoffelijkheid en ze sloeg snel haar ogen neer naar de soep. En toch leek hij haar indiscretie niet op te merken. Hij keek de grot rond terwijl hij zijn mondklanken maakte. Ze vulde een kom, kwam er vervolgens mee voor hem zitten en boog haar hoofd. Ze probeerde hem de gelegenheid te geven haar een tikje op haar schouder te geven en haar aanwezigheid te erkennen. Ze voelde geen tikje en toen ze vlug opkeek, zat hij haar vragend aan te kijken en sprak zijn woorden.

Hij weet het niet! Hij ziet niet wat ik vraag. Ik geloof dat hij helemaal geen tekens kent. Met een plotseling inzicht viel haar een gedachte in. Hoe moeten we met elkaar communiceren als hij mijn gebaren niet ziet en ik zijn woorden niet ken?

Een herinnering aan haar eerste dagen bij de Stam zat haar dwars. Creb had geprobeerd haar te leren praten, maar ze wist niet dat hij met zijn handen sprak. Ze wist niet dat mensen met hun handen konden praten, zij had alleen met klanken gesproken! Ze had zo lang de taal van de Stam gesproken, dat ze zich de betekenis van woorden niet meer herinnerde.

Maar ik ben geen vrouw van de Stam meer. Ik ben dood. Ik ben vervloekt. Ik kan nooit meer terug. Ik moet nu met de Anderen leven en ik moet hun taal leren. Ik moet weer woorden leren begrijpen en uitspreken, anders verstaan ze me nooit. Ook als ik een groep Anderen had gevonden had ik niet met ze kunnen praten en zij hadden niet begrepen wat ik zei. Liet mijn totem me daarom blijven? Tot die man me gebracht werd? Zodat hij me weer kon leren spreken? Ze huiverde en vond het opeens koud, maar er was geen wind.

Jondalar was maar door blijven praten. Hij stelde vragen waar hij geen antwoord op verwachtte, alleen om zichzelf te horen. De vrouw had niet gereageerd en hij dacht dat hij de reden wist. Hij was ervan overtuigd dat ze in dienst stond van de Moeder, of ervoor leerde. Dat verklaarde veel: haar bekwaamheid in de geneeskunst, haar macht over het paard, waarom ze alleen woonde en niet met hem wilde praten. Misschien ook hoe ze hem had gevonden en naar deze grot had gebracht. Hij vroeg zich af waar hij was, maar voorlopig deed dat er niet toe. Hij had geluk gehad dat hij nog leefde. Maar hij maakte zich wel zorgen over iets anders dat de Shamud had gezegd.

Hij besefte nu dat wanneer hij meer aandacht aan de oude, grijze genezer had besteed hij had kunnen weten dat Thonolan ging sterven – maar had hij ook niet gezegd dat hij zijn broer moest volgen omdat Thonolan hem ergens zou brengen waar hij anders niet zou komen? Waarom was hij hierheen gebracht?

Ayla had geprobeerd een manier te bedenken om zijn woorden te leren. Plotseling schoot haar te binnen hoe Creb was begonnen, met de naamklanken. Ze zette zich schrap, keek hem recht in de ogen, tikte zich op de borst en zei: 'Ayla.'

Jondalar zette grote ogen op. 'Je hebt dus besloten toch te spreken! Was dat je naam?' Hij wees naar haar. 'Zeg het nog eens?'

'Ayla.'

Ze had een vreemd accent. De twee delen van het woord waren afgebeten en de klinkers werden achter in haar keel uitgesproken, alsof ze ze inslikte. Hij had veel talen gehoord, maar niet een daarvan klonk zoals de geluiden die zij maakte. Hij kon ze niet helemaal nazeggen, maar probeerde ze zo dicht mogelijk te benaderen. 'Aaay-lah.'

Ze herkende de geluiden die hij maakte haast niet als haar naam.

Sommige mensen bij de Stam hadden er grote moeite mee gehad, maar niemand sprak hem uit zoals hij. Hij reeg de klanken aan elkaar, veranderde de toonhoogte, zodat zijn stem bij de eerste lettergreep omhoogging en bij de tweede omlaag. Ze kon zich niet herinneren dat ze haar naam ooit zo had horen uitspreken en toch leek het zo goed. Ze wees naar hem en leunde vol verwachting naar voren.

'Jondalar,' zei hij. 'Mijn naam is Jondalar van de Zelandoniërs.'
Dat was te veel. Ze ving het niet allemaal op. Ze schudde het hoofd en wees opnieuw. Hij kon zien dat ze in de war was.

'Jondalar,' zei hij, en toen langzamer: 'Jondalar.'
Ayla deed haar uiterste best haar mond in dezelfde standen te trekken. 'Joeh-da,' was het beste wat ze ervan kon maken.

Hij kon zien dat het haar moeite kostte de juiste klanken te maken, maar ze deed zo haar best. Hij vroeg zich af of ze misschien een afwijking had aan haar mond, die haar het spreken belette. Was dat de reden waarom ze niets had gezegd? Omdat ze dat niet kon? Hij zei zijn naam weer, langzaam, en liet iedere klank zo duidelijk mogelijk horen, alsof hij het tegen een kind had, of tegen iemand die niet goed bij was. 'Jon-da-lar ... Jonnn-daa-larrr.'

'Jon-daa-lagh,' probeerde ze nog een keer.
'Veel beter!' zei hij, knikte goedkeurend en glimlachte. Ze had zich deze keer echt ingespannen. Hij wist niet zo zeker of zijn analyse dat ze iemand was die leerde om de Moeder te Dienen, wel juist was. Ze leek er niet pienter genoeg voor. Hij bleef glimlachen en knikken.

Hij trok het blije gezicht! Niemand anders bij de Stam glimlachte zo, behalve Durc. En toch was het voor haar zoiets natuurlijks en nu deed hij het ook.

Haar verbaasde blik was zo grappig, dat Jondalar moeite moest doen om niet te grinniken, maar zijn glimlach werd breder en zijn ogen fonkelden van pret. Het gevoel was aanstekelijk. Ayla's mond krulde bij de hoeken omhoog en toen zijn beantwoordende glimlach haar aanmoedigde, reageerde ze met een totale, brede, verrukte glimlach.

'O, vrouw,' zei Jondalar. 'Je praat misschien niet veel, maar je ziet er verrukkelijk uit als je glimlacht!'
Zijn mannelijke gevoel begon haar als vrouw te zien, een heel aantrekkelijke vrouw en zo bekeek hij haar ook.

Er was wel een verschil. De glimlach was er nog, maar zijn ogen... Het viel Ayla op dat zijn ogen bij het licht van het vuur violet waren en er lag meer in dan plezier. Ze wist niet wat ze eraan zag, maar ze voelde wel iets. Het deed haar denken aan datzelfde tintelende gevoel dat ze kreeg toen ze Whinney en de roodbruine hengst gadesloeg. Zijn ogen waren zo onweerstaanbaar dat ze zich moest dwingen haar blik af te wenden. Ze prutste wat aan zijn beddengoed, trok het recht, pakte de kom en stond op terwijl ze zijn blik ontweek.

'Ik geloof dat je verlegen bent,' zei Jondalar en hij verzachtte de uitdrukking van zijn ogen. Ze deed hem denken aan een jonge vrouw voor haar Eerste Riten. Hij voelde het verlangen en de begeerte die hij altijd naar een jonge vrouw had gehad bij die gelegenheid. En toen voelde hij de pijn in zijn rechterbeen. 'Het doet er niet toe,' zei hij met een zure glimlach. 'Ik ben er nu toch niet toe in staat.'

Hij vlijde zich voorzichtig weer achterover op het bed, terwijl hij de vachten die ze had gebruikt om hem te ondersteunen, opzij duwde en gladstreek. Hij voelde zich leeg. Zijn lichaam deed zeer en toen hij zich herinnerde hoe dat kwam, werd de pijn erger. Hij wilde het zich niet herinneren of eraan denken. Hij wilde zijn ogen sluiten en vergeten, wegzinken in de vergetelheid die een einde zou maken aan al zijn pijn. Hij voelde een tikje op zijn arm en toen hij zijn ogen opendeed, zag hij Ayla met een kommetje vloeistof voor hem staan. Hij dronk het leeg en voelde algauw de pijn afnemen en raakte versuft. Hij wist dat ze hem iets had gegeven wat dat veroorzaakte en hij was haar dankbaar, maar hij vroeg zich af hoe ze had geweten dat hij het nodig had zonder dat hij een woord had gezegd.

Ayla had zijn gezicht zien vertrekken van pijn en kende de omvang van zijn verwondingen. Ze was een ervaren medicijnvrouw. Ze had de doornappel al klaargemaakt voor hij wakker werd. Ze zag de rimpels op zijn voorhoofd verdwijnen en zijn lichaam ontspannen. Ze deed de lamp uit en dekte het vuur af. Ze legde de vacht die ze gebruikte, naast de man uit, maar ze had helemaal geen slaap.

Bij de gloed van de afgedekte kolen, sloop ze naar de ingang van de grot. Toen hoorde ze Whinney zachtjes hinniken en liep naar haar toe. Tot haar genoegen zag ze dat de merrie was gaan liggen. De vreemde geur van de man in de grot had haar zenuwachtig gemaakt, nadat ze haar veulen had geworpen. Als ze zich voldoende op haar gemak voelde om te gaan liggen, begon ze de aanwezigheid van de man te accepteren. Ayla ging onder Whinneys hals en voor haar borst zitten, zodat ze haar over haar gezicht kon aaien en haar achter de oren kon krauwen. Het veulen, dat aan zijn moeders tepels had gelegen, werd nieuwsgierig. Hij duwde zijn neus tussen hen in. Ayla gaf hem ook klopjes, krauwde hem en stak toen haar

vingers uit. Ze voelde de zuigkracht, maar hij liet los toen hij ontdekte dat ze niets voor hem had. Zijn behoefte om te zuigen werd
door zijn moeder bevredigd.

Het is een prachtkleintje, Whinney, en hij zal net zo sterk en gezond worden als jij. Jij hebt nu iemand net als jij, en ik ook. Het is
moeilijk te geloven. Na al die tijd ben ik niet meer alleen. Onverwachts kwamen er tranen in haar ogen. Wat zijn er veel, veel manen voorbijgegaan sinds ik vervloekt ben, sinds ik iemand heb gezien. En nu is er iemand hier. Een man, Whinney. Een man van de
Anderen en ik denk dat hij in leven zal blijven. Ze veegde haar tranen weg met de rug van haar hand. Zijn ogen scheidden ook zo
vocht af en hij glimlachte tegen me. En ik heb teruggeglimlacht.

Ik ben een van de Anderen, zoals Creb al zei. Iza heeft me gezegd
dat ik mijn eigen mensen moest zoeken, dat ik mijn eigen metgezel
moest zoeken. Whinney! Is hij mijn metgezel? Is hij hierheen gebracht voor mij? Heeft mijn totem hem gebracht? Kleintje! Kleintje heeft hem mij gebracht! Hij was uitverkoren, net als ik was uitverkoren. Op de proef gesteld en getekend, door Kleintje, door het
holenleeuwjong dat mijn totem me heeft gegeven. En nu is zijn totem ook de Holenleeuw. Dat betekent dat hij mijn metgezel zou
kunnen worden. Een man met een Holenleeuwtotem zou sterk genoeg zijn voor een vrouw met een Holenleeuwtotem. Ik zou ook
meer kleintjes kunnen krijgen.

Ayla fronste de wenkbrauwen. Maar kleintjes worden niet echt
door totems gemaakt. Ik weet dat Broud Durc heeft verwekt toen
hij zijn lid in me stak. Mannen verwekken kleintjes, totems niet.
Jon-daa-lagh is een man...

Opeens dacht Ayla aan zijn lid dat stijf was omdat hij moest plassen
en ze herinnerde zich zijn ontstellend mooie blauwe ogen. Ze kreeg
een vreemd gevoel dat haar rusteloos maakte. Waarom kreeg ze dat
vreemde gevoel? Het was begonnen toen ze Whinney en dat donkerbruine paard gadesloeg.

Een donkerbruin paard! En nu heeft ze een donkerbruin veulen.
Die hengst verwekte een kleintje bij haar. Dat zou Jon-daa-lagh bij
mij kunnen doen. Hij zou mijn levensgezel kunnen worden...

En als hij me niet wil hebben? Iza zei dat mannen dat doen als ze
van een vrouw houden. De meesten tenminste. Broud hield niet
van me. Ik zou er geen bezwaar tegen hebben als Jon-daa-lagh...

Plotseling bloosde ze. Ik ben zo groot en lelijk! Waarom zou hij mij
als gezellin willen hebben? Misschien heeft hij al een gezellin. En
als hij nu eens wil vertrekken?

Hij kan niet vertrekken. Hij moet me weer woorden leren maken.

Zou hij blijven als ik zijn woorden kon verstaan?

Ik zal ze leren. Ik zal al zijn woorden leren. Misschien blijft hij dan, ook al ben ik groot en lelijk. Hij kan nu niet weggaan. Ik ben te lang alleen geweest.

Ayla sprong haast in paniek op en liep de grot uit. Het zwart begon tot een diep fluwelig blauw te verkleuren, de nacht was bijna voorbij. Ze zag de silhouetten van bomen en bekende punten vaste vorm aannemen. Ze wilde naar binnen gaan om weer naar de man te kijken en vocht tegen de aandrang. Toen kwam ze op het idee om iets vers voor hem te halen voor het ontbijt en wilde naar binnen gaan om haar slinger te halen.

Misschien vindt hij het wel niet prettig als ik jaag. Ik heb al besloten dat ik me door niemand zou laten weerhouden, herinnerde ze zich, maar ze ging niet naar binnen om haar slinger te halen. In plaats daarvan liep ze naar beneden naar het strandje, legde haar omslag af en nam een ochtendduik. Het was uitzonderlijk fijn en leek haar emotionele beroering weg te spoelen. Haar favoriete visplekje bestond niet meer sinds de overstroming van de lente, maar ze had een eindje stroomafwaarts een ander plekje ontdekt en daar ging ze op af.

Jondalar werd wakker door de geur van eten dat op het vuur stond. Het gaf hem te kennen dat hij uitgehongerd was. Hij gebruikte de waterzak om zijn blaas te legen en het lukte hem overeind te komen zodat hij om zich heen kon kijken. De vrouw was verdwenen, en het paard en haar veulen ook. De plaats die ze hadden ingenomen was de enige plek die enigszins op een slaapplaats leek en er was maar één vuurplaats. De vrouw woonde hier alleen, behalve dan de paarden en die kon je niet als mensen beschouwen.

Maar waar waren haar mensen dan? Waren er meer grotten in de buurt? Waren ze een tijd op jacht? Er was van alles in de voorraadruimte, vachten en leer, gedroogde planten op rekken, vlees en voedsel, genoeg voor een hele groep. Was dat allemaal voor haar? Als ze alleen woonde, waarom had ze dan zoveel nodig? En wie had hem hier gebracht? Misschien hadden haar mensen hem hierheen gebracht en hem bij haar achtergelaten. Misschien is ze hun zelandoni en hadden ze hem hierheen gebracht opdat zij hem kon genezen.

Dat was het vast!

Ze is er nog wel wat jong voor – tenminste ze ziet er jong uit – maar ze kan het wel. Daar is geen twijfel aan. Waarschijnlijk is ze hier gekomen om een proef af te leggen, zich verder te ontwikkelen –

misschien voor dieren – en hebben haar mensen me gevonden. Omdat er verder niemand was, hebben ze me bij haar achtergelaten. Ze moet wel een machtige zelandoni zijn om zo'n overwicht op dieren te hebben.

Ayla kwam de grot binnen met een schaal gemaakt van een gedroogd en verbleekt bekkenbeen, met een pasgebakken forel erop. Ze glimlachte tegen hem, verbaasd hem wakker aan te treffen. Ze zette de vis neer en schikte de vachten en met stro gevulde leren kussens zo dat hij gemakkelijker zat. Ze gaf hem eerst wilgenbastthee, om de koorts te drukken en de pijn te verlichten. Ze zette de schaal op zijn schoot, ging toen naar buiten en kwam terug met een kom gekookt graan, vers geschilde distelstengels, fluitenkruid en de eerste wilde aardbeien.

Jondalar had genoeg honger om wel alles te eten, maar na de eerste paar happen at hij langzamer, om de smaak recht te doen. Ayla had Iza's gevoel voor kruiden gekregen, niet alleen als medicijn, maar ook als smaakverhogend element van voedsel. Zowel de forel als het graan had van haar vaardige hand iets extra's meegekregen. De verse stengels waren knapperig en precies mals genoeg en de wilde aardbeien brachten, al waren het er maar weinig, hun eigen zoete beloning, zonder enige hulp, behalve die van de zon. Hij was onder de indruk. Zijn moeder stond bekend als een goede kokkin en hoewel de smaken verschilden, had hij verstand van de fijne nuances van goed klaargemaakt voedsel.

Het deed Ayla genoegen dat hij de tijd nam om van het maal te genieten. Toen hij klaar was, bracht ze hem een kommetje muntthee en maakte aanstalten om zijn verbanden te verschonen. Het verband om zijn hoofd liet ze weg. De zwelling was geslonken, er bleef alleen een lichte gevoeligheid over. De sneden op zijn borst en arm genazen goed. Hij zou misschien een paar littekens overhouden, maar geen verzwakking. Het ging om het been. Zou dat naar behoren genezen? Zou hij het weer volledig kunnen gebruiken? Een beetje? Of zou hij kreupel blijven?

Ze verwijderde het kompres, en was opgelucht toen ze zag dat de wilde koolbladeren, zoals ze al had gehoopt, het zweren hadden verminderd. Er was sprake van een duidelijke verbetering, hoewel het nog onmogelijk was te voorspellen in hoeverre hij het been weer zou kunnen gebruiken. Het leek te werken dat ze de wonden met pees bij elkaar had gebonden. Als je de schade in aanmerking nam, had het been ongeveer zijn oorspronkelijke vorm, hoewel er lange littekens over zouden blijven, en misschien een zekere misvorming. Ze was heel tevreden.

Het was de eerste keer dat Jondalar echt naar zijn been keek, en hij was niet tevreden. Zijn been zag er veel ernstiger beschadigd uit dan hij zich had voorgesteld. Hij verbleekte bij de aanblik en moest een paar keer hevig slikken. Hij kon zien wat ze had proberen te doen met de knopen. Het zou misschien helpen, maar hij vroeg zich af of hij ooit weer zou lopen.

Hij praatte tegen haar, vroeg haar waar ze de geneeskunst had geleerd, zonder een antwoord te verwachten. Ze herkende haar naam, maar verder niets. Ze wilde hem vragen haar de betekenis van zijn woorden te leren, maar wist niet hoe ze dat moest doen. Ze ging naar buiten om brandhout te halen voor de vuurplaats in de grot. Ze voelde zich gefrustreerd. Ze wilde zo graag leren spreken, maar hoe konden ze zelfs maar beginnen?

Hij dacht na over het maal dat hij zojuist had gegeten. Wie haar ook bevoorraadden, ze kwam niets te kort, maar ze wist kennelijk hoe ze voor zichzelf moest zorgen. De aardbeien, stengels en forel waren vers geweest. Maar de granen moesten de afgelopen herfst zijn geoogst, wat wilde zeggen dat ze over waren van een wintervoorraad. Dat getuigde van een goede planning: geen hongersnood in de late winter of vroege lente. Het betekende ook dat de streek waarschijnlijk zeer bekend was en daarom al enige tijd bewoond. Er was nog een aantal aanwijzingen dat de grot al enige tijd in gebruik was, met name het zwarte roet om het rookgat en de veel betreden vloer.

Terwijl ze goed was voorzien van grotbenodigdheden en gebruiksvoorwerpen, onthulde een nadere inspectie dat deze ieder houtsnijwerk of versiersel misten en tamelijk primitief waren. Hij bekeek het houten kommetje waaruit hij thee had gedronken. Maar niet grof, dacht hij. Eigenlijk heel goed gemaakt. Afgaande op het patroon in de houtnerf, was de kom uit een knoest gesneden. Toen Jondalar hem nauwkeurig bekeek, kwam het hem voor dat de kom zo in model was gesneden dat er gebruik werd gemaakt van een vorm die door de nerf werd gesuggereerd. Het zou niet moeilijk vallen je de kop van een klein dier in de knoesten en krommingen voor te stellen. Had ze dat expres gedaan? Het was subtiel. Het beviel hem beter dan sommige voorwerpen die hij had gezien, met opzichtiger snijwerk.

Het kommetje zelf was diep, met een wijduitlopende rand, symmetrisch en heel glad afgewerkt. Zelfs aan de binnenkant waren geen ribbels van het gutsen te zien. Het was moeilijk een knoestig stuk hout te bewerken, het moest dagen hebben gekost dit kommetje te maken. Hoe nauwkeuriger hij keek, hoe meer het tot hem doordrong dat het kommetje ontegenzeglijk een fraai kunststukje was, bedrieglijk in zijn eenvoud. Dit zou bij Marthona in de smaak vallen, dacht hij, terwijl hij zich het vermogen van zijn moeder herinnerde om zelfs de meest alledaagse voorwerpen en opslagbakken een oogstrelende vorm te geven. Ze had er slag van schoonheid te zien in eenvoudige dingen.

Hij keek op toen Ayla een lading hout binnenbracht en schudde het hoofd over haar primitieve leren omslag. Toen viel zijn oog op het kussen waarop hij lag. Net als de omslag, bestond het alleen uit het vel, niet in model gesneden, dat om fris hooi was gewikkeld en zat ingestopt in een ondiepe kuil. Hij trok een uiteinde los om het beter te bekijken. De allerbuitenste rand was een beetje stijf en er zaten nog een paar hertenharen aan, maar hij was heel soepel en fluweelzacht. Met de vacht waren zowel de binnenste nerf als de taaie, buitenste nerf afgeschraapt, hetgeen de soepele structuur gemakkelijker verklaarde. Maar hij was meer onder de indruk van haar vachten. Een huid waar de nerf af was, oprekken om hem buigzaam te maken, ging nog wel. Maar met vachten was het veel moeilijker, omdat alleen de binnenste nerf werd verwijderd. Vachten waren gewoonlijk iets stijver en toch waren die op het bed even soepel als de vellen.

Ze voelden een beetje bekend aan, maar hij kon er niet op komen waarom.

Geen snijwerk of versiersels op gebruiksvoorwerpen, dacht hij, maar alles gemaakt met groot vakmanschap. Huiden en vachten waren met grote kundigheid en zorg geprepareerd en toch was er geen pasklaar in model gesneden of aan elkaar gezette of geregen kleding, en geen enkel kledingstuk was versierd met kraaltjes, of veertjes, of verf, of wat dan ook. En toch had ze zijn been genaaid. Het waren merkwaardig onlogische dingen en de vrouw was hem een raadsel.

Jondalar had naar Ayla zitten kijken terwijl ze aanstalten maakte een vuur aan te leggen, maar zonder echt op te letten. Hij had al zo vaak vuur zien maken. Hij vroeg zich terloops af waarom ze niet gewoon een kooltje binnenbracht van het vuur dat ze had gebruikt om zijn maaltijd te koken en nam toen aan dat het was uitgegaan. Zonder het echt te zien, zag hij de vrouw licht ontvlambaar tondel bij elkaar zoeken, een paar stenen oppakken, ze tegen elkaar slaan en een vlammetje leven inblazen. Het ging zo vlug dat het vuur al flink brandde voor het tot hem doordrong wat ze had gedaan.

'Grote Moeder! Hoe heb je dat vuur zo snel aan gekregen?' Hij herinnerde zich vaag dat hij zich er eerder over had verbaasd hoe snel ze midden in de nacht een vuur had.

Bij zijn uitbarsting draaide Ayla zich met een vermaakte blik om. 'Hoe heb je dat vuur aangekregen?' vroeg hij weer terwijl hij naar voren kwam zitten. 'O, Doni! Ze verstaat geen woord van wat ik zeg.' Hij hief zijn handen omhoog in ergernis. 'Weet je eigenlijk wel wat je hebt gedaan? Kom hier, Ayla,' zei hij en hij wenkte haar. Ze ging onmiddellijk naar hem toe. Het was de eerste keer dat ze hem doelbewust een handgebaar zag maken. Hij maakte zich ergens heel druk over en ze fronste haar voorhoofd terwijl ze zich op zijn woorden concentreerde. Ze wilde maar dat ze hem kon verstaan.

'Hoe heb je dat vuur gemaakt?' vroeg hij weer en hij zei de woorden langzaam en zorgvuldig, alsof dat haar in staat zou stellen hem te begrijpen. 'Dat vuur,' zei hij en hij gebaarde ernaar met zijn arm. 'Fi...?' Ze deed een aarzelende poging zijn laatste woord te herhalen. Er was iets belangrijks. Ze trilde van concentratie en probeerde hem uit alle macht te begrijpen.

'Vuur! Vuur! Ja, vuur!' schreeuwde hij, wild naar de vlammen gebarend. 'Heb je enig idee wat het zou kunnen betekenen zo vlug vuur te kunnen maken?'

'Fir...?'

'Ja, zoals dat daar,' zei hij en hij priemde met zijn vinger in de lucht naar de vuurplaats. 'Hoe heb je het gemaakt?'

Ze stond op, liep naar de vuurplaats en wees ernaar. 'Fir?' zei ze.

Hij slaakte een zucht en leunde achterover tegen de vachten. Het drong plotseling tot hem door dat hij had geprobeerd haar te dwingen woorden te begrijpen die ze niet kende. 'Het spijt me, Ayla, dat was dom van me. Hoe kun je me nou vertellen wat je hebt gedaan, als je niet weet wat ik je vraag?'

De spanning viel weg. Jondalar sloot zijn ogen. Hij voelde zich leeg en teleurgesteld. Maar Ayla was opgewonden. Ze had een woord. Eentje maar, maar het was een begin. Hoe kon ze nu verdergaan? Hoe kon ze hem vertellen dat hij haar meer moest leren, dat ze meer wilde weten?

'Jon-daa-lagh...?' Hij sloeg zijn ogen op. Ze wees weer naar de vuurplaats. 'Fir?'

'Vuur, ja, dat is vuur,' zei hij knikkend. Toen sloot hij zijn ogen weer. Hij voelde zich moe en een beetje dwaas dat hij zich zo had opgewonden, en hij had pijn, lichamelijk en geestelijk.

Hij was niet geïnteresseerd. Wat kon ze doen om het hem aan zijn verstand te brengen? Ze voelde zich zo gedwarsboomd, zo boos dat ze geen manier kon bedenken om hem haar behoefte duidelijk te maken. Ze probeerde het nog een keer.

401

'Jon-daa-lagh...' Ze wachtte tot hij zijn ogen weer had opgeslagen. 'Fir?' zei ze met een hoopvolle smeekbede in haar ogen.

Wat wil ze toch, dacht Jondalar. Zijn nieuwsgierigheid was gewekt. 'Wat is er met het vuur, Ayla?'

Ze kon voelen dat hij een vraag stelde, ze maakte het op uit zijn gespannen schouders en de uitdrukking op zijn gezicht. Hij lette op. Ze keek om zich heen in een poging een manier te bedenken om het hem te vertellen en zag het hout naast het vuur. Ze raapte een stuk op, bracht het naar hem toe en hield het hem met dezelfde hoopvolle blik voor.

Zijn voorhoofd was een en al rimpel van verbazing en trok toen glad. Hij dacht dat het hem begon te dagen. 'Wil je het woord daarvoor weten?' vroeg hij, verbaasd over haar plotselinge belangstelling om zijn taal te leren terwijl ze eerst geen enkele belangstelling aan den dag leek te hebben gelegd om te spreken. Spreken! Ze wisselde geen taal met hem uit, ze probeerde te spreken! Was ze daarom misschien zo stil? Omdat ze niet kon spreken?

Hij raakte het stuk hout in haar hand aan 'Hout,' zei hij.

Haar adem ontsnapte sissend. Ze had niet geweten dat ze hem had ingehouden. 'H't... ?' probeerde ze.

'Hout,' zei hij langzaam. Hij overdreef met zijn mond om duidelijk te articuleren.

'Hau-oet,' zei ze. Ze probeerde haar mond de zijne na te laten doen. 'Dat is beter,' knikte hij.

Haar hart bonsde. Begreep hij het? Ze zocht weer, als een razende, naar iets om ermee door te gaan. Haar ogen vielen op het kommetje. Ze pakte het op en hield het hem voor.

'Probeer je me zover te krijgen dat ik je leer praten?'

Ze begreep hem niet, schudde het hoofd en hield hem het kommetje weer voor.

'Wie ben je Ayla? Waar kom je vandaan? Hoe kun je... alles doen wat je doet, als je niet kunt praten? Je bent een raadsel, maar als ik je ooit wil leren kennen, denk ik dat ik je wel zal moeten leren praten.'

Ze zat op de vacht naast hem en wachtte bezorgd af. Ze hield nog steeds het kommetje in haar hand. Ze was bang dat hij met alle woorden die hij sprak, het woord waar ze om vroeg zou vergeten. Ze hield het hem weer voor.

'Welk woord wil je weten, "drinken" of "kom"? Het zal er wel niet veel toe doen.' Hij raakte het kommetje in haar hand aan.

'Kom,' zei hij.

'Ghom,' reageerde ze en ze glimlachte toen van opluchting.

Jondalar bouwde op het idee voort, greep de zak fris water die ze voor hem had neergelegd en schonk wat in het kommetje. 'Water,' zei hij.

'Aaduh.'

'Probeer het nog eens, "water",' moedigde hij haar aan.

'Vaadu.'

Jondalar knikte, hield het kommetje vervolgens aan zijn lippen en nam een slokje. 'Drinken,' zei hij. 'Water drinken.'

'Dggink,' antwoordde ze, heel duidelijk, afgezien van de keel-R en de wat ingeslikte klinker. 'Dggink vaadu.'

21

'Ayla, ik houd het niet langer uit in deze grot. Moet je de zon zien schijnen! Ik weet dat ik voldoende genezen ben om te lopen, tenminste tot buiten de grot.'

Ayla verstond niet alles wat Jondalar zei, maar ze kende genoeg woorden om zijn klacht te begrijpen – en erin mee te voelen. 'Knopen,' zei ze, terwijl ze een van de hechtingen aanraakte. 'Knopen snijden. Ochtend kijken been.'

Hij glimlachte alsof hij een overwinning had geboekt. 'Je gaat de knopen eruit halen en dan mag ik morgenochtend de grot uit.'

Taalproblemen of niet, Ayla was niet van plan meer toezeggingen te doen dan haar bedoeling was. 'Kijken,' herhaalde ze nadrukkelijk. 'Ayla kijken...' Ze worstelde om zich met haar beperkte taalbeheersing uit te drukken. 'Been niet... genezen, Jon-daa-lagh niet buiten.'

Jondalar glimlachte weer. Hij wist dat hij haar bedoeling te ruim had uitgelegd, in de hoop dat ze erin mee zou gaan, maar hij was ermee ingenomen dat ze zich niet door zijn manoeuvre had laten bedotten en erop had gestaan dat ze werd begrepen. Hij kwam morgen misschien niet de grot uit, maar het betekende wel dat ze de taal uiteindelijk sneller zou leren.

Het was een uitdaging geworden om haar te leren spreken, en haar vorderingen deden hem genoegen, ook al waren ze ongelijkmatig. De manier waarop ze leerde, boeide hem. Haar woordenschat had al een verbijsterende omvang, ze leek woorden net zo snel in haar geheugen te kunnen prenten als hij ze haar kon geven. Hij had één middag grotendeels doorgebracht met haar de naam te vertellen van alles wat hij en zij konden bedenken, en toen ze daarmee klaar waren, herhaalde ze ieder woord, elk in de juiste associatie. Maar ze had moeite met de uitspraak. Sommige woorden kon ze maar niet goed zeggen, hoe hard ze ook haar best deed, en ze deed erg hard haar best.

Maar haar manier van spreken beviel hem wel. Haar stem was laag en haar vreemde accent gaf er een exotisch tintje aan. Hij besloot haar nog niet lastig te vallen over de manier waarop ze de woorden samenvoegde. Echte taal kon tot later wachten. Haar werkelijke probleem werd duidelijker toen ze verder kwamen dan woorden die specifieke dingen en handelingen aanduidden. Zelfs de eenvoudigste abstracte begrippen vormden een probleem – ze wilde een apart woord weten voor iedere kleurnuance, en ze vond het moeilijk te begrijpen dat het donkergroen van dennen en het lichtgroen van wilgen allebei werden aangeduid door het algemene woord 'groen'. Maar als ze een abstractie doorhad, leek deze als een openbaring te komen, of een lang vergeten herinnering.

Hij liet zich één keer goedkeurend uit over haar fenomenale geheugen, maar dat kon ze maar moeilijk begrijpen – of geloven.

'Nee, Jon-daa-lagh, Ayla niet goed herinneren. Ayla proberen, klein meisje, Ayla willen goed... herinneren. Niet goed. Proberen, proberen, altijd proberen.'

Jondalar schudde het hoofd. Hij wilde dat zijn geheugen zo goed was als het hare, of zijn verlangen om te leren even sterk en nietsontziend. Hij zag haar met de dag vooruitgaan, hoewel ze nooit tevreden was. Maar naarmate hun vermogen om met elkaar te communiceren zich uitbreidde, werd het raadsel omtrent haar duisterder. Hoe meer hij over haar aan de weet kwam, hoe meer brandende vragen zich bij hem opwierpen. Sommige van haar vaardigheden waren geavanceerder dan alles wat hij ooit had gezien – vuur maken, bijvoorbeeld – en andere waren ongelooflijk primitief.

Aan een ding twijfelde hij echter niet, of er nu mensen van haar Grot in de buurt waren of niet, ze was volkomen in staat om voor zichzelf te zorgen. En voor hem ook, dacht hij toen ze het dek terugsloeg om naar zijn gewonde been te kijken.

Ayla had een antiseptische oplossing klaarstaan, maar ze was zenuwachtig toen ze aanstalten maakte om de knopen die zijn vlees bij elkaar hielden los te trekken. Ze dacht niet dat de wond open zou gaan, hij leek goed te genezen, maar ze had deze methode nog nooit eerder toegepast en ze voelde zich onzeker. Ze had al een paar dagen overwogen om de knopen te verwijderen, maar Jondalars klachten gaven de doorslag.

De jonge vrouw boog zich over het been en bekeek de knopen aandachtig. Voorzichtig trok ze een van de dichtgeknoopte stukjes hertenpees omhoog. Er was huid aan vastgegroeid en die werd mee omhooggetrokken. Ze vroeg zich af of ze wel zo lang had moeten wachten, maar het was nu te laat om erover in te zitten. Ze hield de knoop met haar vingers vast en sneed met haar scherpste mes, een dat nog niet eerder was gebruikt, één kant door, zo dicht mogelijk bij de knoop. Wat experimenteel geruk maakte duidelijk dat de pees zich er niet gemakkelijk uit zou laten trekken. Ten slotte nam ze de pees tussen haar tanden en trok hem met een korte ruk uit het been.

Jondalar vertrok zijn gezicht. Het speet haar dat ze hem ongemak veroorzaakte, maar de wond was niet opengegaan. Een klein straaltje bloed gaf aan waar de huid een beetje was ingescheurd, maar de spieren en het vlees waren netjes aan elkaar gegroeid. Een beetje ongemak was niet zo'n hoge prijs. Ze haalde zo snel mogelijk de resterende hechtingen eruit, terwijl Jondalar zijn tanden op elkaar klemde en zijn vuisten balde om niet iedere keer een kik te geven als ze er een uittrok. Ze bogen zich allebei dichter naar het been toe om het resultaat te bekijken.

Ayla besloot dat ze hem, als er geen verslechtering intrad, zou toestaan het been te belasten en hem buiten de grot te laten. Ze pakte het mes op en de kom met de oplossing en maakte aanstalten om overeind te komen. Jondalar hield haar tegen.

'Laat me het mes eens zien,' zei hij terwijl hij ernaar wees. Ze gaf het hem en keek toe terwijl hij het onderzocht.

'Dit is van een schilfer gemaakt! Het is met een zekere kundigheid bewerkt, maar de techniek is heel primitief. Het heeft zelfs geen heft. Het is alleen aan de achterkant wat bijgewerkt zodat je je er niet aan kunt snijden. Waar heb je dit vandaan, Ayla? Wie heeft het gemaakt?'

'Ayla maken.'

Ze wist dat hij commentaar leverde op de kwaliteit en het vakmanschap en ze wilde uitleggen dat ze niet zo goed was als Droeg, maar dat ze het had geleerd van de beste gereedschapmaker van de Stam. Jondalar bestudeerde het mes uitgebreid en naar het leek met enige verbazing. Ze wilde de verdiensten van het mes bespreken, de kwaliteit van de vuursteen, maar dat kon ze niet. Ze beschikte niet over de juiste woordenschat, noch had ze enige notie hoe ze de begrippen moest uitdrukken. Het gaf een machteloos gevoel.

Ze hunkerde ernaar met hem te praten, over alles. Het was zo lang geleden dat ze iemand had gehad om mee van gedachten te wisselen, dat ze pas wist hoe erg ze dat had gemist toen Jondalar arriveerde. Ze had het gevoel of er een feestmaal voor haar was klaargezet en ze half verhongerd was, het wilde verslinden, maar alleen maar mocht proeven.

Jondalar gaf haar het mes terug. Hij schudde verwonderd zijn hoofd. Het was scherp, zeker toereikend, maar het verhoogde zijn nieuwsgierigheid. Ze was even goed opgeleid als iedere willekeurige zelandoni, gebruikte geavanceerde technieken – zoals de hechtingen – maar zo'n primitief mes. Kon hij het haar maar vragen en laten begrijpen, kon ze het hem maar vertellen. En waarom kon ze eerst niet praten? Ze leerde het nu razendsnel. Waarom had ze het niet eerder geleerd? Voor hen allebei was het een doelbewust streven geworden dat Ayla zou kunnen spreken.

Jondalar werd vroeg wakker. Het was nog donker in de grot, maar door de ingang en het gat erboven, was het diepe blauw te zien van vlak voor zonsopgang. Terwijl hij lag te kijken, werd het merkbaar lichter en de vorm van iedere bobbel en holte in de rotswanden werd zichtbaar. Als hij zijn ogen dichtdeed, zag hij ze even duidelijk voor zich, ze stonden in zijn hersens gegrift. Hij moest naar buiten om eens iets anders te zien. Hij voelde een toenemende opwinding, ervan overtuigd dat vandaag de grote dag zou zijn. Hij kon nauwelijks wachten en wilde de vrouw, die naast hem lag te slapen, wakker schudden. Hij wachtte even en bedacht zich toen.

Ze sliep op haar zij, in elkaar gekropen, met haar vachten om haar heen gestapeld. Hij wist dat hij op haar gebruikelijke slaapplaats lag. Haar vachten lagen op een mat die naast hem was uitgespreid, niet op een ondiepe kuil gevuld met een met hooi gestopt kussen. Ze sliep in haar omslag, klaar om in een oogwenk op te springen. Ze rolde zich op haar rug en hij nam haar zorgvuldig op. Hij keek of hij ook duidelijke kenmerken kon zien, die op iets van haar afkomst duidden.

De bouw van haar borstkas, de vorm van haar gezicht en haar jukbeenderen hadden iets onbekends vergeleken bij Zelandonische vrouwen, maar verder had ze niets bijzonders, behalve dat ze buitengewoon knap was. Toen hij haar goed bekeek kwam hij tot de conclusie dat ze meer dan knap was. Haar trekken gaven haar een zekere schoonheid. De manier waarop ze haar haar droeg, in een regelmatig patroon van vlechten gebonden, die van achter en opzij loshingen en van voren waren opgerold en weggestoken, was geen bekende haardracht, maar hij had mensen hun haar wel op een veel ongebruikelijker manier zien dragen. Een paar lange slierten haar hadden zich losgewerkt en zaten achter haar oren weggeduwd, of hingen slordig los. Ze had een veeg houtskool op haar ene wang. Het viel hem plotseling in dat ze sinds hij bij kennis was gekomen amper een ogenblik van zijn zijde was geweken, en daarvoor waarschijnlijk helemaal niet. Niemand kon iets aan te merken hebben op haar goede zorgen...

Zijn gedachtegang werd onderbroken toen Ayla haar ogen opsloeg en een kreetje van verbazing slaakte.

Ze was niet gewend een gezicht te zien als ze haar ogen opsloeg, vooral niet een met helblauwe ogen en een onverzorgde blonde baard. Ze kwam zo vlug overeind dat ze heel even duizelig was, maar ze herstelde zich algauw en stond op om het vuur op te poken. Het was uit. Ze had weer eens vergeten het af te dekken. Ik begin onvoorzichtig te worden, dacht ze, terwijl ze de spullen bij elkaar zocht om een nieuw aan te leggen.

'Zou je me willen laten zien hoe je een vuur begint, Ayla?' vroeg Jondalar toen ze de stenen oppakte. Deze keer begreep ze hem. 'Niet moeilijk,' zei ze en bracht de vuurstenen en het brandbare materiaal dichter naar het bed toe. 'Ayla laten zien'. Ze demonstreerde hoe ze de stenen tegen elkaar sloeg, zocht toen een hoopje ruige schorsvezel en pluizen van het wilgenroosje bij elkaar en gaf hem de vuursteen en het pyriet.

De vuursteen herkende hij onmiddellijk en hij dacht dat hij wel eens stenen zoals de andere had gezien, hoewel hij nooit zou hebben geprobeerd ze ergens voor te gebruiken, zeker niet om vuur te maken. Hij sloeg ze tegen elkaar zoals zij dat had gedaan. Ze schampten af, maar hij dacht dat hij een heel klein vonkje zag. Hij sloeg nog een keer, want hij kon nog steeds niet echt geloven dat hij vuur kon halen uit stenen, ook al had hij het Ayla zien doen. Een grote vonk sprong van de koude stenen. Hij was verbluft en toen opgewonden. Na enkele pogingen en wat assistentie van Ayla had hij een klein vuurtje aan de gang naast het bed. Hij bekeek de twee stenen weer.

'Wie heeft je geleerd op deze manier vuur te maken?'

Ze wist wat hij vroeg, maar ze wist niet hoe ze het hem moest vertellen. 'Ayla maken,' zei ze.

'Ja, dat weet ik, maar wie heeft het je laten zien?'

'Ayla... laten zien.' Hoe kon ze hem vertellen over die dag toen haar vuur uitging en haar vuistbijl brak, en over haar ontdekking van de vuursteen? Ze legde haar hoofd een ogenblik in haar handen om te proberen een manier te bedenken om het uit te leggen. Ten slotte keek ze hem aan en schudde het hoofd. 'Ayla niet praten goed.'

Hij kon zien dat ze het als een nederlaag beschouwde. 'Dat komt nog wel, Ayla. Dan kun je het me vertellen. Dat zal niet lang meer duren, je bent een verbijsterende vrouw.' Daarop glimlachte hij. 'Vandaag mag ik naar buiten, hè?'

'Ayla... kijken.' Ze trok het dek weg en onderzocht het been. Op de plekken waar de knopen hadden gezeten, zaten kleine korstjes, het been was goeddeels genezen. Het werd tijd dat hij op het been ging staan en probeerde te beoordelen hoe erg het verzwakt was. 'Ja, Jon-daa-lagh naar buiten.'

Zijn gezicht werd opengespleten door de grootste grijns die ze ooit had gezien. Hij voelde zich net een jongen die na een lange winter

naar de Zomerbijeenkomst vertrekt. 'Vooruit, laten we dan gaan!'
Hij sloeg de vachten terug, verlangend op te staan en naar buiten te
gaan.

Zijn jongensachtige enthousiasme was aanstekelijk. Ze glimlachte
terug, maar probeerde hem ook een beetje in te tomen. 'Jon-daa-
lagh eten.'

Het duurde niet lang om een ochtendmaal te bereiden van voedsel
dat ze de avond tevoren had gekookt plus een ochtendthee. Ze
bracht Whinney graan en roskamde haar even met een kaardenbol.
Het hengstveulen krauwde ze er ook even mee. Jondalar sloeg haar
gade. Hij had haar al eerder gadegeslagen, maar het viel hem nu
voor het eerst op dat ze een geluid maakte dat opmerkelijk veel
leek op het gehinnik van een paard en een paar afgebeten, kelige
lettergrepen. Haar handgebaren en tekens zeiden hem niets, hij zag
ze niet, wist niet dat ze een integraal onderdeel vormden van de taal
die ze tegen het paard sprak, maar hij wist dat ze op de een of andere onbegrijpelijke manier tegen het paard praatte. En hij had al
even sterk de indruk dat het dier haar begreep.

Terwijl ze de merrie en haar veulen liefkoosde, vroeg hij zich weer
af wat voor magie ze had gebruikt om de dieren in te palmen. Hij
voelde zichzelf een beetje ingepalmd, maar hij was verrast en verrukt toen ze het paard en haar hengstveulen naar hem toe leidde.
Hij had nog nooit eerder een levend paard geaaid, noch was hij ooit
zo dicht bij een donzig nieuw veulen geweest en hij was enigszins
onder de indruk van hun totale gebrek aan angst. Vooral het veulen
leek zich tot hem aangetrokken te voelen nadat zijn eerste behoed-
zame klopjes tot geaai en gekrauw hadden geleid dat feilloos de
juiste plekjes vond.

Hij herinnerde zich dat hij haar nog niet het woord voor het dier
had gegeven en wees naar de merrie: 'Paard,' zei hij.

Maar Whinney had een naam, een naam gemaakt met klanken, net
als de hare en de zijne. Ayla schudde het hoofd. 'Nee,' zei ze.
'Whinney.'

In zijn oren klonk het geluid dat ze maakte niet als een naam; het
was een volmaakte nabootsing van het gehinnik van een paard. Hij
was verbijsterd. Ze kon geen enkele menselijke taal spreken, maar
ze kon wel spreken, als een paard? Spreken met een paard? Hij was
vol ontzag, dat was pas sterke magie.

Ze vatte zijn verbluffte blik op als een gebrek aan begrip. Ze sloeg
zich op de borst en zei haar naam, in een poging om het uit te leggen. Vervolgens wees ze op hem en zei zijn naam. Daarna wees ze
op het paard en maakte weer het zachte hinnikgeluidje.

'Is dat de naam van de merrie? Ayla, ik kan zulke geluiden niet maken. Ik weet niet hoe ik met paarden moet praten.'

Na een tweede, geduldige uitleg, deed hij een poging, maar het klonk meer als een woord dat er een beetje op leek. Dat leek haar tevreden te stellen. Ze leidde de twee paarden naar het plekje van de merrie in de grot. 'Hij leert me woorden, Whinney. Ik ga al zijn woorden leren, maar jouw naam moest ik hem vertellen. We zullen een naam moeten bedenken voor je kleintje... Ik vraag me af, denk je dat hij het leuk zou vinden om jouw kleintje een naam te geven?'

Jondalar had van bepaalde zelandoni's gehoord van wie werd gezegd dat ze dieren naar jagers toe konden lokken. Sommige jagers konden zelfs de geluiden van bepaalde dieren goed nabootsen, waardoor ze dichter bij hen konden komen. Maar hij had nog nooit van iemand gehoord die met een dier kon praten, of een ertoe over had gehaald bij haar te wonen. Dankzij haar had hij voor zijn ogen een wilde merrie een veulen zien werpen en ze had hem zelfs toegestaan haar jong aan te raken. Het drong opeens tot hem door en hij was verbaasd. Hij vroeg zich met enige vrees af wat de vrouw had gedaan. Wie was ze? En wat voor toverkracht bezat ze? Maar toen ze met een gelukkige glimlach op haar gezicht naar hem toe liep, leek ze slechts een gewone vrouw. Domweg een gewone vrouw die tegen paarden kon praten, maar niet tegen mensen.

'Jon-daa-lagh buiten gaan?'

Hij was het bijna vergeten. Zijn gezicht lichtte gretig op en voor ze bij hem kon komen, probeerde hij al op te staan. Zijn enthousiasme kreeg een knauw. Hij was zwak en elke beweging deed hem pijn. Duizeligheid en misselijkheid kwamen op en gingen toen weer over. Ayla zag zijn gretige glimlach veranderen in een grimas van pijn en zag hem toen plotseling wit wegtrekken.

'Ik heb misschien wat hulp nodig,' zei hij. Zijn glimlach was geforceerd maar gemeend.

'Ayla helpen,' zei ze en ze bood haar schouder aan om op te steunen en haar hand om te helpen. Eerst wilde hij niet te zwaar op haar leunen, maar toen hij zag dat ze het hield, sterk genoeg was en wist hoe ze hem omhoog moest trekken, nam hij haar hulp aan.

Toen hij eindelijk op zijn goede been stond, steunend tegen een paal van het droogrek en Ayla naar hem opkeek, zakte haar mond open en sperde ze haar ogen wijd open. Haar kruin reikte amper tot zijn kin. Ze wist dat zijn lichaam langer was dan dat van mannen van de Stam, maar ze had zijn lengte niet goed in hoogte kunnen omzetten, had niet in de gaten gehad hoe hij zou lijken als hij rechtop stond. Ze had nog nooit iemand gezien die zo lang was.

Ze kon zich niet herinneren sinds haar jeugd ooit tegen iemand te hebben opgekeken. Nog voor ze vrouw was geworden, was ze al langer dan alle mensen van de Stam, de mannen inbegrepen. Ze was altijd groot en lelijk geweest, te lang, te bleek, met een te plat gezicht. Geen enkele man wilde haar hebben, ook niet toen de macht van haar totem was verslagen en ze allemaal graag geloofden dat hun totem de Holenleeuw had overwonnen en haar zwanger had gemaakt; zelfs niet toen ze wisten dat haar kind ongelukkig zou zijn als ze voor de bevalling geen verbintenis kreeg. En Durc wás ongelukkig. Ze wilden hem niet laten leven. Ze zeiden dat hij misvormd was, maar toen accepteerde Brun hem desondanks. Haar zoon had geluk gehad. Hij zou er ook overheen komen dat hij zijn moeder kwijt was. En hij zou groot worden – dat wist ze al voor ze wegging – maar niet zo groot als deze man.

Naast deze man voelde ze zich bepaald klein. Haar eerste indruk was geweest dat hij jong was, en jong betekende klein. Hij leek ook jonger. Ze keek nu naar hem op en zag dat zijn baard begon te groeien. Ze wist niet waarom hij er geen had gehad toen ze hem voor het eerst zag, maar nu ze het stoppelige blonde haar op zijn kin zag, besefte ze dat hij geen jongen meer was. Hij was een man – een grote, sterke, volwassen man.

Hij moest glimlachen om haar verbaasde blik, hoewel hij de oorzaak ervan niet kende. Zij was ook langer dan hij had gedacht. De manier waarop ze zich voortbewoog en haar houding wekten de indruk van iemand met een veel korter postuur. Eigenlijk was ze heel lang en hij hield van lange vrouwen. Dat waren degenen die meestal zijn blik trokken, hoewel deze vrouw ieders blik zou trekken, dacht hij. 'Dat was de eerste stap. Laten we naar buiten gaan,' zei hij.

Ayla was zich bewust van zijn nabijheid en van zijn naaktheid. 'Jon-daa-lagh nodig hebben... kleding,' zei ze en ze gebruikte zijn woord voor haar omslag, hoewel ze er een bedoelde voor een man. 'Moet bedekken...' Ze wees op zijn geslachtsdeel. Dat woord had hij haar nog niet geleerd. Om de een of andere onverklaarbare reden bloosde ze.

Het was geen bescheidenheid. Ze had veel ongeklede mannen gezien en ook vrouwen – het was niet iets om moeilijk over te doen. Ze vond dat hij bescherming nodig had, niet tegen de elementen, maar tegen boze geesten. Hoewel de vrouwen niet onder hun ritueel vielen, wist ze dat de mannen van de Stam het niet prettig vonden om hun geslachtsdelen onbedekt te laten als ze naar buiten gingen. Ze wist niet waarom die gedachte haar opwond of waarom haar gezicht warm aanvoelde en ze dat vreemde gevoel weer kreeg. Jondalar bekeek zichzelf. Hij was ook wel bijgelovig wat zijn geslachtsdeel betrof, maar dat betekende niet dat hij het hoefde te bedekken om het te beschermen tegen boze geesten. Als kwaadwillende vijanden een zelandoni hadden bewogen om kwaad over hem af te roepen, of als een vrouw een vloek op hem had gelegd, was er veel meer nodig dan een kledingstuk om hem te beschermen. Hoewel sociale blunders van vreemden als regel werden vergeven, had hij wel geleerd dat het verstandig was aandacht te schenken aan een zachte wenk wanneer je op reis was, zodat je zo weinig mogelijk ergernis opriep. Hij had gezien waar ze op wees en ze bloosde. Hij nam aan dat ze bedoelde dat hij zo niet naar buiten moest gaan. Trouwens het kon wel eens onaangenaam zijn om met je blote huid op een kale rots te zitten en hij zou zich nog niet veel kunnen bewegen.

Hij bedacht hoe hij daar stond, op één been, hangend tegen een paal. Hij wou zo graag de grot uit dat hij er niet eens op had gelet dat hij helemaal naakt was. Opeens zag hij de humor van de situatie in en hij barstte in lachen uit.

Jondalar had geen idee van de uitwerking van zijn gelach op Ayla. Voor hem was het net zo gewoon als ademhalen. Ayla was bij mensen opgegroeid die niet lachten en die zo argwanend keken wanneer zij lachte, dat ze geleerd had het te beperken om gemakkelijker te worden geaccepteerd. Het was een deel van de prijs die ze betaalde om te overleven. Pas toen haar zoon was geboren, ontdekte ze de vreugde weer die ze aan het lachen beleefde. Het was een van de eigenschappen die hij van haar had overgenomen. Ze wist dat het afgekeurd werd wanneer ze hem aanmoedigde, maar als ze alleen waren, kon ze het niet laten hem te kietelen waarop hij met uitgelaten gegiechel reageerde.

Voor haar had het lachen meer betekenis dan alleen een simpele spontane reactie. Het toonde de unieke band die ze met haar zoon had, het deel van haar dat ze in hem zag en het was een uiting van haar persoonlijkheid. Het lachen dat was opgewekt door de jonge holenleeuw, waar ze dol op was geweest, had dat versterkt en ze wilde het zo houden. Anders zou ze niet alleen de herinnering aan haar zoon verliezen, maar ook haar groeiend zelfbewustzijn.

Ze had er nooit bij stilgestaan dat een ander ook kon lachen. Ze kon zich niet herinneren dat ze ooit een ander dan Durc had horen lachen. Het bijzondere van Jondalars lach was dat die vrolijke uitbundigheid om een reactie vroeg. Zijn lach klonk zo blij en ongeremd dat ze ervan hield vanaf het moment dat ze hem hoorde. Er klonk iets van goedkeuring in de lach van Jondalar, heel anders dan de verwijtende blikken van de volwassen mannen van de Stam. Het was niet alleen goed om te lachen, het was ook een uitnodiging waaraan je onmogelijk weerstand kon bieden.

En dat deed Ayla ook niet. Haar aanvankelijke verbazing werd gevolgd door een glimlach en toen begon ze zelf te lachen. Ze wist niet wat er zo grappig was, maar ze lachte omdat Jondalar lachte.

'Jon-daa-lagh,' zei Ayla even later, 'wat is woord... ha-ha-ha?'

'Lachen? Lach?'

'Wat is goede woord?'

'Ze zijn beide goed. Als we het doen zeg je "we lachen" en als je erover praat zeg je "de lach",' legde hij uit.

Ayla dacht even na. Er zat meer in wat hij zei dan het gebruik van dat woord; spreken was meer dan woorden. Ze kende al veel woorden, maar ze voelde telkens een teleurstelling wanneer ze haar gedachten probeerde uit te drukken. Ze werden op een bepaalde manier verbonden en dat kon ze nog niet goed onder de knie krijgen. Hoewel ze Jondalar goed kon volgen, gaven de woorden haar niet meer dan aanknopingspunten. Ze begreep ook veel dankzij haar vermogen zijn houding en gelaatsuitdrukking te interpreteren. Maar ze voelde het gemis aan diepgang en exactheid in hun gesprekken. Nog erger was het gevoel dat ze zo goed kende en de ondraaglijke spanning die als een harde pijnlijke knoop probeerde los te springen, telkens als ze er weer aan dacht.

'Jon-daa-lagh lachen?'

'Ja, dat is goed.'

'Ayla lachen. Ayla graag lachen.'

'Goed zo. Jondalar wil graag naar buiten,' zei hij. 'Waar zijn mijn kleren?'

Ayla haalde het hoopje kleren tevoorschijn dat ze van hem had losgesneden. Ze lagen aan flarden door de leeuwenklauwen en zaten onder de bruine vlekken. Kralen en andere onderdelen lieten van het geborduurde hemd los.

Het was voor Jondalar ontnuchterend om te zien. 'Ik moet er wel erg aan toe zijn geweest,' zei hij terwijl hij de broek omhooghield, die stijf stond van zijn eigen, opgedroogde bloed. 'Dit is niet meer te dragen.'

Dat vond Ayla ook. Ze liep naar de opslagruimte en haalde een ongebruikte huid en lange repen veter en begon die om zijn middel te wikkelen, op de manier van de mannen van de Stam.

'Ik doe het zelf wel, Ayla,' zei hij en hij hield het zachte leer tussen zijn benen, trok het aan de voor- en achterkant als een lendendoek omhoog. 'Maar hierbij zou ik wel wat hulp kunnen gebruiken,' voegde hij eraan toe, worstelend om een veter om zijn middel te binden om hem op te houden.

Ze hielp hem om hem dicht te binden. Daarop hield ze hem haar schouder voor om op te steunen en gebaarde dat hij zijn zere been moest belasten. Hij zette zijn voet stevig neer en leunde voorzichtig naar voren. Het deed meer pijn dan hij had verwacht en hij begon te twijfelen of hij het zou halen. Toen beet hij door. Zwaar leunend op Ayla nam hij een hinkstapje en nog een. Toen hij bij de ingang van de kleine grot was, wierp hij haar een stralende blik toe en keek naar buiten naar de brede stenen richel en de hoge dennen die bij de wand aan de overkant groeiden.

Ze liet hem daar staan, zich vasthoudend aan de stevige rotsen van de grot, terwijl ze terugging om een mat van gevlochten gras en een vacht op te halen. Deze legde ze op het uiterste randje neer, waar hij het beste uitzicht zou hebben over de vallei. Toen kwam ze terug om hem weer te helpen. Toen hij zich eindelijk op de vacht installeerde en voor het eerst om zich heen keek, was hij moe, had pijn en was hij innig tevreden over zichzelf.

Whinney en haar veulen stonden in het veld, ze waren kort nadat Ayla ze naar Jondalar had gebracht om kennis te maken vertrokken. De vallei zelf was een groen en weelderig paradijs, verscholen in de dorre steppen. Hij zou nooit hebben gedacht dat een dergelijke plek bestond. Hij draaide zich om naar de smalle kloof stroomopwaarts en het deel van het met stenen bezaaide strandje dat niet aan het gezicht was onttrokken. Maar zijn aandacht werd teruggetrokken naar de groene vallei, die zich helemaal tot de bocht in de verte stroomafwaarts uitstrekte. Hij kwam tot de conclusie dat Ayla hier alleen woonde. Er duidde verder niets op menselijke bewoning.

Ayla bleef een poosje bij hem zitten, ging toen de grot in en kwam terug met een handje graan. Ze tuitte haar lippen, liet een zangerige, melodische triller klinken en strooide het zaad met een brede worp om haar heen over de richel. Jondalar begreep er niets van, tot er een vogel neerstreek die aan de zaden begon te pikken. Algauw snorde een hele zwerm vogels van uiteenlopend formaat en kleur met fladderende vleugels om haar heen en pikte met vlugge, schokkerige bewegingen aan de korrels.

De lucht weerklonk van hun liederen – slagen, trillers en gekrijs – terwijl ze met een vertoon van opgezette veren om een plekje ruzieden. Jondalar keek wel op toen hij ontdekte dat veel van de vogelgeluiden die hij hoorde, door de vrouw werden gemaakt! Ze kon

een heel scala van klanken maken en als ze een bepaalde stem uitkoos, kwamen bepaalde soorten vogels op haar vinger zitten en
bleven daar als ze hen optilde en een duet zong. Een paar keer
bracht ze er een zo dicht bij Jondalar dat hij hem kon aanraken voor
hij wegfladderde.

Toen de zaden op waren, vertrokken de meeste vogels, maar één
merel bleef een liedje met Ayla wisselen. Ze bootste het kostelijke
muzikale geluid van de zanger perfect na.

Jondalar haalde diep adem toen hij wegvloog. Hij had zijn adem ingehouden in een poging de vertoning van vogels die Ayla hem
voorschotelde, niet te verstoren. 'Waar heb je dat geleerd? Het was
opwindend, Ayla, ik ben nog nooit eerder zo dicht bij levende vogels in de buurt geweest.'

Ze glimlachte naar hem, ze wist niet zeker wat hij precies zei, maar
ze had wel door dat hij onder de indruk was. Ze liet nog een trillende vogelslag horen, in de hoop dat hij haar de naam van de vogel
zou vertellen, maar hij glimlachte alleen uit waardering voor haar
kunnen. Ze probeerde er nog een, en nog een, waarna ze het opgaf.
Hij begreep niet wat ze wilde, maar een andere gedachte maakte
dat er een rimpel in zijn voorhoofd kwam. Ze kon vogelgeluiden
beter nadoen dan de Shamud met een fluit! Trad ze soms met geesten van de Moeder in contact, in de gedaante van vogels? Een vogel dook omlaag en streek aan haar voeten neer. Hij nam hem
waakzaam op.

De vluchtige angst ging snel over in de vreugde dat hij buiten zat,
zich in de zon baadde, de wind voelde en naar de vallei keek. Ook
Ayla was vol vreugde, over zijn gezelschap. Het was zo moeilijk te
geloven dat hij op haar richel zat, dat ze nog niet met haar ogen wilde knipperen, zo bang was ze dat hij misschien weg zou zijn als ze
ze weer opende. Toen ze zich eindelijk had overtuigd van zijn stof-
felijke aanwezigheid, deed ze haar ogen een ogenblik dicht om te
zien hoe lang ze zich zijn aanblik kon ontzeggen, alleen om het genot te zien dat hij er nog was, als ze ze weer opendeed. Het lage,
rommelende geluid van zijn stem, als hij toevallig iets zei terwijl
haar ogen dicht waren, betekende voor haar wel een bijzondere
verrukking.

Toen de zon hoger klom en zijn warme aanwezigheid voelbaar
maakte, trok de glinsterende stroom beneden Ayla's aandacht. Omdat ze uit angst dat zich een onverwacht noodgeval zou voordoen,
Jondalar niet had kunnen verlaten, had ze afgezien van haar gebruikelijke ochtendbad. Maar het ging nu veel beter met hem en hij kon
haar roepen als hij haar nodig had.

'Ayla gaan water,' zei ze en maakte zwemgebaren.

'Zwemmen,' zei hij, terwijl hij soortgelijke bewegingen maakte.

'Het woord is "zwemmen" en ik wilde dat ik met je mee kon.'

'Svemmen,' zei ze langzaam.

'Zwemmen,' verbeterde hij.

'Zoe-emmen,' probeerde ze nog een keer en toen hij knikte ging ze op weg naar beneden. Het zal nog wel een tijdje duren voor hij over dit pad kan lopen. Ik zal wat water voor hem mee naar boven nemen, maar het been geneest goed. Ik denk dat hij het zal kunnen gebruiken. Misschien zal hij een beetje kreupel lopen, maar niet genoeg om zijn vaart te vertragen, hoop ik.

Toen ze bij het strandje kwam en de veter van haar omslag losmaakte, besloot ze ook haar haar te wassen, en ging stroomafwaarts om zeepwortel te halen. Ze keek omhoog, zag Jondalar en zwaaide naar hem. Vervolgens liep ze naar het strandje en verdween uit het zicht. Ze ging op de rand van een groot brok steen zitten, dat tot de lente daarvoor deel had uitgemaakt van de wand, en begon haar vlechten los te maken. Een nieuwe poel, die er voor de nieuwe groepering van de rotsen niet was geweest, was haar lievelingsbadplekje geworden. Hij was dieper en in de rots vlakbij zat een komvormig putje dat ze gebruikte om de saponine uit de zeepwortel te stampen.

Jondalar zag haar weer toen ze zich had afgespoeld en tegen de stroom in zwom. Hij bewonderde haar regelmatige, sterke slag. Ze peddelde lui terug naar de rots, ging erop zitten en liet zich in de zon drogen terwijl ze met een takje de klitten uit haar haar trok en het vervolgens borstelde met een kaardenbol. Tegen de tijd dat haar dikke haar droog was, had ze het warm en hoewel Jondalar niet naar haar had geroepen, begon ze zich zorgen over hem te maken. Hij begint vast moe te worden, dacht ze. Een blik op haar omslag was voldoende om te besluiten dat ze een schone moest nemen. Ze raapte hem op en nam hem mee naar boven.

Jondalar voelde de zon veel erger dan Ayla. Het was lente geweest toen de broers op weg waren gegaan en het kleine beetje beschermende bruin dat hij had opgedaan nadat ze uit het kamp van de Mamutiërs waren vertrokken, was verloren gegaan in de tijd in Ayla's grot. Hij had nog steeds een bleke winterhuid, althans, die had hij toen hij buiten in de zon kwam zitten. Ayla was al weg toen hij zich er voor het eerst onaangenaam van bewust begon te worden dat hij verbrand was. Hij probeerde er geen acht op te slaan, want hij wilde de vrouw niet storen nu ze na al haar attente zorg een paar ogenblikken voor zichzelf had. Hij begon zich af te vragen waar ze toch bleef en wilde maar dat ze opschoot. Hij keek naar de bovenkant van het pad, toen de stroom op en af, in de veronderstelling dat ze misschien had besloten nog een keer het water in te gaan.

Hij keek net de andere kant op toen Ayla boven bij de richel arriveerde en één blik op zijn vurige, rode rug was genoeg om haar van schaamte te vervullen. Moet je die verbrande rug eens zien! Wat ben ik voor medicijnvrouw dat ik hem hier zo lang buiten laat zitten. Ze haastte zich naar hem toe.

Hij hoorde haar en draaide zich naar haar om, dankbaar dat ze er eindelijk was en een beetje nijdig dat ze niet eerder was teruggekomen. Maar toen hij haar zag, voelde hij zijn verbrande rug niet meer. Zijn mond viel open en hij hapte naar adem bij het zien van de naakte vrouw die in het felle zonlicht naar hem toe kwam.

Haar huid was goud gebronsd en rimpelde vloeiend onder de beweging van haar platte, pezige, door het gebruik gestaalde spieren. Haar benen waren perfect van model, alleen ontsierd door vier evenwijdige littekens op haar linkerdij. Vanuit de hoek waaruit hij keek, zag hij geronde, stevige billen en boven het donkerblonde, donzige schaamhaar de kromming van een buik met lichte rimpels die erop wezen dat hij was uitgerekt door een zwangerschap. Zwangerschap? Ze had zware borsten, maar ze waren zo goed gevormd en zo hoog als die van een meisje, met donkerroze, uitstekende tepels. Haar armen waren lang en sierlijk en getuigden ongedwongen van hun kracht.

Ayla was opgegroeid bij mensen – mannen en vrouwen – die van nature sterk waren. Haar lichaam moest wel de nodige spierkracht ontwikkelen om de taken te volbrengen die van de vrouwen van de Stam werden verwacht, zoals tillen, dragen, huiden bewerken en hout hakken. Door het jagen had ze een taaie veerkracht gekregen en het alleen wonen eiste krachtsinspanning om te overleven.

Ze was waarschijnlijk de sterkste vrouw die hij ooit had gezien, dacht Jondalar. Geen wonder dat ze hem omhoog kon trekken en zijn gewicht kon ondersteunen. Hij wist zonder enige twijfel, dat hij nog nooit een vrouw had gezien met zo'n prachtig, gebeeldhouwd lichaam, maar het was niet alleen haar lichaam. Vanaf het begin had hij haar tamelijk knap gevonden, maar hij had haar nog nooit bij het volle daglicht gezien.

Ze had een lange hals met een littekentje in het kuiltje van haar keel, een sierlijke kaaklijn, volle lippen, een smalle, rechte neus, hoge jukbeenderen en grijsblauwe ogen die wijd uit elkaar stonden. Haar lange wimpers en boogvormige wenkbrauwen waren lichtbruin, een nuance donkerder dan haar losvallende, golvende, goudkleurige haar dat in de zon glansde.

'Grote, Milde Moeder!' hijgde hij.

Hij spande zich in om woorden te vinden om haar te beschrijven, het totale effect was verblindend. Ze was prachtig, om stil van te worden, schitterend. Hij had nog nooit zo'n adembenemend mooie vrouw gezien. Waarom verborg ze dat opzienbarende lichaam onder een vormeloze omslag? Hield ze zulk schitterend haar in vlechten gebonden? En hij had nog wel gedacht dat ze alleen maar knap was. Waarom had hij haar niet gezien?

Pas toen ze over de stenen richel stapte en dichterbij kwam voelde hij zijn opwinding toenemen tot een hevig verlangen. Hij wilde haar hebben en dat verlangen was groter dan ooit tevoren. Zijn handen jeukten om dat volmaakte lichaam te strelen, haar geheime plekjes te ontdekken; hij hunkerde ernaar en naar het geven van genot. Toen ze zich over hem heen boog en hij haar warme huid rook, was hij in staat haar te nemen, zonder vragen, als hij het had gekund. Maar hij vermoedde dat ze niet iemand was die zich zo gemakkelijk liet pakken.

'Jon-daa-lagh. Rug is... vuur... ' zei Ayla, zoekend naar woorden voor zijn gloeiend verbrande rug. Toen aarzelde ze, tot zwijgen gebracht door de dierlijke aantrekkingskracht van zijn blik. Ze keek in zijn verlangende ogen en voelde zich nog dieper aangezogen. Haar hart bonsde, haar knieën knikten, haar gezicht werd warm. Ze huiverde en voelde opeens dat ze vochtig werd tussen haar benen.

Ze wist niet wat er met haar aan de hand was en ze wrong haar hoofd opzij en sloeg haar ogen neer. Ze zag aan de lendendoek dat zijn lid zich oprichtte en voelde een hevig verlangen om het aan te raken. Ze haalde diep adem en probeerde haar beven te onderdrukken. Toen ze haar ogen weer opende, vermeed ze zijn blik.

'Ayla helpen Jon-daa-lagh gaan grot,' zei ze.

Zijn verbrande rug deed pijn en hij was moe geworden van het verblijf buiten, maar toen hij gedurende het korte, moeilijke stukje lopen op haar steunde, wakkerde haar naakte lichaam, zo dicht bij hem, zijn felle begeerte aan. Ze installeerde hem op het bed, inspecteerde haastig haar medicijnvoorraad en rende toen plotseling naar buiten.

Hij vroeg zich af waar ze naartoe was en begreep het toen ze terugkwam met haar handen vol grote, grijsgroene, donzige klisbladeren. Hij herinnerde zich dat de Shamud klis had gebruikt toen Tholie en Shamio zich hadden gebrand. Ze stroopte de bladeren van de zware middennerf, scheurde ze aan reepjes in een kom, deed er koel water bij en stampte ze met een steen tot moes.

Hij was het ongemak en de hitte van zijn verbrande huid nu meer gaan voelen en toen hij de verzachtende koele brij op zijn rug voelde, was hij dankbaar dat ze geneesvrouw was.

'Ah, dat is een stuk beter,' zei hij.

Terwijl haar handen zachtjes over de koele bladeren streken, drong het plotseling tot hem door, dat ze niet de tijd had genomen om een omslag om te doen. Terwijl ze op haar knieën naast hem zat, voelde hij haar nabijheid als een tastbare uitstraling. De lucht van warme huid en andere geheimzinnige vrouwengeuren moedigden hem aan zijn hand naar haar uit te strekken. Hij streek met zijn hand langs haar dij, van haar knie tot haar billen.

Ayla verstijfde onder zijn aanrakingen, stopte de beweging van haar hand, zich plotseling bewust van de zijne die haar streelde. Ze bleef star zitten, niet zeker wetend wat hij deed, of wat zij werd verondersteld te doen. Ze wist alleen zeker dat ze niet wilde dat hij ermee ophield. Maar toen hij zijn hand uitstrekte om een tepel aan te raken, hapte ze naar adem van de onverwachte schok die door haar heen voer.

Jondalar was verbaasd over haar geschokte blik. Was het niet volkomen normaal dat een man een mooie vrouw wilde aanraken? Vooral als ze zo dichtbij was dat ze elkaar toch al bijna raakten? Hij trok zijn hand weg, niet wetend wat hij moest denken. Ze doet alsof ze nog nooit eerder is aangeraakt, dacht hij. Maar ze was een vrouw, geen jong meisje. En afgaande op de littekens op haar buik moest ze Eerste Riten hebben gevierd om haar gereed te maken om de zegen van de Moeder te ontvangen, hoewel hij geen kinderen had gezien. Ze zou niet de eerste vrouw zijn die een miskraam had gehad. Ayla voelde de nawerking van zijn streling nog. Ze wist niet waarom hij was opgehouden en ze stond verward op en liep weg.

Misschien mag ze me niet, dacht Jondalar. Maar waarom was ze dan zo dicht bij hem gekomen? Zij kon niets aan zijn verlangen doen, ze had zijn verbrande rug behandeld. En haar houding had niets uitdagends gehad. Om de waarheid te zeggen leek ze zich helemaal niet bewust te zijn van de uitwerking die ze op hem had. Was ze zo gewend aan die reactie op haar schoonheid? Ze gedroeg zich niet met de ongevoelige geringschatting van een ervaren vrouw, maar kon een vrouw die er zo uitzag, niet weten welke uitwerking ze op mannen had?

Jondalar raapte een fijngestampt stukje nat blad op dat van zijn rug was gevallen. De genezer van de Sharamudiërs had ook klis gebruikt voor verbrandingen. Ze is heel kundig. Natuurlijk! Jondalar, je kunt ook zo stom zijn, zei hij tegen zichzelf. De Shamud heeft je verteld over de beproevingen van Degenen Die de Moeder Dienen.

Daarom is ze natuurlijk hier in haar eentje, het is een soort inwij-dingsrite. Van Genot ziet ze vast ook af. Geen wonder dat ze die vormeloze omslag draagt om haar schoonheid te verbergen. Als je niet door de zon was verbrand, was ze nooit zo dicht bij je geko-men. En dan grijp jij haar beet, als een of andere halfvolwassen knaap. Hij sloot zijn ogen. Hij had dorst, maar hij wilde zich niet omdraaien om de waterzak te pakken nu hij net in een draaglijke houding lag. Kennelijk had hij een grove blunder begaan, en hij voelde zich opgelaten.

Hij had de vernedering van sociale blunders al heel lang niet meer gevoeld, niet meer sinds zijn jongensjaren. Hij had zich in gladde zelfbeheersing geoefend tot het een kunst was geworden. Hij was weer te ver gegaan en was afgewezen. Deze prachtige vrouw, die hij meer begeerde dan welke vrouw ook, had hem afgewezen. Hij wist hoe het zou gaan. Ze zou doen alsof er niets was gebeurd, maar ze zou hem ontwijken wanneer ze maar kon. Als ze niet uit de buurt kon blijven, zou ze evengoed afstand houden tussen hen. Ze zou koel doen, gereserveerd. Haar mond zou misschien glimla-chen, maar haar ogen zouden de waarheid spreken. Er zou geen warmte uit stralen, of erger nog, er zou medelijden uit spreken. Hij wilde dat hij zich er op de een of andere manier toe kon brengen haar te vertellen dat het hem speet, dat hij wist dat er een reden voor haar gedrag moest zijn, hoewel hij die niet helemaal begreep en dat hij, hoe moeilijk het ook zou zijn, die reden zou respecteren en haar niet meer zou lastigvallen.

Ayla had een schone omslag omgedaan en zat haar haar te vlech-ten. Ze schaamde zich dat ze Jondalar zich zo had laten verbran-den. Het was haar schuld; hij kon zelf niet uit de zon gaan en naar binnen gaan. Zij had zich wel vermaakt, gezwommen en haar haar gewassen, in plaats van beter op te letten. En ik zou dan een medi-cijnvrouw zijn, een van Iza's lijn, de meest geëerde lijn van de Stam. Wat zou Iza wel denken van een dergelijke onachtzaamheid, een dergelijk gebrek aan gevoel voor haar patiënt? Ayla voelde zich vernederd. Hij was er zo slecht aan toe geweest, had nog steeds veel pijn en nu had ze hem nog meer pijn bezorgd.

Maar er zat meer achter haar schaamte. Hij had haar aangeraakt. Ze voelde nog steeds zijn warme hand op haar dij. Ze wist precies waar hij haar had aangeraakt en welke plaatsen hij had overgesla-gen, alsof hij haar met zijn zachte streling had verbrand. Waarom had hij haar tepel aangeraakt? Hij tintelde nog steeds. Zijn lid was helemaal opgezwollen geweest en ze wist wat dat betekende. Hoe vaak had ze mannen een vrouw het teken niet zien geven als ze hun behoeften wilden verlichten. Broud had het bij haar gedaan – ze rilde – toen vond ze het vreselijk hem met een stijf lid te zien. Ze zou het zelfs prettig vinden wanneer Jondalar haar het teken zou geven...

Maar dat is belachelijk. Hij zou het niet kunnen, met zijn been. Het was nauwelijks sterk genoeg om het te belasten.

Maar toen ze terugkwam van het zwemmen was zijn lid stijf, en zijn ogen... Ze huiverde toen ze aan zijn ogen dacht. Ze zijn zo blauw en vol verlangen en zo...

Ze wist niet hoe ze het moest zeggen, maar ze hield op met het vlechten van haar haar, sloot haar ogen en voelde zijn aantrekkingskracht. Hij had haar aangeraakt.

Maar toen was hij ermee opgehouden. Ze ging rechtop zitten. Had hij haar een teken gegeven? Was hij opgehouden omdat ze niet had toegestemd? Van een vrouw werd altijd verwacht dat ze voor een man beschikbaar was. Dat was iedere vrouw van de Stam geleerd vanaf het moment dat haar totem voor de eerste keer streed en ze bloedde. Net zo goed als haar de subtiele gebaren en houdingen werden geleerd die een man konden aanmoedigen om zich bij haar te verlichten. Ze had vroeger nooit begrepen waarom een vrouw die middelen zou willen gebruiken. Ze besefte opeens dat ze het nu wel begreep.

Met deze man wilde ze wel gemeenschap hebben, maar ze kende zijn teken niet! Als ik zijn teken niet ken, kent hij mijn manieren ook niet. En als ik hem heb afgewezen, zonder dat ik het wist, probeert hij het misschien nooit weer. Maar wou hij me echt hebben? Ik ben zo groot en zo lelijk.

Ayla maakte haar laatste vlecht af en ging het vuur oppoken om wat pijnstillende middelen voor Jondalar klaar te maken. Toen ze ze bij hem bracht, lag hij op zijn zij te rusten. Ze wilde hem niet storen als hij al een gemakkelijke houding had gevonden. Ze ging met gekruiste benen naast hem zitten wachten tot hij zijn ogen zou openen. Hij bewoog zich niet, maar ze wist dat hij niet sliep. Zijn ademhaling was onregelmatig en ze zag het aan de rimpels in zijn voorhoofd.

Jondalar had haar horen komen en hij had zijn ogen gesloten om het te doen voorkomen of hij sliep. Hij wachtte gespannen en probeerde niet toe te geven aan het verlangen om haar te zien. Waarom bleef ze zo stil zitten? Waarom ging ze niet weg? De arm waar hij op lag begon te prikken omdat het bloed niet kon doorstromen. Als hij hem niet gauw wegtrok zou hij verstijven. Zijn been klopte. Hij wou zich omdraaien, want het kostte te veel inspanning om zo lang in dezelfde houding te liggen. Zijn gezicht kriebelde omdat zijn baard begon te groeien en zijn rug gloeide. Misschien zat ze er niet eens. Misschien was ze wel weggegaan en had hij het gewoon niet gehoord. Zat ze hem alleen maar aan te staren?

Ze had hem aandachtig bekeken. Ze had deze man beter bekeken dan welke andere man ook. Het was niet fatsoenlijk voor vrouwen van de Stam om naar mannen te kijken, maar ze had al zo vaak tegen de normen gezondigd. Had ze al de manieren vergeten die Iza haar had geleerd, waaronder ook de goede zorg voor een patiënt? Ze keek naar haar handen die in haar schoot rustten om de kom doornappelthee. Dit was de juiste manier om een man te naderen, met gebogen hoofd op de grond zittend en wachten tot hij haar met een tikje op de schouder begroette. Misschien werd het wel tijd dat ze weer ging toepassen wat ze vroeger had geleerd, dacht ze.

Jondalar keek door zijn wimpers en probeerde te zien of ze er nog was, zonder te laten merken dat hij wakker was. Hij zag een voet en sloot vlug zijn ogen. Ze zat er. Waarom zat ze daar? Waar wachtte ze op? Waarom ging ze niet weg en liet ze hem niet alleen met zijn ellende en zijn vernedering? Hij gluurde weer door zijn oogharen. Ze had haar voet niet bewogen. Ze zat met gekruiste benen. En ze had een kom drinken bij zich. O, Doni! Wat had hij een dorst! Was dat voor hem? Had ze zitten wachten tot hij wakker werd om hem wat medicijnen te geven? Ze had hem toch wakker kunnen schudden; ze had niet hoeven te wachten.

Hij opende zijn ogen. Ayla zat met gebogen hoofd en neergeslagen ogen. Ze had een van die vormeloze omslagen aan en ze had het haar opgebonden in vlechten. Ze zag er fris uit. De veeg op haar wang was weg; de omslag was van een nieuwe, schone huid. Zoals ze daar met gebogen hoofd zat, was het een en al argeloze deugd. Ongekunsteld, zonder kokette maniertjes of veelbetekenende schuinse blikken.

Haar strakke vlechten versterkten die indruk, evenals haar omslag die achter de plooien en bobbels haar vormen goed verborg. Dat was het, dat kunstig verbergen van haar rijpe lichaam en het rijke, glanzende haar. Ze kon haar gezicht niet verbergen, maar de manier waarop ze haar ogen neersloeg of afwendde was bedoeld om de aandacht af te leiden. Waarom verborg ze zich zo? Het moest wel komen door de proef die ze aflegde. De meeste vrouwen die hij kende zouden pronken met dat prachtige lichaam, die gouden pracht zo voordelig mogelijk doen uitkomen, alles geven voor zo'n knap gezicht.

Hij keek naar haar zonder zich te verroeren en dacht niet meer aan zijn ongemakken. Waarom bleef ze zo stil zitten? Misschien wou ze hem niet aankijken, dacht hij. Dat bracht hem weer in verwarring. Hij hield het niet langer uit, hij moest zich bewegen.

Ayla keek op toen hij zijn arm verplaatste. Hij kon niet op haar schouder tikken om haar te begroeten, hoe netjes ze zich ook gedroeg. Hij kende het teken niet. Jondalar was verbaasd toen hij haar verlegenheid zag en de eerlijke, open smeekbede in haar ogen. Ze toonde geen veroordeling, geen afwijzing. Ze leek eerder verlegen. Waar moest ze verlegen om zijn?

Ze gaf hem de kom. Hij nam een slok en trok een vies gezicht vanwege de bittere smaak. Hij dronk het toch op en stak zijn hand uit naar de waterzak om zijn mond te spoelen. Toen ging hij weer liggen, maar hij kon geen gemakkelijke houding vinden. Ze beduidde hem dat hij moest gaan zitten en ze trok de vachten en huiden strak. Hij ging niet meteen weer liggen.

'Ayla, er zijn zoveel dingen die ik graag van je zou willen weten. Ik weet niet waar je je geneeskunst hebt geleerd – ik weet zelfs niet hoe ik hier ben gekomen. Ik weet alleen dat ik je dankbaar ben. Je hebt mijn leven gered en, wat nog belangrijker is, je hebt mijn been gered. Ik was nooit meer thuisgekomen zonder mijn been, ook al was ik blijven leven.

Het spijt me dat ik me zo aanstelde, maar je bent zo mooi, Ayla. Dat wist ik niet – je weet het goed te verbergen. Ik weet niet waarom je dat doet, maar je moet er een reden voor hebben. Je leert snel. Misschien wil je het me vertellen als je beter kunt praten, als het tenminste mag. Zo niet, dan zal ik dat accepteren. Ik weet dat je niet alles begrijpt wat ik zeg, maar ik moest het zeggen. Ik zal je niet meer lastigvallen, Ayla. Dat beloof ik je.'

22

'Mij goed zeggen... "Jon-daa-lagh".'

'Je spreekt mijn naam heel goed uit.'

'Nee, Ayla verkeerd zeggen.' Ze schudde heftig het hoofd. 'Mij goed zeggen.'

'Jondalar. Jon-da-lar.'

'Jon-daa-larrr,' bracht ze ten slotte uit. Ze liet de *r* rollen.

'Goed zo! Dat is heel goed,' zei hij.

Ayla glimlachte om haar succes. Toen verscheen er een slim glimlachje op haar gezicht. 'Jon-daa-larrr wan de Zee-lann-do-nie-jerr-rs.' Hij had de naam van zijn volk vaker genoemd dan hij zijn eigen naam zei en ze had in het geheim geoefend.

'Dat klopt!' Jondalar was oprecht verbaasd. Ze had het niet helemaal goed gezegd, maar alleen een Zelandoniër zou het verschil horen. Zijn verheugde goedkeuring maakte al haar inspanning de moeite waard, Ayla's glimlach over haar succes was prachtig.

'Wat betekent Zeelandoniejerrr?'

'Het betekent mijn volk. Kinderen van de Moeder, die in het zuidwesten wonen. Doni betekent de Grote Aardmoeder. Aardkinderen, dat is denk ik de gemakkelijkste manier om het te zeggen. Maar de meeste mensen noemen zich Aardkinderen in hun eigen taal. Het betekent gewoon mensen.'

Ze stonden tegenover elkaar, elk tegen een stam geleund van een berkenbosje waarvan de takken uit één boom met een gemeenschappelijke voet tot een aantal stevige stammen waren uitgegroeid. Hoewel hij een staf gebruikte en nog steeds uitgesproken kreupel liep, was Jondalar dankbaar dat hij in de groene wei van de vallei stond. Sinds zijn eerste aarzelende passen, had hij zich elke dag ingespannen. Zijn eerste tocht langs het steile pad omlaag, was een beproeving geweest – en een triomf. Terugklimmen naar boven bleek gemakkelijker dan naar beneden gaan.

Hij wist nog steeds niet hoe ze hem indertijd zonder hulp naar boven naar de grot had gekregen. Maar als anderen haar hadden geholpen, waar waren ze dan? Het was een vraag die hij al lang had willen stellen, maar eerst zou ze hem niet hebben begrepen, en later leek het ongepast om het er zo uit te flappen alleen om zijn eigen nieuwsgierigheid te bevredigen. Hij had het juiste ogenblik afgewacht en dat was nu aangebroken, dacht hij.

'Wie zijn jouw mensen, Ayla? Waar zijn ze?'
De glimlach verdween van haar gezicht. Hij had haast spijt dat hij het had gevraagd. Na een lange stilte begon hij te denken dat ze hem niet had begrepen.

'Niet mensen. Ayla van niet mensen,' antwoordde ze ten slotte, terwijl ze zich tegen de boom afzette en zich uit zijn schaduw verwijderde. Jondalar greep zijn stok en hobbelde achter haar aan.

'Maar je moet toch een paar mensen hebben gehad. Je bent uit een moeder geboren. Wie heeft voor je gezorgd? Wie heeft je leren genezen? Waar zijn je mensen nu, Ayla? Waarom ben je alleen?'

Ayla liep langzaam verder. Ze staarde naar de grond. Ze probeerde niet een antwoord uit de weg te gaan. Ze moest hem antwoord geven. Niet één vrouw van de Stam kon een antwoord weigeren op een rechtstreekse vraag van een man. Eigenlijk reageerden alle leden van de Stam op rechtstreekse vragen. Alleen stelden vrouwen aan mannen geen persoonlijke vragen, en dat deden mannen onderling ook maar zelden. Aan vrouwen werd gewoonlijk alles gevraagd. De vragen van Jondalar riepen veel herinneringen op, maar op sommige wist ze het antwoord niet en andere kon ze met haar beperkte woordenschat niet beantwoorden.

'Als je het me liever niet vertelt... '

'Nee.' Ze keek hem aan en schudde haar hoofd. 'Ayla zeggen.' Haar ogen stonden bezorgd. 'Niet weten woorden.'

Jondalar vroeg zich weer af of hij het wel aan de orde had moeten stellen, maar hij was nieuwsgierig en zij leek bereid het te vertellen. Ze kwamen bij het grote, puntige brok steen dat een stuk uit de wand had geslagen voor het in het veld was blijven liggen, en bleven weer staan. Jondalar ging op een rand zitten waar de steen zo gekliefd was dat er op gemakkelijke hoogte een zitplaats was ontstaan, met een schuine rugleuning.

'Hoe noemen jouw mensen zich?' vroeg hij.

Ayla dacht een ogenblik na. 'De mensen... Man... vrouw... kleintje.' Ze schudde weer het hoofd. Ze wist niet hoe ze het moest uitleggen. 'De Stam.' Ze maakte tegelijkertijd het gebaar dat het begrip uitdrukte.

'Als een gezin? Een gezin bestaat uit een man, vrouw en haar kinderen, die aan dezelfde vuurplaats wonen... Gewoonlijk.'

Ze knikte. 'Gezin... meer.'

'Een kleine groep? Verschillende gezinnen die bij elkaar wonen, vormen een Grot,' zei hij, 'ook als ze niet in een grot wonen.'

'Ja,' zei ze. 'Stam klein. En meer. Stam betekenen alle mensen.'

Hij had haar de eerste keer dat ze het woord zei niet goed verstaan en had het handgebaar dat ze gebruikte niet in de gaten. Het klonk zwaar, kelig en het had iets dat hij alleen kon uitleggen als het inslikken van het midden van het woord. Hij zou niet hebben gedacht dat het een woord was. Behalve de woorden die ze van hem had geleerd, had ze er helemaal geen gesproken, en hij was geïnteresseerd.

'Zdoam?' probeerde hij haar na te zeggen.

Het was niet helemaal goed, maar het kwam dicht in de buurt.

'Ayla niet goed zeggen Jondalar-woorden, Jondalar niet goed zeggen Ayla-woorden. Jondalar zeggen heel goed.'

'Ik wist niet dat je woorden kende, Ayla. Ik heb je nog nooit in jouw taal horen spreken.'

'Niet weten veel woorden. Stam niet spreken woorden.'

Jondalar begreep het niet. 'Wat spreken ze dan, als ze geen woorden spreken?'

'Ze spreken... handen,' zei ze, wetend dat dat niet helemaal klopte. Ze merkte dat ze onbewust de gebaren had zitten maken in een poging om zich uit te drukken. Toen ze Jondalars niet-begrijpende blik zag, pakte ze zijn handen en maakte de juiste bewegingen terwijl ze haar zin herhaalde.

'Stam niet spreken veel woorden. Stam spreken... handen.'

Zijn peinzend gerimpelde voorhoofd trok langzaam glad toen het hem begon te dagen. 'Wil je me vertellen dat jouw mensen met hun handen spreken? Laat zien! Zeg eens iets in jouw taal.'

Ayla dacht een ogenblik na en begon toen. 'Ik wil je zoveel zeggen, maar ik moet leren het in jouw taal te zeggen. Jouw manier is de enige manier die ik nog over heb. Hoe kan ik je zeggen wie mijn mensen zijn? Ik ben geen vrouw van de Stam meer. Hoe kan ik uitleggen dat ik dood ben? Ik heb geen mensen. Voor de Stam wandel ik in de volgende wereld, net als de man met wie je samenreisde. Je bloedverwant, denk ik, je broer.

Ik zou je graag vertellen dat ik de tekens boven zijn graf heb gemaakt, om hem te helpen de weg te vinden, om de smart in je hart te verlichten. Ik zou je ook graag vertellen dat ook ik om hem heb getreurd, hoewel ik hem niet kende.

Ik ken de mensen bij wie ik ben geboren, niet. Ik moet een moeder en een familie hebben gehad die er net zo uitzagen als ik... en jij. Maar ik ken hen enkel als de Anderen. Iza is de enige moeder die ik me kan herinneren. Ze heeft me onderricht in de genezende magie, ze heeft me medicijnvrouw gemaakt, maar ze is nu dood. En Creb ook.

Jondalar, ik wil je dolgraag vertellen over Iza, en Creb, en Durc...'

Ze moest even stoppen en diep ademhalen. 'Mijn zoon is ook bij me vandaan, maar hij leeft. Zoveel heb ik nog. En nu heeft de holenleeuw jou gebracht. Ik was bang dat mannen van de Anderen op Broud zouden lijken, maar jij lijkt meer op Creb, zachtmoedig en geduldig. Ik wil denken dat jij mijn metgezel wordt. Toen je hier pas was, dacht ik dat je daarom hierheen was gebracht. Ik denk dat ik dat wilde geloven omdat ik zo naar gezelschap verlangde en jij bent de eerste man van de Anderen, die ik ooit heb gezien... voorzover ik me kan herinneren. Toen zou het er niet toe hebben gedaan wie je was. Ik wilde je als metgezel, gewoon om een metgezel te hebben.

Nu is het niet meer hetzelfde. Iedere dag dat je hier bent, worden mijn gevoelens voor jou sterker. Ik weet dat de Anderen niet al te ver weg zijn en er moeten andere mannen zijn die mijn metgezel zouden kunnen worden. Maar ik wil niemand anders en ik ben bang dat je niet hier bij mij zult willen blijven als je eenmaal weer gezond hebt. Ik ben bang dat ik ook jou zal verliezen. Ik wilde dat ik je kon vertellen hoe... hoe dankbaar ik ben dat je hier bent. Zo dankbaar dat ik het soms niet kan verdragen.' Ze hield op, niet in staat verder te gaan, maar op de een of andere manier met het gevoel dat ze nog niet klaar was.

Haar gedachten waren niet helemaal onbegrijpelijk geweest voor de man die naar haar zat te kijken. Haar bewegingen – niet alleen die van haar handen, maar ook die van haar gelaatstrekken, haar ogen, haar hele lichaam – waren zo expressief dat hij diep was geroerd. Ze deed hem denken aan een zwijgende danseres, behalve de keelklanken, die, vreemd genoeg, bij de sierlijke bewegingen pasten. Hij nam alleen met zijn emoties waar en kon niet helemaal geloven dat wat hij voelde ook was wat zij meedeelde, maar toen ze ophield, wist hij dat ze het inderdaad had meegedeeld. Hij wist ook dat haar taal van bewegingen en gebaren niet, zoals hij had aangenomen, een eenvoudige uitbreiding was van de eenvoudige gebaren die hij soms gebruikte om zijn woorden extra nadruk te geven. Het leek eerder of de geluiden die ze maakte werden gebruikt om de bewegingen te beklemtonen.

Toen ze ophield, bleef ze enkele ogenblikken peinzend staan. Vervolgens liet ze zich bevallig aan zijn voeten op de grond zakken en boog haar hoofd. Hij wachtte en toen ze zich niet bewoog, begon hij zich onbehaaglijk te voelen. Ze leek op hem te wachten en het gaf hem het gevoel of ze hem eer bewees. Een dergelijk eerbetoon aan de Grote Aardmoeder was prima, maar Ze stond als jaloers bekend en vond het niet leuk als een van Haar kinderen de verering ten deel viel die Haar toebehoorde.

Ten slotte bukte hij zich en raakte haar arm aan. 'Sta op, Ayla.'
'Wat doe je nou?'
Een arm die werd aangeraakt, was niet helemaal hetzelfde als een tikje op haar schouder, maar ze dacht dat het de dichtste benadering was van het Stamteken dat ze mocht spreken die hij kon bereiken. Ze keek naar de zittende man omhoog.
'Vrouwen Stam zitten, willen praten. Ayla willen praten Jondalar.'
'Je hoeft niet op de grond te zitten om tegen mij te spreken.' Hij strekte zich naar voren en probeerde haar omhoog te trekken. 'Als je wilt spreken, spreek dan.'
Ze stond erop te blijven zitten waar ze zat. 'Is gewoonte Stam.' Haar ogen smeekten hem het te begrijpen. 'Ayla willen zeggen...' Tranen van onmacht welden op. Ze begon opnieuw. 'Ayla niet goed praten. Ayla willen zeggen, Jondalar geven Ayla *spreken*, willen zeggen...'
'Probeer je soms "dank je wel" te zeggen?'
'Wat betekenen "dank je wel"?'
Hij zweeg even. 'Jij hebt mijn leven gered, Ayla. Je hebt me verzorgd, mijn wonden behandeld, me voedsel gegeven. Daarvoor wil ik zeggen: dank je wel. Ik zou meer willen zeggen dan dank je wel.'
Ayla fronste het voorhoofd. 'Niet zelfde. Man gewond, Ayla zorgen. Ayla zorgen alle man. Jondalar geven Ayla spreken. Is meer. Is meer dan dank je wel.' Ze keek hem vurig aan, haast om het hem door haar wil te laten begrijpen.
'Je praat misschien niet goed, maar je brengt het wel goed over. Sta op, Aylā, of ik moet naast je komen zitten. Ik begrijp dat je genezer bent en dat het je roeping is om te zorgen voor iedereen die hulp nodig heeft. Jij vindt het misschien niets bijzonders dat je mijn leven hebt gered, maar dat maakt me niet minder dankbaar. Voor mij is het maar een kleine moeite om je te leren praten, maar ik begin te begrijpen dat het voor jou heel belangrijk is en dat je dankbaar bent. Het is altijd moeilijk om dankbaarheid onder woorden te brengen, in welke taal dan ook. Mijn manier is om dank je wel te zeggen. Ik vind jouw manier mooier. Sta nu alsjeblieft op.'
Ze voelde eerder aan dat hij het begreep dan dat ze zijn woorden snapte. Haar glimlach bracht meer dankbaarheid over dan ze wist. Het was een moeilijk, maar belangrijk begrip voor haar geweest om over te brengen en toen ze opstond, was ze in de wolken dat het haar was gelukt. Ze zocht een manier om haar uitbundigheid in daden uit te drukken en toen ze Whinney en haar veulen zag, floot ze luid en schel. De merrie spitste haar oren en kwam naar haar toe

galopperen, en toen ze vlakbij was, nam Ayla een aanloop en sprong licht op de rug van het paard. Ze maakte een lang rondje door de wei, met het veulen vlak achter hen aan. Ayla was zo dicht bij Jondalar in de buurt gebleven, dat ze niet veel had gereden sinds ze hem had gevonden en het gaf haar een opbeurend gevoel van vrijheid. Toen ze bij de rots terugkwamen, stond Jondalar op hen te wachten. Zijn mond hing niet langer open, hoewel dat wel het geval was geweest toen ze begon. Heel even was er een rilling langs zijn rug gegleden en hij had zich afgevraagd of de vrouw bovennatuurlijk was, misschien zelfs een donii. Hij herinnerde zich vaag een visioen van een moedergeest in de vorm van een jonge vrouw, die een leeuw opzij duwde.

Toen herinnerde hij zich Ayla's maar al te menselijke gevoelens van onmacht over haar onvermogen om te communiceren. Een geestesverschijning van de Grote Aardmoeder zou dergelijke problemen beslist niet hebben. Evengoed had ze een buitengewone gave om met dieren om te gaan. Als ze riep, kwamen vogels uit haar hand eten en een zogende merrie kwam aanrennen als ze floot en stond de vrouw toe op haar rug te rijden. En die mensen, die niet met woorden spraken, maar met gebaren? Ayla had hem die dag veel gegeven om over na te denken. Hoe meer hij over haar nadacht, hoe dieper het raadsel werd, waarvoor ze hem stelde.

Hij kon begrijpen waarom ze niet praatte als haar mensen niet praatten. Maar wie waren deze mensen? Waar waren ze nu? Ze zei dat ze niemand had en ze woonde inderdaad alleen in de vallei, maar wie had haar de geneeskunst geleerd of de magische kracht die ze over dieren had? Hoe was ze aan de vuursteen gekomen? Ze was jong om zo'n begaafde zelandoni te zijn. Gewoonlijk kostte het jaren om haar niveau te bereiken, vaak in speciale toevluchtsoorden.

Zouden dat haar mensen kunnen zijn? Hij wist dat er speciale groepen bestonden van Degenen Die de Moeder Dienden, die zich eraan wijdden inzicht te verkrijgen in diepe mysteries. Dergelijke groepen stonden in hoog aanzien. Zelandoni had een aantal jaren bij een ervan doorgebracht. De Shamud had gesproken over vrijwillige oefeningen om inzicht te krijgen en vaardigheden te leren. Kon Ayla bij een dergelijke groep hebben gewoond, die niet sprak, behalve met gebaren? En nu leeft ze alleen om haar vaardigheden te vervolmaken.

En jij dacht er nog wel over om Genot met haar te delen, Jondalar. Geen wonder dat ze zo heftig reageerde. Maar wat zonde. Genot op te geven als je zo mooi bent als zij. Je zult haar wensen beslist respecteren, Jondalar, mooi of niet.

Het bruine veulen stootte de man aan met zijn hoofd en wreef tegen hem aan, op zoek naar meer attent gekrauw van de gevoelige handen die altijd de juiste plekjes vonden in het kriebelige proces om het nestdons kwijt te raken. Hij vond het heerlijk als het veulen speciaal naar hem toe kwam. Paarden waren voor hem nooit meer dan voedsel geweest. Het was nooit bij hem opgekomen dat het warme, spontane dieren konden zijn die het prettig zouden vinden door hem te worden geaaid.

Ayla glimlachte, ingenomen met de genegenheid die tussen de man en Whinneys veulen begon te ontstaan. Ze herinnerde zich een idee dat ze had gehad en begon er spontaan over.

'Jondalar geven veulen naam?'

'Het veulen een naam geven? Je wilt dat ik het veulen een naam geef?' Hij was onzeker, maar ingenomen met het idee. 'Ik weet het niet, Ayla. Ik heb er nog nooit aan gedacht iets een naam te geven, laat staan een paard. Hoe geef je een paard een naam?'

Ayla begreep zijn verbijstering wel. Ze had ook moeten wennen aan het idee. Aan namen zat een betekenis vast; ze gaven een herkenbaarheid. De erkenning dat Whinney een uniek individu was, los van het begrip paard had bepaalde consequenties. Ze was niet langer zomaar een dier uit de kudde die over de steppe zwierf. Ze had zich aangesloten bij mensen, kreeg bescherming van een mens en schonk haar vertrouwen aan een mens. Ze was uniek in haar soort. Ze had een naam.

Maar dat legde de vrouw verplichtingen op. Het welzijn van het dier eiste aanzienlijke inspanning en zorg. Het paard was nooit lang uit haar gedachten; hun levens waren onverbrekelijk verbonden. Ayla was de relatie gaan waarderen, vooral na Whinneys terugkomst.

Hoewel het niet gepland of berekend was, school er een element van die erkenning in haar verlangen dat Jondalar het veulen een naam zou geven. Ze wilde dat hij bij haar bleef. Als hij aan het jonge paard gehecht raakte, kon dat een extra reden zijn om te blijven waar het veulen – althans voorlopig – zou moeten blijven: in de vallei, bij Whinney en haar.

Maar het was niet nodig de man tot haast te manen. Voorlopig ging hij nog helemaal niet weg, zolang zijn been nog niet genezen was.

Ayla werd met een schok wakker. Het was donker in de grot. Ze lag op haar rug in het onpeilbare zwart te turen en probeerde weer in te slapen. Ten slotte glipte ze haar bed uit – ze had een ondiepe kuil in de aarden vloer van de grot gegraven, naast het bed dat nu door

Jondalar werd gebruikt – en zocht op de tast de uitgang van de grot. Ze hoorde Whinney snuiven toen ze langs haar liep als blijk dat ze haar herkende.

Ik begin onvoorzichtig te worden, dacht ze terwijl ze langs de wand naar het randje liep. Ik heb het vuur weer laten uitgaan. Jondalar is niet zo vertrouwd met de grot als ik. Als hij er midden in de nacht uit moet, heeft hij meer licht nodig.

Toen ze klaar was, bleef ze een poosje buiten. Een kwart maan, die in het westen onderging, stond vlak bij de rand boven haar, aan de overkant rechts van de richel en zou er weldra achter verdwijnen. Het was al ver na middernacht. Beneden was alles donker, afgezien van het zilverige, trillende licht van sterren die in de fluisterende stroom werden weerspiegeld.

De nachtlucht ging amper waarneembaar over van zwart in diepblauw, maar ze merkte het onbewust. Zonder te weten waarom, besloot Ayla niet terug te gaan naar bed. Ze zag hoe de maan steeds donkerder werd van kleur voor hij werd opgeslokt door de zwarte rand van de tegenoverliggende wand. Ze voelde een onheilspellende huivering toen het laatste glimpje licht werd gedoofd.

Geleidelijk werd de lucht lichter en verbleekten de sterren in het stralende blauw. Helemaal aan het eind van de vallei was de horizon paars. Ze zag de scherpe boog van een bloedrode zon uit de rand van de aarde opwellen en een spookachtige straal licht in de vallei werpen.

'Er is vast een steppebrand daar in het oosten,' zei Jondalar.

Ayla draaide zich met een ruk om. De man baadde in de gloed van de vurige bol, die zijn ogen een lavendelkleur gaven die ze in het licht van het vuur nog nooit had gezien. 'Ja, groot vuur, veel rook. Ik niet weten jij op.'

'Ik ben al een tijdje wakker. Ik hoopte dat je terug zou komen. Toen je niet kwam, vond ik dat ik net zo goed kon opstaan. Het vuur is uit.'

'Ik weten. Ik onvoorzichtig. Niet maken vuur goed voor branden nacht.'

'Afgedekt, je hebt het vuur niet afgedekt zodat het niet uit zou gaan.'

'Afgedekt,' herhaalde ze. 'Ik gaan beginnen.'

Hij volgde haar terug de grot in. Toen hij door de ingang ging, bukte hij zich. Het was meer vrees dan noodzaak. De grotopening was hoog genoeg voor hem, maar het scheelde niet veel. Ayla haalde het pyriet en de vuursteen tevoorschijn en verzamelde tondel en aanmaakhout.

'Heb je niet gezegd dat je die vuursteen op het strand hebt gevonden? Ligt er nog meer?'

'Ja, niet veel. Water gekomen. Weg.

'Een overstroming? Misschien moeten we alles meenemen wat we kunnen vinden.'

Ayla knikte afwezig. Ze zat met een probleem en wist niet hoe ze het ter sprake moest brengen. Haar vleesvoorraad begon uitgeput te raken en ze wist niet of hij er bezwaar tegen zou hebben dat ze jaagde. Ze was er af en toe met haar slinger op uitgetrokken en hij had niet gevraagd waar de woestijnspringmuizen, hazen en reuzenhamsters vandaan kwamen. Maar zelfs de mannen van de Stam hadden haar toegestaan met haar slinger te jagen op klein wild. Maar ze moest op groter wild jagen en dat betekende dat ze erop uit moest trekken met Whinney en een kuil moest graven. Het trok haar niet aan.

Ze was liever met Kleintje gaan jagen, maar die was weg. De afwezigheid van haar jachtgezel was echter de minste van haar zorgen. Ze zat meer in over Jondalar. Ze wist dat hij haar, zelfs als hij er bezwaar tegen had, niet kon tegenhouden. Ze maakte geen deel uit van zijn Stam, dit was háár grot en hij was nog niet volledig hersteld. Maar hij leek van de vallei, Whinney en het veulen te genieten, hij leek zelfs haar aardig te vinden. Ze wilde niet dat dat zou veranderen. Naar haar ervaring vonden mannen het niet prettig als vrouwen jaagden, maar ze had geen keus.

En ze had meer nodig dan zijn instemming, ze had zijn hulp nodig. Ze wilde het veulen niet meenemen op jacht. Ze was bang dat hij door de op hol geslagen kudde zou worden verrast en onder de voet zou worden gelopen. Ze was er zeker van dat hij, als Jondalar hem gezelschap hield, zou achterblijven wanneer zij met Whinney vertrok. Ze zou niet lang wegblijven. Ze kon op verkenning uitgaan, een valkuil graven, naar huis gaan en dan de volgende dag jagen. Maar hoe kon ze de man vragen een veulen gezelschap te houden terwijl zij jaagde? Ook al was hij nog niet in staat om zelf te jagen? Toen ze nog eens naar haar slinkende voorraad gedroogd vlees keek, terwijl ze de soep maakte voor het ochtendmaal, overtuigde dat haar ervan dat er op korte termijn iets moest gebeuren. Ze kwam tot de slotsom dat ze het best eerst terloops voor haar liefde voor de jacht uit kon komen door hem haar behendigheid met haar favoriete wapen te laten zien. Zijn reactie op haar jagen met de slinger zou haar duidelijk maken of het zin had hem om hulp te vragen.

Ze hadden de gewoonte aangenomen 's morgens samen door het

kreupelhout langs de rivier te lopen. Voor hem was het een goede oefening en zij genoot ervan. Die ochtend stak ze haar slinger tussen haar gordel toen ze vertrokken. Nu hoefde alleen nog een of ander dier zo vriendelijk te zijn binnen haar bereik te komen.

Haar hoop werd ruimschoots vervuld toen een wandelingetje van de stroom het veld in een paar korhoenders opjoeg. Toen ze er een zag, greep ze naar haar slinger en stenen. Op het ogenblik dat ze de eerste uit de lucht sloeg, vloog de tweede op, maar haar tweede steen haalde hem neer. Voor ze ze ophaalde wierp ze een blik op Jondalar. Ze zag stomme verbazing, maar wat belangrijker was, ze zag een glimlach.

'Dat was fantastisch, Ayla. Heb je al die dieren zo gevangen? Ik dacht dat je strikken had uitgezet. Wat is dat voor wapen?'

Ze gaf hem de reep leer met de uitstulping in het midden en ging toen de vogels ophalen.

'Ik geloof dat dit een slinger wordt genoemd,' zei hij toen ze terugkwam. 'Willomar heeft me over een dergelijk wapen verteld. Ik kon me niet helemaal voorstellen waar hij het over had, het moet dit ding zijn geweest. Je bent er goed mee, Ayla. Dat moet een hoop oefening hebben gekost, zelfs als je aanleg hebt.'

'Jij goedvinden ik jagen?'

'Als jij niet jaagde, wie zou het dan moeten doen?'

'Mannen van de Stam niet willen vrouwen jagen.'

Jondalar bekeek haar aandachtig. Ze was angstig, bezorgd. Misschien hielden de mannen niet van vrouwen die op jacht gingen, maar het had haar er niet van weerhouden het te leren. Waarom had ze deze dag gekozen om te laten zien wat ze kon? Waarom kreeg hij het gevoel dat ze zijn goedkeuring zocht?

'De meeste vrouwen bij de Zelandoniërs jagen, tenminste als ze jong zijn. Mijn moeder viel op omdat ze zo goed sporen kon lezen. Ik zie geen enkele reden waarom vrouwen niet zouden jagen als ze dat willen. Ik houd wel van vrouwen die jagen, Ayla.'

Hij kon haar spanning zien wegsmelten, hij had kennelijk gezegd wat ze wilde horen en het was de waarheid. Maar hij vroeg zich wel af waarom het zo belangrijk voor haar was.

'Ik jagen moeten,' zei ze. 'Hulp moeten.'

'Ik zou het graag doen, maar ik denk niet dat ik het al aankan.'

'Niet jagen helpen. Ik nemen Whinney, jij houden veulen?'

'Dat is het dus,' zei hij. 'Je wilt dat ik op het veulen pas terwijl jij met de merrie op jacht gaat?' Hij grinnikte. 'Dat is weer eens wat anders. Meestal blijft de vrouw thuis om op de kinderen te passen, als ze er eenmaal een of twee heeft. Het is de verantwoordelijkheid van de man om voor hen te jagen. Ja, ik blijf wel bij het veulen. Iemand moet jagen en ik wil niet dat het beest iets overkomt.'

Haar glimlach gaf blijk van opluchting. Hij vond het niet erg. Hij leek het echt niet erg te vinden.

'Maar voor je plannen maakt voor je jacht, zou je eens een kijkje kunnen gaan nemen bij die brand in het oosten. Zo'n grote brand zou het jagen gemakkelijker voor je kunnen maken.'

'Vuur jagen?' zei ze.

'Het is wel voorgekomen dat hele kudden alleen al van de rook zijn gestorven. Soms vind je je vlees gekookt en al! Vertellers weten een grappige fabel over een man die na een steppebrand gekookt vlees had gevonden en over de problemen die hij had om de rest van zijn Grot ertoe over te halen vlees te proberen dat hij expres had verbrand. Het is een oud verhaal.'

Er gleed een glimlach over haar gezicht toen ze het snapte. Een snel woekerend vuur kon een hele kudde overmeesteren. Misschien hoef ik toch geen kuil te graven.

Toen Ayla het stelsel van manden, tuig en slede tevoorschijn haalde, stond Jondalar voor een raadsel. Hij snapte maar niet wat de bedoeling van de ingewikkelde uitrusting was.

'Whinney brengen vlees grot,' legde ze uit. Ze liet hem de slede zien terwijl ze de riemen om de merrie aantrok. 'Whinney jou brengen grot,' voegde ze eraan toe.

'Dus zo ben ik hier gekomen! Ik vroeg het me al een hele tijd af. Ik kon niet geloven dat jij me hier alleen had gebracht. Ik dacht dat andere mensen me misschien hadden gevonden en me hier bij jou hadden achtergelaten.'

'Geen... andere mensen. Ik vinden... jou... andere man.'

Jondalar fronste zijn voorhoofd en er kwam een gekwelde en mistroostige uitdrukking op zijn gezicht. De verwijzing naar Thonolan overrompelde hem, en de pijn van zijn verlies greep hem aan.

'Moest je hem daar achterlaten? Had je hem niet ook mee kunnen nemen?' viel hij tegen haar uit.

'Man dood, Jondalar. Jij gewond. Veel gewond,' zei ze. Ook zij voelde onmacht in zich opwellen. Ze wilde hem vertellen dat ze de man had begraven, dat ze om hem had getreurd, maar ze kon het niet overbrengen. Ze wilde met hem spreken over gedachten waarvan ze niet eens zeker wist of ze ze onder woorden konden worden gebracht, maar ze voelde zich verstikt. Hij had zijn smart de eerste dag bij haar uitgekermd en nu kon ze zijn bedroefdheid niet eens delen.

Ze verlangde naar zijn souplesse met woorden, zijn vermogen om ze spontaan in de juiste volgorde te plaatsen, zijn vrijheid van uit-drukken. Maar er was een vage barrière waar ze geen vat op kon krijgen, ze miste iets waarvan ze vaak het gevoel had dat ze het bij-na te pakken had, maar dat haar dan weer ontsnapte. Haar intuïtie vertelde haar dat ze het moest weten, dat ze de kennis in zich droeg, als ze de sleutel maar kon vinden.

'Het spijt me, Ayla. Ik had niet zo tegen je moeten schreeuwen, maar Thonolan was mijn broer...' Het woord was haast een kreet.

'Broer. Jij en andere man... hebben zelfde moeder?'

'Ja, we hadden dezelfde moeder.'

Ze knikte en draaide zich weer om naar het paard. Ze wilde dat ze hem kon vertellen dat ze begreep hoe na kinderen van dezelfde moeder elkaar stonden, en de speciale band kende die kon bestaan tussen twee mannen die uit dezelfde moeder waren geboren. Creb en Brun waren broers geweest.

Ze was klaar met het inpakken van de draagmanden en pakte haar speren op om ze naar buiten te brengen en ze in te laden, als ze een-maal door de lage ingang van de grot waren. Terwijl hij haar de laatste voorbereidingen zag treffen, begon hij te begrijpen dat het paard meer voor de vrouw betekende dan een vreemde gezellin. Het dier gaf haar een duidelijk voordeel. Hij had niet beseft hoe nuttig een paard kon zijn. Maar hij werd voor een raadsel geplaatst door de zoveelste tegenstelling waarmee ze hem confronteerde: ze gebruikte een paard om haar te helpen jagen en het vlees naar huis te dragen – een vooruitgang waar hij nog nooit van had gehoord – en een speer zo primitief als hij nog nooit had gezien.

Hij had met veel mensen gejaagd, elke groep had zijn eigen variant jachtspeer, maar niet een was zo radicaal anders als de hare. En toch kwam hij hem bekend voor. De punt was scherp en in het vuur gehard en de schacht was recht en glad, maar hij was zo onhandig. Het stond buiten kijf dat hij niet was bedoeld om te werpen, want hij was groter dan de speren die hijzelf gebruikte om op neus-hoorns te jagen. Hoe jaagde ze ermee? Kon ze haar prooi wel dicht genoeg naderen om hem te hanteren? Als ze terugkwam, moest hij het haar vragen. Het zou nu te veel tijd kosten. Ze begon de taal te leren, maar het was nog steeds moeilijk.

Hij leidde het veulen de grot in voor Ayla en Whinney vertrokken. Hij krauwde en streelde het jonge paard en praatte tegen hem tot hij zeker wist dat Ayla en haar rijdier ver weg waren. Het was een vreemde gewaarwording om alleen in de grot te zijn in de weten-schap dat de vrouw bijna de hele dag weg zou blijven. Hij gebruik-te de stok om overeind te komen en toen hij een lamp vond gaf hij toe aan zijn nieuwsgierigheid en stak hem aan. Hij liet de stok liggen, want in de grot had hij die niet nodig. Hij hield de stenen lamp in de ene hand en volgde de wanden van de grot om te zien hoe groot hij was. Hij was ongeveer zo groot als hij had verwacht en afgezien van de kleine inham waren er geen zijgangen. Maar in die inham stuitte hij op een verrassing. Aan alles was te zien dat er nog niet zo lang geleden een holenleeuw had gewoond. Hij zag zelfs een grote afdruk van een poot!

Toen hij ook de rest van de grot had bekeken, was hij ervan overtuigd dat Ayla er al jaren had gewoond. Hij moest zich vergissen wat dat spoor van de leeuw betrof, maar toen hij er weer heen ging en die hoek nog eens nauwkeurig onderzocht wist hij zeker dat er een tijd lang een holenleeuw had gewoond en dat het nog geen jaar geleden kon zijn.

Weer een mysterie! Zou hij ooit het antwoord vinden op al die ingewikkelde vragen?

Hij pakte een van Ayla's manden – die nog nooit was gebruikt zover hij het kon bekijken – en besloot op het strandje vuursteen te gaan zoeken. Hij kon toch ook proberen zich nuttig te maken? Terwijl het veulen voor hem uit sprong, zocht Jondalar zich met behulp van zijn stok een weg langs het steile pad naar beneden. Daar zette hij de stok tegen de wand, bij de berg botten. Hij zou dankbaar zijn als hij hem niet meer hoefde te gebruiken. Hij bleef even staan om het veulen, dat aan zijn hand snuffelde, te krauwen en te strelen en moest lachen toen het jonge paard uitbundig van blijdschap in de poel rolde die hij en Whinney altijd gebruikten. Het veulen brieste van intens genot en wentelde zich met de benen in de lucht in de losse grond. Hij ging staan en schudde zich uit waarbij de modder alle kanten op vloog. Daarna zocht hij een fijn plekje in de schaduw van een wilg en ging liggen rusten.

Jondalar liep langzaam zoekend over het rotsstrandje en bukte bij elke steen.

'Daar heb ik er een!' riep hij opgewonden. Het veulen schrok ervan. Hij vond het ook wel een beetje dwaas. 'Hier nog een,' zei hij en hij glimlachte schaapachtig. Maar toen hij de bronskleurige grauwe steen oppakte, zag hij er nog een die veel groter was. 'Er ligt wel vuursteen op dit strandje!'

Hier haalt ze de vuursteen vandaan om haar gereedschap te maken. Als je een goede klopsteen kon vinden, zou je wat gereedschap kunnen maken, Jondalar! Goede scherpe messen en naalden... Hij ging staan en bezag de hoop botten en afval die de rivier tegen de wand had gesmeten. Het ziet ernaar uit dat er ook bruikbare botten en geweien zijn. Je zou ook een behoorlijke speer voor haar kunnen maken.

Misschien wil ze niet eens een 'behoorlijke speer', Jondalar. Ze kan haar reden wel hebben om die speer te gebruiken. Maar dat betekent niet dat je geen speer voor jezelf kunt maken. Dat is beter dan de hele dag maar wat te zitten. Je zou ook wat kunnen uitsnijden. Daar was je altijd heel handig in voor je ermee ophield.

Hij rommelde wat in de hoop botten en drijfhout die tegen de wand lag en zocht tussen het kreupelhout naar losse beenderen, schedels en geweien. Hij vond handenvol vuursteen toen hij naar een goede klopsteen zocht. Toen hij de bovenlaag van de eerste vuursteen sloeg, glimlachte hij. Het drong nu pas tot hem door hoe hij dat werk had gemist.

Hij dacht na over wat hij allemaal zou kunnen doen nu hij wat vuursteen had. Hij had een goed mes nodig en een bijl met een handvat. Hij wou speren maken en nu kon hij zijn kleren ook vastmaken met een paar goede priemen. Ayla zou zijn soort gereedschap mooi vinden; hij kon het haar in ieder geval laten zien.

De dag kroop niet zo langzaam om als Jondalar had gevreesd, werkend met de vuursteen die hij daar ontdekte. De schemering viel al in voor hij zijn nieuwe steenkloppersgereedschap in de lap leer die hij van Ayla had geleend verzamelde en hij voorzichtig het nieuwe gereedschap dat hij had gemaakt naar de grot terugbracht. Het veulen liep hem al een tijdje duwtjes te geven met zijn neus om aandacht te vragen en hij vermoedde dat het jonge dier honger had. Ayla had wat dunne pap van gekookt graan achtergelaten, die het veulen eerst had geweigerd en toen later wel nam, maar dat was rond het middaguur geweest. Waar was ze?

Tegen de tijd dat het donker werd, maakte hij zich echt ongerust. Het veulen had Whinney nodig en Ayla hoorde terug te zijn. Hij stond buiten op het uiterste randje van de richel naar haar uit te kijken en besloot toen een vuur aan te leggen. Hij dacht dat ze dat zou kunnen zien voor het geval dat ze misschien verdwaald was. Ze zou niet verdwalen, hield hij zichzelf voor, maar hij maakte het vuur toch maar.

Het was al laat toen ze eindelijk terugkwam. Hij hoorde Whinney en wilde het pad af gaan om haar tegemoet te lopen, maar het veulen was hem al voor. Ayla steeg op het smalle strandje af, hees een karkas van de slede, zette de stokken zo dat ze op het smalle pad pasten en leidde de merrie omhoog net toen Jondalar beneden aankwam en voor haar opzij ging. Ze kwam terug met een stuk hout van het vuur voor een fakkel. Jondalar pakte hem aan terwijl Ayla een tweede karkas weer op de slede laadde. Hij hobbelde naar haar toe om te helpen, maar ze had het al versleept. Toen hij haar het dode gewicht van het hert zag hanteren, drong het pas goed tot hem door hoe sterk ze was en het verschafte hem inzicht hoe ze aan die kracht was gekomen. Het paard en de slede waren nuttig, misschien zelfs onmisbaar, maar ze was evengoed maar in haar eentje. Het veulen zocht gretig naar zijn moeders tepels, maar Ayla duwde hem opzij tot ze bij de grot waren.

'Jij gelijk, Jondalar,' zei ze toen ze bij de richel was. 'Groot, groot vuur. Ik niet zien eerder zo groot vuur. Veel weg. Veel, veel dieren.'

Iets in haar stem maakte dat hij nog eens goed naar haar keek. Ze was uitgeput en de slachting die ze had gezien, had zijn sporen achtergelaten in de gekwelde leegte in haar ogen. Haar handen waren zwart, haar gezicht en omslag zaten onder de roet- en bloedvegen. Ze maakte het tuig en de slede los en sloeg toen haar arm om Whinneys hals en leunde afgemat met haar voorhoofd tegen de merrie. Het paard liet haar hoofd hangen terwijl haar veulen de druk op haar volle melkklieren verlichtte. Ze zag er al net zo moe uit.

'Die brand was zeker ver weg? Het is laat, heb je de hele dag gereden?' vroeg Jondalar.

Ze tilde haar hoofd op en draaide zich naar hem om. Ze was heel even vergeten dat hij er was. 'Ja, hele dag,' zei ze en haalde toen diep adem. Ze kon nog niet aan haar vermoeidheid toegeven, ze had te veel te doen. 'Veel dieren sterven. Veel komen pakken vlees. Wolf. Hyena. Leeuw. Ander, ik niet eerder zien. Grote tanden.' Ze demonstreerde een open muil terwijl ze haar twee vingers als uitgerekte scheurtanden naar beneden liet hangen.

'Je hebt een sabeltandtijger gezien! Ik wist niet dat die echt bestonden! Een oude man vertelde de jonge knapen op de Zomerbijeenkomst altijd hele verhalen over hoe hij er een had gezien, maar niet iedereen geloofde hem. Heb je er echt een gezien?' Hij wenste dat hij met haar mee had kunnen gaan.

Ze knikte en huiverde. Haar schouders verstarden en ze sloot haar ogen. 'Maken Whinney schrikken. Sluipen. Slinger maken gaan. Whinney, ik rennen.'

Jondalar zette grote ogen op bij haar aarzelende relaas van het voorval. 'Je hebt een sabeltandtijger weggejaagd met je slinger? Grote Moeder, Ayla!'

'Veel vlees. Tijger... niet nodig Whinney. Slinger maken weggaan.'

Ze wilde meer zeggen, het voorval beschrijven, haar angst onder woorden brengen, die met hem delen, maar ze had de middelen niet.

Ze was te moe om zich de gebaren voor te stellen en dan te proberen te bedenken hoe de woorden erin pasten.

Geen wonder dat ze uitgeput was, dacht Jondalar. Misschien had ik niet moeten voorstellen dat ze naar de brand ging. Maar ze heeft twee herten gepakt. Daar was wel moed voor nodig tegenover een sabeltandtijger. Ze is me er eentje.

Ayla keek naar haar handen en ging het pad weer af naar het strandje. Ze pakte de fakkel die Jondalar in de grond had gestoken, droeg hem naar de stroom en hield hem omhoog om om zich heen te kijken. Vervolgens trok ze een stengel rode ganzenvoet uit de grond. Ze kneep de bladeren en wortels tussen haar handen fijn, maakte het mengsel nat, deed er wat zand bij en schuurde haar handen. Vervolgens waste ze het stof van haar gezicht en ging terug naar boven.

Jondalar had al kookstenen in het vuur gelegd en ze was er dankbaar voor. Een kom hete thee was net wat ze nodig had. Ze had voedsel voor hem achtergelaten en ze hoopte dat hij niet van haar verwachtte dat ze eten zou koken. Ze kon zich nu niet druk maken over maaltijden. Ze moest nog twee herten villen en aan stukken snijden om te drogen.

Ze had naar dieren gezocht die niet verschroeid waren, want ze wilde de huiden bewaren, maar toen ze aan de slag ging, herinnerde ze zich dat ze van plan was geweest een paar nieuwe, scherpe messen te maken. Het was meestal eenvoudiger om nieuwe te maken en de oude als krabber te gebruiken. Haar oude mes, dat in het gebruik bot was geworden, vergde meer van haar dan ze kon opbrengen. Ze hakte op de huid los terwijl tranen van vermoeidheid en verslagenheid in haar ogen kwamen en over haar wangen liepen.

'Ayla, wat is er aan de hand?' vroeg Jondalar.

Ze hakte alleen maar nog wilder op het hert los. Ze kon het niet uitleggen. Hij pakte het botte mes uit haar hand en trok haar overeind. 'Je bent moe. Ga toch een poosje liggen rusten.'

Ze schudde het hoofd, hoewel ze wanhopig graag wilde doen wat hij zei. 'Hert villen, vlees drogen. Niet wachten, hyena komen.'

Hij deed geen moeite te opperen dat ze de herten naar binnen bracht, ze dacht niet helder. 'Ik houd wel de wacht,' zei hij. 'Jij hebt rust nodig. Ga naar binnen en ga liggen, Ayla.'

Ze werd vervuld van dankbaarheid. Hij zou de wacht houden! Het was niet bij haar opgekomen het hem te vragen, want ze was niet gewend iemand anders te hebben. Bevend van opluchting wankelde ze de grot binnen en liet zich op haar vachten vallen. Ze wilde dolgraag dat ze Jondalar kon vertellen hoe dankbaar ze was. Ze voelde de tranen weer komen omdat ze wel wist dat het niet zou lukken. Ze kon niet praten!

Jondalar liep in de loop van de nacht verschillende keren de grot in en uit. Af en toe bleef hij bij de slapende vrouw staan kijken, zijn voorhoofd diep gefronst van bezorgdheid. Ze lag rusteloos met haar armen te slaan en onverstaanbaar te mompelen in haar dromen.

Ze liep door een mist, roepend om hulp. Een lange vrouw, in nevelen gehuld, haar gezicht onduidelijk, strekte haar armen uit. 'Ik heb toch gezegd dat ik voorzichtig zou zijn, moeder, maar waar was je gebleven?' mompelde Ayla. 'Waarom kwam je niet toen ik je riep? Ik heb geroepen en geroepen, maar je kwam maar niet. Waar ben je toch geweest? Moeder? Moeder? Ga nu niet weer weg! Blijf toch bij me! Moeder, wacht op me! Laat me niet alleen!'

Het droombeeld van de lange vrouw verdween en de nevelen losten op. Voor haar in de plaats stond er een andere vrouw, gedrongen en klein. Haar sterke, gespierde benen waren iets naar buiten gebogen, maar ze liep rechtop. Ze had een grote haviksneus, met een hoge, uitstekende rug, en aan haar kaak, die naar voren stak, ontbrak een kin. Haar voorhoofd was laag en week naar achter, maar haar hoofd was heel groot, haar nek was kort en dik. Zware wenkbrauwbogen overschaduwden grote, intelligente bruine ogen, die vol liefde en verdriet stonden.

Ze wenkte. 'Iza!' riep Ayla naar haar. 'Iza, help me! Alsjeblieft, help me!' Maar Iza keek haar slechts vragend aan. 'Iza, hoor je me niet? Waarom begrijp je me nou niet?'

'Niemand kan je begrijpen als je niet behoorlijk praat,' zei een andere stem. Ze zag een man die een staf gebruikte om hem bij het lopen te helpen. Hij was oud en mank. Een arm was onder de elleboog afgezet. De linkerkant van zijn gezicht was afschuwelijk verminkt door de littekens en zijn linkeroog ontbrak, maar zijn goede oog straalde kracht, wijsheid en mededogen uit. 'Je moet leren praten, Ayla,' zei Creb met zijn eenhandige gebaren, maar ze kon hem horen. Hij sprak met de stem van Jondalar.

'Hoe kan ik praten? Ik kan het me niet herinneren! Help me, Creb!'

'Je totem is de Holenleeuw, Ayla,' zei de oude Mog-ur.

In een geelbruine flits sprong de kat op de oerossen af en worstelde de reusachtige, in doodsangst brullende, roodbruine wilde koe tegen de grond. Ayla hapte naar adem en de sabeltandtijger grauwde naar haar. Zijn scheurtanden en snuit dropen van het bloed. Hij kwam op haar af, zijn lange, scherpe tanden werden langer en scherper. Ze zat in een kleine grot en probeerde weg te kruipen in de vaste rotsen in haar rug. Een holenleeuw brulde.

'Nee! Nee!' riep ze.

Een gigantische poot met uitgestrekte klauwen graaide naar binnen en groefde vier evenwijdige krabben in haar linkerdij.

'Nee! Nee!' riep ze uit. 'Ik kan het niet! Ik kan het niet!' De nevelen kolkten om haar heen. 'Ik kan het me niet herinneren.'

De lange vrouw strekte haar armen uit. 'Ik help je wel...'

Heel even trok de nevel op en Ayla zag een gezicht dat wel een beetje op het hare leek. Een pijnlijke golf van misselijkheid trok door haar heen, en een zure stank van vocht en rotting steeg omhoog toen de grond plotseling openscheurde.

'Moeder! Moederrrr!'

'Ayla, Ayla, wat is er aan de hand?' Jondalar schudde haar wakker. Hij had buiten op de richel gezeten toen hij haar in een onbekende taal hoorde gillen. Hij kwam sneller naar binnen hobbelen dan hij dacht dat hij vooruit kon komen.

Ze kwam overeind zitten en hij nam haar in zijn armen. 'O, Jondalar, het was mijn droom, mijn nachtmerrie!' snikte ze.

'Er is niets aan de hand, Ayla, er is echt niets aan de hand.'

'Het was een aardbeving. Zo is het gebeurd. Ze is bij een aardbeving omgekomen.'

'Wie is bij een aardbeving omgekomen?'

'Mijn moeder. En Creb later ook. O, Jondalar, ik háát aardbevingen.' Ze sidderde in zijn armen.

Jondalar pakte haar bij beide schouders en duwde haar van zich af zodat hij haar kon aankijken. 'Vertel me over je droom, Ayla,' zei hij.

'Ik heb die dromen al zo lang ik me kan herinneren, ze komen steeds terug. In de ene zit ik in een kleine grot en graait er een klauw naar binnen. Ik denk dat ik zo door mijn totem ben getekend. De andere kon ik me nooit herinneren, maar ik werd altijd trillend en misselijk wakker. Behalve deze keer. Ik heb haar gezien, Jondalar. Ik heb mijn moeder gezien!'

'Ayla, hoor je jezelf wel?'

'Hoe bedoel je?'

'Je praat, Ayla. Je praat!'

Ayla had eens kunnen praten en hoewel de taal niet hetzelfde was, had ze zich het gevoel, het ritme, de betekenis van gesproken taal eigen gemaakt. Ze was vergeten hoe ze met woorden moest spreken omdat haar overleving van een andere wijze van communiceren afhing en omdat ze de tragedie waardoor ze alleen was achtergebleven, wilde vergeten. Hoewel ze daar niet bewust haar best voor had gedaan, had ze meer dan de woordenschat van Jondalars taal gehoord en in haar geheugen geprent. De grammatica en klemtoon maakte deel uit van de klanken die ze hoorde als hij sprak. De schok van haar droom had deze onbewuste kennis naar boven gehaald.

Ze was geboren als een kind dat nog moest leren praten, maar ze had wel de aanleg en de wil. Ze hoefde slechts voortdurend voorbeelden te horen. Maar haar motivatie was nu groter dan die van een kind en haar geheugen was beter ontwikkeld. Ze leerde sneller. Hoewel ze hem niet alles precies kon nazeggen, had ze zijn taal toch goed geleerd.

'Je hebt gelijk! Ik kan het! Jondalar, ik kan in woorden denken!'

Plotseling hadden ze allebei in de gaten dat hij haar vasthield, en ze werden er verlegen onder. Hij liet zijn armen zakken.

'Is het al ochtend?' zei Ayla met een blik op het licht dat door de ingang van de grot en het rookgat erboven naar binnen stroomde. Ze gooide het dek van zich af. 'Ik wist niet dat ik zo lang kon slapen. Grote Moeder! Ik moet aan de slag om dat vlees te drogen.' Ze had ook zijn krachttermen overgenomen. Hij glimlachte. Het was nogal ontzagwekkend haar plotseling te horen spreken, maar het was grappig om zijn uitdrukkingen, uitgesproken met dat unieke accent van haar, uit haar mond te horen.

Ze haastte zich naar de ingang en bleef stokstijf staan toen ze naar buiten keek. Ze wreef haar ogen uit en keek nog eens. Rijen vlees, aan nette, tongvormige reepjes gesneden, waren van de ene kant van de brede stenen richel naar de andere gespannen, met verschillende vuurtjes op regelmatige afstanden ertussen. Droomde ze misschien nog? Waren alle vrouwen van de stam plotseling verschenen om haar te helpen?

'Als je honger hebt, is er vlees van een lendenstuk dat ik boven de vuurplaats aan het spit heb geregen,' zei Jondalar langs zijn neus weg en met een brede, zelfingenomen glimlach.

'Jij? Heb jij dat gedaan?'

'Ja, dat heb ik gedaan.' Zijn grijns werd nog breder. Haar reactie op zijn kleine verrassing was beter dan hij had gehoopt. Hij was misschien nog niet helemaal sterk genoeg om te jagen, maar hij kon tenminste de dieren villen die ze meebracht en het vlees vast te drogen hangen, vooral nu hij net nieuwe messen had gemaakt.

'Maar... jij bent een man,' zei ze verbluft.

Jondalars kleine verrassing was nog veel verbijsterender dan hij besefte. Alleen door een beroep te doen op hun herinneringen verwierven de leden van de Stam de kennis en vaardigheden om te overleven. Bij hen had het instinct zich zo ontwikkeld dat ze zich de vaardigheden van hun voorouders konden herinneren en ze konden doorgeven aan hun nageslacht. De taken die mannen en vrouwen verrichtten, waren al zoveel generaties gesplitst dat ze naar sekse gescheiden herinneringen hadden. Een man van de Stam was nooit op het idee gekomen het vlees aan reepjes te snijden om het alvast te drogen te hangen en als het wel bij hem was opgekomen, dan zou hij niet hebben geweten waar hij moest beginnen. Hij zou zeker niet de nette stukjes die gelijkmatig zouden drogen, hebben kunnen snijden, die Ayla voor haar ogen zag. Hij had er de herinneringen niet voor.

'Mag een man dan niet wat vlees aan reepjes snijden?' vroeg Jondalar. Hij wist dat sommige mensen andere gebruiken hadden ten aanzien van vrouwenwerk en mannenwerk, maar hij had haar alleen maar willen helpen. Hij had niet gedacht dat ze op haar teentjes getrapt zou zijn.

'In de Stam kunnen vrouwen niet jagen en mannen niet... voedsel maken,' probeerde ze uit te leggen.

'Maar jij jaagt wel.'

Zijn bewering gaf haar een onverwachte schok. Ze was vergeten dat ze met hem de verschillen deelde tussen de Stam en de Anderen.

'Ik... Ik ben geen vrouw van de Stam,' zei ze onthutst. 'Ik...' Ze wist niet hoe ze het moest uitleggen. 'Ik ben net als jij, Jondalar. Een van de Anderen.'

23

Ayla hield in en liet zich van Whinneys rug glijden. Ze gaf de druipende waterzak aan Jondalar. Hij pakte hem aan en dronk met grote, dorstige teugen. Ze waren ver in de vallei, haast op de steppen, een heel eind van de stroom verwijderd.

Om hen heen rimpelde het goudkleurige gras op de wind. Ze hadden gierstkorrels verzameld en wilde rogge. Er stond ook onrijpe dubbele gerst, eenkoorn en emerkoren tussen. Het was heet werk, het eentonige karweitje om met de hand langs de halmen te gaan om de kleine, harde zaden eraf te stropen. De kleine, ronde gierst brak gemakkelijk af, maar zou nog extra gewand moeten worden. De rogge liet zich vrij gemakkelijk dorsen.

Ayla deed het koord van haar mand om haar nek en ging aan het werk. Jondalar volgde even later haar voorbeeld. Een poosje plukten ze naast elkaar de korrels, toen draaide hij zich naar haar om.

'Hoe is het om op een paard te rijden, Ayla?'

'Het is moeilijk uit te leggen,' zei ze. 'Als je hard gaat, is het opwindend. Maar dat is langzaam rijden ook. Het geeft me een fijn gevoel op Whinney te rijden.' Ze ging weer verder met haar taak, toen hield ze weer op. 'Zou je het willen proberen?'

'Wat willen proberen?'

'Op Whinney te rijden.'

Hij keek haar aan en probeerde erachter te komen wat ze er werkelijk van vond. Hij wilde nu al een tijdje proberen op het paard te rijden, maar ze leek zo'n persoonlijke band met het dier te hebben dat hij niet wist hoe hij het tactvol moest vragen.

'Ja, dat zou ik wel willen. Maar zal Whinney het goedvinden?'

'Dat weet ik niet.' Ze wierp een blik op de zon om te zien hoe laat het was en hees vervolgens de mand met een zwaai op haar rug. 'We zullen zien.'

'Nu?' vroeg hij. Ze knikte en krabbelde al wat terug. 'Ik dacht dat jij water zou halen zodat we meer graan konden plukken.'

'Dat is zo. Maar ik ben het vergeten, omdat het vlugger gaat als we samen plukken. Ik lette alleen op mijn mand – ik ben er niet aan gewend dat iemand me helpt.'

Ze was telkens opnieuw verbaasd dat deze man zo handig was. Hij was niet alleen bereidwillig; wat zij kon, kon hij ook, of hij leerde het. Hij was nieuwsgierig en had overal belangstelling voor. Hij probeerde vooral graag nieuwe dingen. Ze herkende zichzelf in hem. Ze begreep nu beter hoe vreemd de Stam haar moest hebben gevonden. Toch hadden ze haar opgenomen en geprobeerd haar hun levensstijl eigen te maken.

Ook Jondalar schoof zijn oogstmand op zijn rug en kwam naast haar lopen. 'Voor vandaag heb ik er wel genoeg van. Je hebt al zoveel graan, Ayla en de gerst en het koren zijn nog niet eens rijp. Ik begrijp niet waarom je nog meer wilt hebben.'

'Het is voor Whinney en haar kleintje. Ze zullen ook gras nodig hebben. Whinney graast 's winters buiten, maar als er een dik pak sneeuw ligt, gaan veel paarden dood.'

De uitleg was voldoende om alle eventuele bezwaren die hij had kunnen hebben, de kop in te drukken. Ze liepen door het hoge gras terug, genietend van de warme zon op hun blote huid, nu ze er niet meer in werkten. Jondalar droeg alleen zijn lendendoek en zijn huid was even gebronsd als de hare. Ayla was overgestapt op haar korte zomeromslag, die haar van middel tot dij bedekte. Ze bewaarde er wel haar slinger en gereedschap in. Verder droeg ze alleen de kleine leren buidel om haar hals. Jondalar had zich er meer dan eens op betrapt dat hij bewonderend naar haar stevige, soepele lichaam keek, maar hij deed geen openlijke toenaderingspogingen en die lokte ze ook niet uit.

Hij verheugde zich op de rit op het paard en vroeg zich af wat Whinney zou doen. Als het moest kon hij vlug uit haar buurt springen. Afgezien van een lichte kreupelheid was zijn been helemaal gezond en hij dacht dat hij die mettertijd ook wel kwijt zou raken. Ayla had een wonder verricht met de genezing van zijn been, hij had zoveel aan haar te danken. Hij begon langzamerhand aan vertrekken te denken, want er was geen reden waarom hij nog zou blijven, maar ze leek geen haast te hebben met zijn vertrek en hij stelde het steeds maar uit. Hij wilde haar helpen zich voor te bereiden op de komende winter, dat was wel het minste wat hij haar verschuldigd was.

En ze moest ook aan de paarden denken. Daar had hij niet bij stilgestaan. 'Het kost een hoop werk om voedsel op te slaan voor de paarden, hè?'

'Niet zoveel,' zei ze.

'Ik liep net te denken, je zei dat ze ook gras nodig hadden. Zou je niet hele stengels kunnen afsnijden en die mee kunnen nemen naar de grot? Dan zou je in plaats van graan hierin te verzamelen,' hij wees op de oogstmanden, 'de zaden in een mand kunnen schudden. En je zou nog gras voor ze hebben ook.'

Ze bleef even staan en fronste het voorhoofd om over het idee na te denken. 'Misschien... Als de stengels te drogen worden gehangen nadat ze zijn afgesneden, zou je de zaden misschien kunnen losschudden. Sommige beter dan andere. Er is nog koren en gerst... de moeite van het proberen waard.' Een brede glimlach breidde zich over haar gezicht uit. 'Jondalar, ik denk dat het misschien zou gaan!'

Ze was zo oprecht opgewonden dat hij ook moest glimlachen. Zijn goedkeuring jegens haar, het feit dat hij zich tot haar aangetrokken voelde, zijn pure plezier in haar, stonden allemaal duidelijk te lezen in zijn fantastisch verleidelijke ogen. Haar reactie was openhartig en spontaan.

'Jondalar, ik vind het zo fijn als je... tegen me glimlacht, met je mond en met je ogen.'

Hij lachte met zijn onverwachte, onbeteugelde, onstuimige, speelse lach. Ze is zo eerlijk, dacht hij. Ik geloof niet dat ze ooit iets anders is geweest dan volkomen openhartig. Wat is ze toch een zeldzame vrouw.

Ayla werd door zijn uitbarsting verrast. Haar glimlach zwichtte voor zijn aanstekelijke vrolijkheid, veranderde in een grinnik en groeide uit tot een ongeremd gejuich van verrukking.

Toen ze zichzelf weer in bedwang hadden, waren ze allebei buiten adem. Ze vervielen in nieuwe stuiptrekkingen, haalden toen diep adem en veegden de tranen uit hun ogen. Geen van tweeën kon zeggen wat er nou zo grappig was geweest, hun gelach had zichzelf gevoed. Maar het was evenzeer een ontlading van spanningen die steeds groter waren geworden, als de vrolijkheid van de situatie.

Toen ze weer verder liepen, sloeg Jondalar een arm om Ayla's middel. Het was een hartelijke reflex op hun gedeelde gelach. Hij voelde haar verstijven en trok zijn arm onmiddellijk weer terug. Hij had zichzelf beloofd dat hij zich niet aan haar zou opdringen, zelfs als ze hem destijds niet had begrepen. Als ze een gelofte had gedaan om af te zien van Genot, dan wilde hij zich niet in een positie plaatsen waarin hij haar zou dwingen hem af te wijzen. Hij had erg goed opgepast dat hij haar als persoon respecteerde.

Maar hij had de vrouwelijke geur van haar warme huid geroken en voelde haar gezwollen, zware borsten naast zich. Hij herinnerde zich plotseling hoe lang het geleden was dat hij met een vrouw had geslapen en de lendendoek deed niets om de blijk van zijn gedachten geheim te houden. Hij wendde zich af in een poging om zijn duidelijk zichtbare zwelling te verbergen, maar hij moest zich heel erg inhouden om haar niet de omslag van het lijf te rukken. Hij nam steeds grotere passen, tot hij haast voor haar uit rende.

'Doni, wat begeer ik die vrouw!' mompelde hij in zichzelf.

Tranen rolden uit Ayla's ooghoeken toen ze het hem op een lopen zag zetten. Wat heb ik verkeerd gedaan? Waarom loopt hij voor me weg? Waarom geeft hij mij zijn teken niet? Ik kan zien hoe groot zijn behoefte is, dus waarom wil hij zich niet met me verlichten? Ben ik dan zo lelijk? Ze voelde zijn arm nog om haar heen en sidderde, zijn mannelijke geur hing nog om haar heen. Ze treuzelde. Ze wilde hem niet onder ogen komen en voelde zich zoals ze zich altijd als klein meisje voelde als ze iets gedaan had waarvan ze wist dat het verkeerd was, alleen wist ze deze keer niet wat het was.

Jondalar had de koele schaduw van het bosje bij de rivier bereikt. Zijn opwinding was zo groot dat hij zich niet meer kon beheersen. Hij was nog maar net achter de struiken verdwenen of zijn zaad gutste eruit en daarna steunde hij trillend met zijn hoofd tegen een boom. Het was een verlichting, meer niet. Maar hij kon de vrouw tenminste weer naderen zonder te proberen haar op de grond te gooien en te verkrachten.

Hij vond een tak om de aarde los te maken en het vocht van zijn Genot te bedekken met de aarde van de Moeder. Zelandoni had hem verteld dat het een verspilling van de Gave van de Moeder was om het te vermorsen, maar het was nodig. Ze zou het terugkrijgen, op de grond gemorst en bedekt. Ze had gelijk, dacht hij. Het was verspilling en het schonk geen genot.

Hij liep langs de rivier en zag ertegen op om voor den dag te komen. Hij zag dat ze bij een groot rotsblok stond te wachten, met een arm om het veulen en haar voorhoofd tegen Whinneys hals gedrukt.

Ze zag er zo kwetsbaar uit zoals ze zich aan de dieren vastklampte op zoek naar steun en troost. Hij wist zeker dat hij haar verdriet had gedaan en hij schaamde zich, alsof hij iets laakbaars had gedaan.

'Af en toe staat een mens zo op springen dat hij zijn plas niet kan ophouden,' loog hij met het schaamrood op de kaken.

Ayla was verbaasd. Waarom zou hij woorden maken die onwaar waren? Ze wist wat hij had gedaan. Hij had zich verlicht.

Een man van de Stam zou nog eerder om de vrouw van de leider hebben gevraagd dan dat hij dit deed. Zelfs zij zou, lelijk als ze was, als hij zijn behoefte niet kon bedwingen, het teken hebben gekregen als er geen andere vrouw in de buurt was. Volwassen mannen deden zoiets niet. Alleen pubers, die lichamelijk volwassen waren, maar hun eerste buit nog niet hadden gemaakt, dachten eraan. Maar Jondalar had liever voor zichzelf gezorgd dan dat hij haar het teken gaf. Erger kon ze niet gekwetst worden, ze was vernederd.

Ze negeerde zijn woorden en vermeed een rechtstreekse blik. 'Als je op Whinney wilt rijden, dan zal ik haar vasthouden terwijl jij op de rots klimt en je been over haar rug slaat. Ik zal Whinney zeggen dat je wilt rijden. Misschien vindt ze het goed.'

Daarom waren ze met plukken opgehouden, herinnerde hij zich. Waar was zijn enthousiasme gebleven? Hoe kon er zoveel veranderen in de korte tijd dat ze van de ene kant van het veld naar de andere waren gelopen? Om de indruk te wekken dat alles normaal was, klom hij op de stoelvormige holte in het grote rotsblok, terwijl Ayla het paard dichter naar hem toe loodste, maar ook hij vermeed oogcontact.

'Hoe laat je haar de kant op gaan die jij wilt?' vroeg hij.

Ayla moest over de vraag nadenkcn. 'Ik laat haar niet gaan, ze wil dezelfde kant op gaan als ik.'

'Maar hoe weet ze welke kant jij op wilt?'

'Dat weet ik niet...' Ze wist het inderdaad niet, ze had er niet over nagedacht.

Jondalar besloot dat het hem niets kon schelen. Hij was bereid elke kant op te gaan waar het paard hem mee naartoe zou nemen, als ze al bereid was hem ergens mee naartoe te nemen. Hij legde een hand op haar schoft voor houvast en ging voorzichtig schrijlings op het paard zitten.

Whinney legde haar oren in haar nek. Ze wist dat het Ayla niet was en de last was zwaarder. Ze miste de druk van Ayla's dijen en benen. Maar Ayla stond vlakbij en hield haar hoofd vast en de man was bekend. De merrie steigerde onzeker, maar kalmeerde na enkele ogenblikken.

'Wat doe ik nu?' vroeg Jondalar, op het kleine paard gezeten. Zijn benen bungelden elk aan een kant naar beneden en hij wist niet goed wat hij met zijn handen moest doen.

Ayla gaf het paard de vertrouwde geruststelling van klopjes en sprak haar toen toe in een taal die voor een deel uit gebaren bestond, voor een deel uit afgebeten woorden van de Stam en voor een deel uit Zelandonisch. 'Jondalar zou graag een ritje op je maken, Whinney.'

Haar stem had de aansporende toon van 'naar voren' en haar hand oefende een lichte druk uit, voldoende aanwijzing voor het dier dat zo gevoelig was voor de richtlijnen van de vrouw. Whinney stapte naar voren.

'Als je je vast moet houden, sla dan je armen om haar nek,' ried Ayla aan.

Whinney was eraan gewend iemand op haar rug te dragen. Ze sprong of bokte niet, maar zonder leiding kwam ze aarzelend vooruit. Jondalar boog zich naar voren om haar op de hals te kloppen, al evenzeer om zichzelf gerust te stellen als het paard, maar de beweging kwam wel een beetje overeen met Ayla's aanwijzing om sneller te gaan. De onverwachte ruk naar voren bracht de man ertoe Ayla's raad op te volgen. Hij boog zich naar voren en sloeg zijn armen om haar nek. Voor Whinney was het een teken om haar snelheid op te voeren.

Het paard vloog ineens in volle galop dwars het veld over terwijl Jondalar zich uit alle macht aan haar hals vastklampte. Zijn lange haar wapperde achter hem aan. Hij voelde de wind in zijn gezicht en toen hij eindelijk zijn ogen op een kiertje durfde te openen, zag hij de grond met een alarmerende snelheid voorbijflitsen. Het was angstaanjagend – en sensationeel! Hij begreep waarom Ayla niet in staat was geweest het gevoel te omschrijven. Het was alsof je 's winters langs een beijsde heuvel naar beneden gleed, of als die keer toen hij door de grote steur de rivier over werd gesleurd, maar dan opwindender. Zijn oog werd getrokken door een bewegende vlek links van hem. Het bruine veulen rende naast zijn moeder en hield gelijke tred met haar.

Hij hoorde een fluitje in de verte, schel en doordringend, en plotseling zwenkte het paard in een scherpe bocht en galoppeerde terug.

'Ga rechtop zitten!' riep Ayla naar Jondalar toen ze naderden. Toen het paard bij de vrouw in de buurt kwam, ging het langzamer lopen en hij profiteerde daarvan door rechtop te gaan zitten. Whinney ging over in draf en bleef naast de steen stilstaan.

Jondalar trilde een beetje toen hij afsteeg, maar zijn ogen fonkelden van opwinding. Ayla klopte de merrie op haar bezwete flanken en volgde haar toen langzamer terwijl Whinney naar het strandje bij de grot klepperde.

'Weet je dat dat veulen haar het hele eind heeft bijgehouden? Wat een renner!'

Uit de manier waarop Jondalar het gebruikte, maakte Ayla op dat er meer achter het woord zat dan de betekenis suggereerde.

'Wat is een renner?' vroeg ze.

'Op de Zomerbijeenkomst zijn er wedstrijden – allerlei – maar de spannendste zijn de hardloopwedstrijden,' legde hij uit. 'De hardlopers worden renners genoemd en dat is een woord geworden voor iedereen die probeert te winnen of een doel nastreeft. Het is een woord van goedkeuring en aanmoediging – lof.'

'Het veulen is een renner, hij rent graag.'

Ze liepen zwijgend verder. De stilte werd met iedere stap pijnlijker. 'Waarom zei je me dat ik rechtop moest gaan zitten?' vroeg Jondalar ten slotte, in een poging deze te doorbreken. 'Ik dacht dat je zei dat je niet wist hoe je Whinney vertelde wat je wilde. Ze hield inderdaad haar pas in toen ik overeind ging zitten.'

'Ik had er nog nooit over nagedacht, maar toen ik jullie zag aankomen, dacht ik plotseling: ga rechtop zitten. Ik wist eerst niet hoe ik het je moest zeggen, maar toen je langzamer moest gaan, wist ik het gewoon.'

'Dan geef je het paard dus toch tekens. Een of ander soort tekens. Ik vraag me af of het veulen ook tekens zou kunnen leren,' peinsde hij.

Ze kwamen bij de muur die zich tot het water uitstrekte. Ze liepen eromheen en stonden plotseling voor Whinney, die zich in dc modder aan de rand van de stroom rolde. Ze kreunde van verrukking. Naast haar lag het veulen, ook met de benen in de lucht. Jondalar bleef glimlachend naar het schouwspel staan kijken, maar Ayla liep met gebogen hoofd door. Hij haalde haar in toen ze het pad op ging. 'Ayla...' Ze draaide zich om en toen wist hij niet wat hij moest zeggen. 'Ik... Ik, eh... Ik wilde je bedanken.'

Dat was nog altijd een woord dat ze moeilijk begreep. Er was bij de Stam geen duidelijk equivalent voor. De leden van iedere groep waren zo afhankelijk van elkaar om te overleven dat wederzijdse bijstand een normale zaak was. Er werd door anderen net zomin dank uitgesproken als door een baby aan de moeder, voor haar verzorging en de moeder verwachtte dat ook niet. Er werd verwacht dat speciale gunsten of geschenken op dezelfde wijze werden beloond, waarbij de waarde niet altijd werd vergeleken.

De leden van de Stam kwamen nog het gemakkelijkst tot een dankbetuiging wanneer het ging om een mindere tegenover een meerdere – gewoonlijk een vrouw tegenover een man – voor een bijzondere gunst. Daarom dacht ze dat Jondalar probeerde te zeggen dat hij dankbaar was omdat hij op Whinney had gereden.

'Jondalar, Whinney stond je toe dat je op haar rug ging zitten. Waarom zou je mij moeten bedanken?'

'Je hebt me geholpen om haar te berijden, Ayla, en bovendien is er zoveel waar ik je voor moet bedanken. Je hebt zoveel voor me gedaan. Je hebt me verzorgd.'

'Zou het veulen Whinney ook bedanken voor de verzorging? Je zat in nood, ik heb je verzorgd. Waarom... "dank je"?'

450

'Maar je hebt mijn leven gered.'

'Ik ben een vrouw die kan genezen, Jondalar.' Ze probeerde hem uit te leggen dat wanneer iemand andermans leven redt, er een stukje van de levensgeest wordt opgeëist en daarmee de verplichting om diegene in ruil te beschermen; daardoor worden die twee nauwer verwant dan familie. Maar zij was een medicijnvrouw en met het stukje zwart mangaanerts in haar amulet had ze een stukje van ieders geest gekregen. Niemand hoefde haar verder iets te geven. 'Dank je is niet nodig,' zei ze.

'Ik weet dat het niet nodig is. Ik weet dat je een medicijnvrouw bent, maar ik vind het belangrijk dat je weet hoe ik over je denk. Mensen bedanken elkaar voor de hulp. Dat is beleefd, een gewoonte.'

Ze liepen achter elkaar aan het pad op. Ze gaf geen antwoord, maar zijn woorden deden haar denken aan Creb die had geprobeerd uit te leggen dat het onbeleefd was om in een andermans vuurplaats te kijken. Ze had meer moeite gehad met het leren van de gewoonten van de Stam dan met de taal. Jondalar zei dat het onder zijn mensen gebruikelijk was om elkaar te bedanken, uit beleefdheid, maar dat maakte de verwarring nog groter.

Waarom wilde hij haar bedanken als hij haar net nog zo'n schande had aangedaan? Wanneer een man van de Stam haar zo minachtte, zou ze voor hem niet meer bestaan. Het werd wel moeilijk om aan zijn gebruiken te wennen, besefte ze. Maar dat veranderde niets aan het feit dat ze zich vernederd voelde.

Hij probeerde door de barrière die plotseling tussen hen was ontstaan, heen te breken en hield haar tegen voor ze de grot binnenging.

'Ayla, het spijt me als ik je op de een of andere manier heb beledigd.'

'Beledigen? Dat woord begrijp ik niet.'

'Ik geloof dat ik je boos heb gemaakt, dat je je ellendig voelt.'

'Niet boos, maar ja, je hebt inderdaad gemaakt dat ik me ellendig voel.'

De bekentenis bracht hem van zijn stuk. 'Het spijt me,' zei hij.

'Spijt. Dat is beleefdheid, hè? Gebruik? Jondalar, wat heb ik aan woorden als "spijt". Het verandert niets, ik voel me er niet minder ellendig door.'

Hij ging met zijn hand door zijn haar. Ze had gelijk. Wat hij ook had gedaan – en hij dacht dat hij wel wist wat het was – spijt hebben hielp niet. En het hielp ook niet dat hij de kwestie uit de weg was gegaan, die niet eerlijk onder ogen had gezien, uit angst dat hij zich waarschijnlijk bloot zou stellen aan verdere verlegenheid.

Ze ging de grot in, deed haar oogstmand af en pookte het vuur op om een avondmaal te bereiden. Hij volgde haar, zette zijn mand naast de hare en trok een matje naar de vuurplaats om naar haar te kijken.

Ze gebruikte wat gereedschap dat hij haar had gegeven nadat hij het hert in stukken had gesneden. Ze vond het mooi, maar voor sommige karweitjes gebruikte ze liever het mes waar ze aan gewend was. Hij zag dat ze het lompe mes, dat gemaakt was van een plat stuk vuursteen en veel zwaarder was dan zijn messen, net zo gemakkelijk hanteerde als ieder ander omging met de kleinere messen met een heft. Hij vergeleek de messen vanuit het oogpunt van een vuursteenbewerker. Het is niet eens zo belangrijk dat het ene mes gemakkelijker te hanteren is dan het andere, dacht hij. Elk scherp mes wil wel snijden, maar bedenk eens hoeveel meer materiaal je nodig hebt om voor iedereen gereedschap te maken. Alleen al het verzamelen van de stenen kon een probleem worden.

Het werkte Ayla op de zenuwen dat hij daar zo strak naar haar zat te kijken. Ten slotte stond ze op om wat kamille te pakken om thee te zetten, in de hoop dat het zijn aandacht af zou leiden en haar wat zou kalmeren. Hij raakte er echter alleen maar van doordrongen dat hij het weer had uitgesteld om het probleem onder ogen te zien. Hij raapte zijn moed bij elkaar en besloot tot een directe benadering.

'Je hebt gelijk, Ayla, zeggen dat het me spijt stelt weinig voor, maar ik weet niet wat ik anders moet zeggen. Ik weet niet wat ik heb gedaan waardoor je beledigd bent. Vertel me alsjeblieft, waarom voel je je ellendig?'

Hij zegt zeker weer woorden die niet waar zijn, dacht ze. Hoe kon hij het niet weten? En toch leek hij ermee te zitten. Ze sloeg haar ogen neer. Ze wenste dat hij het niet had gezegd. Het was al erg genoeg een dergelijke vernedering te ondergaan zonder erover te moeten praten. Maar hij had het nu eenmaal gevraagd.

'Ik voel me naar omdat... omdat ik niet acceptabel ben.' Ze zei het tegen de handen die haar theekom vasthielden op haar schoot.

'Hoe bedoel je, dat je niet acceptabel bent? Ik begrijp het niet?'

Waarom stelde hij haar deze vragen? Probeerde hij het nog erger te maken? Ayla keek vlug naar hem op. Hij leunde naar voren en ze las oprechtheid in zijn houding en ogen.

'Geen enkele man van de Stam zou zich ooit zelf van zijn behoefte verlichten als er een acceptabele vrouw in de buurt was.' Ze bloosde bij het noemen van haar eigen tekort en sloeg haar ogen neer. 'Je was vol van je behoefte, maar je rende van me weg. Zou ik me dan niet ellendig moeten voelen als ik onacceptabel voor je ben?'

'Wil je zeggen dat je beledigd bent omdat ik niet...' Hij leunde achterover en keek naar boven. 'O, Doni! Hoe kon je zo stom zijn, Jondalar?' vroeg hij aan de grot in het algemeen.

Ze keek verrast naar hem op.

'Ik dacht dat je niet wilde dat ik je lastigviel, Ayla. Ik probeerde je wensen te respecteren. Ik verlangde zo naar je, dat ik het niet kon verdragen, maar elke keer dat ik je aanraakte, verstijfde je. Hoe kon je denken dat een man je niet acceptabel zou vinden?'

Een golf van begrip welde in haar op, die de strakke, schrijnende pijn oploste. Hij verlangde naar haar! Hij dacht dat zij niet naar hem verlangde! Het was weer een kwestie van gebruiken, andere gebruiken! 'Jondalar, je hoefde alleen het teken maar te geven. Waarom deed het ertoe wat ik wilde?'

'Natuurlijk doet het ertoe wat jij wilt. Verlang...' Plotseling bloosde hij, 'verlang jij dan niet naar mij?' Er stond aarzeling in zijn ogen te lezen, en angst te worden afgewezen. Ze kende het gevoel. Het verbaasde haar het bij een man te zien, maar het loste ieder restje twijfel op dat ze misschien nog zou koesteren, en ontlokte haar een warm en teder gevoel.

'Ik verlang wel naar je, Jondalar. Ik verlangde al naar je toen ik je voor het eerst zag. Toen je er zo slecht aan toe was dat ik niet zeker wist of je wel in leven zou blijven, keek ik naar je en dan voelde ik... Dan kwam dat gevoel vanbinnen...' Ze sloeg haar ogen weer neer. Ze had meer gezegd dan haar bedoeling was. Vrouwen van de Stam waren subtieler in hun uitnodigende gebaren.

'En ik denk de hele tijd maar... Wat is dat voor teken waar je het steeds over hebt?'

'Bij de Stam maakt de man het teken als hij een vrouw wil hebben.'

'Laat eens zien.'

Ze maakte het gebaar en bloosde. Het was geen gebaar dat normaal door een vrouw werd gemaakt.

'Dat is alles? Ik doe gewoon zo? En wat doe jij dan?' Hij was met stomheid geslagen toen ze opstond, knielde en de houding aannam.

'Wil je zeggen dat een man dit doet en dat een vrouw dat doet en dat dat alles is? Dan zijn ze klaar?'

'Een man maakt het teken niet als hij niet klaar is. Was jij vandaag soms niet klaar?'

Het was zijn beurt om te blozen. Hij was vergeten hoe klaar hij was geweest en wat hij had gedaan om zich niet aan haar op te dringen. Hij had er toen alles voor over gehad om dit teken te kennen.

'En als een vrouw hem nou niet wil? Of als ze niet klaar is?'

'Als een man het teken maakt, moet de vrouw de houding aanne-

453

men.' Ze dacht aan Broud en haar gezicht betrok bij de herinnering aan de pijn en vernedering.

'Altijd, Ayla?' Hij zag de pijn en begreep het niet. 'Zelfs haar eerste keer?' Ze knikte. 'Is het jou zo overkomen? Een of andere man gaf je gewoon het teken?' Ze sloot haar ogen, slikte en knikte weer.

Jondalar was ontsteld en verontwaardigd. 'Wil je zeggen dat je geen Eerste Riten hebt gehad? Niemand die op moest letten dat een man je niet te veel pijn deed? Wat zijn dat voor mensen? Kan de eerste keer voor een jonge vrouw hun dan niets schelen? Laten ze het gewoon aan iedere willekeurige man over om haar te nemen als hij vol is van zijn begeerte? Om zich aan haar te vergrijpen, of ze klaar is of niet? Of het pijn doet of niet?' Hij was gaan staan en ijsbeerde boos heen en weer. 'Dat is wreed! Dat is onmenselijk! Hoe kon iemand het toestaan? Hebben ze dan geen enkel mededogen, geven ze dan nergens om?'

Zijn uitbarsting was zo onverwacht dat Ayla alleen met wijd opengesperde ogen zat te staren en toekeek hoe Jondalar zich tot een rechtschapen woede opzweepte. Maar naarmate zijn woorden venijniger werden, schudde ze haar hoofd om zijn beweringen tegen te spreken.

'Nee,' verwoordde ze ten slotte wat haar dwarszat. 'Dat is niet waar, Jondalar! Ze geven wel ergens om! Iza heeft me gevonden, ze heeft voor me gezorgd. Ze hebben me opgenomen, me lid van de Stam gemaakt, ook al was ik bij de Anderen geboren. Ze hoefden me niet op te nemen.

Creb begreep niet dat Broud me pijn deed, hij had nooit een gezellin gehad. Op die manier kende hij vrouwen niet. Broud deed het steeds alleen maar omdat hij wist dat ik het afschuwelijk vond, maar hij had er het recht toe. En toen ik zwanger raakte, heeft Iza voor me gezorgd. Ze is zelf ziek geworden omdat ze medicijnen voor me ging zoeken zodat ik mijn kleintje niet zou verliezen. Zonder haar was ik gestorven toen Durc werd geboren. En Brun aanvaardde hem, ook al dacht iedereen dat hij mismaakt was. Maar dat was hij niet. Hij is sterk en gezond...' Ayla maakte haar zin niet af toen ze Jondalar naar haar zag staren.

'Je hebt een zoon? Waar is hij?

Ayla had niet over haar zoon gerept. Zelfs na zo'n lange tijd was het nog pijnlijk om over hem te spreken. Ze wist dat het vragen zou oproepen als ze hem maar noemde, hoewel het uiteindelijk toch ter sprake zou zijn gekomen.

'Ja, ik heb een zoon. Hij woont nog bij de Stam. Ik heb hem aan Oeba gegeven toen Broud me wegstuurde.'

'Je wegstuurde? Waarom zou iemand een moeder van haar kind wegsturen? Wie is die... Broud?'

Hoe kon ze het hem uitleggen? Ze sloot haar ogen even. 'Hij is de leider. Brun was de leider toen ze me vonden. Hij stond Creb toe dat hij me lid van de Stam maakte, maar hij begon oud te worden, dus maakte hij Broud tot leider. Broud heeft altijd een hekel aan me gehad, zelfs al toen ik nog een klein meisje was.'

'Hij is degene die je pijn heeft gedaan, hè?'

'Iza vertelde me over het teken toen ik vrouw werd, maar ze zei dat mannen hun behoeften verlichtten met vrouwen die ze aantrekkelijk vonden. Broud deed het omdat hij een hekel aan me had, omdat het hem een prettig gevoel gaf te weten dat hij me kon dwingen iets te doen dat ik afschuwelijk vond. Maar ik denk dat mijn totem hem ertoe heeft gebracht. De Geest van de Holenleeuw wist hoe graag ik een kleintje wilde.'

'Wat heeft die Broud met je kleintje te maken? De Grote Aardmoeder zegent je als Zij dat verkiest. Was jouw zoon van zijn geest?'

'Creb zei dat geesten kleintjes maakten. Hij zei dat een vrouw de totemgeest van een man inslikte. Als die sterk genoeg was, overwon hij de geest van haar totem, nam zijn levenskracht en liet een nieuw leven in haar groeien.'

'Dat is een vreemde opvatting. De Moeder kiest de geest van de man, die zich vermengt met de geest van de vrouw, wanneer Zij een vrouw zegent.'

'Ik geloof niet dat geesten baby's maken. Geen geesten van totems en ook niet geesten die vermengd worden door jouw Grote Moeder. Ik geloof dat er een nieuw leven begint wanneer het lid van een man stijf is en hij het in een vrouw brengt. Ik geloof dat mannen daarom zo'n sterke behoefte hebben en vrouwen daarom zo naar ze verlangen.'

'Dat kan niet, Ayla. Weet je hoe vaak een man zijn lid in een vrouw kan brengen? Zoveel kinderen zou een vrouw niet kunnen krijgen. Een man brengt een vrouw zover met de Gave van Genot van de Moeder; hij opent haar zodat de geesten binnen kunnen komen. Maar de heiligste Gave van het Leven wordt door de Moeder alleen aan vrouwen gegeven. Zij ontvangen de geest, scheppen nieuw leven en worden moeders, net als Zij. Als een man Haar eert, Haar Gaven op prijs stelt en een verbintenis aangaat om voor een vrouw en haar kinderen te zorgen, kan Doni zijn geest kiezen voor de kinderen van zijn vuurplaats.'

'Wat is de Gave van het Genot?'

'Je hebt het Genot zeker nooit gekend?' vroeg hij verbaasd, toen hij aan het idee dacht. 'Geen wonder dat je het niet begreep toen ik... Je bent een vrouw die een kind heeft gekregen zonder ooit de Eerste Riten te hebben gehad. Het moet een heel vreemde Stam zijn geweest. Iedereen die ik op mijn reis heb ontmoet, had gehoord van de Moeder en Haar Gaven. De Gave van het Genot is wanneer een man en een vrouw voelen dat ze elkaar willen hebben en zich aan elkaar geven.'

'Dat is wanneer een man heet is en zich wil verlichten met een vrouw, nietwaar?' zei Ayla. 'Als hij zijn lid erin steekt waar de kleintjes uit komen. Is dat de Gave van het Genot?'

'Dat is zo, maar het is veel meer.'

'Maar iedereen had mij verteld dat ik nooit een kleintje zou krijgen omdat mijn totem te sterk was. Ze waren allemaal verbaasd. En hij was ook niet mismaakt. Hij leek alleen een beetje op mij en een beetje op hen. Maar pas nadat Broud me iedere keer het teken had gegeven, raakte ik zwanger. Niemand anders wilde me hebben, ik ben te groot en te lelijk. Zelfs op de Stambijeenkomst was er geen man die me wilde opnemen, hoewel ik Iza's status had toen ze me als haar dochter aanvaardde.'

Iets in haar verhaal begon Jondalar dwars te zitten en knaagde aan hem, maar hij kon er net niet de vinger op leggen.

'Je zei dat de medicijnvrouw je heeft gevonden – hoe heette ze? Iza? Waar heeft ze je gevonden? Waar kwam je vandaan?'

'Dat weet ik niet. Iza zei dat ik bij de Anderen was geboren, andere mensen zoals ik. Zoals jij, Jondalar. Ik herinner me niets van voor de tijd dat ik bij de Stam woonde, ik kan me zelfs het gezicht van mijn moeder niet herinneren. Jij bent de enige man die ik ooit heb gezien, die er net zo uitziet als ik.'

Jondalar kreeg al luisterend een onbehaaglijk gevoel onder in zijn maag. 'Van een vrouw op de Stambijeenkomst heb ik van een man van de Anderen gehoord. Daardoor was ik bang voor hen, tot ik jou ontmoette. Ze had een kleintje dat zo op Durc leek, dat het wel mijn kleintje had kunnen zijn. Oda wilde een verbintenis regelen tussen haar dochter en mijn zoon. Ze zeiden dat haar kleintje ook mismaakt was, maar ik denk dat die man van de Anderen haar kleintje heeft laten beginnen toen hij haar dwong hem zijn behoefte met haar te laten verlichten.'

'De man dwong haar?'

'En doodde haar eerste dochtertje ook nog. Oda was met nog twee andere vrouwen en zij kwamen met veel, maar ze gaven het teken niet. Toen een van hen haar greep, viel Oda's eerste kleintje en sloeg met haar hoofdje tegen een steen.'

Plotseling herinnerde Jondalar zich de bende jongemannen uit een Grot ver naar het westen. Hij wilde de conclusie die hij begon te trekken verwerpen. Maar als één bende jongemannen het deed, waarom dan niet nog een? 'Ayla, je zegt steeds dat je er anders uitziet dan de Stam. Waarin verschillen ze dan?'

'Ze zijn korter. Daarom was ik zo verbaasd toen ik je rechtop zag. Ik ben altijd de langste geweest van iedereen, de mannen inbegrepen. Daarom wilden ze me niet. Ik ben te lang en te lelijk.'

'En wat nog meer?' Hij wilde het niet vragen, maar hij kon zich niet inhouden. Hij moest het weten.

'Hun ogen zijn bruin. Iza dacht dat er iets mis was met mijn ogen, omdat ze de kleur van de lucht hadden. Durc heeft hun ogen en de... ik weet niet hoe ik het moet zeggen, de grote wenkbrauwen, maar zijn voorhoofd lijkt op het mijne. Hun hoofden zijn platter...'

'Platkoppen!' Hij trok zijn lippen op van walging. 'Goede Moeder, Ayla! Heb je bij die beesten gewoond? Heb je een van hun mannetjes...' Hij rilde. 'Je hebt het leven geschonken aan... aan een gruwel, half mens, half dier!' Hij deinsde terug alsof hij iets smerigs had aangeraakt en sprong overeind. Het was een reactie die voortkwam uit redeloze vooroordelen, uit wrede, onnadenkende vooronderstellingen waar nooit aan was getornd.

Ayla snapte het eerst niet en keek hem met een niet-begrijpende, gefronste blik aan. Maar zijn gezicht drukte walging uit, zoals het hare wanneer zij aan hyena's dacht. Toen kregen zijn woorden betekenis.

Beesten! Hij noemde de mensen van wie zij hield beesten! Stinkende hyena's! De zachtmoedige, liefderijke Creb, die niettemin ontzag inboezemde en de almachtige heilige man was van de Stam, Creb was een beest! Iza, die haar had gevoed en als een moeder voor haar was geweest, die haar de geneeskunst had geleerd, Iza was een stinkende hyena? En Durc! Haar zoon!

'Hoe bedoel je, beesten?' riep Ayla; ze stond al tegenover hem. Ze had nog nooit eerder haar stem in woede verheven en ze stond verbaasd over de kracht ervan – en het venijn. 'Creb en Iza beesten? Mijn zoon half mens? Mensen van de Stam zijn niet een soort afschuwelijke, stinkende hyena's.

Zouden beesten een klein meisje oprapen dat gewond was? Zouden ze haar als een van de hunnen aanvaarden? Zouden ze voor haar zorgen? Haar grootbrengen? Waar denk je dat ik voedsel heb leren vinden? Of het heb leren klaarmaken? Waar denk je dat ik heb leren genezen? Zonder die beesten zou ik vandaag de dag niet in leven zijn en jij ook niet, Jondalar!

Jij zegt dat de mensen van de Stam beesten zijn en de Anderen mensen? Nou, onthoud dit wel: de Stam heeft een kind van de Anderen gered en de Anderen hebben er een van hen gedood. Als ik kon kiezen tussen mens en beest, dan koos ik de stinkende hyena's!'

Ze stormde de grot uit en het pad af en floot toen Whinney.

24

Jondalar was met stomheid geslagen. Hij volgde haar naar buiten en keek haar vanaf de richel na. Ze sprong op het paard en galoppeerde de vallei in. Ayla was altijd zo inschikkelijk geweest, had nooit boosheid laten blijken. Het contrast maakte haar uitbarsting des te verbluffender.

Hij had altijd van zichzelf gevonden dat hij eerlijk en onbevooroordeeld tegenover platkoppen stond. Hij vond dat men ze met rust moest laten en niet moest lastigvallen of treiteren en hij zou er nooit opzettelijk een hebben gedood. Maar hij was hoogst onaangenaam getroffen door het idee dat een man een platkopvrouwtje zou gebruiken voor Genot. Dat een van hun mannen een mensenvrouw op dezelfde manier zou hebben misbruikt, had een diep weggestopte zere plek geraakt. De vrouw was bezoedeld.

En hij had zo naar haar verlangd. Hij dacht aan de smerige verhalen, die met een heimelijk lachje werden verteld door jongens en jonge mannen en voelde zijn maag ineenkrimpen, alsof hij al besmet was en zijn lid zou verschrompelen en wegrotten. Hij was ervoor bewaard door de genade van de Grote Aardmoeder.

Maar erger nog, ze had een gruwel gebaard, een welp van kwalijke geesten, die in net gezelschap niet eens genoemd kon worden. Het bestaan van dergelijk kroost werd door sommigen zelfs vurig ontkend en toch werden de geruchten erover hardnekkig volgehouden. Ayla had het in ieder geval niet ontkend. Ze had het openlijk toegegeven en haar kind daar staan te verdedigen... even vurig als iedere moeder zou doen als men kwaad had gesproken over haar kind. Ze was beledigd, boos dat hij zich in geringschattende termen over hen had uitgelaten. Was ze werkelijk grootgebracht door een groep platkoppen?

Hij was op zijn Tocht een aantal platkoppen tegengekomen. Hij had er zelfs bij zichzelf aan getwijfeld of het wel beesten waren. Hij herinnerde zich het incident met het jonge mannetje en het oudere vrouwtje. En nu hij erover nadacht, had die knaap om de vis in tweeën te snijden niet een mes gebruikt, gemaakt van een dikke schilfer, net als het mes dat Ayla gebruikte? En zijn moeder droeg een vel dat ze om zich heen had geslagen, net als Ayla. Ayla had zelfs dezelfde hebbelijkheden, vooral in het begin, die neiging om de ogen neer te slaan, om zichzelf weg te cijferen, zodat ze niet op zou vallen. De vachten op haar bed hadden dezelfde zachte structuur als de wolvenvacht die zij hem hadden gegeven. En haar speer! Die zware, primitieve speer, leek die niet precies op de speren die de groep platkoppen bij zich had, die hij en Thonolan waren tegengekomen toen ze van de gletsjer kwamen?

Het was steeds pal voor zijn neus geweest, als hij het maar had willen zien. Waarom had hij gemeend dat ze iemand was Die de Moeder Dient en zich oefende om haar vaardigheden te verbeteren? Ze kon het net zo goed als elke andere genezer, misschien beter. Had Ayla echt haar geneeskunst van een platkop geleerd?

Hij zag haar in de verte wegrijden. Ze was groots in haar woede. Hij kende veel vrouwen die hun stem al verhieven bij de geringste aanleiding. Hij herinnerde zich dat Marona, de vrouw die ze voor hem hadden uitgezocht, een felle, twistzieke, smerige feeks kon zijn. Maar sommige van die mensen hadden toch een zekere aantrekkingskracht. Hij hield wel van sterke karakters. Die daagden hem uit en bleven zichzelf zonder al te gemakkelijk overweldigd te worden door zijn hartstocht. Hij vermoedde al dat Ayla niet zo goedig was, ondanks haar zelfbeheersing. Moet je haar zien op dat paard, dacht hij. Ze is een geweldige, merkwaardige vrouw.

Toen drong het plotseling tot hem door wat hij had gedaan. Het bloed trok uit zijn gezicht weg. Ze had zijn leven gered en hij was voor haar teruggedeinsd alsof ze iets smerigs was. Ze had hem overstelpt met zorgen en hij had haar met verachtelijke walging beloond. Hij had haar kind een gruwel genoemd, een kind van wie ze kennelijk hield. Hij schaamde zich diep voor zijn gevoelloze gedrag.

Hij rende terug naar de grot en wierp zich op het bed. Haar bed. Hij had geslapen op het bed van een vrouw voor wie hij zojuist in verachting ineen was gekrompen.

'O, Doni!' riep hij uit. 'Hoe heb je me het kunnen laten doen? Waarom heb je me niet geholpen? Waarom heb je me niet tegengehouden?'

Hij begroef zijn hoofd in de vachten. Sinds zijn jeugd had hij zich niet meer zo ellendig gevoeld. Hij dacht dat hij wijzer was geworden. Hij had gehandeld zonder na te denken. Leerde hij het dan nooit? Waarom was hij niet voorzichtiger geweest? Hij zou spoedig vertrekken; zijn been was genezen. Waarom had hij zich niet beheerst tot hij weg was?

Waarom was hij hier eigenlijk nog? Waarom had hij haar niet bedankt en was hij niet weggegaan? Er was niets dat hem tegenhield. Waarom was hij gebleven en had hij haar naar dingen gevraagd waar hij niets mee te maken had? Dan had hij aan haar kunnen blijven denken als aan de mooie, mysterieuze vrouw die alleen in een vallei woonde, de dieren betoverde en zijn leven had gered.

Omdat je niet weg wilde bij die mooie mysterieuze vrouw, Jondalar, en dat weet je heel goed!

Waarom zit je er zo mee? Wat maakt het uit dat ze... bij platkoppen heeft gewoond? Geef het maar toe, je verlangde naar haar. En toen dacht je dat ze niet goed genoeg voor je was omdat ze... omdat ze had goedge...

Idioot die je bent! Je hebt niet geluisterd. Ze vond het niet goed, hij dwong haar! Zonder Eerste Riten. En dat neem jij haar kwalijk! Ze wilde het je vertellen, gaf zich bloot en maakte de pijn opnieuw door, en wat deed jij?

Jij bent erger dan hij was, Jondalar. Ze wist tenminste hoe hij erover dacht. Hij had een hekel aan haar, hij wilde haar kwetsen. Maar jij! Ze vertrouwde je. Ze vertelde je wat ze voor je voelde. Je verlangde zo naar haar, Jondalar en je had haar kunnen hebben wanneer je maar wilde. Maar ze is zo mooi en leek zo zelfverzekerd, dat je bang was dat ze je af zou wijzen, bang was dat je trots gekwetst zou raken.

Als je acht op haar had geslagen en je niet zo druk had gemaakt over jezelf, dan had je misschien gemerkt dat ze zich niet gedroeg als een ervaren vrouw. Ze deed als een bang, jong meisje. Heb je er niet genoeg gehad om het verschil te weten?

Maar ze ziet er niet uit als een bang jong meisje. Nee, ze is de mooiste vrouw die je ooit hebt gezien. Zo mooi, zo deskundig en zelfverzekerd dat je bang van haar werd. Bang dat ze jou de loef af zou steken. Jou, de grote Jondalar! De man die door iedere vrouw wordt begeerd. Je kunt erop rekenen dat zij je niet meer wil!

Jij dacht alleen maar dat ze zeker van zichzelf was, ze weet niet eens dat ze knap is. Ze denkt echt dat ze groot en lelijk is. Hoe kan iemand menen dat ze lelijk is?

Ze groeide op bij platkoppen, dat weet je toch? Wie zou zich kunnen voorstellen dat zij het verschil in afkomst zagen? Maar wie kan zich voorstellen dat ze een vreemd meisje opnemen? Zouden wij een van hen opnemen? Ik vraag me af hoe oud ze was. Ze kan nog niet zo groot geweest zijn – die littekens zijn al heel oud. Het moet verschrikkelijk zijn geweest, eenzaam en verlaten, gewond geraakt door een holenleeuw.

En genezen door een platkop! Hoe kan een platkop verstand hebben van genezen? Maar ze heeft het van hen geleerd en ze kan het. Wel zo goed dat je dacht dat ze iemand was Die de Moeder Dient.

461

Je moest maar ophouden met steenkloppen en praatjesmaker worden! Je wilde de waarheid niet zien. En maakt het wat uit nu je het weet? Ben je minder levend omdat ze haar geneeskunst van platkoppen heeft geleerd? Is ze minder mooi omdat... omdat ze een gruwel heeft gebaard? Waarom is haar kind eigenlijk een gruwel? Je verlangt nog steeds naar haar, Jondalar.

Het is te laat. Ze zal je nooit meer geloven, je nooit meer vertrouwen. Een nieuwe golf van schaamte welde op. Hij balde zijn vuisten en trommelde op de vachten. Idioot die je bent! Stomme, stomme idioot! Je hebt het voor jezelf bedorven. Waarom ga je niet weg?

Dat kan niet. Je moet op haar wachten, Jondalar. Je hebt geen kleren, geen wapens en geen voedsel. Zo kun je niet op reis gaan.

Waar zou je anders de spullen moeten krijgen? Hier woont Ayla. Zij kan het je geven. Je zult het haar moeten vragen, in ieder geval wat vuursteen. En gereedschap om speren te maken. Dan kun je jagen, voor voedsel en huiden om kleren te maken, een slaapzak en een draagstel. Daar is tijd voor nodig en dan nog een jaar, of meer, om thuis te komen. Dat zal eenzaam zijn zonder Thonolan.

Jondalar kroop dieper in de vachten. Waarom moest Thonolan sterven? Waarom heeft die leeuw mij niet gedood? De tranen rolden uit zijn ooghoeken. Thonolan zou zoiets stoms niet gedaan hebben. Ik wou dat ik wist waar die kloof was, broertje. Ik wou dat een zelandoni je had kunnen helpen om de weg naar de volgende wereld te vinden. Ik moet er niet aan denken dat je botten zijn achtergelaten voor de aaseters om ze te kraken. Hij hoorde hoefgekletter op het rotspad van het strand omhoog en dacht dat het Ayla was. Maar het was het veulen. Hij stond op, liep naar de richel en keek in de vallei. Ayla was nergens te zien.

'Wat scheelt er aan, kereltje? Hebben ze je alleen gelaten? Dat is mijn schuld. Maar ze komen wel terug... al was het maar voor jou.' En hier zit je nu te huilen over je stommiteiten en moet je zien wat zij heeft doorgemaakt. Zij huilt er niet om. Ze is zo'n bijzondere vrouw. Mooi. Prachtig. En je hebt het allemaal verspeeld, Jondalar, idioot die je bent! O, Doni, ik wilde dat ik het recht kon zetten.

Jondalar vergiste zich. Ayla huilde wel, ze huilde zoals ze nog nooit had gehuild. Het maakte haar niet zwakker, maar het was gemakkelijker te dragen. Ze dreef Whinney voort tot ze de vallei ver achter zich hadden en hield toen stil bij een haarspeldbocht in een stroom die een zijrivier vormde van de rivier bij haar grot. Het land binnen de lus van de haarspeld kwam vaak onder te staan, waardoor alluviaal slib achterbleef dat een vruchtbare bodem opleverde voor weelderige begroeiing. Het was een plek waar ze op sneeuwhoenders had gejaagd en op een uiteenlopende verzameling dieren van marmotten tot reuzenherten, die het aanlokkelijke groene plekje onmogelijk konden weerstaan.

Ze zwaaide haar been over het paard en liet zich van Whinneys rug glijden, dronk wat en waste haar betraande en vieze gezicht. Ze had het gevoel of ze een nachtmerrie had gehad. De hele dag was een aaneenschakeling geweest van emotionele hoogtepunten en drukkende dieptepunten. En met elke ommezwaai was de uitslag groter geweest. Ze dacht niet dat ze nog een ommezwaai kon hebben, welke kant hij ook op ging.

De dag was zo goed begonnen. Jondalar had erop aangedrongen haar te helpen bij het plukken van het graan en ze had ervan staan te kijken hoe snel hij het leerde. Ze wist dat hij het nooit eerder had gedaan, maar het ging snel nadat ze het hem had voorgedaan. Het waren niet alleen die extra handen. Het was ook zijn gezelschap. Of ze nu praatten of niet, ze besefte wat ze had gemist nu er iemand bij haar was.

Toen kregen ze een klein verschil van mening. Niets bijzonders. Toen de waterzak leeg raakte, wou zij doorgaan met plukken en hij wou ophouden. Toen ze terugkwam van de rivier en begreep dat hij wilde paardrijden, dacht ze dat dat wel eens een mogelijkheid kon zijn om hem bij haar te houden. Hij hield van het veulen en als hij het leuk vond om te rijden bleef hij misschien wel tot het veulen groot was. Toen ze het aanbood, had hij de kans met beide handen aangegrepen.

Het had hen in een goede stemming gebracht. Ze had niet meer zo gelachen sinds Kleintje weg was. Ze hield van Jondalars lach en ze kreeg er een warm gevoel van.

Toen raakte hij me aan, dacht ze, zoals niemand in de Stam dat deed, tenminste niet buiten de onderkomens. Wie weet wat een man en zijn gezellin 's nachts deden, onder de vachten? Misschien doen ze wel net als hij. Doen de Anderen het allemaal zo? Ik vond het prettig zoals hij me aanraakte. Waarom liep hij weg?

Ayla had wel willen sterven van schaamte, overtuigd dat ze de lelijkste vrouw op aarde was, toen hij zichzelf ging verlichten. Later, in de grot, kon ze wel huilen van geluk toen hij zei dat hij haar wilde hebben, maar dat hij dacht dat zij hem niet wilde. Ze voelde zich warm worden door de manier waarop hij naar haar keek, zo verlangend. Hij werd zo boos toen ze hem over Broud vertelde dat ze ervan overtuigd was dat hij van haar hield. Misschien deed hij het de volgende keer...

Maar ze zou nooit vergeten hoe hij naar haar had gekeken toen ze het hem vertelde van de Stam, alsof ze een walgelijk stuk verrot vlees was. Hij had zelfs gerild.

Iza en Creb waren géén beesten! Het waren mensen. Mensen die voor me zorgden en van me hielden. Waarom haat hij ze? Zij waren de eerste bewoners. Zijn soort kwam later... mijn soort. Is mijn soort zo? Ik ben blij dat ik Durc bij de Stam heb gelaten. Ze mogen denken dat hij misvormd is, Broud kan hem haten omdat hij mijn zoon is, maar hij is geen beest... geen gruwel. Dat woord gebruikte hij. Hij hoeft het niet uit te leggen.

De tranen kwamen weer. Mijn kleintje, mijn zoon... Hij is niet mis-vormd – hij is gezond en sterk. En hij is geen beest, geen... gruwel. Hoe kon hij zo snel omslaan? Hij zat me aan te kijken, met zijn blauwe ogen, hij zat me aan te kijken... En toen deinsde hij terug, alsof ik een kwade geest was waarvan alleen Mog-urs de naam kennen. Het was erger dan een doodvlock.

Hij wendde zijn ogen af en zag me niet meer. Het was of ik dood was en tot de volgende wereld behoorde. Hij keek me niet meer aan, alsof ik een... gruwel was.

De ondergaande zon bracht de kilte van de avond. Zelfs in de heet-ste periode van de zomer was het 's nachts koud op de steppen. Ze rilde in haar zomeromslag en werd wel gedwongen haar gedachten over praktischer zaken te laten gaan. Als ik eraan had gedacht een tent mee te nemen, en een vacht... Nee, Whinney zou zich ongerust maken over het veulen en ze moet hem laten drinken.

Toen Ayla opstond van de oever van de stroom, tilde Whinney haar hoofd op uit het weelderige gras en stapte naar haar toe. Er vlogen een paar sneeuwhoenders op. Ayla reageerde haast instinctmatig. In één gebaar trok ze de slinger uit haar gordel en bukte zich om kiezels op te rapen. De vogels waren amper van de grond toen eerst de ene en vervolgens de andere loodrecht neerplofte. Ze haalde ze op en zocht naar het nest. Toen bleef ze staan.

Waarom zoek ik de eieren? Wil ik Crebs lievelingsgerecht maken voor Jondalar? Waarom zou ik eigenlijk iets voor hem koken en dan nog wel Crebs lievelingsgerecht? Maar toen ze het nest ont-dekte, nauwelijks meer dan een kuiltje uitgekrabd in de harde grond, met een zevental eieren erin, haalde ze haar schouders op en raapte ze voorzichtig van de grond.

Ze legde ze bij de stroom neer, naast de vogels, en plukte een paar lange rietstengels die langs de waterkant groeiden. Het los ge-vlochten mandje dat ze maakte, kostte maar enkele ogenblikken, het zou alleen worden gebruikt om de eieren te vervoeren en dan worden weggegooid. Ze gebruikte nog wat rietstengels om de gevederde poten van het koppel sneeuwhoenders bij elkaar te binden. De dichte, winterse sneeuwschoenveren begonnen al aan te groeien.

Winter. Ayla huiverde. Ze wilde niet aan de winter denken, koud en onherbergzaam. Maar de winter was nooit helemaal uit haar gedachten. In de zomer moest je je voorbereiden op de winter.

Jondalar zou vertrekken! Ze wist het. Het was onnozel te denken dat hij bij haar in de vallei zou blijven. Waarom zou hij? Zou ze blijven als er meer mensen waren? Het zou slechter voor haar worden als hij wegging... zelfs wanneer hij zo naar haar keek.

'Waarom moest hij komen?'

Ze schrok van haar stem. Ze was er niet aan gewend zichzelf te horen praten toen ze alleen was. 'Maar ik kan praten. Dat had Jondalar toch bereikt. Als ik nu mensen ontmoet, kan ik tenminste met ze praten. En ik weet dat er in het westen mensen wonen. Iza had gelijk, daar moeten veel mensen wonen, veel Anderen.'

Ze legde de sneeuwhoenders over de rug van de merrie, aan elke kant bungelde er een, en ze hield het mandje met eieren tussen haar benen. Ik was bestemd voor de Anderen... Zoek een levensgezel, zei Iza. Ik dacht dat Jondalar door mijn totem was gestuurd, maar zou mijn totem me iemand sturen die zo naar me kijkt?

'Hoe kon hij dat doen?' riep ze met een onderdrukte snik. 'O, Holenleeuw, ik wil niet meer alleen zijn.' Ayla kreeg weer een inzinking en ze liet haar tranen de vrije loop. Whinney merkte wel dat ze niet meer werd geleid, maar dat hinderde niet. Ze wist de weg. Na een poosje hief Ayla het hoofd op. Ik blijf hier voor niemand. Ik had al eerder weg moeten gaan. Ik kan nu praten...

'... en ik kan ze vertellen dat Whinney geen prooi is om op te jagen,' riep ze luid toen dat haar te binnen schoot. 'Ik maak alles gereed en het volgende voorjaar vertrek ik.' Ze wist dat ze het niet weer zou uitstellen.

Jondalar kon niet zomaar meteen vertrekken. Hij zal kleding en wapens nodig hebben. Misschien heeft mijn Holenleeuw hem hierheen gezonden om mij te onderrichten. Dan moet ik alles leren wat ik kan, voor hij gaat. Ik zal op hem letten en vragen stellen, hoe hij ook naar mij kijkt. Broud heeft me gehaat, al die jaren dat ik bij de Stam woonde. Ik kan er wel tegen als Jondalar... als hij... me haat. Ze kneep haar ogen dicht om haar tranen te bedwingen.

Haar hand ging naar haar amulet. Ze herinnerde zich wat Creb haar lang geleden had verteld: als je een teken vindt dat je totem voor je heeft achtergelaten, stop het dan in je amulet. Het zal je geluk brengen. Ze had ze allemaal in haar amulet gestopt. Holenleeuw, ik ben zo lang alleen geweest, stop geluk in mijn amulet.

Tegen de tijd dat ze naar de stroom terugreed, was de zon al achter de bovenstroomse kloofwand weggezakt. De duisternis volgde altijd snel. Jondalar zag haar komen en rende omlaag naar het strandje. Ayla had Whinney tot een galop aangezet en toen ze de naar voren springende wand rondde, botste ze bijna tegen hem op. Het paard steigerde en de vrouw werd bijna van haar rug geworpen. Jondalar stak zijn hand uit om haar tegen te houden, maar toen hij naakt vlees voelde, trok hij hem met een ruk terug, ervan overtuigd dat ze hem moest verachten.

Hij haat me, dacht Ayla. Hij kan het niet verdragen me aan te raken! Ze slikte een snik weg en gaf Whinney een teken door te lopen. Het paard stak het rotsstrandje over en klepperde met Ayla op haar rug het pad op. Bij de ingang van de grot steeg ze af en dook naar binnen. Ze wenste dat ze ergens anders heen kon. Ze wilde zich verstoppen. Ze liet het mandje eieren bij de vuurplaats vallen, graaide een armvol vachten van de vloer en droeg ze naar de opslagruimte. Ze smeet ze aan de andere kant van het droogrek, tussen de manden, matten en kommen, op de grond, dook erin en trok ze over haar hoofd.

Een ogenblik later hoorde ze Whinneys hoeven en daarna het veulen. Ze lag te beven en vocht tegen de tranen, zich sterk bewust van de bewegingen van de man in de grot, en ze wenste dat hij weg zou gaan, zodat ze tenminste kon huilen.

Ze hoorde zijn blote voeten niet op de aarden vloer, maar ze wist dat hij er was en probeerde op te houden met beven.

'Ayla?' zei hij. Ze gaf geen antwoord. 'Ayla, ik heb je wat thee gebracht.' Ze hield zich star. 'Ayla, je hoeft niet hier achterin te blijven. Ik verhuis wel. Ik ga wel naar de andere kant van de vuurplaats.'

Hij haat me! Hij kan het niet verdragen om in mijn nabijheid te zijn, dacht ze terwijl ze een snik smoorde. Ik wilde dat hij wegging. Ik wilde dat hij gewoon wegging.

'Ik weet dat je er niets aan hebt, maar ik moet het zeggen. Het spijt me, Ayla, het spijt me meer dan ik kan zeggen. Je hebt niet verdiend wat ik deed. Je hoeft me geen antwoord te geven, maar ik moet met je praten. Jij bent altijd eerlijk geweest tegenover mij, het wordt tijd dat ik voor de verandering tegenover jou zeg waar op het staat.

Vanaf het ogenblik dat je bent weggereden, denk ik er nu al over na. Ik weet waarom ik heb gedaan... wat ik heb gedaan, maar ik wil proberen het uit te leggen. Toen die leeuw me had aangevallen en ik hier wakker werd, wist ik niet waar ik was en ik kon niet begrijpen waarom je niet tegen me wilde spreken. Je was een raadsel. Waarom was je hier alleen? Ik begon me een verhaal over jou voor te stellen, dat je een zelandoni was, die een proef onderging, een heilige vrouw die gehoor gaf aan een roeping om de Moeder te dienen. Toen je niet reageerde op mijn weinig subtiele pogingen om Genot met je te delen, dacht ik dat je je daarvan onthield als deel van je proef. Ik dacht dat de Stam een vreemde groep zelandoni's was met wie je leefde.'

Ayla was opgehouden met beven en lag te luisteren, maar ze verroerde zich niet.

'Ik dacht alleen aan mezelf, Ayla.' Hij hurkte neer. 'Ik weet niet of je het wilt geloven, maar men beschouwde me als een aantrekkelijke man. De meeste vrouwen probeerden... mijn aandacht te trekken. Ik had ze voor het uitkiezen. Ik dacht dat jij me afwees. Dat ben ik niet gewend en het krenkte mijn trots, maar ik wou het niet toegeven. Ik denk dat ik daarom dat verhaal over jou bedacht, zodat ik een reden had waarom je me blijkbaar niet wilde hebben. Wanneer ik goed had opgelet, had ik kunnen weten dat jij geen ervaren vrouw was, die me afwees, maar eerder een jonge vrouw voor haar Eerste Riten – onzeker en een beetje bang – die in de smaak wil vallen. Als iemand dat had moeten begrijpen, ben ik het... Ik heb... Dat doet er niet toe.'

Ayla had de vachten laten zakken en luisterde zo aandachtig dat ze haar hart hoorde bonzen.

'Ik zag alleen Ayla, de vrouw. En geloof me, je ziet er niet uit als een meisje. Ik dacht dat je een grapje maakte toen je jezelf groot en lelijk noemde. Maar dat was niet zo. Je meende het echt. Misschien was je in de ogen van de pl... van de mensen die je hebben grootgebracht, te lang en te anders, maar Ayla, je moet het weten, je bent níét groot en lelijk. Je bent mooi, je bent de mooiste vrouw die ik ooit heb gezien.'

Ze had zich omgedraaid en kwam overeind zitten. 'Mooi? Ik?' zei ze. Toen liet ze zich in een opwelling van ongeloof terugvallen in de vachten, bang weer te worden gekwetst. 'Je houdt me voor de gek.'

Hij boog zich naar haar toe om haar aan te raken, maar twijfelde en trok zijn hand terug. 'Ik kan het je niet kwalijk nemen dat je me niet gelooft, niet na... vandaag. Misschien zou ik dat onder ogen moeten zien en moeten proberen om het uit te leggen.

Het is moeilijk voor te stellen wat jij hebt doorgemaakt, alleen achtergebleven en grootgebracht door... mensen die zo anders zijn. Een kind hebben dat je wordt afgenomen. Gedwongen worden om het enige thuis dat je had te verlaten, de vreemde wereld in te trekken en hier alleen te wonen. Dat is een zwaardere proef dan welke heilige vrouw ook zou kunnen doorstaan. De meesten zouden het niet hebben overleefd. Je bent niet alleen mooi, Ayla, je bent ook sterk. Je hebt een sterk karakter. Maar misschien moet je nog sterker zijn.

Je moet weten hoe de mensen denken over degenen die jij de Stam noemt. Ik dacht er ook zo over, de mensen beschouwen hen als beesten...'

'Het zijn geen beesten!'

'Maar dat wist ik niet, Ayla. Sommige mensen hebben een hekel aan jouw Stam. Ik weet niet waarom. Als ik erover nadenk, heeft men geen hekel aan beesten – echte beesten waarop men jaagt. Misschien weten de mensen in hun hart dat platkoppen – zo worden ze ook genoemd, Ayla – mensen zijn. Maar ze zijn zo anders. Het is angstaanjagend, of misschien bedreigend. En toch dwingen sommige mannen platkopvrouwen om – ik kan niet zeggen "Genot te delen". Dat is nauwelijks het juiste woord. Misschien op jouw manier, om hun behoeften te verlichten. Ik weet niet waarom, als ze toch over hen spreken als beesten. Ik weet niet of de geesten zich kunnen mengen en er kinderen worden geboren als zij beesten zijn...'

'Weet je zeker dat het om geesten gaat?' vroeg ze. Hij leek zo zeker van zijn zaak dat ze zich afvroeg of hij misschien gelijk had.

'Wat het ook is, Ayla, je bent niet de enige die een kind heeft dat een mengsel is van een mens en een platkop, al praat men er niet over...'

'Het is een Stam en het zijn mensen,' onderbrak ze hem.

'Je zult dat woord nog vaak horen, Ayla. Het is alleen maar eerlijk om het je te vertellen. Je moet ook weten dat men het wel door de vingers ziet wanneer een man een vrouw van de Stam verkracht, al keurt men het niet goed. Maar voor velen is het... onvergeeflijk wanneer een vrouw het Genot deelt met een platkopman.'

'Gruwel?'

Jondalar verbleekte, maar hield vol. 'Ja, Ayla, gruwel.'

'Ik ben geen gruwel!' stoof ze op. 'En Durc is geen gruwel! Ik vond het niet prettig wat Broud met me deed, maar het was geen gruwel. Als het een andere man was geweest, die het gewoon deed om zijn behoeften te verlichten, en zonder haat, zou ik het hebben geaccepteerd, net als iedere vrouw van de Stam. Het is geen schande een vrouw van de Stam te zijn. Als ik had gekund, was ik bij hen gebleven, zelfs als Brouds tweede vrouw. Alleen om bij mijn zoon te zijn. Het kan me niet schelen hoeveel mensen dat afkeuren!'

Hij moest haar wel bewonderen, maar het zou daardoor niet gemakkelijker voor haar worden. 'Ayla, ik zeg niet dat je je zou moeten schamen. Ik vertel je alleen wat je te wachten staat. Misschien zou je gewoon kunnen zeggen dat je van een ander volk komt.'

'Jondalar, waarom zeg je dat ik onwaarheid moet spreken? Ik zou niet weten hoe dat moest. In de Stam spreekt niemand onwaarheid – dat zou direct uitkomen. Zelfs wanneer iemand iets verzwijgt, komt het uit. Soms is het toegestaan uit... beleefdheid, maar dan weet men het toch. Ik zie het wanneer jij de waarheid niet spreekt. Ik zie het aan je gezicht, je schouders en je handen.'

Hij kreeg een kleur. Waren zijn leugens zo doorzichtig? Hij was blij dat hij had besloten haar onomwonden de waarheid te zeggen. Misschien kon hij iets van haar leren. Haar eerlijkheid, zonder omwegen, was een deel van haar innerlijke kracht.

'Ayla, je hoeft niet te leren liegen, maar ik vond dat ik je deze dingen moest zeggen voor ik wegga.'

Ayla voelde hoe haar maag zich tot een strakke knoop samenbalde en ze kreeg een brok in haar keel. Hij gaat weg. Ze wilde in de vachten terugduiken en haar hoofd weer wegstoppen. 'Dat dacht ik al,' zei ze. 'Maar je hebt geen reisuitrusting. Wat heb je nodig?'

'Als ik wat van jouw vuursteen zou mogen hebben, kan ik gereedschap maken en een paar speren. En als je me vertelt waar de kleren zijn die ik aanhad, zou ik ze graag repareren. De plunjezak zou nog heel moeten zijn, als je hem uit de kloof hebt meegenomen.'

'Wat is een plunjezak?'

'Het is net zoiets als een draagstel, maar je draagt hem over één schouder. In het Zelandonisch is er geen woord voor, de Mamutiërs gebruiken hem. Wat ik droeg, waren Mamutische kleren...'

Ayla schudde het hoofd. 'Waarom is dit een ander woord?'

'Mamutisch is een andere taal.'

'Een andere taal? Welke taal heb je mij geleerd?'

De schrik sloeg Jondalar om het hart. 'Ik heb je mijn taal geleerd. Zelandonisch. Ik dacht nie...'

'Zelandoniërs – die wonen in het westen?' Ayla voelde zich niet helemaal gerust.

'Eh, ja, maar ver naar het westen. De Mamutiërs wonen in de buurt.'

'Jondalar, je hebt me een taal geleerd die wordt gesproken door mensen die ver weg wonen, maar niet door mensen die in de buurt wonen. Waarom?'

'Ik... Ik heb er niet bij nagedacht. Ik heb je gewoon mijn taal geleerd,' zei hij. Hij voelde zich plotseling vreselijk. Hij had helemaal niets goed gedaan.

'En jij bent de enige die hem spreekt?'

Hij knikte.

Haar maag kwam in opstand. Ze dacht dat hij gestuurd was om haar te leren spreken, maar ze kon alleen met hem praten.

'Jondalar, waarom heb je me niet de taal geleerd die iedereen kent?'

'Er is geen taal die iedereen kent.'

'Ik bedoel de taal die je gebruikt als je met je geesten praat, of misschien met je Grote Moeder.'

'We hebben geen taal alleen om met Haar te spreken.'

'Hoe spreek je dan met mensen die jouw taal niet kennen?'

'We leren die van elkaar. Ik ken drie talen en een paar woorden in sommige andere.'

Ayla beefde weer. Ze had gedacht dat ze de vallei zou kunnen verlaten en zou kunnen praten met de mensen die ze tegenkwam. Wat moest ze nu? Ze stond op en hij stond ook. 'Ik wil al jouw woorden weten, Jondalar. Ik moet kunnen praten. Je moet het me leren. Dat moet je gewoon.'

'Ayla, ik kan je nu niet nog twee talen leren. Dat kost tijd. Ik spreek ze zelf nog niet eens vloeiend, het gaat om meer dan alleen de woorden...'

'We kunnen met de woorden beginnen. We zullen bij het begin moeten beginnen. Wat is het woord voor "vuur" in het Mamutisch?'

Hij vertelde het haar en begon weer tegenwerpingen te maken, maar ze hield vol, het ene woord na het andere, in de volgorde waarin ze ze had geleerd. Nadat ze een lange lijst had afgewerkt, onderbrak hij haar weer. 'Ayla, wat heeft het voor zin een hoop woorden te zeggen? Je kunt ze niet allemaal zo in één keer onthouden.'

'Ik weet dat mijn geheugen beter zou kunnen. Zeg me welke woorden verkeerd zijn.'

Ze ging terug naar het woord 'vuur' en herhaalde alle woorden voor hem in beide talen. Tegen de tijd dat ze klaar was, staarde hij haar vol ontzag aan. Hij herinnerde zich dat ze geen moeite had gehad met de woorden toen ze Zelandonisch leerde, maar met de structuur en het hele begrip taal.

'Hoe heb je 'm dat geleverd?'

'Heb ik ook woorden verkeerd?'

'Nee, niet een!'

Ze glimlachte opgelucht. 'Toen ik jong was, was ik veel slechter. Toen moest ik alles heel vaak herhalen. Ik snap niet dat Iza en Creb zoveel geduld met me hadden. Ik weet dat sommige mensen dachten dat ik niet erg intelligent was. Ik ben nu beter, maar het heeft veel oefening gekost en het is nog steeds zo dat iedereen in de Stam een beter geheugen heeft dan ik.'

'Iedereen van jouw Stam kan zich de dingen beter herinneren dan die demonstratie die jij me net hebt gegeven?'

'Ze vergeten niets, maar als ze geboren worden, weten ze al bijna alles wat ze moeten weten, dus ze hoeven niet veel te leren. Ze hoeven zich de dingen alleen maar te herinneren. Ze hebben... herinneringen. Ik weet niet hoe je ze anders zou moeten noemen. Als een kind opgroeit, hoeft het er maar een keer aan herinnerd te worden. Volwassenen hoeven niet meer herinnerd te worden, ze weten hoe ze hun herinneringen naar boven moeten halen. Ik had de Stamherinneringen niet. Daarom moest Iza alles herhalen tot ik het zonder fouten kon onthouden.'

Jondalar stond versteld van haar geheugencapaciteit en probeerde het begrip 'Stamherinneringen' te bevatten.

'Sommige mensen dachten dat ik zonder de herinneringen van Iza geen medicijnvrouw kon worden, maar Iza zei dat ik een goede zou worden. Ze zei dat ik andere gaven had die zij niet helemaal begreep, zoals aanvoelen wat eraan mankeerde en de beste behandelingswijze vinden. Ze leerde me nieuwe medicijnen te proberen, zodat ik ze leerde te gebruiken zonder me alle planten te herinneren.

Ze hebben ook een heel oude taal. Die heeft geen klanken, alleen gebaren. Iedereen kent de oude taal en gebruikt hem voor ceremoniën en om geesten aan te spreken en ook als men iemands gewone taal niet begrijpt. Die heb ik ook geleerd. Omdat ik alles moest leren. Ik zorgde ervoor altijd op te letten zodat ik het me snel herinnerde en de mensen hun geduld niet verloren.'

'Begrijp ik je goed? Die... Stammensen van jou kennen allemaal hun eigen taal en nog een soort oude taal die iedereen begrijpt? Iedereen kan praten... communiceren met iedereen?'

'Op de Stambijeenkomst wel.'

'Hebben we het wel over dezelfde mensen. Platkoppen?'

'Als jullie de Stam zo noemen, wel. Ik heb je verteld hoe ze eruitzien,' zei Ayla. Ze sloeg haar ogen neer. 'Toen zei je dat ik een gruwel was.'

Ze herinnerde zich de ijzige blik die de warmte eerder uit zijn ogen had laten wegstromen, de huivering waarmee hij was teruggedeinsd, de verachting. Het was gebeurd op het moment dat ze hem over de Stam vertelde, toen ze dacht dat ze elkaar begrepen. Hij scheen moeite te hebben met wat ze zei. Ze kreeg opeens een onbehaaglijk gevoel. Ze had er te gemakkelijk over gepraat. Ze liep naar het vuur, zag de sneeuwhoenders die Jondalar naast de eieren had gelegd en begon ze te plukken, om maar bezig te zijn.

Jondalar had haar argwaan zien toenemen. Hij had haar te zwaar beledigd en zou haar vertrouwen nooit terugwinnen, hoewel hij dat even had gehoopt. De minachting die hij nu voelde had betrekking op hemzelf. Hij pakte de vachten en bracht ze weer naar haar bed, pakte vervolgens de vachten die hij had gebruikt en legde ze op een plek aan de andere kant van het vuur.

Ayla legde de vogels neer – ze had geen zin in plukken – en ging gauw naar bed. Ze wilde niet dat hij haar tranen zou zien. Jondalar probeerde de vachten om zich heen te trekken. Geheugen, had ze gezegd. Platkoppen hebben een speciaal soort geheugen. En een gebarentaal die ze allemaal kennen? Was dat mogelijk? Het was bijna niet te geloven, hoewel: Ayla vertelde geen onwaarheden. Ayla was de laatste jaren vertrouwd geraakt met de rust en de eenzaamheid. Na alle emotionele ontreddering van de dag, was ze leeg en uitgeput. Ze wilde niets voelen, noch denken aan of reageren op de man die de grot met haar deelde. Ze wilde alleen rust hebben.

Maar de slaap wilde maar niet komen. Haar vermogen om te praten had haar zoveel vertrouwen gegeven. Ze had er al haar moeite en concentratie in gestoken en ze voelde zich bedrogen. Waarom had hij haar de taal geleerd waarmee hij was opgegroeid? Hij ging weg. Ze zou hem nooit meer zien. In de lente zou ze zelf de vallei moeten verlaten en mensen moeten zoeken die dichter in de buurt woonden en misschien een andere man.

Maar ze wilde geen andere man. Ze wou Jondalar, met zijn ogen en de manier waarop hij haar aanraakte. Ze herinnerde zich nog hoe ze het in het begin had gevonden. Hij was de eerste man van haar volk die ze zag en hij werd voor haar het algemene beeld dat ze ervan had. Hij was niet zomaar een individu. Ze wist niet waar hij ophield een vertegenwoordiger van dat volk te zijn en waar de unieke Jondalar begon. Ze wist alleen dat ze het geluid van zijn ademhaling en zijn warmte naast haar miste. De leegte van de plaats die hij innam was op z'n minst zo groot als de innerlijke leegte die ze voelde.

Ook Jondalar kon de slaap moeilijk vatten. Hij kon zijn draai niet vinden. Hij vond het eenzaam en koud en hij werd gekweld door schuldgevoel. Hij kon zich geen slechtere dag herinneren en nu had hij haar ook niet eens de goede taal geleerd. Wanneer zou ze ooit het Zelandonisch kunnen gebruiken? Zijn volk woonde op een afstand van een jaar reizen van de vallei en dan moest je ook nog opschieten.

Hij dacht aan de Tocht die hij met zijn broer had gemaakt. Het leek nu allemaal zo nutteloos. Hoe lang was het geleden dat ze vertrokken? Drie jaar? Dat betekende dat hij ten minste vier jaar weg was geweest als hij terugkwam. Vier jaar van zijn leven. Volkomen doelloos. Zijn broer dood. Jetamio dood en het kind van Thonolans geest. Wat was er nog over?

Jondalar had vanaf zijn jeugd zijn best gedaan zich te beheersen, maar ook hij veegde zijn tranen af aan de vacht. Hij huilde niet alleen om zijn broer. Hij had verdriet over wat hij had verloren en over de gemiste kans die zo mooi had kunnen zijn.

25

Jondalar sloeg zijn ogen op. Zijn droom van thuis was zo levendig geweest, dat de ruwe wanden van de grot hem onbekend voorkwamen, alsof de droom werkelijkheid was en Ayla's grot een verdichtsel uit een droom. De beneveling van de slaap begon op te trekken en de wanden leken op de verkeerde plaats te staan. Toen werd hij wakker en besefte dat hij vanuit een ander perspectief had gekeken, vanaf de andere kant van de vuurplaats. Ayla was nergens te bekennen. Twee geplukte sneeuwhoenders lagen bij de vuurplaats naast de afgedekte mand waarin ze losse veren bewaarde. De kom waaruit hij gewoonlijk dronk – de kom die zo was gemaakt dat de houtnerf deed denken aan een klein dier – stond klaar. Ernaast stond het strakgevlochten mandje waarin ze zijn ochtendthee had laten trekken en een pasgeschild berkentwijgje. Ze wist dat hij graag het uiteinde van een twijgje tot borstelige vezels kauwde en het gebruikte om het laagje van zijn tanden te krabben dat zich in de loop van de nacht verzamelde en ze had de gewoonte aangenomen er 's morgens een voor hem klaar te leggen.

Hij stond op en rekte zich uit. Hij voelde zich stijf door de ongebruikelijke hardheid van zijn bed. Hij had wel vaker op de harde grond geslapen, maar een strokussen kon een hoop verschil in comfort uitmaken en rook schoon en fris. Ze verschoonde het stro regelmatig, zodat zich geen onplezierige luchtjes verzamelden.

De thee in de mandpot was heet – ze kon nog niet lang weg zijn. Hij schonk een kom in en snoof het warme muntaroma op. Hij maakte er een spel van te proberen te proeven welke kruiden ze elke dag gebruikte. Munt was een van zijn lievelingskruiden en was meestal een van de ingrediënten. Hij nam een slokje en dacht dat hij de smaak bespeurde van framboosblad en misschien luzerne. Hij nam het kommetje en twijgje mee naar buiten.

Op de rand van de brede richel, met zijn gezicht naar de vallei, kauwde hij op het twijgje en keek peinzend hoe zijn plas in een grote boog omlaagviel en de rotswand natmaakte. Hij was nog steeds niet helemaal wakker. Zijn handelingen waren mechanische gewoontebewegingen. Toen hij klaar was, borstelde hij zijn tanden met het afgekloven houtje en spoelde zijn mond met de thee. Het was een ritueel waar hij altijd van opfriste en dat hem gewoonlijk aan het denken zette over zijn plannen voor die dag.

Pas toen hij het laatste slokje thee nam, voelde hij zich blozen en het voldane gevoel van zich afglijden. Vandaag was niet zoals anders. Zijn gedrag de vorige dag had daar wel voor gezorgd. Hij stond op het punt het twijgje weg te gooien, merkte het toen op en hield het omhoog, terwijl hij het tussen duim en wijsvinger draaide. Hij dacht na over de implicaties ervan. Hij was gemakkelijk in de gewoonte vervallen haar voor hem te laten zorgen. Ze deed het met zo'n subtiele opmerkzaamheid. Hij hoefde nooit iets te vragen, ze was zijn wensen voor. Het twijgje was een goed voorbeeld. Ze was kennelijk eerder opgestaan dan hij, was naar beneden gegaan om er een te halen, had het geschild en daar voor hem neergelegd. Wanneer was ze daarmee begonnen? Hij herinnerde zich dat hij, toen hij pas in staat was naar beneden te lopen, er op een ochtend zelf een had gezocht. Toen er de volgende ochtend een twijgje naast zijn kom lag, was hij erg dankbaar geweest. Hij had toen nog moeite met het steile pad. En de hete thee. Op welk tijdstip hij ook wakker werd, er stond hete thee klaar. Hoe wist ze wanneer ze hem moest zetten? De eerste keer dat ze hem 's morgens een kommetje had gebracht, had hij zijn waardering duidelijk laten blijken. Wanneer had hij haar voor het laatst bedankt? Hoeveel andere attenties had ze hem zo bescheiden bewezen? Ze had er nooit een punt van gemaakt. Marthona is ook zo, dacht hij, zo gul met haar gaven en haar tijd, dat niemand zich ooit verplicht voelt. Als hij eens aanbood te helpen, leek Ayla altijd verbaasd, alsof ze oprecht niets verwachtte in ruil voor alles wat ze voor hem had gedaan.

'Ik heb haar minder dan niets gegeven,' zei hij hardop. 'En zelfs na gisteren...' Hij hield het twijgje omhoog, liet het tussen zijn vingers ronddraaien en wierp het over de rand.

Hij zag Whinney en het veulen in het veld. Ze renden vrolijk in een grote cirkel rond en hij voelde enige opwinding bij de aanblik van de hollende paarden. 'Moet je hem zien! Dat veulen kan pas rennen, zeg! Ik denk dat hij in een sprint zijn moeder het nakijken zou geven!'

'In een sprint doen jonge hengsten dat vaak, maar niet op de lange afstand,' zei Ayla, die boven aan het pad verscheen. Jondalar draaide zich met een ruk om. Zijn ogen glansden en hij glimlachte vol trots over het veulen. Zijn enthousiasme was moeilijk te weerstaan en ze glimlachte, ondanks haar bange twijfels. Ze had gehoopt dat de man genegenheid voor het jonge paard zou opvatten – niet dat het er nog toe deed.

'Ik vroeg me al af waar je was,' zei hij. Hij voelde zich opgelaten bij haar aanwezigheid en zijn glimlach stierf weg.

475

'Ik heb al vroeg een vuur gestookt in de roosterkuil, voor de sneeuwhoenders. Ik was even kijken of het al zover was.' Hij lijkt niet erg blij me te zien, dacht ze terwijl ze zich omdraaide om de grot binnen te gaan. Ook haar glimlach vervaagde.

'Ayla,' riep hij terwijl hij haastig achter haar aan ging. Toen ze zich weer omdraaide, wist hij niet wat hij moest zeggen. 'Ik... Eh... Ik vroeg me af... Eh... Ik zou graag wat gereedschap maken. Dat wil zeggen, als je daar geen bezwaar tegen hebt. Ik wil niet al je vuursteen opmaken.'

'Ik heb er geen bezwaar tegen. Ieder jaar spoelt de overstroming wat weg en brengt weer nieuwe,' zei ze.

'De vuursteen zal wel aanspoelen uit een kalkader stroomopwaarts. Als ik wist dat het niet ver weg was, zou ik wat bij de bron halen. Hij is zoveel beter als hij pasgedolven is. Dalanar delft de zijne uit een ader in de buurt van zijn Grot en iedereen kent de kwaliteit van de Lanzadonische steen.'

Het enthousiasme kwam terug in zijn ogen, zoals altijd als hij over zijn vak praatte. Droeg was ook zo, dacht Ayla. Hij was dol op gereedschap maken en alles wat ermee te maken had. Ze glimlachte in zichzelf bij de herinnering aan de keer dat Droeg ontdekte dat Aga's jonge zoon, die was geboren nadat ze gekoppeld waren, stenen tegen elkaar liep te slaan. Droeg was zo trots dat hij hem zelfs een klopsteen gaf. Hij gaf de kunst graag door. Hij had er zelfs geen bezwaar tegen het mij voor te doen, ook al was ik een meisje.

Jondalar merkte haar naar binnen gekeerde blik en vluchtige glimlach op. 'Waar denk je aan, Ayla?'

'Aan Droeg. Hij was de gereedschapmaker. Ik mocht altijd bij hem kijken als ik heel stil was en zijn concentratie niet verstoorde.'

'Je kunt bij mij kijken als je wilt,' zei Jondalar. 'Eerlijk gezegd hoopte ik dat jij mij zou willen laten zien welke techniek jij gebruikt.'

'Ik ben geen expert. Ik kan het gereedschap maken dat ik nodig heb, maar dat van Droeg is veel beter dan het mijne.'

'Jouw gereedschap is heel goed bruikbaar. Het gaat me om de techniek, die zou ik graag zien.'

Ayla knikte en liep de grot in.

Jondalar wachtte en toen ze niet terugkwam vroeg hij zich af of ze nu meteen had bedoeld of later. Hij wilde ook naar binnen gaan, toen ze er juist uit kwam. Hij sprong zo snel achteruit dat hij bijna struikelde. Hij wou haar niet beledigen met een onopzettelijke aanraking.

Ayla zuchtte, trok haar schouders achteruit en stak haar kin omhoog. Misschien kon hij er niet tegen dicht bij haar te komen, maar ze was niet van plan hem te laten merken dat het haar pijn deed. Hij zou gauw genoeg weg zijn. Ze liep het pad af met in haar handen de twee sneeuwhoenders, het mandje met de eieren en een grote bundel verpakt in een lap leer en dichtgebonden met een koord.

'Laat mij je iets helpen dragen,' zei Jondalar terwijl hij achter haar aan snelde. Ze bleef net lang genoeg staan om hem het mandje eieren te geven.

'De sneeuwhoenders moeten eigenlijk eerst op het vuur gezet,' zei ze, terwijl ze de bundel op het strandje legde. Het was gewoon een constatering, maar Jondalar had de indruk dat ze op zijn toestemming wachtte, of op z'n minst op een teken dat hij het had gehoord. Hij zat er niet ver naast. Ondanks haar jaren van onafhankelijkheid werden haar handelingen nog altijd bepaald door de regels van de Stam. Ze was niet gewend om iets anders te doen wanneer een man haar iets had opgedragen of had gevraagd iets voor hem te doen.

'Natuurlijk, ga je gang,' zei hij. 'Ik moet mijn instrumenten halen voor ik de vuursteen kan bewerken.'

Ze droeg de vette vogels om de wand naar het gat dat ze eerder had uitgegraven en met stenen had bekleed. Het vuur onder in de kuil was uit, maar de stenen sisten toen ze er water op sprenkelde. Ze had de vallei uitgekamd op zoek naar de juiste combinatie groene bladen en kruiden en had ze naar de stenen oven gebracht. Ze had klein hoefblad verzameld om zijn ietwat zoutige smaak, brandnetel, rode ganzenvoet en vrolijke witte klaverzuring als groene bladen; wilde uien, naar knoflook smakende daslook, basilicum en salie dienden als kruiden. Rook zou er ook een vleugje aroma aan toevoegen en houtas een zoutsmaak.

Ze vulde de vogels met hun eigen eieren ingebed in de groene bladeren, drie eieren in de ene vogel en vier in de andere. Ze had de sneeuwhoenders altijd in druivenbladeren gewikkeld voor ze in de kuil werden gelegd, maar er groeiden geen druiven in de vallei. Ze herinnerde zich dat vis soms werd geroosterd in vers hooi gewikkeld en besloot dat dat met de vogels ook zou gaan. Toen ze onder in de kuil lagen, stapelde ze er extra gras bovenop, vervolgens stenen, en ze dekte het geheel af met aarde.

Jondalar had een verzameling hertshoornen, benen en stenen instrumenten om steen te kloppen uitgestald liggen, waarvan Ayla een paar herkende. Maar een paar waren haar totaal onbekend. Ze opende haar bundel en legde haar instrumenten zo klaar dat ze er gemakkelijk bij kon, ging toen zitten en spreidde het stuk leer uit over haar schoot. Het vormde een goede bescherming, vuursteen kon in heel scherpe schilfers versplinteren. Ze keek even naar Jondalar. Hij bekeek met grote belangstelling de stukken bot en steen die ze had uitgestald.

Hij schoof verschillende klompen vuursteen dichter naar haar toe. Haar oog viel op twee stukken waar ze gemakkelijk bij kon en ze dacht aan Droeg. Het vakmanschap van een goede gereedschapmaker begon bij het selecteren, herinnerde ze zich. Ze moest een steen hebben met een fijne structuur en koos de kleinste van de twee uit, en keek naar de man. Jondalar stond onbewust goedkeurend te knikken.

Ze dacht aan het knaapje dat al blijk had gegeven van aanleg om gereedschap te maken voor hij amper zijn eerste stapjes had gezet. 'Heb jij altijd geweten dat je de steen zou bewerken?' vroeg ze.

'Ik heb een tijdlang gedacht dat ik snijder zou kunnen worden, misschien zelfs de Moeder zou kunnen dienen, of zou kunnen werken voor Degenen Die de Moeder Dienen.'

Een zweem van pijn en schrijnend verlangen trok over zijn gelaat. 'Toen werd ik naar Dalanar gestuurd en leerde in plaats daarvan steenklopper te worden. Het was een goede keus. Ik vind het prettig en ben er tamelijk goed in. Ik was nooit een groot snijder geworden.'

'Wat is een "snijder", Jondalar?'

Jondalar sprong verschrikt overeind. 'Dat is het. Dat mankeert eraan: Er zit geen versiering aan, geen beschildering, geen kralen, helemaal niets. Zelfs geen kleuren.'

'Ik begrijp niet...'

'Het spijt me, Ayla. Hoe kon je nu weten waar ik het over heb? Een snijder is iemand die dieren maakt uit steen.'

Ayla fronste haar voorhoofd. 'Hoe kan iemand nou een dier maken uit steen? Een dier bestaat uit vlees en bloed, het leeft en ademt.'

'Ik bedoel niet een echt dier. Ik bedoel een afbeelding, een voorstelling. Een snijder maakt de gelijkenis van een dier uit steen, laat de steen eruitzien als een dier. Sommige snijders maken ook afbeeldingen van de Grote Moeder, als ze een visioen van Haar krijgen.'

'Een gelijkenis? Uit steen?'

'Ook uit andere materialen. Ivoor van mammoetslagtanden, been, hout, hertshoorn. Ik heb gehoord dat sommige mensen beeltenissen maken uit leem. Trouwens, ik heb een paar tamelijk goede gelijkenissen gezien van sneeuw.'

Ayla had het hoofd zitten schudden, worstelend om hem te begrijpen, tot hij over sneeuw begon. Toen herinnerde ze zich een winterdag waarop ze kommen sneeuw tegen de wand bij haar grot had opgestapeld. Had ze zich toen niet heel even verbeeld dat ze een gelijkenis met Brun in die hoop sneeuw zag?

'Een gelijkenis van sneeuw? Ja,' knikte ze. 'Ik geloof dat ik het begrijp.'

Hij wist niet zeker of het wel zo was, maar zonder snijwerk om het haar te laten zien, kon hij geen manier bedenken om het duidelijker te maken. Wat moet haar leven kleurloos zijn geweest, dacht hij, opgroeiend bij platkoppen. Zelfs haar kleren zijn alleen maar op functionaliteit gericht. Jaagden, aten en sliepen ze soms alleen maar? Ze waarderen zelfs de Gaven van de Moeder niet. Geen schoonheid, geen mysterie, geen verbeelding. Ik vraag me af of ze kan begrijpen wat ze heeft gemist?

Ayla raapte het kleine brok vuursteen op en onderzocht het aandachtig. Ze probeerde te besluiten waar ze zou beginnen. Ze zou geen vuistbijl maken, zelfs Droeg beschouwde die als tamelijk simpele werktuigen, zij het zeer nuttig. Maar ze dacht niet dat dat de techniek was die Jondalar wilde zien. Ze greep naar een onderdeel dat aan de uitrusting van de man ontbrak – het voetbeen van een mammoet, het veerkrachtige bot waar ze de vuursteen op kon laten rusten terwijl ze hem bewerkte, zodat de steen niet zou versplinteren. Ze trok het naar zich toe tot het gemakkelijk tussen haar benen rustte.

Vervolgens raapte ze haar klopsteen op. Er was geen echt verschil tussen haar klopsteen en de zijne, behalve dat de hare kleiner was, zodat hij beter in de hand paste. Terwijl ze de vuursteen stevig op het mammoetbenen aambeeld hield, gaf Ayla een flinke klap. Een stuk van de buitenste deklaag sprong weg en legde het donkergrijze materiaal binnenin bloot. De schilfer die ze eraf had geslagen, had een dikke, ronde rand waar de klopsteen was neergekomen – de slagbult – en liep aan de andere kant tot een dunne rand toe. Hij had gebruikt kunnen worden als snij-instrument, maar het gereedschap dat Ayla wilde maken, vergde een veel meer geavanceerde en complexe techniek.

Ze bekeek de diepe groef die op de buitenkant was achtergebleven. De kleur was goed, een gladde structuur; er zaten geen vreemde elementen in. Van deze steen kon goed gereedschap worden gemaakt. Ze sloeg er nog een stuk af.

Terwijl ze erop los klopte, zag Jondalar dat ze onder het verwijderen van de kalkachtige buitenlaag de steen in model bracht. Toen verwisselde ze de klopsteen voor een stevig eind bot. Terwijl ze de kern op zijn zij legde en van de rand naar het midden toe werkte, sloeg ze met de benen hamer stukken van de bovenkant. Toen ze klaar was, had het grote stenen ei een nogal platte, ovale bovenkant, alsof de punt eraf was gesneden.

Toen hield ze op en terwijl haar hand naar het amulet ging dat om haar hals hing, sloot ze haar ogen en zond een stille gedachte op aan de Geest van de Holenleeuw. Droeg had altijd de hulp van zijn totem ingeroepen om de volgende stap te volbrengen. Naast deskundigheid was er ook geluk voor nodig en ze was zenuwachtig nu Jondalar haar zo op de vingers keek. Ze wilde het goed doen, want ze voelde aan dat het maken van dit gereedschap van meer belang was dan het gereedschap zelf. Als ze de steen bedierf zou het Jondalar doen twijfelen aan de kundigheid van Droeg en de hele Stam, hoe vaak ze ook kon uitleggen dat ze geen expert was.

Haar amulet was Jondalar al eerder opgevallen, maar toen hij haar hem met beide handen vast zag houden, vroeg hij zich af wat voor betekenis hij had. Ze leek hem met eerbied te behandelen, haast zoals hij een donii zou behandelen. Maar een donii was een zorgvuldig uitgesneden figuurtje van een vrouw, in al haar moederlijke overvloed, een symbool voor de Grote Aardmoeder en het wonderbaarlijke mysterie van de schepping. Een bultig leren zakje kon toch niet dezelfde betekenis hebben.

Ayla pakte haar benen hamer weer op. Ze haalde diep adem, hield die in en liet de hamer met een vinnige tik neerkomen. De eerste klap was altijd belangrijk. Als die goed ging, voorspelde dat geluk. Er sprong een kleine scherf weg en ze stond zichzelf toe weer te ademen toen ze de kleine inkeping zag.

Terwijl ze de hoek waarin ze de kern hield, veranderde, gaf ze nog een klap, met meer kracht. De benen hamer kwam pal in de inkeping terecht en een schilfer viel van de voorbewerkte kern weg. Hij had een langgerekte ovale vorm. De ene kant bestond uit het platte oppervlak dat ze had gemaakt. De andere kant was de bolle binnenkant, glad en aan het uiteinde waar de klap was gevallen, dikker, hij versmalde zich tot een vlijmscherpe rand helemaal in het rond.

Jondalar raapte hem op. 'Dat is een moeilijke techniek om onder de knie te krijgen. Je hebt er kracht voor nodig, maar ook precisie. Moet je die rand eens zien! Dit is geen primitief werktuig.'

Ayla slaakte een enorme zucht van verlichting en voelde de warme trots dat ze iets had gepresteerd – en nog iets meer. Ze had de Stam niet verraden. Eigenlijk was ze een nog betere vertegenwoordigster omdat ze oorspronkelijk niet tot de Stam had behoord. Al zou hij zijn best hebben gedaan, dan nog zou deze man, die zelf zo bedreven was in het vak, een lid van de Stam altijd hebben beoordeeld naar zijn afkomst en niet naar zijn werk.

Ayla keek hoe hij de steen omdraaide en voelde opeens een vreemde verandering in haar lichaam. Ze werd overvallen door een mysterieuze kou en het was net of ze hen beiden op een afstand zag staan, alsof ze buiten zichzelf was getreden. Ze herinnerde zich plotseling levendig dat ze eerder een soortgelijke desoriëntatie had ervaren. Toen volgde ze brandende stenen lampen, diep een grot in en ze zag dat ze zich vastgreep aan het vochtige gesteente, terwijl ze om een onverklaarbare reden naar een kleine verlichte ruimte werd getrokken die ingesloten werd door dikke stalactieten, diep in de berg.

Er zaten tien Mog-urs in een kring om het vuur, maar het was de Mog-ur Creb zelf die haar aanwezigheid ontdekte. Zijn machtige geest werd nog versterkt door de drank die Ayla voor hen had gemaakt. Zij had er ook van gedronken en het gevolg was dat ze zichzelf niet meer in de hand had. De Mog-ur trok haar weg van de diepe afgrond en nam haar mee op een angstaanjagende maar boeiende reis door het bewustzijn, terug naar het oorspronkelijke begin.

Tijdens dat proces schiep de grootste heilige man van de Stam, wiens geest zelfs onder zijn soortgenoten uniek was, nieuwe denkpatronen in haar geest. Maar haar geest werkte niet helemaal zoals de zijne. Ze kon met hem teruggaan, met zijn herinneringen mee tot het begin en door elk stadium van ontwikkeling, maar zij kwam verder en hij moest een stap achterblijven.

Ayla begreep niet wat Creb zo diep had gekwetst. Ze wist alleen dat hij veranderd was, evenals hun relatie. Ze begreep de verandering die hij teweeg had gebracht ook niet, maar ze voelde met grote zekerheid dat ze naar de vallei was gestuurd met een bedoeling en daar had de grote blonde man iets mee te maken.

Terwijl ze zichzelf en Jondalar op het rotsstrandje in de eenzame vallei zag staan, werden ze omgeven door ongewone stromen die uit een magische luchtverdikking vielen en in de ruimte verdwenen. Ze kreeg een vaag gevoel, waarbij ze haar verleden, heden en toekomst in beslissende fasen voor zich zag. Ze werd koud, hapte naar adem, en na een hevige schok zag ze een gefronst voorhoofd en een bezorgd gezicht voor zich. Ze huiverde en schudde het mysterieuze gevoel van zich af.

'Voel je je wel goed, Ayla?'

'Ja. Ja, prima.'

Hij had kippenvel gekregen door een onverklaarbare kilte. Hij voelde een sterke drang om haar te beschermen, maar zag geen bedreiging. Het duurde maar even en hij probeerde het van zich af te zetten, maar hij bleef zich niet op zijn gemak voelen.

'Ik denk dat het weer omslaat,' zei hij. 'Ik voelde de koude wind.'
Ze keken omhoog naar de heldere blauwe lucht.
'Het is de tijd voor onweersbuien – die kunnen snel opkomen.'
Hij knikte en om tot de werkelijkheid terug te keren begon hij weer
over de moeilijkheden bij het maken van gereedschap.
'Wat is je volgende stap, Ayla?'
De vrouw ging weer ijverig aan het werk. Met zorgvuldige concentratie sloeg ze nog vijf scherpe gerande ovale schilfers vuursteen
weg en nadat ze het stompje steen nog een laatste keer had bekeken
of er nog een bruikbare schilfer vanaf te halen was, wierp ze het
terzijde.
Vervolgens ging ze weer verder met de zes schilfers grijs vuursteen
en pakte de dunste ervan op. Met een gladde, afgeplatte ronde steen
werkte ze één lange, scherpe rand bij door de achterkant bot te maken en er aan het smalle uiteinde een punt aan te maken, tegenover
de bolling gemaakt door de slag. Toen ze tevreden was, bood ze
hem Jondalar aan op de palm van haar hand.
Hij pakte het mes aan en bekeek het zorgvuldig. In het midden was
het nogal dik, maar het liep taps toe tot een dunne, scherpe snijrand
rondom. Het was breed genoeg om het gemakkelijk in de hand te
houden en de achterkant was bot gemaakt, zodat de gebruiker zich
er niet aan zou snijden. In sommige opzichten leek het op een
speerpunt van de Mamutiërs, vond hij, maar het was nooit bedoeld
om aan schacht of handvat te worden gezet. Het mes werd in de
hand gehouden en was, afgaande op hoe hij haar een soortgelijk
mes had zien hanteren, verbazend efficiënt.
Hij legde het neer en knikte tegen haar dat ze verder moest gaan. Ze
raapte een andere dikke schilfer op en tikte met de hoektand van
een dier fijne splinters van het uiteinde van de rand. Door deze be-
werking werd hij maar iets botter gemaakt, genoeg om de rand te
verstevigen, zodat het scherpe, ronde uiteinde niet zou breken als
het werd gebruikt om haar en nerf van huiden te schrapen. Ze legde
hem neer en raapte nog een stuk op.
Ze legde een lange, gladde steen van het strandje op het mammoetbenen aambeeld. Toen maakte ze, met behulp van de druk van de
scherpe tand tegen de steen, een V-vormige inkeping midden in de
ene lange scherpe kant, groot genoeg om een punt te slijpen aan
een speerschacht. Van een langere ovale schilfer maakte ze door
middel van een soortgelijke techniek een werktuig dat te gebruiken
was om gaatjes te boren in leer of hout, in hertshoorn of bot.
Ze wist niet wat voor ander gereedschap ze misschien nodig zou
hebben, en besloot de laatste twee steenschilfers onbewerkt te be-

waren voor later. Ze duwde het mammoetbeen opzij, pakte de punten van de lap leer bij elkaar en droeg hem naar de afvalshoop voorbij de wand, om hem uit te schudden. Vuursteensplinters waren scherp genoeg om zelfs in de eeltigste blote voeten te snijden. Jondalar had niets over haar werktuigen gezegd, maar het viel haar op dat hij ze om en om draaide in zijn hand, alsof hij ze wilde proberen.

'Ik zou je schootlap graag willen gebruiken,' zei hij.

Ze gaf hem de lap, blij dat haar demonstratie achter de rug was. Ze verheugde zich op de zijne. Hij legde de lap leer over zijn schoot, sloot toen zijn ogen en dacht aan de steen en wat hij ermee zou doen. Vervolgens raapte hij een van de klompen vuursteen op die hij naar het plekje had gebracht en bekeek hem zorgvuldig. Het harde kiezelachtige mineraal was losgeraakt van de kalklagen die in de Krijttijd waren afgezet. Het droeg nog sporen van de kalklaag hoewel het vervormd was in de razende stroom door de nauwe kloof en op het rotsstrandje was neergesmeten. Vuursteen was het beste natuurlijke materiaal om gereedschap te maken. Het was hard en het kon toch goed worden bewerkt, dankzij de fijne structuur; de vormen waren alleen afhankelijk van de vaardigheid van de steenklopper.

Jondalar was op zoek naar de karakteristieke kenmerken van chalcedonvuursteen, de zuiverste en helderste. Alle stenen met kloofjes of barsten keurde hij af, net als die welke een geluid maakten als hij er met een andere steen op tikte, dat volgens zijn oor op onvolkomenheden of ongerechtigheden wees. Ten slotte koos hij er een uit. Met zijn linkerhand hield hij hem op zijn dij en met zijn rechter greep hij de klopsteen. Hij draaide hem een paar keer rond om hem goed vast te krijgen. Het was een nieuwe, nog onbekende en elke klopsteen had zijn eigen karakter. Toen hij voor zijn gevoel goed in zijn hand lag, pakte hij de vuursteen stevig vast en gaf een klap. Een groot stuk van de grijswitte buitenlaag sprong weg. Binnenin had de vuursteen een lichtere tint grijs dan de steen die Ayla had bewerkt, met een blauwige glans, fijnkorrelig. Een goede steen. Een goed teken.

Hij gaf nog een klap en nog een. Ayla was voldoende bekend met het proces om zijn deskundigheid onmiddellijk te herkennen. Hij overtrof ver iedere kundigheid waarop zij kon bogen. De enige die ze ooit had meegemaakt die de steen met zo'n zeker zelfvertrouwen in model kon brengen, was Droeg. Maar het model dat Jondalar zijn steen gaf, leek in niets op wat de gereedschapmaker van de Stam ooit had gemaakt. Ze boog zich dichter naar hem toe om te kijken. In plaats van eivormig, werd Jondalars kern meer cilindrisch, maar niet helemaal rond. Door aan beide kanten schilfers weg te slaan, creëerde hij een richel die over de hele lengte van de cilinder liep. De richel was nog ruw en kartelig toen de buitenlaag was verwijderd en hij legde de klopsteen neer om een stevig stuk hertshoorn te pakken dat onder de eerste vork was afgesneden, om alle vertakkingen te verwijderen.

Met de hertshoornen hamer tikte hij kleinere stukjes los om de richel recht te maken. Hij bewerkte zijn kern ook voor, maar hij was niet van plan dikke schilfers met een van tevoren bepaalde vorm te snijden, dat was Ayla wel duidelijk. Toen hij ten slotte tevreden was met de richel, pakte hij een ander instrument, een waarvan ze zich had afgevraagd waar het voor was. Het was ook gemaakt van een stuk van een groot gewei, langer dan het eerste, en in plaats van dat het onder de vork was afgesneden, staken er twee takken uit de stam. De onderkant was tot een punt geslepen.

Jondalar stond op en hield de vuurstenen kern met zijn voet op zijn plaats. Vervolgens plaatste hij de punt van het gevorkte stuk hertshoorn vlak boven de richel die hij zo zorgvuldig had aangebracht. Hij hield de bovenste uitstekende tak zo dat de onderste recht naar voren stak. Vervolgens gaf hij met een zwaar, lang stuk bot een tik op de uitstekende tak.

Het plaatje dat wegsprong, was smal en overal even dun. De richel die hij op de kern had aangebracht, was verdwenen. Ervoor in de plaats was een lange voor met aan elke kant een richel. Dat was het doel geweest van de zorgvuldige voorbewerking. Hij verplaatste de punt van de drevel zodat hij boven een van de nieuwe richels stond en gaf weer een tik met de benen hamer. Er sprong weer een lang, smal plaatje weg, dat nog twee richels achterliet.

Toen hij ten slotte al het geschikte materiaal had gebruikt, lagen er geen zes maar vijfentwintig messen op een rij, meer dan vier keer zoveel als Ayla had verwacht. Lang en dun met vlijmscherpe randen. Ze konden zo al gebruikt worden, maar hij was nog niet klaar. Ze moesten nog bewerkt worden voor de verschillende doeleinden, in de eerste plaats om er ander gereedschap mee te kunnen maken. Met zijn techniek was van dezelfde hoeveelheid steen veel meer te maken. De nieuwe methode bood de gereedschapmaker niet alleen meer mogelijkheden, maar was ook zeer voordelig voor zijn volk.

Jondalar raapte een van de plaatjes op en gaf het aan Ayla. Ze controleerde de scherpte van de rand losjes met haar duim, oefende er wat druk op uit om te proberen hoe sterk het was, en draaide het om in haar hand. Het krulde aan het uiteinde omhoog. Dat lag in de aard van het materiaal, maar bij het lange, dunne plaatje viel het meer op. Ze hield haar handpalm uitgestrekt en keek hoe het op zijn gebogen achterkant heen en weer wiegde.

'Jondalar, dit is... Ik weet het woord niet. Het is geweldig... belangrijk. Je kunt er op deze manier zoveel maken... Je bent hier nog niet mee klaar, hè?'

Hij glimlachte. 'Nee, ik ben er nog niet mee klaar.'

'Ze zijn zo dun en fijn – ze zijn prachtig. Ze zouden misschien gemakkelijker breken, maar ik denk dat het sterke schrapers zouden zijn als de uiteinden waren bijgewerkt.' Haar praktische kant zag al gereedschap in de nog onafgewerkte schilfers.

'Ja en ik vind dat jij ook goede messen maakt, al zou ik er een doorn aan maken. Dan kun je ze beter hanteren.'

'Ik weet niet wat een doorn is.'

Hij raapte een klein segmentje hertshoorn op om het uit te leggen. 'Als ik er een doorn aan maak en die in een stukje bot of hout of hertshoorn, zoals dit, pas, heb ik een mes met een heft. Met een heft is het gemakkelijker te gebruiken. Als je hertshoorn een poosje laat koken, zwelt het op en wordt het zacht. Dan kun je de doorn in het midden drukken, waar het zachter is. Als het weer droogt, krimpt het en trekt het strak om de doorn. Vaak houdt het lange tijd zonder bindsel of lijm.'

Ayla was enthousiast over de nieuwe methode en wilde hem oefenen, zoals ze altijd had gedaan als ze bij Droeg had zitten kijken, maar ze wist niet zeker of dat Jondalars gebruiken of tradities zou schenden. Hoe meer ze over de zeden van zijn mensen aan de weet kwam, hoe minder ze ervan snapte. Hij leek er geen bezwaar tegen te hebben dat ze jaagde, maar hij zou misschien niet willen dat ze zijn soort gereedschap maakte.

'Ik zou het graag willen proberen... Is er... bezwaar tegen dat vrouwen gereedschap maken?'

Haar vraag deed hem genoegen. Er was kundigheid voor nodig om haar soort gereedschap te maken. Hij wist wel dat ook de beste gereedschapmaker soms een onbevredigend resultaat had, terwijl de slechtste geluk kon hebben en soms iets bruikbaars maakte. Ook wanneer je in het wilde weg op een stuk vuursteen sloeg, kreeg je wel eens een paar bruikbare stukken en hij zou er begrip voor hebben gehad als ze had geprobeerd haar methode te rechtvaardigen. In plaats daarvan leek ze zijn techniek te erkennen voor wat die was – een enorme verbetering – en wilde ze hem proberen. Hij vroeg zich af hoe hij ertegenover zou staan als iemand hem een even radicale verbetering liet zien. Dan zou ik het ook willen leren, dacht hij met een laconieke grijns.

'Sommige vrouwen zijn goede steenkloppers. Joplaya, mijn nicht, is een van de besten. Maar ze is een vreselijke pestkop en ik zou haar dat nooit vertellen. Ze zou het me altijd onder de neus wrijven.' Hij glimlachte bij de herinnering.

'Bij de Stam kunnen de vrouwen gereedschap maken, maar geen wapens.'

'Vrouwen maken ook wapens. Als ze kinderen hebben. De Zelandonische vrouwen jagen zelden, maar als ze het jong hebben geleerd, weten ze hoe ze de wapens moeten gebruiken. Er worden veel wapens gebroken of ze raken verloren op de jacht. Een man met een gezellin die weet hoe ze nieuwe moet maken heeft altijd een voorraad. En vrouwen staan dichter bij de Moeder. Sommige mannen menen meer succes te hebben met wapens die door vrouwen zijn gemaakt. Maar als een man pech heeft – of niet handig genoeg is – zal hij altijd de gereedschapmaker de schuld geven, vooral wanneer het een vrouw is.'

'Zou ik het kunnen leren?'

'Iedereen die gereedschap maakt zoals jij het doet kan zeker leren om het op deze manier te maken.'

Zijn antwoord op haar vraag was enigszins anders dan zij had bedoeld. Ze wist wel dat ze in staat was om het te leren, maar ze wou zekerheid hebben dat het mocht. Zijn antwoord zette haar aan het denken.

'Nee... ik geloof het niet.'

'Natuurlijk kun je het leren.'

'Ik weet wel dat ik het kan leren, Jondalar, maar niet iedereen die gereedschap maakt zoals de Stam het doet, kan het leren op jouw manier. Sommigen wel. Ik denk dat Droeg het zou kunnen, maar alles wat nieuw is is moeilijk voor hen. Ze leren van hun herinneringen.'

Hij dacht eerst dat ze een grapje maakte, maar ze meende het serieus. Zouden platk... gereedschapmakers van de Stam het niet kunnen leren wanneer ze de kans kregen?

Toen schoot het hem te binnen dat het nog niet zo lang geleden was dat hij hen helemaal niet in staat had geacht om gereedschap te maken. Maar ze maakten het, ze communiceerden en namen een vreemd kind op. Hij had de laatste dagen meer over platkoppen geleerd dan wie ook, behalve dan Ayla. Misschien had het zijn nut om meer van ze te weten. Ze schenen meer te kunnen dan werd aangenomen. Terwijl hij aan de platkoppen dacht, moest hij opeens weer aan de vorige dag denken en hij kreeg een kleur van schaamte.

Plotseling drong het tot hem door dat hij rechtstreeks tegen Ayla glimlachte. Hij had naar de vrouw zitten kijken zonder echt haar gouden vlechten te zien die in het zonlicht glansden en een sterk contrast vormden met haar bruinverbrande huid of haar ogen, blauwgrijs en helder, als de doorschijnende kleur van goed vuursteen. O Moeder, wat was ze mooi! Hij werd zich plotseling bewust van haar nabijheid en voelde de verandering in zijn lichaam. Hij kon er niets aan doen dat hij haar met meer belangstelling bekeek. Ayla voelde de verandering in zijn stemming aan. Deze overspoelde haar, overrompelde haar. Hoe kon iemand zulke blauwe ogen hebben? Noch de hemel, noch de blauwe gentiaan die op de bergweide groeit, heeft zo'n diepe, heldere tint. Ze kreeg datzelfde... gevoel weer. Haar lichaam tintelde, hunkerde ernaar dat hij haar zou aanraken. Ze leunde naar voren, naar hem toe getrokken, en wist alleen met een uiterste wilsinspanning haar ogen te sluiten en zich terug te trekken.

Waarom kijkt hij zo naar me als ik... een gruwel ben? Als hij me niet kan aanraken zonder terug te deinzen alsof hij zich heeft gebrand? Haar hart bonsde, ze hijgde, alsof ze hardgelopen had en ze probeerde haar ademhaling in bedwang te houden. Ze hoorde hem opstaan voor ze haar ogen opsloeg. Het leren schootdek was opzij gesmeten en zijn zorgvuldig gemaakte plaatjes lagen op de grond. Ze zag hem met stijve bewegingen weglopen, zijn schouders opgetrokken, tot hij voorbij de wand was. Hij leek ongelukkig, even ongelukkig als zij.

Toen hij eenmaal voorbij de wand was, zette Jondalar het op een lopen. Hij rende het veld over tot zijn pompende benen zeer deden en zijn adem in gierende snikken door zijn keel raspte. Toen ging hij langzaam over in een sukkeldrafje en bleef staan. Hij hapte naar lucht.

Stomme idioot die je bent, wat is er dan nodig om je te overtuigen? Dat ze nu zo fatsoenlijk is je in staat te stellen een uitrusting bij elkaar te zoeken, wil nog niet zeggen dat ze ook iets van jou wil... en zeker dát niet! Gisteren was ze nog beledigd omdat je het niet deed... Dat was voor je het voor jezelf bedierf!

Hij dacht er liever niet aan. Hij wist wat ze had gevoeld, wat ze moest hebben gezien, de afkeer, de walging. Wat is er nu dan veranderd? Ze heeft toch bij platkoppen gewoond? Jarenlang. Ze werd een van hen. Een van hun vrouwen... Hij moest denken aan alle vieze, onterende dingen die hij in zijn leven had leren kennen en daar maakte Ayla deel van uit! Toen hij nog een jongen was en samen met de anderen wegkroop in de bosjes, zeiden ze de smerigste woorden die ze kenden en daar was 'platkopvrouw' er een van.

Toen hij oud genoeg was om te weten wat het betekende een meisje te ontmaagden, kropen dezelfde jongens bij elkaar in een donkere hoek van de grot om stiekem over meisjes te praten en ze spraken af dat ze op een keer een platkopvrouw zouden pakken terwijl ze elkaar bang maakten voor de gevolgen.

Ook toen was de combinatie van een platkopman en een andere vrouw ondenkbaar. Alleen toen hij nog jong was, werd er wel eens over gepraat en dan nog zo dat niemand anders het mocht horen. Wanneer jonge mannen elkaar nog eens de smerigste verhalen wilden vertellen die ze konden bedenken, gingen die over platkopmannen met andere vrouwen en wat er met een man zou gebeuren die later met zo'n vrouw het Genot deelde, ook als hij het niet wist – vooral wanneer hij het niet wist. Dat was nog leuker.

Maar ze maakten geen grappen over gruwelen, of de vrouwen die ze kregen. Dat waren vervuilde mengsels van de geesten, een kwaad dat ook de Moeder, de bron van alle leven, verafschuwde. En de vrouwen die ze droegen waren onrein. Kon Ayla dat zijn? Kon zij smerig zijn? Onrein, vies en slecht? De eerlijke, oprechte Ayla? Met haar genezende Gave? Zo verstandig, onbevreesd en mooi. Kon iemand die zo mooi was onrein zijn?

Ik denk dat ze het niet eens zou begrijpen! Maar wat zou iemand denken die haar niet kent? Wat zou er gebeuren als ze haar ontmoetten en ze zou gewoon vertellen wie haar hadden grootgebracht? Ze over het kind vertelde? Wat zouden de Zelandoniërs denken? Of Marthona? En ze zou het ze ook vertellen en ze trotseren. Ik denk dat Ayla alles trotseert, zelfs Zelandoni. Ze kon zelf bijna een zelandoni zijn, met haar geneeskunst en haar omgang met dieren.

Maar als Ayla niet slecht is, dan is niet alles waar wat men over de platkoppen zegt. En dat zal niemand geloven.

Jondalar had niet opgelet waar hij heen ging en schrok op toen hij een warme neus in zijn hand voelde. Hij had de paarden niet gezien. Hij bleef staan om het jonge veulen te krauwen en te aaien. Whinney bewoog zich al grazend in de richting van de grot. Het veulen rende naar haar vooruit toen de man hem een laatste klopje gaf. Jondalar had geen haast om Ayla weer onder ogen te komen.

Maar Ayla was niet in de grot. Ze was hem voorbij de wand gevolgd en had hem de hele vallei door zien rennen. Ze had zelf soms zin om te rennen, maar ze vroeg zich af waarom hij plotseling zo hard moest rennen. Was het om haar? Ze legde een hand op de warme aarde boven de roosterkuil en liep toen naar het grote rotsblok. Jondalar, weer helemaal in de war door zijn gedachten, zag toen hij weer opkeek, tot zijn verbazing beide dieren dicht naast haar.

'Het... Het spijt me, Ayla. Ik had niet zo weg moeten rennen.'

'Ik wil soms ook rennen. Gisteren heb ik Whinney voor me laten rennen. Zij gaat verder.'

'Dat spijt me ook.'

Ze knikte. Weer beleefdheid, dacht ze, gebruik. Wat heb je er eigenlijk aan? Zwijgend leunde ze tegen Whinney aan en het paard liet haar hoofd over de schouder van de vrouw zakken. Jondalar had ze al eerder in een soortgelijke houding zien staan als Ayla overstuur was. Ze leken steun bij elkaar te vinden. Hij vond er zelf bevrediging in het veulen te aaien.

Maar het jonge paard was te ongeduldig om een dergelijke werkeloosheid lang te dulden, hoe prettig hij het ook vond aandacht te krijgen. Hij schudde met zijn hoofd, tilde zijn staart op en rende weg. Toen draaide hij zich met een bokkensprong om, kwam terug en stootte de man aan, alsof hij hem vroeg te komen spelen. Ayla en Jondalar lachten allebei. De spanning was verbroken.

'Je zou hem nog een naam geven,' zei ze. Het was maar een losse opmerking. Als hij het niet deed, zou zij het waarschijnlijk wel doen.

'Ik weet niet hoe ik hem moet noemen. Ik heb nog nooit een naam voor een paard hoeven te bedenken.'

'Dat had ik ook nog nooit gedaan, tot Whinney kwam.'

'En je... zoon? Heb je die geen naam gegeven?'

'Creb heeft hem een naam gegeven. Durc was de naam van een jonge man in een legende. Ik vond het de mooiste legende en dat wist Creb. Ik denk dat hij die naam koos om mij een plezier te doen.'

'Ik wist niet dat jouw Stam legendes kende. Hoe vertel je een verhaal zonder te praten?'

'Op dezelfde manier als je iets vertelt zonder woorden, maar in zeker opzicht is het soms gemakkelijker om iets uit te beelden dan het te vertellen.'

'Dat neem ik wel aan,' zei hij en hij vroeg zich af wat voor verhalen ze vertelden of uitbeeldden. Hij had niet gedacht dat platkoppen verhalen konden bedenken.

Ze keken allebei naar het veulen dat met opgerichte staart en naar voren gestrekt hoofd eens lekker rende. Wat een hengst wordt dat, dacht Jondalar. Wat een renner.

'Renner!' zei hij. 'Wat vind je ervan om hem Renner te noemen?'

Hij had het woord zo vaak gebruikt om het veulen aan te duiden, dat het bij hem leek te passen. 'Het lijkt me wel wat. Het is een goede naam. Maar als het de zijne moet worden, moet hij naar behoren zijn naam krijgen.'

'Hoe geef je een paard naar behoren zijn naam?'

'Ik weet niet zeker of het voor een paard zo hoort, maar Whinney heb ik haar naam gegeven op de manier waarop de kinderen van de Stam hun naam krijgen. Ik zal het je laten zien.'

Terwijl de paarden hen volgden, leidde ze hem naar een greppel in de steppe, die eens een rivierbedding was geweest, maar nu al zo lang droogstond dat hij voor een deel was ingevallen. Een kant was afgebrokkeld, zodat de horizontale aardlagen te zien waren. Tot Jondalars verbazing maakte ze met een stok een laag rode oker los en groef de donkere, bruinig rode aarde met beide handen op. Terug bij de stroom mengde ze de rode aarde met water tot een modderige pasta.

'Creb mengde de rode kleur met holenbeervet, maar dat heb ik niet en ik vind gewone modder beter voor een paard. Het droogt op en is weer weg te vegen. Het gaat om het naamgeven. Jij zult zijn hoofd moeten vasthouden.'

Jondalar wenkte. Het veulen was vol levendige capriolen, maar begreep het gebaar. Hij bleef stilstaan terwijl de man een arm om zijn hals sloeg en hem krauwde. Ayla maakte een paar bewegingen in de Oude Taal, om de aanwezigheid van de geesten af te smeken. Ze wilde het niet al te serieus maken. Ze wist nog steeds niet zeker of de geesten er aanstoot aan namen dat een paard een naam kreeg, hoewel het geen slechte gevolgen had gehad dat ze Whinney haar naam had gegeven. Vervolgens pakte ze een handvol rode aarde.

'De naam van dit mannelijke paard is Renner,' zei ze terwijl ze tegelijkertijd de gebaren maakte. Vervolgens smeerde ze de natte rode aarde over zijn gezicht, van het plukje wit haar op zijn voorhoofd tot het puntje van zijn tamelijk lange neus.

Het gebeurde snel, voor hij zich los kon wringen uit Jondalars greep. Hij liep steigerend weg en schudde met zijn hoofd, alsof hij probeerde van de ongebruikelijke nattigheid af te komen. Daarop stootte hij Jondalar aan en liet een rode streep op diens blote borst achter.

'Ik geloof dat hij mij net een naam heeft gegeven,' zei de man glimlachend. Plotseling schoot Renner, zijn naam eer aandoend, het veld over. Jondalar veegde over de rossige vlek op zijn borst. 'Waarom gebruikte je dit? De rode aarde?'

'Het is speciaal... heilig... voor de geesten,' zei ze.

'Gewijd? Wij noemen het gewijd. Het bloed van de Moeder.'

'Het bloed, ja. Creb... de Mog-ur, wreef Iza's lichaam in met een zalf van rode aarde en holenbeervet, nadat haar geest was vertrokken. Hij noemde hem het geboortebloed zodat Iza in de volgende wereld kon worden geboren.' De herinnering deed haar nog steeds pijn.

Jondalar zette grote ogen op. 'Platkoppen... Ik bedoel, jouw Stam gebruikt de gewijde aarde om een geest naar de volgende wereld te zenden? Weet je het zeker?'

'Niemand is echt begraven zonder rode aarde.'

'Ayla, wíj gebruiken de rode aarde ook. Die is het bloed van de Moeder. Hij wordt op het lichaam en het graf aangebracht opdat Ze de geest weer terugneemt in Haar schoot om te worden herboren.' Er kwam een blik van pijn in zijn ogen. 'Thonolan had geen rode aarde.'

'Die had ik niet voor hem, Jondalar, en ik kon niet de tijd nemen om hem te halen. Ik moest jou hierheen zien te krijgen, anders had ik een tweede graf moeten graven. Ik heb wel mijn totem en de geest van Ursus, de Grote Holenbeer, gevraagd hem te helpen zijn weg te vinden.'

'Je hebt hem begraven? Zijn lichaam is niet voor de aaseters blijven liggen?'

'Ik heb hem naast de wand gelegd en een rotsblok losgemaakt zodat de kiezels en stenen hem bedekten. Maar ik had geen rode aarde.'

Jondalar vond het idee dat platkoppen begrafenissen hielden, nog het moeilijkst te bevatten. Beesten begroeven hun doden niet. Alleen mensen dachten na over waar ze vandaan kwamen en waar ze heen gingen na dit leven. Konden haar Stamgeesten Thonolan de weg wijzen?

'Dat is meer dan mijn broer zou hebben gehad als jij er niet was geweest, Ayla. En ik heb zoveel meer – ik heb mijn leven.'

26

'Ayla, ik kan me niet herinneren dat ik ooit zoiets lekkers heb gegeten. Waar heb je zo leren koken?' zei Jondalar terwijl hij nog een stuk van de vette, subtiel gekruide sneeuwhoen pakte.

'Dat heb ik van Iza geleerd. Waar had ik het anders moeten leren? Dit was Crebs lievelingsgerecht.' Ayla wist niet waarom, maar zijn vraag irriteerde haar een beetje. Waarom zou ze niet kunnen koken. 'Een medicijnvrouw heeft verstand van kruiden, Jondalar, niet alleen van de genezende kruiden, maar ook van de kruiden die de smaak verhogen.'

Hij bespeurde de geërgerde toon in haar stem en vroeg zich af wat die had opgeroepen. Hij had haar alleen een compliment willen maken. Het was een goed maal, een uitstekend maal zelfs. Nu hij erover nadacht, was alles wat ze klaarmaakte heerlijk. Veel van het voedsel had hij nog nooit geproefd, maar nieuwe ervaringen waren een reden om te reizen en hoewel het onbekend was, was de kwaliteit overduidelijk.

En zij maakte het allemaal maar. Net als de hete thee 's morgens vroeg. Ze maakt het zo gemakkelijk te vergeten wat ze allemaal doet. Ze jaagde, zocht voedsel, kookte deze maaltijd. Ze zorgde voor alles. Jij hebt het alleen maar opgegeten, Jondalar, je hebt helemaal niets bijgedragen. Je hebt het allemaal aangenomen en niets teruggegeven... minder dan niets.

En nu maak je haar complimenten, woorden. Kun je het haar kwalijk nemen dat ze nijdig is? Ze zal blij zijn als je vertrekt. Je bezorgt haar alleen maar extra werk.

Je zou op z'n minst wat kunnen jagen, wat terugbetalen van het vlees dat je hebt opgegeten. Dat lijkt heel weinig na alles wat ze voor jou heeft gedaan. Kun je niet iets... duurzamers bedenken? Ze jaagt zelf goed genoeg. Wat stelt een beetje jagen nu voor?

Maar hoe doet ze het toch, met die onhandige speer? Ik vraag me af... zou ze denken dat ik haar Stam beledigde, als ik aanbood...

'Ayla... ik, eh... ik wil iets zeggen, maar ik wil je niet beledigen.'

'Waarom maak je je er nu ineens druk om of je me beledigt? Als je iets te zeggen hebt, zeg het dan.' Haar stekels stonden nog overeind en zijn teleurstelling weerhield hem bijna.

'Je hebt gelijk. Het is aan de late kant. Maar ik vroeg me af... eh... hoe je met die speer jaagt.'

Ze begreep niets van zijn vraag. 'Ik graaf een gat en ren, nee, drijf een kudde ernaartoe. Maar vorige winter...'

'Een valkuil! Natuurlijk, zodat je dicht genoeg in de buurt kunt komen om die speer te gebruiken. Ayla, jij hebt zoveel voor mij gedaan, ik wil iets voor jou doen voor ik vertrek, iets waar je iets aan hebt. Maar ik wil niet dat je je beledigd voelt door mijn suggestie. Als je het niet prettig vindt, moet je gewoon vergeten dat ik iets heb gezegd, afgesproken?'

Ze knikte, een beetje bang, maar nieuwsgierig.

'Je bent... Je bent een goed jager, vooral als je je wapen in overweging neemt, maar ik wil je een manier laten zien om het gemakkelijker te maken, een beter jachtwapen, als je dat goedvindt.'

Haar ergernis smolt weg als sneeuw voor de zon. 'Je wilt me een beter jachtwapen laten zien?'

'En een gemakkelijker manier om te jagen, tenzij je het liever niet hebt. Er zal wel enige oefening voor nodig zijn...'

Ze schudde ongelovig het hoofd. 'Vrouwen van de Stam jagen niet, en niet een man wilde me laten jagen zelfs niet met een slinger. Brun en Creb hebben het alleen goedgevonden om mijn totem tevreden te stellen. De Holenleeuw is een sterk mannentotem en hij heeft laten weten dat het zijn keus was dat ik zou jagen. Ze durfden hem niet te tarten.' Plotseling herinnerde ze zich een levendig tafereel. 'Ze hebben een speciale ceremonie gehouden.' Ze ging met haar hand naar het littekentje in het kuiltje van haar hals. 'Creb nam wat van mijn bloed als offer voor de Alleroudsten, zodat ik de Vrouw Die Jaagt kon worden.

Toen ik deze vallei vond, was het enige wapen dat ik kende, mijn slinger. Maar een slinger is niet genoeg, dus heb ik speren gemaakt zoals de mannen gebruikten en er zo goed en zo kwaad als ik kon mee leren jagen. Ik had nooit gedacht dat een man me een betere manier zou willen laten zien.' Ze zweeg en sloeg haar ogen neer, plotseling door emoties overmand. 'Ik zou je heel erg dankbaar zijn, Jondalar, ik kan je niet vertellen hoe erg.'

De rimpels van spanning op het voorhoofd van de man trokken glad. Hij dacht dat hij heel even een traan zag glinsteren. Betekende het dan zoveel voor haar? En hij was nog wel bezorgd dat ze het verkeerd zou opvatten. Zou hij haar ooit begrijpen? Hoe meer hij over haar aan de weet kwam, hoe minder hij haar leek te begrijpen. 'Ik zal wat speciaal gereedschap moeten maken. En ik zal been nodig hebben. Met het been van de hertenbokken die ik heb gevonden, zal het wel gaan, maar ik zal ze moeten laten weken. Heb je een bak die ik kan gebruiken om de botten in te weken?'

'Hoe groot moet hij zijn? Ik heb heel veel bakken,' zei ze terwijl ze opstond.

'Het kan wel wachten tot je klaar bent met eten, Ayla.'

Ze had nu geen zin meer om te eten, ze was te opgewonden. Maar hij was nog niet klaar. Ze ging weer zitten en speelde met haar eten, tot het hem opviel dat ze niet at.

'Wil je nu naar bakken gaan kijken?' vroeg hij.

Ze sprong op, liep naar de opslagruimte en kwam toen terug voor de lamp. Het was donker achter in de grot. Ze gaf hem aan Jondalar terwijl ze manden, kommen en bakken opdiepte, die in elkaar ge- stapeld waren weggezet. Hij hield de lamp hoog, zodat hij meer licht zou geven en keek in het rond. Er stond zoveel, veel meer dan ze kon gebruiken.

'Heb jij dit allemaal gemaakt?'

'Ja,' antwoordde ze terwijl ze de stapels naliep.

'Het moet dagen... manen... seizoenen hebben gekost. Hoe lang heb je erover gedaan?'

Ayla probeerde een manier te bedenken om het hem te vertellen. 'Seizoenen, vele seizoenen. Het meeste is gemaakt tijdens de kou- de seizoenen. Ik had niets anders te doen. Zit er iets bij dat groot genoeg is?'

Hij inspecteerde de bakken die ze had uitgestald en tilde er ver- schillende op, meer om het vakmanschap te bekijken dan om er een uit te kiezen. Het was moeilijk te geloven. Hoe vaardig ze ook was, hoe snel ze ook werkte, het had tijd gekost om de fijngevlochten manden en glad afgewerkte kommen te maken. Hoe lang zat ze hier al, alleen?

'Hiermee zal het wel goed gaan,' zei hij terwijl hij een grote, trog- vormige houten bak met hoge wanden uitkoos. Ayla stapelde alles weer netjes op terwijl hij de lamp ophield.

Ze moet nog een meisje geweest zijn toen ze hier kwam, dacht hij. Ze is toch nog niet zo oud? Het was moeilijk te schatten. Ze leek zo onbevangen en dat was weer in tegenspraak met haar volle, rijpe vrouwenlichaam. Ze was zwanger geweest en is een echte vrouw. Ik vraag me af hoe oud ze is.

'Ayla, hoe lang woon je hier al?' vroeg hij toen ze de grot binnen- gingen, niet in staat zijn nieuwsgierigheid te bedwingen.

Ze bleef even staan, onzeker hoe ze moest reageren, of ze het hem wel duidelijk kon maken. Ze dacht aan haar telstokken, maar hoe- wel Creb haar had laten zien hoe ze de tekens moest aanbrengen, mocht ze het eigenlijk niet weten. Jondalar zou het misschien af- keuren. Maar hij vertrekt toch, dacht ze.

Ze haalde de bundel stokken tevoorschijn die ze iedere dag had gemerkt en legde ze uit.

'Wat zijn dit?' vroeg hij.

'Je wilt weten hoe lang ik hier al woon. Ik weet niet hoe ik het je
moet vertellen, maar sinds ik deze vallei heb gevonden, heb ik iedere avond een kerf in een stok gesneden. Ik woon hier evenveel
nachten als er kerven op mijn stokken staan.'

'Weet je ook hoeveel kerven het zijn?'

Ze herinnerde zich de onmacht die ze eerder had gevoeld toen ze
had geprobeerd zich iets bij haar kerfstokken voor te stellen. 'Net
zoveel als het zijn,' zei ze.

Jondalar pakte geïntrigeerd een van de stokken op. Ze kende de telwoorden niet, maar ze had er wel een zeker inzicht in. Zelfs in zijn
Grot kon niet iedereen ze bevatten. Het was niet iedereen gegeven
de krachtige magie van hun betekenis te kennen. Zelandoni had
hem er iets van uitgelegd. Hij kende niet alle magie die erin besloten lag, maar hij wist meer dan de meesten die niet geroepen waren.
Waar had Ayla geleerd de stokken te merken? Hoe kon iemand die
door de platkoppen was grootgebracht enige notie hebben van de
telwoorden?

'Hoe heb je dit leren doen?'

'Creb heeft het me laten zien. Lang geleden. Toen ik een klein
meisje was.'

'Wist hij wat ze betekenden? Hij maakte niet alleen inkervingen?'

'Creb was... Mog-ur... heilige man. De Stam verwachtte van hem
dat hij de juiste tijd wist voor bepaalde ceremonies, naamgevingen,
bijvoorbeeld, of Stambijeenkomsten. Op deze manier wist hij die.
Ik denk niet dat hij geloofde dat ik het zou begrijpen, zelfs voor
Mog-urs is het moeilijk. Hij deed het zodat ik niet zoveel vragen
zou stellen. Later zei hij me dat ik er niet meer over mocht praten.
Hij heeft me er, toen ik ouder was, een keer op betrapt dat ik de dagen van de maancyclus bijhield. Toen was hij erg boos.'

'Deze... Mog-ur' – Jondalar had moeite met de uitspraak – 'was die
een heilig, gewijd persoon, zoals een zelandoni?'

'Dat weet ik niet. Jij zegt zelandoni als je genezer bedoelt. Mog-ur
was geen genezer. Iza kende de planten en kruiden, zij was medicijnvrouw. Mog-ur kende de geesten. Hij hielp haar door met hen
te spreken.'

'Een zelandoni kan genezer zijn, of andere Gaven hebben. Een zelandoni is iemand die gehoor heeft gegeven aan een oproep van de
Moeder. Sommigen hebben geen speciale Gaven, alleen een verlangen te Dienen. Zij kunnen met de Moeder spreken.'

'Creb had andere gaven. Hij was heel hoog, heel machtig. Hij kon... Hij wist... Ik weet niet hoe ik het moet uitleggen.'

Jondalar knikte. Het was ook niet altijd gemakkelijk de Gaven van een zelandoni uit te leggen, maar ook zij waren de hoeders van speciale kennis. Hij keek weer naar haar stokken. 'Wat betekent dit?' vroeg hij, terwijl hij op de extra tekens wees.

Ayla bloosde. 'Dat is... Dat is mijn... mijn vrouw-zijn,' antwoordde ze, zoekend naar een manier om het uit te leggen.

Vrouwen van de Stam werden geacht mannen te vermijden gedurende hun maandstonden en de mannen negeerden hen volkomen. Vrouwen ondergingen de gedeeltelijke doodverklaring – de vrouwenvloek – omdat de mannen de geheimzinnige levenskracht die een vrouw in staat stelde leven voort te brengen vreesden. De geest van haar totem was doordrenkt van de buitengewone kracht die de binnendringende sappen van de geest van de mannentotem verdreef. Wanneer een vrouw bloedde, betekende dat dat haar totem had gewonnen en de sappen van de mannelijke totem had verwond en uitgestoten. Geen enkele man wilde dat in die periode zijn totemgeest in de strijd betrokken raakte.

Maar Ayla had kort nadat ze de man naar de grot had meegenomen, voor een dilemma gestaan. Toen haar bloeding begon, kon ze zich niet in strikte afzondering houden. Hij was amper nog in leven en had voortdurende aandacht nodig. Ze moest de beperking negeren. Later probeerde ze haar contact met hem gedurende die perioden zo kort mogelijk te houden, maar ze kon hem niet vermijden. Ze deelden de grot maar met z'n tweeën. Evenmin kon ze zich toen alleen aan vrouwentaken wijden, zoals de gewoonte was bij de Stam. Ze moest voor de man jagen en voor de man koken en hij wilde dat ze de maaltijden met hem deelde.

Het enige wat ze kon doen om althans een schijn van vrouwelijk fatsoen op te houden, was iedere verwijzing naar het onderwerp te vermijden en zich in het geheim te verzorgen, om zo min mogelijk aandacht op het feit te vestigen. Hoe kon ze zijn vraag dan beantwoorden?

Maar hij accepteerde haar verklaring zonder kennelijke bezwaren of twijfels. Uit niets kon ze opmaken dat het hem zelfs maar verontrustte.

'De meeste vrouwen houden het op de een of andere manier bij. Heeft Creb of Iza je dat geleerd?' vroeg hij.

Ayla boog het hoofd om haar schaamte te verbergen. 'Nee, dat heb ik gedaan zodat ik het zou weten. Ik wilde niet onvoorbereid zijn als ik buiten de grot was.'

Zijn begrijpende knikje verbaasde haar. 'De vrouwen vertellen een verhaal over de telwoorden,' vervolgde hij. 'Ze zeggen dat Lumi, de maan, de minnaar is van de Grote Aardmoeder. Op de dagen dat Doni bloedt, wil Ze Haar Genot niet met hem delen. Dat maakt hem boos en kwetst zijn trots. Hij keert zich van Haar af en verbergt zijn licht. Maar hij kan niet lang wegblijven. Hij wordt eenzaam, mist Haar warme, volle lichaam en gluurt naar Haar achterom. Inmiddels is Doni van streek en wil hem niet aankijken. Maar als hij zich omdraait en in al zijn luister voor Haar verschijnt, kan Ze hem niet weerstaan. Ze opent Zich wederom voor hem en ze zijn beiden gelukkig.

Daarom worden veel van Haar feesten gehouden als de maan vol is. Sommige vrouwen zeggen dat hun fasen gelijklopen met die van de Moeder – ze noemen hun bloedtijd de maantijd, en ze weten wanneer ze die moeten verwachten door op Lumi te letten. Ze zeggen dat Doni hun telwoorden heeft gegeven zodat ze het zelfs zouden weten als de maan achter de wolken schuilgaat.'

Hoewel het haar van haar stuk bracht een man zo terloops te horen spreken over intieme vrouwenkwesties, werd Ayla door het verhaal geboeid. 'Soms let ik op de maan,' zei ze, 'maar ik merk mijn stok ook. Wat zijn telwoorden?'

'Dat zijn... namen voor de tekens op je stokken, om maar iets op te noemen, maar ook voor andere dingen. Ze worden gebruikt om het aantal te noemen van... alles. Ze kunnen zeggen hoeveel herten een verkenner heeft gezien, of hoeveel dagen ze weg zijn. Als het een grote kudde is, bizons in de herfst, bijvoorbeeld, dan moet een zelandoni de kudde verkennen, iemand die speciale manieren kent om telwoorden te gebruiken.'

Een onderstroom van opwinding voer door de vrouw, ze begreep haast wat hij bedoelde. Ze had het gevoel of ze op de drempel stond om vragen op te lossen waarvan de antwoorden haar tot nu toe waren ontgaan.

Het oog van de lange, blonde man viel op het bergje ronde kookstenen en hij schepte ze met beide handen op. 'Ik zal het je laten zien,' zei hij. Hij legde ze in een rij en wees ze een voor een aan terwijl hij begon te tellen: 'Een, twee, drie, vier, vijf, zes, zeven...'

Ayla keek met stijgende opwinding toe.

Toen hij klaar was, keek hij om zich heen naar iets anders om te tellen en raapte een paar van Ayla's gemerkte stokken op. 'Eén,' zei hij terwijl hij de eerste neerlegde, 'twee,' terwijl hij de volgende ernaast legde, 'drie, vier, vijf...' Ayla zag Creb voor zich, die haar zei: 'Geboortejaar, jaar van de eerste stapjes, jaar van het spenen...' terwijl hij haar vingers, die ze ophield, aanwees. Ze hield een hand op en wees terwijl ze Jondalar aankeek, elke vinger aan: 'Een, twee, drie, vier, vijf,' zei ze.

'Precies. Ik wist wel dat je er bijna was, toen ik je stokken zag.'

Haar glimlach was heerlijk triomfantelijk. Ze raapte een van de stokken op en begon de streepjes te tellen. Jondalar ging door met de telwoorden voorbij die welke zij kende, maar zelfs hij moest een paar streepjes na het tweede extra streepje ophouden. Zijn voorhoofd trok vol rimpels van de concentratie. 'Ben je zo lang hier?' vroeg hij en hij wees op de paar stokken die ze tevoorschijn had gehaald.

'Nee,' zei ze, en ze haalde de rest tevoorschijn. Ze maakte de bundels los en spreidde alle stokken uit.

Jondalar keek nog eens goed en verbleekte. Zijn maag kromp samen. Jaren! De streepjes vertegenwoordigden jaren! Hij legde ze allemaal uit, zodat hij alle streepjes kon zien, en bestudeerde ze toen een poosje. Hoewel Zelandoni hem een paar manieren had uitgelegd om grotere getallen op te tellen, moest hij nadenken.

Toen glimlachte hij. In plaats van de dagen te tellen, zou hij de extra streepjes tellen, die welke een complete cyclus van de maanstanden voorstelden. Hij wees ieder streepje aan en trok een streep in de aarden vloer terwijl hij het telwoord hardop zei. Na dertien streepjes begon hij een nieuwe rij, maar sloeg, zoals Zelandoni hem had uitgelegd, het eerste streepje over. Maancycli kwamen niet helemaal precies overeen met de seizoenen of de jaren. Aan het eind van de derde rij kwam hij aan het eind van haar streepjes en keek vol ontzag naar haar op.

'Drie jaar! Je woont hier al drie jaar! Zo lang ben ik al op mijn Tocht. Ben je al die tijd alleen geweest?'

'Ik heb Whinney gehad en tot...'

'Maar je hebt helemaal geen mensen gezien?'

'Nee, niet sinds ik bij de Stam ben weggegaan.'

Ze dacht aan de jaren op de manier waarop zij ze had bijgehouden. Het begin, toen ze bij de Stam wegging, de vallei vond en het veulentje opnam, noemde ze Whinneys jaar. De volgende lente vond ze het leeuwtje, en daaraan dacht ze als Kleintjes jaar. Van Whinneys jaar naar Kleintjes jaar was Jondalars één. Daarna kwam het jaar van de hengst. Twee. En drie was het jaar van Jondalar en het hengstveulen. Op haar manier kon ze de jaren beter onthouden, maar de telwoorden bevielen haar. De man had zich door haar streepjes laten vertellen hoe lang ze al in de vallei was en ze wilde het ook leren.

'Weet je ook hoe oud je bent, Ayla? Hoeveel jaar je hebt geleefd?' vroeg Jondalar plotseling.

'Eens even nadenken,' zei ze. Ze stak een hand op met haar vingers uitgestrekt. 'Creb zei dat Iza dacht dat ik ongeveer zoveel... vijf jaar... was toen ze me vonden.' Jondalar trok vijf streepjes op de grond. 'Durc werd geboren in de lente van het jaar dat we naar de Stambijeenkomst gingen. Ik nam hem mee. Creb zei dat er zoveel jaar zitten tussen Stambijeenkomsten.' Naast de volle hand stak ze nog twee vingers op.

'Dat is zeven,' zei Jondalar.

'Er was een Stambijeenkomst de zomer voor ze me vonden.'

'Dat is één minder. Eens even nadenken,' zei hij terwijl hij nog een paar streepjes in de aarde trok. Toen schudde hij zijn hoofd. 'Weet je het zeker? Dat betekent dat je zoon is geboren toen je elf was!'

'Ik weet het zeker, Jondalar.'

'Ik heb wel eens gehoord van vrouwen die zo jong hebben gebaard, maar niet vaak. Dertien of veertien is gebruikelijker, en sommigen vinden dat nog te jong. Je was zelf nauwelijks meer dan een kind.'

'Nee, ik was geen kind. Ik was toen al enkele jaren geen kind meer. Ik was te groot om een kind te zijn, langer dan iedereen, de mannen inbegrepen. En ik was al ouder dan de meeste meisjes van de Stam zijn als ze vrouw worden.' Haar mond trok omhoog in een scheve glimlach. 'Ik denk niet dat ik veel langer had kunnen wachten. Sommigen dachten dat ik nooit een vrouw kon worden omdat ik zo'n sterke mannentotem heb. Iza was zo blij toen... toen de maantijden begonnen. En ik ook, tot...' Haar glimlach stierf weg. 'Dat was Brouds jaar. Het volgende jaar was Durcs jaar.'

'Het jaar voor je zoon werd geboren – tien! Tien jaar toen hij zich aan je vergreep? Hoe kon hij?'

'Ik was een vrouw, langer dan de meeste vrouwen. Langer dan hij.'

'Maar niet breder dan hij! Ik heb wel eens een paar van die platkoppen gezien! Ze zijn misschien niet zo lang, maar ze zijn wel sterk. Ik zou niet graag met eentje een tweegevecht aangaan.'

'Het zijn mannen, Jondalar,' verbeterde ze hem vriendelijk. 'Het zijn geen platkoppen, het zijn mannen van de Stam.'

Dat bracht hem tot zwijgen. Al sprak ze nog zo zachtmoedig, haar kaak had iets koppigs.

'Houd je, na alles wat er is gebeurd, nog steeds vol dat hij meer is dan een beest?'

'Je zou kunnen zeggen dat Broud een beest was, omdat hij zich met geweld aan me heeft opgedrongen, maar hoe noem je de mannen

dan die zich met geweld aan de vrouwen van de Stam opdringen?'
Van die kant had hij het nog nooit bekeken, maar hij voelde zich zo
verontwaardigd dat hij volhied. 'Maar om met geweld te worden
binnengedrongen, zonder behoorlijke Eerste Riten te vieren... Een
man heeft je geopend, maar dat is niet hetzelfde. Hoe konden de
mensen van jouw Stam het laten gebeuren?'
'Ze begrepen niet waarom hij het deed. Ze zagen allen wát hij deed
en dat leek heel normaal. Niet alle mannen waren zoals Broud, Jondalar. De meesten van hen waren niet zo. Creb was niet zo, hij was
zachtmoedig en vriendelijk, hoewel hij een machtige Mog-ur was.
Brun was niet zo, hoewel hij de leider was. Hij had een sterke wil,
maar hij was eerlijk. Hij accepteerde mij in zijn Stam. Sommige
dingen moest hij doen, dat was Stamgebruik, maar hij eerde me
met zijn dankbaarheid. Mannen van de Stam toonden niet vaak
dankbaarheid tegenover vrouwen waar iedereen bij stond. Hij liet
me jagen, hij accepteerde Durc. Toen ik wegging, heeft hij me beloofd hem te beschermen.'
'Wanneer ben je weggegaan?' Ze zweeg even om na te denken. Geboortejaar, jaar van de eerste stapjes, jaar van het spenen.
'Durc was drie toen ik wegging,' zei ze.
Jondalar trok nog drie streepjes. 'Je was veertien? Pas veertien? En
sindsdien heb je hier alleen gewoond? Drie jaar lang?' Hij telde alle lijntjes bij elkaar op. 'Je bent zeventien jaar, Ayla. Je hebt een
heel leven geleefd in je zeventien jaar,' zei hij.
Ayla bleef een poosje peinzend zitten zwijgen. Toen deed ze haar
mond open. 'Durc is nu zes. De mannen zullen hem nu inmiddels
wel meenemen naar het oefenveldje. Grod zal een speer voor hem
maken, op zijn maat, en Brun zal hem leren hoe hij hem moet gebruiken. En de oude Zoug zal hem laten zien hoe hij met een slinger moet omgaan, als hij nog in leven is. Durc zal samen met zijn
vriend Grev oefenen om op kleine dieren te jagen. Durc is jonger,
maar hij is groter dan Grev. Hij was altijd al lang voor zijn leeftijd,
dat heeft hij van mij. Hij kan hard rennen, niemand kan harder rennen dan hij. En hij is goed met de slinger. En Oeba houdt van hem,
ze houdt evenveel van hem als ik.'
Ayla merkte pas dat er stille tranen langs haar wangen druppelden
toen ze in een snik ademhaalde en ze wist niet hoe ze plotseling in
Jondalars armen terecht was gekomen, met haar hoofd op zijn
schouder.
'Stil maar, Ayla,' zei de man terwijl hij haar zachtjes op haar rug
klopte. Moeder toen ze elf jaar was, weggerukt van haar zoon toen
ze veertien was. Ze kon hem niet zien opgroeien en wist niet eens

of hij nog leefde. Iemand zal van hem houden, voor hem zorgen en hem leren jagen... zoals met ieder kind gebeurt.

Ayla voelde zich uitgewrongen toen ze eindelijk haar hoofd van Jondalars schouder optilde, maar ze voelde zich ook opgelucht, alsof haar verdriet minder zwaar op haar drukte. Het was de eerste keer sinds ze bij de Stam was weggegaan, dat ze haar verdriet met een ander had gedeeld. Ze glimlachte dankbaar naar hem.

Hij glimlachte terug vol tederheid en mededogen, en nog iets anders, iets dat uit de onbewuste bron van zijn innerlijk kwam en uit de diepten van zijn ogen sprak. Het trof een gevoelige snaar bij de vrouw. Een ogenblik lang zaten ze gevangen in de intieme omhelzing van openhartige ogen, die zwijgend verklaarden wat ze hardop niet wilden zeggen.

De intensiteit werd Ayla te veel, ze voelde zich nog steeds niet helemaal op haar gemak onder een rechtstreekse blik. Ze wendde met een ruk haar blik af en begon haar gemerkte stokken bij elkaar te rapen. Het duurde een ogenblik voor Jondalar weer bij zijn positieven was en haar de stokken weer tot bundels hielp binden. Als hij naast haar werkte was hij zich beter bewust van haar volle warmte en haar prettige, vrouwelijke geur, dan wanneer hij haar troostend in zijn armen had. En Ayla voelde de plaatsen nog waar hun lichamen elkaar hadden ontmoet, waar zijn zachte handen haar hadden aangeraakt en de zoute smaak van zijn huid, vermengd met haar tranen.

Ze beseften allebei dat ze elkaar hadden aangeraakt en dat geen van beiden daar aanstoot aan had genomen, maar ze vermeden het zorgvuldig elkaar direct aan te kijken of per ongeluk te dicht tegen elkaar te komen, uit angst dat het hun niet-geplande ogenblik van tederheid zou verstoren.

Ayla pakte haar bundeltjes op en richtte zich toen tot de man. 'Hoeveel jaar ben jij, Jondalar?'

'Ik was achttien toen ik aan mijn Tocht begon. Thonolan was vijftien... en achttien toen hij stierf. Zo jong nog.' Zijn verdriet stond op zijn gezicht te lezen. Toen vervolgde hij: 'Ik ben nu eenentwintig jaar... en ik moet nog altijd een verbintenis aangaan. Ik ben oud voor een ongebonden man. De meeste mannen hebben op veel jongere leeftijd al een vrouw gevonden en een vuurplaats ingericht. Zelfs Thonolan... Hij was zestien op zijn verbintenisfeest.'

'Ik heb alleen twee mannen gevonden. Waar is zijn gezellin?'

'Ze is gestorven. Toen ze baarde. Haar zoon is ook gestorven.'

Medeleven vulde Ayla's ogen. 'Daarom waren we weer op weg. Hij kon daar niet blijven. Dit was van het begin af aan al meer zijn

Tocht dan de mijne. Hij was altijd degene met de hang naar avontuur, altijd roekeloos. Hij waagde altijd alles, maar iedereen mocht hem. Ik trok gewoon met hem mee. Thonolan was mijn broer en de beste vriend die ik had. Nadat Jetamio was gestorven, probeerde ik hem ertoe over te halen met me mee terug naar huis te gaan, maar dat wilde hij niet. Hij was zo vol verdriet dat hij haar alleen nog maar naar de andere wereld wilde volgen.'

Ayla herinnerde zich Jondalars diepe wanhoop toen het pas tot hem was doorgedrongen dat zijn broer dood was en zag de doffe pijn die nog steeds was blijven hangen. 'Als hij dat wilde is hij nu misschien gelukkiger. Het is moeilijk verder te leven als je iemand verliest van wie je zoveel houdt,' zei ze zacht.

Jondalar dacht aan zijn broers ontroostbare verdriet en begreep het nu beter. Misschien had Ayla wel gelijk. Zij zou het moeten weten, ze had zelf genoeg verdriet en ontbering geleden. Maar zij koos voor het leven. Thonolan had moed, hij was onstuimig en roekeloos; Ayla had de moed om door te zetten.

Ayla sliep niet goed en met al het gewoel en geschuifel dat ze aan de overkant van de vuurplaats hoorde, vroeg ze zich af of Jondalar ook wakker lag. Ze wilde opstaan en naar hem toe gaan, maar de stemming van liefdevolle tederheid die uit gedeelde smart was ontstaan, leek zo broos, dat ze bang was die te bederven door meer te verlangen dan hij bereid was te geven.

In het vage, rode licht van het afgedekte vuur zag ze de omtrek van zijn lichaam, gewikkeld in slaapvachten, met een door de zon gebruinde arm uitgestrekt en een gespierde kuit met een hiel in de aarde. Als ze haar ogen sloot zag ze hem duidelijker dan wanneer ze ze opsloeg en het ademende heuveltje aan de andere kant van de vuurplaats zag. Zijn steile, gele haar, in zijn nek samengebonden met een stukje veter, zijn baard, donkerder en krullerig, zijn verrassende ogen, die meer zeiden dan zijn woorden, en zijn grote, gevoelige handen met hun lange vingers, gingen dieper dan het zien. Ze vulden haar innerlijke blikveld. Hij wist altijd wat hij met zijn handen moest doen, of het er nu om ging een stuk vuursteen te zoeken, of om precies het juiste plekje te vinden om het veulen te krauwen. Renner. Het was een goede naam. De man had hem deze naam gegeven.

Hoe kon een man die zo lang, zo sterk was, zo zachtaardig zijn? Ze had zijn harde spieren gevoeld, had ze voelen bewegen toen hij haar troostte. Hij schaamde zich helemaal niet om genegenheid te tonen, om verdriet te tonen. Mannen van de Stam waren afstandelijker, gereserveerder. Zelfs Creb had, hoezeer ze ook wist dat hij van haar hield, zijn gevoelens nooit zo openlijk laten blijken, zelfs niet binnen de grensstenen van haar vuurplaats.

Wat moest ze doen als hij weg was? Ze wilde er niet over nadenken. Maar ze moest het onder ogen zien, hij ging weg. Hij zei dat hij haar iets wilde geven voor hij wegging, hij zei dat hij wegging. Ayla lag de hele nacht te woelen en zag steeds een glimp van zijn blote bovenlijf, donker verbrand, de achterkant van zijn hoofd en brede schouders, en één keer zijn rechterdij met een hoekig litteken erin, maar niets ergers. Waarom was hij haar gezonden? Ze leerde de nieuwe woorden. Was het om te leren praten? Hij zou haar ook een nieuwe manier laten zien om te jagen, een betere manier. Wie zou gedacht hebben dat een man bereid zou zijn haar een nieuwe jachtvaardigheid te leren? Ook in dat opzicht verschilde Jondalar van de mannen van de Stam. Misschien kan ik iets speciaals voor hem doen, als aandenken.

Ayla dutte in met de gedachte hoe graag ze wilde dat hij haar weer tegen zich aan zou houden, hoe graag ze zijn warmte weer wilde voelen, zijn huid tegen de hare. Vlak voor zonsopgang werd ze wakker uit een droom waarin hij over de wintersteppen liep en ze wist wat ze wilde doen. Ze wilde iets voor hem maken dat hij altijd dicht op zijn huid zou dragen, iets dat hem warm zou houden.

Ze stond stilletjes op en zocht de kleren die ze die eerste nacht van hem had losgesneden en bracht ze dichter naar de vuurplaats. Ze waren nog stijf van het opgedroogde bloed, maar als ze dat eruit weekte, kon ze zien hoe ze in elkaar zaten. Het hemd, met het fascinerende borduursel, viel wel te redden, dacht ze, als ze er nieuwe armstukken in zette. De broek zou ze opnieuw moeten maken van nieuw materiaal, maar ze kon delen van het jak redden. De voetomhulsels waren onbeschadigd, ze hadden alleen nieuwe veters nodig. Ze boog zich dichter naar de rode kolen toe om de naden te bekijken. Langs de randen waren kleine gaatjes geboord in het leer en die waren met pees en dunne repen leer bij elkaar getrokken. Ze wist niet zeker of ze ze zou kunnen namaken, maar ze kon het proberen.

Jondalar verroerde zich en ze hield haar adem in. Ze wilde niet dat hij haar met zijn kleren zou zien. Ze wilde niet dat hij het zou weten voor ze klaar was. Hij vond zijn draai weer en maakte de zware ademhalingsgeluiden van een diepe slaap. Ze vouwde de kleren weer tot een bundeltje en legde ze onder haar slaapvacht. Later kon ze haar stapel geprepareerde huiden en vachten nakijken en er een paar uitzoeken om te gebruiken.

Toen een zwak licht door de openingen in de grot naar binnen begon te vallen, kondigde een lichte verandering in zijn bewegingen en ademhaling voor Ayla aan dat hij weldra wakker zou worden. Ze gooide hout op het vuur en ook een paar kookstenen, om ze heet te laten worden en zette de potmand klaar. De waterzak was bijna leeg en thee was lekkerder als hij werd gezet van vers water. Whinney en haar veulen stonden aan hun kant van de grot en Ayla bleef op haar weg naar buiten staan toen de merrie zachtjes brieste.

'Ik heb een geweldig idee,' zei ze glimlachend tegen het paard in de zwijgende gebarentaal. 'Ik ga kleren maken voor Jondalar, zijn soort kleren. Denk je dat hij daar blij mee zal zijn?' Toen verliet haar glimlach haar. Ze sloeg een arm om Whinneys hals, de andere om Renner en steunde met haar voorhoofd op de merrie. Daarna zal hij bij me weggaan, dacht ze. Ze kon hem niet dwingen te blijven, ze kon hem alleen maar helpen weggaan.

Bij het eerste licht van de dageraad liep ze het pad af. Ze probeerde haar akelige toekomst zonder Jondalar te vergeten en probeerde troost te putten uit de gedachte dat de kleren die ze voor hem zou maken, dicht bij hem zouden zijn. Ze liet haar omslag zakken voor een korte ochtendduik, zocht toen een twijgje van het juiste formaat en vulde de waterzak.

Ik zal vanochtend eens iets anders proberen, dacht ze: vlotgras en kamille. Ze schilde het twijgje, legde het naast het kommetje en zette de thee te trekken. De frambozen zijn rijp, dacht ze. Ik denk dat ik er wat ga plukken.

Ze zette de hete thee voor Jondalar klaar, zocht een plukmand uit en ging weer naar buiten. Whinney en Renner volgden haar en graasden in het veld in de buurt van het frambozenbosje. Ze groef ook wilde wortels op, klein en lichtgeel, en witte, melige aardakers. Toen ze terugkwam, stond Jondalar buiten op de brede zonnige richel. Ze wuifde toen ze de wortels afspoelde en bracht ze vervolgens naar boven en deed ze bij een soep die ze opzette met gedroogd vlees. Ze proefde hem, deed er een snufje kruiden bij en verdeelde de frambozen in twee porties. Daarna schonk ze zichzelf een kommetje afgekoelde thee in.

'Kamille,' zei Jondalar, 'en nog iets anders, maar ik weet niet wat.'

'Ik weet niet hoe je het noemt. Het lijkt een beetje op gras en het smaakt zoet. Ik zal je de plant een keer laten zien.' Het viel haar op dat zijn steenkloppersgereedschap al klaarlag.

'Ik wilde maar vroeg beginnen,' zei hij toen hij haar belangstelling zag. 'Ik moet eerst bepaald gereedschap maken.'

'Het is tijd om op jacht te gaan. Gedroogd vlees heeft zo weinig

vet. De dieren hebben zo laat in het seizoen wel wat vet opgebouwd. Ik hunker naar een stuk vers gebraad met vette sappen.'

Hij glimlachte. 'Het klinkt heerlijk als je er alleen al over praat. Dat
meen ik Ayla, je bent een opmerkelijk goede kokkin.'

Ze bloosde en liet haar hoofd zakken. Het was prettig te weten dat
hij dat vond, maar vreemd dat hij nota zou nemen van iets dat alleen maar te verwachten was.

'Het was niet mijn bedoeling je in verlegenheid te brengen.'

'Iza zei altijd dat complimenten de geesten jaloers maken. Het zou
voldoende moeten zijn iets goed te doen.'

'Ik denk dat Marthona het goed zou kunnen vinden met jouw Iza.
Zij kan complimenten ook niet uitstaan. Ze zei altijd: "Het beste
compliment is een karwei dat goed is gedaan." Alle moeders zijn
waarschijnlijk hetzelfde.'

'Is Marthona jouw moeder?'

'Ja, heb ik je dat niet verteld?'

'Dat dacht ik al, maar ik wist het niet zeker. Heb je nog broers of
zusters? Naast die ene die je hebt verloren?'

'Ik heb een oudere broer, Joharran. Hij is nu de leider van de Negende Grot. Hij is aan Joconans vuurplaats geboren. Na zijn dood is
mijn moeder een verbintenis aangegaan met Dalanar. Ik ben aan
zijn vuurplaats geboren. Later hebben Marthona en Dalanar de band
verbroken en is ze een verbintenis aangegaan met Willomar. Thonolan is aan zijn vuurplaats geboren, en mijn jonge zusje Folara.'

'Jij hebt bij Dalanar gewoond, nietwaar?'

'Ja, drie jaar. Hij heeft me het vak geleerd. Ik had geen betere leer-
meester kunnen vinden. Ik was twaalf toen ik bij hem kwam en al
meer dan een jaar man. Dat was ik al vroeg en ik was groot voor
mijn leeftijd.' Hij kreeg een vreemde uitdrukking op zijn gezicht.
'Het was het beste dat ik wegging.'

Toen glimlachte hij. 'Dat was toen ik mijn nicht Joplaya leerde
kennen. Ze is de dochter van Jerika en ze is geboren aan Dalanars
vuurplaats, na hun verbintenis. Ze is twee jaar jonger. Dalanar leerde ons samen vuursteen te bewerken. Het ging er altijd om wie het
het beste kon en daarom zei ik nooit dat ze het goed deed. Maar ze
wist het wel. Ze heeft er kijk op en ze heeft een vaste hand. Er komt
een dag dat ze het net zo goed doet als Dalanar.'

Ayla zweeg even. 'Er is iets dat ik niet goed begrijp, Jondalar. Folara heeft dezelfde moeder als jij, dus is ze je zuster, nietwaar?'

'Ja.'

'Jij bent geboren aan Dalanars vuurplaats en Joplaya ook, maar zij
is je niet. Wat is het verschil tussen een zuster en een nicht?'

'Zusters en broers komen van dezelfde vrouw. Neven en nichten zijn niet zo nauw verwant. Ik ben aan Dalanars vuurplaats geboren – ik ben waarschijnlijk van zijn geest. De mensen zeggen dat we op elkaar lijken. Ik denk dat Joplaya ook van zijn geest is. Haar moeder is klein, maar zij is groot, net als Dalanar. Niet zó groot, maar iets groter dan jij, denk ik.

Niemand weet wiens geest de Grote Moeder kiest om te mengen met die van een vrouw, dus Joplaya en ik kunnen van Dalanars geest zijn, wie zal het zeggen? Daarom zijn we neef en nicht.'

Ayla knikte. 'Misschien was Oeba wel een nicht, maar voor mij was ze een zuster.'

'Een zuster?'

'We waren geen echte zusters. Oeba was een dochter van Iza en ze werd geboren nadat ik was gevonden. Iza zei dat we allebei haar dochters waren.'

Ayla begon te peinzen. 'Oeba werd verbonden, maar niet aan de man die ze zou hebben gekozen. Maar de andere man had alleen een verbintenis kunnen sluiten met zijn zuster en dat mag niet in de Stam.'

'Dat doen wij ook niet,' zei Jondalar. 'Gewoonlijk sluiten we ook geen verbintenissen tussen neven en nichten, hoewel het niet absoluut verboden is. Men keurt het af. Sommige soorten neven en nichten worden wel geaccepteerd.'

'Welke soorten zijn er?'

'Vele soorten. Sommigen zijn nauwer verwant dan anderen. De kinderen van je moeders zuster, de kinderen van de gezellin van je moeders broer, de kinderen...'

Ayla schudde het hoofd. 'Dat is te ingewikkeld. Hoe weet je wie een nicht is en wie niet? Bijna iedereen kan een neef of een nicht zijn... Wie blijft er over in jouw Grot om een verbintenis mee te sluiten?'

'De meesten doen dat niet met mensen van hun eigen Grot. Gewoonlijk is het iemand die ze op een Zomerbijeenkomst ontmoeten. Maar men kent meestal zijn naaste familie al wonen ze in een andere Grot.'

'Zoals Joplaya?'

Jondalar knikte instemmend, met zijn mond vol frambozen.

'Jondalar, als het nu eens niet de geesten zijn die kinderen verwekken? Als het nu eens een man is? Zou dat dan niet betekenen dat de kinderen net zo goed van de man als van de vrouw zijn?'

'Het kind groeit in de vrouw, Ayla. Het komt van haar.'

'Waarom paren mannen en vrouwen dan zo graag?'

'Waarom gaf de Moeder ons de Gave van het Genot? Dat zou je Zelandoni moeten vragen.'

'Waarom zeg je altijd "de Gave van het Genot"? Er zijn zoveel dingen die de mensen gelukkig maken en genot schenken. Geeft het een man zoveel genot om zijn lid in een vrouw te steken?'

'Niet alleen een man; een vrouw... Maar dat weet je zeker niet? Jij hebt je Eerste Riten niet gehad. Er drong een man bij je binnen en hij maakte een vrouw van je, maar dat is niet hetzelfde. Dat was schandelijk! Hoe konden die mensen dat toelaten?'

'Ze begrepen het niet. Ze zagen alleen wat hij had gedaan. Dat was niet schandelijk. Alleen de manier waarop hij het deed. Het gebeurde niet om te genieten – Broud deed het met afkeer. Ik voelde pijn en boosheid, maar geen schaamte en ook geen genot. Ik weet niet of Broud mijn baby heeft verwekt, Jondalar, of een vrouw van me heeft gemaakt zodat ik er een kon krijgen. Maar mijn zoon heeft me gelukkig gemaakt. Durc was mijn genot.'

'Het geschenk van het leven, dat de Moeder geeft, is een vreugde, maar er is meer tussen man en vrouw. Dat is ook een geschenk en dat moet in vreugde gebeuren, om Haar te eren.'

Er kan ook meer zijn dan jij weet, dacht ze. Toch leek hij heel zeker. Misschien had hij wel gelijk. Ayla geloofde hem niet helemaal. Ze twijfelde.

Na de maaltijd legde Jondalar zijn gereedschap klaar en ging aan de slag. Ayla ging bij hem zitten. Hij spreidde de messen uit zodat hij ze kon vergelijken. Door kleine verschillen waren ze geschikt voor bepaald gereedschap. Hij pakte er een mes uit, hield het tegen de zon en liet het Ayla zien.

Het was wel tien centimeter lang en zo'n twee centimeter breed. Het snijvlak was zo dun dat het zonlicht erdoorheen viel. Jondalar trok een haar van zijn baard strak en sneed hem gemakkelijk af. Het kon niet volmaakter.

'Deze houd ik om me te scheren,' zei hij.

Ayla wist niet wat hij bedoelde, maar ze had van Droeg geleerd dat je niets moest vragen om de concentratie niet te verstoren.

Hij legde het mes aan de kant en pakte een ander stuk. 'Dit is een els,' zei hij en hij liet het Ayla zien. 'Daar maak je gaatjes mee om pezen doorheen te trekken zodat je kleren kunt naaien.'

Had hij soms gezien dat ze zijn kleren bekeek, vroeg Ayla zich opeens af. Hij scheen te weten wat ze van plan was.

'Ik ga ook een boor maken. Zoiets, maar dan groter en steviger om gaten te maken in hout, been of geweien.'

Ze was opgelucht. Hij had het gewoon over gereedschap.

'Ik heb een els gebruikt om gaten te maken voor buidels, maar lang zo mooi niet als deze.'

'Wil je hem hebben? Ik maak wel een andere voor mezelf.'

Ze pakte hem aan en boog haar hoofd om op de manier van de Stam haar dankbaarheid te tonen. Toen herinnerde ze zich de woorden.

'Dank je,' zei ze.

Hij glimlachte.

'Ken je dit gereedschap?' vroeg hij, terwijl hij een ander mes oppakte. Ze bekeek het, schudde haar hoofd en gaf het terug.

'Dat is een graveerstift,' zei hij. 'Die ga ik gebruiken voor het wapen waar ik je over vertelde.'

'Graveerstift,' zei ze om aan het woord te wennen.

Hij sneed met de stift een stuk uit een lang bot van een voorpoot. Ayla keek oplettend toe en wilde niets missen. Maar haar gedachten dwaalden af.

Ze hoorde hem nog zeggen: 'Ik denk dat Marthona het goed zou kunnen vinden met jouw Iza.' En iets in de trant van dat alle moeders hetzelfde waren. Zijn moeder zou het goed hebben kunnen vinden met een platkop? Ze leken op elkaar? En hij had er geen erg in gehad, en dat deed haar nog meer genoegen. Hij beschouwde de Stam als mensen. Niet als beesten, niet als platkoppen, niet als gruwels, maar als mensen!

Haar aandacht werd weer door de man getrokken toen deze met iets anders in de weer ging. Hij had een van de benen driehoeken en een sterke vuurstenen schraper opgepakt, en begon de scherpe randen van het bot glad te schaven. Hij schraapte er lange krullen vanaf. Na korte tijd hield hij een rond stukje bot omhoog dat uitliep in een scherpe punt. 'Jondalar, ben je soms een... speer aan het maken?'

Hij grijnsde. 'Aan bot kun je een scherpe punt slijpen, net als aan hout, maar het is sterker en splintert niet, en bot is licht van gewicht.'

'Is dat niet een erg korte speer?' vroeg ze.

Hij lachte luid en hartelijk. 'Dat zou het wel zijn als het hierbij bleef. Ik maak nu alleen punten. Sommige mensen maken vuurstenen punten. De Mamutiërs, bijvoorbeeld, vooral om op mammoeten te jagen. Vuursteen is bros, het breekt gauw, maar met zijn vlijmscherpe randen doorboort het gemakkelijker het taaie vel van een mammoet. Voor de meeste jachten levert been echter betere punten op. De schachten worden van hout.'

'Hoe maak je ze aan elkaar vast?'

'Kijk,' zei hij en hij draaide de punt om om haar de onderkant te laten zien. 'Ik kan dit uiteinde met een burijn en een mes opensnijden en dan het uiteinde van de houten schacht zo modelleren dat het in de spleet past.' Hij liet het zien door de wijsvinger van zijn ene hand tussen de duim en wijsvinger van de andere te steken. 'Dan kan ik er wat lijm of pek bij doen en het stevig omwikkelen met pees of leer. Als dat opdroogt en krimpt, houdt het de twee bij elkaar.'

'De punt is zo klein. De schacht moet wel een twijgje zijn!'

'Hij zal meer zijn dan een twijgje, maar niet zo zwaar als jouw speer. Dat kan ook niet als je hem wilt werpen!'

'Werpen? Een speer werpen?'

'Je werpt toch ook stenen met je slinger? Dat kun je ook met een speer doen. Dan hoef je geen valkuilen meer te graven; je kunt een prooi zelfs op de vlucht doden, als je de kunst eenmaal te pakken hebt. Als ik zie hoe zuiver je werpt met die slinger, dan denk ik dat je het wel snel onder de knie zult krijgen.'

'Jondalar, weet je wel hoe vaak ik niet heb gewenst dat ik met een slinger op herten of bizons kon jagen? Ik heb er nooit aan gedacht speren te werpen.' Ze fronste het voorhoofd. 'Kun je wel met voldoende kracht werpen? Met een slinger kan ik veel harder en verder werpen dan met de hand.'

'Je zult niet helemaal dezelfde kracht bereiken, maar je hebt toch het voordeel van de afstand. Maar je hebt gelijk. Het is jammer dat je een speer niet met een slinger kunt werpen, maar...' Hij zweeg even midden in zijn zin. 'Ik vraag me af...' Er verscheen een diepe rimpel in zijn voorhoofd bij een gedachte die zo verrassend was dat hij onmiddellijke aandacht eiste. 'Nee, ik denk het niet... Waar kunnen we schachten vinden?'

'Bij de stroom. Jondalar, is er ook een reden waarom ik niet kan helpen bij het maken van die speren? Ik zou het sneller leren als jij er nog bent om me te vertellen wat ik verkeerd doe.'

'Ja, natuurlijk,' zei hij, maar hij voelde zich een beetje bedrukt toen hij het pad afdaalde. Hij was vergeten dat hij zou vertrekken en het speet hem dat ze hem eraan had herinnerd.

27

Ayla zat laag op haar hurken en keek door een scherm van hoog, goudkleurig gras, dat zich boog onder het gewicht van rijpe zaadhalmen en concentreerde zich op de omtrekken van het dier. Ze hield in haar rechterhand een speer klaar om te werpen en had een andere alvast in haar linker. Een sliert lang, blond haar, die uit een strak gevlochten vlecht was ontsnapt, waaide in haar gezicht. Ze verschoof de lange schacht een beetje, op zoek naar het evenwichtspunt, kneep vervolgens haar ogen samen, greep hem stevig beet en mikte. Terwijl ze de speer wegslingerde, sprong ze naar voren.

'O, Jondalar! Ik zal nooit zuiver kunnen werpen met deze speer!' zei Ayla ten einde raad. Ze stevende op een boom af waar een kussen van een met gras gevulde huid voor hing, en haalde de nog trillende speer uit de romp van een bizon die Jondalar er met een stuk houtskool op had getekend.

'Je oordeelt te streng over jezelf, Ayla,' zei Jondalar stralend van trots. 'Je bent beter dan je zelf denkt. Je leert het heel snel, maar ik heb ook zelden zo'n vastberadenheid gezien. Je oefent ieder vrij ogenblikje. Ik denk dat dat nu misschien je probleem is. Je probeert het te hard. Je moet je wat ontspannen.'

'Ik heb de slinger leren gebruiken door te oefenen.'

'Maar je hebt je vaardigheid met dat wapen toch niet van de ene dag op de andere ontwikkeld?'

'Nee, dat heeft verschillende jaren gekost. Maar ik wil geen jaren wachten voor ik met deze speer kan jagen.'

'Dat hoef je ook niet. Je zou er waarschijnlijk nu al mee kunnen jagen en iets kunnen vellen. Je hebt niet de stootkracht en snelheid van vroeger, Ayla, maar die zul je nooit krijgen. Je zult je nieuwe bereik moeten zoeken. Als je wilt blijven oefenen, waarom schakel je dan niet een poosje op je slinger over?'

'Met de slinger hoef ik niet te oefenen.'

'Maar je moet je ontspannen, en ik denk dat het je zou helpen wat los te komen. Probeer het eens.'

Ze voelde de spanning uit haar wegstromen met het vertrouwde gevoel van de reep leer in haar handen en het ritme en de beweging van het hanteren van de slinger. Ze putte een warme bevrediging uit haar geoefende vaardigheid, hoewel het een worsteling was geweest om het te leren. Ze kon alles raken waar ze maar op mikte, vooral oefendoelen, die niet bewogen. De openlijke bewondering van de man moedigde haar aan om een demonstratie van haar kunnen ten beste te geven.

Ze raapte een paar handen kiezels op bij de rand van de stroom en liep toen helemaal naar de andere kant van het veld om haar ware bereik te laten zien. Ze demonstreerde haar snelvuurtechniek met twee stenen en liet toen zien hoe snel ze het af kon maken met nog twee stenen.

Jondalar deed mee en zette doelen op die haar nauwkeurigheid op de proef stelden. Hij zette vier stenen op een rij op het grote rotsblok. Ze sloeg ze er met vier snelle worpen vanaf. Hij wierp twee stenen op, de een na de ander, ze haalde ze zo uit de lucht. Toen deed hij iets dat haar verbaasde. Hij ging in het midden van het veld staan, liet op elke schouder een steen balanceren en keek haar met een grijns op zijn gezicht aan. Ze smeet met zo'n kracht een steen uit haar slinger weg dat het op z'n minst pijn kon doen – en dodelijk kon zijn als ze per ongeluk een kwetsbare plek raakte. Dit toonde zijn vertrouwen in haar, maar het stelde haar zelfvertrouwen ook op de proef.

Hij hoorde wind fluiten en de doffe tik van steen die tegen steen klapte toen eerst de ene en een ogenblik later de andere steen werd weggeslagen. Maar hij kwam niet helemaal zonder kleerscheuren van zijn gevaarlijke spelletje af. Van een van de stenen sprong een klein scherfje af en dat drong in zijn hals. Hij vertrok geen spier, maar een klein straaltje bloed, dat tevoorschijn kwam toen hij de steensplinter lostrok, verried hem.

'Jondalar, je bent gewond!' riep Ayla uit toen ze hem zag.

'Het is maar een scherfje, het heeft niets te betekenen. Maar je bent goed met die slinger, Ayla. Ik heb nog nooit iemand zo een wapen zien hanteren.'

Ayla had nog nooit iemand zo naar haar zien kijken als hij. Zijn ogen fonkelden van respect en bewondering, zijn stem was hees van enthousiaste lof. Ze bloosde, vervuld met zo'n vloed van warme emoties dat hij tranen ontlokte bij gebrek aan een andere uitweg.

'Als je zo een speer kon werpen...' Hij maakte zijn zin niet af. Hij sloot zijn ogen en zijn voorhoofd trok vol rimpels van de inspanning waarmee hij probeerde iets met zijn geestesoog te zien. 'Ayla, mag ik je slinger even gebruiken?'

'Wil je een slinger leren gebruiken?' vroeg ze terwijl ze hem aangaf.

'Dat niet.'

Hij raapte een van de speren die op de grond lagen, op en probeerde het uiteinde in de uitstulping van de slinger te passen, die helemaal de vorm had aangenomen van de ronde stenen die er gewoonlijk in gelegd werden. Maar hij was niet voldoende vertrouwd met de techniek om een slinger te hanteren en na een paar onhandige pogingen gaf hij hem samen met de speer terug.

'Denk je dat jij deze speer met je slinger zou kunnen werpen?'

Ze zag wat hij probeerde en kreeg het op een onhandige manier gedaan, waarbij het uiteinde van de speer in de uitgerekte slinger rustte terwijl ze tegelijkertijd de uiteinden en de speerschacht vasthield. Ze kreeg geen goede balans te pakken en ze had weinig kracht en nog minder controle over het lange projectiel, toen het uit haar hand vloog, maar het lukte haar wel het weg te slingeren.

'Hij zou langer moeten zijn, of de speer korter,' zei hij terwijl hij zijn ogen dichtkneep om zich iets voor te stellen dat hij nog nooit had gezien. 'En de slinger is te buigzaam. Een speer heeft meer steun nodig. Iets waar hij op kan rusten... Hout, misschien, of been... met iets om hem aan de achterkant tegen te houden, zodat hij er niet vanaf glijdt. Ayla! Ik weet het niet zeker, maar ik denk dat het misschien zou gaan. Ik denk dat ik een... speerwerper zou kunnen maken!'

Ayla keek toe hoe Jondalar knutselde en experimenteerde, al evenzeer gefascineerd door het denkbeeld iets op basis van een idee te maken, als door het proces van het maken zelf. De cultuur waarin zij was opgegroeid, was niet tot dergelijke vernieuwingen geneigd en ze besefte dat ze haar jachtmethoden en slede had bedacht vanuit een soortgelijke bron van creativiteit.

Hij gebruikte materialen die hem te pas kwamen en paste gereedschap aan nieuwe eisen aan. Hij vroeg haar advies, puttend uit haar jaren ervaring met haar slingerwapen, maar het werd algauw duidelijk dat de uitvinding waaraan hij werkte, weliswaar de drijfkracht had van haar slinger, maar verder een nieuw en uniek instrument was.

Toen hij de basisprincipes eenmaal had uitgedokterd, wijdde hij zijn tijd aan het bijstellen, om de prestatie van de speer te verbeteren en zij was al net zo weinig bedreven in de fijnere kneepjes van het speerslingeren als hij was met de werking van een slinger. Met een verrukte glans in zijn ogen waarschuwde Jondalar haar dat ze, als hij eenmaal goede proefmodellen had, allebei zouden moeten oefenen.

Ayla besloot hem het gereedschap te laten gebruiken dat hij het beste kende, om de twee proefmodellen af te maken. Zelf wilde ze met een van zijn andere werktuigen experimenteren. Ze was nog niet erg ver gevorderd met zijn kleren. Ze waren zo vaak bij elkaar dat ze er alleen 's morgens vroeg of midden in de nacht, als hij sliep, tijd voor kon vinden.

Terwijl hij aan het afwerken en verfijnen was, ging zij met zijn oude kleren en haar nieuwe materiaal buiten op de richel zitten. Bij daglicht kon ze zien hoe de oorspronkelijke stukken in elkaar gezet waren. Ze vond het proces zo interessant en de kledingstukken zo intrigerend, dat ze erover dacht voor zichzelf ook iets dergelijks te maken. Ze probeerde niet het ingewikkelde kralen- en verenborduursel van het hemd na te maken, maar bestudeerde het zorgvuldig. Ze dacht dat het een goede uitdaging zou kunnen zijn om het de aanstaande lange, stille winter eens te proberen.

Vanaf haar uitkijkpunt kon ze Jondalar op het strand en in het veld in de gaten houden en haar werk wegstoppen voor hij bij de grot terug was. Maar op de dag dat hij het pad op rende om trots twee kant-en-klare speerwerpers te laten zien, had Ayla amper de tijd om het kledingstuk waaraan ze werkte, tot een onopvallend hoopje leer te verfrommelen. Hij was te vol van zijn prestatie om iets anders te zien.

'Wat denk je ervan, Ayla? Zal het gaan?'

Ze pakte er een van hem aan. Het was een eenvoudig, maar ingenieus instrument: een plat, smal houten plankje, ongeveer half zo lang als de speer, met een groef in het midden, waar de speer in rustte en aan de achterkant een haak om hem tegen te houden. Voor aan de speerwerper was aan weerskanten een leren lus bevestigd voor de vingers.

De werper werd eerst in horizontale positie gehouden, met twee vingers door de lussen, waarbij de speer in de werper werd gehouden, in de lange groef met de achterkant tegen de haak. Bij het werpen werd het achterste uiteinde van het plankje, omdat je de lussen vasthield, omhooggewipt, zodat als het ware de lengte van de werparm werd vergroot. Deze extra hefboomwerking vergrootte de snelheid en kracht waarmee de speer de hand verliet.

'Ik denk, Jondalar, dat het tijd is om te gaan oefenen.'

Dagenlang deden ze niets dan oefenen. Het leren kussen om de boom dat als doelwit fungeerde viel uit elkaar, zo vaak werd het getroffen en er werd een tweede opgehangen. Deze keer tekende Jondalar er het silhouet van een hert op. Kleine verbeteringen kwamen als vanzelf naar boven naarmate ze beiden meer bedreven werden met het wapen. Elk leerde van de techniek van het wapen waarmee ze het meest vertrouwd waren. Zijn sterke, overhandse worp neigde naar een grotere opwaartse stuwing, die van haar, die meer opzij afboog, had een vlakkere baan. En elk maakte een paar aanpassingen om de werper aan hun persoonlijke stijl tegemoet te laten komen.

Er ontstond een vriendschappelijke wedijver tussen hen. Ayla probeerde vergeefs Jondalars machtige stoten, die hem een groter bereik gaven, te evenaren, Jondalar haalde Ayla's dodelijke trefzekerheid niet. Ze stonden beiden versteld van het geweldige voordeel van het nieuwe wapen. Toen hij eenmaal een zekere mate van nauwkeurigheid had bereikt, kon Jondalar er een speer twee keer zo ver mee werpen en met grotere kracht en beheersing. Maar één aspect van het oefenen met Jondalar had op Ayla een grotere uitwerking dan het wapen zelf.

Ze had altijd alleen geoefend en gejaagd. Eerst in het geheim, als spel, bang dat ze zou worden betrapt, later serieus, maar niet minder in het geheim. Toen men haar toestond te jagen, was dat alleen tegen wil en dank. Niemand ging ooit met haar mee op jacht. Niemand moedigde haar ooit aan als ze miste, of deelde een triomf als haar worp doel trof. Niemand besprak met haar de beste manier om een wapen te gebruiken, adviseerde haar alternatieve benaderingen, of luisterde met respect en belangstelling naar een suggestie van haar. En niemand had haar ooit geplaagd, of grapjes met haar gemaakt, of gelachen. Ayla had nog nooit de kameraadschap, de vriendschap, de pret van een metgezel meegemaakt.

En toch bleef er, ondanks alle verlichting van spanningen, die het oefenen teweegbracht, een afstand tussen hen, die ze niet leken te kunnen overbruggen. Als ze het over zulke veilige onderwerpen hadden als het jagen, of wapens, waren hun gesprekken levendig, maar zodra er een persoonlijk element werd ingebracht, leidde dit tot onbehaaglijke stiltes en hakkelende, beleefde uitvluchten. Een toevallige aanraking was als een schok waarvoor ze beiden van elkaar wegsprongen, altijd gevolgd door stijf formeel gedrag en eindeloos napeinzen.

'Morgen!' zei Jondalar, terwijl hij een snorrende speer lostrok. Door een inmiddels veel groter geworden, rafelig gat kwam een deel van de vulling mee naar buiten.

'Wat morgen?' zei Ayla.

'Morgen gaan we op jacht. We hebben genoeg gespeeld. Van punten bot maken op een kussen hebben we niets meer te leren. Het wordt tijd dat het menens wordt.'

514

'Morgen,' stemde Ayla in.

Ze raapten verscheidene speren op en wandelden terug. 'Jij kent hier de omgeving, Ayla. Waar gaan we heen?'

'Ik ken de steppen in het oosten het best, maar misschien moet ik ze eerst verkennen. Ik zou er met Whinney heen kunnen gaan.' Ze keek omhoog naar de stand van de zon. 'Het is nog vroeg.'

'Een goed idee. Jij en dat paard samen zijn beter dan een groepje spoorzoekers te voet.'

'Wil jij Renner dan bij je houden? Ik voel me prettiger als ik weet dat hij niet achter ons aankomt.'

'En morgen dan, als we gaan jagen?'

'Dan zullen we hem mee moeten nemen. We hebben Whinney nodig om het vlees thuis te brengen. Whinney is altijd een beetje schichtig, maar ze went eraan. Zij blijft staan waar ik wil, maar als haar veulen druk wordt en begint te rennen, misschien onder de voet wordt gelopen door een vluchtende kudde... Ik weet het niet.'

'Zit er nog maar niet over in. Ik bedenk wel iets.'

De merrie en het veulen kwamen op Ayla's doordringend fluiten af. Terwijl Jondalar een arm om Renners hals sloeg, hem krabde en tegen hem praatte, besteeg Ayla Whinney en zette haar aan tot een galop. Het veulen voelde zich thuis bij de man. Toen Ayla en de merrie ver genoeg weg waren, pakte Jondalar een armvol speren en de twee speerwerpers.

'Kom, Renner, ga je mee naar de grot om op ze te wachten?'

Hij legde de speren bij de ingang neer en ging naar binnen. Hij was onrustig en wist niet goed wat hij zou doen. Hij pookte in het vuur, schoof de kolen bij elkaar en deed er een paar takken bij. Toen liep hij naar de richel en keek uit over de vallei. Het veulen duwde zijn zachte lippen tegen zijn hand en in gedachten verzonken streelde hij het ruige, jonge dier. Toen hij met zijn vingers door het dikke haar van het dier streek, moest hij aan de winter denken.

Hij probeerde aan iets anders te denken. De warme zomerdagen leken tijdloos, alsof de tijd stilstond. Beslissingen werden gemakkelijk uitgesteld. Morgen was het nog vroeg genoeg om aan de naderende kou... of aan het vertrek te denken. Hij keek naar de simpele lendendoek die hij droeg.

'Ik krijg niet zo'n winterjas als jij, kereltje. Ik zal binnenkort zelf iets warms moeten maken. Ik heb die els aan Ayla gegeven en ik heb er niet een meer bij gemaakt. Dat zou ik misschien kunnen doen – nog wat gereedschap maken. En ik moet nog iets bedenken om te voorkomen dat jij gewond raakt.'

Hij ging de grot weer in, stapte over zijn slaapvachten heen en wierp een verlangende blik op Ayla's hoekje. Hij rommelde wat in de voorraadruimte om te zoeken naar een riem of een dik koord toen hij een paar huiden vond die waren opgerold en weggestopt. Die vrouw weet heel goed hoe ze huiden moet bewerken, dacht hij, toen hij de fluweelzachte stof voelde. Misschien mag ik er wel een paar gebruiken. Maar ik heb er een hekel aan om het haar te vragen. Als die speerwerpers het goed doen, krijg ik voldoende huiden om kleding te maken. Misschien kan ik er een amulet in snijden, dat brengt geluk. Het hindert nooit iets. Hier ligt een opgerolde riem. Mogelijk kan ik hiervan iets voor Renner maken. Hij loopt zo hard – wacht maar eens tot hij een hengst is. Zou je een hengst kunnen berijden? Zou ik hem kunnen leiden?

Dat zul je nooit weten. Als hij volwassen is ben je hier niet meer. Je gaat immers weg.

Jondalar pakte de opgerolde riem, nam zijn klopsteen mee en liep het pad af naar het strandje. De rivier zag er aanlokkelijk uit en hij was warm en bezweet. Hij legde zijn lendendoek af en liep het water in. Hij ging stroomopwaarts en keerde meestal bij de nauwe doorgang. Deze keer besloot hij eens wat verder te kijken. Het lukte hem in een keer door de stroomversnelling te komen en om de laatste bocht zag hij een bulderende muur van wit water. Toen ging hij terug.

Het zwemmen gaf hem nieuwe energie en het gevoel dat hij iets nieuws had ontdekt. Hij streek zijn haar achterover en kneep het water uit zijn baard. Die heb je de hele zomer al gedragen, Jondalar. Voel je niets voor een verandering en vind je het geen tijd worden om je te scheren? Daarna ga ik iets voor Renner maken. Ik wil niet zomaar een touw om zijn hals knopen. Dan ga ik nog een els maken en een paar stiften om amuletten op de speerwerpers uit te snijden. En ik denk dat ik vanavond het eten eens klaarmaak. Bij Ayla zou een man vergeten hoe het moet. Misschien kan ik het niet zo goed als zij, maar ik denk dat ik toch wel een maaltijd kan klaarmaken. De Moeder weet dat ik het tijdens de Tocht vaak genoeg heb gedaan.

Wat voor figuren zal ik op de speerwerpers aanbrengen? Een donii brengt het meest geluk, maar ik heb de mijne aan Noria gegeven. Ik vraag me af of ze ooit een baby met blauwe ogen heeft gekregen.

Ayla houdt er ook vreemde ideeën op na over het verwekken van een kind. Ze heeft nooit Eerste Riten gehad. Ze heeft zoveel meegemaakt en het is een wonder zoals ze met die slinger omgaat. Ze doet het ook niet slecht met die speerwerper. Ik denk dat ik op de hare een bizon maak. Zou het echt werken? Ik wou dat ik een donii had. Misschien kan ik er een maken...

Toen de avondhemel donker werd, begon Jondalar naar Ayla uit te kijken. De vallei werd een zwarte, bodemloze kuil en hij legde een vuur aan op de richel opdat ze de weg zou kunnen vinden. Hij dacht steeds dat hij haar het pad op hoorde komen. Ten slotte maakte hij een fakkel en liep naar beneden. Hij volgde de rivieroever om de uitspringende wand heen en hij zou nog verder zijn gegaan als hij het naderende hoefgetrappel niet had gehoord.

'Ayla! Waar ben je zo lang geweest?'

Ze was overdonderd door zijn bazige toon. 'Ik heb gezocht naar kudden. Dat weet je toch?'

'Maar het is al donker!'

'Dat weet ik. Het was al bijna donker toen ik op de terugweg ging. Ik denk dat ik de plaats heb gevonden. Er is een kudde bizons in het zuidoosten...'

'Het was bijna donker en jij zat nog steeds achter bizons aan! In het donker kun je geen bizons zien!'

Ayla begreep niet waarom hij zich zo opwond en zo'n toon aansloeg. 'Ik heb in het donker niet naar de bizons gekeken en waarom blijf je hier staan praten?'

Het veulen kwam luid hinnikend de lichtcirkel van de fakkel in en stootte met zijn hoofd de moeder aan. Whinney reageerde erop en voor Ayla kon afstijgen snuffelde het jonge paard al tussen de achterbenen van de merrie. Toen drong het tot Jondalar door dat hij net deed alsof hij het recht had Ayla zulke vragen te stellen en hij wendde zijn gezicht af, buiten het licht van de fakkel en was blij dat het donker was zodat hij de blos op zijn gezicht kon verbergen. Hij volgde haar terwijl ze met moeite het pad op liep en hij schaamde zich zo dat het hem niet eens opviel hoe uitgeput ze was.

Ze pakte een slaapvacht en sloeg die om zich heen. Ze hurkte bij het vuur. 'Ik had er niet aan gedacht hoe koud het 's avonds wordt,' zei ze. 'Ik had een warme omslag mee moeten nemen, maar ik verwachtte niet dat ik zo lang weg zou blijven.'

Jondalar zag haar huiveren en dat deed hem verdriet. 'Je bent koud. Ik zal je wat warms geven.' Hij schonk een kom hete soep in.

Ayla had niet zo goed op hem gelet. Ze wou zo graag naar het vuur, maar toen ze opkeek om de kom aan te pakken, liet ze die bijna vallen.

'Wat is er met je gezicht gebeurd?' vroeg ze half geschrokken en half bezorgd.

'Wat bedoel je?' vroeg hij ongerust.

'Je baard... Hij is weg!'

Hij moest glimlachen om haar reactie. 'Ik heb hem afgeschoren.'

'Afgeschoren?'

'Afgesneden. Heel kort. Dat doe ik meestal in de zomer. Het kriebelt zo als ik het warm krijg en begin te zweten.'

Ayla kon het niet laten. Ze stak haar hand uit om te voelen hoe glad zijn wang was en toen ze over de stoppels streek, voelde ze dat zijn huid nog ruw was als de tong van een leeuw. Ze herinnerde zich dat hij geen baard had toen ze hem vond, maar toen die later begon te groeien was ze dat weer vergeten. Hij leek zo jong zonder baard, aantrekkelijk als een kind, niet als man. Ze was niet gewend aan volwassen mannen zonder baarden. Ze wreef met haar vinger over zijn brede kaak en het ondiepe kuiltje in zijn kin.

Hij bewoog zich niet onder haar aanraking. Hij kon zich niet afwenden. Hij voelde met iedere zenuw de groefjes in haar vingertoppen. Hoewel zij geen sensuele bedoelingen had, het was alleen nieuwsgierigheid, ging zijn reactie dieper. Hij werd verrast door de krachtige, snelle prikkel die hij voelde.

In zijn blik lag het dwingende verlangen hem als man te zien, ondanks zijn bijna te jeugdige uiterlijk. Hij probeerde haar hand te pakken om die tegen zijn gezicht te drukken, maar ze trok hem terug, pakte de kom en dronk haar soep zonder te proeven hoe het smaakte. Het was meer dan verlegenheid die haar ervan weerhield hem aan te raken. Ze herinnerde zich plotseling levendig die laatste keer dat ze tegenover elkaar bij het vuur zaten, toen die blik in zijn ogen kwam. En nu had ze hem aangeraakt. Ze durfde hem niet aan te kijken, bang dat ze die vreselijk vernederende blik weer zou zien. Maar haar vingertoppen tintelden bij de gedachte aan zijn stoppelige gezicht.

Jondalar had spijt van die bijna heftige reactie op haar zachte aanraking. Hij kon zijn ogen niet van haar afhouden hoewel zij zijn blik ontweek. Zoals ze daar zat, met neergeslagen ogen, leek ze zo kwetsbaar, zo verlegen, maar hij wist hoe sterk haar karakter was.

O Moeder, wat is ze mooi, dacht hij. O Doni, Grote Aardmoeder, ik wil die vrouw hebben. Ik wil haar zo graag hebben...

Opeens sprong hij overeind. Hij kon niet naar haar blijven kijken. Hij dacht aan de maaltijd die hij had klaargemaakt. Zij zit daar, koud en moe en ik blijf maar zitten. Hij haalde het blad van mammoetbeen dat zij gebruikte.

Ayla hoorde hem overeind komen. Hij was zo plotseling opgesprongen dat ze ervan overtuigd was dat hij zich weer vol afkeer van haar had afgewend. Ze begon te beven en beet op haar lip om het te onderdrukken. Ze kon het niet langer verdragen. Ze zou hem zeggen dat hij maar moest vertrekken zodat ze zijn ogen niet meer hoefde te zien die in haar... een gruwel zagen. Hoewel ze haar ogen dicht had voelde ze dat hij weer voor haar stond en ze hield haar adem in.

'Ayla?' Hij zag haar huiveren, ondanks het vuur en de bontomslag. 'Ik dacht dat het wel eens laat kon worden voor je terugkwam, dus heb ik wat eten voor ons klaargemaakt. Wil je wat hebben? Als je niet te moe bent?'

Had ze het goed gehoord? Ze opende langzaam haar ogen. Hij had een blad in zijn handen, zette het voor haar neer, trok een mat naar zich toe en kwam naast haar zitten. Er was een geroosterde haas, verder wat gekookte wortels in een soep van gedroogd vlees, waar hij haar al wat van had gegeven, en zelfs wat bosbessen.

'Heb je... dat... voor mij klaargemaakt?' vroeg Ayla ongelovig.

'Ik weet dat het niet zo goed is als jij het kunt, maar ik hoop dat het smaakt. Ik dacht dat het ongeluk zou brengen als ik de speerwerper al zou gebruiken, dus heb ik de gewone speer gepakt. Er is een andere werptechniek voor nodig en ik wist niet of al die oefening met de speerwerper me parten zou spelen, maar ik geloof dat je het nooit verleert. Eet maar gauw.'

De mannen van de Stam kookten niet. Ze konden het niet – ze hadden het nooit geleerd. Ze wist dat Jondalar veelzijdig was, maar het was nooit bij haar opgekomen dat hij nog eens zou koken; niet als er een vrouw om hem heen was. Niet alleen het feit dat hij het kon en het had gedaan, maar ook het feit dat hij eraan had gedacht was heel merkwaardig. Bij de Stam werd er nog altijd van haar verwacht dat ze haar gewone werk deed, ook nadat men haar had toegestaan op jacht te gaan. Het was zó onverwacht, zó zorgzaam. Haar vrees was volkomen ongegrond geweest en ze wist niet wat ze moest zeggen. Ze pakte een poot die hij had losgesneden en nam een hap.

'Is het goed zo?' vroeg hij een beetje ongerust.

'Het is heerlijk,' zei ze met een volle mond.

Het was lekker maar het had niets gehinderd wanneer het zwartgebrand was geweest – ze had het dan ook verrukkelijk gevonden. Ze had het gevoel dat ze zou gaan huilen. Hij schepte een soeplepel vol lange dunne wortels op haar bord. Ze pakte er een en nam een hap. 'Is dit klaverwortel? Het smaakt goed.'

'Ja,' zei hij, een beetje trots. 'Ze zijn lekkerder als je ze in de olie doopt. De vrouwen maken het soms voor de mannen klaar bij speciale gelegenheden, omdat het een lekkernij is. Ik zag de klaver stroomopwaarts staan en dacht dat je het misschien lekker zou vinden.' Het was een goed idee om een maaltijd klaar te maken, dacht hij toen hij haar verbazing zag.

'Het is een heel werk om ze op te graven. Er zit niet veel aan, maar ik wist niet dat ze zo lekker waren. Ik gebruik ze alleen voor medicijnen, als versterkend middel in het voorjaar. Het is een van de eerste verse groenten.'

Ze hoorden hoefgeklepper op de stenen richel en draaiden zich om toen Whinney en Renner binnenkwamen. Even later stond Ayla op om hun plaatsje klaar te maken. Dat deed ze iedere avond, met een begroeting, wat wederzijdse genegenheid, vers hooi, graan en water. Na een lange rit wreef ze ze droog en roste ze met een kaardenbol. Ayla zag dat het verse hooi, het graan en het water al klaarstonden.

'Je hebt ook aan de paarden gedacht,' zei ze toen ze weer ging zitten om haar bosbessen op te eten. Ze had ze opgegeten, ook wanneer ze geen trek meer had gehad.

Hij glimlachte. 'Ik had niet zoveel te doen. Ik heb iets dat ik je wil laten zien. Ik hoop dat je het niet erg vindt. Het moet geluk brengen.' Hij kwam terug met de twee speerwerpers en stak haar de hare toe. Op elk had hij een dier uitgesneden. Ayla keek met verbaasde verrukking naar de beeltenis van een bizon.

'Jondalar!' Ze durfde haar wapen haast niet aan te raken. 'Heb jij dit gemaakt?' Haar stem klonk vol ontzag. Ze was al verbaasd geweest toen hij het silhouet van een dier op het doelwit tekende, maar dit was zoveel meer. 'Het lijkt haast wel of je de totem, de geest van de bizon hebt gepakt en hem daar hebt neergezet.'

De man grijnsde. Het was erg leuk om haar te verrassen. Op zijn wapen zat een reuzenhert met een enorm, handvormig gewei en ook daar sprak ze haar bewondering over uit. 'Het idee is dat het de geest van het dier vangt, zodat het naar het wapen toe wordt getrokken. Ik ben geen echt goede snijder, je zou het werk van sommigen moeten zien en van de beeldhouwers, en schilders, die de Gewijde Muren beschilderen.'

'Ik weet dat je er sterke magische krachten in hebt gelegd. Ik heb geen herten gezien, maar er is in het zuidoosten wel een kudde bizons. Ik denk dat ze gaan trekken. Zal een bizon worden aangetrokken door een wapen met een hert erop? Ik kan er morgen weer op uitgaan en naar herten zoeken.'

'Dit zal ook wel werken voor bizons. Maar jij kunt meer geluk hebben. Ik ben blij dat ik op de jouwe een bizon heb aangebracht.'

Ayla wist niet wat ze moest zeggen. Hij was een man en hij wenste haar meer geluk toe dan zichzelf. En hij was nog blij ook.

'Ik wilde ook een donii maken, als talisman, maar daar had ik geen tijd meer voor.'

'Jondalar, ik begrijp het niet goed. Wat is een donii? Is dat je Grote Aardmoeder?'

'De Grote Aardmoeder is Doni, maar Zij neemt andere vormen aan en dat zijn allemaal donii. Een donii is gewoonlijk Haar geestes- vorm, als Ze op de wind vliegt of zich in dromen openbaart. Een donii is ook een gesneden beeldje van een vrouw – meestal een milde moeder omdat vrouwen Haar gezegenden zijn. Ze heeft hen in Haar evenbeeld gemaakt, om leven te scheppen zoals Zij ook al- le leven geschapen heeft. Ze rust het gemakkelijkst in de gelijkenis van een moeder. Meestal wordt er een donii gestuurd om een man naar Haar wereld van de geesten te begeleiden – sommigen zeggen dat vrouwen geen gids nodig hebben, ze weten de weg. En sommi- ge vrouwen beweren dat ze zich in een donii kunnen veranderen als ze dat willen – niet altijd tot voordeel van de man. De Sharamu- diërs, die ten westen van hier wonen, zeggen dat de Moeder de vorm kan aannemen van een vogel.'

Ayla knikte. 'Bij de Stam zijn alleen de Alleroudsten vrouwelijke geesten.'

'En jullie totems dan?'

'Alle beschermende totemgeesten zijn mannelijk, zowel voor man- nen als voor vrouwen, maar vrouwentotems zijn meestal de kleine- re dieren. Ursus, de Grote Holenbeer, is de grote beschermer van de hele Stam, ieders totem. Ursus was Crebs persoonlijke totem. Hij was uitverkoren, net als de Holenleeuw mij heeft uitverkoren. Je kunt mijn teken zien.' Ze liet hem de vier evenwijdige littekens op haar linkerdij zien, waar een holenleeuw haar met zijn klauw had geraakt toen ze vijf jaar was.

'Ik had geen idee dat pl... jouw stam verstand had van de wereld van de geesten, Ayla. Ik vind het nog steeds moeilijk te geloven – ik geloof het wel maar het valt me moeilijk te bevatten dat de mensen over wie jij spreekt, dezelfden zijn als de mensen die ik altijd als platkoppen heb beschouwd.'

Ayla liet haar hoofd zakken en keek toen weer op. Haar ogen ston- den ernstig en bezorgd. 'Ik geloof dat de Holenleeuw jou heeft uit- verkoren, Jondalar. Ik denk dat hij nu ook jouw totem is. Creb heeft me verteld dat een machtige totem niet gemakkelijk is om mee te leven. Hij heeft een oog opgegeven toen hij op de proef werd ge- steld, maar hij verwierf grote macht. Naast Ursus is de Holenleeuw de machtigste totem en het is niet gemakkelijk geweest. Hij heeft me zwaar op de proef gesteld, maar toen ik de reden eenmaal be- greep, heb ik er nooit spijt van gehad. Ik vind dat je dat moet weten, voor het geval hij nu ook jouw totem is.'

Ze sloeg haar ogen neer. Ze hoopte dat ze niet te veel had gezegd.
'Ze betekenden zeker veel voor je, jouw Stam?'
'Ik wou een vrouw van de Stam zijn, maar ik kon het niet. Ik kon
me niet één met hen voelen. Ik ben anders, ik ben een van de Anderen. Creb wist het en Iza zei dat ik weg moest gaan en mijn soortgenoten moest zoeken. Ik wilde niet weg, maar ik moest en ik kan
nooit meer terug. Ik ben vervloekt, ik ben dood.'
Jondalar begreep niet goed wat ze bedoelde, maar hij kreeg een
koude rilling toen ze het zei. Ze haalde diep adem voor ze door-
ging.
'Ik herinnerde me de vrouw niet die me ter wereld bracht en evenmin iets van de tijd voor ik bij de Stam kwam. Ik probeerde het
wel, maar ik kon me niemand van de Anderen voorstellen, mensen
zoals ik. Als ik het nu probeer, zie ik alleen jou. Jij bent de eerste
van mijn soort die ik zie, Jondalar. Wat er ook gebeurt, ik zal je
nooit vergeten.' Ayla zweeg en voelde dat ze te veel had gezegd. Ze
stond op. 'Als we morgenochtend willen jagen, moesten we nu
maar gaan slapen.'
Jondalar wist dat ze door platkoppen was grootgebracht en alleen
in de vallei had gewoond sinds ze ze had verlaten, maar het was
niet helemaal tot hem doorgedrongen dat hij voor haar de eerste
van de Anderen was. Hij had er moeite mee vertegenwoordiger van
zijn volk te zijn en was niet trots op de wijze waarop hij dat had gedaan. Maar hij wist hoe iedereen over platkoppen dacht. Als hij het
haar gewoon had verteld, zou dat dan dezelfde indruk hebben gemaakt? Zou ze dan echt hebben geweten wat haar te wachten
stond?
Hij ging met onrustige, tegenstrijdige gevoelens naar bed. Hij lag
peinzend in het vuur te staren. Opeens kreeg hij een vertekende gewaarwording en een soort duizeling zonder dat hij licht in het
hoofd werd. Het was alsof hij in een vijver het spiegelbeeld van een
vrouw zag nadat er een steen in was gegooid; een golvend beeld
met kringen die steeds groter werden. Hij wilde niet dat de vrouw
hem vergat – het was belangrijk dat ze aan hem bleef denken.
Hij voelde een uiteenwijken, een splitsing, hij moest kiezen en hij
had niemand die hem leidde. Er trok een warme luchtstroom door
zijn haar. Hij wist dat Zij hem verliet. Hij had Haar aanwezigheid
nooit bewust gevoeld, maar hij wist dat Ze weg was en het was een
pijnlijke leegte die achterbleef. Het was het begin van een eind: het
einde van een periode, van de tijd dat Zij voor hem zorgde. De
Aardmoeder verliet Haar kinderen. Ze moesten zelf hun weg zoeken, hun eigen leven bepalen, zelf de gevolgen van hun daden dra-

gen – volwassen worden. De eerste onverbiddelijke stap was gezet, Ze had Haar afscheidscadeau doorgegeven, de Gave van de Kennis.

Jondalar meende een angstaanjagende jammerklacht te horen en hij wist dat hij de Moeder hoorde huilen.

Toen keerde de werkelijkheid terug, als bij een snoer dat zich weer ontspant nadat het strak gespannen is geweest. Maar de spanning was te groot geweest en de oorspronkelijke situatie kwam niet terug. Hij voelde dat er iets veranderd was. Hij keek over het vuur naar Ayla en zag dat de tranen haar over de wangen liepen.

'Wat scheelt eraan, Ayla?'

'Ik weet het niet.'

'Weet je zeker dat ze ons allebei kan houden?'

'Nee, dat weet ik niet zeker,' zei Ayla. Ze voerde Whinney mee, beladen met haar draagmanden. Renner drentelde achter haar aan. Hij droeg een soort halster, gemaakt van leren riemen en zat vast aan een touw. Hij had ruimte om te grazen en het veulen begon er al aan te wennen.

'Maar als we allebei kunnen rijden, schieten we vlugger op. Als het haar niet bevalt, laat ze het me wel weten. Dan kunnen we om de beurt rijden, of allebei lopen.'

Toen ze bij het rotsblok in de wei kwamen, klom Ayla op het paard, schoof een eindje naar voren en hield de merrie rustig terwijl Jondalar achter haar opsteeg. Whinney legde haar oren plat. Ze voelde het extra gewicht en was daar niet aan gewend, maar ze was een stevig, sterk paard en op Ayla's aandringen begon ze te lopen. De vrouw liet haar in een gestaag tempo lopen en gaf gehoor aan de verandering in tempo van het paard, die erop duidde dat het tijd was om stil te houden en te rusten.

Toen ze weer verdergingen, was Jondalar minder gespannen, maar hij had gewild dat hij nog steeds zo nerveus was. Zonder die bezorgdheid werd hij zich volledig bewust van de vrouw die voor hem zat. Hij voelde haar rug tegen zich aan en haar dijen tegen de zijne. Het was niet alleen het paard dat op haar reageerde. Er drukte iets heets en hards tegen haar aan waar Jondalar geen macht over had en elke beweging van het paard duwde hen tegen elkaar. Ze wilde wel dat het ophield – maar toch ook weer niet.

Jondalar begon een pijn te voelen die hij niet eerder had ervaren. Hij had zichzelf nog nooit zo ingespannen om de bij hem opgewekte verlangens te onderdrukken. Vanaf het moment dat hij man werd was er altijd wel een gelegenheid geweest je af te reageren, maar hier was Ayla de enige vrouw. Hij weigerde zichzelf weer te helpen en probeerde gewoon het vol te houden.

'Ayla.' Zijn stem klonk gespannen. 'Ik geloof... Ik geloof dat het tijd is om te rusten.'

Ze hield het paard in en steeg zo snel mogelijk af. 'Het is niet ver meer,' zei ze. 'We kunnen het laatste stuk wel lopen.'

'Ja, dan kan Whinney ook wat rusten.'

Ayla ging er niet tegen in, hoewel ze wist dat ze daarom niet gingen lopen. Ze liepen met hun drieën naast elkaar, het paard in het midden. Ze praatten tegen elkaar over Whinneys rug. Ayla kon haar aandacht nóg niet goed bij de herkenningspunten en de richting houden en Jondalar voelde de spanning nog terwijl hij dankbaar was dat Whinney hem aan Ayla's blikken onttrok.

Nadat ze zo enige tijd over de steppen hadden gelopen, zagen ze een enorme kudde bizons, die bij een klein stroompje in kringen door elkaar liep. Verschillende kleinere groepen hadden zich hier samengevoegd en er zouden er nog meer volgen. Uiteindelijk zouden tienduizenden, dicht op elkaar gepakte, ruige, bruinzwarte dieren zich samenpersen over kilometers golvende heuvels en rivierdalen als een levend, loeiend en bulderend tapijt. In dit stadium was hun overleving gebaseerd op het feit dat ze zich in grote aantallen verplaatsten. Het individu had weinig betekenis. Later zou deze ervan afhangen dat ze zich weer opsplitsten in kleinere kudden ter grootte van een familie, die zich gedurende de magere seizoenen op zoek naar voedsel verspreidden.

Ayla nam Whinney mee naar de rand van de stroom, in de buurt van een taaie, door de wind gebogen den. In de gebarentaal van de Stam zei ze tegen het paard dat ze daar in de buurt moest blijven en toen ze zag hoe dicht de merrie haar jong bij zich hield, wist ze dat ze zich geen zorgen hoefde te maken over Renner. Whinney was het volkomen toevertrouwd haar veulen uit het gevaar te loodsen. Maar Jondalar probeerde een probleem op te lossen dat zij had voorzien en ze was benieuwd of het zou werken.

De man en de vrouw namen elk een speerwerper en een houder met lange speren en liepen op de kudde af. Harde hoeven hadden de steppe kaalgetrapt en een stofnevel doen opwaaien, die als een fijn laagje op de donkere, ruige vachten neerdaalde. De beweging van de kudde werd aangegeven door het verstikkende stof, net als de rook van een smeulende steppebrand het spoor van de vlammen liet zien.

Jondalar en Ayla maakten een wijde cirkel om benedenwinds te komen van de zich langzaam verplaatsende kudde en knepen hun ogen samen om er afzonderlijke dieren uit te pikken, terwijl de wind, bezwangerd van hete, ranzige bizonlucht, hun fijn gruis in het gezicht blies. Loeiende kalveren strompelden achter koeien aan, en kopstotende pinken stelden het geduld van de stieren met hun zware bulten op de proef.

Een oude stier, die zich in een stofpoel lag te rollen, hees zich weer overeind. Zijn gigantische kop hing laag, als onder het gewicht van de enorme, zwarte horens. Het dier was bijna even groot als Jondalar. Het reusachtige beest, waarschijnlijk net voorbij de bloei van zijn leven, was te taai en pezig voor hun behoeften, maar ze wisten dat hij een geduchte tegenstander kon zijn, toen hij bleef staan om hen achterdochtig op te nemen. Ze wachtten tot hij doorliep.

Toen ze dichterbij kwamen, zwol het veeltonige gebrul en geloei aan en zakte vervolgens weer. Jondalar wees op een jonge koe. De vaars was bijna volgroeid, klaar om jongen voort te brengen, en vet van het grazen in de zomer. Ayla knikte instemmend. Ze deden speren in hun speerwerpers en Jondalar gaf door middel van gebaren zijn bedoeling te kennen om een omtrekkende beweging te maken achter de jonge koe om.

Door een of ander onbekend instinct – of misschien had ze de man zien bewegen – voelde het dier dat ze was uitgezocht als prooi. Zenuwachtig drong ze zich dichter naar de hoofdmoot van de kudde toe. Verschillende andere dieren liepen dicht om haar heen en Jondalars aandacht werd door hen afgeleid. Ayla was ervan overtuigd dat ze haar zouden missen. Jondalar stond met zijn rug naar haar toe, ze kon hem geen seintje geven en de vaars raakte langzaam buiten hun bereik. Ze kon niet roepen, zelfs als hij haar kon horen zou het de bizons kunnen alarmeren.

Ze nam een besluit en legde aan. Hij keek even achterom, net toen ze klaarstond om te werpen, taxeerde de situatie en hield zijn werper klaar. De snel doorlopende vaars bracht de andere dieren in beroering, net als zij. De man en de vrouw hadden gedacht dat de stofwolk voldoende dekking zou bieden, maar de bizons waren eraan gewend. De jonge koe had bijna de veiligheid van de grote kudde bereikt en andere voegden zich bij haar.

Jondalar rende op haar af en wierp zijn speer. Die van Ayla volgde een ogenblik later en trof de ruige hals van de bizon nadat de zijne zich in haar weke onderbuik had geboord. Door haar vaart werd ze nog voortgedreven, toen vertraagde haar tempo. Ze zakte op haar knieën en versplinterde Jondalars speer toen ze erop neerviel. De kudde rook bloed. Een paar dieren snuffelden aan de gevelde vaars, angstig loeiend. Andere namen hun klaagzang over, elkaar verdringend en krioelend, op het randje van paniek.

Ayla en Jondalar renden vanuit tegenovergestelde richtingen op de prooi af. Plotseling begon hij naar haar te schreeuwen en met zijn armen te zwaaien. Ze schudde het hoofd, want ze begreep zijn tekens niet.

Een jonge stier die speels kopstoten had lopen geven, botste in een duik opzij tegen een zenuwachtige koe op. Hij was van zijn stuk gebracht en geagiteerd en wist niet welke kant hij op moest, tot zijn aandacht werd getrokken door een bewegend figuurtje dat zich op twee benen voortbewoog. Hij liet zijn kop zakken en rende erop af. 'Ayla! Pas op!' riep Jondalar terwijl hij naar haar toe kwam rennen. Hij had een speer in de hand en richtte hem.

Ayla draaide zich om en zag de jonge stier op haar afkomen. Haar eerste gedachte ging naar haar slinger, haast een instinctieve reactie. Die was altijd haar directe verdedigingsmiddel geweest. Maar ze zette hem snel uit haar hoofd en ramde een speer in haar werper. Jondalar slingerde zijn speer een ogenblik voor haar uit de hand, maar de speerwerper gaf een grotere snelheid. Jondalars wapen trof een flank, waardoor de bizon zich heel even omdraaide. Toen hij keek, stond Ayla's speer nog trillend in zijn oog. Nog voor hij neerviel, was de jonge stier al dood.

Het geren, geschreeuw en de nieuwe bron van bloedlucht, joegen de doelloos rondcirkelende dieren in een gezamenlijke richting, weg van de verontrustende drukte. De laatste treuzelaars passeerden hun neergevallen kuddegenoten om zich bij de op hol geslagen rest te voegen. De grond dreunde. Toen het stof weer was neergedaald, was het gerommel nog steeds te horen. De man en de vrouw waren een ogenblik met stomheid geslagen toen ze naar de twee dode bizons op de lege vlakte stonden te kijken.

'Het is voorbij,' zei Ayla verbijsterd. 'Gewoon, zo ineens.'

'Waarom rende je niet weg?' riep Jondalar. Nu het achter de rug was, kon hij aan zijn angst om haar toegeven. 'Je had wel gedood kunnen worden!' Hij liep op haar af.

'Ik kon een aanvallende stier mijn rug niet toekeren,' wierp Ayla tegen. 'Hij had me gegarandeerd op de horens genomen.' Ze keek weer naar de bizon. 'Nee, ik denk dat jouw speer hem zou hebben tegengehouden... Maar dat wist ik niet. Ik heb nog nooit eerder met iemand samen gejaagd. Ik heb altijd op mezelf moeten passen. Als ik dat niet deed, had niemand het gedaan.'

Haar woorden schoven een laatste stukje op zijn plaats en plotseling zag hij hoe haar leven moest zijn geweest. Hij zag haar met andere ogen. Ze had meer overleefd dan iemand zou geloven. Nee, ze had zich niet om kunnen draaien en weg kunnen rennen, net zomin

526

als ze ooit ergens voor was weggelopen. Zelfs toen ze met zijn ergste gedrag werd geconfronteerd, was ze geen duimbreed geweken. 'Ayla, prachtige, wilde, geweldige vrouw die je bent, kijk eens wat een jager je bent!' Hij glimlachte. 'Kijk eens wat we hebben gedaan! Twee maar liefst! Hoe krijgen we ze allebei thuis?'

Toen de volle betekenis van hun prestatie tot haar doordrong, glimlachte ze van tevredenheid, triomf en vreugde. Het deed Jondalar beseffen dat hij die glimlach niet vaak genoeg had gezien. Ze was heel mooi, maar als ze zo glimlachte, straalde ze, alsof er binnenin een vuur was ontstoken. Onverwacht welde er een lach in hem op – ongeremd en aanstekelijk. Ze lachte met hem mee, ze kon het niet helpen. Het was hun overwinningsschreeuw.

'Kijk eens wat een jager jij bent, Jondalar!' zei ze.

'Het komt door de speerwerpers, die maken een heel verschil. We zijn tegen de kudde aan gelopen en voor ze wisten wat hun overkwam, twee maar liefst! Denk je eens in wat dat kan betekenen!'

Ze wist wat het voor haar zou betekenen. Hiermee zou ze altijd voor zichzelf kunnen jagen. 's Zomers. 's Winters. Geen valkuilen te graven. Ze kon trekken en jagen. De speerwerper had alle voordelen van haar slinger, en zoveel meer.

'Ik weet wat het betekent. Je zei dat je me een betere manier zou laten zien om te jagen, een gemakkelijker manier. En dat heb je ook gedaan. Beter dan ik me kon voorstellen. Ik weet niet hoe ik het je moet zeggen... Ik ben zo...'

Ze kende maar één manier om haar dankbaarheid te uiten, de manier die ze bij de Stam had geleerd. Ze knielde aan zijn voeten neer en boog het hoofd. Misschien zou hij haar geen tikje op haar schouder geven om haar toestemming te geven om het hem te vertellen, zoals het hoorde, maar ze moest het proberen.

'Wat doe je nu?' zei hij en hij bukte zich om haar met zachte hand overeind te trekken. 'Zit daar toch niet zo, Ayla.'

'Als een vrouw van de Stam een man iets belangrijks wil vertellen, vraagt ze zo zijn aandacht,' zei ze terwijl ze opkeek. 'Het is voor mij belangrijk je te vertellen hoeveel dit betekent, hoe dankbaar ik ben voor het wapen. En dat jij me jouw woorden hebt geleerd, voor alles.'

'Alsjeblieft, Ayla, sta op,' zei hij terwijl hij haar overeind trok.

'Ik heb jou dit wapen niet gegeven, jij hebt het mij gegeven. Als ik je niet met je slinger in de weer had gezien, was ik nooit op het idee gekomen. Ik ben jou dankbaar, niet alleen voor de slinger.'

Hij hield haar in zijn armen en voelde haar lichaam dicht tegen zich aan. Ze keek hem in de ogen, niet in staat haar blik af te wenden.

Hij boog zich dichter naar haar toe en drukte zijn mond op de hare. Haar ogen gingen wijd open van verbazing. Het was zo onverwacht. Niet alleen wat hij deed, maar haar reactie, de schok die door haar heen voer toen ze zijn mond op de hare voelde. Ze wist niet hoe ze moest reageren.

En eindelijk begreep hij het. Hij dreef haar niet verder dan die zachte kus – nog niet.

'Wat is dat mond op mond?'

'Dat is een kus, Ayla. Het is je eerste kus, hè? Dat vergeet ik steeds, maar het is moeilijk naar je te kijken en... Ayla, soms ben ik een domme man.'

'Waarom zeg je dat? Je bent niet dom.'

'Ik ben wel dom. Ik kan niet geloven dat ik zo dom ben geweest.'

Hij liet haar los. 'Maar ik denk dat we nu eerst maar een manier moeten bedenken om die bizons terug te krijgen naar de grot, want als ik hier zo naast je blijf staan, kan ik het nooit goed voor je doen. Zoals het je eerste keer hoort te worden gedaan.'

'Zoals wat hoort te worden gedaan?' zei ze. Ze wilde eigenlijk niet dat hij haar los zou laten.

'Eerste Riten, Ayla. Als je me dat wilt toestaan.'

28

'Ik denk niet dat Whinney ze allebei hierheen had kunnen slepen als we die koppen niet hadden achtergelaten,' zei Ayla. 'Dat was een goed idee.' Zij en Jondalar sleurden het karkas van de stier van de slede op de richel. 'Er is zoveel vlees! Het zal een hoop tijd kosten om het aan repen te snijden. We moesten eigenlijk meteen beginnen.'

'Ze blijven wel een poosje goed, Ayla.' Zijn glimlach en zijn ogen gaven haar een warm gevoel vanbinnen. 'Ik vind je Eerste Riten belangrijker. Ik zal je helpen Whinney uit te spannen en dan ga ik een eindje zwemmen. Ik zit onder het zweet en bloed.'

'Jondalar...' Ayla aarzelde. Ze voelde zich opgewonden, maar ook een beetje verlegen. 'Is het een ceremonie, deze Eerste Riten?'

'Ja, het is een ceremonie.'

'Iza heeft me geleerd hoe ik me voor ceremoniën moet voorbereiden. Is er een... voorbereiding voor deze ceremonie?'

'Meestal helpen de oudere vrouwen een jonge vrouw zich voor te bereiden. Ik weet niet wat ze zeggen of doen. Ik denk dat je zou moeten doen wat volgens jou gepast is.'

'Dan zal ik zeepwortel zoeken en mij reinigen, zoals Iza me heeft geleerd. Ik zal wachten tot je klaar bent met zwemmen. Ik hoor alleen te zijn als ik me voorbereid.'

Ze bloosde en sloeg haar ogen neer.

Ze lijkt zo jong en verlegen, dacht hij. Net als de meeste vrouwen bij hun Eerste Riten. Zelfs haar voorbereidingen waren zoals het behoorde. Hij tilde haar kin op en kuste haar weer. Toen trok hij zich vastberaden terug. 'Ik kan zelf wel wat zeepwortel gebruiken.'

'Ik zal wat voor je halen,' zei ze.

Hij grijnsde toen hij achter Ayla aan langs de stroom liep en toen ze de zeepwortel opgroef en terugging naar boven naar de grot, liet hij zich met een enorme plons in het water vallen. Hij was tevredener over zichzelf dan hij in lange tijd was geweest. Hij stampte het zepige schuim uit de wortels, wreef zich ermee in, maakte vervolgens de leren veter los en wreef het in zijn haar. Met zand ging het gewoonlijk goed genoeg, maar zeepwortel was beter.

Hij dook het water in en zwom stroomopwaarts, bijna tot aan de waterval. Toen hij bij het strandje terugkwam, deed hij zijn lendendoek om en haastte zich naar boven naar de grot. Er hing een stuk vlees te roosteren, dat heerlijk rook. Hij was zo ontspannen en gelukkig dat hij het niet kon geloven.

'Ik ben blij dat je terug bent. Het duurt een tijdje om me behoorlijk te reinigen en ik wilde niet dat het te laat zou worden.' Ze pakte een kom stomende vloeistof met heermoes erin voor haar haar en een pasgelooide huid voor een nieuwe omslag.

'Neem er maar alle tijd voor die je nodig hebt,' zei hij en hij kuste haar vluchtig.

Ze maakte aanstalten om naar beneden te gaan, bleef toen staan en draaide zich om. 'Ik vind dat mond op mond prettig, Jondalar,' zei ze. 'Die kus.'

'Ik hoop dat je de rest ook prettig vindt,' zei hij toen ze weg was.

Hij liep de grot rond en bezag alles met nieuwe ogen. Hij controleerde de bizonbout die te roosteren hing, en draaide het spit, zag dat ze wat wortels in bladeren had gewikkeld en legde ze bij de kolen. Toen vond hij de hete thee die ze voor hem had klaarstaan. Ze moet de wortels hebben uitgegraven terwijl ik aan het zwemmen was, dacht hij.

Hij zag zijn slaapvachten aan de andere kant van de vuurplaats, fronste het voorhoofd en pakte ze toen met groot genoegen op en bracht ze terug naar de lege plaats naast Ayla. Nadat hij ze had rechtgetrokken, ging hij terug om zijn gereedschapsbundel te halen en herinnerde zich toen de donii die hij had willen snijden. Hij ging op de mat zitten die zijn slaapvachten van de vloer hield en opende het in hertenleer gewikkelde pakje.

Hij bekeek het stukje ivoor van de mammoetslagtand, dat hij al het begin van een vrouwenfiguurtje had gegeven en besloot het af te maken. Misschien was hij niet de beste snijder die er was, maar het leek niet juist een van de belangrijkste ceremoniën van de Moeder te houden zonder donii. Hij zocht een paar burijnen om te snijden en nam het ivoor mee naar buiten.

Hij zat op de rand, te snijden, schaven en modelleren, maar hij besefte dat het ivoor niet weelderig en moederlijk werd. Het begon de vorm aan te nemen van een jonge vrouw. Het haar, dat volgens zijn bedoeling had moeten lijken op de stijl van de oude donii die hij had weggegeven – een strakke vorm die niet alleen de rug, maar ook het gezicht bedekte –, deed denken aan vlechten, stijve vlechten over het hele hoofd, behalve het gezicht. Het gezicht was onbesneden. Niemand sneed ooit een gezicht op een donii, wie kon het verdragen in het gezicht van de Moeder te zien? Wie kon het kennen? Ze was alle vrouwen en niet een. Hij hield op met snijden en keek stroomopwaarts en vervolgens stroomafwaarts, in de hoop dat hij haar misschien zou zien, hoewel ze had gezegd dat ze alleen wilde zijn. Zou hij haar Genot kunnen brengen, vroeg hij zich af. Hij had nog nooit aan zichzelf getwijfeld als er op de Zomerbijeenkomsten een beroep op hem werd gedaan voor Eerste Riten, maar die jonge vrouwen begrepen de gebruiken en wisten wat hun te wachten stond. De oudere vrouwen konden het hun uitleggen.

Zou ik moeten proberen het uit te leggen? Nee, je weet niet wat je moet zeggen, Jondalar. Laat het haar gewoon maar zien. Ze laat het je wel weten als ze iets niet prettig vindt. Dat is een van haar aantrekkelijkste eigenschappen, haar eerlijkheid. Geen quasi preutse omwegen. Het is verkwikkend.

Hoe zou het zijn om aan een vrouw zonder pretenties de Gave van het Genot te schenken? Iemand die haar genot niet zal verbergen of veinzen?

Waarom zou ze anders reageren dan andere vrouwen bij hun Eerste Riten? Omdat ze heel anders is dan andere vrouwen bij hun Eerste Riten. Haar eerste ervaring was bijzonder pijnlijk. En als ik dat niet kan overwinnen? Als ze er niet van kan genieten, als ze het niet kan voelen? Ik wou dat er een manier was om het haar te doen vergeten. Kon ik haar maar naar me toe halen, haar weerstand overwinnen, haar geest vangen.

Haar geest vangen?

Hij keek naar het figuurtje in zijn hand en zijn gedachten tolden plotseling door zijn hoofd. Waarom krasten ze de afbeelding van een dier op een wapen, of op de Gewijde Muren? Om de Moedergeest ervan te benaderen, om haar weerstand te overwinnen en het wezen ervan te vangen.

Doe niet zo belachelijk, Jondalar. Zo kun je Ayla's geest niet vangen. Het zou geen pas geven. Niemand brengt een gezicht aan op een donii; het zou iemands gelijkenis kunnen zijn en diens geestesessentie kunnen vangen. En het gaat niet aan dat iemand de geest van een ander gevangenhoudt... Of misschien zou je het gewoon aan haar kunnen geven! Dan zou ze haar geest weer terug hebben, of niet soms? Als je hem alleen een poosje hield en hem dan aan haar teruggaf...

Als je haar gezicht erop aanbracht zou het dan in een donii veranderen? Je zou bijna geloven dat ze er een was, met haar geneeskunst en de manier waarop ze met dieren omgaat. Als ze een donii is, zou ze kunnen besluiten jouw geest te veroveren. Zou dat zo erg zijn?

Je wilt dat er een stukje bij je blijft, Jondalar. Het stuk van de geest dat altijd in handen van de maker blijft. Dat deel wil je van haar hebben, nietwaar?

O, Grote Moeder, vertel me, zou het zo verschrikkelijk zijn als ik het deed? Als ik haar gezicht op een donii aanbracht?

Hij staarde naar het kleine ivoren figuurtje dat hij had gesneden. Toen pakte hij een burijn en begon de vorm van een gezicht te snijden, een bekend gezicht.

Toen het klaar was, hield hij het ivoren figuurtje omhoog en draaide het langzaam in het rond. Een echte snijder had het misschien beter gedaan, maar het was niet slecht. Het leek op Ayla, maar meer qua gevoel dan qua daadwerkelijke gelijkenis, zijn gevoel voor haar. Hij ging terug de grot in en probeerde een plaats te bedenken om het te verstoppen. De donii moest in de buurt zijn, maar hij wilde niet dat ze haar al zou vinden. Hij zag een bundel in elkaar gewikkeld leer bij de wand naast haar bed en stopte het ivoren figuurtje in een flap ervan weg.

Hij ging weer naar buiten en keek uit over het randje. Waar blijft ze toch? Hij inspecteerde de twee bizons die naast elkaar waren neergelegd. Ze bleven wel goed. Hun speren en speerwerpers leunden tegen de stenen wand bij de ingang. Hij pakte ze op en droeg ze de grot in, en hoorde het geluid van kiezel dat op de stenen kletterde. Hij draaide zich om.

Ayla trok de veter om haar nieuwe omslag goed, deed haar amulet om haar hals, duwde haar haar dat net met de kaardenbol was geborsteld, maar nog niet helemaal droog was, naar achter uit haar gezicht. Ze raapte haar vuile omslag op en ging op weg naar boven. Ze was zenuwachtig, en opgewonden.

Ze had wel een idee wat Jondalar bedoelde met Eerste Riten, maar ze was meer geroerd door zijn verlangen ze voor haar te verrichten en die met haar te delen. Ze dacht niet dat de ceremonie al te vervelend zou zijn – zelfs met Broud had het haar na de eerste paar keer geen pijn gedaan. En Jondalar was heel anders dan Broud. Misschien was hij wel om haar gaan geven.

Toen Ayla bijna boven was, werd ze door een geelbruinige vage flitsende beweging opgeschrokken uit haar gedachten.

'Blijf uit de buurt!' schreeuwde Jondalar. 'Blijf uit de buurt, Ayla! Het is een holenleeuw!'

Hij stond in de opening van de grot met een speer in de hand om hem naar een reusachtige kat te slingeren die klaarzat om toe te springen met een laag gegrom rommelend in zijn keel.

'Nee, Jondalar!' gilde Ayla terwijl ze tussen hen in rende.

'Nee!'

'Ayla, niet doen! O, Moeder, houd haar tegen!' riep de man uit toen ze voor hem sprong, midden op het pad van de aanstormende leeuw. De vrouw maakte een scherp, gebiedend gebaar en riep in de kelige taal van de Stam: 'Stop!'

De reusachtige holenleeuw met rossige manen hield met een verwrongen draai zijn sprong in en kwam aan de voeten van de vrouw neer. Toen wreef hij met zijn zware kop tegen haar been. Jondalar stond als door de bliksem getroffen.

'Kleintje! O, Kleintje, je bent teruggekomen,' zei Ayla in gebaren en ze sloeg zonder aarzeling, zonder een greintje angst haar armen om de hals van de reusachtige leeuw.

Kleintje wierp haar zo voorzichtig mogelijk omver en Jondalar keek met open mond toe terwijl de grootste holenleeuw die hij ooit had gezien zijn voorpoten om de vrouw drapeerde in de dichtste benadering van een omhelzing waartoe hij een holenleeuw in staat kon achten. De katachtige likte zoute tranen van het gezicht van de vrouw met een tong die het openschuurde.

'Zo is het wel genoeg, Kleintje,' zei ze terwijl ze weer overeind kwam zitten, 'anders houd ik geen gezicht over.'

Ze vond de plekjes achter zijn oren en in zijn manen waar hij graag gekrauwd werd. Kleintje liet zich op zijn rug rollen om zijn hals voor haar diensten te ontbloten en liet een laag, rommelend gegrom van tevredenheid horen.

'Ik dacht niet dat ik je ooit nog zou zien, Kleintje,' zei ze toen ze ophield en de kat zich weer omrolde. Hij was groter dan ze zich herinnerde en hoewel hij een beetje mager leek, maakte hij een gezonde indruk. Hij had littekens die ze nog niet eerder had gezien en ze dacht dat hij misschien vocht om een territorium te veroveren, en aan de winnende hand was. Hij vervulde haar van trots. Toen kreeg Kleintje Jondalar weer in de gaten en gromde.

'Niet tegen hem grommen! Dat is de man die je mij hebt gebracht. Jij hebt een gezellin... Ik denk dat je er nu vast al een heleboel hebt.' De leeuw stond op, draaide de man zijn rug toe en sjokte naar de bizons.

'Vind je het goed als we hem er een geven?' riep ze naar Jondalar. 'We hebben eigenlijk te veel.'

Hij hield nog steeds de speer in zijn hand. Hij stond verbluft in de ingang van de grot. Hij probeerde te antwoorden, maar er kwam alleen een krakend geluid. Toen kreeg hij weer de macht over zijn stem. 'Of ik het goedvind? Je vraagt me of ik het goedvind? Geef ze hem allebei. Geef hem wat hij maar wil!'

'Kleintje hoeft ze niet alle twee te hebben.' Ayla gebruikte het woord voor zijn naam in de taal die Jondalar niet kende, maar hij begreep dat het een naam was. 'Nee, Kleintje, neem nou niet de koe,' zei ze in geluiden en gebaren die de man nog steeds niet als taal herkende, maar zijn adem stokte in de keel toen ze de leeuw de ene bizon afnam en hem naar de andere toe duwde. Hij klapte zijn reusachtige kaken om de afgesneden hals van de jonge stier en trok hem van de rand weg. Toen greep hij hem beter beet en maakte aanstalten om het bekende pad af te dalen.

'Ik ben zo terug, Jondalar,' zei ze. 'Whinney en Renner zijn misschien daar beneden, en ik wil niet dat Kleintje het veulen aan het schrikken maakt.'

Jondalar keek de vrouw na terwijl ze de leeuw volgde, tot ze uit het gezicht verdwenen was. Ze verscheen weer aan de valleikant van de wand. Ze liep nonchalant naast de leeuw, die de bizon onder zijn lijf tussen zijn poten voortsleepte.

Toen ze bij het grote rotsblok aankwamen, bleef Ayla staan en omhelsde de leeuw weer. Kleintje liet de bizon vallen en Jondalar schudde ongelovig het hoofd toen hij de vrouw op de rug van het woeste roofdier zag klimmen. Ze tilde een arm op, zwaaide hem naar voren en hield zich vast aan de rossige manen terwijl de reusachtige katachtige naar voren sprong. Hij rende op zijn volle snelheid terwijl Ayla zich met wapperende haren stevig vastklemde. Toen minderde hij vaart en ging weer terug naar de steen.

Hij greep de jonge bizon weer en sleepte hem de vallei door. Ayla bleef hem bij de grote steen nakijken. Ver in het veld liet de leeuw de stier opnieuw vallen. Hij gromde een paar keer, zijn bekende *hnga hnga* en liet het aanzwellen tot een gebrul zo luid dat Jondalars botten ervan trilden.

Toen de holenleeuw weg was, slaakte Jondalar een diepe zucht en leunde tegen de wand. Hij voelde zich slap. Hij was van ontzag vervuld en een beetje bang. Wat is dit voor vrouw, dacht hij. Over wat voor toverkracht beschikt ze? Vogels, misschien. Zelfs paarden. Maar een holenleeuw? De grootste holenleeuw die hij ooit had gezien?

Was ze een... donii? Wie anders dan de Moeder kon dieren haar laten gehoorzamen? En haar genezende krachten? Of haar fenomenale vermogen om nu al zo goed te praten? Ondanks haar ongebruikelijke accent had ze het meeste dat hij van het Mamutisch kende, geleerd, en een aantal woorden in het Sharamudisch. Was ze een verschijning van de Moeder?

Hij hoorde haar het pad op komen en voelde een rilling van angst. Hij verwachtte half en half dat ze zou verklaren dat ze een incarnatie van de Grote Aardmoeder was en hij zou haar hebben geloofd ook. Hij zag een vrouw met verwarde haren, wie de tranen langs de wangen stroomden.

'Wat is er aan de hand?' vroeg hij. Tederheid won het van zijn ingebeelde angsten.

'Waarom moet ik al mijn kleintjes verliezen?' snikte ze.

Hij werd bleek. Haar kleintjes? Die leeuw was haar kleintje? Met een schok herinnerde hij zich dat de Moeder huilde, de Moeder van alles.

'Je kleintjes?'

'Eerst Durc en toen Kleintje.'

'Is dat een naam voor de leeuw?'

'Kleintje? Het betekent klein kind,' antwoordde ze in een poging het te vertalen.

'Kleintje!' snoof hij. 'Dat is de grootste holenleeuw die ik ooit heb gezien!'

'Dat weet ik.' Een glimlach van moederlijke trots blonk door haar tranen. 'Ik heb er altijd voor gezorgd dat hij genoeg te eten kreeg, in tegenstelling tot welpen in een troep. Maar toen ik hem vond, was hij klein. Ik noemde hem Kleintje en ben er nooit toe gekomen hem een andere naam te geven.'

'Je hebt hem gevonden?' vroeg Jondalar, nog steeds aarzelend.

'Hij was halfdood achtergebleven. Ik denk dat een eland op hem had getrapt. Ik joeg ze naar mijn valkuil. Van Brun mocht ik wel eens kleine dieren in de grot brengen als ze gewond waren en mijn hulp nodig hadden, maar nooit vleeseters. Ik wilde die kleine holenleeuw niet oppakken, maar toen de hyena's op hem af kwamen, heb ik ze met mijn slinger weggejaagd en hem meegenomen.'

Er kwam een dromerige blik in Ayla's ogen en er verscheen een scheve grijns om haar mond. 'Kleintje was zo grappig toen hij klein was, ik moest steeds om hem lachen. Maar het kostte een hoop tijd om voor hem te jagen, tot de tweede winter, toen we samen leerden jagen. Wij allemaal, Whinney ook. Ik heb Kleintje niet meer gezien sinds...' Plotseling drong het tot haar door wanneer. 'O, Jondalar, het spijt me vreselijk. Kleintje is de leeuw die jouw broer heeft gedood. Maar als het een andere leeuw was geweest had ik jou niet bij hem vandaan kunnen krijgen.'

'Je bent inderdaad een donii!' riep Jondalar uit. 'Ik heb je in mijn droom gezien. Ik dacht dat er een donii was gekomen om me mee te nemen naar de volgende wereld, maar in plaats daarvan joeg ze de leeuw weg.'

'Dan was je zeker een beetje bij kennis gekomen, Jondalar. Daarna ben je waarschijnlijk weer buiten bewustzijn geraakt van de pijn toen ik je versleepte. Ik moest je snel wegslepen. Ik wist dat Klein-tje me geen kwaad zou doen, hij is af en toe een beetje ruw, maar dat doet hij niet expres. Hij kan er niets aan doen. Maar ik wist niet wanneer zijn leeuwin terug zou komen.'

De man schudde verbaasd en ongelovig zijn hoofd. 'Heb je echt met die leeuw gejaagd?'

'Het was de enige manier om voldoende voedsel voor hem te krij-gen. In het begin toen hij zelf nog geen prooi kon doden velde hij wel eens een dier en dan reed ik er met Whinney heen en doodde het met een speer. Toen Kleintje groot genoeg was om te doden, nam ik er soms een stuk van voor hij alles opat of ik redde de huid...'

'Dus dan duwde je hem opzij zoals bij die bizon? Weet je niet dat het gevaarlijk is om van een leeuw vlees af te pakken? Ik heb wel eens gezien dat hij er een van zijn eigen welpen om doodde.'

'Ik ook. Maar Kleintje is anders, Jondalar. Hij is niet opgegroeid in een groep. Hij is hier opgegroeid, bij Whinney en mij. We hebben samen gejaagd, hij is gewend met me te delen. Maar ik ben blij dat hij een leeuwin heeft gevonden, dan kan hij leven als een leeuw. Whinney is een poosje naar een kudde gegaan, maar ze was er niet gelukkig en ze is teruggekomen...'

Ayla schudde het hoofd en sloeg de ogen neer. 'Dat is niet waar. Dat maak ik mezelf wijs. Ik denk dat ze wel gelukkig was bij haar hengst in de kudde. Ik was niet gelukkig zonder haar. Ik was zo blij dat ze terugkwam toen haar hengst stierf.'

Ayla raapte de vuile omslag op en liep de grot in. Jondalar merkte dat hij nog steeds de speer in zijn hand hield, zette hem tegen de wand en liep achter haar aan. Ayla keek somber. Kleintjes terug-keer had zoveel herinneringen opgeroepen. Ze controleerde de bi-zonbout, draaide aan het spit en pookte de kolen op. Toen goot ze water in een kookmand uit de grote waterzak gemaakt van de maag van een onager, die aan een paal hing, en legde een paar kookste-nen in het vuur om heet te worden.

Jondalar sloeg haar alleen maar gade, nog een beetje versuft van het bezoek van de holenleeuw. Het was al heel schokkend geweest om de leeuw op de richel te zien springen, maar zoals Ayla voor hem was komen staan en het enorme roofdier had tegengehouden... Niemand zou het willen geloven.

Terwijl hij zo zat te staren, had hij het gevoel dat er iets anders aan haar was dan anders. Toen viel het hem op dat haar haar loshing. Hij herinnerde zich de eerste keer dat hij haar met haar haar zo los had gezien, goud glanzend in de zon. Ze was van het strandje naar boven gekomen en hij had haar, helemaal, voor het eerst gezien.

Hij vond haar haar heel mooi zo los.

'... het was goed om Kleintje weer te zien. Deze bizon moet in zijn territorium zijn gekomen. Waarschijnlijk heeft hij de prooi geroken en is ons toen op het spoor gekomen. Hij was verrast jou te zien. Ik weet niet of hij je herkende. Hoe waren jullie in die doodlopende kloof terechtgekomen?'

'Wat...? Het spijt me, wat zei je?'

'Ik vroeg me af hoe jij en je broer waren vastgelopen in die kloof bij Kleintje,' zei ze terwijl ze hem aankeek. Ze begon te blozen toen ze zijn heldere violette ogen zag die op haar waren gericht. Met moeite concentreerde hij zijn aandacht op haar vraag. 'We achtervolgden een hert. Thonolan doodde het, maar er had ook een leeuwin achteraan gezeten. Ze sleepte het hert weg en Thonolan ging erachteraan. Ik zei dat hij dat niet moest doen, maar hij wou niet luisteren. We zagen de leeuwin de grot in gaan en weer weggaan. Thonolan dacht dat hij de speer en wat vlees kon pakken voor ze terugkwam. De leeuw had andere plannen.'

Jondalar sloot even zijn ogen. 'Ik kan het hem niet kwalijk nemen. Het was dom om die leeuwin achterna te gaan, maar ik kon hem niet tegenhouden. Hij was altijd al roekeloos en dat werd nog erger na de dood van Jetamio. Hij wou sterven en ik geloof dat ik hem ook niet achterna had moeten gaan.'

Ayla wist dat hij nog altijd verdriet had over zijn broer en ze veranderde van onderwerp. 'Ik heb Whinney niet gezien. Ze moet met Renner op de steppe zijn. Daar gaat ze de laatste tijd wel vaker heen. Die halster om Renners hoofd heeft goed gewerkt, maar ik weet niet of het nodig was hem aan Whinney vast te binden.'

'Het touw was te lang. Ik had er niet aan gedacht dat het wel eens vast kon raken in de struiken. Maar ze bleven wel bij elkaar. Doet Whinney altijd wat je wilt?'

'Ik geloof het wel, maar het lijkt er meer op dat zij het wil. Ze weet wat ik wil en dat doet ze. Kleintje brengt me gewoon waar hij wil, maar hij rent zo snel.' Haar ogen schitterden bij de herinnering aan haar rit. Het was altijd spannend om op de leeuw te rijden.

Hij herinnerde zich hoe ze zich had vastgeklampt aan de rug van de holenleeuw terwijl haar haar, meer goudkleurig dan zijn rossige manen in de wind wapperde. Het had hem bang voor haar gemaakt, naar haar te kijken, maar het was tevens opwindend – en dat was zij ook. Zo wild en vrij, zo mooi...

'Je bent een opwindende vrouw, Ayla,' zei hij. Zijn ogen verrieden zijn overtuiging. 'Opwindend? Opwindend is... de speerwerper, of hard rijden op Whinney... of Kleintje, nietwaar?'

Ze was een beetje geagiteerd.

'Inderdaad. En Ayla is voor mij ook opwindend... en mooi.'

'Jondalar, je maakt een grapje. Een bloem is mooi, of de lucht, als de zon over de rand zakt. Ik ben niet mooi.'

'Kan een vrouw niet mooi zijn?'

Ze wendde haar gezicht af van zijn intense blik. 'Ik... Ik weet het niet. Maar ik ben niet mooi. Ik ben... groot en lelijk.'

Jondalar stond op, pakte haar hand en trok haar ook omhoog.

'Wie is er nu het grootst?'

Hij was overweldigend zoals hij daar zo dicht bij haar stond. Ze zag dat hij zich weer had geschoren. Alleen van dichtbij kon je de korte baardharen zien. Ze wilde zijn gezicht aanraken en zijn ogen gaven haar het gevoel dat ze helemaal tot binnen in haar konden doordringen.

'Jij,' zei ze zacht.

'Dan ben je toch niet te groot? En je bent niet lelijk, Ayla.' Hij glimlachte, maar dat wist ze alleen omdat het uit zijn ogen bleek.

'Grappig, de mooiste vrouw die ik ooit heb gezien, denkt dat ze lelijk is.'

Haar oren hoorden het, maar ze ging te veel op in de ogen die haar vasthielden, was te veel beroerd door de reactie van haar lichaam, om in de gaten te hebben wat hij zei. Ze zag hoe hij zich dichter naar haar toe boog, zijn mond op de hare drukte, en voelde toen hoe hij zijn armen om haar heen sloeg en haar dicht tegen zich aan trok.

'Jondalar,' fluisterde ze, 'ik vind die... kus prettig.'

'Ik geloof dat het tijd is, Ayla,' zei hij. Hij pakte haar hand en leidde haar naar de slaapvachten.

'Tijd?'

'Eerste Riten,' zei hij.

Ze gingen op de vachten zitten. 'Wat voor ceremonie is het?'

'Het is de ceremonie die een vrouw van je maakt. Ik kan het je niet allemaal vertellen. De oudere vrouwen vertellen een meisje wat ze kan verwachten en dat het pijn kan doen, maar dat het nodig is om haar te ontmaagden, zodat ze een vrouw wordt. Ze kiezen de man ervoor. Mannen willen gekozen worden, maar sommigen zijn bang.'

'Waarom bang?'

'Ze zijn bang dat ze een vrouw pijn zullen doen, bang dat ze onhandig zullen zijn, bang dat hun lid niet stijf zal worden.'

'Dat is het orgaan van een man? Het heeft zoveel namen.'

Hij dacht aan al die namen, vele waren vulgair of geestig.

'Ja, het heeft veel namen.'

'Wat is de echte naam?'

'Mannelijkheid, denk ik,' zei hij na enig nadenken.

'Wat gebeurt er als hij niet stijf wil worden?'

'Dan moet er een andere man worden gehaald – dat is heel gênant. Maar de meeste mannen worden graag gekozen voor de eerste keer van een vrouw.'

'Word jij graag gekozen?'

'Ja.'

'Ben je vaak gekozen?'

'Ja.'

'Waarom?'

Jondalar glimlachte en vroeg zich af of al die vragen het gevolg waren van nieuwsgierigheid of van nervositeit. 'Ik denk omdat ik het prettig vind. De eerste keer voor een vrouw is iets bijzonders voor mij.'

'Jondalar, hoe kunnen we een Eerste-Ritenceremonie houden? Ik heb mijn eerste keer al achter de rug. Ik ben al open.'

'Dat weet ik, maar bij de Eerste Riten gaat het niet alleen om het openen.'

'Dat begrijp ik niet. Waar kan het nog meer om gaan?'

Hij glimlachte weer, boog zich toen dichter naar haar toe en drukte zijn mond weer op de hare. Ze boog zich naar hem toe, maar was verrast toen zijn mond openging en ze voelde hoe zijn tong probeerde in haar mond te komen. Ze trok zich terug.

'Wat doe je nu?' vroeg ze.

'Vind je het niet prettig?'

'Dat weet ik niet.'

'Wil je het nog een keer proberen om het te weten?' Rustig, zei hij bij zichzelf. Niet overhaast. 'Waarom ga je niet rustig liggen?'

Hij duwde haar met zachte hand achterover en kwam toen languit naast haar liggen, leunend op een elleboog. Hij keek op haar neer en drukte toen zijn mond weer op de hare. Hij wachtte tot ze niet meer zo gespannen was en ging toen snel en licht met zijn tong langs haar lippen. Hij zag haar mond glimlachen en haar ogen dichtgaan. Toen ze ze weer opsloeg boog hij zich om haar weer te kussen. Ze hield haar gezicht reikhalzend naar hem op. Hij kuste haar met meer druk en een open mond. Toen zijn tong probeerde binnen te komen, opende ze haar mond om hem te ontvangen.

'Ja,' zei ze, 'ik geloof dat ik het prettig vind.'

Jondalar grijnsde. Ze twijfelde, dacht rustig na en hij was blij dat ze hem niet te begerig vond.

'Wat nu?' vroeg ze.

'Nog een keer?'

'Goed.'

Hij kuste haar opnieuw en verkende zacht haar lippen, haar verhemelte, het plekje onder haar tong. Toen volgden zijn lippen het spoor van haar kaak. Hij vond haar oor, ademde er met zijn warme adem in, beet zachtjes in haar oorlelletje en bedekte vervolgens haar keel met kussen.

'Waarom geeft het me een gevoel of ik koorts heb, en rillingen?' zei ze. 'Niet zoals wanneer je ziek bent, maar prettige rillingen.'

'Je hoeft nu geen medicijnvrouw te zijn, het is geen ziekte,' zei hij. Even later voegde hij eraan toe: 'Als je het warm hebt, doe dan gerust je omslag open.'

'Dat is niet nodig. Zo warm heb ik het ook weer niet.'

'Zou je het erg vinden als ik je omslag openmaakte?'

'Waarom?'

'Omdat ik het graag wil.' Hij kuste haar weer en probeerde de knoop los te maken in de riem die haar omslag bij elkaar hield. Het lukte hem niet en hij verwachtte nog meer discussie over dit punt.

'Ik doe het zelf wel,' fluisterde ze. Handig knoopte ze de veter los en tilde toen haar rug van de vacht om hem los te wikkelen. De leren omslag viel weg en Jondalars adem stokte.

'O, Ayla!' Zijn stem was hees van verlangen en zijn liezen spanden zich. 'Ayla, o, Doni, wat een vrouw!' Hij kuste haar open mond vurig en vervolgens drukte hij zijn lippen op haar hals en zoog de warmte naar de oppervlakte. Hij ademde diep, week terug en zag de rode plek.

'Is er iets?' vroeg Ayla met een bezorgde blik.

'Alleen dat ik zo naar je verlang. Ik wil het goed doen en ik weet niet of ik het kan. Je bent zo mooi... Zo echt een vrouw.'

Haar bezorgde blik veranderde in een glimlach. 'Alles wat je doet is goed, Jondalar.'

Hij kuste haar weer.

Meer dan ooit wilde hij haar Genot schenken. Hij streelde de zijkant van haar lichaam, voelde haar volle borst, de buiging van haar taille, de gladde kromming van haar heup, de strakke spier in haar dij. Ze trilde onder zijn aanraking. Zijn hand streek over de gouden krullen van haar venusheuvel en over haar buik omhoog naar haar borst, hij voelde de tepel hard worden in zijn handpalm. Hij kuste het littekentje in het kuiltje van haar hals. Toen zocht hij de andere borst en zoog aan haar tepel.

'Het is niet hetzelfde gevoel als bij een baby,' zei ze.

Het brak de spanning. Jondalar ging zitten en lachte. 'Je hoeft het niet te analyseren, Ayla.'

'Nou, het is niet hetzelfde gevoel als wanneer een baby zuigt en ik weet niet waarom. Ik weet trouwens niet waarom een man wil zuigen als een baby,' zei ze. Ze voelde zich een beetje in de verdediging gedrongen.

'Wil je niet dat ik het doe? Als je het niet prettig vindt, doe ik het niet.'

'Ik zei niet dat ik het niet prettig vind. Het is een prettig gevoel wanneer een baby zuigt. Als jij het doet is het niet hetzelfde, maar ik vind het niet vervelend. Ik voel het helemaal binnen in me. Dat heb ik bij een baby niet.'

'Daarom doet een man het, om een vrouw dat gevoel te geven en ook om het zelf te voelen. Daarom wil ik je aanraken, om je te laten genieten en mezelf ook. Dat is de Gave van het Genot van de Moeder voor Haar kinderen. Ze heeft ons geschapen om dat genot te leren kennen en we eren Haar wanneer we Haar Geschenk accepteren. Mag ik je dat genot geven, Ayla?'

Hij keek naar haar. Haar gouden haar, in een wirwar op de vacht, omlijstte haar gezicht. Haar opengesperde ogen, donker en zacht, glansden van een verborgen vuur. Haar mond trilde toen ze wilde antwoorden. Ze knikte alleen.

Hij kuste het ene oog dicht en toen het andere, en zag een traan. Hij proefde de zoute druppel op het puntje van zijn tong. Ze opende haar ogen weer en glimlachte. Hij kuste het puntje van haar neus, vervolgens haar mond en haar beide tepels. Toen ging hij staan.

Ze zag hem naar de vuurplaats lopen. Hij nam het geroosterde vlees en de wortels van het vuur. Ze wachtte, zonder na te denken over wat nog komen zou. Hij had haar al meer laten voelen dan ze ooit had verwacht en hij had een onuitsprekelijk verlangen opgewekt.

Hij vulde een kom met water en nam die mee. 'Wil je wat drinken?'

Ze schudde het hoofd. Hij nam een slok en zette de kom neer.

Hij maakte het koord van zijn lendendoek los, waardoor zijn gezwollen lid werd bevrijd. Uit haar ogen sprak alleen vertrouwen en verlangen, geen enkele vrees, zoals jonge vrouwen vaak tonen voor zo'n groot lid wanneer ze het voor het eerst zien, en daar hoeven ze niet eens jong voor te zijn.

Hij ging naast haar liggen en zijn ogen dwaalden over haar lichaam. Het zachte, volle, weelderige haar; haar ogen vol verwachting; haar prachtige lichaam; alles aan deze mooie vrouw wachtte op zijn strelingen om het gevoel in haar op te wekken dat ze zeker had. Hij wou dat het lang zou duren, die eerste gewaarwording. Hij voelde een grotere opwinding dan hij ooit had gevoeld bij de Eerste Riten voor een vrouw die ontmaagd werd. Ayla wist niet wat haar te wachten stond; niemand had het haar tot in de details verteld. Ze was alleen maar misbruikt.

O, Doni, help me het goed te doen, dacht hij. Voorlopig had hij eerder het gevoel dat hij een ontzagwekkende verantwoordelijkheid op zich nam dan een vreugdevol Genot.

Ayla lag stil, ze verroerde geen spier, maar toch beefde ze. Ze had het gevoel of ze al heel lang wachtte op iets dat ze niet kon benoemen, maar dat hij haar kon geven. Ze kon de stuwende, vreemd kloppende uitwerking van zijn handen, zijn mond en zijn tong niet verklaren, maar ze smachtte naar meer. Ze voelde dat er meer moest zijn, dat het zo niet volledig was. Ze had de honger niet gekend voor hij haar had laten proeven, maar nu die eenmaal was opgewekt moest hij gestild worden.

Toen zijn ogen voldoende hadden genoten, sloot hij ze en kuste haar weer. Ze had in afwachting haar lippen van elkaar, zoog zijn zoekende tong naar binnen en experimenteerde met de hare. Hij trok hem terug en glimlachte bemoedigend. Hij streek met zijn gezicht door haar dikke gouden haar, kuste haar voorhoofd, haar ogen, haar wangen en wilde alles van haar leren kennen.

Hij vond haar oor en zijn warme adem deed haar weer huiveren van genot. Hij nam haar oorlel tussen zijn tanden en zoog eraan. Hij vond de gevoelige zenuwen in haar hals die aangename gewaarwordingen opwekten op plaatsen die nooit gestreeld waren. Zijn grote, gevoelige handen voelden de zijdeachtige zachtheid van haar haar, streelden haar wang en volgden de rondingen van haar schouder en haar arm. Toen hij haar hand voelde, bracht hij hem aan zijn mond, kuste de binnenkant, streelde de vingers en volgde de binnenkant van de arm.

Ze had haar ogen dicht en gaf zich met regelmatige schokken over aan de gewaarwordingen.

Zijn warme mond vond het littekentje in het kuiltje van haar hals weer, volgde toen het pad tussen haar borsten en beschreef vervolgens een bocht onder haar ene borst langs. Hij beschreef met zijn tong steeds kleinere cirkels en voelde hoe de huid veranderde toen hij de tepel naderde. Haar adem stokte toen hij haar tepel tussen zijn lippen nam en hij voelde haar opwinding.

Met zijn hand deed hij hetzelfde bij haar andere borst en hij voelde dat haar tepel stijf rechtop stond. Hij zoog eerst heel zacht, maar toen ze zich tegen hem aan drukte, begon hij krachtiger te zuigen. Ze ademde snel en kreunde zachtjes. Hij wist niet of hij nog langer kon wachten. Daarom wachtte hij even om naar haar te kijken. Ze had haar ogen dicht en de mond open.

Hij wou haar helemaal. Hij zoog haar tong in zijn mond. Toen hij hem losliet volgde ze zijn voorbeeld en nam de zijne in haar mond. Hij vond haar hals weer en trok natte kringen om haar andere volle borst tot hij bij de tepel kwam. Ze drukte zich verlangend tegen hem aan en huiverde toen hij erop reageerde. Zijn hand streelde haar buik, haar heup, haar been en reikte toen naar de binnenkant van haar dij. Haar sterke spieren rimpelden toen ze heel even verstarde. Toen spreidde ze haar benen. Hij legde zijn hand over haar venusheuvel met het donkergouden kroeshaar en voelde de vochtige warmte. Hij werd overvallen door het gevoel in zijn kruis. Maar hij bleef proberen zich te beheersen, al werd het wel moeilijk toen hij voelde dat zijn hand natter werd.

Zijn mond ging van haar tepel naar haar buik en haar navel. Toen hij haar venusheuvel naderde, keek hij even op. Ze kreunde bij elke ademhaling en spande in afwachting haar rug. Ze was zover. Hij voelde het krulhaar en ging langzaam lager. Ze trilde en toen zijn tong haar nauwe opening vond, sprong ze met een schreeuw omhoog en ging kreunend weer liggen.

Zijn lid klopte begerig en ongeduldig terwijl hij van houding veranderde om tussen haar benen te glijden. Toen opende hij haar schaamlippen en proefde met zijn tong. Ze hoorde de geluiden niet meer die ze uitstootte toen ze zich volledig overgaf aan de golf van heerlijke emoties terwijl zijn tong ieder plooitje aftastte.

Hij concentreerde zich op haar om zijn eigen verlangen te onderdrukken. Hij vond haar centrum van genot en streelde het snel en hevig. Hij vreesde dat hij de grens van zijn zelfbeheersing had bereikt, toen ze met een nog niet eerder getoonde extase kronkelde en snikte.

Hij gleed met twee vingers haar vochtige vagina binnen en verhoogde de druk, ook van binnenuit.

Opeens spande ze haar rug en gilde het uit. Hij proefde een nieuwe golf van vocht. Ze balde krampachtig haar vuisten bij de onbewuste lokkende bewegingen die vergezeld gingen van haar onregelmatige ademhaling.

'Jondalar,' schreeuwde ze. 'O, Jondalar, ik moet... moet je hebben... Ik moet iets hebben...'

Hij ging op zijn knieën zitten, klemde zijn tanden op elkaar om zich te beheersen en voorzichtig bij haar naar binnen te gaan. 'Ik probeer... het voorzichtig te doen,' zei hij, bijna moeizaam.

'Je zult me geen pijn doen, Jondalar...'

Dat was waar. Het was niet echt haar eerste keer. Toen ze weer omhoogkwam om hem te ontvangen, gleed hij naar binnen. Het ging heel gemakkelijk. Hij duwde door en verwachtte weerstand te ontmoeten, maar hij voelde zich opgenomen in haar warme, vochtige opening die zich volledig om hem sloot. Hij trok terug en stootte zijn lid weer diep in haar. Ze sloeg haar benen om hem heen om hem nog dieper te laten komen. Hij trok weer terug en toen hij weer binnendrong, voelde hij haar heerlijk kloppende vagina zijn volle lengte strelen. Dat was meer dan hij kon verdragen. Hij stootte door, telkens weer, met volledige overgave en gaf eindelijk toe aan zijn eigen behoefte.

'Ayla!... Ayla!... Ayla!' kreunde hij.

De spanning raakte op zijn hoogtepunt. Hij voelde hem in zijn liezen samentrekken. Hij trok zich terug en stootte nog een keer toe. Ayla kwam omhoog naar hem toe, met iedere spier en zenuw gespannen. Hij drong weer bij haar binnen, zwelgend in het puur sensuele genot omdat zijn hele, trotse lid in haar begerige warmte verdween. Ze zwoegden samen. Ayla schreeuwde zijn naam en Jondalar vulde haar met zijn zaad. Een eeuwigdurend ogenblik lang stegen zijn schorre kreten in harmonie met de ademloze snikken waarin ze zijn naam steeds maar herhaalde terwijl golven onuitsprekelijk genot door hen heen voeren.

Een tijdlang was alleen hun ademhaling te horen. Ze bleven stil liggen. Ze hadden elkaar alles gegeven, elke gewaarwording gedeeld. Na enige tijd wisten ze dat het voorbij was, hoewel ze zich niet wilden bewegen en het gevoel vast wilden houden. Ayla was ontwaakt; ze had het genot nooit gekend dat een man haar kon geven. Jondalar kende het genot wel dat hij zou voelen wanneer hij haar tot een orgasme bracht, maar ze had voor een verrassing gezorgd die zijn opwinding mateloos had vergroot.

Er waren maar weinig vrouwen geweest die zijn lid helemaal konden opnemen; hij had geleerd voorzichtig naar binnen te gaan. Het zou nooit meer hetzelfde zijn – maar het was ongelooflijk om te genieten van de Eerste Riten en tegelijkertijd het zeldzaam bevrijdende gevoel te hebben van dat volledige binnendringen.

Hij had altijd zijn best gedaan bij de Eerste Riten; er was iets rond die ceremonie dat het beste in hem opriep. Zijn zorg en betrokkenheid waren oprecht gemeend, hij spande zich in om de vrouw te laten genieten en zijn orgasme was niet alleen het resultaat van zijn eigen genot, maar ook van het hare. Ayla had hem meer bevredigd dan hij in zijn wildste fantasieën had verwacht. Nog nooit was hij zo intens klaargekomen. Het leek even alsof ze samen één waren.

'Ik geloof dat ik te zwaar word,' zei hij en steunde op een elleboog. 'Nee,' zei ze zachtjes, 'je bent helemaal niet zwaar. Je kunt altijd zo wel blijven liggen.'

Hij boog zijn hoofd om met zijn neus langs haar oor te wrijven en haar hals te kussen. 'Ik wil ook niet opstaan, maar het zal wel moeten.' Hij maakte zich langzaam van haar los en ging naast haar liggen, met een arm onder haar hoofd.

Ayla was dromerig tevreden, volkomen ontspannen en zich sterk bewust van Jondalar. Ze voelde zijn arm om haar heen, zijn vingers die haar zacht streelden, het spel van borstspieren onder haar wang. Ze kon zijn hartslag horen, of misschien de hare, ze rook de warme muskusgeur van zijn huid en hun genot. En ze had zich nog nooit zo vertroeteld gevoeld.

'Jondalar,' zei ze na een poosje. 'Hoe weet je wat je moet doen? Ik wist niet dat ik deze gevoelens in me had, hoe wist jij het wel?'

'Iemand heeft me dat laten zien, heeft het me geleerd, heeft me geholpen te weten wat een vrouw nodig heeft.'

'Wie?'

Ze voelde zijn spieren spannen en merkte dat de toon van zijn stem veranderde.

'Het is de gewoonte dat oudere, meer ervaren vrouwen jonge mannen inwijden.'

'Je bedoelt zoals met de Eerste Riten?'

'Niet precies. Het is minder formeel. Wanneer een jonge man behoefte aan een vrouw krijgt, is er altijd wel een die begrijpt dat hij nerveus en onzeker is en hem eroverheen helpt. Maar dat is geen ceremonie.'

'In de Stam is het zo dat een jongen die op een echte jacht zijn eerste prooi buit maakt, een man is en zijn mannelijkheidsceremonie krijgt. Het is niet belangrijk of hij geslachtsrijp is. Het is de jacht die een man van hem maakt. Vanaf dat moment moet hij de verantwoordelijkheid van een volwassene op zich nemen.'

'Jagen is belangrijk, maar sommige mannen jagen nooit. Die hebben een ander vak. Ik hoefde niet te jagen als ik niet wilde. Ik ben gereedschapmaker en ik ruilde gereedschap voor vlees en huiden of wat ik maar nodig had. Maar de meeste mannen jagen en de eerste buit is voor een jongen iets heel bijzonders.'

Jondalar vond het prettig om die herinneringen op te halen, dat was aan zijn stem te horen. 'Het is geen echte ceremonie, maar zijn prooi wordt verdeeld onder de anderen in de Grot. Hij eet er zelf niets van. Als hij langskomt, zeggen ze tegen elkaar hoe groot en geweldig zijn buit is en hoe mals en hoe lekker. De mannen nodigen hem uit om te komen spelen en praten. De vrouwen behandelen hem niet langer als jongen en maken grappen met hem. Als hij oud genoeg is, stelt bijna iedere vrouw zich beschikbaar voor hem. Die eerste jachtbuit geeft hem helemaal het gevoel dat hij een man is.'

'Maar geen mannelijkheidsceremonie?'

'Telkens wanneer een man een vrouw ontmaagdt en het leven in haar laat stromen, bewijst hij zijn mannelijkheid opnieuw. Daarom wordt zijn lid beschouwd als het instrument dat van een meisje een vrouw maakt.'

'Het zou meer kunnen doen dan dat. Het zou een kleintje kunnen verwekken.'

'Ayla, de Grote Aardmoeder zegent een vrouw met kinderen. Ze brengt ze ter wereld bij de vuurplaats van een man. Doni heeft de mannen geschapen om haar te helpen, voor haar te zorgen als ze zwanger is of een kleintje verzorgt. Ik kan het niet beter uitleggen. Misschien dat Zelandoni het kan.'

Misschien heeft hij gelijk, dacht Ayla, die zich naast hem nestelde. Maar als het niet zo is, zou er nu wel eens een kleintje in me kunnen groeien. Ze glimlachte. Een kleintje als Durc, om te vertroetelen en te zogen en voor te zorgen. Een kleintje dat een deel van Jondalar zou zijn.

Maar wie zal me helpen als hij weg is, dacht ze, met een steek van pijn. Ze herinnerde zich haar moeilijke eerste zwangerschap, haar worsteling met de dood bij de bevalling. Zonder Iza had ze niet meer geleefd. En als ik zonder hulp een baby zou krijgen hoe zou ik dan kunnen jagen en voor de kleine zorgen? En als ik gewond raakte of gedood werd? Wie zou dan voor mijn baby zorgen? Hij zou helemaal alleen sterven.

Ik kan nu geen baby hebben! Ze sprong verschrikt overeind. Als ik nu eens zwanger ben? Wat zou ik moeten doen? Iza's medicijn! Wormkruid of vogellijm! Nee... geen vogellijm. Dat groeit alleen maar op eiken, en hier zijn geen eiken. Maar er zijn verscheidene planten die wel helpen – ik moet er eens over nadenken. Het kan gevaarlijk zijn, maar ik kan de baby beter nu verliezen dan aan een hyena wanneer hij geboren is.

'Scheelt er iets aan, Ayla?' vroeg Jondalar, die zijn hand om een stevige volle borst wilde leggen.

Ze boog zich over hem heen en zei: 'Nee hoor, niets.'

Hij glimlachte, dacht weer aan zijn orgasme en voelde nieuwe prikkels. Dat is gauw, dacht hij. Ze zag de warmte en het verlangen in zijn blauwe ogen. Misschien wil hij weer met me genieten, dacht

Ayla, en ze glimlachte terug. Toen verflauwde haar glimlach. Als ik nog niet zwanger ben en we doen het weer, zou ik het wel kunnen worden. Misschien moet ik dan Iza's geheime medicijn nemen, dat wat ik aan niemand mocht vertellen.

Ze herinnerde zich dat Iza had verteld over het warkruid en de wortel van de salie, die zo'n krachtige magische werking hadden dat ze de totem van een vrouw versterkten om de binnendringende sappen van een man af te slaan en te voorkomen dat ze zwanger werd. Ayla had toen net ontdekt dat ze zwanger was. Voor die tijd had ze nooit over het middel gepraat. Niemand dacht dat ze ooit een kleintje zou krijgen en daarom was het nooit besproken. Sterke totem of niet, ik kreeg een baby en dat zou weer kunnen gebeuren. Ik weet niet of het van geesten of van mannen komt, maar het middel hielp Iza en ik geloof dat ik het beter kan innemen.

Ik wou dat het niet nodig was, dat ik het kon houden. Ik zou graag een kleintje van Jondalar willen hebben.

Ze kwam op een elleboog omhoog en glimlachte naar hem. Haar glimlach was zo teder en uitnodigend dat hij zijn armen naar haar uitstrekte en haar naar zich toe trok om haar te kussen. De amulet, die om haar hals hing, sloeg tegen zijn neus.

'O, Jondalar, deed dat pijn?'

'Wat zit er in dat ding? Het lijkt wel of het vol stenen zit!' zei hij terwijl hij rechtop ging zitten en over zijn neus wreef. 'Wat is het?'

'Het is... voor mijn totemgeest, zodat hij me weet te vinden. Het bevat het deel van mijn geest dat hij herkent. Als hij me een teken geeft, bewaar ik dat er ook in. Iedereen van de Stam heeft er een. Creb zei dat ik zou sterven als ik hem verlies.'

'Het is een tovermiddel, of een amulet,' zei hij. 'Jouw Stam kent de mysteries van de geesten.'

'Hoe meer ik over de Stam aan de weet kom, hoe meer ze op mensen lijken, hoewel niet op mensen die ik ken.' Er kwam wroeging in zijn ogen en hij pakte haar hand en kuste de palm. 'Ayla, het kwam door mijn onwetendheid dat ik me zo heb gedragen toen ik voor het eerst begreep wie je met de Stam bedoelde. Het was schandalig en het spijt me.'

'Ja, het was schandalig, maar ik ben niet meer boos of gekwetst. Je hebt me een gevoel gegeven... Ik wil ook een beleefdheid zeggen. Voor vandaag, voor de Eerste Riten, wil ik... dank je wel zeggen.'

Hij grijnsde. 'Ik geloof niet dat iemand me daar ooit eerder voor heeft bedankt.' De grijns verdween, maar er bleef een glimlach hangen, hoewel zijn ogen ernstig stonden. 'Als iemand het hoorde te zeggen, dan was ik het wel. Dank je, Ayla. Je hebt geen idee wat een ervaring je me hebt gegeven. Ik heb me zo niet meer gevoeld sinds Z...' Hij maakte zijn zin niet af en ze zag een frons van pijn.

'... Sinds Zolena.'

'Wie is Zolena?'

'Zolena bestaat niet meer. Zij was de vrouw die mij toen ik jong was heeft geleerd over de Genotsgave.' Hij ging weer liggen en staarde omhoog naar het dak van de grot. Hij bleef zo lang zwijgen dat Ayla dacht dat hij niets meer zou zeggen. Toen begon hij te spreken, meer tegen zichzelf dan tegen haar.

'Ze was toen heel mooi. Alle mannen spraken over haar en alle jongens dachten aan haar, maar niemand meer dan ik, zelfs voor de donii in mijn slaap aan mij verscheen. De nacht dat mijn donii verscheen, kwam ze in de verschijning van Zolena, en toen ik wakker werd, waren mijn slaapvachten vol van mijn sap en was mijn hoofd vervuld van Zolena.

Ik herinner mij hoe ik haar achtervolgde of een plekje zocht om te wachten, waar ik haar kon gadeslaan. Ik smeekte de Moeder om haar. Maar ik kon het niet geloven – na mijn eerste jacht, mijn eerste prooi, waardoor ik man werd, kwam ze naar me toe. Ik had iedere willekeurige vrouw kunnen krijgen, maar ik wilde alleen Zolena – o, wat verlangde ik naar haar, en ze kwam naar me toe.

Eerst nam ik alleen mijn genot in haar. Ik was toen al groot voor mijn leeftijd. Toen leerde ze me wat een vrouw nodig had. Ik leerde dat ik genot van een vrouw kon krijgen, maar zelf ook genot kon geven. Ook als ik er niet ver genoeg in kon komen. Dan moest ik me zo lang mogelijk inhouden en haar klaarmaken.

Bij Zolena hoefde ik me geen zorgen te maken. Ze kon ook mannen bevredigen die kleiner waren en ze wist manieren om je te leren beheersen.

Er was geen man die haar niet wilde hebben – en toch koos ze mij uit. Na een poosje koos ze me steeds, hoewel ik nauwelijks meer was dan een jongen.'

'Maar er was één man die achter haar aan bleef zitten hoewel hij wist dat ze hem niet wilde hebben. Daar werd ik boos om. Als hij ons samen zag zei hij dat ze voor de verandering eens een andere man moest nemen. Hij was niet zo oud als Zolena, maar ouder dan ik. Ik was echter groter.'

Jondalar sloot zijn ogen maar hij ging door. 'Het was heel dom! Ik had het niet moeten doen. Het vestigde alleen maar de aandacht op ons, maar hij wou haar niet met rust laten. Op zekere dag gaf ik hem een klap en toen kon ik niet meer ophouden.'

Jondalar fronste zijn voorhoofd weer. 'Maar ze zeggen dat het niet goed is als een jonge man te veel met één vrouw optrekt. Met meer vrouwen is er minder risico dat hij zich gaat hechten. Jonge mannen worden verondersteld een verbintenis aan te gaan met jonge vrouwen. Het is de bedoeling dat oudere vrouwen het ze alleen leren. Ze geven altijd de vrouw de schuld als een jonge man te veel voor haar gaat voelen. Maar ze hadden haar niet de schuld moeten geven. Ik wilde die andere vrouwen helemaal niet hebben. Ik wilde alleen Zolena.

Die vrouwen leken toen grof en gevoelloos. Ze plaagden graag en hielden altijd de mannen voor de gek, vooral jonge mannen. Misschien was ik ook wel gevoelloos omdat ik ze uitschold en wegjoeg. Zij kiezen de mannen voor de Eerste Riten. Alle mannen worden graag gekozen – ze hebben het er altijd over. Het is een eer en het is opwindend, maar ze maken zich zorgen dat ze te ruw zijn of te haastig, of nog erger. Een man die geen vrouw kan ontmaagden deugt toch nergens voor? Telkens wanneer een man langs een groep vrouwen komt, plagen ze hem.'

Hij trok een raar gezicht en zei met een hoge stem: '"Dat is een knappe. Zal ik je een paar dingen leren?" Of: "Ik heb deze niets kunnen leren, wil een ander het soms proberen?"'

Toen vervolgde hij met zijn normale stem: 'De meeste mannen leren het om terug te plagen, maar voor jonge mannen is dat moeilijk. Iedere man die langs een groep lachende vrouwen komt vraagt zich af of ze om hem lachen. Zo was Zolena niet. De andere vrouwen mochten haar niet zo erg, misschien omdat de mannen haar te aardig vonden. Op alle feesten van de Moeder was zij de favoriet...

De man die ik sloeg raakte verscheidene tanden kwijt. Het is erg voor zo'n jonge man om tanden te verliezen. Hij kan niet bijten en de vrouwen willen hem niet. Ik heb er later altijd spijt van gehad. Het was zo dom! Mijn moeder heeft het goed gemaakt en hij is verhuisd naar een andere Grot. Maar hij komt wel naar de Zomerbijeenkomsten en telkens als ik hem zie, krimp ik in elkaar.

Zolena had het er al een tijdje over dat ze de Moeder wilde Dienen. Ik dacht dat ik snijder zou worden en Haar op die manier zou dienen. Toen besloot Marthona dat ik er misschien aanleg voor had om steen te bewerken en stuurde Dalanar bericht. Niet lang daarna vertrok Zolena om een speciale opleiding te volgen en nam Willomar me mee om bij de Lanzadoniërs te gaan wonen. Marthona had gelijk. Het was het beste. Maar toen ik na drie jaar terugkwam, bestond Zolena niet meer.'

'Wat is er met haar gebeurd?' vroeg Ayla, haast bang om te spreken.

'Degenen Die de Moeder Dienen geven hun eigen identiteit op en nemen de identiteit aan van de mensen voor wie ze bemiddelen. In ruil daarvoor geeft de Moeder hun Gaven die Haar gewone kinderen onbekend zijn – Gaven van magie, deskundigheid, kennis – en macht. Velen komen niet verder dan assistente. Maar de weinigen met aanleg rijzen snel in Haar Dienst.

Vlak voordat ik vertrok werd Zolena Hogepriesteres Zelandoni, de Eerste onder Degenen Die de Moeder Dienen.'

Plotseling sprong Jondalar op en zag de roodgouden lucht in het westen door de openingen in de grot. 'Het is nog steeds licht. Ik heb zin om een stukje te gaan zwemmen,' zei hij terwijl hij snel de grot uit beende. Ayla raapte haar omslag en de lange veter op en volgde hem. Tegen de tijd dat ze bij het strandje was, lag hij al in het water. Ze deed haar amulet af, liep een paar passen het water in en zette zich toen af. Hij was ver stroomopwaarts. Toen ze hem tegenkwam, was hij al op de terugweg.

'Hoe ver ben je gegaan?' vroeg ze.

'Tot aan de waterval,' zei hij. 'Ayla, ik heb dat nog nooit aan iemand verteld, over Zolena.'

'Zie je Zolena nog wel eens?'

Jondalars schallende lach klonk bitter. 'Ze heet nu niet meer Zolena, maar Zelandoni. Ja, ik heb haar nog wel eens gezien. Ik heb zelfs Genot gedeeld met Zelandoni,' zei hij, 'maar ze kiest niet langer alleen mij uit.' Hij begon stroomafwaarts te zwemmen, snel en verbeten.

Ayla fronste haar voorhoofd, schudde haar hoofd en volgde hem toen terug naar het strandje. Ze deed haar amulet om haar hals en knoopte haar omslag dicht terwijl ze hem langzaam het pad op volgde. Toen ze binnenkwam, stond hij bij de vuurplaats naar de amper gloeiende kolen te staren. Ze trok een laatste plooi van haar omslag goed, pakte toen wat hout en legde het op het vuur. Hij was nog nat en ze zag hem huiveren. Ze haalde zijn slaapvacht.

'Het seizoen begint te veranderen,' zei ze. 'De avonden zijn al koel. Hier, je vat nog kou.'

Hij hield de vacht onhandig om zijn schouders. Het hoorde niet bij hem, dacht ze, een bontomslag. Ze liep naar haar slaapplaats en pakte een bundeltje dat naast de wand lag. Als hij weg wil, moet hij gaan voor het weer omslaat.

'Jondalar...?'

Hij schudde het hoofd om zichzelf weer terug te brengen naar het heden en glimlachte tegen haar, maar zijn ogen glimlachten niet mee. Toen ze het bundeltje begon open te maken, viel er iets uit. Ze raapte het op.

'Wat is dit?' vroeg ze met bange verwondering. 'Hoe komt dit hier?'
'Het is een donii,' zei Jondalar toen hij het stukje besneden ivoor zag.
'Een donii?'
'Ik heb haar voor jou gemaakt, voor je Eerste Riten. Er hoort altijd een donii aanwezig te zijn bij Eerste Riten.'
Ayla boog haar hoofd om een plotselinge opwelling van tranen te verbergen. 'Ik weet niet wat ik moet zeggen. Ik heb nog nooit zoiets gezien. Ze is prachtig. Ze ziet eruit als een echt iemand, haast zoals ik.'
Hij tilde haar kin op. 'Het was mijn bedoeling dat ze er zo uit zou zien als jij Ayla. Een echte snijder had het beter gedaan... Nee. Een echte snijder zou zo geen donii hebben gemaakt. Ik ben er niet zeker van of ik het wel had moeten doen. Een donii heeft gewoonlijk geen gezicht – het gezicht van de Moeder valt niet te kennen. Doordat ik jouw gezicht op die donii heb aangebracht, is jouw geest daar misschien gevangen. Daarom is ze van jou, om bij je te houden, mijn geschenk aan jou.'
'Ik vraag me af waarom je je geschenk hierin hebt gestopt,' zei Ayla terwijl ze het bundeltje verder openvouwde. 'Ik heb dit voor jou gemaakt.'
Hij schudde het leer uit en zag de kledingstukken. Zijn blik klaarde op. 'Ayla, ik wist niet dat je kon naaien of borduren,' zei hij terwijl hij de kleren aandachtig bekeek.
'Ik heb het borduurwerk niet gemaakt. Ik heb alleen nieuwe delen gemaakt voor het hemd dat je droeg. Ik heb de andere kleren uit elkaar gehaald, zodat ik wist in welke maat en vorm ik de stukken moest maken, en heb gekeken hoe ze in elkaar waren gezet, zodat ik kon zien hoe het moest. Ik heb de naaipriem gebruikt die jij me hebt gegeven. Ik weet niet of ik hem op de goede manier heb gebruikt, maar het ging wel.'
'Het is volmaakt!' zei hij terwijl hij het hemd voor zich hield. Hij paste de broek en vervolgens het hemd. 'Ik liep erover te denken kleren voor mezelf te maken die beter geschikt waren om te reizen. Hier kan ik heel goed in een lendendoek rondlopen, maar...'
Het hoge woord was eruit. Hardop gezegd. Net als bij de kwade geesten waar Creb het over had gehad, wier macht alleen ontstond door de erkenning die ze kregen als hun namen hardop werden uitgesproken, was Jondalars vertrek een feit geworden. Het was niet langer een vage gedachte die eens gerealiseerd zou worden, het had nu inhoud. En het leek meer gewicht te krijgen nu hun gedachten zich erop concentreerden, tot er een drukkende fysieke aanwezig-

heid in de grot leek te zijn binnengedrongen, die niet weg wilde gaan.

Jondalar trok vlug de kleren uit en vouwde ze op een stapeltje. 'Dank je wel, Ayla. Ik kan je niet vertellen hoeveel dit voor me betekent. Als het kouder wordt zijn ze volmaakt, maar nu heb ik ze nog niet nodig,' zei hij en hij deed de lendendoek om.

Ayla knikte. Ze vertrouwde haar stem niet. Ze voelde druk achter haar ogen en het ivoren figuurtje werd vaag. Ze bracht het naar haar borst, ze vond het prachtig. Het was gemaakt door zijn handen. Hij noemde zich gereedschapmaker, maar hij kon zoveel meer. Zijn handen waren vaardig genoeg om een beeltenis te maken die haar hetzelfde tedere gevoel gaf dat ze had gevoeld toen hij haar liet weten hoe het was om een vrouw te zijn.

'Dank je wel,' zei ze, denkend aan de beleefdheid.

Er verschenen diepe rimpels in zijn voorhoofd. 'Pas op dat je het nooit kwijtraakt,' zei hij. 'Met jouw gezicht erop, en misschien met jouw geest erin zou het wel eens niet veilig kunnen zijn als iemand anders het vond.'

'In mijn amulet zit een deel van mijn geest en van mijn totemgeest. Nu zit een deel van mijn geest en van jouw Aardmoedergeest in deze donii. Is dat nu ook mijn amulet?'

Daar had hij nog niet over nagedacht. Was zij nu deel van de Moeder? Een van de Aardkinderen? Misschien had hij niet moeten knoeien met krachten die hem te boven gingen. Of was hij een werktuig van een van hen geweest?

'Ik weet het niet, Ayla,' zei hij, 'maar pas op dat je het niet kwijtraakt.'

'Jondalar, als je dacht dat het misschien gevaarlijk was, waarom heb je mijn gezicht dan op de donii aangebracht?'

Hij pakte haar handen die het figuurtje vasthielden. 'Omdat ik jouw geest wilde vangen, Ayla. Niet om te houden, het was mijn bedoeling hem weer terug te geven. Ik wilde je Genot geven en ik wist niet of ik dat wel kon. Ik wist niet of je het wel zou begrijpen, jij bent niet grootgebracht om Haar te leren kennen. Ik dacht dat het jou misschien naar me toe zou trekken als ik jouw gezicht hierop aanbracht.'

'Daarvoor hoefde je mijn gezicht niet op een donii aan te brengen. Ik was al blij geweest als je alleen je behoeften met me had willen verlichten, voor ik wist wat Genot was.'

Hij nam haar in zijn armen, met donii en al. 'Nee, Ayla, je was misschien al zover, maar ik moest begrijpen dat het je eerste keer was, anders was het niet goed geweest.'

Ze ging weer op in zijn ogen. Hij sloeg zijn armen dichter om haar heen en ze gaf zich aan hem over tot ze alleen nog maar weet had van zijn armen die haar vasthielden, zijn hongerige mond op de hare, zijn lichaam tegen haar aan en van een duizeligmakende dwingende behoefte. Ze merkte het niet toen hij haar optilde en met haar van de vuurplaats wegliep naar haar slaapvachten.

Haar bed lag klaar om hem te ontvangen. Ze voelde hem aan de knoop in haar riem peuteren. Toen gaf hij het op en schoof gewoon haar omslag omhoog. Ze spreidde begerig haar benen en voelde zijn stijve lid zoeken voor het naar binnen gleed.

Hij stootte heftig, bijna vertwijfeld, zo diep mogelijk, alsof hij zich ervan wilde overtuigen dat ze voor hem was, dat hij zich niet hoefde in te houden. Ze kwam hem tegemoet en nam hem helemaal op, net zo verlangend als hij.

Hij trok terug en stootte weer. Hij voelde de spanning stijgen door het heerlijke gevoel dat zijn lid helemaal werd omsloten en door de volledige overgave aan zijn hartstocht. Ze kwam hem bij elke stoot tegemoet en spande haar rug om zijn bewegingen kracht bij te zetten.

Maar haar gewaarwordingen gingen dieper dan de bewegingen in haar vagina. Telkens als hij binnendrong, voelde ze zijn hele aanwezigheid; haar lichaam en haar spieren namen hem helemaal op. Hij voelde de spanning stijgen tot het ondraaglijke hoogtepunt en de ontlading kwam bij de laatste stoot. Ze kwam omhoog om zijn laatste beweging op te vangen en de explosie verspreidde zich door haar hele lichaam met een zinnelijke bevrediging.

29

Ayla draaide zich om, niet helemaal wakker, maar zich bewust van iets ongemakkelijks. De bobbel onder haar wilde niet weggaan tot ze ten slotte voldoende wakker werd om hem te pakken. Ze hield het voorwerp omhoog en zag in het vage, rode licht van een vuur dat bijna uit was, het silhouet van de donii. Met een flits van herkenning kwam de vorige dag levendig in haar gedachten terug en ze wist dat de warmte bij haar in bed Jondalar was.

We zijn zeker in slaap gevallen nadat we Genot hadden gemaakt, dacht ze. In een gelukkige warmte kroop ze dichter tegen hem aan en sloot haar ogen. Maar ze kon de slaap niet vatten. Flarden van gebeurtenissen namen vaste vorm aan, die ze in haar herinnering nog eens naliep. De jacht, en de terugkeer van Kleintje, en de Eerste Riten, en boven alles Jondalar. Haar gevoelens voor hem onttrokken zich aan alle woorden die ze kende, maar ze vervulden haar met een onuitsprekelijke vreugde. Ze dacht aan hem terwijl ze naast hem lag, tot het te veel werd om het in te houden. Ze glipte stilletjes het bed uit en nam het ivoren figuurtje mee.

Ze liep naar de ingang van de grot en zag Whinney en Renner bij elkaar staan, dicht tegen elkaar aan. De merrie brieste zachtjes ter begroeting en de jonge vrouw draaide zich naar hen toe.

'Was het voor jou ook zo, Whinney?' zei ze op zachte toon.

'Heeft jouw hengst je Genot gegeven? O, Whinney, ik wist niet dat het zo kon zijn. Hoe kon het zo vreselijk zijn met Broud en zo heerlijk met Jondalar?'

Het jonge paard snuffelde aan haar om zijn aandeel in de aandacht te vragen. Ze krauwde en aaide hem en sloeg toen haar armen om hem heen. 'Wat Jondalar ook zegt, Whinney, ik denk dat jouw hengst jou Renner heeft gegeven. Hij heeft zelfs dezelfde kleur en er zijn niet veel bruine paarden. Het kan zijn geest zijn geweest, maar ik geloof het niet.

Ik wilde dat ik een kleintje kon krijgen. Een kleintje zoals Durc, om te knuffelen en voeden. Er zou nu al een kleintje in me kunnen groeien.'

Ayla omhelsde het paard weer stevig bij de herinnering aan Jondalars aanraking. 'O, Whinney, Jondalar gaat weg!'

Ze rende de grot uit, het steile pad af, meer op het gevoel dan op het gezicht. Haar ogen waren verblind door de tranen. Ze vloog het rotsstrandje over tot ze tot staan werd gebracht door de naar voren springende wand en zakte erbij in elkaar. Ze snikte het uit. Jondalar gaat weg. Wat moet ik doen? Hoe kan ik het verdragen? Wat kan ik doen om hem te laten blijven? Niets!

Ze sloeg haar armen om zichzelf heen en hurkte neer. Ze leunde tegen de stenen wand alsof ze een vernietigende slag probeerde af te weren. Als hij wegging zou ze weer alleen zijn. Erger dan alleen: zonder Jondalar. Wat moet ik hier zonder hem? Misschien zou ik ook moeten vertrekken en de Anderen zoeken om bij hen te blijven. Nee, dat kan ik niet doen. Ze zullen vragen waar ik vandaan kom en de Anderen haten de Stam. Ik zal een gruwel voor ze zijn, ook al zou ik erom liegen.

Ik kan het niet. Ik kan Creb of Iza die schande niet aandoen. Ze hebben van me gehouden en voor me gezorgd. Oeba is mijn zuster en ze verzorgt mijn zoon. De Stam is mijn familie. Toen ik niemand had heeft de Stam voor me gezorgd en nu willen de Anderen me niet hebben.

En Jondalar gaat weg. Ik zal mijn hele leven hier alleen moeten wonen. Ik kon net zo goed dood zijn. Broud heeft me vervloekt, hij heeft uiteindelijk gewonnen. Hoe kan ik leven zonder Jondalar?

Ayla huilde tot ze geen tranen meer over had, alleen een troosteloos, leeg gevoel vanbinnen. Ze veegde haar ogen af met de rug van haar handen en merkte dat ze nog steeds de donii vasthield. Ze draaide het beeldje om en om, al even verwonderd over het idee om een vrouw te maken van een stukje ivoor als over het figuurtje zelf. In het maanlicht leek het nog meer op haar. Het in vlechten gesneden haar, de ogen in de schaduw, de neus en de vorm van de wang, deden haar echt denken aan haar eigen spiegelbeeld in het water.

Waarom had Jondalar haar gezicht aangebracht op dit symbool van de Aardmoeder die de Anderen vereerden? Was haar geest gevangen, verbonden met die welke hij Doni noemde? Creb had gezegd dat haar geest, met die van de Holenleeuw, in haar amulet gevat zat, en werd bewaakt door Ursus, de Grote Holenbeer, de totem van de Stam. Toen ze medicijnvrouw werd, had ze van ieder lid van de Stam een stukje van zijn geest gekregen, en dat was niet teruggenomen na de doodvloek.

Stam en Anderen, totems en de Moeder, allen maakten een zekere aanspraak op dat onzichtbare deel van haar dat ze haar geest noemden. Ik denk dat mijn geest het allemaal maar verwarrend zal vinden, dacht ze. Ik in ieder geval wel.

Een koele wind spoorde haar aan terug te gaan naar de grot. Ze legde een klein vuurtje aan, want ze probeerde Jondalar niet te storen, en zette water op voor thee, om zich gemakkelijker te kunnen ontspannen. Ze kon nog niet gaan slapen. Ze staarde naar de vlammen terwijl ze wachtte en dacht aan de vele keren dat ze naar de vlammen had gestaard op zoek naar iets dat op leven leek. De hete lichttongen dansten langs het hout, met gretige sprongen om een nieuw stuk te proeven, trokken zich dan weer terug en sprongen opnieuw, tot ze het opeisten en verslonden.

'Doni! Jij bent het! Jij bent het!' riep Jondalar uit in zijn slaap.

Ayla sprong op en liep naar hem toe. Hij rolde heen en weer en maaide met zijn armen. Hij droomde kennelijk. Ze vroeg zich af of ze hem moest wekken. Plotseling vlogen zijn ogen open. Ze keken geschrokken.

'Is alles in orde, Jondalar?' vroeg ze.

'Ayla? Ayla! Ben jij dat?'

'Ja, ik ben het.'

Zijn ogen sloten zich weer en hij mompelde iets onsamenhangends. Hij was niet wakker geweest, besefte ze. Het was een onderdeel van zijn droom geweest, maar hij was wel kalmer. Ze bleef staan kijken tot hij zich ontspande en ging toen terug naar het vuur. Ze liet de vlammen uitbranden terwijl ze haar thee dronk. Ze begon ten slotte weer slaap te krijgen, deed haar omslag af, kroop naast Jondalar in bed en trok de vachten om zich heen. De warmte van de slapende man bracht haar op de gedachte hoe koud het zou zijn als hij er niet meer was, en de tranen kwamen weer. Ze huilde zichzelf in slaap.

Jondalar rende. Hij hijgde en probeerde de opening van de grot in de verte te bereiken. Hij keek even op en zag de holenleeuw. Nee, nee! Thonolan! Thonolan! De holenleeuw zat hem achterna, dook ineen, nam toen een sprong. Plotseling verscheen de Moeder en joeg de leeuw met een bevel weg.

'Doni! Jij bent het! Jij bent het!'

De Moeder draaide zich om en hij zag haar gezicht. Het gezicht was van de donii die hij had gesneden in gelijkenis met Ayla. Hij riep naar Haar.

'Ayla? Ayla? Ben jij dat?'

Het gesneden gezicht kwam tot leven, haar haar was een gouden stralenkrans omgeven door een rode gloed.

'Ja, ik ben het.'

De Ayla-donii werd groter en veranderde van vorm, werd de heel oude donii die hij had weggegeven, die zoveel generaties in zijn familie was geweest. Ze was breed en moederlijk en bleef maar uitdijen tot ze zo groot was als een berg. Toen begon ze leven te baren. Alle schepselen van de zee stroomden in een golf vruchtwater uit haar diepe spelonk, vervolgens vlogen alle insecten en vogels van de lucht in een zwerm naar buiten. Toen de dieren van het land – konijnen, herten, bizons, mammoeten, holenleeuwen, en in de verte zag hij door een wazige nevel de vage gestalten van mensen. Ze naderden met het optrekken van de nevel en plotseling kon hij ze zien. Het waren platkoppen! Ze zagen hem en renden weg. Hij riep hen na en één vrouw draaide zich om. Ze had Ayla's gezicht. Hij rende naar haar toe, maar de nevelen trokken zich om haar samen en omhulden hem.

Hij tastte door een rode mist en hoorde een geraas in de verte, als een ruisende waterval. Het werd harder, kwam op hem af. Hij werd overspoeld door een stortvloed van mensen die uit de ruime schoot van de Aardmoeder kwamen, een reusachtige, bergachtige Aardmoeder met Ayla's gezicht.

Hij drong zich tussen de mensen door en worstelde om bij haar te komen. Eindelijk kwam hij bij de grote spelonk, haar diepe opening. Hij ging haar binnen met onbeteugelde vreugde tot ze hem helemaal omgaf. Hij pompte hevig. Toen zag hij haar gezicht, nat van de tranen. Haar lichaam schokte van de snikken. Hij wilde haar troosten, haar vertellen dat ze niet moest huilen, maar hij kon niet spreken. Hij werd weggeduwd.

Hij bevond zich midden in een grote menigte die uit haar schoot stroomde. Iedereen droeg een geborduurd hemd. Hij probeerde zich terug naar binnen te vechten, maar het enorme gedrang van de mensen voerde hem weg als een stuk hout dat gevangen is geraakt in de stroom vruchtwater, een stuk hout meegesleurd door de Grote Aardmoeder, met een bebloed hemd er nog aan vast.

Hij verdraaide zijn hoofd om achterom te kijken en zag Ayla in de opening van de spelonk staan. Haar snikken echoden in zijn oren. Toen stortte de spelonk met een weergalmend geraas in elkaar tot een enorme steenlawine. Hij stond alleen en huilde.

Het was zwart toen Jondalar zijn ogen opsloeg. Ayla's vuurtje had het hout opgebrand. In het pikkedonker wist hij niet zeker of hij wel wakker was. De grotwand had geen vaste vorm, geen bekend punt om zich op te oriënteren in zijn omgeving. Voorzover zijn ogen hem konden vertellen, had hij net zo goed in een peilloze leegte kunnen hangen. De levendige gestalten van zijn droom waren wezenlijker. Ze speelden in herinnerde brokstukken door zijn hoofd en namen in zijn gedachten in omvang toe. Tegen de tijd dat de nacht voldoende verbleekt was om een vaag silhouet te geven aan steen en grotopeningen, was Jondalar begonnen betekenis toe te kennen aan de beelden van zijn slaap. Hij herinnerde zich niet vaak zijn dromen, maar deze was zo sterk geweest, zo tastbaar. Hij moest wel een boodschap van de Moeder zijn. Wat probeerde Ze hem te vertellen? Hij wilde dat er een zelandoni was om hem te helpen de droom uit te leggen.

Toen er vaag licht in de grot doordrong, zag hij een verwarde massa blond haar dat Ayla's slapende gezicht omlijstte, en merkte hij de warmte van haar lichaam op. Hij keek zwijgend naar haar terwijl de schemering zich oploste en voelde een overstelpend verlangen om haar te kussen, maar hij wilde haar niet wakker maken. Hij bracht een lange, gouden lok naar zijn lippen. Toen stond hij stilletjes op. Hij vond de lauwe thee, schonk zichzelf een kom in en liep naar buiten, de stenen richel voor de grot op. Hij vond het koud in zijn lendendoek, maar schonk er geen aandacht aan hoewel hij wel even moest denken aan de warme kleren die Ayla voor hem had gemaakt.

Hij zag de lucht in het oosten lichter worden, en de details van de vallei scherper, en haalde zijn droom weer naar boven. Hij probeerde de verwarde lijnen te volgen om het geheim ervan te ontrafelen. Waarom moest Doni hem laten zien dat alle leven van Haar kwam? Dat wist hij, het was een aanvaard gegeven van zijn bestaan. Waarom moest ze in zijn droom verschijnen terwijl ze alle vissen baarde en vogels en dieren en...

Platkoppen, natuurlijk! Ze vertelde hem dat de mensen van de Stam ook haar kinderen waren. Waarom had niemand dat ooit eerder duidelijk gemaakt? Niemand trok het ooit in twijfel dat álle leven van Haar afkomstig was; waarom werden deze mensen dan zo beschimpt? Ze werden beesten genoemd, alsof beesten kwalijk waren.

Omdat ze géén beesten zijn. Ze zijn mensen, een ander soort mensen! Dat zegt Ayla de hele tijd al! Had een van hen daarom Ayla's gezicht?

Hij kon begrijpen waarom haar gezicht op de donii zou staan die hij had gemaakt, degene die de leeuw in zijn droom had tegengehouden – niemand zou geloven wat Ayla eigenlijk had gedaan, het was ongelooflijker dan de droom. Maar waarom had de oude donii haar gezicht? Waarom zou de Grote Aardmoeder zelf een gelijkenis vertonen met Ayla?

Hij wist dat hij zijn droom nooit helemaal zou begrijpen, maar hij had het gevoel dat hij nog een belangrijk deel niet snapte. Hij ging hem nog eens na en toen hij zich herinnerde hoe Ayla in de grot stond die elk ogenblik kon instorten, schreeuwde hij haast dat ze uit de weg moest gaan.

Hij stond naar de horizon te staren, zijn gedachten naar binnen gekeerd en voelde dezelfde verlatenheid en eenzaamheid als in zijn dromen, toen hij alleen had gestaan, zonder haar. Waarom voelde hij zo'n totale wanhoop? Wat ontging hem?

Mensen in geborduurde hemden kwamen in zijn gedachten. Ze kwamen de grot uit. Ayla had het geborduurde hemd voor hem gerepareerd. Ze had kleren voor hem gemaakt en ze kon eerst niet eens naaien. Reiskleren die hij zou dragen als hij wegging. Grote Moeder! Wat ben je toch een stomme idioot, Jondalar. Weggaan bij Ayla? Waarom ben je zo blind geweest? Waarom moest er een droom van de Moeder aan te pas komen om je te vertellen wat zo duidelijk is dat een kind het had kunnen zien? Het gevoel of er een groot gewicht van zijn schouders werd getild, gaf hem een vreugdevolle sensatie van vrijheid, van plotselinge verlichting. Ik houd van haar! Het is mij eindelijk overkomen! Ik houd van haar! Ik dacht niet dat het mogelijk was, maar ik houd van Ayla!

Hij was helemaal opgetogen en wilde het wel aan de hele wereld verkondigen, wilde wel naar binnen rennen om het haar te vertellen. Ik heb nog nooit tegen een vrouw gezegd dat ik van haar hield, dacht hij. Hij haastte zich de grot in, maar Ayla lag nog te slapen.

Hij ging terug naar buiten, bracht wat hout naar binnen en had met vuursteen en pyriet – het verbaasde hem nog steeds – algauw een vuur aan de gang. Nu hij een keer het eerst wakker was, wilde hij haar verrassen met hete thee. Hij zocht haar muntbladeren en had weldra thee getrokken staan, maar Ayla sliep nog steeds.

Hij keek naar haar, zoals ze ademhaalde, zich omdraaide – hij vond haar haar prachtig, zo lang en los. Hij kwam in de verleiding haar te wekken. Nee, ze was vast moe. Het is al licht en ze is nog niet op.

Hij ging naar het strandje, zocht een twijgje om zijn tanden schoon te maken en nam een ochtendduik. Het friste hem op en gaf hem flinke energie en honger.

Ze hadden niet aan voedsel gedacht. Hij glimlachte terwijl hij aan de oorzaak dacht. Het bezorgde hem een erectie.

Je hebt hem de hele zomer alles ontzegd, Jondalar. Je kunt hem niet kwalijk nemen dat hij zo begerig is nu hij weet wat hij heeft gemist. Maar dwing haar niet. Ze heeft misschien wel rust nodig – ze is het niet gewend. Hij rende het pad op en ging voorzichtig de grot in.

De paarden waren naar buiten om te grazen. Die moeten zijn gegaan toen ik zwom en ze is nog niet wakker. Er is toch niets met haar? Misschien moest ik haar toch maar wekken. Ze draaide zich om en hij zag een blote borst die zijn eerdere gedachten nog versterkte.

Hij beheerste zich en liep naar de vuurplaats om zich nog wat thee in te schenken en te wachten. Hij zag nu dat ze bewoog en naar iets tastte.

'Jondalar! Jondalar! Waar ben je?' riep ze en kwam met een ruk rechtop zitten.

'Hier ben ik,' zei hij en snelde naar haar toe.

Ze klampte zich aan hem vast. 'O, Jondalar, ik dacht dat je weg was.'

'Ik ben hier, Ayla. Ik ben hier bij je.' Hij hield haar in zijn armen tot ze wat kalmeerde. 'Gaat het nu weer een beetje? Hier, neem een kommetje thee.' Hij schonk de thee in en bracht haar een kom. Ze nam een slok en toen een grotere teug. 'Wie heeft dit gemaakt?' vroeg ze.

'Ik. Ik wilde je verrassen met hete thee, maar hij is niet zo heet meer.'

'Heb jij hem gemaakt? Voor mij?'

'Ja, voor jou. Ayla, ik heb dit nog nooit tegen een vrouw gezegd. Ik houd van je.'

'Houd?' vroeg ze. Ze wilde zeker weten dat hij bedoelde wat ze nauwelijks durfde te hopen. 'Wat betekent "houd"?'

'Wat...! Jondalar! Opgeblazen idioot!' Hij stond op. 'Jij, de grote Jondalar, begeerd door iedere vrouw. Dat geloofde je zelf. Je weigerde angstvallig dat ene woord uit te spreken dat ze volgens jou allemaal wilden horen... En je was er trots op dat je het nooit tegen een vrouw had gezegd. Eindelijk ben je verliefd geworden en je wilde het nog niet toegeven. Doni moest het je vertellen in een droom! Eindelijk zal Jondalar het zeggen om te erkennen dat hij van een vrouw houdt. Je verwachtte al bijna dat ze in zwijm zou vallen, maar ze weet niet eens wat het woord betekent!'

Ayla keek opgewonden toe terwijl hij op en neer liep, het woord voortdurend herhalend. Ze moest dat woord leren.

'Jondalar, wat betekent "houd"?' Ze meende het serieus en haar stem klonk enigszins geërgerd.

Hij knielde voor haar neer. 'Het is een woord dat ik lang geleden al had moeten uitleggen. Liefde is het gevoel dat je hebt voor iemand om wie je geeft. Het is wat een moeder voelt voor haar kinderen, of een man voor zijn broer. Tussen een man en een vrouw betekent het dat ze zoveel om elkaar geven dat ze hun leven samen willen delen, dat ze nooit uit elkaar willen.'

Ze sloot haar ogen en voelde haar mond trillen toen ze zijn woorden hoorde. Hoorde ze hem goed? Begreep ze het echt?

'Jondalar,' zei ze, 'ik kende dat woord niet, maar ik ken wel de betekenis. Ik ken de betekenis van dat woord al vanaf dat je hier bent gekomen en hoe langer je hier was, hoe beter ik het leerde kennen. Ik heb zo vaak gewenst dat ik dat woord kende om die betekenis te zeggen.' Ze sloot haar ogen, maar de tranen van vreugde en opluchting wilden niet wegblijven. 'Jondalar, ik... houd ook van jou.'

Hij stond op en trok haar mee omhoog. Hij kuste haar teder en hield haar in zijn armen als een pasgevonden schat die hij niet wilde breken of kwijtraken. Ze sloeg haar armen om hem heen en hield hem tegen zich aan alsof hij een droom was die misschien zou vervagen als ze hem losliet. Hij kuste haar mond en haar gezicht, dat zoutig was van de tranen, en toen ze haar gezicht tegen hem aan legde, begroef hij het zijne in haar verwarde gouden haar om zijn eigen ogen te drogen.

Hij kon niets zeggen. Hij kon haar alleen vasthouden en zich verwonderen over zijn ongelooflijke geluk dat hij bij haar had gevonden. Hij had tot de verre uithoeken van de aarde moeten trekken om de vrouw te vinden van wie hij kon houden en niets zou hem ertoe brengen haar nu te laten gaan.

'Waarom blijven we niet gewoon hier? Deze vallei heeft zoveel. Met ons tweeën zal het zoveel gemakkelijker zijn. We hebben speerwerpers, en we hebben steun aan Whinney. Renner is er ook nog,' zei Ayla.

Ze wandelden door het veld, met geen andere bedoeling dan te praten. Ze hadden alle zaden geplukt die ze wilden plukken, genoeg vlees geschoten en gedroogd om de winter op te kunnen teren, de rijpende vruchten en wortels en andere planten voor voedsel en medicijnen verzameld en opgeslagen en uiteenlopende materialen voor projecten voor de winter. Ayla wilde proberen kleding te versieren, en Jondalar dacht dat hij wat stukken zou snijden voor spelletjes, en Ayla zou leren spelen.

'Het is een prachtige vallei,' zei Jondalar. Waarom zou hij niet hier bij haar blijven? Thonolan was bereid bij Jetamio te blijven, dacht hij. Maar zij waren niet maar met z'n tweeën.

Hoe lang zou hij het uithouden zonder anderen? Ayla had drie jaar alleen gewoond. Ze hoefden niet alleen te blijven. Neem Dalanar. Die begon een nieuwe Grot. Maar in het begin had hij alleen Jerika en de gezel van haar moeder, Hochaman. Later kwamen er meer mensen bij en werden er kinderen geboren. Ze hebben al plannen voor een Tweede Grot van de Lanzadoniërs. Waarom zou je geen nieuwe Grot kunnen stichten, net als Dalanar? Misschien kan dat wel, Jondalar, maar wat je ook doet, het zal altijd samen met Ayla zijn.

'Je moet andere mensen leren kennen, Ayla, en ik wil je mee naar huis nemen. Ik weet dat het een lange Tocht zou zijn, maar ik denk dat we het in een jaar zouden kunnen halen. Je zou mijn moeder aardig vinden en ik weet dat Marthona jou aardig zou vinden. En mijn broer, Joharran, en mijn zuster, Folara, ook. Ze zal nu wel een jonge vrouw zijn. En Dalanar.'

Ayla boog haar hoofd en keek toen weer op. 'Hoe aardig zullen ze me vinden als ze erachter komen dat mijn mensen de Stam zijn? Zullen ze me verwelkomen als ze horen dat ik een zoon heb die is geboren toen ik bij hen woonde, die voor hen een gruwel is?'

'Je kunt je niet voor de rest van je leven verbergen. Heeft de vrouw... Iza... je niet gezegd dat je je eigen mensen moest zoeken? Ze had gelijk, weet je. Het zal niet gemakkelijk zijn. Ik kan de waarheid niet voor je verbergen. De meeste mensen weten niet dat de Stam ook uit mensen bestaat. Maar je hebt het mij ook duidelijk weten te maken. De meeste mensen zijn fatsoenlijk, Ayla. Als ze je eenmaal leren kennen, zullen ze je aardig vinden. En ik ben bij je.'

'Ik weet het niet. Kunnen we er niet over nadenken?'

'Natuurlijk kunnen we dat,' zei hij. We kunnen pas in de lente aan een lange Tocht beginnen, dacht hij. We zouden het tot de Shara-mudiërs kunnen halen voor de winter intreedt, maar we kunnen ook hier overwinteren. Het zou haar wat tijd geven om aan het idee te wennen.

Ayla glimlachte van oprechte opluchting. Ze wist dat ze lichamelijk, maar ook geestelijk had lopen treuzelen. Ze wist dat hij zijn familie en zijn mensen miste en als hij besloot te gaan, zou ze met hem meegaan, het deed er niet toe waarheen. Maar ze hoopte dat hij nadat ze zich voor de winter hadden gevestigd, misschien zou willen blijven en zich bij haar in de vallei zou willen vestigen.

Ze waren ver van de stroom verwijderd, haast op de helling naar de steppen, toen Ayla zich bukte om een vaag bekend voorwerp op te rapen.

'Het is mijn oeroshoren!' zei ze tegen Jondalar terwijl ze het vuil eraf veegde en de verschroeide binnenkant zag. 'Ik gebruikte hem om mijn vuur mee te nemen. Ik heb hem gevonden toen ik rond-trok, nadat ik bij de Stam was weggegaan.' Ze werd overspoeld door herinneringen. 'En ik droeg er een kooltje in mee om de fakkels aan te steken om de paarden op te jagen in mijn eerste valkuil.

Whinneys moeder viel erin en toen de hyena's haar veulen belaagden, heb ik ze weggejaagd en haar meegenomen naar de grot. Sindsdien is er zoveel gebeurd.'

'Veel mensen dragen vuur mee onderweg, maar met de vuurstenen hoeven we ons daar niet druk over te maken.' Zijn voorhoofd stond plotseling vol rimpels en Ayla wist wat hij dacht. 'We zijn helemaal voorzien, hè? We hoeven niets meer te doen.'

'Nee, we hebben niets meer nodig.'

'Waarom maken we dan geen Tocht? Een korte Tocht,' voegde hij eraan toe, toen hij zag dat ze zich in het nauw gedreven voelde. 'Je hebt het gebied naar het westen niet verkend. Waarom nemen we niet wat voedsel en tenten en slaapvachten mee en gaan we eens een kijkje nemen? We hoeven niet ver te gaan.'

'En Whinney en Renner dan?'

'Die nemen we mee. Whinney kan ons zelfs af en toe dragen. Het zal leuk zijn, Ayla, alleen met ons tweeën,' zei hij. Reizen omdat het leuk was, was iets nieuws voor haar, en was moeilijk te aanvaarden, maar ze kon geen bezwaren bedenken.

'Ik neem aan dat we het zouden kunnen doen,' zei ze. 'Alleen met ons tweeën... Waarom niet?' Het was misschien niet zo'n slecht idee meer van het land in het westen te verkennen, dacht ze.

'Er ligt hier achterin niet zoveel grond,' zei Ayla, 'maar het is de beste plek voor een opslagplaats en we kunnen ook nog een paar keien gebruiken.'

Jondalar hield de fakkel hoger om het licht verder te laten schijnen. 'We moeten meer bergplaatsen maken, vind je niet?'

'Als een dier er een openmaakt, vindt het niet alles. Goed idee.'

Jondalar verplaatste het licht om in een van de spleten in de verste hoek van de grot te kijken. 'Ik heb hier al eens gezocht. Ik dacht dat ik sporen van een holenleeuw zag.'

'Dat was de plaats van Kleintje. Voor ik hier introk, waren er ook al leeuwensporen. Die waren veel ouder. Ik dacht dat het een teken van mijn totem was om niet verder te reizen en hier de winter door te brengen. Ik dacht toen niet dat ik zo lang zou blijven. Nu geloof ik dat ik hier op jou moest wachten. Ik denk dat de geest van de Holenleeuw je hierheen voerde en jou uitkoos omdat je totem sterk genoeg was voor de mijne.'

'Ik heb altijd gedacht dat Doni de geest was die me leidde.'

'Misschien heeft zij je geleid, maar ik geloof dat de Holenleeuw je heeft uitverkoren.'

'Je kunt gelijk hebben. De geesten van alle schepsels zijn Doni's, die van de Holenleeuw ook. De wegen van de Moeder zijn ondoorgrondelijk.'

'Het is moeilijk om met de totem van de Holenleeuw te leven, Jondalar. Zijn proeven waren moeilijk – ik was er niet altijd zeker van dat ik het zou overleven, maar het was de moeite waard. Ik geloof dat jij het grootste geschenk bent,' zei ze zachtjes.

Hij stak de fakkel in een spleet en nam de vrouw die hij liefhad in zijn armen. Ze was open en eerlijk en toen hij haar kuste, reageerde ze zo begerig dat hij bijna aan zijn verlangen toegaf.

'We moeten ophouden,' zei hij. 'Anders komen we nooit klaar voor de reis. Ik geloof dat jij de kracht van Haduma hebt.'

'Wat is de kracht van Haduma?'

'Haduma was een oude vrouw die we ontmoetten. Ze was de moeder van zes generaties en ze werd buitengewoon geëerd door haar afstammelingen. Ze had veel van de kracht van de Moeder. De mannen geloofden dat wanneer ze hun lid aanraakte ze zo vaak een erectie konden krijgen als ze wilden, om iedere vrouw te bevredigen. Jij hoeft niets anders te doen dan dicht bij me komen, Ayla. Vanmorgen, gisteravond. Hoeveel keer gisteren? Ik heb het nog nooit zo vaak gekund of gewild. Maar als we niet doorwerken, krijgen we vanmorgen die bergplaatsen niet klaar.'

Ze ruimden de rommel op, kantelden een paar rotsblokken opzij en besloten waar ze de bergplaatsen zouden maken. Jondalar vond dat Ayla steeds stiller en teruggetrokkener werd naarmate de dag vorderde en hij vroeg zich af of hij iets verkeerds had gezegd of gedaan. Misschien moest hij niet zo begerig zijn. Het was moeilijk te geloven dat ze altijd voor hem klaarstond wanneer hij wilde.

Hij wist dat veel vrouwen afstand bewaarden en wilden dat mannen er moeite voor deden als ze gemeenschap wilden, al hielden ze ook van elkaar. Het was zelden een probleem voor hem geweest, maar hij had geleerd dat hij niet te begerig moest lijken; het was een grotere uitdaging voor een vrouw wanneer een man wat afstand bewaarde.

Toen ze de voorraad voedsel achter in de grot brachten, leek Ayla nog gereserveerder. Ze boog vaak haar hoofd en bleef even geknield zitten voor ze de stukken gedroogd vlees of een mand met wortels pakte. Tegen de tijd dat ze stenen van het strandje gingen halen om die op hun wintervoorraad te leggen, was Ayla duidelijk verdrietig. Jondalar was ervan overtuigd dat het zijn schuld was, maar hij wist niet wat hij had gedaan. Het was laat in de middag toen hij haar boos zag proberen een kei op te tillen die veel te zwaar voor haar was.

'Die steen hebben we niet nodig, Ayla. Ik geloof dat we maar even moesten rusten. Het is warm en we hebben de hele dag gewerkt. Laten we even gaan zwemmen.'

Ze liet de steen liggen, streek het haar uit haar ogen en maakte de knoop van haar riem los. Ze legde haar amulet weg toen haar omslag op de grond viel. Jondalar voelde de bekende opwinding. Dat gebeurde steeds als hij haar lichaam zag. Ze beweegt als een leeuw, dacht hij, en hij bewonderde haar gespierde gratie toen ze het water in liep. Hij legde zijn lendendoek af en rende haar achterna. Ze zwom zo snel tegen de stroom in dat Jondalar besloot te wachten tot ze terugkwam. Zo kan ze ook wat van haar agressie kwijt. Toen hij haar weer oppikte liet ze zich rustig met de stroom meedrijven en leek meer ontspannen. Terwijl ze zich omdraaide om te zwemmen, liet hij zijn hand over haar rug glijden, van haar schouder tot over haar ronde billen. Ze schoot voor hem uit en ze had haar amulet al om toen hij de oever op stapte. Ze reikte naar haar omslag.

'Ayla, wat doe ik verkeerd?' vroeg hij toen hij druipend voor haar stond.

'Ik doe het verkeerd, jij niet.'

'Jij doet helemaal niets verkeerd.'

'Jawel. Ik heb de hele dag geprobeerd je aan te moedigen, maar je begrijpt de gebaren van de Stam niet.'

Toen Ayla pas vrouw was geworden, had Iza haar niet alleen uitgelegd hoe ze zich moest verzorgen wanneer ze bloedde, maar ook hoe ze zich schoon moest maken als ze met een man gemeenschap had gehad. Ze had haar ook de gebaren en houdingen geleerd om een man aan te moedigen hoewel Iza betwijfelde of ze die informatie ooit nodig zou hebben. De mannen van de Stam zouden haar waarschijnlijk niet aantrekkelijk vinden, wat voor gebaren ze ook maakte.

'Ik weet dat het jouw teken is wanneer je me op een bepaalde manier aanraakt, of je mond op de mijne drukt, maar ik weet niet hoe ik jou moet aanmoedigen,' vervolgde ze.

'Ayla, je hoeft anders niets te doen dan er te zijn.'

'Dat bedoel ik niet,' zei ze. 'Ik weet niet hoe ik moet laten blijken dat ik gemeenschap met je wil. Je hebt gezegd dat sommige vrouwen weten hoe ze mannen moeten aanmoedigen.'

'O, Ayla, maak je je daar zorgen over? Je wilt leren hoe je me kunt aanmoedigen?'

Ze knikte en boog verlegen het hoofd. Vrouwen van de Stam waren niet zo brutaal. Ze toonden hun verlangen naar een man uiterst bescheiden, alsof ze de aanblik van zo'n overweldigende man nauwe-

565

lijks konden verdragen. Toch lieten ze hem met zedige blikken en onschuldige houdingen weten dat hij onweerstaanbaar was.

'Kijk eens hoe je mij hebt aangemoedigd,' zei hij, omdat hij wel wist dat hij tijdens het gesprek een erectie had gekregen. Hij kon er niets aan doen en hij kon het ook niet verbergen. Ayla kreeg een glimlach om haar lippen toen ze het zag. 'Ayla,' zei hij, en hij tilde haar met beide armen op, 'weet je niet dat je me al aanmoedigt omdat je leeft?'

Hij droeg haar over het strandje naar het pad. 'Heb je enig idee hoe opgewonden ik raak als ik gewoon naar je kijk? De eerste keer dat ik je zag, wilde ik je al hebben.' Hij liep het pad op met een zeer verraste Ayla. 'Jij bent zo'n echte vrouw dat je me niet hoeft aan te moedigen – jij hoeft niets te leren. Alles wat je doet, vergroot mijn verlangen naar jou.' Ze naderden de ingang. 'Als je naar me verlangt hoef je het alleen maar te zeggen, of nog beter, dit.' Hij kuste haar.

Hij droeg haar de grot in en legde haar op het bed van vachten. Toen kuste hij haar weer, met een open mond en een zoekende tong. Ze voelde zijn lid, hard en warm tussen hen in. Hij ging zitten met een plagerige grijns op zijn gezicht.

'Je zei dat je het de hele dag al had geprobeerd. Waarom denk je dat het geen uitwerking had?' vroeg hij. Toen deed hij iets totaal onverwachts: hij maakte een gebaar.

Haar ogen toonden grote verbazing. 'Jondalar! Dat is... Dat is het teken!'

'Als je mij je Stamtekens geeft, lijkt het me niet meer dan billijk dat ik ze beantwoord.'

'Maar... ik...' Ze kon de woorden niet vinden, maar ze wist wel wat ze moest doen. Ze stond op, draaide zich om, ging op haar knieën liggen, spreidde ze en bood zich aan.

Hij had het teken bij wijze van grap gemaakt en hij had niet verwacht dat hij zo snel zou worden uitgenodigd. Maar toen hij haar stevige ronde billen zag en haar naakte, vrouwelijke opening, dieproze en uitnodigend, kon hij geen weerstand meer bieden. Voor hij het wist zat hij op zijn knieën achter haar en gleed in haar warme diepte die zich samentrok.

Vanaf het moment dat ze de houding aannam, kwamen de herinneringen aan Broud weer bij haar boven. Voor het eerst zou ze Jondalar hebben geweigerd als ze kon. Maar hoe sterk haar weerzinwekkende associaties waren, de gehoorzaamheid aan het teken was groter. Hij besteeg haar en begon te stoten. Ze voelde Jondalar binnendringen en schreeuwde het uit van het onverwachte genot. Deze houding gaf haar een nieuw gevoel op andere plaatsen en als hij terugtrok gaf de wrijving nieuwe opwinding. Ze duwde om hem te-gemoet te komen. Terwijl hij over haar heen hing en pompte, werd ze plotseling herinnerd aan Whinney en haar roodbruine hengst. Die gedachte gaf haar een heerlijk warm gevoel. Ze bewoog heen en weer in zijn tempo, kreunde en gilde.

De spanning steeg snel; haar bewegingen en zijn drift verhoogden zijn tempo. 'Ayla! O, Ayla,' riep hij. 'Mooie, wilde vrouw.' Hij zuchtte en bleef stoten. Hij pakte haar heupen vast en trok haar te-gen zich aan terwijl hij huiverend van genot zijn zaad in haar spoot. Zo bleven ze even trillend bij elkaar. Ayla liet haar hoofd hangen. Toen rolde hij hen beiden op hun zij terwijl hij in haar bleef en ze bleven liggen zonder zich te bewegen. Ze drukte haar rug tegen hem aan en hij nam een borst in zijn hand.

'Ik moet toegeven,' zei hij na een poosje, 'dat dat teken niet zo slecht is.' Hij wreef zijn neus in haar hals en zocht haar oor.

'Ik wist het eerst niet zeker, Jondalar, maar met jou is alles goed. Alles is genot,' zei ze terwijl ze zich steviger tegen hem aan drukte.

'Jondalar, wat zoek je?' riep Ayla van de richel naar beneden.

'Ik probeerde of ik nog meer vuurstenen kon vinden.'

'De eerste die ik ben gaan gebruiken is nog nauwelijks versleten. Hij gaat nog een hele tijd mee. We hebben er niet meer nodig.'

'Dat weet ik, maar ik zag er een en wilde eens gaan kijken hoeveel ik er nog kon vinden. Zijn we klaar?'

'Alles is afgedekt in de grot verborgen. Ik kan verder niets beden-ken dat we nodig hebben. We kunnen niet al te lang wegblijven. Het weer slaat in deze tijd van het jaar zo snel om. Het kan 's mor-gens nog heet zijn en tegen de avond sneeuwen,' zei ze terwijl ze het pad af kwam.

Jondalar stopte de stenen die hij had gevonden in zijn buidel, keek om zich heen of hij er nog meer zag en keek toen op naar de vrouw.

'Ayla, wat heb je nou aan?'

'Vind je het niet mooi?'

'Ik vind het prachtig. Waar heb je het vandaan?'

'Ik heb het gemaakt toen ik die van jou maakte. Ik heb de jouwe zo nagemaakt dat ze mij pasten, maar ik wist niet zeker of ik ze wel hoorde te dragen. Ik dacht dat het misschien iets was dat alleen mannen hoorden te dragen. En ik wist niet hoe ik een hemd moest borduren. Is het zo goed?'

'Ik denk van wel. Ik kan me niet herinneren dat de kleding van de vrouwen veel anders was. Het hemd was misschien iets langer en de versiering een beetje anders. Dit zijn Mamutische kleren. Ik ben de mijne kwijtgeraakt toen we bij het einde van de Grote Moederrivier kwamen. Je ziet er geweldig in uit, Ayla. En ik denk dat je het prettiger zult vinden zitten. Als het koud wordt, zul je wel merken hoe warm het is, en hoe gemakkelijk.'

'Ik ben blij dat je het mooi vindt. Ik wilde me op... jouw manier kleden.'

'Mijn manier... Ik vraag me af of ik nog wel weet wat mijn manier is. Moet je ons zien! Een man en een vrouw en twee paarden! Een ervan beladen met onze tent, voedsel en extra kleding. Het is een vreemd gevoel zo onbepakt aan een Tocht te beginnen, niets te dragen behalve speren – en een speerwerper! En mijn buidel vol vuurstenen. Ik denk dat de mensen heel verbaasd zouden zijn als we iemand tegenkwamen. Maar ik ben zelf nog verbaasder. Ik ben niet de man die ik was toen jij me vond. Je hebt me veranderd, Ayla, en daarom houd ik van je.'

'Ik ben ook veranderd, Jondalar. Ik houd van jou.'

'En, welke kant gaan we op?'

Ayla voelde zich heel vreemd toen ze de vallei door liepen, gevolgd door de merrie en haar veulen. Toen ze bij de bocht aan het eind kwamen, keek ze om.

'Jondalar! Kijk! Er zijn paarden teruggekomen naar de vallei! Sinds ik hier pas was, heb ik geen paarden meer gezien. Ze zijn vertrokken toen ik ze najoeg en Whinneys moeder ving. Ik ben blij ze terug te zien. Ik heb dit altijd als hun vallei beschouwd.'

'Is het dezelfde kudde?'

'Dat weet ik niet. De hengst was geel, net als Whinney. Ik zie de hengst niet, alleen de aanvoerende merrie. Het is lang geleden.'

Whinney had de paarden ook gezien en hinnikte luid. De begroeting werd beantwoord, en Renner spitste zijn oren vol belangstelling. Toen volgde de merrie de vrouw en haar veulen draafde achter haar aan.

Ayla volgde de rivier naar het zuiden en stak die over toen ze de steile helling aan de overkant zag. Ze bleef bovenaan staan en Jondalar en zij stegen allebei op Whinney. De vrouw vond haar herkenningspunten en zette koers naar het zuidwesten. Het terrein werd ruwer, meer oneffen en geplooid, met rotskloven en steile hellingen die naar hoogvlakten leidden. Toen ze een opening tussen getande rotswanden naderde, steeg ze af en onderzocht de grond. Er waren geen verse sporen te zien. Ze sloeg een doodlopende kloof in, klom toen op een rotsblok dat van de wand was gespleten, en liep naar een steenlawine aan de achterkant. Jondalar volgde haar.

'Hier is het, Jondalar,' zei ze terwijl ze een buidel uit haar tuniek tevoorschijn trok en hem die aangaf.

Hij kende de plek. 'Wat is dit?' vroeg hij terwijl hij het kleine leren
zakje omhooghield.

'Rode aarde, Jondalar. Voor zijn graf.'

Hij knikte, niet in staat te spreken. Hij voelde tranen opkomen en
deed geen poging om ze in te houden. Hij liet de rode oker in zijn
hand stromen en wierp die breeduit over de rotsen en kiezels. Daarop strooide hij nog een tweede handvol uit. Ayla wachtte terwijl hij
met vochtige ogen naar de rotsige helling staarde en toen hij zich
omdraaide om weg te gaan, maakte ze een gebaar boven Thonolans
graf. Pas toen ze al een tijdje reden, sprak Jondalar. 'Hij was een
lieveling van de Moeder. Ze wilde hem terughebben.'

Ze reden een stukje door. Toen vroeg hij: 'Wat maakte je daar voor
gebaar?'

'Ik vroeg de Grote Holenbeer om hem op zijn tocht te beschermen,
om hem geluk toe te wensen. Het betekent: "Ga met Ursus."'

'Ayla, toen je het me vertelde, wist ik het niet naar waarde te schatten. Dat kan ik nu wel. Ik ben je dankbaar dat je hem hebt begraven
en de Stamtotems hebt gevraagd hem te helpen. Ik denk dat hij
dankzij jou de weg zal vinden in de wereld van de geesten.

'Je zei dat hij dapper was. Ik denk niet dat de dapperen hulp nodig
hebben om de weg te vinden. Voor hen die zonder vrees zijn, zou
het een spannend avontuur zijn.'

'Hij was dapper, en hij was dol op avontuur. Hij zat zo vol leven dat
het wel leek of hij zijn hele leven ineens wilde leven. Zonder hem
zou ik deze Tocht nooit hebben gemaakt.' Hij had zijn armen om
Ayla geslagen terwijl ze samen op één paard reden. Hij sloeg ze
steviger om haar heen. 'En dan had ik jou nooit leren kennen.
Dat bedoelde de Shamud toen hij zei dat het mijn bestemming was!
"Hij leidt je waarheen je anders niet zou gaan," waren zijn woorden. Thonolan heeft me naar jou toe geleid... en is toen zijn geliefde gevolgd naar de volgende wereld. Ik wilde niet dat hij ging,
maar ik kan hem nu begrijpen.'

Toen ze verder naar het westen trokken, maakte het oneffen gebied
weer plaats voor steppen, doorkruist met de rivieren en stromen
smeltwater van de grote noordelijke ijskap. De waterwegen sneden
af en toe door kloven met hoge wanden, en kronkelden zich langs
zacht glooiende valleien. De weinige bomen die de steppen opluis-
terden waren door hun worsteling om te overleven in hun groei beknot, zelfs langs de waterlopen die hun wortels voedden en hun ge-

stalten waren verwrongen, alsof ze waren bevroren net op het ogenblik dat ze zich voor een hevige windvlaag wegbogen.

Ze hielden zoveel mogelijk de valleien aan, vanwege hun beschutting tegen de wind en om hun hout. Alleen daar groeiden, beschut, berken, wilgen, dennen en lariksen in enige overvloed. Datzelfde ging niet op voor de dieren. De steppen vormden een onmetelijk wildgebied. Met hun nieuwe wapen jaagden de man en de vrouw naar believen, wanneer ze maar zin hadden in vers vlees. Vaak lieten ze de restanten van hun prooi achter voor andere rovers en aaseters.

Ze reisden al een halve cyclus maanstanden toen er een hete en ongewoon stille dag aanbrak. Ze hadden het grootste deel van de ochtend gelopen en stegen op toen ze in de verte een helling zagen met een zweempje groen. Jondalar, aangemoedigd door Ayla's warme nabijheid, had zijn hand onder haar tuniek gestoken om haar te strelen. Ze bestegen de heuvel en keken neer op een aardige vallei bevloeid door een grote rivier. Toen ze het water bereikten stond de zon hoog aan de hemel.

'Zouden we naar het noorden of naar het zuiden gaan, Jondalar?'

'Laten we geen van tweeën doen. Laten we ons kamp opslaan,' zei hij.

Ze begon tegenwerpingen te maken, alleen omdat ze er niet aan gewend was zonder reden zo vroeg halt te houden. Toen beet Jondalar haar in haar hals en kneep zacht in haar tepels, en besloot ze dat ze geen reden hadden om verder te gaan en meer dan genoeg om halt te houden.

'Goed, laten we ons kamp opslaan,' zei ze. Ze zwaaide haar been over de rug van het paard en liet zich op de grond glijden. Hij steeg af en hielp haar de draagmanden van Whinneys rug te verwijderen, zodat het paard kon uitrusten en grazen. Daarna nam hij Ayla in zijn armen en kuste haar, terwijl hij weer met zijn handen onder haar tuniek voelde.

'Laat me hem toch uittrekken,' zei ze.

Hij glimlachte terwijl ze hem over haar hoofd trok en vervolgens het koord om het middel van haar onderkleed losmaakte en eruit stapte. Hij trok zijn tuniek over zijn hoofd en hoorde haar giechelen. Toen hij opkeek, was ze verdwenen. Ze lachte weer en sprong de rivier in.

'Ik heb besloten te gaan zwemmen,' zei ze.

Hij grijnsde, trok zijn broek uit en volgde haar het water in. De rivier was diep en koud en had een sterke stroming, maar ze zwom zo snel stroomopwaarts dat het hem moeite kostte haar in te halen.

Hij greep haar vast en kuste haar, al watertrappend. Ze dook uit zijn armen en zwom lachend snel naar de oever.

Hij ging haar achterna, maar tegen de tijd dat hij bij de oever was, was ze de vallei al door gerend. Hij rende achter haar aan, en net toen hij bij haar was, ontweek ze hem weer. Hij zat haar weer na, zette alles op alles en greep haar ten slotte bij haar middel.

'Deze keer ontkom je me niet, Ayla,' zei hij terwijl hij haar dicht tegen zich aan trok. 'Je put me nog uit door me zo achter je aan te laten hollen en dan zal ik je geen Genot kunnen geven,' zei hij, verrukt door haar speelse bui.

'Ik wil niet dat je me Genot geeft,' zei ze.

Zijn mond viel open en er kwamen allemaal rimpels op zijn voorhoofd. 'Je wilt niet dat ik...' Hij liet haar los.

'Ik wil jou Genot geven.'

Zijn hart begon weer te kloppen. 'Je geeft me al Genot, Ayla,' zei hij terwijl hij haar weer in zijn armen nam.

'Ik weet dat jij het fijn vindt mij Genot te geven, maar dat bedoel ik niet.' Haar ogen keken ernstig. 'Ik wil leren hoe ik jou Genot moet geven, Jondalar.'

Hij kon haar niet weerstaan. Zijn lid stond stijf tussen hen in terwijl hij haar tegen zich aan drukte en haar kuste alsof hij er nooit genoeg van zou krijgen. Ze deden lang over de kus, proevend, strelend en elkaar betastend.

'Ik zal je laten zien hoe je me kunt laten genieten, Ayla,' zei hij en hij nam haar bij de hand naar een stukje gras aan de waterkant. Toen ze zaten kuste hij haar weer, zocht haar oor en kuste haar hals terwijl hij haar achteroverduwde. Zijn hand lag op haar borst en hij probeerde zijn tong erheen te brengen toen ze weer ging zitten.

'Ik wil jou laten genieten,' zei ze.

'Ayla, ik vind het zo fijn jou Genot te geven, dat ik me niet kan voorstellen dat ik het fijner zou kunnen vinden als jij mij Genot gaf.'

'Zul je het minder fijn vinden?' vroeg ze.

Jondalar legde zijn hoofd in zijn nek en lachte. Hij nam haar weer in zijn armen. Ze glimlachte, maar wist niet zeker wat hem zo had verrukt.

'Ik denk niet dat ik iets dat jij ook kunt doen, minder fijn zou kunnen vinden.' Toen keek hij haar met zijn fonkelende blauwe ogen aan en zei: 'Ik houd van je, Ayla.'

'Ik houd van jou, Jondalar. Ik voel liefde als je zo glimlacht, met je ogen zo, en zoveel als je lacht. Bij de Stam lachte niemand, en ze vonden het niet prettig als ik het deed. Ik wil nooit meer bij mensen wonen die me niet zouden laten glimlachen of lachen.'

'Je moet ook lachen, Ayla, en glimlachen. Je hebt een prachtige glimlach.' Ze moest wel glimlachen om zijn woorden. 'Ayla, o, Ayla,' zei hij terwijl hij zijn gezicht in haar hals begroef en haar streelde.

'Jondalar, ik vind het heerlijk als je me aanraakt en me in mijn hals zoent, maar ik wil weten wat jij prettig vindt.'

Hij glimlachte wrang. 'Ik kan er niets aan doen, je moedigt me te veel aan. Wat vind jij prettig, Ayla? Doe voor mij wat jou een prettig gevoel geeft.'

'Zul jij dat ook prettig vinden?'

'Probeer het maar.'

Ze duwde hem op zijn rug en boog zich toen naar hem toe om hem te kussen. Ze opende haar mond en gebruikte haar tong. Hij reageerde, maar hield zich in bedwang. Vervolgens kuste ze zijn hals en streek er snel met haar tong langs. Ze voelde hem een beetje huiveren en keek naar hem op. Ze wilde horen dat het goed was.

'Vind je dat fijn?'

'Ja, Ayla, ik vind het fijn.'

Dat was ook zo. Het kostte hem meer moeite dan hij had kunnen dromen om zich in te houden onder haar aarzelende avances. Haar vluchtige kussen verzengden hem. Ze was onzeker van zichzelf en dergelijke onervaren, tedere kussen vermochten hem meer te prikkelen dan de vurigste sensueelste liefkozingen van een meer ervaren vrouw.

De meeste vrouwen waren, tot op zekere hoogte, beschikbaar; zij was ongrijpbaar. Onervaren jonge vrouwen konden mannen, jonge en oude, tot een staat van opwinding brengen met stiekeme liefkozingen in de donkere hoeken van een grot. De grootste angst voor een moeder was dat de dochter vrouw werd vlak na de Zomerbijeenkomst, met een lange winter voor de boeg. De meeste meisjes hadden enige ervaring in kussen en strelen door de Eerste Riten en Jondalar wist dat het voor enkelen niet de eerste keer was hoewel hij ze nooit te schande maakte door er met anderen over te praten.

Hij kende het verlangen van die jonge vrouwen – het hoorde bij het genot van de Eerste Riten en het was dat verlangen wat Ayla op hem overbracht. Ze kuste zijn hals. Hij huiverde, sloot zijn ogen en gaf zich helemaal over.

Ze boog haar hoofd en maakte kriebelend natte kringetjes op zijn lichaam, waarbij ze voelde dat ze zelf heter werd. Het was bijna een marteling voor hem, een verfijnde marteling, deels prikkelend en deels een hete stimulering. Toen ze zijn navel bereikte, kon hij zich niet meer inhouden. Hij legde zijn handen op haar hoofd en duwde het zachtjes naar beneden tot ze zijn warme lid tegen haar wang voelde. Ze ademde snel en voelde hevige emoties. Haar kriebelende tong was meer dan hij kon verdragen. Hij leidde haar hoofd naar zijn stijve lid. Ze keek op.

'Jondalar, wil je dat ik...'

'Alleen als jij het wilt, Ayla.'

'Zou je ervan genieten?'

'Ja, ik zou ervan genieten.'

'Dan wil ik het.'

Hij voelde een vochtige warmte om het topje van zijn kloppend lid en toen ging ze verder. Hij kreunde. Haar tong streek langs de gladde ronde kop, onderzocht het spleetje en ontdekte de huid. Toen haar eerste handelingen genot bleken op te wekken, kreeg ze meer vertrouwen. Ze genoot van haar ontdekkingen en voelde hoe heet ze zelf werd. Ze draaide met haar tong om zijn lid. Hij riep haar naam en ze bewoog haar tong sneller terwijl ze het vocht tussen haar eigen benen voelde.

Hij voelde haar zuigen en de vochtige warmte die op- en neerging.

'O, Doni! O, Ayla, Ayla! Hoe heb je dat geleerd?'

Ze probeerde erachter te komen hoe ver ze kon gaan en ze nam hem in haar mond tot ze bijna kokhalsde. Zijn gekreun stimuleerde haar om het telkens weer te proberen tot hij zijn heupen omhoogduwde om haar te helpen.

Ze voelde zijn behoefte aan haar vagina – en ook haar eigen behoefte en ging schrijlings op hem zitten, spietste zich aan zijn stijve lid en duwde het diep in haar. Ze spande haar rug en genoot toen hij diep bij haar binnendrong.

Hij keek op naar haar en genoot toen hij zag hoe de zon, die achter haar stond, haar haar veranderde in een gouden stralenkrans. Ze had haar ogen dicht, haar mond open en op haar gezicht was duidelijk haar opwinding te zien. Toen ze achteroverleunde, kwamen haar mooi gevormde borsten omhoog en de iets donkerder tepels staken vooruit. Haar lenige lichaam glansde in het zonlicht. Zijn lid dat diep in haar stak stond op springen van verrukking.

Ze wipte wat omhoog en zakte weer terwijl hij omhoogkwam om haar te ontmoeten. Hij voelde een golf opkomen die hij niet kon keren, al had hij het geprobeerd. Hij schreeuwde het uit toen ze weer omhoogging. Ze drukte zich tegen hem aan en voelde een straal vocht terwijl hij schokte.

Hij trok haar naar zich toe en vond met zijn mond haar tepel. Jondalar kwam overeind om haar te kussen. Hij stak zijn hoofd tussen haar borsten en knuffelde haar. Hij zoog eerst aan de ene, toen aan de andere en kuste haar weer. Toen ging hij rustig naast haar liggen met haar hoofd op zijn arm.

'Ik vind het fijn om je te laten genieten, Jondalar.'

'Niemand heeft me ooit meer genot geschonken, Ayla.'

'Maar jij vindt het prettiger als je mij genot geeft.'

'Niet direct prettiger, maar... Hoe ken je me zo goed?'

'Dat heb je zo geleerd. Het is je vaardigheid, zoals gereedschap maken.' Ze glimlachte en toen giechelde ze. 'Jondalar heeft twee beroepen. Hij is gereedschapmaker en minnaar.' Dat scheen ze leuk te vinden.

Hij lachte. 'Je maakt maar een grapje, Ayla,' zei hij wantrouwend. Het was niet ver bezijden de waarheid en hij had het al eens eerder gehoord. 'Maar het is waar. Ik laat je graag genieten. Ik houd van je lichaam, ik ben dol op je.'

'Ik vind het ook fijn als je me genot geeft. Dan stroom ik vol liefde. Je kunt het doen zo vaak je wilt, alleen, soms wil ik jou genot geven.'

Hij lachte weer. 'Afgesproken. En omdat je zo graag veel leert kan ik je nog meer leren. We kunnen elkaar genot schenken. Ik wou dat het mijn beurt was om je "met liefde te vullen". Maar je hebt het zo goed gedaan dat zelfs een aanraking van Haduma me geen erectie meer zou kunnen bezorgen, denk ik.'

Ayla zweeg even. 'Dat zou niets hinderen, Jondalar.'

'Wat zou niets hinderen?'

'Zelfs al zou je nooit een erectie meer krijgen, dan nog zou je me met liefde vullen.'

'Dat moet je nooit meer zeggen!' Hij grijnsde maar voelde wel een lichte huivering.

'Je zult wel weer een erectie krijgen,' zei ze heel plechtig en toen begon ze te giechelen.

'Hoe komt het dat je zo geestig bent, Ayla? Er zijn dingen waar je geen grappen over maakt,' zei hij met gespeelde ergernis en toen begon hij te lachen.

Haar speelsheid en gevoel voor humor verrasten hem en hij was er blij mee.

'Ik vind het leuk om je te laten lachen. Samen lachen is bijna net zo fijn als samen vrijen. Ik wil dat we altijd kunnen lachen. Ik geloof dat we dan altijd van elkaar blijven houden.'

'Natuurlijk,' zei hij. 'Ik heb mijn hele leven naar je gezocht zonder het te weten. Jij bent alles wat ik altijd wilde, alles waar ik van droomde en nog meer. Je bent een boeiend mysterie. Je bent volkomen open, je verbergt niets. Toch ben je de meest mysterieuze vrouw die ik ooit heb ontmoet.

Je hebt een sterke geest, zelfvertrouwen, je bent volledig in staat voor jezelf te zorgen en voor mij en toch zou je voor me willen buigen – als ik het goedvond zonder schaamte en zonder er aanstoot aan te nemen, net zo gemakkelijk als ik Doni vereer. Je kent geen vrees; je hebt mijn leven gered, me verpleegd, voedsel voor me gezocht en het me zo prettig mogelijk gemaakt. Je hebt me niet nodig en toch wil ik je beschermen en zorgen dat je niets overkomt.

Ik zou mijn hele leven met je kunnen samenleven en je nooit echt leren kennen; er zijn veel levens voor nodig om je diepste gevoelens te doorgronden. Je bent zo wijs en oud als de Moeder en zo fris en jong als een vrouw in haar Eerste Riten. En je bent de mooiste vrouw die ik ooit heb gezien. Ik begrijp niet waar ik het aan te danken heb dat ik zoveel krijg. Ik dacht dat ik van niemand kon houden; nu weet ik dat ik alleen op jou heb gewacht. Ik dacht dat ik niet kon liefhebben, Ayla, en ik heb je lief, meer dan het leven zelf.'

Ayla had tranen in haar ogen. Hij kuste haar oogleden en hield haar tegen zich aan alsof hij bang was dat hij haar zou verliezen.

Toen ze de volgende ochtend wakker werden, lag er een dunne laag sneeuw op de grond. Ze lieten de tentopening terugvallen, en kropen knus weg in de slaapvachten. Maar ze voelden zich allebei een beetje treurig.

'Het is tijd om terug te gaan, Jondalar.'

'Je zult wel gelijk hebben,' zei hij en keek hoe zijn adem in een klein wolkje opsteeg. 'Het is nog vroeg in het seizoen, we zouden niet in erge sneeuwstormen verzeild moeten raken.'

'Je weet maar nooit. Je kunt erdoor worden overvallen.'

Uiteindelijk stonden ze op en begonnen het kamp op te breken. Ayla's slinger velde een grote woestijnspringmuis die in grote, tweebenige sprongen uit zijn onderaardse nest tevoorschijn kwam. Ze raapte hem op bij zijn staart, die bijna twee keer zo groot was als zijn lichaam en zwaaide hem bij zijn hoefachtige klauwen over haar schouder. Op de kampplaats vilde ze hem snel en reeg hem aan het spit.

'Het spijt me dat we teruggaan,' zei Ayla terwijl Jondalar het vuur aanlegde. 'Het is... leuk geweest. Gewoon reizen en stilhouden als we daar zin in hadden. Zonder ons er druk over te maken of we iets mee terug moesten nemen. Op het middaguur ons kamp opslaan omdat we wilden zwemmen, of Genot wilden hebben. Ik ben blij dat je op het idee bent gekomen.'

'Het spijt mij ook, Ayla. Het is een fijne tocht geweest.'

Hij stond op om meer hout te halen en liep naar de rivier. Ayla hielp hem. Ze liepen een bocht om en vonden een hoop vermolmd sprokkelhout. Plotseling hoorde Ayla een schreeuw. Ze keek op en stak haar hand uit naar Jondalar.

'Heyoooo!' riep een stem.

Een groepje mensen kwam naar hen toe lopen. Ze zwaaiden. Ayla klampte zich aan Jondalar vast, zijn arm was om haar heen geslagen, beschermend, geruststellend.

'Rustig maar, Ayla. Dat zijn Mamutiërs. Heb ik je wel eens verteld dat ze zichzelf mammoetjagers noemen? Ze denken dat wij ook Mamutiërs zijn,' zei Jondalar.

Toen de groep dichterbij kwam, draaide Ayla zich naar Jondalar om. Ze keek hem aan, haar gezicht een en al verraste verwondering.

'Die mensen glimlachen, Jondalar,' zei ze. 'Ze glimlachen naar me.'

Dankwoord

Naast de mensen die me ook al hielpen bij *De Stam van de Holenbeer* en wier hulp mij ook voortdurend tot steun is geweest bij dit boek over de Aardkinderen, waarvoor ik hun nog steeds zeer dankbaar ben, ben ik verder dank verschuldigd aan:

De directeur en staf van Malheur Field Station, in het hoge steppegebied van Centraal-Oregon, en vooral Jim Riggs. Hij heeft me onder andere geleerd hoe je vuur maakt, hoe je een speerwerper gebruikt, hoe je slaapmatten kunt maken van biezen, hoe je stenen gereedschap maakt volgens de drukschilfertechniek, en hoe je hertenhersens fijnmaakt – wie zou hebben gedacht dat je daarmee een hertenvel kon omtoveren in fluweelzacht leer?

Doreen Gandy, voor het zorgvuldige nalezen en haar zeer gewaardeerde opmerkingen, zodat ik er zeker van kon zijn dat dit boek geheel op zichzelf staat.

Ray Auel, voor zijn steun, aanmoediging, hulp, en het afwassen.

Lees nu ook alvast een fragment uit

Het lied van de grotten

Het slot van de met de NS Publieksprijs
bekroonde serie De Aardkinderen

1

De groep reizigers liep over het pad langs de rechteroever van de Grasrivier, tussen het heldere, sprankelende water van de rivier en de zwart dooraderde witte kalkstenen rotswand. Ze liepen in ganzenpas om de kromming van de rotswand, waar die tot vlak langs de waterrand uitstak. Voor hen splitste het pad zich; een smallere aftakking voerde naar de oversteekplaats, waar het stromende water breder en ondieper was en rondkolkte boven de rotsen die uit het water staken. Voor ze de tweesprong in het pad bereikten, bleef een jonge vrouw die bijna vooraan liep opeens staan. Roerloos en met grote ogen keek ze naar iets voor hen uit. Ze wees met haar kin en ze durfde zich niet te bewegen. 'Kijk! Daar!' fluisterde ze angstig. 'Leeuwen!'

Joharran, de leider, stak zijn arm omhoog als teken dat de stoet tot stilstand moest komen. Vlak achter de plek waar het pad zich splitste zagen ze nu lichtgeelbruine holenleeuwen in het gras lopen. Het gras bood zo'n effectieve camouflage dat ze de dieren waarschijnlijk pas zouden hebben opgemerkt als ze veel dichterbij waren, als Thefona niet zo'n scherpe blik had gehad. De jonge vrouw van de Derde Grot had een buitengewoon goed gezichtsvermogen, en hoewel ze nog erg jong was, stond ze bekend om haar vermogen om verder en beter te zien dan wie dan ook. Haar aangeboren gave was al op zeer jonge leeftijd herkend en ze waren begonnen haar te scholen toen ze nog maar een klein meisje was. Ze was hun beste uitkijk.

Ayla en Jondalar liepen achteraan in de stoet, met achter zich drie paarden, en ze keken op om te zien wat de oorzaak van het oponthoud was. 'Ik vraag me af waarom we halt houden,' zei Jondalar, met een zorgelijke frons.

Ayla keek nauwlettend naar de leider en de mensen die om hem heen stonden en bracht instinctief haar hand beschermend naar het warme bundeltje in de zachte leren draagdoek op haar buik. Jonayla had pas de borst gekregen en sliep, maar ze bewoog even bij de aanraking van haar moeder. Ayla had een buitengewoon vermogen om lichaamstaal te lezen, dat had ze op jonge leeftijd geleerd toen ze bij de Stam leefde. Ze wist dat Joharran verontrust was en Thefona bang.

Ayla had ook een uitzonderlijk scherp gezichtsvermogen. Daarbij kon ze geluiden horen die boven het bereik van het menselijk gehoor lagen, en de diepe tonen voelen van de geluiden daaronder. Haar reuk- en smaakzin waren eveneens buitengewoon scherp, maar ze had zich nooit met iemand vergeleken en besefte dus niet hoe bijzonder haar waarnemingen waren. Ze was geboren met uiterst fijngevoelige zintuigen, wat ongetwijfeld had bijgedragen tot haar kans op overleving nadat ze op haar vijfde haar ouders en alles wat haar vertrouwd was had verloren. Al haar kennis had ze opgedaan uit het leven zelf. Ze had haar aangeboren vaardigheden ontwikkeld gedurende de jaren dat ze dieren had bestudeerd, met name carnivoren, toen ze zichzelf had leren jagen.

In de stilte bespeurde ze de nauwelijks waarneembare, maar vertrouwde bromgeluiden van leeuwen. Ze rook in een zachte bries hun kenmerkende geur, en ze zag dat verschillende mensen vooraan in de groep naar voren keken. Toen ze hun blik volgde, zag ze iets bewegen. Plotseling leken de katten in het hoge gras scherp in beeld te komen. Ze onderscheidde nu twee jonge en drie of vier volwassen holenleeuwen. Terwijl ze naar voren liep ging haar ene hand naar haar speerwerper die aan een lus aan haar riem hing, en met de andere pakte ze een speer uit de houder op haar rug.

'Waar ga je heen?' vroeg Jondalar.

Ze bleef staan. 'Er zijn leeuwen vlak achter de splitsing in het pad,' zei ze zacht.

Jondalar keek naar voren en zag iets bewegen wat hij herkende als leeuwen nu hij wist waarnaar hij keek. Ook hij greep naar zijn wapens. 'Jij kunt beter hier blijven met Jonayla. Ik zal gaan.'

Ayla keek neer op haar slapende kindje en keek toen naar hem op.

'Jij bent goed met de speerwerper, Jondalar, maar er zijn minstens twee welpen en drie volwassen leeuwen, waarschijnlijk meer. Als de leeuwen het gevoel krijgen dat er gevaar dreigt voor de welpen en ze besluiten aan te vallen, zul je hulp nodig hebben, iemand om je bij te staan, en je weet dat ik beter ben dan wie dan ook, op jou na.'

Hij fronste zijn voorhoofd en dacht even na terwijl hij haar bleef aankijken. Toen knikte hij. 'Goed dan... maar blijf achter me.' Hij zag vanuit zijn ooghoek iets bewegen en keek achterom. 'En de paarden?'

'Ze weten dat er leeuwen in de buurt zijn. Kijk maar,' zei Ayla.

Jondalar keek. Alle drie de paarden, ook het jonge merrieveulen, staarden strak voor zich uit, zich duidelijk bewust van de grote katten. Jondalar fronste weer zijn voorhoofd. 'Zullen ze zich rustig houden? Vooral kleine Grijs?'

'Ze weten heel goed dat ze bij die leeuwen uit de buurt moeten blijven, maar ik zie Wolf nergens,' zei Ayla. 'Ik kan hem maar beter fluiten.'

'Dat is niet nodig,' zei Jondalar, en hij wees een andere kant op. 'Hij voelt kennelijk dat er iets is. Moet je hem zien rennen.'

Ayla draaide zich om en zag een wolf op zich af stuiven. Het was een prachtig dier, groter dan de meeste wolven, maar een knik in zijn oor door een verwonding die hij had opgelopen in een gevecht met andere wolven, gaf hem iets guitigs. Ze gaf hem het speciale teken dat ze altijd gebruikte wanneer ze samen op jacht waren. Hij wist dat dat betekende dat hij dicht bij haar moest blijven en goed op haar moest letten. Ze liepen haastig zigzaggend tussen de mensen door naar de voorkant van de stoet, waarbij ze hun best deden om geen onnodige onrust te veroorzaken en zo onopvallend mogelijk te blijven.

'Ik ben blij dat jullie er zijn,' zei Joharran zacht, toen zijn broer en Ayla met de wolf en met hun speerwerpers in de hand naast hem opdoken.

'Weet je hoeveel het er zijn?' vroeg Ayla.

'Meer dan ik dacht,' zei Thefona, die haar best deed rustig te klinken en haar angst niet te tonen. 'Aanvankelijk dacht ik een stuk of drie, misschien vier, maar ze lopen rond in het gras, en nu geloof ik dat het er een stuk of tien of meer zijn. Het is een grote troep.'

'En ze zijn zelfverzekerd,' zei Joharran.

'Hoe weet je dat?' vroeg Thefona.

'Ze besteden geen aandacht aan ons.'

Jondalar wist dat zijn gezellin erg vertrouwd was met de grote katachtigen. 'Ayla kent holenleeuwen,' zei hij. 'Misschien moeten we haar vragen wat ze denkt.' Joharran knikte in haar richting, een zwijgend, vragend gebaar.

'Joharran heeft gelijk. Ze weten dat we er zijn. En ze weten met hoeveel zij zijn en met hoeveel wij zijn,' zei Ayla, en toen voegde ze eraan toe: 'Mogelijk zien ze ons als een kudde paarden of oerossen en denken ze dat ze een zwak exemplaar kunnen verschalken. Volgens mij zijn ze nog maar pas in deze streek.'

'Waarom denk je dat?' vroeg Joharran. Hij stond altijd verbaasd over Ayla's overvloedige kennis over vierpotige jagers, maar om de een of andere reden viel haar vreemde accent hem op momenten als dit meer op dan gewoonlijk.

'Ze kennen ons niet, daarom zijn ze zo zelfverzekerd,' vervolgde Ayla. 'Als het een troep was die in de buurt van mensen leefde die ze hadden achtervolgd of jacht op ze hadden gemaakt, geloof ik niet dat ze zo rustig zouden zijn.'

'Nou, misschien moeten we ze dan iets geven om zich ongerust over te maken,' zei Jondalar.

Joharran fronste zijn voorhoofd net als zijn langere, jongere broer.

Daar moest Ayla altijd om lachen, al gebeurde het doorgaans op momenten dat lachen ongepast was. 'Misschien doen we er verstandiger aan om ze gewoon uit de weg te gaan,' zei de donkerharige leider.

'Dat denk ik niet,' zei Ayla, met haar hoofd gebogen en haar ogen neergeslagen. Ze vond het nog steeds moeilijk om publiekelijk een man, vooral een leider, tegen te spreken. Hoewel ze wist dat het onder de Zelandoniërs heel gewoon was – per slot van rekening waren sommige leiders vrouwen, onder wie vroeger ook de moeder van Joharran en Jondalar – zou zulk gedrag van een vrouw in de Stam, die haar had grootgebracht, niet getolereerd worden.

'Waarom niet?' vroeg Joharran; zijn frons had zich verdiept.

'Die leeuwen bevinden zich te dicht bij het thuis van de Derde Grot,' zei Ayla zacht. 'Er zullen altijd leeuwen in de omgeving zijn, maar als ze zich hier te zeer op hun gemak voelen, zullen ze het gaan beschouwen als een plek waar ze heen kunnen als ze willen uitrusten, en dan zouden ze mensen die in de buurt komen als prooi zien, vooral kinderen of ouderen. Ze zouden een gevaar kunnen vormen voor de mensen die in Twee-Rivierenrots wonen, en ook de andere Grotten in de buurt, waaronder de Negende.'

Joharran haalde een keer diep adem en keek toen naar zijn blonde broer. 'Je gezellin heeft gelijk, en jij ook, Jondalar. Misschien kunnen we het best die leeuwen nu laten weten dat ze niet welkom zijn om zich zo dicht bij onze schuilplaatsen op te houden.'

'Dit zou een goed moment zijn om onze speerwerpers te gebruiken; dan kunnen we op een veiligere afstand blijven. Verschillende jagers hebben ermee geoefend,' zei Jondalar. Precies voor gelegenheden als deze had hij naar huis willen gaan om iedereen het wapen te tonen dat hij had ontwikkeld. 'Misschien hoeven we er niet eens een te doden en alleen een paar te verwonden om ze te leren uit de buurt te blijven.'

'Jondalar,' zei Ayla zacht. Ze bereidde zich nu voor om hem tegen te spreken of op z'n minst hem iets te zeggen om over na te denken. Ze sloeg haar ogen weer neer, maar keek toen naar hem op. Ze was niet bang om tegenover hem voor haar mening uit te komen, maar ze wilde wel respectvol blijven. 'Het is waar dat een speerwerper een bijzonder goed wapen is. Daarmee kan een speer vanaf een veel grotere afstand worden geworpen dan met de hand en dat maakt het veiliger. Maar veiliger is niet hetzelfde als veilig. Een gewond dier is onvoorspelbaar. En een dier met de kracht en de snelheid van een holenleeuw, gewond en krankzinnig van de pijn, is tot alles in staat. Als je besluit deze wapens tegen die leeuwen op te nemen, dan moeten ze niet gebruikt worden om te verwonden, maar om te doden.'

'Ze heeft gelijk, Jondalar,' zei Joharran.

Jondalar keek fronsend naar zijn broer en toen lachte hij schaapachtig. 'Ja, ze heeft gelijk, maar hoe gevaarlijk ze ook zijn, ik vind het altijd afschuwelijk om een holenleeuw te doden als dat niet echt noodzakelijk is. Ze zijn zo prachtig, zo lenig en sierlijk in hun bewegingen. Holenleeuwen hebben niet veel te vrezen. Hun kracht verleent ze zelfvertrouwen.' Hij keek naar Ayla met een schittering van trots en liefde in zijn ogen. 'Ik heb altijd gevonden dat Ayla's Holenleeuw-totem precies bij haar past.' In verlegenheid gebracht door zijn vertoon van zijn sterke gevoelens voor haar begon hij licht te blozen. 'Maar ik vind ook dat dit een moment is waarop speerwerpers bijzonder nuttig zouden kunnen zijn.'

Joharran merkte dat de meeste reizigers nu om hen samendromden. 'Hoeveel van ons kunnen ermee omgaan?' vroeg hij zijn broer.

'Nou, jij en ik, en Ayla, natuurlijk,' zei Jondalar, terwijl hij zijn blik over de groep liet gaan. 'Rushemar heeft ermee geoefend en kan er al heel aardig mee overweg. Solaban is druk bezig geweest met het vervaardigen van ivoren handgrepen voor gereedschap en heeft weinig tijd gehad om te oefenen, maar hij heeft de grondbeginselen onder de knie.'

'Ik heb enkele keren een speerwerper geprobeerd, Joharran. Ik bezit er zelf geen en ik ben er niet erg goed mee,' zei Thefona, 'maar ik kan een speer werpen zonder een speerwerper.'

'Dank je, Thefona, dat je me daaraan herinnert,' zei Joharran. 'Bijna iedereen kan zonder een speerwerper met een speer omgaan, inclusief de vrouwen. Dat mogen we niet vergeten.' Toen richtte hij zich tot de groep in het algemeen. 'We moeten die leeuwen laten weten dat dit geen goede plek voor ze is. Degenen die achter ze aan willen gaan, met of zonder speerwerper, kom naar voren.'

Ayla knoopte de draagdoek van haar kindje los. 'Folara, wil jij voor mij op Jonayla passen?' vroeg ze, terwijl ze naar Jondalars jongere zus liep. 'Tenzij je natuurlijk liever blijft om jacht te maken op holenleeuwen.'

'Ik ben mee geweest op drijfjachten, maar was nooit erg goed met een speer, en met de speerwerper gaat het al niet veel beter,' zei Folara. 'Ik ontferm me wel over Jonayla.' Het kleintje was nu klaarwakker en toen de jonge vrouw haar armen naar de baby uitstrekte, ging ze gewillig naar haar tante.

'Ik help haar wel,' zei Proleva tegen Ayla. Joharrans gezellin had een dochtertje in een draagdoek, enkele dagen ouder dan Jonayla, en een actief jongetje van zes jaar, dat ze ook in de gaten moest houden. 'Ik vind dat we alle kinderen hiervandaan moeten halen, misschien terug tot achter de vooruitspringende rots, of naar boven naar de Derde Grot.'

'Dat is een uitstekend idee,' zei Joharran. 'De jagers blijven hier; de rest van jullie gaat terug, maar langzaam. Geen plotselinge bewegingen. We willen dat die holenleeuwen denken dat we gewoon een beetje rondlopen, als een kudde oerossen. En als we ons opsplitsen, blijf je bij je groep. Ze zullen waarschijnlijk elke eenling najagen.'

Ayla richtte haar aandacht weer op de vierpotige jagers en zag veel leeuwengezichten hun kant op kijken, uiterst waakzaam. Ze sloeg de dieren gade terwijl ze rondliepen en begon kenmerkende eigenschappen te zien, wat haar hielp de dieren te tellen. Ze zag dat een grote leeuwin zich nonchalant omdraaide, nee, het was een mannetjesleeuw, besefte ze toen ze zijn geslachtsorgaan van achteren zag. Ze had er even niet aan gedacht dat de mannetjes hier geen manen hadden. De mannelijke holenleeuwen in de buurt van haar dal in het oosten, waaronder een dier dat ze heel goed kende, hadden wel haar rond de kop en nek, al was het dun. Dit is een grote troep, dacht ze, meer dan twee handen vol telwoorden, mogelijk wel drie, inclusief de jonge dieren.

Terwijl ze toekeek liep de grote leeuw nog enkele stappen het veld in en verdween in het hoge gras. Het was wonderlijk dat de lange, dunne stengels dieren die zo groot waren zo goed konden verbergen.

Hoewel de botten en tanden van holenleeuwen – katachtigen die zich graag schuilhielden in grotten waarin de botten die ze achterlieten bewaard bleven – dezelfde vorm hadden als die van hun afstammelingen die op een dag in de landen van het continent ver naar het zuiden zouden ronddwalen, waren ze anderhalf maal, sommige zelfs tweemaal zo groot. 's Winters kregen ze een dikke wintervacht, zo licht dat die bijna wit was, een doelmatige schutkleur voor roofdieren die het hele jaar op jacht gingen. Hun zomervacht was ook licht, maar meer getaand, en bij sommige dieren was de vachtwisseling nog niet voltooid, waardoor ze een nogal rommelige, vlekkerige aanblik boden.

Ayla zag hoe de groep die voor het merendeel uit vrouwen en kinderen bestond zich afsplitste van de jagers en terugliep naar de rotswand waar ze zojuist langs waren getrokken, begeleid door enkele jonge mannen en vrouwen gewapend met speren, die Joharran had meegestuurd om de groep te beschermen. Toen viel haar op dat de paarden behoorlijk zenuwachtig leken, en ze besloot een poging te doen de dieren te kalmeren. Ze gaf Wolf een teken om haar te volgen en liep naar de paarden.

Toen ze de paarden naderden leek Whinney blij zowel haar als Wolf te zien. Het paard was niet bang voor de grote wolf. Ze had Wolf zien opgroeien uit een kleine pluizige bol vacht en had geholpen hem groot te brengen. Maar Ayla maakte zich zorgen. Ze wilde dat de paarden zich met de vrouwen en kinderen achter de rotswand zouden terugtrekken. Ze kon met woorden en tekens met Whinney communiceren, maar ze wist niet precies hoe ze de merrie duidelijk moest maken dat ze met de anderen mee moest gaan en haar niet moest volgen.

Renner hinnikte toen ze naderbij kwam; hij leek erg verontrust. Ze begroette de bruine hengst liefdevol, aaide en kroelde toen het jonge grijze merrieveulen en sloeg vervolgens haar arm om de stevige hals van de hooikleurige merrie die haar enige vriendin was geweest tijdens de eerste eenzame jaren na haar vertrek bij de Stam.

Whinney leunde tegen de jonge vrouw aan met haar hoofd over Ayla's schouder, in een vertrouwde houding van wederzijdse steun. Ze communiceerde met de merrie door een combinatie van handgebaren en woorden van de Stam en dierengeluiden die ze imiteerde, de speciale taal die ze had ontwikkeld toen Whinney nog een veulen was, voordat Jondalar haar zijn taal had geleerd. Ayla zei tegen de merrie dat ze met Folara en Proleva moest meegaan. Hoewel ze niet wist of het paard het begreep of gewoon aanvoelde dat het veiliger was voor haar en haar veulen, zag Ayla tot haar opluchting dat de merrie achter de andere moeders aan terugliep naar de rotswand toen ze haar die kant op stuurde.

Maar Renner was zenuwachtig en gespannen en dat werd nog erger toen de merrie wegliep. Zelfs nu hij volwassen was, was de jonge hengst gewend het moederdier te volgen, vooral wanneer Ayla en Jondalar samen reden, maar deze keer ging hij haar niet onmiddellijk achterna. Hij steigerde en zwaaide hinnikend met zijn hoofd. Jondalar hoorde hem, keek naar de hengst en de vrouw, en kwam naar hen toe. Het jonge paard hinnikte naar de man toen hij naderbij kwam. Jondalar vroeg zich af of zijn beschermende hengsteninstinct zich liet gelden met twee vrouwtjes in zijn kleine 'kudde'. De man praatte tegen hem, streelde en krabbelde hem op zijn favoriete plekjes om hem tot bedaren te brengen, zei dat hij met Whinney mee moest gaan en gaf hem een klap op zijn achterste. Dat was genoeg om hem de gewenste kant op te sturen.

Ayla en Jondalar liepen terug naar de jagers. Joharran en zijn twee beste vrienden en raadslieden, Solaban en Rushemar, stonden midden in de groep die was overgebleven. Die leek nu veel kleiner.

'We hebben besproken wat de beste manier zou zijn om jacht op ze te maken,' zei Joharran toen het paar terugkwam. 'Ik weet eigenlijk niet wat de beste strategie zou zijn. Moeten we proberen ze te omsingelen? Of moeten we ze in een bepaalde richting drijven? Ik weet precies hoe ik moet jagen voor vlees: herten of bizons of oerossen, zelfs mammoet. Ik heb met de hulp van andere jagers weleens een leeuw gedood die te dicht bij een kamp kwam, maar leeuwen zijn geen dieren waarop ik doorgaans jacht maak, vooral niet een hele troep.'

'Ayla kent leeuwen,' zei Thefona, 'dus laten we het haar vragen.'

Iedereen keek naar haar. De meesten hadden het verhaal gehoord over het gewonde leeuwenwelpje waarover ze zich had ontfermd en dat ze had grootgebracht tot hij volwassen was. Toen Jondalar hun had verteld dat de leeuw haar had gehoorzaamd zoals de wolf dat deed, hadden ze dat geloofd.

'Wat denk jij, Ayla?' vroeg Joharran.

'Zie je hoe de leeuwen ons in de gaten houden? Precies zoals wij hen in de gaten houden. Ze beschouwen zichzelf als de jagers. Het zal waarschijnlijk als een verrassing komen dat ze voor de verandering prooi zijn,' zei Ayla. Ze dacht even na en zei toen: 'Ik denk dat we bij elkaar moeten blijven en als groep op ze af moeten lopen, misschien schreeuwend en luid pratend, om te zien of ze zich dan terugtrekken. Maar we houden de speren in de aanslag voor het geval er eentje, of misschien meer, tot de aanval overgaat voor we besluiten om achter ze aan te gaan.'

'Gewoon recht op ze af lopen?' zei Rushemar fronsend.

'Het zou kunnen werken,' zei Solaban. 'En als we bij elkaar blijven, kunnen we elkaar beschermen.'

'Het lijkt mij een goed plan, Joharran,' zei Jondalar.

'Ik kan niets beters bedenken, en het idee om bij elkaar te blijven en elkaar te beschermen staat me wel aan,' zei de leider.

'Ik ga als eerste,' zei Jondalar. Hij stak de speer omhoog die hij al op zijn speerwerper had gezet, klaar om te werpen. 'Hiermee kan ik snel een speer wegslingeren.'

'Dat zal best, maar laten we wachten tot we dichterbij zijn zodat we allemaal op werpafstand zijn,' zei Joharran.

'Natuurlijk,' zei Jondalar. 'En Ayla geeft me rugdekking voor het geval er iets onverwachts gebeurt.'

'Dat is goed,' zei Joharran. 'We hebben allemaal een partner nodig die diegenen die als eerste hun speer werpen rugdekking kan geven, voor het geval ze missen en die leeuwen ons aanvallen in plaats van ervandoor te gaan. De partners kunnen onderling beslissen wie als eerste zijn speer zal werpen, maar het zal minder verwarrend zijn als iedereen wacht op een teken voordat die zijn speer werpt.'

'Wat voor teken?' vroeg Rushemar.

Joharran dacht even na en zei toen: 'Houd Jondalar in de gaten. Wacht tot hij zijn speer werpt. Dat kan ons teken zijn.'

'Ik zal jouw partner zijn, Joharran,' bood Rushemar aan.

De leider knikte.

'Ik heb rugdekking nodig,' zei Morizan. Hij was de zoon van Manvelars gezellin, herinnerde Ayla zich. 'Ik weet niet hoe goed ik ben, maar ik heb er wel op geoefend.'

'Ik kan je partner zijn. Ik heb met de speerwerper geoefend.'

Ayla draaide zich om bij het horen van de vrouwenstem en zag dat Galeya, Folara's roodharige vriendin, had gesproken.

Jondalar draaide zich ook om om te kijken. Dat is ook een manier om aan te pappen met de zoon van de gezellin van een leider, dacht hij, waarbij hij vluchtig naar Ayla keek en zich afvroeg of zij het ook doorhad.

'Ik kan Thefona's partner zijn, als ze dat wil,' zei Solaban, 'aangezien ik net als zij een speer en geen speerwerper zal gebruiken.'

De jonge vrouw glimlachte naar hem, blij dat ze een volwassen, ervaren jager vlak bij zich in de buurt zou hebben.

'Ik heb met een speerwerper geoefend,' zei Palidar. Hij was een vriend van Tivonan, de leerjongen van Willamar, de Meester-Handelaar.

'Wij kunnen elkaars partner zijn,' zei Tivonan, 'maar ik kan alleen een speer gebruiken.'

'Ik heb ook niet echt veel met die werper geoefend,' zei Palidar.

Ayla glimlachte naar de jonge mannen. Als leerjongen van Willamar zou Tivonan ongetwijfeld de volgende Meester-Handelaar van de Negende Grot worden. Zijn vriend Palidar was met Tivonan meegekomen na een bezoek aan diens Grot op een korte handelsmissie, en Palidar was degene die de plek had gevonden waar Wolf in een hevig gevecht was geraakt met de andere wolven en die haar daarheen had gebracht. Ze beschouwde hem als een goede vriend.

'Ik heb niet veel met die werper gedaan, maar ik kan wel met een speer omgaan.'

Dat is Mejera, acoliet van de Zelandoni van de Derde, dacht Ayla. Ze herinnerde zich dat de jonge vrouw erbij was geweest toen Ayla voor het eerst naar de Diepe Grot in Fonteinrots ging om de levenskracht van Jondalars jongere broer op te sporen om zijn elan te helpen zijn weg te vinden naar de geestenwereld.

'Iedereen heeft al een partner gekozen, dus dan blijven wij samen over. Ik heb niet alleen nooit met de speerwerper geoefend, ik heb die zelfs nauwelijks gebruikt zien worden,' zei Jalodan, Morizans neef, de zoon van Manvelars zus, die op bezoek was bij de Derde Grot. Hij was van plan met hen naar de Zomerbijeenkomst te reizen om daar zijn Grot te treffen.

Dat waren ze dan. De twaalf mannen en vrouwen die op het punt stonden de strijd aan te binden met een even groot aantal leeuwen, dieren die veel sneller, krachtiger en woester waren en die zich in leven hielden met de jacht op zwakkere prooidieren. Ayla werd plotseling overvallen door twijfel en huiverde van angst. Ze wreef over haar armen en voelde kippenvel opkomen. Hoe konden twaalf zwakke mensen het zelfs maar in hun hoofd halen een troep leeuwen aan te vallen? Haar oog viel op dat andere roofdier, het dier dat ze kende, en ze gaf het een teken om bij haar te blijven. Twaalf mensen, dacht ze... en Wolf.

'Goed, daar gaan we dan,' zei Joharran, 'maar blijf bij elkaar.'

De twaalf jagers van de Derde en de Negende Grot van de Zelandoniërs liepen op de troep grote katachtigen af. Ze waren gewapend met speren die gladgeschuurde scherpe punten van vuursteen, bot of ivoor hadden. Sommigen hadden een speerwerper waarmee een speer veel verder en met veel meer kracht en snelheid geworpen kon worden dan met de hand, maar leeuwen waren al eerder met slechts speren gedood. Jondalars wapen zou op de proef worden gesteld, maar de moed van de jagers nog meer.

'Ga weg!' schreeuwde Ayla toen de groep zich in beweging zette. 'We willen jullie hier niet!'

Verscheidene anderen volgden haar voorbeeld en schreeuwden tegen de dieren dat ze weg moesten gaan.

Aanvankelijk sloegen de leeuwen, jong en oud, de naderende groep alleen maar gade. Toen trokken enkele zich terug in het gras dat ze zo goed verborg, om even later weer tevoorschijn te komen alsof ze niet wisten wat ze moesten doen. De dieren die zich met welpen terugtrokken, kwamen zonder de jonge dieren terug.

'Ze weten niet wat ze van ons moeten denken,' zei Thefona. Ze liep midden tussen de jagers en voelde zich iets zekerder dan toen ze net in beweging waren gekomen, maar toen het grote mannetje opeens naar hen gromde, bleef iedereen van schrik als aan de grond genageld staan.

'Dit is niet het moment om te blijven staan,' zei Joharran, en hij zette zich weer in beweging.

De groep volgde zijn voorbeeld en liep in gesloten gelederen op de groep af. Alle leeuwen liepen nu heen en weer, sommige keerden de groep zelfs de rug toe en verdwenen in het hoge gras, maar het grote mannetje gromde weer, zette een gebrul in en wist niet van wijken.

Enkele van de andere grote katten hadden zich achter hem opgesteld. Ayla pikte de geur van angst van de menselijke jagers op en ze wist dat de leeuwen die ook bespeurden. Zelf was ze ook bang, maar angst was iets wat mensen konden overwinnen.

'We moeten ons gereedhouden,' zei Jondalar. 'Dat mannetje ziet er niet blij uit, en hij heeft versterkingen.'

'Kun je hem hiervandaan niet raken?' vroeg Ayla. Ze hoorde het aanhoudende grommen dat doorgaans voorafging aan het gebrul van een leeuw.

'Waarschijnlijk wel,' zei Jondalar, 'maar voor een grotere trefzekerheid doe ik het liever van iets dichterbij.'

'En ik weet ook niet of ik vanaf deze afstand goed kan richten. We moeten echt dichterbij zien te komen,' zei Joharran, terwijl hij verder liep.

De groep liep al schreeuwend dicht op elkaar door, al vond Ayla het geluid van hun stemmen onzekerder klinken naarmate ze de troep dichter naderden. De holenleeuwen keken stil en gespannen naar de vreemde kudde naderende dieren die zich niet als prooidieren gedroegen.

Toen gebeurde alles plotseling tegelijkertijd.

Het grote mannetje brulde, een onthutsend, oorverdovend geluid, vooral van zo dichtbij. Hij kwam in vliegende vaart op hen af. Toen hij zich klaarmaakte voor de sprong wierp Jondalar zijn speer.

Ayla had het vrouwtje rechts van het mannetje in de gaten gehouden. Op het moment dat Jondalar zijn speer wierp, kwam de leeuwin met grote sprongen op hen af.

Ayla legde aan. Bijna uit eigen wil kwam de speerwerper met de speer omhoog en slingerde de speer weg. Het was voor Ayla zo'n natuurlijke beweging dat het bijna onbewust gebeurde. Jondalar en zij hadden het wapen gedurende hun reis naar de Zelandoniërs, die een jaar had geduurd, dikwijls gebruikt en ze was er zo vaardig mee geworden dat het bijna een tweede natuur was.

De leeuwin sprong hoog de lucht in, maar Ayla's speer ontmoette haar halverwege. De speer begroef zich van onderaf in de keel van de grote kat. Het bloed spoot eruit toen de leeuwin op de grond neerstortte.

Ayla pakte snel een volgende speer uit haar houder, zette die op haar speerwerper en keek om zich heen om te zien wat er gebeurde. Ze zag Jondalars speer door de lucht vliegen en een hartslag later volgde nog een speer. Ze zag dat Rushemar in de houding stond van iemand die zojuist een speer had geworpen. Ze zag nog een grote leeuwin vallen. Een tweede speer trof het dier voor ze op de grond landde.

Een andere leeuwin kwam aanstormen. Ayla wierp een speer en zag dat nog iemand dat had gedaan, een fractie van een seconde voor haar.

Ze pakte weer een speer en zette die zorgvuldig op de speerwerper: de punt, die was vastgemaakt op een korte, taps toelopende schacht, die zo was gemaakt dat hij zich van de lange schacht zou losmaken, zat stevig op zijn plaats, en de haak achter in de speerwerper zat vast in het gat in het uiteinde van de lange speerschacht. Toen keek ze weer om zich heen. Het grote mannetje lag op de grond maar bewoog nog; hij bloedde maar was niet dood. Haar vrouwtje bloedde ook, maar bewoog zich niet meer.

De leeuwen trokken zich zo snel ze konden in het hoge gras terug; minstens één liet een bloedspoor achter. De menselijke jagers werden zichzelf langzaam weer meester, keken om zich heen en lachten aarzelend naar elkaar.

'Ik geloof dat we het hebben klaargespeeld,' zei Palidar, en hij begon te grijnzen.

Hij had de woorden nauwelijks uitgesproken toen Wolfs dreigende gegrom Ayla's aandacht trok. De wolf rende bij de menselijke jagers vandaan en Ayla stormde achter hem aan. De zwaar bloedende mannetjesleeuw was overeind gekomen en viel weer aan. Met een gebrul sprong hij op hen af. Ze kon bijna zijn woede voelen en kon hem die niet echt kwalijk nemen.

Op het moment dat Wolf de leeuw bereikte en opsprong om hem aan te vallen, waarbij hij ervoor zorgde tussen Ayla en de grote kat te blijven, wierp ze haar speer met volle kracht. Haar blik viel op een andere speer die tegelijkertijd was geworpen. Ze troffen met een hoorbare plof bijna gelijktijdig doel. Zowel de leeuw als de wolf zakte in elkaar. Ayla's adem stokte toen ze de dieren zag vallen, gehuld in bloed, bang dat Wolf gewond was.

2

Ayla zag de zware klauw van de leeuw bewegen en hield haar adem in. Ze vroeg zich af of het grote mannetje nog steeds in leven kon zijn met al die speren in zijn lichaam. Toen zag ze Wolfs bebloede kop van onder de reusachtige poot tevoorschijn komen, en ze rende naar hem toe; ze wist nog steeds niet of hij gewond was. De wolf wurmde zich onder de voorpoot van de leeuw vandaan, pakte de klauw tussen zijn tanden en schudde zo heftig met zijn kop dat ze wist dat het dier besmeurd was met het bloed van de leeuw en niet met zijn eigen bloed. Jondalar verscheen naast haar en samen liepen ze naar de leeuw, lachend van opluchting om de capriolen van de wolf.

'Ik zal met Wolf naar de rivier moeten gaan om hem schoon te maken,' zei Ayla. 'Hij zit onder het bloed van de leeuw.'

'Ik vind het jammer dat we hem moesten doden,' zei Jondalar zacht. 'Het was een prachtig dier en hij verdedigde alleen maar zijn troep.'

'Ik vind het ook spijtig. Hij deed me aan Kleintje denken, maar ook wij moesten ons verdedigen. We zouden ons veel ellendiger voelen als een van die leeuwen een kind had gedood,' zei Ayla, met een blik op het grote roofdier.

Even later zei Jondalar: 'We kunnen hem beiden opeisen. Alleen onze speren hebben hem getroffen en alleen jouw speer heeft dit vrouwtje gedood dat hem heeft bijgestaan.'

'Ik geloof dat ik ook nog een andere leeuwin heb verwond, maar daar wil ik niets van hebben,' zei Ayla. 'Neem jij maar wat je wilt van het mannetje. Ik neem de vacht en staart van dit vrouwtje, en haar klauwnagels en tanden, als aandenken aan deze jacht.'

Ze keken een poosje zwijgend op de dieren neer, en toen zei Jondalar: 'Ik ben dankbaar dat de jacht geslaagd was en dat niemand gewond is geraakt.'

'Ik zou ze graag op de een of andere manier eer bewijzen, Jondalar, als blijk van respect voor de Geest van de Holenleeuw en als uiting van dank aan mijn totem.'

'Ja, dat moeten we doen. Het is gebruikelijk om de geest te bedanken wanneer we een dier doden en de geest te vragen om de Grote Aardmoeder te bedanken voor het voedsel dat ze ons heeft laten nemen. We kunnen de Geest van de Holenleeuw bedanken en de geest vragen om de Moeder te bedanken dat ze ons deze leeuwen heeft laten doden om onze families en onze Grotten te beschermen.' Jondalar zweeg even. 'We kunnen deze leeuw wat water te drinken geven opdat de geest niet dorstig in de volgende wereld aankomt. Sommigen begraven ook het hart, geven het terug aan de Moeder. Ik vind dat we beide moeten doen voor deze prachtige leeuw die zijn leven heeft gegeven terwijl hij zijn troep verdedigde.'

'Ik zal hetzelfde doen voor het vrouwtje dat hem heeft bijgestaan en aan zijn zijde heeft gevochten,' zei Ayla. 'Ik geloof dat mijn Holenleeuw-totem me heeft beschermd en misschien wel onze hele groep. De Moeder had ervoor kunnen kiezen om de Geest van de Holenleeuw iemand te laten doden als compensatie voor het grote verlies van de troep. Ik ben Haar dankbaar dat Ze dat niet heeft gedaan.'

'Ayla! Je had gelijk!'

Ze draaide zich met een ruk om bij het geluid van de stem en glimlachte naar de leider van de Negende Grot die achter hen opdook. 'Je zei: "Een gewond dier is onvoorspelbaar. En een dier met de kracht en snelheid van een holenleeuw, gewond en krankzinnig van de pijn, is tot alles in staat." We hadden er niet van uit mogen gaan dat die leeuw alleen maar omdat hij bloedend op de grond lag niet meer zou proberen om aan te vallen.' Joharran wendde zich tot de rest van de jagers die waren gekomen om naar de leeuwen te kijken die ze hadden gedood. 'We hadden ons ervan moeten vergewissen dat hij dood was.'

'Waar ik me echt over heb verbaasd is die wolf,' zei Palidar. Hij keek naar het dier dat besmeurd met bloed, met zijn tong uit zijn bek, rustig bij Ayla's voeten zat. 'Hij heeft ons gewaarschuwd, maar ik zou nooit hebben gedacht dat een wolf een holenleeuw zou aanvallen, gewond of niet.'

Jondalar glimlachte. 'Wolf beschermt Ayla,' zei hij. 'Het maakt niet uit tegen wie of wat. Als het haar bedreigt, valt hij het aan.'

'Zelfs jou, Jondalar?' vroeg Palidar.

'Zelfs mij.'

Er viel even een ongemakkelijke stilte, en toen zei Joharran: 'Hoeveel leeuwen hebben we gedood?' Verscheidene van de grote katten lagen op de grond, sommige met een aantal speren in hun lichaam. 'Ik tel er vijf,' zei Ayla.

'De leeuwen met speren van meer dan één persoon moeten worden gedeeld,' zei Joharran. 'Die jagers kunnen met elkaar beslissen wat ze ermee doen.'

'De enige speren in het mannetje en dit vrouwtje zijn van Ayla en mij, dus wij eisen ze voor ons op,' zei Jondalar. 'We deden wat we moesten doen, maar zij verdedigden hun familie en we willen hun geest eer bewijzen. We hebben hier geen Zelandoni, maar we kunnen elk een beetje water geven voor we ze op weg sturen naar de geesten-wereld, en we kunnen hun hart begraven, ze teruggeven aan de Moe-der.'

De andere jagers knikten instemmend.

Ayla liep naar de leeuwin die ze had gedood en haalde haar waterzak tevoorschijn. Die was gemaakt van de zorgvuldig gewassen maag van een hert waarvan de onderste opening was dichtgebonden. De opening aan de bovenkant was rondom een ruggenwervel van een hert getrokken, waarvan de uitsteeksels waren verwijderd, en strak omwonden met pezen. Het natuurlijke gat in de ruggenwervel vorm-de een uitstekende schenktuit. De stop bestond uit een dun reepje leer waarin aan het ene uiteinde een aantal knopen over elkaar waren gelegd tot de knoop groot genoeg was om het gat te dichten. Ze trok de stop eruit en nam een mondvol water. Toen boog ze zich over de kop van de leeuwin, trok die naar zich toe, opende de kaken en liet het water uit haar mond in de bek van de grote kat stromen.

'We zijn dankbaar Doni, Grote Moeder van Allen, en we zijn de Geest van de Holenleeuw dankbaar,' zei ze hardop. Toen begon ze te spreken met de stille handgebaren van de formele taal van de Stam, de taal die werd gebruikt bij het spreken tot de geestenwereld, maar met een zachte stem vertaalde ze de tekens die ze maakte. 'Deze vrouw is de Geest van de Grote Holenleeuw, de totem van deze vrouw, dankbaar dat hij heeft toegelaten dat enkele van de levende exemplaren van de Geest werden geveld door de speren van de men-sen. Deze vrouw wil aan de Grote Geest van de Holenleeuw spijt betuigen voor het verlies van de levende exemplaren. De Grote Moe-der en de Geest van de Holenleeuw weten dat het nodig was voor de veiligheid van de mensen, maar deze vrouw wil haar dankbaarheid betuigen.'

Ze draaide zich om naar de groep jagers die haar gadesloeg. Ze deed het niet op de manier waaraan zij gewoon waren, maar het was fasci-nerend om naar haar te kijken, en het voelde volkomen juist aan voor de jagers die hun angst hadden overwonnen om hun leefgebied voor zichzelf en anderen veiliger te maken. Het maakte hen duidelijk waarom hun Zelandoni die de Eerste was, deze vrouw uit den vreem-de tot haar acoliet had gemaakt.

'Ik zal geen andere leeuwen opeisen die mogelijk door een van mijn speren zijn doorboord, maar wil wel graag de speer terug,' zei Ayla. 'Deze leeuwin heeft alleen mijn speer in haar lichaam, dus haar eis ik op. Ik zal de huid en staart, de klauwnagels en de tanden bewaren.'

'En het vlees?' vroeg Palidar. 'Ga je daarvan eten?'

'Nee. Wat mij betreft mogen de hyena's dat hebben,' zei Ayla. 'Ik

vind de smaak van vleeseters, vooral holenleeuwen, niet lekker.'
'Ik heb nog nooit leeuwenvlees geproefd,' zei hij.
'Ik ook niet,' zei Morizan van de Derde Grot, die met Galeya een paar had gevormd.
'Heeft geen enkele van jullie speren een leeuw geraakt?' vroeg Ayla. Ze zag dat ze triest met hun hoofd schudden. 'Als jullie willen mag je het vlees van deze leeuwin hebben nadat ik het hart heb begraven, maar als ik jullie was zou ik de lever niet eten.'
'Waarom niet?' vroeg Tivonan.
'Het volk waarbij ik ben opgegroeid geloofde dat de lever van vleeseters je kan doden, als vergif,' zei ze. 'Ze vertelden er verhalen over, vooral over een zelfzuchtige vrouw die de lever van een kat, een lynx, geloof ik, at en stierf. Misschien moeten we de lever samen met het hart begraven.'
'Is de lever van alle dieren die vlees eten slecht voor je?' vroeg Galeya.
'Volgens mij dat van beren niet. Die eten vlees, maar ook allerlei andere dingen. Holenberen eten helemaal niet veel vlees en die smaken goed. Ik ken mensen die hun lever aten en niet ziek werden,' zei Ayla.
'Ik heb al in geen jaren een holenbeer gezien,' zei Solaban. Hij had vlakbij gestaan en het gesprek gevolgd. 'Er zijn er hier niet zoveel meer. Heb jij echt holenbeer gegeten?'
'Ja,' zei Ayla. Ze overwoog te vertellen dat het vlees van de holenbeer bij de Stam heilig was en alleen bij bepaalde rituele feestmalen werd gegeten, maar besloot dat dit nog meer vragen zou uitlokken die veel te veel tijd zouden vergen om te beantwoorden.
Ze keek naar de leeuwin en haalde een keer diep adem. Het was een groot dier en het zou een heel karwei zijn om haar te villen. Ze kon best wat hulp gebruiken en keek naar de vier jonge mensen die haar al die vragen hadden gesteld. Geen van hen had een speerwerper gebruikt, maar ze vermoedde dat dat nu snel zou veranderen, en hoewel ze geen leeuw hadden geveld, hadden ze gewillig deelgenomen aan de jacht en zich aan gevaar blootgesteld. Ze glimlachte naar hen.
'Ik geef ieder van jullie een klauwnagel als jullie me helpen deze leeuwin te villen,' zei ze, en ze zag dat ze haar glimlach beantwoordden.
'Met alle plezier,' zeiden Palidar en Tivonan bijna in koor.
'Dat geldt ook voor mij,' zei Morizan.
'Fijn. Ik kan jullie hulp goed gebruiken.' Toen zei ze tegen Morizan: 'Ik geloof niet dat we formeel aan elkaar zijn voorgesteld.'
Ze ging recht voor de jonge man staan en stak haar handen uit, de

handpalmen omhoog, in het formele gebaar van openheid en vriendschap. 'Ik ben Ayla van de Negende Grot van de Zelandoniërs, acoliet van Zelandoni, Eerste Onder Hen Die de Grote Aardmoeder Dienen, gezellin van Jondalar, Meester-Vuursteenklopper en broer van Joharran, leider van de Negende Grot van de Zelandoniërs, voorheen was ik Dochter van de Mammoetvuurplaats van het Leeuwenkamp van de Mamutiërs, Uitverkoren door de geest van de Holenleeuw, Beschermd door de Holenbeer, vriendin van de paarden Whinney, Renner en Grijs en de vierpotige jager Wolf.'

Dat volstond wel als formele introductie, dacht ze, terwijl ze naar zijn gezichtsuitdrukking keek. Ze wist dat het eerste deel van de formele opsomming van haar namen en verbintenissen waarschijnlijk ietwat overweldigend was – ze had banden met de hoogste geleiden van de Zelandoniërs – en het laatste deel zou hem helemaal niets zeggen.

Hij pakte haar handen en begon aan zijn opsomming. 'Ik ben Morizan van de Derde Grot van de Zelandoniërs,' zei hij zenuwachtig, maar toen leek hij moeite te hebben met het bedenken wat hij verder moest zeggen. 'Ik ben de zoon van Manvelar, leider van de Derde Grot, neef van...'

Ayla besefte dat hij nog jong was en niet gewend aan kennismaken met nieuwe mensen en formele introducties. Ze besloot om het hem gemakkelijk te maken en maakte een eind aan het formele ritueel. 'In de naam van Doni, de Grote Aardmoeder, groet ik je, Morizan van de Derde Grot van de Zelandoniërs,' zei ze, en toen voegde ze eraan toe: 'En ik maak dankbaar gebruik van je hulp.'

'Ik wil ook helpen,' zei Galeya. 'Ik zou graag een klauwnagel willen hebben als aandenken aan deze jacht. Hoewel ik geen enkel dier met een speer heb geraakt, was het opwindend. Een beetje beangstigend, maar opwindend.'

Ayla knikte begrijpend. 'Laten we maar snel beginnen. Maar ik moet jullie waarschuwen om voorzichtig te zijn bij het uitsnijden van de klauwnagels en tanden en ervoor te zorgen dat je je huid er niet aan openhaalt. Je moet ze uitkoken voor je ze veilig kunt vastpakken. Als je je eraan openhaalt kan dat een ernstige wond tot gevolg hebben, die opzwelt en stinkende etter afscheidt.'

Ze keek op en zag in de verte mensen aankomen van achter de uitspringende rotswand. Ze herkende verscheidene mensen van de Derde Grot die niet bij de eerste groep waren geweest die zich eerder bij hen hadden gevoegd. Manvelar, de sterke, energieke oude man die hun leider was, was er ook bij.

'Daar komen Manvelar en een paar anderen,' zei Thefona. Ook zij had hen dus gezien en herkend.

Toen ze de jagers bereikten liep Manvelar naar Joharran. 'Gegroet Joharran, Leider van de Negende Grot van de Zelandoniërs, in de naam van Doni, de Grote Aardmoeder,' zei hij, en hij stak beide handen uit.

Joharran pakte de handen in de zijne en beantwoordde de korte formele begroeting als erkenning van de andere leider: 'In de naam van de Grote Aardmoeder, Doni, groet ik je, Manvelar, leider van de Derde Grot van de Zelandoniërs.' Het was een gebruikelijke beleefdheidsbetuiging tussen leiders.

'De mensen die je hebt teruggestuurd zijn ons komen vertellen wat er aan de hand was,' zei Manvelar. 'We hadden de leeuwen hier al een paar dagen zien rondlopen en we zijn gekomen om jullie te helpen. Ze kwamen regelmatig terug en we vroegen ons af wat we ertegen moesten doen. Het ziet ernaar uit dat jullie het probleem hebben opgelost. Ik zie vier, nee, vijf gevelde leeuwen, waaronder het mannetje. De vrouwtjes zullen nu een nieuw mannetje moeten zoeken. Mogelijk splitst de groep zich op en vinden ze er meer dan één. Het zal de hele structuur van de troep veranderen. Ik geloof niet dat we binnenkort weer last van ze zullen hebben. We zijn jullie dank verschuldigd.'

'We dachten niet dat we er veilig langs konden en wilden niet dat ze een gevaar vormden voor de Grotten in de buurt, dus besloten we om ze weg te jagen, vooral aangezien we verschillende mensen bij ons hadden die een speerwerper konden gebruiken. En dat was maar goed ook. Hoewel dat mannetje ernstig gewond was, heeft hij ons weer aangevallen toen we dachten dat hij was geveld,' zei Joharran.

'De jacht op holenleeuwen is gevaarlijk. Wat gaan jullie ermee doen?'

'Ik geloof dat de vachten, tanden en klauwnagels zijn opgeëist, en sommigen willen graag het vlees proeven,' zei Joharran.

'Dat is scherp van smaak,' zei Manvelar, en hij trok zijn neus op. 'We zullen je helpen met het villen, maar dat zal enige tijd vergen. Jullie kunnen beter de nacht bij ons doorbrengen. We kunnen een boodschapper vooruit sturen om de Zevende te laten weten dat jullie zijn opgehouden en waarom.'

'Goed. We blijven. Dank je, Manvelar,' zei Joharran.

De Derde Grot vergastte de bezoekers van de Negende de volgende ochtend op een maaltijd voor ze zich op weg begaven. Joharran, Proleva, Proleva's zoontje Jaradal en haar dochtertje Sethona, zaten met Jondalar, Ayla en haar dochtertje Jonayla op het zonnige stenen voorportaal en genoten tijdens het eten van het uitzicht.

'Zo te zien heeft Morizan opeens erg veel belangstelling voor Folara's vriendin Galeya,' zei Proleva. Ze keken met het toegeeflijke oog van oudere broers en zussen met een gezin naar de groep jonge mensen die nog geen verbintenis waren aangegaan.

'Ja,' zei Jondalar met een grijns. 'Ze was gisteren tijdens de leeuwenjacht zijn rugdekking. Samen jagen en op elkaar moeten vertrouwen kan snel een speciale band scheppen, al hebben ze geen speer geworpen en konden ze geen leeuw opeisen. Maar ze hebben Ayla geholpen met het villen van haar leeuwin en ze heeft ieder van hen een klauwnagel gegeven. Ze waren erg snel klaar en toen hebben ze mij ook geholpen. Ook ik heb ze een kleine klauwnagel gegeven, zodat iedereen een aandenken aan de jacht heeft.'

'Daar zaten ze gisteravond bij die kookmand dus over op te scheppen,' zei Proleva.

'Mag ik ook een klauwnagel als aandenken, Ayla?' vroeg Jaradal. Het jongetje had duidelijk aandachtig zitten luisteren.

'Jaradal, dat zijn aandenkens aan een jacht,' zei zijn moeder. 'Wanneer jij oud genoeg bent om mee op jacht te gaan, krijg je je eigen aandenkens.'

'Laat maar, Proleva. Ik geef hem er wel een,' zei Joharran, met een liefdevolle lach naar het zoontje van zijn gezellin. 'Ik heb ook een leeuw gedood.'

'Echt waar?' zei het jongetje van zes opgewonden. 'En krijg ik een klauwnagel? Ik kan niet wachten om die aan Robenan te laten zien!'

'Je moet de klauwnagel wel uitkoken voor je hem die geeft,' zei Ayla.

'Dat is wat Galeya en de anderen gisteravond deden,' zei Jondalar. 'Ayla stond erop dat iedereen de klauwnagels en tanden uitkookte voor ze die vastpakten. Ze zegt dat een kras van een leeuwenklauw gevaarlijk kan zijn als die niet is uitgekookt.'

'Waarom zou uitkoken een verschil maken?' vroeg Proleva.

'Toen ik klein was, nog voor ik door de Stam werd gevonden, werd ik gekrabd door een holenleeuw. Zo kom ik aan de littekens op mijn been. Ik herinner me niet veel van het moment dat het gebeurde, maar wel dat mijn been erg veel pijn deed tot de wond was geheeld. De Stam bewaarde ook altijd de tanden en klauwnagels van dieren,' zei Ayla. 'Toen Iza me de beginselen van kruidengeneeskunde leerde, was een van de eerste dingen die ze me vertelde dat ik tanden en klauwnagels altijd zorgvuldig moest uitkoken voor ik ze vastpakte. Ze zei dat ze vol boze geesten zaten en dat de hitte van het koken die verdreef.'

'Wanneer je bedenkt wat die dieren met hun klauwen doen, moeten ze wel vol boze geesten zitten,' zei Proleva. 'Ik zal erop toezien dat Jaradals klauwnagel wordt uitgekookt.'

'Die leeuwenjacht heeft wel het nut van je wapen bewezen, Jondalar,' zei Joharran. 'Degenen met alleen een speer zouden die goed hebben kunnen gebruiken als de leeuwen dichterbij waren gekomen, maar de dieren die werden gedood, zijn allemaal gesneuveld dankzij de speerwerpers. Ik denk dat dit meer mensen zal aanmoedigen om ermee te oefenen.'

Ze zagen Manvelar aankomen en begroetten hem hartelijk.

'Jullie kunnen de leeuwenvachten hier laten en ze op de terugweg ophalen,' zei hij. 'We kunnen ze achter in de onderste grot leggen. Het is daar koel genoeg om ze een paar dagen goed te houden en dan kunnen jullie ze bewerken als je weer thuis bent.'

De hoge kalkstenen rotswand waar ze vlak voor de jacht langs waren gekomen heette Twee-Rivierenrots omdat de Grasrivier en de Rivier daar samenvloeien. Er waren drie richels boven elkaar, die beschutting boden aan de diepe holten eronder. De Derde Grot gebruikte alle stenen schuilplaatsen, maar de grote middelste ruimte, die een schitterend uitzicht bood op beide rivieren en het gebied rondom de rotswand, werd voornamelijk als leefgedeelte gebruikt. De andere dienden met name als opslagruimten.

'Dat zou handig zijn,' zei Jondalar. 'We hebben al genoeg mee te slepen, vooral met de baby's en kinderen, en we zijn al opgehouden. Als dit tochtje naar Paardenhoofdrots niet al een tijdlang op het programma had gestaan, zouden we waarschijnlijk niet eens zijn gegaan. Per slot van rekening zullen we iedereen zien bij de Zomerbijeenkomst en we moeten nog veel doen voor ons vertrek. Maar de Zevende Grot wilde echt graag dat Ayla op bezoek kwam en Zelandoni wil haar het Paardenhoofd laten zien. En aangezien dat zo dichtbij is, willen ze naar de Ouderen Vuurplaats en ook de Tweede Grot bezoeken, en laten zien wat de voorouders in de muur van hun onderste grot hebben gegrift.'

'Waar is De Eerste Onder Hen Die De Grote Aardmoeder Dienen?' vroeg Manvelar.

'Ze is daar al enkele dagen,' zei Joharran. 'Ze beraadslaagt met een aantal van de zelandonia. Het heeft iets te maken met de Zomerbijeenkomst.'

'Over de Zomerbijeenkomst gesproken: wanneer zijn jullie van plan om te vertrekken?' vroeg Manvelar. 'Misschien kunnen we samen reizen.'

'Ik vertrek altijd het liefst bijtijds. Met zo'n grote Grot hebben we tijd nodig om ons te installeren. En we hebben nu dieren waarmee we rekening moeten houden. Ik ben al eerder naar de Zesentwintig-ste Grot geweest, maar ik ben niet echt bekend met de omgeving.'

'Het is een groot vlak veld, vlak naast de Westrivier,' zei Manvelar. 'Er is ruimte voor veel zomerverblijven, maar ik geloof niet dat het een goede plek voor paarden is.'

'De plek die we vorig jaar vonden was heel prettig, al was die tame-lijk ver van alle activiteiten, maar ik weet niet wat we dit jaar zullen aantreffen. Ik was van plan er vooraf een kijkje te gaan nemen, maar toen kwamen die zware voorjaarsregens en ik had geen zin om door de modder te ploeteren,' zei Joharran.

'Als je het niet erg vindt om iets verder weg je kamp op te slaan, zul je misschien een meer afgezonderde plek vinden dichter bij Zon-zicht, de schuilplaats van de Zesentwintigste Grot. Die is in een rots-wand bij de oever van de vroegere rivierbedding, iets verder weg van de tegenwoordige rivier.'

'Dat kunnen we misschien proberen,' zei Joharran. 'Ik zal een bood-schapper vooruitsturen als we hebben besloten wanneer we vertrek-ken. Als de Derde Grot dan ook wil vertrekken, kunnen we samen reizen. Je hebt daar verwanten, nietwaar? Heb je een route in gedach-ten? Ik weet dat de Westrivier in dezelfde algemene richting stroomt als de Rivier, dus zal die niet moeilijk te vinden zijn. We hoeven al-leen maar zuidwaarts naar de Grote Rivier te gaan, dan westwaarts tot we de Westrivier bereiken en die dan noordwaarts volgen. Maar als jij een directere route kent, zou die waarschijnlijk sneller zijn.'

'Die ken ik inderdaad,' zei Manvelar. 'Zoals je weet kwam mijn ge-zellin van de Zesentwintigste Grot, en we hebben dikwijls haar fami-lie bezocht toen de kinderen jonger waren. Ik ben er na haar dood niet meer geweest en ik verheug me op de Zomerbijeenkomst en de ontmoeting met een aantal mensen die ik al een tijdlang niet heb gezien. Morizan en zijn broer en zus hebben daar neven en nichten.'

'We kunnen er verder over praten als we terugkomen voor de leeu-wenvachten. Bedankt voor de gastvrijheid van de Derde Grot, Man-velar,' zei Joharran, en hij draaide zich om om te vertrekken. 'We moeten nu echt gaan. De Tweede Grot verwacht ons en Zelandoni Die De Eerste Is heeft een grot met een verrassing die ze Ayla wil laten zien.'